국역
산택재선생문집

國譯 山澤齋先生文集

역자 신두환

1958년 경북 의성 출생으로 성균관대학교 대학원 한문학과에서 한국한문학을 전공하고 문학박사 학위를 받았다. 성균관대학교, 서울시립대학교, 서경대학교 등에서 강사로 활동했으며, 한국문인협회 회원이면서 시인이자 칼럼니스트이다. 현재 국립 안동대학교 한문학과 교수로 재직중이다. 저서로는 『조선전기 민족예악과 관각문학』, 『남인 사림의 거장 식산 이만부』, 『선비 왕을 꾸짖다』, 『생활한자의 미학산책』, 『한국 한시 미학비평 강의』, 『용재 이종준』, 『한국학과 인문학(공저)』, 『한국학과 현대문화(공저)』, 『우담집』(공역) 외 다수가 있다.

국역 산택재선생문집

2019년 8월 30일 초판 1쇄 발행

저자 권태시
역자 신두환
발행인 김흥국
발행처 보고사

등록 1990년 12월 13일 제6-0429호
주소 경기도 파주시 회동길 337-15 보고사 2층
전화 031-955-9797(대표), 02-922-5120~1(편집), 02-922-2246(영업)
팩스 02-922-6990
메일 kanapub3@naver.com/bogosabooks@naver.com
http://www.bogosabooks.co.kr

ISBN 979-11-5516-928-5 93810
ⓒ신두환, 2019

정가 30,000원

국역
산택재선생문집

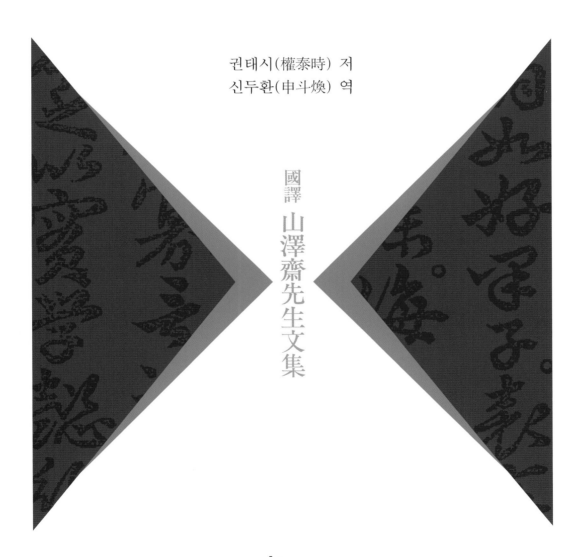

권태시(權泰時) 저
신두환(申斗煥) 역

國譯
山澤齋先生文集

보고사
BOGOSA

남경대(攬景臺)

경상북도 영양군 입암면 산해리(山汶里)에 있는 정자

영양군 반변천에 있는 지주중류석

차운(次韻) 난은(懶隱) 이동표(李東標)와 창설재(蒼雪齋) 권두경(權斗經)이 각각 쓴 2수의 시문

시판(詩板) 종후생(宗後生) 권재강(權載綱)이 쓴 시문

산택재운(山澤齋韻)

차운(次韻) 노봉(老峯) 민정중(閔鼎重)과 수암(遂菴) 권상하(權尙夏)가 각각 쓴 2수의 시문

남경대기(攬景臺記) 1920년 9월 하한(下澣)에 진성(眞城) 이만규(李晚燁)가 쓴 기문

남경대(攬景臺)와 산택재(山澤齋) 현판

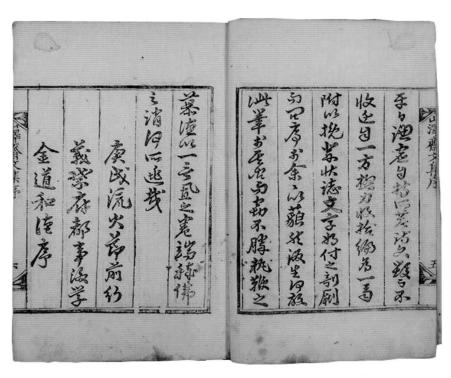

산택재선생문집(山澤齋先生文集)

산택재 선생 묘소와 묘비

간행사

공자는 《논어》에서 "溫故而知新 可以爲師矣"《論語·爲政》라고 했다. "옛 것을 익혀서 새로운 것을 알 수 있으면 스승이라고 할만하다"는 말이다.

인류는 끈임 없이 옛것을 바탕으로 현대의 삶을 조명하며, 새로운 방향으로 나아가야 한다.

현대사회는 산업사회의 발달로 물질적 가치가 정신적 가치를 앞서게 되면서, 황금만능주의와 기술지상주의의 풍조가 만연하게 되었으며, 이것에서 유발되는 인간 소외와 전통문화의 붕괴는 심각한 사회문제들을 야기하고 있다.

최근 산업사회가 빚어낸 끔찍한 사고들을 바라보면서, 인간성 상실의 시대를 극복하기 위해 교육을 재조명하고, 인성교육에서 문제를 해결하려는, 다양한 시도가 범세계적으로 이루어지고 있다.

한국에서도 최근 인성에 대한 관심이 사회적으로 확산되면서 논의가 활발하게 전개되고 있다. 이런 시점에서, 끊임없는 반성과 수양을 통해 인격의 완성을 추구하는 동아시아의 유교사상은 훌륭한 인성교육으로, 도덕적인 인간상을 수없이 배출해 왔다. 인성교육이 강조되면서 동아시아의 전통 교육에 대한 관심이 세계인의 관심을 끌고 있다.

세계가 우리 유교문화에 관심을 갖는 이유는 유교의 심오한 철학이 혼란의 극치를 치닫는 지금의 세계를 극복할 수 있다는 희망 때문이다. 이런 세계의 흐름에 비춰 유교문화가 가지는 인성교육의 현재적 의미를 조명해 보는 것은 의미가 크다.

우리 영남의 유교적인 큰 인물이었던, 산택재(山澤齋) 권태시(權泰時; 1635, 인조 13~1719, 숙종 45) 선생을 조명해 보는 것은 이러한 시대상황 속에서 시의 적절하며, 의미 있는 일이라고 생각된다.

산택재 선생은 당대 퇴계학맥의 영수로서, 학문과 처세가 뛰어났던 이름이 높은 학자였다. 그런데도 불구하고 문집이 번역이 되지 않아서 대중들에게 알려지지 않은 채 그동안 역사 속에 묻혀 져 있었다. 이제 산택재 문집이 번역이 되어, 이 훌륭한 인물의 행적이 대중들에게 널리 알려지게 된 것은 늦었지만 다행이 아닐 수 없다.

간행사란? 이 책을 국역하게 되는 동기와 목적 그리고 국역이 진행된 과정을 기록하고 이 책이 완성되기까지 도와준 분들에 대한 감사를 표하는 글이다.

이 문집이 국역된 것은 영양군이 옛 영산서당을 복원하고 영양 출신의 선비들이 남긴 문집을 중심으로 이들이 남긴 선비정신을 교육하여 영양의 전통문화를 계승하고자 한다. 이에 영양 선비들이 남긴 문집을 쉽게 국역하여 교재를 만들려는 사업을 일으켰다. 그 첫 번째로 기획하여 국역한 것이 《회곡집》, 《석문집》, 《석계집》, 《산택재집》 네 책이다. 앞으로도 이 사업을 계속 진행하여 다른 문집들도 국역할 계획이라고 들었다. 이번에는 예산이 적게 책정되어 어렵지만 이 국역을 책임져 주면 다음 국역 때는 예산을 제대로 책정하여 좀 후하게 대접하겠다는 약속도 있었다. 이에 다른 곳에서 국역하는 사업에 비해 비용이 매우 적게 책정되어 있어서 이 번역에 참여한 여러분들께 충분히 대우해 주지 못한 것을 죄송스럽게 여긴다. 더욱이 지자체장 선거로 군수가 바뀌고 담당하던 직원이 바뀌어 책을 간행하는 과정에서는 더욱이 예산이 책정되지 않아서 간행이 어려운 처지에 부딪쳐서 중도에서 포기할 뻔하였다. 이에 관련된 문중의 힘을 빌려 영양군청을 설득하고 평소 알고 있던 보고사 출판사에 양해를 구하고 도움을 받았다. 이 자리를 빌려 보고사 김흥국 사장에게도 감사를 드린다. 이러다가보니 거의 혼자서 교정하고 간행사를 쓰고 해제를 하느라 고생고생하고 있다. 지역에 봉사하는 것도 이 지역 국립대학의 취지이고 대학교수의 임무이다. 오히려 열심히 공부하는 기회로 삼자. 이 책은 그 일환으로 국역되어 간행된 것이다. 영양군청의 이 성스러운 사업이 중도하차하는 일이 없이 계속되길 바라며 관심을 가지고 지켜보겠다.

이 국역을 위해 안동대학교 한문학과 학부생들과 대학원생들이 많이 동원되었다.

이 자리를 빌려 고마움을 전한다. 산택재문집은 국역사업이 진행되는 기간에 먼저 안동권씨 문중에 의해 번역되었다. 이 번역의 책임을 맡은 김명균 형은 나와는 잘 아는 사이이고 나와 함께 성균관대학교에서 박사학위를 받은 학자이며 지역에서 문집을 여러 번 번역한 적이 있는 전문가이다. 여기에다가 번역의 오류를 잡기위해 번역 전문가들을 동원하여 수차례 교정을 거쳐 책으로 이미 출간되었다. 이 출간을 기념하는 학술대회가 안동권씨 산택재 문중의 주관으로 영양군청에서 성대하게 개최 되었다. 이 학술 행사에 고려대학교 김언종 교수를 초청하여 함께 논문을 발표하게 되었다. 멀리 영양까지 오셔서 발표를 해준 김언종 교수님께 이 자리를 빌려 감사를 표한다. 또 바쁘신 가운데도 학술토론의 좌장을 맡아준 경북대 박영호 교수님께도 감사를 표한다. 이 학술대회에 토론자로 참가하여 토론한 연세대 김세중 교수의 토론과, 교남문화대표 김명균 박사의 토론 등, 이 학술대회의 성과물은《산택재선생문집》의 국역에 많은 도움이 되었다.

산택재 문집의 국역은 안동권씨 문중에 의해 이미 책으로 출간되었다. 이 국역은 번역도 비교적 잘 되었고 책도 아주 훌륭하게 편집되어 보기 좋게 간행되었다. 이런 선행의 업적이 잘 나와 있는 상태에서 다시 국역을 해야 하는 실정이어서 번역자는 여간 고민이 되지 않을 수 없다.

시인 정지용(鄭芝溶)은 "옥에 티나 미인의 이마에 사마귀 하나쯤이야 그런대로 봐줄 수는 있겠으나 서정시에 말 한 개 밉게 놓이는 것은 도저히 용서할 수 없다."라고 하였다. 석문 선생의 한시 번역에 있어서 글자하나 잘못 놓이는 것은 도저히 용서할 수 없다. 이런 취지로 번역에 임하다가 보니 다소 원문의 글자를 뛰어넘는 해석들이 있을 수 있다. 이것은 번역을 책임진 역자의 고집이었다.

이번 산택재 문집의 국역은 조성환군의 도움이 컸다. 조성환군은 이미 출간된 선택재문집의 국역에도 참여한 바가 있었다. 이번에도 국역의 전체적인 교정과 주석의 보완에도 힘써 주었다. 조성환 군은 나의 제자로서 한국고전번역원의 전문과정을 거쳤고 성균관대학교에서 한문번역전공 박사과정 수료를 앞두고 있으며, 번역에 일가견이 있는 장래가 촉망되는 청년이다. 이번에 국역한 것은 이 선행 자료들을 하나하나 톺아 가면서 잘된 것은 그대로 수용하고, 발견된 오류를 수정하고 주석을 보충하여 더욱 쉽게 대중에게 다가갈 수 있도록 재번역한 것이다.

이 책이 나올 수 있도록 격려해주시고 독려해주신 산택재 후손 권영택 전 영양군수와 이번 국역에 여러 가지로 많은 도움과 여러 가지 자료를 제공해 준 권동순 후손에게도 감사를 표한다.

또 이 책이 나올 수 있도록 물심양면으로 후원해 주시고 지원해 주신 권영택 전 영양 군수님과 현 오도창 군수님께 깊은 감사를 드리며, 문화관광과를 위시한 군청 관계자 여러분께도 감사를 표합니다.

《산택재선생문집》의 번역과 씨름하고 있던 사이 어느덧 약속한 기한은 다가오고 이제 출간하기에 이르렀다. 제대로 번역되었는지 의문이다. 부끄럽고 두려운 바가 없지 않지만 이제 번역자의 손을 떠나 독자의 품으로 떠나보내야 한다.

소설가 상허 이태준은 책을 여인에 비유하여, "물질 이상인 것이 책이다. 한 표정 고운 소녀와 같이, 한 그윽한 눈매를 보이는 젊은 미망인처럼 매력은 가지가지다. 신간 (新刊) 난(欄)에서 새로 뽑을 수 있는 잉크 냄새 새로운 것은 소녀에 비유한다. 소녀라고 해서 어찌 다 그다지 신선하고 상냥스러우랴! 고서점에서 먼지를 털고 겨드랑 땀내 같은 것을 풍기는 것들은 자못 미망인다운 함축미인 것이다. 책은 세수할 줄 모르는 아름다운 미인"이라고 했다.

《국역 산택재선생문집》이 신간의 향기를 머금고 퍼져나가 대한민국의 아름다움을 대변하는 한국적 전통 미인의 반열에 들어 많은 대중들로부터 사랑을 받고 인연이 생기게 되기를 바란다.

끝으로《국역 산택재선생문집》이 책으로 나오기까지 물심양면으로 도와주신 권영택 전 영양 군수님과 현 오도창 군수님께 깊은 감사를 드리며, 문화관광과 및 군청 관계자 여러분께도 감사를 표합니다.

　　이 책의 장점은 이 책이 나오기까지 도와준 여러분들의 몫이고 이 책의 결점에 대해서는 역자의 이름을 내건 저의 책임일 수밖에 없다.《산택재선생문집》에 대한 번역과 연구의 지평이 넓어지기를 기대하며, 삼가 강호제현들의 질정을 촉구한다.

2019년 8월
서울 정릉 북악산 아래 급고재(汲古齋)에서
안동대학교 한문학과 교수 신두환은 서한다.

차례

18

◈ 산택재선생문집 제2권 山澤齋先生文集 卷之二

◇산택재선생문집 제3권 山澤齋先生文集 卷之三

26

◇산택재선생문집 제4권 山澤齋先生文集 卷之四

28

산택재 권태시의 생애와 문학세계

1. 문제의 제기

바람은 주자의 시를 따라 상쾌하고   風從晦老吟邊爽
달은 퇴계의 시구 속에서 어여쁘네   月入陶翁句裏娟

                                                - 〈謹次僑巖臺韻〉[1]

이 시구를 남긴 산택재(山澤齋) 권태시(權泰時; 1635, 인조 13 ~ 1719, 숙종 45), 그는 누구인가?

역사 속에 묻힌 인물들을 새로 발견하여, 그 인물들의 업적을 조사하고 역사적으로 재평가하는 작업은 후세의 학자에게 있어서 멈출 수 없는 과업이다.

산택재 권태시는 당대 영남 유림사회에서 종장(宗匠)으로 추앙을 받던 인물이었다. 그러나 그동안 역사 속에 묻힌 채 조명을 받지 못했다.

퇴계의 학맥을 나이순으로 보면, 약봉(藥峰) 김극일(金克一)을 거쳐, 월천(月川) 조목(趙穆), 학봉(鶴峯) 김성일(金誠一)과 서애(西厓) 유성룡(柳成龍)에게로 계승되었다. 그 뒤를 이어 퇴계의 학통을 이은 사람이 경당(敬堂) 장흥효(張興孝)이다. 경당 장흥효는 서애와 학봉 두 분을 스승 삼아 학문을 이루었다. 이 학문은 석계(石溪) 이시명(李時明, 1590~1674)이 이어받았다. 같은 시기에 번곡(樊谷) 권창업(權昌業)도 경당 문하의 고제로 이름이 높았다.

영남유림들은 퇴계의 학맥을 이야기할 때, 이 시기에 이르러 갈암(葛庵) 이현일(李玄逸)을 유학의 종장으로 이른다. 같은 시기에 갈암보다 8살 아래로 갈암을 사우로 이은 권태시가 있었다. 갈암 다음에 바로 밀암(密菴) 이재(李栽)를 일컫는다. 갈암과 그 아들 밀암과는 나이 차가 30년이다. 갈암과 밀암의 부자 사이에 영남유림의 우뚝한 선비가

---

1) 權泰時, 《山澤齋文集》 권1, 詩, 〈謹次僑巖臺韻〉.

있었으니 그가 바로 권태시이다. 산택재는 퇴계의 학맥에 있어서 중요한 위치를 점유하고 있는 인물이다.

이러한 산택재 권태시를 현대에 와서 아는 자는 드물다. 지금까지 산택재에 대한 연구는 소략한 언급은 있었으나, 산택재를 중심으로 써진 논문은 없는 편이다.

산택재의 원고는 흩어지고 일실되어 시고들이 제대로 수습되지 못했다. 2백여 년이 지나서 문집을 간행하면서 여기저기 문집에서 찾은 약 160여 수의 시가 전부이다. 그러다 보니 만시(挽詩)가 대부분이고, 당대의 다른 학자들에 비해 시의 분량은 많은 편이 아니다. 이런 이유로 산택재의 학문과 사상은 그다지 주목을 받지 못했다.

그러나 시는 편수가 많다고 해서 그 시가 반드시 우수하고 위대한 시인이 되는 것은 아니다. 160여 수의 시편이 적은 것도 아니다. 그의 시는 구상이 신선하고 표현이 아름다우며 자기 시대를 충실히 반영하고 있어서 그 연구의 가치가 높다고 판단된다.

특히 그가 지은 초사 〈의의초사(擬擬招辭)〉 한 편은 그의 문학의 품격을 가늠해 줄 기준이 된다. 이것은 우리 문학사상 사부 문학의 중요한 위치를 점유하고 있는 것이어서 결코 간과할 수 없는 중요한 작품이다.

본고에서는 조선 후기를 살았던 영남학맥의 당대 유종(儒宗)이자 경세가인 산택재 권태시의 생애를 통해, 그가 행한 학문적 경향을 살펴보고, 그가 남긴 시를 중심으로 문학 세계에 초점을 맞추고 연구를 진행하고자 한다.

2. 산택재의 생애와 시대적 배경

1) 시대적 배경

산택재 권태시가 살았던 조선 후기는 전쟁과 당쟁으로 얼룩진 격변기였다. 그는 인조, 효종, 현종, 숙종 연간을 살았다.

그가 성장하던 시기는 북벌론이 대두되던 시대였다. 명나라와의 의리를 지키고 병자호란의 치욕을 갚기 위하여 청나라와 전쟁을 준비해야 한다는 주장이 바로 북벌론의 핵심이다. 병자호란의 패배 이후 조정과 유림에서는 청을 배척하고 명나라의 복수를 외치는 척화론이 지배적이었다. 그러나 본격적인 북벌계획은 1649년 효종이 즉위하면서부터 시작되었다. 이때 산택재의 나이는 14세였다.

효종은 척화론의 중심인물로 당시 낙향해 있던 김집(金集), 송시열(宋時烈) 등 기호사림을 등용하여 훈신세력이며 친청파였던 김자점(金自點) 일파를 제거한 후 북벌계획을 추진했다. 북벌계획과 연관시켜 세수를 늘려 군비를 확보하려던 효종의 대동법 시행은 실패로 이어지고, 1659년 효종이 갑자기 서거함으로써 북벌계획은 중단되었다. 이때 산택재의 나이는 24세였다.

이 시기 대동법은 1608년 영의정 이원익(李元翼)의 주장에 따라서 우선 경기도에 시험적으로 시행되었고, 이후 찬반양론의 격심한 충돌이 일어나는 가운데 인조 1년(1623)에는 강원도에서 실시되었다. 그리고 17세기 중엽에는 충청도·전라도·경상도의 순으로 확대되었고, 1708년에 황해도까지 실시됨으로써 평안도·함경도를 제외한 전국에서 시행되기에 이르렀다. 대동법은 1608년 경기도에서 이원익의 주창으로 처음 시행되기 시작하여 1백 년 뒤인 1708년에 완성되었다. 호역으로서 존재하던 각종 공납과 잡역의 전세화가 주요내용이었다.

대동법에서는 공물을 각종 현물 대신 미곡으로 통일하여 징수했고, 과세 기준도 종전의 가호에서 토지의 결수로 바꾸었다. 따라서 토지를 가진 농민들은 공납의 부담이 다소 경감되었고, 무전농민이나 영세농민들은 이 부담에서 제외되었다. 대동세는 쌀로만 징수하지 않고 포나 전으로 대신 징수하기도 했다.

대동법의 시행은 조세의 금납화로 상품화폐경제의 발전을 촉진시켰으며, 임진왜란 이후 파국에 이른 재정난을 타개할 수 있었다. 또한 공인들의 활동에 의해 유통경제가 활발해지고 상업자본이 발달했으며, 공인의 주문을 받아 수요품을 생산하는 도시와 농촌의 수공업도 활기를 띠었다.

산택재는 대동법의 시행 과정에서 일어나는 제 문제들을 탐색하고, 우국 애민의 입장에서 농민들 편에 섰다.

현종은 1659년에 즉위하자마자 기해복제(己亥服制) 문제라는 예론에 부딪혔다. 즉, 효종의 상을 당하자 인조의 계비(繼妃)인 자의대비 조 씨(慈懿大妃趙氏)의 복제 문제가 정쟁으로 번진 것이다. 당시 일반 사회에서는《주자가례(朱子家禮)》에 의한 사례(四禮)의 준칙을 따랐다. 그러나 왕가에서는 성종 때 제정된《오례의(五禮儀)》를 따르고 있었다. 그런데《오례의》에는 효종과 자의대비의 관계와 같은 사례가 없었다. 효종이 인조의 맏아들로서 왕위에 있었다면 문제가 없었겠지만, 인조의 둘째 아들로서 책립되었고 인조의 맏아들인 소현세자의 상에 자의대비가 맏아들의 예로 삼년상의 상복을 이미 입은 일이 있었기 때문에 다시 효종의 상을 당해 어떤 상복을 입어야 하는지 문제가 되었던 것이다.

서인 측은 송시열과 송준길(宋浚吉)이 주동이 되어, 효종이 둘째 아들이므로 기년복(朞年服)을 입어야 한다고 주장하였다. 남인 측의 윤휴(尹鑴)와 허목(許穆) 등은 효종이 둘째 아들이라고 해도 왕위를 이어받았으므로 삼년상이 옳다고 주장하였다. 현종은 즉위 15년 동안 거의 예송논쟁에 시달렸다.

현종 3년(1662) 호남지방에 대동법을 시행하였다. 예론이라는 당론의 대립이 극한으로 치달아 감정이 격해지고 논쟁이 장기화되자, 서인 측의 주장대로 기년복이 조정에서 일단 결정되었다.

그렇지만 예론이 지방으로 번져 그 시비가 더욱 확대되었다. 그러자 1666년 조정에서 기년복의 결정을 재확인하고, 이에 항의하면 그 이유를 불문하고 엄벌에 처할 것을 포고하기에 이르렀다. 1674년 왕대비가 죽자 다시 자의대비의 복제 문제가 재론되면서 예론이 또다시 거론되었다.

서인 측의 며느리 입장의 대공설(9개월 복)과 남인 측의 왕비 입장의 기년설이 대립한 것이다. 그 뒤 이 문제가 기년복으로 정착되면서 서인 측의 주장이 좌절되었다. 그리하여 현종 초년에 벌어진 예론도 수정이 불가피해졌고, 이때 서인 측이 많이 배척되었다.

이 문제는 현종이 죽고 숙종이 즉위한 뒤에도 계속되어 숙종 5년(1679) 20년간에 걸친 기해복제 문제를 다시 거론하지 말라는 엄명이 있었다. 이로써 형식적으로는 조정에서 다시 거론되지 않았지만, 이후에도 많은 시비가 내면적으로 계속되었다.

숙종 때 환국은 세 차례 발생하였다. 1680년 처음 환국이 발생하였는데, 이는 남인 일파가 서인에 의해 대거 축출된 사건이었다(경신환국). 숙종이 예송에 승리하여 정권을 쥐고 있던 남인을 경계하는 모습을 보이자, 서인들이 남인이 역모를 꾀한다고 보고하였다. 이 일에 남인의 다수가 연루되어, 윤휴를 비롯한 수많은 남인이 처형되고 관직에서 쫓겨났다. 이후 서인은 쫓겨난 남인에 대한 처벌 문제를 둘러싸고 강경파인 노론과 온건파인 소론으로 나뉘었다.

경신환국으로 축출된 남인은 1689년에 원자(아직 왕세자에 책봉되지 않은 왕의 맏아들)를 정하는 문제를 계기로 서인을 몰아내고 집권하였다(기사환국). 당시 서인의 우두머리였던 송시열은 남인 출신 소의 장 씨(훗날의 장희빈)의 아들을 왕비의 소생이 아니라 하여 원자로 정하는 것에 반대하였다. 숙종은 송시열을 유배하였다가 처형하였다. 이로써 서인 정권은 무너지고 남인이 다시 정권을 잡았다. 산택재도 이때 갈암 이현일의 추천으로 장악원 주부로 임명되었다.

1694년에는 서인이 남인을 몰아내고 다시 정권을 잡았다(갑술환국). 인현왕후가 물러나고 장희빈이 왕비의 자리에 올랐으나, 점차 숙종의 신임을 잃어가면서 결국 남인세력이 서인의 반격으로 물러났다. 이 사건으로 세력을 잃은 남인들은 이후 대거 몰락하였다. 산택재도 이때 벼슬을 그만두고 고향으로 돌아왔다.

숙종 치세 기간은 조선 중기 이래 계속되어 온 붕당정치가 절정에 이르면서 한편으로 그 파행적 운영으로 말미암아 당쟁의 폐해가 심화되고 붕당정치 자체의 파탄이 일어나던 시기였다.

이때의 정국의 형세를 살펴보면, 왕의 즉위 초는 앞서 현종 말년 예론(禮論)에서의 승리로 남인이 득세하고 있었으나 1680년 허견(許堅)의 역모와 관련, 남인이 실각하고 서인이 집권하였다.

1689년 희빈 장 씨가 낳은 왕자에 대한 세자 책봉 문제가 빌미가 되어 기사환국으로 남인 정권이 다시 들어섰다. 그러다가 1694년 감옥(監獄)이 문제되고 폐출되었던 민비(閔妃)의 복위를 계기로 남인은 정계에서 완전히 거세되었다. 그 대신 이미 노론·소론으로 분열되어 있던 서인이 재집권하는 갑술환국으로 연속적인 변화가 있었다.

그 뒤에도 노론·소론 사이의 불안한 연정의 형태가 지속되다가 다시 1716년 노론 일색의 정권이 갖춰지면서 소론에 대한 정치적 박해가 나타났다.

뿐만 아니라 잦은 정권 교체와 함께 복제(服制)에서 송시열의 오례(誤禮) 문제를 둘러싼 고묘논란(告廟論難), 김석주·김만기·민정중 등 외척 세력의 권력 장악과 정탐 정치에 대한 사림들의 공격에서 비롯된 임술삼고변(壬戌三告變) 공방, 존명의리(尊明義理)와 북벌론의 허실을 둘러싼 노론·소론 사이의 명분 논쟁이 일어났다. 민비의 폐출에서 야기된 왕과 신료(臣僚)들 간의 충돌이 일어났다.

그리고 송시열·윤증(尹拯) 간의 대립에서 야기된 회니시비(懷尼是非), 왕세자와 왕자(후일의 영조)를 각기 지지하는 소론·노론의 분쟁과 대결 등 역사상에 저명한 정치 쟁점으로 인해 당파 간의 정쟁은 전대(前代)에 비할 수 없으리만큼 격심하였다.

남인이 청남(淸南)·탁남(濁南)으로, 서인 역시 노론·소론으로, 그리고 노론이 다시 화당(花黨)·낙당(駱黨)·파당(坡黨)으로 분립하는 등 당파 내의 이합집산이 무성하였다. 이러는 와중에 윤휴·허적(許積)·이원정(李元楨)·송시열·김수항(金壽恒)·박태보(朴泰輔)

등 당대의 명사들이 죽음을 당하는 화를 입었다.

정쟁 격화는 붕당정치의 말폐가 폭발하면서 나타난 현상이기는 하나, 한편으로는 앞서 현종 때의 예송논쟁으로 손상된 왕실의 권위와 상대적으로 약화된 왕권을 강화하려 한 왕의 정국 운영 방식의 결과이기도 하였다.

왕은 군주의 고유 권한인 용사출척권(用捨黜陟權)을 행사, 환국(換局)의 방법에 따라 정권을 교체, 붕당 내의 대립을 촉발시키고 군주에 대한 충성을 유도했던 것이다.

대동법(大同法)을 경상도(1677)와 황해도(1717)에까지 실시하여 그 적용 범위를 전국에까지 확대시킴으로써 선조 말년(末年) 이래 계속된 사업을 일단 완성하였다.

또 전정(田政)에 있어서 광해군 때의 황해개량(黃海改量)에서 시작된 양전사업(量田事業)을 계속 추진, 강원도(1709)와 삼남 지방(1720)에 실시함으로써 서북 지역의 일부를 제외하고 전국에 걸친 양전을 사실상 종결하였다.

그러므로 왕의 치세 기간 신료 사이의 정쟁은 격화되었지만, 왕권은 도리어 강화되어 임진왜란 이후 계속되어 온 사회 체제 전반의 복구정비 작업이 거의 종료되면서 상당한 치적을 남겼다.

산택재도 이런 차원에서 우리의 역사와 민족의 정통성에 대해 깊은 관심을 가졌으며 성리학의 올바른 가치 정립과 학문 계승에 대해 심각한 고민을 하였다. 이것이 바로 민족의 정통성과 《거관임요》에 대한 관심이었으며 퇴계의 학맥을 계승하겠다는 신념으로 나타났다. 그의 일생은 출사와 학문과 당파로 점철되어 있었다. 그는 남인 사림의 거장으로서, 밀암 이재로부터 당대 최고의 유학가로 평가를 받았다.

임·병 양난을 거친 후에도 성리학은 조선 정치의 기반으로 성리학을 더욱 철저히 공부하여 유교의 이상 정치의 기반을 더욱 더 굳건하게 유지해야 한다는 논리가 지배적이었다. 여전히 성리학은 정치의 중심에 있었고, 당파싸움의 중심 논리로 작용하고 있었다.

산택재 권태시는 퇴계학문의 적통을 이으며 자기 시대의 학문을 확립하였다. 다른 한 편으로는 전쟁과 당파싸움으로 인하여 극도로 혼란해진 조선 후기의 선비 사회에 대한 깊은 성찰로 당대 선비의 임무를 다양한 측면에서 수행하고 있었다.

산택재의 당파는 근곡(芹谷) 이관징(李觀徵), 미수(眉叟) 허목(許穆), 갈암 이현일을 잇는 남인 중에서도 청남파에 속하는 계열이었다. 청남의 대표적 인물로 윤휴·허목·홍우원(洪宇遠) 등이 있었으며 탁남의 중심인물로는 허적·권대운(權大運)·민희(閔熙)·오시부(吳始復)·유명천(柳命天) 등이 있었다.

2) 가계와 생애

산택재 권태시의 자는 형숙(亨叔)이고 호는 산택재(山澤齋)이고, 본관은 안동(安東)이다.

고려 태사 권행(權幸)의 후손으로, 고조는 권예(權輗)인데 자헌대부 이조판서였고, 호가 마애(磨厓)였다. 이분이 이조판서로 은퇴하여, 안동 풍산 회곡 근방에 있는 고려시대 김방경 장군의 유적인 상락대(上洛臺) 남쪽 깊숙한 곳에 정자를 짓고 노년을 지낼 계획을 세웠다.

퇴계 이황이 이곳으로 마애(磨厓)를 방문한 적이 있었다. 그때 지은 시, 〈3월 16일, 권판서의 강정을 배알하였다[三月十六日, 謁權判書江亭]〉에

작은 배로 자유로이 강을 배회하다가 　　　　　　小舟橫渡一江天
초옥 중에 은퇴한 현인을 뵈었다 　　　　　　　草屋中間謁退賢
상락대 앞 천 길 강줄기가 　　　　　　　　　　上洛巖前千丈水
이제부터는 바뀌어 판서연이 되겠네 　　　　　從今換作判書淵[2]

라고 하였다. 소주(小註)에 정자는 계곡(桂谷; 안동 와룡 계실)에 있었다.[亭在桂谷] 상락공 김방경의 유허지이다.[上洛公金方慶舊游處]라고 적혀 있다.

증조는 권안세(權安世)로 선교랑 제릉참봉(宣敎郎 齊陵參奉)이었는데 가선대부(嘉善大夫) 호조참판(戶曹參判)에 증직되었다. 조부는 권지(權誌)이고, 계공랑(啓功郎) 군자감(軍資監) 직장(直長)이었으며, 아버지는 번곡 권창업이고 학문이 돈독하고 힘써 행하였으나 은거하여 벼슬하지 않았다.

밀암 이재[3]는 산택재 만사에서, 산택재의 학문이 아버지인 번곡에게서 나온 점을 강조하여 다음과 같이 기록했다.

경당(敬堂) 문하의 선비로는 　　　　　　　　敬堂門下士
번곡(樊谷) 노인이 가장 현인으로 추앙 받았네 　樊老最推賢

---

2) 金坽, 《龜窩集》, 〈判書淵記〉, 《退溪集》 권1, 詩, 〈三月十六日, 謁權判書江亭〉.

3) 이재(李栽, 1657~1730) : 자는 유재(幼材), 호는 밀암(密菴), 본관 재령(載寧)으로 아버지는 갈암(葛庵) 이현일(李玄逸)이다.

이 만사의 구절에서 보듯이 번곡 권창업의 학문은 퇴계의 학맥을 잇고 있었다.

어머니는 남양(南陽) 홍 씨(洪氏)인데 당양군(唐陽君) 홍상(洪常; 덕종의 사위)의 현손(玄孫)이며 승문원(承文院) 부정자(副正字) 권사제(權思齊)의 손녀로 충의위(忠義衛) 권근(權勤)의 따님이다.

선생은 이 두 분 사이에서 숭정(崇禎) 을해년(1635) 8월 29일, 안동부의 서쪽 금계리 집에서 장남으로 태어났다. 어려서부터 놀기를 좋아하지 않고 행동거지가 단정하고 엄숙하였다. 안동의 금계는 유명한 인물들이 많이 탄생한 반촌이었다.

인조 20년(1642), 8세에, 아버지 번곡 권창업에게《소학》을 배워 그 뜻을 완전히 이해하고 익혀서 어김이 없었으며, 번곡이 매일 새벽에 사당에 참배할 때는 공도 번번이 따라가서 그만두지 않으니 사람들이 기이하게 여겼다고 한다.

조금 자라서는《논어》,《맹자》 등의 여러 책을 읽어서 학문을 하는 큰 방도에 더욱 능통하여 내외(內外)·경중(輕重)의 구분을 알았다. 비록 여력(餘力)으로 과거공부를 하였으나 출세에 대해서는 달갑게 여기지 않았다. 대개 번곡공은 여력 장흥효에게 배웠고 선생의 학문은 학봉 김성일에게 배워서 그 내력과 문로가 매우 발랐으며 오로지 경(敬)을 위주로 삼았던 까닭으로 집안에 거처하고 자신을 검속함에 엄정하여 법도가 있었다.

현종 4년(1663), 21세, 4월, 부친상을 당했다. 산택재는 거상을 유교적 법도에 맞도록 실천하였다. 그는 효도로써 이름난 선비였다.

공은 태어날 때부터 성품이 매우 착하여 말을 할 줄 알면서부터 부모의 뜻을 잘 받들어 순종하여 감히 조금도 그 뜻을 잃지 않았다. 부모님의 상(喪)을 치름에 한결같이 예제(禮制)를 따라 수질(首絰)과 요대(腰帶)를 벗지 않고 슬픔과 그리움을 하루같이 하였다. 일찍이 겨울에 어버이가 병이 들어 고통이 심하여 죽력(竹瀝)을 써야 함에 하인이 대나무 10여 개를 구하여 쪼개자 불에 굽지도 않았는데도 저절로 물방울이 마디 속에 가득 차 있었다. 가져다가 바치자 특효가 있었으니 사람들은 효성이 하늘을 감동시킨 것이라고 일컬었다. 매번 생일날 아침이면 감회가 일어나 어버이를 그리워하여 아침 내내 눈물을 흘리며 우니 집안사람들이 감히 공구(供具)를 차려놓고 즐길 수 없었다. 제사에는 몸소 살피고 주관하여 제수는 반드시 정결하게 하여 제물의 풍족하고 모자람을 중하게 여기지 않았다. 비록 70이 넘은 뒤에도 병들지 않는 한 일찍이 관여하지 않은 적이 없었다.

자식을 가르치기를 한결같이 올바른 길로써 하여 앉아 있을 때 혹 한쪽으로 기대어 비스듬하면 꾸짖어 말하기를 "자리가 바르지 않으면 심장(心臟) 또한 바르지 않게 된다."라고 하니 배우는 자들이 전송하여 명언(名言)으로 삼았다.

공은 천품이 이미 순수하고 아름다운데다가 또 집안의 엄숙한 가르침을 입어 자신을 수양하고 예절을 삼가 날마다 잊지 않고 준행하였다. 일체 세속의 번화하고 화려함에 방랑하는 습속을 심신에 접하지 않았으며 덕행과 기국이 성취되어 남들과는 다른 점이 있었으나 일찍이 특이한 행동을 한 적이 없었다. 또한 일찍이 학문을 자부하지도 않고 감추기에 힘써서, 그를 상세하게 아는 사람이 드물었다.

오직 목재(木齋) 홍여하(洪汝河), 존재(存齋) 이휘일(李徽逸), 갈암 이현일, 금옹(錦翁) 김학배(金學培), 졸와(拙窩) 권이시(權以時), 구소(鳩巢) 권성구(權聖矩)[4]는 모두 도의로 사귀어서 무릇 강독하는 모임이 있으면 반드시 그들과 함께 주선하였다.

평소 과묵함으로 스스로 지켜서 일찍이 말을 빨리하거나 얼굴빛이 갑자기 변하는 일이 없었다. 의대(衣帶)를 단정히 하여 종일 바르게 앉아 책상 위에 《주서절요(朱書節要)》·《근사록(近思錄)》·《심경(心經)》 등의 책을 올려두고 다른 책을 섞지 않았다. 빈객이 와 있을 때가 아니면 손에서 책을 놓지 않아 밤을 새고 낮을 이었다. 정밀하게 연구하고 깊이 생각하여 몇 년의 세월이 흐르니 그 얻은 바는 사람들이 엿보아 헤아릴 수 없는 것이 있었다. 집안사람들이 허물이 있을 때 번번이 아무 말이 없어도 사람들이 스스로 두려워하여 복종하고 고치려 하였다. 말은 반드시 평범하면서도 실상이 있으며 간명하면서도 마땅하여 윤리에 합당하도록 힘썼다. 일을 만나면 태연하여 또한 인위로 꾀하여 규획(規劃)한 흔적이 있음을 볼 수 없었으나 조리와 두서가 저절로 이루어져 일을 여유 있게 잘 처리하니, 사람들이 모두 그 간결하고 민첩함을 탄복하였다. 주량은 남보다 뛰어났으나 술이 취한 뒤에는 번번이 무릎을 접고 다시 앉아 위의(威儀)가 더욱 장중하였다. 평상시의 글씨도 반드시 단정하고 바르게 하여 근엄(謹嚴)하였다. 무릇 초록(抄錄)한 모든 책에는 한 글자라도 어지럽게 날려 쓴 것이 없었으니 또한 그 정력(定力)을 볼 수 있다. 예학에 대하여서는 더욱 깊이 힘을 기울여서 고금의 선유(先儒)들의 훈해(訓解)와 변례절문(變禮節文)을 모으고 〈가례(家禮)〉의 전주(傳註) 아래 분류하여 붙인 후, 《가례전주(家禮傳註)》라 이름 짓고 의문에 임하여 고증하는 바탕으로 삼으니 모

---

4) 권성구(權聖矩, 1642~1708) : 자는 서여(恕余), 호는 구소(鳩巢), 본관은 안동이다. 아버지는 뇌(賚)로 안동에 거주하였다. 1678원 증광시(增廣試) 병과로 문과에 급제하여 승문원 정자(承文院正字)·전적(典籍)·병조정랑(兵曹正郎)·병조좌랑(兵曹佐郎)·강진현감(康津縣監)을 역임하였다. 저서로는 《구소집(鳩巢集)》이 전한다.

두 4권이었다. 보는 자들이 모두 편리하게 여겨 혹은 간행할 것을 권하였으나 공은 웃으면서 사양하였다.

《가례전주》 수본(手本)만 선생의 증손 학림(鶴林) 권방(權訪)[5]이 보관하고 있어서 향리의 후생들이 살펴보고 편집하려는 뜻을 가지고 있었다. 그러나 불행하게도 다시 화재를 입어서 선생께서 80년간 항상 잊지 않고 실천한 실체를 거의 증명할 수 없게 되었다.

이 당시 《가례》를 읽고 공부한 흔적이 발견된다. 당파싸움의 핵심이 예송논쟁인 만큼 《가례》에 대한 공부는 필수였다. 《가례전주》도 이와 같은 연장선 상에서 지어진 것이었으나, 소실되었다고 밝히고 있다.

우담 정시한[6], 고산 이유장[7]이 모여 함경루[8]에서 《가례》를 통독하고, 江, 山, 風, 月로써 운을 나누어 시를 지었다.
會丁愚潭 時翰 李孤山 惟樟 通讀家禮於涵鏡樓 以江山風月分韻各賦

강 안에 사람 서넛이	海內人三四
누정 속엔 술 한 항아리	樓中酒一缸
글 이야기에 맑은 흥 넘치고	論文淸興發
밝은 달빛은 앞강에 가득	明月滿前江
달빛은 맑은 강 절벽에 들고	月浸淸江壁
강은 큰 들판 구비를 돌고	川回大野彎
저 멀리 봉래산 산신령은 알리라	遙知蓬島守
앞산을 잃고 수심에 잠긴 것을	愁殺失前山
솔개 날고 물고기 뛰는 곳	鳶魚飛躍處

---

5) 권방(權訪, 1740~1808) : 자는 계주(季周), 호는 학림(鶴林), 본관은 안동이다. 아버지는 도(濤)로 이상정(李象靖)의 문인이다. 승문원부정자(承文院副正字)·소녕원수(昭寧園守)·종부사주부(宗簿寺主簿)·창릉령(昌陵令)·사헌부감찰(司憲府監察)을 역임하였다. 저서로는 《학림집(鶴林集)》이 전한다.

6) 정시한(丁時翰, 1625~1707) : 자는 군익(君翊), 호는 우담(愚潭), 본관은 압해(押海)이다. 정약용, 이익 등 실학자들에게 영향을 준 학자로 《우담선생문집(愚潭先生文集)》이 전한다.

7) 이유장(李惟樟, 1625~1701) : 자는 하경(夏卿), 호는 고산(孤山), 마애(磨崖), 나암(懶庵) 등으로 본관은 예안(禮安)이다. 문집으로 《고산집(孤山集)》이 남아 있다.

8) 함경루(涵鏡樓) : 안동시 풍산읍 막곡리의 청성서원(靑城書院) 문루의 편액이다.

구름 걷고 나온 달 오동나무 생기 돌고	霽月生梧桐
공부를 마치고 높은 누대에 올라	講罷高樓上
책을 끼고 선 채로 저녁 바람 맞노라	携書立晚風

강에 내리던 비 비로소 개고	江上雨初晴
옛 누대엔 가을 풀 시드네	古臺秋草沒
소쩍새 소리만 들릴 뿐	但聞蜀魂聲
밤마다 밝은 달은 시름겨워라[9]	夜夜愁明月

산택재는 당대 명유들과 어울려 〈주자가례〉를 읽고, 산수 간에 처하면서 시로써 교유하고 있었다.

선대의 별업(別業)이 진성현(眞城縣) 북리(北里)의 문해촌(文海村)에 있었는데, 공은 그 산수의 맑고 잔잔함을 사랑하여 강가 끊어진 산기슭에 나아가 그 위에 정사(精舍)를 짓고, 《주역(周易)》산택손괘(山澤損卦)의 대상(大象)에서 취하여 '산택(山澤)'이라는 편액을 걸었다. 아마도 장차 이곳에 은둔하여 학문을 닦으며 여생을 마치려고 계획한 것일 것이다. 그가 지은 산택재 시는 다음과 같다.

산택재
山澤齋

그윽한 정자 얽고 바위 벼랑 굽어보니	結搆幽堂俯石岑
창가 풍경 시원하여 번뇌를 씻어주네	軒窓蕭灑爽煩襟
푸른 병풍 집을 두른 천 겹 산기운	翠屛繞屋嵐千疊
옥 같은 강물 허공을 머금고 만리를 펼치니	玉鑑涵虛碧萬尋
저 속의 물색의 이치를 관찰하지 않는다면	不向這中觀物理
다시 어디에서 하늘 뜻 징험할까	更於何處驗天心
이제부터 주역의 뜻 밝게 알아서	從今認得義經旨
감정을 억제하고 깊은 뜻 들추리라[10]	懲窒吾將著意深

---

9) 權泰時, 《山澤齋文集》 권1, 詩, 〈曾丁愚潭 時翰 李孤山 惟樟 通讀家禮於涵鏡樓 以江山風月分韻各賦〉.
10) 權泰時, 《山澤齋文集》 권1, 詩, 〈山澤齋〉.

산택재는 산수 간에 처하여 《주역》에 심취하였으며, 항상 강호에 은거해서 심성수양에 몰두하며, 유풍진작에 힘쓰고 있었다.

3) 출사와 목민관의 치적

여기서는 산택재의 출사와 목민관의 자세를 통해 그의 우국애민의 현실인식과 선비정신을 살펴보고자 한다.

경신환국으로 대거 축출된 남인은 1689년에 원자 책봉의 문제를 계기로 서인을 몰아내고 집권하였다. 이것을 기사환국이라고 한다. 남인들이 대거 정치에 진출할 수 있는 계기가 된 사건이었다.

산택재는 그 이듬해인 1690년에 갈암 이현일 선생이 조정에 있으면서 공을 학행으로 천거[11]하여 벼슬길에 올라 6품직(六品職)을 제수받고[12] 장악원 주부(掌樂院主簿)에 임명되었다.

그는 왕세자 책례(王世子冊禮)를 법도에 잘 맞게 진행하여서, 임금으로부터 시상(施賞)으로 말 한 필을 하사받았다. 이것은 그가 평소에 예학을 연마해서 현실에 나아가서도 그 박식한 예학을 실천한 결과였을 것이다. 산택재는 풍부한 학식을 바탕으로 넉넉하게 관직의 임무를 수행할 능력을 겸비하고 있었다.

이러한 자질을 인정받아서, 그해 겨울에는 노론들의 본거지인 회덕 현감(懷德縣監)으로 나아가게 되었다. 회덕은 지금은 대전의 일부가 된 곳이다.

현에는 대성(大姓)들이 많아서, 습속(習俗)이 거만하고 사나운 곳으로 본래부터 다스리기 어렵다고 이름이 났다.
그러나 선생은 관직에 이르러 한결같이 집안을 다스리듯 하여 백성을 대하기를 예로써 하고 서리를 부리기를 법으로써 하였다. 오로지 공정한 마음과 바른 길을 행하니 얼마 안 되어 한 고을이 한마음으로 귀의하였다.[13]

11) 천거 : 원문은 '천섬(薦剡)'으로 '섬(剡)'은 중국의 종이 생산지로 유명한 곳이다. 옛날에 그 지역에서 생산된 섬지(剡紙)에다 천거하는 글을 적었으므로, '섬(剡)'이 '사람을 천거하는 문서'의 대명사가 되었다.
12) 6품직(六品職)을 제수받고 : 원문은 직출육품(直出六品)으로 원래는 문과(文科)의 갑과(甲科)에 급제한 사람을 바로 육품직(六品職)에 제수하는 것을 말한다.
13) 權泰時, 《山澤齋文集》 권4, 行狀(權德秀).

산택재가 벼슬에 나아가는 목민관의 처세는 바로, 공정한 마음과 바른 길로 행하는 것이었다.

그의 정치 일선에서 행한 몇 건의 일화를 통해서 그의 정치에 대한 현실인식과 우국 애민의 선비정신을 관찰해 보고자 한다.

> 이해에 마침 큰 흉년이 들었는데, 공은 마음을 다하여 진휼하여 구제하였다. 백성의 수를 헤아리고 장부(帳簿)를 만들어 날을 헤아려 구제하였다. 관청의 곡식이 부족하자 자신의 녹봉을 내어 계속하였으며 전례(前例)에 따라 백성들에게 거둬들이던 것을 일절 없애니 백성들이 이로써 모두 살게 되어 한 고을 안이 안도되어 예년과 같았다.[14]

산택재는 흉년에 시달리는 백성들을 불쌍히 여기고, 먼저 기근에 시달리는 백성의 수를 상세하게 조사하여 그 규모를 파악한 뒤에, 장부를 만들어 체계적으로 이들을 구제하였다. 이들을 구제하는 가운데 관청의 곡식이 부족하자, 자기의 녹봉까지 털어서 이들을 흉년에서 구제하는 데 치중하였다. 그리고 전례로서 백성에게 곡식을 거둬들이는 것을 일절 없애니, 백성들의 생활은 안정되었고, 흉년에 백성을 구휼하는 일은 성공적으로 마무리되었다.

이 사실에서 산택재가 현실을 어떻게 인식하고, 그에 대처하는 목민관의 처세가 어떠했는가를 주목해 보아야 한다. 자기의 녹봉을 털어서 백성을 구제하는 희생정신은 그의 우국애민의 정치적 자질과 강인한 선비정신이 어떠했는가를 판단하는 좋은 자료이다. 산택재는 목민관의 모범이었으며, 이 사실을 역사는 천양(闡揚)해야 한다.

> 그해 봄에는 한 말의 쌀값이 백 전이나 되니 부잣집에서 쌀을 많이 내어 가난한 사람들에게 빌려주고 가을에 장전(長錢)으로 취할 것을 지정하니 그 이자가 열 배나 되었다. 백성들은 바야흐로 양식이 부족하여 뒤를 생각할 겨를도 없이 다투어 그 쌀을 취하니 공은 그 거듭되는 곤궁함을 근심하여 관청 영사에 현실을 상세하게 보고하여 백성들이 빌린 쌀을 두 배만 배상하게 하였다. 관청의 영사에서는 장계(狀啓)를 올려 보고하고 조정의 의사를 취하여 한 도(道)에 관칙(關飭)을 내려 다 회덕(懷德)과 같게 하니 가난한 백성들은 고무(鼓舞)되었다.[15]

---

14) 權泰時, 《山澤齋文集》 권4, 行狀(權德秀).

15) 權泰時, 《山澤齋文集》 권4, 行狀(權德秀).

산택재는 가난한 백성들이 고리대에 시달리는 것을 보고, 이 제도를 혁파하는 데 앞장섰다. 환곡의 제도는 원래 흉년이나 추수 전 식량이 부족한 계절에 관아에서 곡식을 빌려주고 나중에 받는 구휼제도인데, 이것을 악용하여 백성들을 수탈 착취하는 무리들을 고발하고, 민생구제에 대한 해결책을 제시하여 전도에 시행하게 한 공은 선생의 탁월한 능력이었다.

산택재의 이러한 우국애민의식은 현실을 타개하는 데 탁월한 능력을 보였다. 그 이면에는 불의와 타협하지 않는 불굴의 선비정신이 사상적으로 받히고 있었다. 산택재는 그동안 갈고닦은 유교의 우국애민사상이 몸에 배어 있었다. 산택재의 정치의식은 백성을 구휼하는 애민을 우선시하였고, 자기의 출세를 위해 협잡하는 일은 일절 하지 않았다. 산택재의 이러한 목민관의 자세는 타의 모범이 되기에 충분했다.

> 한번은 현(縣)의 북쪽에 강물이 범람하여 옛날에 흐르던 물길이 바뀌면서 땅이 생겼는데, 이 지역에 우거(寓居)하던 고관대가 중에 공과 교분이 두터운 자가 그 땅을 가지려고 호부(戶部)의 문서를 가지고 와서 노비의 이름을 걸어놓으려 하였다. 선생은 그것을 거부하고 "강이 터져 새로 흘러가는 물길이 모두 민전(民田)인데 땅을 잃어버린 사람들은 어느 곳에서 그것을 대신 구한단 말이오."라고 말하니 그 사람이 부끄러워하면서 복종하였다.
> 당시에 연릉군(延陵君) 이공(李公)[16]이 자리에 있다가 몸을 숙이며 공손하게 말하기를 "공의 말이 매우 옳습니다. 옳은 말을 듣고서도 승복하기가 또한 어렵습니다. 그런데 오늘 두 가지 아름다운 일을 보았습니다."라고 하였다.[17]

산택재는 어떠한 권력에도 굴하지 않았고, 개인적인 정리에 휘말리지도 않았다. 여기에서 그의 강인한 선비정신을 엿볼 수 있다. 산택재의 유교적 정치관은 애민사상으로 드러나고 있었다.

산택재의 이러한 정치행위는 당시 당파싸움으로 치열해지는 정치상황 속에서도, 당파를 떠나 산택재를 서로 칭송하기에 이르렀다.

산택재의 백성에 대한 애민의식은 위정자들의 훌륭한 귀감이 되었다. 그의 이러한 정치능력을 인지한 관료들은 그를 고급관리로 추대하려고 하였으며, 사림에 의해 여론

---

16) 연릉군(延陵君) 이공(李公) : 이만원(李萬元, 1651~1708)을 가리킨다.
17) 權泰時, 《山澤齋文集》 권4, 行狀(權德秀).

이 형성되기도 하였다.

상서(尙書) 이관징(李觀徵)[18]과 상국(相國) 권대운[19]이 남대(南臺)[20]로 의망하려 하였다.

산택재의 이러한 경세치용의 뛰어난 능력은 조정에까지 알려져 사람들을 감동시켰으며, 남대로 추천하려는 사람들까지 생겨났다. 남대는 학문과 덕이 뛰어나 이조(吏曹)에서 추천을 받아 사헌부의 대관(臺官)으로 뽑힌 사람을 일컫는다. 주로 학식과 덕이 높으나 벼슬을 하지 않고 초야에 숨어 지내며 학문을 닦는 선비들이 주로 나아가는 관직이었다.

산택재는 파렴치한 수탈착취가 횡행하던 시대에 유학의 정치사상을 우리나라에 다시 드러낸 사람이다. 그것은 '의(義)를 바르게 하되 그 이(利)를 꾀하지 않으며, 그 도(道)를 밝히되 그 공(功)을 꾀하지 않음'에 있었다.

> 또 관아(官衙) 내에서 기르던 개가 길이 잘든 모습과 짖어댈 때의 모습이 범상한 개와 달라, 뜰 앞의 볕에 말리는 어육(魚肉)을 늘 지키고 떠나지 않아 까마귀와 솔개가 모여들면 쫓고, 노복이 훔쳐가려하면 으르렁거리며 못하게 하였다. 그러면서도 사람이 가르치는 뜻을 따라서 순종하지 않은 적이 없었다. 사람들이 "이는 밝은 사또의 화기(和氣)에 감화를 받은 것이다."라고 하고, 혹자는 "이것은 동생(董生) 집의 닭과 개에 비견(比肩)된다."고 말하였다.[21]

산택재가 관아에 기르던 개도 산택재의 교화에 감화되어 늘 재산을 지키는 자기의 임무에 충실하였다. 이 재미있는 일화 속에는 산택재가 수탈착취당하는 백성들의 재산을 보호해 주는 것을 비유한 것이 함의되어 있다. 이 일화는 산택재의 평소 목민관의 자세가 어떠하였는지를 잘 보여준다고 하겠다.

한나라의 지혜로운 철학자이자 정치사상가인 동중서(董仲舒)는 유학사상(儒學思想)으로 모든 인간의 사상의 자유를 통한 사상의 통합을 이루려 했기에 성공했다. 공자의

---

18) 이관징(李觀徵, 1618~1695) : 조선 후기의 문신으로 본관은 연안, 호는 근옹, 자는 국빈이었다. 당색에 구애받지 않아서 서인과 남인 모두에게 신뢰가 두터웠다. 우참찬, 좌참찬, 예조판서, 이조판서를 하다가 판중추부사를 지냄. 상서는 판서를 가리킨다.

19) 권대운(權大運, 1612~1699) : 자는 시회(時會). 호는 석담(石潭). 남인으로 서인을 탄압하여 당쟁에 휘말렸으나 생활이 검소하고 청렴하여 명망이 높았다. 숙종 15년(1689)에 호조, 예조판서를 거쳐, 우의정, 영의정에 이르렀다. 허적(許積)과 함께 탁남의 영수였다.

20) 남대(南臺) : 학문과 덕이 뛰어나 이조(吏曹)에서 추천을 받아 사헌부의 대관(臺官)으로 뽑힌 사람. 주로 학식과 덕이 높으나 벼슬을 하지 않고 초야에 숨어 지내며 학문을 닦는 선비였다.

21) 權泰時, 《山澤齋文集》 권4, 行狀(權德秀).

구도정신과 인간 사랑의 인의사상을 다시 천하에 드러낸 동중서는 무도한 무리들이 탐욕의 칼을 들고 날뛰는 혼란한 시대에도 의연히 정의명도(正義明道)를 향한 사유의 붓을 들어 참된 인간의 길을 밝히는 데 최선을 다했던 것이다.

이 땅의 산택재도 치열해지는 당파싸움의 혼란을 틈타서 무도하게 탐욕의 칼날로 백성들을 수탈 착취하는 무리들에게 의연히 맞서서, 강인한 선비정신으로 우국애민사상을 펼치는, 유교에 근본한 정치사상은 동중서에 비교되고 있었다.

> 관직에 있는 5년 동안 조적(糶糴)을 삼가고 옥송(獄訟)을 공평하게 하였으며 스스로는 매우 검소한 생활을 하여 자제들의 의복과 음식은 집에 있을 때와 같았으나, 궁핍한 친족을 구휼하여 은의(恩義)를 곡진하게 하였다.

산택재는 1690년에 벼슬에 나아가 1694년 갑술환국 때까지 5년간 벼슬에 임했다. 그는 5년 동안 관직에 있으면서 곡식을 사고파는 행위를 일절 하지 않았다. 그 당시 대다수 타락한 목민관들이 환곡의 제도를 악용하여, 곡식을 사고팔고 하여 백성들을 수탈 착취하는 현실에 비추어 볼 때, 그는 청렴결백한 정치인이었다는 것이 증명된다. 그는 옥송을 공평하게 하여 억울한 백성들이 생기지 않도록 철저하게 애민의식으로 행동하였다.

그는 특히 검소하게 생활하면서 자제들의 생활을 검속하였으니, 자기를 희생하는 희생정신이 뛰어났다고 할 수 있다. 산택재는 그러면서도 궁핍하게 사는 친족들을 구휼하여 인의의 덕을 베풀어서 원망이 없게 했으니 이렇게 살아가기가 쉬운 것은 아니었다.

그가 관직에 있으면서 행한 유교적인 정치사상의 실천은 그를 훌륭한 정치사상가로 평가하기에 충분했다.

> 일찍이 《거관요람(居官要覽)》을 저술하였는데 그 항목은 8조목으로 경신(敬身)·염결(廉潔)·수법(守法)·처사(處事)·옥송(獄訟)·교민(教民)·권농(勸農)·진휼(賑恤)이었다. 성현의 격언을 모으고 기록하여 항상 스스로 살피고 반성하니, 송규렴(宋奎濂)이 그의 고향집에 있을 때 말하고 행동할 바가 있으면 반드시 "사또가 들으시면 무어라고 하실까?"라고 하였으니 민심이 경외하고 복종함이 이와 같았다.[22]

---

22) 權泰時, 《山澤齋文集》 권4, 行狀(權德秀).

산택재는 훌륭한 목민관의 자세를 지녔다. 그의 탁월한 행정력과 성인을 본받아 유교적 이상사회를 펼치려는 노력은 훌륭하였다. 그의 우국애민의식은 환곡을 신중하게 하였고, 소송을 공평하게 하였으며, 또 학교를 부흥시키고, 민생의 삶을 개혁하고, 유풍을 진작하려는 큰 뜻을 실현하였다. 그는 또《거관요람》이란 책을 지어서, 목민관의 모범적인 자세를 상세하게 기록하였다. 그 항목은 8조목의 내용은 다음과 같다.

1) 항상 몸을 경건하게 하려는 경신(敬身)의 자세
2) 청렴결백하고 양심적인 염결(廉潔)의 처세
3) 법을 준수하고, 엄격히 지키려는 수법(守法)의 자세
4) 일에 임해서 정성을 다하여 처리하고, 신중하려는 처사(處事)와 접물의 자세
5) 소송에 억울함이 없도록 공정 객관적인 시각으로 처리하는 옥송(獄訟)의 자세
6) 백성을 올바로 가르치고, 학교를 설치하고 부흥시키려는 교육적 자세 교민(敎民)
7) 부지런히 농사짓기를 권장하여 굶주림이 없도록 하는 권농(勸農)의 자세
8) 불쌍하고 가난한 사람들을 구휼하려는 애민정신이 투철한 진휼(賑恤)의 자세

여기에 더하여 항상 성현의 격언을 모으고 기록하여 항상 스스로 살피고 반성하여 정치에 임했으니, 산택재의 유교적 이상사회를 펼치려는 관료의식은 목민관의 모범이 되고도 남는다. 동춘당 송준길의 문인이면서 대사성을 지낸 송규렴이 산택재의 이러한 정치에 감화를 받았던 일화를 보면서, 민심이 선생을 경외하고 흠모하는 것이 어느 정도였는지 짐작이 간다.

《거관요람》 이것은 오늘날의 위정자들에게도 본받고 실천할 가치가 충분한 훌륭한 행정 지침서였다. 이 책이 불행하게 불타버리고 전하지 않지만, 그가 지은 〈거경요람〉은 목민관의 훌륭한 전범이었고 선비정신의 보고였다.

숙종 20년(1694) 갑술년 60세 갑술환국으로 인해 누차 사표를 올리고 고향으로 돌아갔다. 그의 짐 속에는 다만 단금(短琴) 하나만 있을 뿐이었다.

그는 벼슬에 연연해하지 않았다. 탁세로 평가되는 당대의 당파싸움이 치열한 시대를 바라보면서, 대은의 길을 간 훌륭한 선비였다.

이방들 흩어져 뜰은 비고 대낮이 한가한데	吏散庭空白日閒
우두커니 말없이 청산을 마주하네	嗒然無語對靑山
백성 걱정 나라 경영엔 모두 보탬이 안 되지만	民憂國計俱無補
평생의 한 조각 붉은 마음을 누가 알리오	誰識平生一寸丹

그가 5년간 목민관을 마치고 돌아오는 그의 봇짐 속엔 단지 단금(短琴) 하나만 있을 뿐이었다. 이 청렴결백하고 간소한 목민관의 처세에, 선생을 경모하는 정이 저절로 생겨남을 억제할 수 없다. 선생은 위대한 유학자이자, 군자였으며, 훌륭한 목민관이었다.

숙종 25년(1699), 65세에 〈압각정기(鴨脚亭記)〉, 〈서책계첩서(書冊稧帖序)〉를 지었다. 후생을 접대하는 사이에는 온화한 기운이 가득하였고 나이가 많을수록 덕이 높아지고 명망과 실상이 모두 높아지니, 여론이 재상감으로 인정하였다.

송암(松巖) 권호문(權好文)의 후손인 포헌(逋軒) 권덕수[23]가 지은 〈위인찬(偉人贊)〉에 이르기를 "山澤翁은 좋은 과실과 같아서 안과 밖이 농밀하게 익어 풋내나 떫은맛이 없다."라고 하였고, 우담 정시한의 후손인 해좌(海左) 정범조(丁範祖)[24]는 그 묘비에 쓰기를 "평소에는 말이 적지만 일에 임해서는 조리가 있었으니, 실학인 유학과 아름다운 행실에 바탕을 둔 것이었다."라고 하였다.

당대 덕 있는 군자들의 논의가 다 이와 같았다.

산택재집 발문을 쓴 신익호는 "산택재 선생은 하늘이 낸 순유(醇儒)의 자질을 부여받고 집안에서 전해지던 경(敬)을 주로 하는 학문을 계승하였다. 덕이 성대해질수록 예는 더욱 공손하였고 나이가 많아질수록 행실을 더욱 닦아서 산림(山林)이 정2품 이상의 높은 관직으로 나갈 것으로 기대하였다. 좋은 과일이 잘 익었다는 평이 있었으며 당시 덕을 안다는 논의가 있었으나 다만 그 높은 재주와 심오한 학식으로도 이미 당시에 크게 쓰이지 못한 것이 한스럽다."라고 하였다.

벼슬에서 물러난 지[25] 20여 년에 더욱 강건하여 질병도 없었고 귀와 눈도 쇠하지

---

23) 포헌(逋軒) 권공(權公) : 권덕수(權德秀, 1672~1760). 자는 윤재(潤哉), 호는 포헌(逋軒), 본관은 안동이다. 아버지는 진원(震元)으로 안동에 거주하였다. 호문(好文)의 현손으로 이현일(李玄逸)의 문인이다. 학행이 높아 사림에 중망이 있었으며 1728년 이인좌(李麟佐)의 난 때 창의하였다. 이조판서(吏曹判書)에 증직되었고 저서로는 《포헌집(逋軒集)》이 전한다.

24) 해좌(海左) 정공(丁公) : 정범조(鄭範朝, 1833~1898). 자는 우서(禹書), 호는 해좌(海左), 본관은 동래(東萊)이다. 철종 10년(1859) 증광 문과에 병과로 급제하여 여러 관직을 두루 거치고 1892년 우의정이 되었으며, 좌의정을 여러 차례 역임하였다. 시호는 문헌(文獻)이다.

않았다. 당시 읍내의 나이 많고 덕 있는 여러 노인들과 학사(學舍)와 산사(山寺)를 유람하기 위해 가마를 타고 구름과 노을, 물과 바위 사이에 출몰하면 보는 자들이 신선을 바라보듯 하였다.

기해년(1719) 4월 10일은 번곡공(樊谷公)의 제사 날이었다. 공의 나이 이미 85세인데도 오히려 스스로 기일에 앞서 재계(齋戒)하고 직접 제수를 점검하였는데, 닭이 운 뒤에 기운이 문득 평온하지 못하였다. 자제들을 불러 제사를 대신 주관하게 하였다. 조금 후에 기식이 점점 약해져 온 집안이 놀라 구완하였으나 이미 미칠 수 없었다.

산택재는 숙종 45년(1719) 4월 10일 85세의 나이로 졸하였다. 이해 10월 12일에 학가산 남쪽 기슭 부해(負亥)의 언덕에 장사지냈다. 유림에서 모인 자가 3백여 명이었다.

이 당시는 당파싸움으로 인하여 영남유림이 고통을 받고 있을 때여서, 흩어지고 결집이 잘 안 되던 어려운 시기였다. 이 당시에 상여 끈을 잡은 자가 3백 명이라는 것은 영남유림을 결속시키는 데 큰 공이 있었음을 짐작할 수 있다.

그는 시문에 뛰어나서 당시에 문장의 전범이 되었다. 자주 글을 지어서 후생들에게 보이며 유풍을 발전시켰다. 그의 시문은 마음 가는 대로 써 내어도 평담(平淡)하고 순숙(純熟)하였으나 번번이 원고를 삭제하고 드러내지 않았으니 아마도 지나치게 스스로 겸허하여 문인으로 자처하지 않았기 때문일 것이다.

처음 벼슬에 나아간 것이 이미 늦은데다가 관직에 있은 것이 또한 겨우 5년이었으니 평소 학문의 만에 하나도 펼치지 못하였고 혜택이 미친 것은 십실지읍(十室之邑)에 불과할 뿐이었다. 시운이 막혀 지위가 덕에 따르지 못하였으니 공론(公論)이 그를 애석하게 여겼다.

순종 4년(1910) 선생 사후, 약 2백여 년이 지나서 금익모(金翊模) 등이 경광서당(鏡光書堂)에서 활자로 문집을 초간하였다. 1911년에 안동(安東) 사림(士林)들이 목판으로 문집을 중간하였다.[26]

산택재 권태시의 이러한 삶을 후인들은 어떻게 평가했을까? 그에 대한 만사를 중심

---

25) 벼슬에서 물러난 지 : 원문은 '가식(家食)'으로 벼슬하지 않음을 말한다. 《주역》〈대축괘 전(大畜卦傳)〉에 "대축은 정함이 이로우니 집에서 밥을 먹지 않으면 길하니, 대천을 건넘이 이롭다.[大畜, 利貞, 不家食, 吉, 利涉大川.]"라고 하였고, '본의(本義)'에 "'불가식'은 조정(朝廷)에서 녹을 먹고 집에서 밥을 먹지 않음을 이른다.[不家食, 謂食祿於朝, 不食於家也.]"라고 하였다.

26) 권덕수(權德秀)의 행장, 金瀅模의 跋, 한국고전번역원, 《산택재집》 해제 참조.

으로 살펴본다.

밀암 이재는 만사(挽詞)에서 권태시를 다음과 같이 평가하고 있다.

경당 장흥효 문하의 선비 중에	敬堂門下士
번곡(樊谷)[27]이 최고로 훌륭하다고 추앙한다	樊老最推賢
그 덕을 이은 으뜸에 이의가 없었고	嗣德元無忝
가학으로 계승하여 다시 전함이 있었도다	承家更有傳
벼슬에 나아가서는 동량재[28]로 여겨졌고	時來擬黼黻
물러나서는 임천(林泉)에서 노닐었다	運去晦林泉
진정한 유학자[29] 이제 몇 명 남았는가?	耉造今餘幾
유관을 쓴 사람들은 날로 줄어 가는데	儒冠日索然

밀암은 제문에서도 "오호라! 공과 같은 자는 그 재능과 지조, 덕행과 사업의 온전함이 또한 사람됨의 실질에 부끄러움이 없다고 이를 만하다. 불행한 때를 만나 그 덕을 다 베풀지도 못하고 20년간 임천에서 지내다 마침내 천수를 다하고 세상을 떠나셨으니 처음부터 끝까지 공의 입장에서는 무슨 유감이 있었겠는가."라고 하였다.

밀암은 산택재의 학문이 경당 장흥효의 문하에서 수학한 그의 아버지 번곡 권창업에게서 전수된 것임을 강조하고 있다. 밀암은 퇴계의 학맥을 잇는 중요한 위치에 산택재를 올려놓음으로써 그 뒤를 이어 집대성한 자기의 학문에 대한 경로를 밝혀 두었다. 그리고 당대 유학의 계보를 공고하게 하고 있었다. 밀암은 아버지인 갈암 이현일을 종유하며, 유학에 공이 있는 산택재를 당대 유학의 종장으로 떠받들었다.

권두경(權斗經)[30]도 산택재를 만사에서 평가하기를

---

27) 번곡(樊谷) : 권태시의 아버지인 권창업(權昌業, 1600~1663)의 호이다.

28) 보불(黼黻) : 고대의 제기로, 여기에서는 임금을 보좌하는 훌륭한 인재를 가리킨다.

29) 구조(耉造) : 《서경》〈군석(君奭)〉에 주공(周公)이 소공(召公)에게 "그대와 같은 구조의 덕을 하늘이 장차 내리지 않는다면, 우리는 봉황의 소리를 다시 듣지 못하게 될 수도 있다.[耉造德不降 我則鳴鳥不聞]"라고 한 말에서 유래한다.

30) 권두경(權斗經, 1654~1725) : 자는 천장(天章), 호는 창설재(蒼雪齋), 본관은 안동(安東)이다. 이현일(李玄逸)의 문인이다. 1679년 사마시에 합격하고 1694년 학행(學行)으로 태릉참봉(泰陵參奉)이 된 후 여러 관직을 거쳐 1700년 정랑(正郎)에 올랐으나 곧 영산현감(靈山縣監)으로 나가 풍속을 교화시켰다. 문집에 《창설집》,

　　　진심(眞心)과 순행(純行)은 천품을 온전히 받은 것이요　　　眞心純行得天全
　　　학문의 연원은 부자간에 전한 것이네　　　　　　　　　師學淵源父子傳

라고 하여 산택재의 인물됨이 남다름을 피력하였다.
　또 이징도(李徵道)[31]는

　　　큰일났다 학가산 제일봉이 꺾였으니　　　　　　　　鶴駕驚摧第一峯
　　　영남은 이제 또 유림의 수장을 잃었네　　　　　　　山南今又失儒宗

라고 하여 권태시를 학가산 제일봉에 비유하고, 영남유림의 종주로 일컬었다.
　청남의 영수 이관징의 아들, 동애(東厓) 이협(李浹)은

　　"옛날 우리 선부께서 장악원제거(掌樂院提擧)가 되셨을 때 공이 장악원의 주부로서 처음
　벼슬에 나아가 문후(問候)하시자, 선자께서는 예의를 갖추고 일어나 맞이하며 "이분이야말로
　영남의 어진 장로이다."

라고 말씀하셨다. 이관징은 당시 청남의 영수로서, 허목과 함께 당대 최고의 인물이었
다. 이런 분이 산택재를 영남의 어진 장로라고 할 정도면 산택재의 인물이 어느 정도인지
를 가늠할 수 있다.

　또 병곡(屛谷) 권구(權榘)[32]는

　편저에《퇴계선생언행록(退溪先生言行錄)》,《도산급문제현록(陶山及門諸賢錄)》이 있다.
31) 이징도(李徵道, 1652~?) : 자는 이시(以時), 호는 무릉(武陵)·광장옹(廣丈翁), 본관은 우계(羽溪)이다. 아버지
　는 聖兪, 생부는 聖命으로 봉화에 거주하였다. 흥문(興門)의 증손이다. 1710년 증광시(增廣試) 문과에 급제하여
　찰방(察訪)·전적(典籍)·직강(直講)을 역임하였다. 1728년 이인좌(李麟佐)의 난 때, 영남지역에서 거병하여 창
　의했으며 당시 순흥 지방의 의병대장으로 추대되어 활약하였다.
32) 권구(權榘, 1672~1749) : 자는 방숙(方叔), 호는 병곡(屛谷), 본관은 안동이다. 아버지는 징(憕)으로 안동에
　거주하였다. 유원지(柳元之)의 외손이며 이현일(李玄逸)의 문인이다. 일찍이 출사를 단념하고 학문연구와 후
　진 양성에 힘썼다. 이조판서(吏曹判書)에 증직되었고, 저서로는《병곡집(屛谷集)》·《병곡속집(屛谷續集)》등
　이 전한다.

기덕(耆德)[33]으로 내 고장에는 우리 공이 있어서	耆德吾鄕有我公
울연히 영남의 유종(儒宗)으로 여겨졌네	蔚然南國見儒宗

라고 하여, 영남의 유종으로 평가했다.

또 유분시(柳賁時)[34]는

지금 시대 유가의 사표는 곧 우리 공이니	今代師儒卽我公
구가(舊家)의 시(詩)와 예(禮)로 성현의 풍모를 이었네	舊家詩禮繼賢風

라고 하여 당대 유림의 사표로서 시와 예에 뛰어났음을 높이 평가하였다.

또 권대림(權大臨)[35]은

인물은 영남의 제일류(第一流)이고	人物南州第一流
단상(端詳)하고 유아(儒雅)함은 그 짝이 드물었네	端詳儒雅鮮其儔
학문의 연원은 어릴 때부터 가정에서 얻었으며	淵源已自家庭得
사우로 갈암(葛庵) 어른을 따라서 노닐었네	師友尙從葛老遊

라고 하였다. 그의 만사와 제문에는 그를 영남유림의 수장으로 평가하고 있었다.

산택재 권태시는 평생을 유풍진작에 몰두한 뛰어난 선비였다. 그의 수기치인의 처세와 우국애민의 선비정신은 타의 모범이 되었으며, 선비정신의 귀감이 되었다.

3. 산택재의 문학세계

산택재 문집은 총 4권 2책으로 구성되어 있다.

---

33) 기덕(耆德) : 연치가 높고 덕망이 있어 사람들에게 신망을 받는 사람을 이른다.

34) 유분시(柳賁時, 1680~1761) : 본관은 전주(全州), 자는 회이(晦而), 호는 취헌(醉軒)이며 아버지는 양휘(揚輝)로 안동에 거주하였다. 1728년 이인좌(李麟佐)의 난에 창의하여 공을 세웠다. 시집이 전한다.

35) 권대림(權大臨, 1659~1723) : 자는 만용(萬容), 호는 칠우정(七友亭), 본관은 안동이다. 아버지는 득여(得與)로 영덕(盈德)에 거주하였다. 1683년 증광시(增廣試) 3등으로 생원에 합격하고 1687년 식년시(式年試) 병과로 문과에 급제하여 사헌부감찰(司憲府監察)·함경도도사(咸鏡道都事)·성균관직강(成均館直講)·자인현감(慈仁縣監)·만경현감(萬頃縣監) 등을 역임하였다. 저서로는 《칠우정집(七友亭集)》이 전한다.

1910년 7월에 쓴 김도화(金道和)의 서(序)에 의하면 "산택재 선생께서 평소 겸허한 자세를 지니고 있었다. 그것이 나타나 있는 시와 문장이 훼손되었으나 수습하지 못하였다."라고 하고 있다.[36]

권덕수는 행장에서 "그의 시문은 마음 가는 대로 써 내어도 평담(平淡)하고 순숙(純熟)하였으나 번번이 원고를 삭제하고 드러내지 않았으니 아마도 지나치게 스스로 겸허하여 문인으로 자처하지 않았기 때문일 것이다."라고 하였다. 당파싸움이 혼란한 시대에 처하여 지은 것이 있으면 곧 태워버렸으니 당시의 화란을 면하려는 때문이었다.

여기에서 보듯 산택재의 원래 시문은 온전하게 수습이 되지 못한 듯하다. 이 문집을 바탕으로 보면, 산택재의 문학은 사(辭) 1편, 시(詩) 161편, 서(書) 17편, 잡저(雜著) 1편, 서(序) 4편, 기(記) 2편, 발 1편, 뇌문(誄文) 1편, 제문(祭文) 11편, 행상(行狀) 1편, 유사(遺事) 1편, 광기(壙記) 1편이다. 광기는 무덤 속에 넣는 신상기록이다.

산택재 문집에 나타난 작품들을 분석해 본 결과, 초사의 수용, 주자시의 흠모와 수용, 산수·누정시를 동경하는 성리학적 자연관, 강호가도, 당쟁 속에 누적된 긴장과 그 이완을 통한 정화, 만시에 나타난 사별의 정한 등을 문학적 성과로 꼽을 수 있다.

그의 문학은 철저하게 유학에 바탕을 두고 있어서, 그의 사상적 범주는 유교경전의 사상이 기초를 이루며, 수기치인 우국애민의 범주에 벗어나지 않는다. 그의 문장은 경전의 의미가 함의된 고문투의 문식이 강하게 드러난다.

1) 초사의 수용과 변용

산택재의 문학사상 속에서 가장 특이하고, 중요한 사건은 초사(楚辭)의 수용이다. 치열한 당파싸움 속에서, 참소를 입고 물러나는 신하들이 얼마나 많았을까? 굴원의 초사는 참소를 입고 억울하게 물러나는 신하의 정서가 듬뿍 함의된 명편들이다. 산택재가 초사를 읽고 당대의 아픔에 비유하는 문학정신은 그의 학문적 경향이 예사롭지 않았다는 것을 증명해 준다.

그의 문집에 첫 편에 실려 있는 〈의의초사(擬擬招辭)〉는 초사(楚辭) 〈초혼(招魂)〉을 본뜬 것이다. 이것은 우리 문학사에 있어서 초사의 수용과 변용의 이정표를 밝혀주는 중요한 작품이다. 초사 〈초혼〉은 굴원(屈原)이 지었다고도 하고 그의 제자 송옥(宋玉)이

---

36) 權泰時, 《山澤齋文集》 권1, 序(金道和).

지었다고도 한다. 산택재는 송옥이 지었다고 보고 있다. 이것을 본떠서, 남전(藍田) 여대림(呂大臨)이 〈의초사(擬招辭)〉를 지은 것을 다시 모의(模擬)하여 지은 것이다. 이 작품이 실려 있는 《산택재문집》은 문학의 방면에서 중요한 연구 자료이다.

산택재는 여대림의 〈의초사〉를 어디서 보았을까?

주희는 굴원의 부(賦) 25편을 〈이소(離騷)〉, 송옥 이하 16편을 〈속이소(續離騷)〉라 하여 《초사집주(楚辭集注)》 8권을 짓고, 주(周)나라의 순경(荀卿)부터 송나라의 여대림까지의 52편을 《초사후어(楚辭後語)》(6권)에 수록하였으며, 부록으로 《초사변증(楚辭辨證)》 상·하 2권을 만들었다. 여대림의 초사는 《초사집주》의 《초사후어》에 들어 있는 작품이다. 이 작품의 전모는 다음과 같다.

> 藐余受中而參三兮 稟二五之精粹 紛旣有此內美兮 忽弱喪而流徙 神踰佚而不返兮 形枯槁以獨居 上帝於焉降監兮 思使余而復初 屬巫陽使筮之兮 云爲余而招之陽 拜稽而祇承兮 退而招之以辭 辭曰 魂兮歸來 君自有樂地 胡爲乎四方些 倀倀迷途 空自忙些 魂兮歸來 無逐聲些 黑坎欲陷 千丈坑些 洼哇嘈唽 並來呈些 一爲所陷 便喪生些 超之無所倚 悔之不可追些 歸來歸來 恐自遺災些 魂兮歸來 無逐色些 銀海浩淼 深不測些 奇珍玩好 雜來陳些 一爲所溺 便喪眞些 視以不見 夜不晨些 歸來歸來 恐自淵淪些 魂兮歸來 臭不可極些 揚芬播馥 庶香錯些 酷烈薰襲 交相紛些 惟意所欲 恣懽忻些 心與氣化 千里奔些 歸來歸來 害不可言些 魂兮歸來 味不可縱些 珍羞玉饌 侈供奉些 大苦鹹酸 甘辛窮些 貪饕朶頤 喪厥中些 小而亡身 大而亡國些 歸來歸來 禍不可測些 魂兮歸來 入修門些 工祝招君 沐芳蓀些 齊整裳衣 敬且誠些 繽紛後先 百神迎些 魂兮歸來 返故居些 相彼君室 靜而虛些 仁木信土 禮爲基些 歸然獨存 景物悲些 君昔在矣 洞八闥些 外內肅穆 絶淫慝些 今其去矣 荒草深些 魂兮歸來 迨其今些 君昔在矣 萬物備些 君臣父子 兄若弟些 今其去矣 騫王胐些 魂兮歸來 迨其謂些 光風楊柳 繞屋扶疎些 霽月梧桐 光景自如些 魂兮歸來 返故居些 亂曰 人生短期兮不滿百 餘年幾何兮足可惜 魂兮歸來 光陰儵忽 義有路兮平如砥 勿有旗兮亦委蛇 魂兮歸來亟回轡 鳥飛返故林 狐死必首邱 魂兮歸來寧君軀[37]

산택재는 〈의의초사(擬擬招辭)〉를 지으면서 이 작품을 짓게 된 동기에 대해서 이 작품에 다음과 같이 병기해 두었다.

옛날에 남전(藍田) 여대림(呂大臨)[38]이 송옥의 초사(楚辭) 〈초혼(招魂)〉을 모방하여 〈의

---

37) 《山澤齋文集》 권1, 辭, 〈擬擬招辭〉, 한국문집총간 속49.

초사(擬招辭)〉를 지었다. 이는 버려진 마음을 구하여 본성을 회복한다는 은미한 뜻을 우의(寓意)한 것이다. 나는 그 가사의 뜻이 그윽하고 심오하며, 그 조심함을 드러내는 것이 매우 간절한 것을 좋아하여, 그 체를 본받고 싶어 했다. 아침저녁으로 패에 명을 새겨 지니려고 여겼지만, 돌아보건대 사유가 너무 평범하고 필력이 위약한 것이 한스러웠다. 비록 옛 사람의 만분의 일도 행할 수 없을지라도 또한 각자 그 뜻만을 말하는 것이니, 고로 여기에 기록하여 삼가고 반성하는 자료로 삼고자 한다.[39]

여대림의 〈의초사〉는 버려진 마음을 찾아 본성을 회복한다는[求放心復常性] 은미한 뜻에 우의한 것이다.

이것은, 《맹자(孟子), 고자(告子), 상(上)》에 "仁은 사람의 마음이고, 義는 사람의 길이다. 그 길을 버리고 말미암지 아니하며, 그 마음을 버리고 찾을 줄을 모르니, 불쌍하다! 사람은 닭과 개가 나가면 그것은 찾을 줄을 알면서, 마음이 나가 있는 데도 찾을 줄을 모른다. 학문의 길이란 다른 것이 아니라, 그 버려진 마음을 찾는 것일 뿐이다."[40]란 것을 떠올리며, 우의한 것이었다. 산택재는 이 작품을 읽고, 감명 받은 것이었다.

산택재는 이 작품이 주는 교훈적 의미가 강하게 다가와 이것을 명으로 삼아서 반성하는 자료로 삼고 싶어 했다. 산택재도 결국은 굴원의 초사, 〈초혼〉을 감명 깊게 읽었다고 보아야 한다.

굴원의 초사 〈초혼〉은 첫 부분은 다음과 같다.

짐은 어려서부터 청렴개결했음이여	朕幼清以廉潔兮
몸소 의를 실천함에 부끄러움이 없었네	身服義而未沫
이것이 융성한 덕을 주관함이여	主此盛德兮
그러나 세속에 이끌려 덮여졌도다	牽於俗而蕪穢

---

38) 여대림(呂大臨) : 송나라 경조(京兆) 남전(藍田) 사람이다. 처음에 장재(張載)에게서 배웠고, 나중에 정이(程頤)의 제자가 되었다. 사양좌(謝良佐), 유초(游酢), 양시(楊時)와 함께 정문사선생(程門四先生)으로 불린다. 여씨 형제가 고을 사람들과 서로 지키기로 약속한 자치 규범인《남전여씨향약(藍田呂氏鄉約)》이 인구에 회자된다.

39) 昔呂藍田大臨擬宋玉招魂賦, 賦擬招辭, 蓋以寓夫求放心復常性之微意也. 余嘗愛其辭旨幽邃, 警發深切, 欲效其體, 以爲晨夕銘佩之資, 顧以思致平凡, 筆力萎弱, 雖不能萬一於前人, 亦各言其志也, 故玆錄之, 以備警省云.

40) 孟子曰 仁人心也 義人路也 舍其路而不由 放其心而不知求 哀哉 人有鷄犬放則知求之 有放心而不知求 學問之道 無他 求其放心而已矣.

이것은 기원전 약 300년 전쯤에 써진 것이다. 굴원의 작품이라고도 하고 굴원의 제자 송옥의 작품이라고도 한다. 그러나 첫 구절을 보면 굴원의 형상이 드러난다. 주희는 〈초사집주(楚辭集注)〉에서 이 작품을 송옥의 작품이라고 했다.

산택재는 주희의 〈초사집주〉를 통해 초사를 이해하고 있었다. 여대림은 장횡거(張橫渠)의 제자로서 성리학의 대가였다. 여대림이 이것을 모방하여 〈의초사〉를 지은 뜻이 다분히 유교적이어서 좋다고 한 것이다. 너무 좋아서, 이것을 본받아 〈의의초사(擬擬招辭)〉를 지었다고 했다. 이것은 조선의 사부문학에 한 획을 긋는 문제작이다.

산택재는

아득히 나의 성품 하늘에서 받음이여	藐余受中而參三兮
음양오행의 정수를 타고 났다네	稟二五之精粹
이 마음 내면에 충만한 아름다움이여	紛旣有此內美兮
갑자기 잃어버리고 떠돌고 있구나	忽弱喪而流徙

라고 모방하여 지었다.

모방은 창조의 어머니라고 했던가? 산택재는 이것을 성리학적 형상사유로 이렇게 고쳤다. 이것은 단순한 모방이 아니다. 송옥의 주제의식과 산택재의 주제의식은 다르다. 산택재는 죽어서 흩어지는 영혼을 찾는 과정을 맹자가 말한 잃어버린 마음을 찾는 학문의 방법으로 변용하여 읊었다. 산택재는 초사 〈초혼〉을 유교적으로 재창조하고 있다.

산택재는 형식은 초사 〈초혼〉을 모방했지만 내용은 성리학적 요소로 다분히 창의적이고 새로운 내용이다.

혼이여 돌아오라	魂兮歸來
지금이 올 때이다	迨其今些
예전에 그대는 이 자리에 있어	君昔在矣
만물이 구비되니	萬物備些
군신유의하고 부자유친하며	君臣父子
형과 아우 우애로웠네	兄若弟些
지금은 그것이 떠나버려	今其去矣
군왕을 어기고 표독한 사람 되었으니	騫王虺些

〈초혼〉. 혼이여 돌아오라, 이 초혼은 우리 문학사상 끼친 영향이 많은 작품이다. 죽음과 그리움, 그리고 기억과 상실 사이의 미학 〈초혼〉. 초사가 한국의 문학에 미친 영향은 크다. 그 중에서도 가장 잘 알려진 것은 〈이소〉일 것이다. 그러나 초사 중에도 한국 문학에 가장 영향을 많이 끼친 것은 굴원의 〈초혼〉이고 그 중에서도 가장 우리에게 잘 알려진 것은 김소월의 〈초혼〉일 것이다. 이것은 대중가요로 작곡되어 불린 바 있다. 최근에는 가수 장윤정의 〈초혼〉이 대중들에게 인기를 끌고 있다. 초사 〈초혼〉의 영향이 현대에까지 미치고 있는 것으로 초사 〈초혼〉의 문학적 현재성이 드러나는 부분이다. 그러나 우리 문학에 초사, 〈초혼〉의 수용 양상에 대한 연구가 거의 없다.

이렇게 보면 굴원의 〈초사〉는 현대까지 약 2,500여 년간 동아시아의 문학에 잠재되어 세계 속의 문학으로 발전되어 오고 있다. 기원전 초나라의 신화적인 작품을, 2천여 년이 지난 17세기 중반에 성리학적 사유로 새롭게 각색하여 탄생시킨 작품인 것이다. 이 얼마나 심오하고 위대하며 특별한 것인가? 산택재의 이 작품 하나만으로도 그가 우리 문학사에 점유하는 위상을 파악할 수 있다. 《산택재문집》은 그만한 가치가 있는 문집이다.

초사는 한나라로 접어들면서 사부(詞賦)로 계승되었고, 문장의 수사에 대한 추구는 후대 변문의 발전을 촉진시켰다. 초사의 형식은 7언시 형성에 영향을 주었고, 중국문학사에 낭만주의 문학의 씨앗을 뿌렸다.

사부의 문체는 초사에서 생성된다. 이것은 우리 문학사에 소략한 사부문학의 갈증을 해소해 주는 한국 사부문학의 정수로서 그 가치가 높다.

퇴계학파의 유학자들은 〈초사〉를 어떻게 인식했을까? 지금까지 퇴계의 시에 대해서 수많은 연구가 이루어졌지만 그의 〈초사〉 수용에 관한 것을 연구한 논문은 없었다. 그러나 퇴계 선생의 문집에는 〈초사〉를 전망한 문학작품과 시어들이 자주 나타나고 있어 그 연구의 필요성이 제기되고 있었다.

최근에 와서 필자에 의해 연구되기 시작한 조선의 〈초사〉 수용의 양상은 우리나라에서도 초사가 많이 읽혔으며, 우리 문학에 끼친 영향이 컸다는 것들을 증명하였다. 퇴계의 초사 수용과 서애의 초사 수용에 대한 연구에서 드러났듯이, 퇴계학파에서도 초사의 수용이 많이 이루어졌다는 것이 밝혀졌다. 이 연구의 연장선상에서 산택재의 〈의의초사(擬擬招辭)〉는 영남학파의 중요한 지점을 점유하고 있다.

이 연구와 관련하여 산택재의 〈독초사유감(讀楚辭有感)〉이란 작품은 산택재의 초사 수용의 양상을 엿볼 수 있는 중요한 작품이다. 그 작품은 다음과 같다.

장생술 배워 후일을 보고파 하였거늘	欲學長生看後晨
주자는 무슨 일로 굴원을 비웃었나	晦翁何事笑靈均
그때로부터 지금 다시 오백 년	而今況復年千半
눈물 훔치며 노래하는 이 그 몇이런가	抆淚謳吟有幾人

산택재는 초사를 읽으며 그 느낌을 시로 표현하였다. 굴원은 초사에서 도교적인 민간신앙들을 나열하며 생을 초월한 이야기들을 많이 썼다. 산택재는 장생(長生)이란 시어로 이것을 함의시켰다. 굴원은 초사에서 무속인들을 등장시켜 〈초혼〉같은 초현실적인 일들을 노래했다. 초사에는 굴원의 초현실주의적 상상력이 넘쳐난다. 산택재는 굴원의 이러한 시구들을 감상하면서 굴원이 후일을 보고파 했을 것이라고 느꼈던 것 같다. 산택재는 초사를 비교적 폭넓게 읽고 감상하면서, 당대 현실과 비교하면서 생각하였다. 이규보 같은 시인은 굴원의 처세에 대해 비판하였다. 충신불사이군의 논리나, 굴원이 지나치게 재주를 드러내었고, 분노를 삭이지 못했고, 군주를 원망하였다. 명철보신하여 중용의 덕을 지니지 못한 것에 대해 비판했다.

주희의 《초사집주》에 "주자(朱子)는 '굴원의 잘못은 지나친 충(忠)에 있다.' 한 부분을 이렇게 이해하고 유학적으로 비판하며 시교(詩敎)의 논리로 수용하고 있다. 그러나 주희는 그 뒤를 이어 그의 문사(文詞)를 논함에는, 〈초사〉를 '《시경(詩經)》 변풍(變風)의 말류로 치달았다.'고 말하였으니, 아마 이 때문인가?"라고 비평하고 있다. 서애 유성룡도 굴원에 대해 다음과 같이 비평하고 있다.

대저 도는 중용을 지극한 것으로 삼아 희로애락이 다 천연(天然)의 원칙을 가지고 있으며, 지나침과 모자람은 모두 정도가 아니어서 다 중(中)을 잃은 것이니, 이 이치는 《중용(中庸)》에서 상세히 말하였다. 시의 가르침도 이와 같을 뿐이다. 아, 정밀도하다. 도를 체득한 군자가 아니면 어떻게 여기에 참여하겠는가. … 중략 …

아, 한 백성이 제자리를 잃으면 왕정의 나쁨을 알 수 있고, 한 여자가 버림을 받으면 인민의 곤란함을 알 수 있다. 천하의 부자·군신·부부·형제·붕우가 서로 원망하는 시가 많아 변풍(變風)이 일어나 왕도를 돌이킬 수 없었으니, 이것을 어찌 쉽게 말하겠는가. 성인은 여기에서 그 느낀 바가 깊었다. 아! 감동적이다.[41]

서애는 굴원의 잘못을 유교사상을 바탕으로 분석하여 비판을 가하며 시에 대해 비평한 성인들의 시정신이 굴원의 초사 상황에 잘 맞아 들어가는 절실한 표현에 감동하고 있다.

서애는 주희가 '굴원의 잘못은 지나친 충(忠)에 있다.' 말한 것에 주목하여 굴원을 중용의 입장에서 비평하고 있다. 공자의 흥관군원(興觀群怨) 시의 가르침도 중용을 바탕으로 가르친 것이라고 인식하고 있다. "지나친 것과 모자람도 모두 정도가 아니어서 중을 잃은 것이라고 하면서 굴원의 〈초사〉도 다 중을 잃은 것에서 온 것이라고 비판하고 있다. 그러나 서애는 글을 읽다가 문득 구준(寇準)과 비교되는 굴원을 떠올리며, '초나라 무리 중에 홀로 우뚝 서서 종신토록 변하지 않는 자 천만 인에 한 사람뿐'이라고 굴원의 청렴결백과 고결한 성품을 극찬했다.

산택재도 서애의 견지를 받들어 "주희는 무슨 일로 굴원을 비웃었는가?"라고 하고 있다. 이것은 퇴계와 서애에서 산택재로 이어지는 영남유림들의 굴원관이다.

필자는 영남 사림들의 초사 수용에 관심을 가지고 연구해온 터이다. 퇴계 이황(李滉) 선생도 초사를 탐독했으며, 그의 시가에 초사의 시어가 많이 인용되고 있음을 발견하였다. 서애의 시문에도 초사의 시어들이 많이 수용되어 있는 것이 발견되었다. 영남 학맥의 초사 수용양상에 대해 특별한 관심을 가지고 연구해 오는 중에 산택재의 〈의의 초사〉는 새로운 발견이며, 이에 대한 연구는 따로 독립된 연구가 필요하다고 판단된다. 퇴계, 서애, 학봉, 갈암의 문집들 속에서도 초사의 행적들이 발견되고 있다. 그 연장선 상에서 발전된 산택재의 초사 수용에 대한 연구의 필요성이 제기된다.

2) 주자 시의 수용과 흠모

산택재는 주희의 시에 대해 흠모하고 있었다. 산택재의 문집에는 주희의 시를 차운한 시들이 자주 발견된다. 산택재는 주희의 〈십이진시(十二辰詩)〉에 대해 다음과 같이

---

41)《西厓先生文集》卷之十五, 雜著,〈詩敎說〉; 大抵道以中庸爲至 喜怒哀樂 皆有天然之則 過不及 皆非正而 均爲失中 斯理也 中庸言之詳矣 詩之敎 亦若此而已 嗚呼精矣 非體道之君子 何以與此 然此就一人言之 聖人 之意 不止於此 若論詩道之全 則必也聖君在上 以五倫之道 建其有極 由身而家而國而天下 使天下之爲父子 君臣夫婦兄弟朋友 皆得其理 澤被天下 而無一夫之不獲 化行天下 而無一事之不正 人人各得分願 薰爲太和 熙熙皥皥 而頌聲作 瑞應至 如麟趾之應關雎 騶虞之應鵲巢 然後方爲詩敎之全 嗚呼 一民失所 足以知王政之 惡 一女見棄 足以知人民之困 天下之父子君臣夫婦兄弟朋友相怨之詩多而變風起 王道不可回 斯豈易言哉 聖 人於此 其所感者深矣 噫.

차운시를 쓰고 있다.

회암 선생의 〈십이진시〉[42]를 읽고 삼가 차운하다
讀晦庵先生〈十二辰詩〉謹次

네 벽만 서 있으니 주린 쥐들 난리고	四壁徒立亂飢鼠
학문은 소 걸음으로 옛 자취를 가는 것	肯學搏牛蹄舊跡
내가 마침 붉은 범의 해를 만났으니	我來正值赤虎歲
사람들 모두 토끼의 세 굴을 일컫네	人皆工謂冤三窟
갑 속에 든 용 잡는 칼[43] 써보지 못하고	匣裏未試屠龍劍
손에는 부질없이 뱀 때려잡은 홀을[44] 잡고 있네	手中空把擊蛇笏
말 죽여[45] 이제부터 관직 좇는 일 그만두고	殺馬從此罷追逐
양을 삶아 애오라지 복랍[46] 술자리 즐기네	烹羊聊自娛伏臘
원숭이 울음 어느 곳에서 쫓겨난 신하의 눈물인가	猿聲何處淚逐臣
고개 돌려 닭산 보며 발 헛디딘 일 탄식하네	回首鷄山嗟失脚
낮에도 닫힌 사립문 개조차 짖지 않는데	晝掩柴扉狗不吠
돼지 같은 아이에게 옛 학업 익히게 할 뿐	只教豚兒修舊業

---

42) 십이진시(十二辰詩) : 십이진은 자(子), 축(丑), 인(寅), 묘(卯), 진(辰), 사(巳), 오(午), 미(未), 신(申), 유(酉), 술(戌), 해(亥)를 말하는데, 이 시에서도 이에 해당하는 쥐[鼠], 소[牛], 범[虎], 토끼[冤], 용(龍), 뱀[蛇], 말[馬], 양(羊), 잔나비[猿], 닭[鷄], 개[狗], 돼지[豚]가 차례로 등장한다. 이에 번역도 십이진의 이미지를 강조하여 번역한 것이다.

43) 용 잡는 칼 : 세상에 발휘하지 못한 채 혼자서 지니고만 있는 특출한 기예를 의미한다. 《장자(莊子)》〈열어구(列御寇)〉에 "주평만이 지리익에게서 용 잡는 기술을 배웠는데, 천금의 가산을 다 쏟으면서 삼 년 만에 그 기예를 완전히 익혔지만, 그 기교를 발휘해 볼 곳이 없었다.[朱泙漫學屠龍於支離益 殫千金之家 三年技成 而無所用其巧]"라고 하였다.

44) 송 진종(宋眞宗) 때 영주(寧州) 천경관(天慶觀)에 있는 요상한 뱀이 영물(靈物)이라고 소문이 나서 그 고을 자사(刺史) 이하 수많은 사람들이 끊임없이 찾아가 정성껏 예를 차렸는데, 강직하기로 유명한 공도보(孔道輔)가 "밝은 곳은 예악(禮樂)이 있고 어두운 곳은 귀신이 있는 법이니 이 뱀은 요망한 것이 아닌가. 우리 백성을 속이고 우리 풍속을 어지럽히니 죽여 없애야 한다." 하고 홀로 그 머리를 쳐서 죽였다고 한다. 《徂徠石先生文集 卷6 擊蛇笏銘》

45) 원문의 '살마(殺馬)'는 벼슬을 그만두고 은거함을 뜻한다. 후한(後漢)의 풍량(馮良)이 나이 30세에 현위(縣尉)의 보좌관이 되어 독우(督郵)를 영접하러 가다가 미천한 일을 하는 것을 부끄럽게 생각하였다. 이에 수레를 부수고 말을 죽이고 의관을 찢어버리고 도망쳐서 건위(犍爲)에 가서 두무(杜撫)에게 수학하였다. 《後漢書 卷83 周變列傳》

46) 복랍(伏臘) : 복랍(伏臘)은 여름철의 삼복(三伏)과 겨울철의 납일(臘日)에 지내는 제사 이름인데, 보통 이날 술을 마시기 때문에 다정한 술자리를 말할 때 쓰는 시어(詩語)이다.

주희의 〈십이진시〉는 시의 각 행마다 12지신에 해당하는 동물을 넣어 짓는 시이다. 이 작품은 시 공부를 하는 조선의 시인들이 자주 차용하는 시였다. 이 시는 《회암집(晦菴集)》 권10에 〈십이지의 동물에 관한 시권을 읽고 그 나머지를 주워 모아 이 시를 지었으니 그냥 한번 웃어 주기 바란다[讀十二辰詩卷 掇其餘 作此 聊奉一笑]〉라는 제목으로 실려 있다. 이 시를 차운한 시들이 우리 한문학 작품 속에서 자주 발견된다. 산택재도 이 시에 차운하였는데 상당히 흥미롭다. 이러한 희작적 경향은 긴장으로 이어지는 유교적 처세관을 이완시켜 주는 역할을 한다.

> 병산서원 만대루에서 주자의 〈만대정〉 시를 읊고 이어 蒼, 翠, 矗, 寒, 空을 운으로 삼아 절구 5수를 지어 동지에게 보여주다.
> 屛山晚對樓, 詠朱子晚對亭詩, 仍以蒼翠矗寒空爲韻, 賦五絶示同志

무이산 정자 속에 걸린 현판이	武夷亭中額
병산의 누각 위에서 빛나는구나	屛山樓上光
고금을 아울러서 만들어진 정자엔	俯仰成今古
둥근 달만 푸른 산에 두둥실 떠있네	惟有月蒼蒼

천연대 아래로 흐르는 강물	天淵臺下流
유유히 흘러 만대루에 이르는데	悠悠至晚對
그 위에 솟은 천길 벼랑은	上有壁千層
거꾸로 비쳐 푸른 물에 잠기네	倒影涵蒼翠

높은 누각 하늘 위로 솟아있으니	高樓出重霄
어찌 감히 풍류에 홀로 숨으리	詎敢媚幽獨
좋은 벗들과 함께 배회하노니	良友共徘徊
물은 굽이돌고 산은 더욱 우뚝하네	川迴山更矗

천년토록 선현을 받들어 모실 곳	俎豆千年地
대나무 숲 사이에 의연하게 서 있네	依然竹樹間
엄숙하고 공경스런 사당은 고요하고	肅穆庭宇靜
맑은 바람 얼굴에 쓸쓸히 불어오네	淸飆拂面寒

취흥은 환한 달을 따르고	醉興因霽月
시정은 광풍을 시재로 삼는다	詩情爲光風
길이 깊은 시름은 걷히지 않으니	永懷愁不歇
우두커니 서서 봄 하늘만 바라보네	嗒然對春空

주희의 〈만대정(晩對亭)〉 시는 다음과 같다.

지팡이 끌고서 남산 마루에 오르니	倚筇南山巓
만대정이 깎아질 듯 우뚝 서 있네	卻立有晩對
푸른 첨봉 높이 솟은 쓸쓸한 하늘에	蒼峭矗寒空
지는 해 푸른 봉우리 밝게 비추네	落日明影翠

산택재는 이 시에서 창(蒼), 취(翠), 촉(矗), 한(寒), 공(空) 다섯 글자를 따와서 운으로 삼아 시를 지어서, 동지들에게 보여 주었다. 산택재는 시에 뛰어나 동지들의 모범이 되었다. 산택재는 주자의 시를 탐독하고서 자주 차운시를 지었다. 이것은 주자의 시를 사모하여, 전범으로 삼아 공부했다는 증거이기도 하다.

산택재는 〈차권전적구만운(次權典籍九萬韻)〉이라는 시에서도 주희의 시를 흠모한 흔적이 있다.

전적 권구만[47]의 시에 차운하다

저물녘 첩첩산중 들어가니	暮入千峯裏
강산 곳곳마다 누대일세	江山處處樓
무이산 예전 흥취를	武夷前古興
실어와 지금 유람하네	輸入卽今遊

산택재는 이 시에서도 주희의 〈무이구곡가〉를 비롯한 수많은 주희의 산수시가의 무대가 된 무이산의 흥취를 흠모하고 있다.

---

47) 권구만(權九萬, 1615~1677) : 자는 구만(九萬), 호는 낙빈(洛濱), 본관은 안동(安東)이다. 1663년 식년시 갑과로 문과에 급제하고 양사(兩司)를 거쳐 병조 정랑, 홍주 목사(洪州牧使), 정언 등을 역임하였다. 시사(時事)를 논하는 상소를 올려 허목(許穆)에게서 봉명조양(鳳鳴朝陽)이라는 칭찬을 받았다.

통로, 자홍과 더불어 주자의 〈주한정(晝寒亭)〉[48] 시에 함께 차운하다
與通老子興共次朱子晝寒亭韻

차가운 재사에 셋이 앉아 술잔을 잡자니	鼎坐寒齋把酒杯
영남에서 왔다 말하지 않는 사람 없네	無人不道自南來
벼슬살이 중에 한가한 흥취 거문고에서 얻고	官中閒趣琴中得
객지의 묶인 회포 글 속에 열리네	客裏羈懷句裏開
문밖에는 어느새 석 자나 눈 쌓였지만	門外不知三尺雪
땅 속에선 한 줄기 우렛소리 막 들려오니	地中才動一聲雷
낙동강 가 돌아보니 돌아갈 기약 급해지고	洛濱回首歸期促
거친 길 떠나자면 무성한 풀은 베어야겠지	荒徑行當理草萊

이 시도 주희의 〈주한정(晝寒亭)〉 시에 차운한 것이다. 주희의 〈주한정〉 시는 《주자대전》에 찾아보면 몇 군데 나온다. 여기서 인용된 것은 〈飮淸湍亭石上小醉 再登晝寒〉이다. 산택재는 이 시의 흥취를 흠모하여 동료들과 같이 시를 지었다. 시의 형식은 주희의 〈주한정〉이지만 시의 내용은 낙동강 변의 정취이다.

삼가 교암대[49] 시에 차운하다

선생의 유적 참으로 가련해라	先生遺跡政堪憐
유향을 전해온 지 몇몇 해던가	播馥流芳幾許年
범과 용모양의 첩첩이 쌓인 바위	虎勢龍形三疊石
하늘과 구름 비친 한 줄기 잔잔한 시내	天光雲影一平川
바람은 주자의 읊조림 따라 상쾌하고	風從晦老吟邊爽
달은 퇴계의 시구 속에서 어여쁘네	月入陶翁句裏娟
마음 깨끗이 다 비워 아무런 일도 없으니	淨盡心機無箇事
방외의 신선술이야 배울 일 있으랴	不須方外學飛仙

---

48) 주희, 《주자대전》, 〈飮淸湍亭石上小醉 再登晝寒〉; 水邊今日共傳杯 多謝殷勤數子來 三伏炎蒸那有此 百年
懷抱頓能開 雲山合匝還生霧 雪澗崩騰怒吼雷 却恨蒼屛遮遠目 凌風直欲跨蓬萊.

49) 교암대 : 학봉(鶴峯) 김성일(金誠一)이 쌓은 대로 안동시 서후면 금계리 낙모봉(落帽峯) 아래에 있다. 《학봉
선생문집(鶴峯先生文集)》〈연보(年譜)〉에는 '僑'가 '橋'로 되어있다.

산택재는 학봉 김성일의 시를 차운하여 지었다. 이 시구의 경련에 나타나는 다음과 같은 대구는 압권이다.

바람은 주자의 읊조림 따라 상쾌하고	風從晦老吟邊爽
달은 퇴계의 시구 속에서 어여쁘네	月入陶翁句裏娟

이 구절은 경구이다.

산택재는 주자와 퇴계를 동시에 흠모하며, 시작에 임하고 있다. 산택재의 주자시에 대해 차운한 시들은 격이 높다. 산택재는 주자의 시들을 탐닉했으며, 그가 차운한 시 속에는 주자에 대한 흠모의 정이 들어 있고, 훌륭한 표현들은 아름답고 감동적인 표현들이 많다.

3) 산수, 누정시의 은일정서와 강호가도

산택재의 시에는 산수의 정취와 누정을 읊은 시들이 많다. 그의 시는 신선한 구상과 한가로운 정취, 그리고 은일의 정서가 넘쳐난다. 자연에 친화하면서 자연미의 새로운 발견은 날마다 그로 하여금 시를 짓게 하였다.

당쟁에 몸서리친 영남 사림들은 산수 간에 처해서 심성을 수양하며, 강호가도를 추구했다. 난세를 당하여 명철보신(明哲保身)을 꾀하는 사람은 아예 벼슬길에 나가려 하지 않았고, 기왕에 나간 사람도 세상이 어지럽게 되면 벼슬자리에서 물러나려 했다. 이리하여 뜻있는 사람, 혹은 풍파에 놀란 사람은 벼슬을 단념하고 당쟁에서 벗어나 산과 들에 파묻혔다. 산택재도 벼슬살이 이후, 강호가도의 길을 가고자 하였다.

산택재의 친척이자 당대의 장원이었던 권만두(權萬斗)[50]는 만사에서 산택재를 논어의 일민에 비유했다.

---

50) 권만두(權萬斗, 1674~1753) : 자는 용경(用卿), 호는 지족당(知足堂), 본관은 안동이다. 아버지는 중재(重載)로 영덕(盈德) 영해(寧海)에 거주하였다. 1711년 식년시 1등으로 생원에 합격하고 1714년 식년시 병과로 문과에 급제하여 공조 정랑(工曹正郞)을 제수 받고 경연관(經筵官)을 지냈다. 1725년 장수 현감(長水縣監)을 지내고 사직한 뒤 후진 양성에 힘썼다. 유생들과 《사례절요서(四禮節要書)》·《영해읍지(寧海邑誌)》를 편찬하였다.

골짜기의 난초가 향기를 풍기니	蘭谷聞香臭
밝은 시대 일민(逸民)[51]이 몸을 일으켰네	明時起逸民
낮은 지위는 덕에 차지 않았으나	位微寧滿德
높은 연세는 인후한 덕에 걸맞았네	年邵定徵仁
문곡성(文曲星)[52]이 놀랍게도 빛을 감추니	文曲驚韜彩
유림들은 나루터 물어볼 일[53] 없어졌네	儒林失問津
종친과 친척의 정의를 겸하였기에	兼將宗戚誼
만사를 짓노라니 배나 마음 상하네	題挽倍傷神

　산택재의 은거사상의 기저로 '일민(逸民)'을 일컫는다.《논어(論語), 미자(微子)》에 "逸民으로는 백이, 숙제, 우중, 이일, 주장, 유하혜, 소련일 것이다. 공자께서 말씀하셨다. "자신의 뜻을 굽히지 않고 자기 몸을 욕되게 하지 않은 사람은 백이와 숙제일 것이다." 유하혜와 소련에 대해 평가하자면, "그들은 뜻을 굽히고 몸을 욕되게 하면서도, 말이 조리에 맞았고 행동이 깊은 사려에 맞아 그런 점들만은 옳았다고 생각한다." 우중과 이일에 대해 평가하자면. "숨어 살면서 말을 함부로 하였으나 몸가짐은 깨끗했고, 세상을 버린 것도 권도에 맞았다. 그렇지만 나는 이들과 다르다. 가한 것도 없고 불가한 것도 없다."[54]라고 하였다. 옛날의 일민은 그 몸을 숨김이 있었으나, 다행히 한두 편이 세상에 남아서 후인들에게 애송되게 되었던 것이다

　우음
　偶吟

　부질없는 남가의 꿈[55] 다섯 해　　　　　　　　一夢南柯五載餘

---

51) 일민(逸民) :《논어》〈미자(微子)〉에 "일민은 백이(伯夷), 숙제(叔齊) …… 유하혜(柳下惠), 소련(少連)이다." 하였으니, 뛰어난 학문과 덕행을 소유하고서도 세상을 피해 은거하는 사람을 일컫는 말이다.

52) 문곡성(文曲星) : 문창성(文昌星) 또는 문성(文星)이라고도 한다. 문운(文運)을 주관한다는 별로 문재(文才)가 뛰어난 인재를 비유하는 말인데, 여기서는 산택재를 가리킨다.

53) 나루터를 물어볼 일 :《논어(論語)》〈미자(微子)〉에 "장저와 걸닉이 김매며 밭 갈고 있을 때 공자가 지나가다가 자로를 시켜 나루터를 물어보게 하였다.[長沮桀溺 耦而耕 孔子過之 使子路問津焉]"라는 말에서 나온 것으로, 스승을 모시고 다니는 것을 말한다.

54)《論語, 微子》；逸民 伯夷 叔齊 虞仲 夷逸 朱張 柳下惠 少連 子曰 不降其志 不辱其身 伯夷叔齊與 謂柳下惠少連 降志辱身矣 言中倫 行中慮 其斯而已矣 謂虞仲夷逸 隱居放言 身中淸 廢中權 我則異於是 無可無不可.

평생의 뜻 모두가 헛되었구나	平生志尙摠歸虛
아름다운 모래섬[56] 풍경은 의구한데	芳洲景物猶依舊
날마다 갈매기 바라보며 옛 글을 읽노라	日對沙鷗看古書

　산택재는 갈암 이현일의 추천으로 벼슬에 나아가서 5년 동안 벼슬에 있었다. 그는 치열한 당파싸움 속에 지낸, 오년 동안의 벼슬을 남가의 꿈이런가 하였다. 그는 늘 벼슬에 있으면서도 산수간을 동경하였다. 그는 결국 벼슬을 버리고, 산수지간으로 돌아와 옛글을 읽으며 산수(山水) 간(間)에 살았다. 이 시에는 한가로운 은일의 정서가 드러난다.

　산택재는 벼슬에 있으면서도 벼슬을 그만두고 고향으로 돌아와 산수간을 유유자적하며 지내고 싶어 했다. 다음의 시는 이은(吏隱)의 정취가 엿보인다.

　　증자흥
　　贈子興

눈은 강산에 가득 달은 하늘에 가득	雪滿湖山月滿天
고향에 돌아갈 생각 더욱 처연한데	故鄕歸思轉凄然
현학금[57] 안고서 삼롱곡[58] 연주하니	欲將玄鶴琴三弄
귀밑머리 서리 같고 하루가 일 년 같네	雙鬢如霜夜似年

　산택재는 벼슬에 있으면서도 늘 도연명처럼 고향으로 돌아가고 싶어 했다. 거문고 안고 고향으로 돌아가 산수지락(山水之樂)을 즐기고 싶어 했다.

---

55) 남가의 꿈 : 부귀공명이 덧없음을 비유한 말이다. 당나라 때 순우분(淳于棼)이 자기 집 남쪽에 있는 괴화나무 밑에서 술에 취해 잠이 들었는데, 꿈에 대괴안국(大槐安國) 임금의 명령을 받고 그곳에 가서 남가군(南柯郡)을 다스려 20년 동안 부귀를 누렸다. 꿈에서 깨 그 괴화나무 밑의 구멍을 보니 큰 개미 하나가 있었다고 한다. 《異聞集》

56) '방주(芳洲)'는 향초(香草)가 우거진 작은 모래섬을 말한다. 《초사(楚辭)》 구가(九歌) 〈상군(湘君)〉에, "방주에서 두약을 캐어, 저 하녀에게 주리.[采芳洲兮杜若, 將以遺兮下女.]"라고 한 데서 온 말이다.

57) 현학금(玄鶴琴) : 거문고의 별칭이다. 거문고를 만든 왕산악(王山岳)이 거문고를 연주하자 검은 학이 와서 춤을 추었다 하여 현학금이라 한다. 현금(玄琴)이라고도 한다. 《東史綱目 景文王6年》

58) 삼롱곡(三弄曲) : 매화삼롱(梅花三弄)을 말한다. '매화삼롱'은 진(晉)나라 때 환이(桓伊)가 작곡한, 상설(霜雪)에도 굴하지 않는 매화(梅花)의 기상을 담은 적곡(笛曲)이다. 환이는 본디 젓대를 잘 불었는데, 일찍이 청계(淸溪)를 지날 적에 서로 전혀 알지 못하던 왕휘지(王徽之)가 사람을 시켜 그에게 젓대 한 곡(曲)을 불어 달라고 하자, 그는 문득 수레에서 내려 호상(胡牀)에 걸터앉아 세 곡을 연달아 불고 갔던 데서 온 말이다. 《世說新語 任誕》

앞 시의 운을 써서 고향으로 돌아가는 자홍을 송별하다
用前韻, 送子興還鄉

인생살이 만나고 헤어짐 모두 하늘에 달렸거니	人生離合摠由天
이곳에서 거듭 만난 것 어찌 우연이겠나	此地重逢豈偶然
돌아가면 한가한 곳에 정자를 지을 테니	歸去定應閒卜築
산 나누어 경영하며 여생 보내는 것도 괜찮겠지	不妨分華度餘年

이 시에서 고향으로 귀거래하는 황자홍을 전송하며 산을 나누어 경영한다는 것은 구곡 같은 자연경관에 대한 경영이다. 권태시는 산수간에 처하면서 은일의 정서를 자주 읊었다.

삼송정감회
三松亭感懷

손잡고 이곳에서 함께 노닐던 일 추억하니	憶曾攜手此同遊
오늘 다시 와 눈물 절로 흐르네	今日重來淚自流
바람과 달 황학을 따라 떠나지 않았고	風月不隨黃鶴去
바위와 솔 길이 흰구름 두르고 머물러 있네	巖松長帶白雲留
차가운 샘물 졸졸 오열하며 흐르고	寒泉瀧瀧傳嗚咽
산새는 쨱쨱대며 서로 화답하네	山鳥嚶嚶互唱酬
머리 돌려 상안[59]을 보니 정 더욱 간절하고	回首商顔情轉切
지는 꽃 향기로운 풀 모두 시름겹네	落花芳草摠生愁

산택재는 옛날에 놀던 정자에 다시 올라 옛날을 회고한다. 황학루의 황학은 떠나갔지만 달과 바람은 같이 떠나지 않았다고 하고 있다. 바위와 솔길도 남아 있어서 은거의 장소로 괜찮다고 생각했다. 상안 즉 상산사호를 떠올리니 은거의 정이 더욱 간절하다고 했다. 여기에서도 은일의 정서가 발견된다.

---

59) 상안(商顔) : 진(秦)나라의 폭정을 피해 상산사호(商山四皓), 즉 동원공(東園公)·하황공(夏黃公)·녹리선생(甪里先生)·기리계(綺里季)가 은거한 상안산(商顔山)을 가리킨다. 여기서는 은거하던 곳을 가리킨다.

차운에 덧붙이다 – 나은 이동표
附次韻　懶隱李東標[60)]

높은 정자 훤히 트여 뭇 산들을 압도하고	高臺軒豁壓飛岑
평평히 펼친 푸른 강 굽이져 회포 일으키네	平鋪滄江彎作襟
고요한 경계 참된 낙 족함 본래 알겠고	靜界元知眞樂足
은거하여 속인의 발길 온전히 사양하네	幽居全謝俗人尋
몸 다스리는 법도로 성품을 이루고	治身律度因成性
향상하는 공부로 마음을 바로하네	向上工程已正心
말 듣자니 대궐에서 훌륭한 인재 기다린다는데	聞道九重方側席
궁벽한 시골에 문 닫고 깊이 들어앉았다 말하지 마소	莫教窮巷閉門深

　이 시에서도 높은 정자에 임하여 은거의 정서를 읊어내고 있다. 산택재의 은거의
정서에는 치열한 당쟁으로 풍속이 어지럽혀졌다. 그러면서 탈속의 길을 찾고 있었다.
벼슬에 나아가자 않으려는 은일의 정서가 배어나는 시이다.

또 차운하다 – 창설 권두경
又　蒼雪權斗經

벼슬 떠나 고향에 돌아와 푸른 벼랑 위에 은거하니	解紱歸來臥碧岑
작은 정자 산뜻하여 번뇌를 씻어주네	小亭瀟灑滌煩襟
때로 시골 손 맞아 강가 누대 정겹지만	時逢野客江臺款
골짜기 찾아드는 티끌세상 수레야 멀리 사양하네	遠謝塵車谷口尋
그 속에서 그저 옛 학업 닦으려 할 뿐	要向這中修舊業
바깥세상 좇아 초심을 버릴까	肯從笆外抛初心
이 노인 공부한 경지 알려는가	欲知此老工夫處
당호의 뜻 풀지 않고는 깊은 뜻 모르리	不繹齋名未見深

---

60) 이동표(李東標, 1644~1700) : 자는 군칙(君則)·자강(子剛), 호는 나은(懶隱), 본관은 진보(眞寶)이다. 숙종
1년(1675) 진사가 되고, 1677년 증광회시에 장원하였으나 파방(罷榜)되었다가 1683년 증광문과에 을과로 급
제하였다. 성균관 전적, 양양 현감을 역임하였다. 1845년(현종11) 예천의 고산서원(古山書院)에 봉안되었다.
저서로는 《나은문집》이 있다. 시호는 충간(忠簡)이다.

이 시에서도 강호가도와 은일의 정서가 나타난다. 조선 선비들은 은거를 하면서 자주 그 사상의 기저를 −《논어(論語)》, 〈계씨(季氏)〉편에서 찾고 있다.

은거하여 그 뜻을 구하고
의를 행하여 그 도에 통달한다

隱居以求其志
行義以達其道

−《논어(論語)》, 〈계씨(季氏)〉

사람들 가운데 선(善)을 보면 그와 같이 하려고 노력하고, 불선함을 보면 빨리 피하는 사람은 있는 반면에, 지금 세상에 도(道)가 없어 은둔하여 뜻을 구하고[隱居求志], 의리를 행하며 도를 이룬[行義達道] 사람은 없음을 탄식하는 말씀이다.

산택재는 〈송천[61]에 우거하며 천행 이시하[62]가 준 시에 차운하였다[寓松川 次李天行時夏 贈韻].〉란 시에서 다음과 같은 훌륭한 경구를 남기고 있었다.

한가하면 살아 있는 그림 펼쳐주는 산을 감상하고
괴로우면 흘러가는 강물에 임하여 티끌을 씻으리라

閒作賞山開活畫
困臨流水絶纖塵

이 대련은 붓글씨로 써서 산문이나 정자의 양 기둥에 새겨도 손색이 없을 산택재의 산수시를 대표하는 경구이다. 산택재의 시는 이렇게 격이 높았다. 그는 당파로 얼룩진 번거로운 세상을 살면서 산수지락(山水之樂)을 동경했다. 그래서인지 산택재의 시에는 자주 속세를 탈출하여 산수간에 처하려는 시들이 많다. 그래서 티끌 '진(塵)'자가 자주 붙어 다닌다. 송천은 영덕 병곡에 있다.

김덕초의 초당 시에 차운하여 주다
次贈金德初草堂韻

평생 강해에 뜻을 품고
적막한 한 칸 오두막집

平生江海志
寂寞一茅茨

---

61) 송천(松川) : 현재 경상북도 영해군 병곡면 송천리를 가리킨다.
62) 이시하(李時夏) : 생몰년 미상, 자는 천행(天行)이다.

땅은 외떨어져 오는 이 적은데	境僻人來少
산은 높아 달은 더디 떠오르네	山高月上遲
거문고와 서책 늘그막 흥취 돋우고	琴書挑晚興
강과 바위는 그윽한 자태를 뽐낸다	水石媚幽姿
다만 복숭아꽃 어지러울까 걱정스러워	祇恐桃花亂
부질없이 사공에게 알게 한다오	空教舟子知

이 시는 한 수이지만 내용은 둘로 나누어진다. 한가하고 간박(簡樸)한 은자의 삶을 추구하여 강호를 즐기면서도, 도를 펼치려는 수양과 반성의 공간으로 자연에 처하는 정신이 유학의 세계요, 강호가도의 본질이다.

성휘(聖輝)가 낙고정(洛皋亭)[63] 시에 차운하여 나에게 글을 청하기에 글을 써서 돌려주며, 원운에 차운한 시를 함께 부친다.
聖輝次洛皋亭韻 請余書書以還之 步原韻以寄

잠을 깨니 아침 해 이미 집 안에 가득하네	睡覺朝暾已滿堂
붓을 쥐고 종이 대하니 기분이 상쾌해	握毫臨紙氣清涼
가슴 속 정을 실어내는 건 예와 지금 다름없지만	情輸肝膽兼今古
오르내리는 강 물결은 길고 짧음 견주네	興落江波較短長
이미 그대 시에 보답한 뜻은 기쁘지만	已喜君詩能報意
도리어 나의 배움 방도를 알지 못해 부끄럽네	還慚吾學未知方
낙고정 돌아보니 봄이 벌써 지나가려 하는데	洛皋回首春將晚
손잡고 꽃놀이하는 것도 좋지 않겠나	携手尋芳也未妨

산택재는 낙고정에서 자주 놀았던 모양이다. 산택재 문집에는 낙고정에 대한 또 다른 시도 있다. 가슴에 싸인 정을 실어내는 일, 그것은 쉬운 일이 아니다. 이 시에서도 늘 시상에 젖어 시를 짓는 것으로서 소일하며, 자연에 묻히려는 자세에서 강호가도를 엿보고 있는 것이 발견된다.

---

63) 낙고정(洛皋亭) : 경상북도 안동시 풍산면 막곡리에 개곡(開谷) 이이송(李爾松)이 창건하였다. 《산택재집》 2권에 〈삼가 낙고정운을 차운함(謹次洛皋亭韻)〉도 있다.

천등산에 오르면서 용휴[64]의 시에 차운하다.
上天燈 次用休韻

우연히 진경을 찾아 높은 누각에 오르니	偶尋眞境上高樓
가랑비 서풍에 온 나무가 가을이네	微雨西風萬木秋
속세의 생각을 번거롭게 입에 올리지 말라	莫遣塵懷煩上口
다른 날 벼슬할 때 여기서 노닌 것을 꿈꾸리	宦遊他日夢玆遊

산택재는 가을이 무르익었던 어느 날 진경(眞境)을 찾아 천등산에 올랐다. 진경은 속세와 대비가 된다. 산택재가 어릴 적부터 노닐었던 천등산에는 봉정사가 있었다. 산택재가 살았던 시대는 당파싸움이 극치를 이룰 때였다. 여기서도 속세는 치열하게 당파싸움이 벌어지고 있는 현실의 세상을 가리킨다. 산택재는 당파싸움으로 긴장된 마음을 이완시키며 카타르시스를 추구한다. 산택재는 자주 산수간에 처해서 피로해진 심신을 달래며 그 속세에서 벗어나려 한다.

산택재의 일상도 강호가도로 일관된다. 세상일을 잊어버리고 산속과 물가에 뜻을 붙여 밤낮으로 자연에 마음을 팔고, 때로는 맑은 시냇가에서 짐짓 어부인 체하고 하루를 보내며, 벗을 만나면 술병을 열어 놓고 시를 읊어 밤이 깊어 가는 것도 모르면서 태평시대의 한가로운 백성들과 같은 생활을 하였다.

4) 기타

① 만시에 사타난 사별의 정한

산택재는 영남유림의 영수로서 그 선배, 동료, 후배 등 교유의 폭이 굉장히 넓었다. 그의 교유는 영남유림들의 대부분을 아우르는 것으로서 그들과 사별해야 할 아픔이 있을 때는 항상 만시를 지어 애도하였다. 그의 만시는 슬픔을 자아내는 진솔한 애도의 정서가 함의되어 있었다. 영국의 작가 퍼시 셸리(Percy B. Shelley)는 '가장 슬픈 것이 가장 아름다운 것'이라고 하였다. 산택재의 만사는 슬픔과 애환이 서려있는 작품이다.

산택재는 당대 유림의 영수로서 많은 선배, 동료 후배들의 죽음에 대해 슬픔과 애도

---

64) 용휴(用休)는 김명기(金命基, 1637~1700)를 가리킨다.

를 표하느라 바빴다. 그의 문집에 나타나는 만사는 사별의 정한을 읊은 것으로 슬픔과 원망으로 가득 차 있다.

공자는 시작의 태도를 '흥관군원'으로서 말했다. 시는 원망할 줄 알게 한다고 했다. 산택재는 만남의 기쁨과 이별의 아픔을 동시에 누려야 했다. 그의 만사에는 진솔한 정감의 표현이 있고, 가슴 아픈 슬픔이 들어 있다.

② 산문에 나타나는 고문의 향기

산택재 산문의 문장 속에는 묘하게도 경전의 정신이 스며들어 고문의 정취를 자아낸다.

허목(許穆)에게 올린 편지는 권호문의 〈송암집(松巖集)〉 간행과 관련하여 서문(序文)을 써주겠다는 응낙을 받고서 간역(刊役)이 끝나 인본(印本)을 보낸다는 내용이며, 잡저인 〈시자질문(示子姪文)〉은 부모님 생전에 효도를 하지 못해 후회하는 자신을 거울삼아 생존해 계실 때는 구체(口體)의 봉양뿐 아니라 뜻을 받들도록 노력하고 사후(死後)에는 상장제례(喪葬祭禮)를 성심껏 하도록 자질(子姪)들에게 당부하는 글이다. 〈압각정기(鴨脚亭記)〉는 금계촌(金溪村)에 있는 것으로, 용재 이종준의 은행나무인 압각정에 대한 것이다. 이 나무는 그늘이 넓게 드리워져 강독(講讀)도 하고 연회(宴會)도 하는 등 마을의 대소사가 여기서 벌어져 언제나 기억 속에 푸근하게 존재하던 것인데, 감여가(堪輿家)의 말을 듣고 이 씨(李氏)가 그 나뭇가지를 베어버리자 이 씨의 후손에게 다시 잘 가꾸어줄 것을 당부하며 쓴 글이다.

4. 결론

이 논문은 17세기 조선의 격변기를 살았던 산택재 권태시의 생애와, 문학세계를 고찰한 논문이다.

그는 퇴계학맥의 정통을 계승한 성리학자이자 경세가였다. 산택재는 영남의 선비요, 학자요, 군자였다. 그는 자기 시대 영남유학의 영수로서 그 임무를 충실히 해내었으며 우국애민의 선비정신이 특별하였다. 그가 남긴 작품은 대부분 산실되었고, 뒤늦게 문집이 편집되면서 다른 문집에 들어 있는 유문들을 수습하여 편집하느라 서간이나 만시들이 대부분이다. 시는 총 160여 수로 다른 문인들에 비해 많은 양을 차지하는 것은 아니다.

그러나 그가 읊은 한시에는 독특한 성찰과 진취적인 기상이 서려 있어 이 시대 연구에 간과될 수 없는 중요성을 지니고 있다. 그가 지은 송옥의 초사 〈초혼〉을 모방한 사부 〈의의초사(擬擬招辭)〉 한 편은 여러 모로 우리 문학사에서 간과될 수 없는 중요한 작품이다.

이 작품은 심성수양의 신선한 구상과 묘사가 뛰어나고 주제의식이 훌륭하여 문학사적 가치가 높다고 할 수 있다. 또 당파싸움으로 상처 입은 당대의 현실에 절실한 비유와 상징이 들어 있으며, 그의 풍부한 박식이 바탕이 된 시상들이 사려 깊고 오묘하게 전개되고 있다. 그의 한시에 나타난 평담(平淡)하고 순숙(純熟)한 품격의 시어들은 독특한 미감을 나타내고 있다.

산택재의 시에는 주희를 흠모한 시들이 발견되는데, 산택재는 유교경전의 교리를 시문에 적용하여 화려하게 꾸미는 것을 억제하고 담백하고 순숙한 미감을 추구하였다. 산택재의 시문은 선명하여 읽는 이로 하여금 신선함을 느끼게 한다. 그의 문체미는 진부한 표현을 지양하고 생동감이 넘치고 현실감 있는 언어들을 골라 사용함으로써 신선함이 넘친다.

산택재 권태시는 파란만장한 인생을 살았다. 그만큼 삶의 굽이굽이에 주옥같은 시들을 남겨놓고 있었다. 그의 산수 누정시는 경관 묘사가 아름답고 구성이 신선하며 호방한 정취와 속세의 티끌먼지를 벗어난 선경의 추구에서 긴장과 이완의 카타르시스가 넘친다.

그의 시문은 그의 학문 못지않게 그 문학적 위상을 지니고 있다. 퇴계를 비롯한 다른 영남 선비들은 시가 많은데, 거기에 비해 산택재의 시에 대한 분량이 적은 것은 사실이다. 그의 시를 연구해 본 결과 그의 작시적 경향을 볼 때, 평소에 지어진 시가 많았을 것으로 추측되지만, 후대에 제대로 수습이 되지 못한 것이 한으로 남는다. 그러나 산택재의 남아 있는 시들은 모두가 주옥같은 작품들로 그 시의 격이 높다. 산택재 문학세계에 대한 올바른 연구의 지평이 확산되길 기대한다.

참고문헌

《산택재집》, 한국문집총간, 속41집, 한국고전번역원.

〈산택재 문집 번역 초고본〉, 산택재문집 간행 위원회, 2018.

신두환, 「退溪의 漢詩에 나타난 "拙樸"의 美」, 『한자한문교육』 20호, 한자한문교육학회, 2008.

_____, 「갈암 이현일의 한시(漢詩) 연구」, 『퇴계학』 20호, 안동대학교 퇴계학연구소, 2011,
    101~153쪽.

_____, 「갈암 이현일의 漢詩에 나타난 詠史의 미의식」, 『한문학논집』 32권, 근역한문학회, 2011,
    177~208쪽.

_____, 「退溪의 시가에 나타난 "楚辭" 受容의 미의식」, 『한국한문학연구』 60권, 한국한문학회,
    2015, 51~87쪽.

_____, 「西厓 柳成龍의 《楚辭》 受容의 美意識」, 『동방한문학』 69권, 동방한문학회, 2016,
    219~259쪽.

山澤齋先生文集

산택재선생문집

산택재선생문집 서
山澤齋先生文集序

　　산택재(山澤齋) 권태시(權泰時; 1635~1719) 선생은 단아하고 중후한 자질을 품고 태어나 집안의 학문을 계승하니 어린 나이에 일찍이 지혜와 재능이 드러났다. 뜻하는 바가 정도(正道)에서 벗어나지 않았고, 뜻을 한 곳에 두고 기운을 오로지 한결같이 하여 학업에 부지런하고 공부를 숭상하였으므로 덕을 이루고 학문이 정밀하고 깊은 경지에 이르렀다. 일생을 따져 보아도 논의할 만한 흠이 하나도 없이 완전하니, 어찌 근본이 없이 이러한 경지에 도달할 수 있었겠는가. 그의 아버지인 처사 번곡(樊谷)[1]공(公)께서 경당(敬堂)[2] 선생의 문하에서 배웠고, 경당 선생은 또 학봉(鶴峯) 선생에게서 재전(再傳)의 실마리를 얻었으니, 연원(淵源)을 서로 전수한 맥은 유래가 있었던 것이다. 또 목재(木齋) 홍여하(洪汝河)[3], 고산(孤山) 이유장(李惟樟)[4] 등 여러 선생과 더불어 도의(道義)로 사귀며 날마다 달마다 오가며 서로 연마하여, 효(孝)·제(悌)·충(忠)·신(信)을 생활의 근본으로 삼고 염관낙건(濂關洛建)[5]의 학문을 가슴에 간직하는 바탕으로 삼아, 강과 바닷물이 엄습하듯이

---

1) 번곡(樊谷)공 : 권창업(權昌業, 1600~1663). 자는 자기(子基), 호는 번곡(樊谷), 본관은 안동으로 장흥효(張興孝)의 문인이며, 박호(朴豪)·이엄(李儼) 등과 교유했다. 효종 때 유일(遺逸)로 천거되었으나 부임하지 않았다.

2) 경당(敬堂) : 조선 중기의 학자 장흥효(張興孝, 1564~1633)의 호. 자는 행원(行原), 본관은 안동이다. 김성일(金誠一)·유성룡(柳成龍)·정구(鄭逑) 등의 문인으로 이황(李滉)의 학통을 이어 이시명(李時明)·이휘일(李徽逸)·이현일(李玄逸) 등에게 전수했다. 뒤에 지평(持平)에 추증되고, 경광서원(鏡光書院)에 제향되었다. 저서로는 《경당집(敬堂集)》이 전한다.

3) 홍여하(洪汝河, 1621~1678), 자는 백원(伯源), 호는 목재(木齋), 본관은 부림(缶林)으로 아버지는 호(鎬)이다. 1654년 式年試 을과로 문과에 급제하여 예문관검열(藝文館檢閱)·경성판관(京城判官)을 병조좌랑(兵曹佐郞)을 역임하였으며 1689년 부제학(副提學)에 증직되었고 근암서원(近嚴書院)에 제향되었다. 저서로는 《목재집(木齋集)》·《주역구결(周易口訣)》 등이 전한다.

4) 이유장(李惟樟, 1625~1701) : 자는 하경(厦卿), 호는 고산(孤山), 본관은 예안(禮安)이다. 아버지는 정발(廷發)로 안동에 거주하였다. 1660년 진사에 합격하고 학행으로 천거되어 와서별제(瓦署別提), 공조 좌랑(工曹佐郞), 안음현감(安陰縣監) 등을 제수받았으나 부임하지 않았다. 낙연서원(洛淵書院)에 제향되었다. 저서로는 《고산집(孤山集)》·《춘추집주(春秋集註)》·《동사절요(東史節要)》·《이선생예설(二先生禮說)》 등이 전한다.

5) 염관낙건(濂關洛建) : 염계(濂溪)의 주돈이(周敦頤), 낙양(洛陽)의 정호(程顥)·정이(程頤) 형제, 관중(關中)의

성대하고 지초와 난초의 향기가 몸에 가득 배듯이 하였으니, 사우 간에 학문하는 공력은 실로 속일 수 없는 것이다. 이 때문에 집 안에 들어가서는 수신(修身)하고 법도에 따랐으며, 어버이를 섬기는 데에 더욱 독실하였다. 어버이의 병환에 탕약을 달이니 겨울에 대나무를 태우지 않았는데도 진액이 생겼고, 문설수에 산해진미를 갖추어 두니 가축과 개가 서로 지켜주는 기이한 일이 생겼다. 여러 아우들과 우애로워 아끼는 정이 얼굴에 드러났고, 가족들을 다스릴 때에는 돈독하고 화목한 정의(情誼)가 섬기는 것에서 드러났으니, 이는 날마다 실천하는 일로 살펴볼 수 있는 것이었다.

관직에 임해서는 청렴하고 공평하였으며, 백성을 살피는 일에 더욱 부지런하였다. 가난한 집은 곡식을 빌리는 것을 너그럽게 헤아려주어 이웃 고을까지 아울러 교화가 되었고, 토호(土豪)들이 농지를 점유하는 것을 배척하니 그들이 부끄럽게 여기고 복종하였다. 길가 세 척의 비석에는 선생의 공적이 새겨져 닳지 않았고, 임기를 마치고 돌아가는 보따리에는 다른 재물이 없고 거문고 하나가 맑은 바람처럼 시원하였으니, 선생의 행실이 대체로 이와 같았다. 선생께서는 남다른 포부를 지녀 큰일을 할 조짐이 있었지만, 갑자기 벼슬하지 않고 은둔하여 큰 인재의 쓰임[6]을 알 수 없었으니, 도(道)가 장차 폐기되는 것은 운명이었다고 하겠다.

일찍이 선유(先儒)들의 예설(禮說)을 모아 분야별로 나누어 엮어서 《가례(家禮)》 아래에 붙여 《가례전주(家禮傳注)》라 이름하여, 예설에 대한 쟁송이 벌어질 때 해결 답안으로 삼았다. 이는 일생의 정력을 다한 것으로 유학(儒學)을 도운 공이 또한 크다고 이를 만 하다. 또 일찍이 선조의 별장이 있는 진보(眞寶)에 가서 강을 굽어보는 자리에 집을 지어 거문고 타고 독서하는 장소로 삼고, '산택재(山澤齋)'라고 편액을 달았으니, 이는 《주역(周易)》 손괘(損卦)의 상(象)을 취한 것으로 '분노를 참고 욕심을 막는다[懲忿窒慾]'는 가르침의 의미를 붙인 것이었다. 선생께서 어지러운 세상에 뜻을 접고 노년에 이르도록 수양한 것은 또한 여기에서 얻은 바가 있어서인가 보다.

포헌(逋軒) 권공(權公)[7]이 지은 〈위인찬(偉人贊)〉에, "산택옹(山澤翁)은 비유하면 좋은

장재(張載), 건양(建陽)의 주희(朱熹)를 가리킨다.

6) 큰 인재의 쓰임 : 원문의 '우도(牛刀)'는 큰 재능을 뜻한다. 공자의 제자 자유(子游)가 무성(武城)의 수령이 되어 예악(禮樂)으로 고을을 다스리는 것을 보고 공자가 "닭을 잡는 데 어찌 소 잡는 칼을 쓰리오.[割鷄焉用牛刀]"라고 한 데서 유래하였다. 《論語 陽貨》

7) 권공(權公) : 권덕수(權德秀, 1672~1760)를 가리킨다. 자는 윤재(潤哉), 호는 포헌(逋軒), 본관은 안동이다. 아버지는 진원(震元)으로 안동에 거주하였다. 호문(好文)의 현손으로 이현일(李玄逸)의 문인이다. 학행이 높

과일과 같아서 안팎으로 잘 익어 풋내나 떫은 맛이 없다."[8]라고 하였고, 해좌(海左) 정공(丁公)[9]이 쓴 묘비명에, "평소에는 말이 적었으나 일을 할 때는 조리가 있었고 실질적인 학문과 아름다운 행실을 근본으로 하였다."[10]라고 하였다. 당대의 덕이 있는 군자들의 논의가 다 이와 같았으니, 아, 선생에 대해 남김없이 다 표현하였다고 할 것이다.

선생께서는 평소에 겸허한 태도를 지녀 저술한 시와 문장을 버리고 수습하지 않으셨다. 근래 지역에서 힘을 다해 수습하고 편집하여 한 권으로 만들고, 만사(輓詞)와 제문(祭文), 행장(行狀)과 비지(碑誌)의 글을 부록으로 하였다. 판각에 부치면서 나에게 서문을 써줄 것을 물어 오니, 나는 아득히 먼 후생으로 어찌 감히 그 행간에 붓을 댈 수 있겠는가. 그러나 그윽이 사모하는 마음을 이기지 못하여 삼가 책머리에 한마디 말을 붙이니, 부처의 머리에 오물을 칠했다는 비난을 어떻게 피할 수 있겠는가.

경술년(1910) 7월 전행의금부도사(前行義禁府都事) 후학(後學) 김도화(金道和)는 삼가 서문을 쓴다.

山澤齋先生挺端重之姿, 承家庭之學, 知能夙著於妙齡, 趨嚮不畔於路脉, 志壹而氣專, 業勤而功崇, 以之德器成就, 造詣精深, 跡其終始, 渾然無一疵之可議, 則夫豈無所本而能臻斯域也哉. 蓋其先處士樊谷公學於敬堂先生之門, 而敬堂又得於鶴峯先生再傳之緖, 其淵源相傳之脉, 有自來矣. 又與洪木齋, 李孤山諸先生結爲道義交, 時月往復, 互爲磨礱, 以孝悌忠信爲日用之本, 以濂關洛建爲服膺之資, 沛然若江海之浸潤, 藹然若芝蘭之薰襲, 則其師友學問之力, 實有不可誣者矣. 是以入而禔躬謹節, 尤篤於事親, 調湯餌於親病而冬竹有不煨之瀝, 具珍羞於庋閣而畜犬有相守之異, 友庶弟而惻怛之情形於色, 御同族而敦睦之誼著於事, 此其日行之可見也. 出而莅官, 廉潔公平而尤勤於撫民, 寬貧戶之貸穀而鄰郡竝化, 斥豪右之規田而其人愧服, 沿路三尺之碣, 遺澤不磨,

---

아 사림에 중망이 있었으며 1728년 이인좌(李麟佐)의 난 때 창의하였다. 이조판서(吏曹判書)에 증직되었고 저서로는 《포헌집(逋軒集)》이 전한다.

8) 산택옹(山澤翁)은 …… 없다. : 《포헌집(逋軒集)》 권3 〈만록(漫錄)〉에 내용이 보인다.

9) 해좌(海左) 정공(丁公) : 정범조(丁範祖, 1833~1898). 자는 우서(禹書), 호는 해좌(海左), 본관은 동래(東萊)이다. 철종 10년(1859) 증광 문과에 병과로 급제하여 여러 관직을 두루 거치고 1892년 우의정이 되었으며, 좌의정을 여러 차례 역임하였다. 시호는 문헌(文獻)이다.

10) 평소에는 …… 근본으로 하였다. : 《해좌집(海左集)》 권26, 〈승훈랑 행 회덕 현감 권공 묘갈명(承訓郞行懷德縣監權公墓碣銘)〉에 내용이 보인다.

歸裝一張之琴, 淸風灑然, 此其做時之一班也. 先生抱負經奇, 其兆足以有爲, 而旋又舍藏, 不得識牛刀之用, 則道之將廢也, 其命也歟! 嘗裒集先儒禮說, 彙編分類, 附於家禮之下而名之曰家禮傳注, 以爲聚訟之決案, 蓋極一生之精力, 而羽翼斯文之功, 亦可謂大矣. 又嘗就先世別業之在眞城者, 臨江築第, 托爲琴書之所而扁之曰山澤, 取大易損之象, 而寓懲窒之敎者也. 先生之絶意世紛, 到老頤養, 其亦有得於此乎? 逌軒權公作偉人贊曰, 山澤翁如好果子, 表裏濃熟, 無生澁氣味, 海左丁公題其墓曰, 平居寡言語, 臨事有條理, 本之以實學懿行, 當世知德之論皆如此, 嗚呼其盡之矣. 先生平日謙虛自持, 所著詩文, 毁而不收, 近者一方極力收拾, 編爲一卷, 附以挽祭狀誌文字, 將付之剞劂而問序於余, 余以藐然後生, 何敢泚筆於其間, 而竊不勝執鞭之慕, 謹以一言置之卷端, 穢佛之誚, 何所逃哉.

庚戌流火節, 前行義禁府都事後學金道和謹序.

《수당집(修堂集)》 제5권[11]

산택재집 서
山澤齋集序

　옛날의 선비는 이치의 본말(本末)을 알아서 그 체와 용(體用)을 밝혔기에 먼저 자신을 수양한 다음에 남을 다스렸다. 이 때문에 배워서 학문이 넉넉해지면 벼슬을 하고 벼슬을 어느 정도 하면 또 배움으로 돌아와서 그 나가고 들어옴에 정해진 바가 없었으니, 다만 의리에 합당하기만을 추구할 뿐이었다.

　후세에 와서는 사람을 취용(取用)하는 길이 좁아지고 붕당(朋黨)의 버릇이 고질이 되어서, 갑(甲)이 칭찬하는 인물은 을(乙)이 반드시 헐뜯고, 을이 끌어당겨 쓰는 자는 갑이 반드시 배척하여 물리친다. 과거를 통하여 벼슬길에 오르면 모두 이와 같지 않은 자들이 없으니, 특히 유자(儒者)들에 대해서는 시기함이 더욱 깊고 트집 잡음이 더욱 가혹하고 매서워 마치 화살을 받는 과녁이 살촉을 받으면 더욱 격렬하여지는 것과 같았다. 마침내 학문과 벼슬이 두 길로 갈라져서, 한 번 '선비'라고 불리면 벼슬을 하지 않는 것을 하나의 규칙으로 삼는다. 그리하여 재능 있는 자가 먹을 수 없는 큰 박처럼 아무리 매달려 있어도 사람들은 실로 쓸 만한 인재란 것을 알지 못하고, 능력 없는 자가 걸맞지 않는 자리에 섞여 있어도 사람들은 그가 사실은 쓸모없는 자라는 것을 알아차리지 못한다. 아, 이런 것이 어찌 본래의 이치이겠는가.

　우리 숙종(肅宗) 임금이 처음 등극했을 때는 아직 그래도 고풍에 가까웠었다. 이때에는 여러 어진 분들이 조정에 있었으므로 모두들 서로서로 이끌어서 조정에 들어갔다. 이때 상신(相臣)이 말하기를, "영남에 학문에 힘쓰고 행실에 독실한 선비가 있는데 그 이름을 권태시(權泰時)라고 합니다. 그를 특별히 6품직에 제수하는 것이 좋겠습니다." 하여, 장악원(掌樂院)의 주부(主簿)로 불러들였다. 이것이 바로 우리 조정에서 선비를 대우하던 예절인 것이다. 이때 공은 이를 사양하지 않고 들어갔으며, 얼마 안 되어 호서우도(湖西右道)의 고을을 맡게 되었는데, 이 역시 사양하지 않고 취임하였다. 이처럼 그 출처(出處)가

---

11) 수당(修堂) 이남규(李南珪, 1855~1907)의 〈산택재집서문〉을 《수당집(修堂集)》에서 새로 발견(안동대 신두환 교수)하여 실음.

작작(綽綽)하여 참으로 여유가 있었다. 지금 공의 시대로부터 2백여 년의 세월이 흘렀으니, 그 처세나 치민(治民)의 자취에 대하여 이를 자세히 알 길이 없다. 그러나 일찍이 들은 바에 의하면, 영남에서 거인(鉅人)이란 소리를 듣는 분이 세 사람이 있었다고 하는데, 갈암(葛庵) 이현일(李玄逸)과 고산(孤山) 이유장(李惟樟) 및 공이 그분들이라고 하였다. 각자 그에 해당하는 인물평들이 있는데, 공에 대해서는 말하기를, "마치 좋은 과일과 같으니, 겉과 속이 모두 잘 익어서 조금도 설거나 떫은 맛이 없다." 하였다.

근곡(芹谷) 이공(李公 : 이관징)이 장악원에 제거(提擧)로 있을 때 공이 낭관(郞官)으로 이공을 찾아뵙곤 하였는데, 이때 이공은 반드시 일어나서 공을 맞이하여 예모를 갖추고는 말하기를, "이분은 영남의 어지신 장로(長老)분이시다." 하였으며, 밀암(密庵) 이선생(李先生 이재(李栽))은 공을 제사하는 제문에서 말하기를, "가학(家學)을 전수받고 효우(孝友)를 실천하여 이미 몸으로 성취해서 친구들 사이에 인정을 받았으며, 드디어 그 이름이 대궐까지 알려지게 되고 이에 불려나가서 사직(社稷)과 백성에 대한 책임을 맡게 되었는데, 그 청신(淸愼)하고 인애(仁愛)하여 착한 자를 보살피고 간사한 자를 억누름이 또한 탁월하였으니, 지금의 정사에 종사하는 자들과 비할 바가 아니다." 하였고, 또 말하기를, "재능과 지조, 행실과 공업(功業)의 온전함이 사람의 실질에 부끄럽지 않았다." 하였으니, 이들 몇 마디 말만으로도 가히 공의 평생의 대략을 개괄할 수 있다.

공의 저술로는 시문(詩文) 약간 편이 남아 있는데, 더불어 수창(酬唱)하고 왕복(往復)한 분들이 모두 한때의 명현(名賢)들이며, 그 말들이 모두 몸과 마음에 절실한 것들이거나 아니면 모두 나라와 백성을 걱정한 것들이다. 그리고 공이 개연(慨然)히 '국모(國母)를 위해 한마디 말을 하지 못하고 죽는 것이 한스럽다.' 한 말에 이르면, 또한 평소의 신념이 과연 어떤 것이었는지를 알 만하다. 공과 같은 분이야말로 참으로 '본말(本末)을 알아서 체용(體用)을 밝힌 선비'라고 이를 만하다.

공은 호가 산택재(山澤齋)인데, 경당(敬堂) 장흥효(張興孝) 선생에게 사사하였다. 그런데 경당은 서애 선생(西厓先生, 유성룡(柳成龍))의 문하에서 놀았으며 또 학봉 선생(鶴峯先生) 김성일(金誠一)의 문하에서도 학업을 묻곤 하였으니, 그 연원으로 말한다면 본래 퇴계(退溪) 노선생(老先生)으로부터 나온 것이다. 나는 항상 영남의 여러 분들을 주야로 사모하던 나머지 한번 받들어 모시는 것을 영광스럽게 여겨 왔다. 그래서 지금 공의 후손의 청을 받고는 기꺼이 이와 같이 서문을 쓰는 바이다.

古之儒者 識本末明體用 修己而治人 故學優而仕 仕優而學 出處無常 惟適於義而已
後世取人之路狹 而朋黨之習痼 甲之所稱揚 乙必訾毁之 乙之所引用 甲必排擯之 迨科
第任仕進者 無不皆然 而於儒者 忮益深責益苛 如當射之的 受鏃益烈 於是學與仕分爲
二路 一號爲儒 以不仕爲一副成規 有材者繫匏不食 人莫知其實可用 無能者濫竽相混
人不知其實無可用 嗚乎豈理也哉 我肅廟初元 其時猶近古矣 羣賢在朝 茅茹彙征 相臣
言嶺南有力學篤行之士曰權泰時 宜超授六品職 乃以掌樂主簿召 此國朝待儒者之禮也
公不辭而至 尋出知湖右郡 亦不辭而就 其出處豈不綽綽有餘裕乎 今距公二百餘年 處
世臨民之跡 無由得其詳 然嘗聞之 嶺南有三鉅人之稱 葛庵, 孤山及公也 各有月朝之辭
而於公則曰如好果子 表裏濃熟 無生澁氣味 芹谷李公之提擧樂院也 公以郞官刺謁 必
起迎禮貌之曰 此嶺南賢長老也 密庵李先生祭公文曰 家學之傳 孝友之實 旣有以成諸
身而信乎友 及其名達九重 起膺旌招 受社稷民人之寄 則其淸愼仁愛 所以惠柔良而讐
奸細者又卓然 非今之從政者所可比 又曰才志行業之全 無愧爲人之實 之數言 可以槪
公之平生矣 所著述有詩文若干篇 而酬唱往復 皆一時名賢 其言皆切於身心 亦皆以民
國爲憂 至其慨然以不能爲國母一言而死爲恨 又可見秉執之有素矣 若公眞可謂識本末
明體用之儒者哉 公號山澤齋 師事張敬堂先生 敬堂遊西厓先生之門 又質業於鶴峯先生
之門 其淵源盖出於退溪老先生也 不佞常寤寐嶺南諸賢 以執鞭爲榮 今於公裔孫之請
樂爲之序如此云爾.

山澤齋先生文集 卷之一

산택재선생문집 제1권

사辭

〈의초사〉를 모방하여 짓다
擬擬招辭

옛날에 남전(藍田)의 여대림(呂大臨)[12]이 송옥(宋玉)의 〈초혼부(招魂賦)〉를 모방하여 〈의초사(擬招辭)〉를 지었다. 이는 "놓쳐버린 마음을 구하고 하늘이 부여한 떳떳한 품성을 회복한다[求放心復常性]"는 은미한 뜻을 우의(寓意)한 것이었다. 나는 일찍이 그 글의 뜻이 깊고 경계의 말이 매우 절실한 것을 좋아하여 그 체제를 모방한 작품을 지어 아침저녁으로 가슴에 새기고 싶었다. 다만 나의 생각이 평범하고 필력이 부족하여 비록 옛 사람의 작품에 만의 하나에도 미치지 못하지만, 또한 각자 그 뜻을 말하면 그만이지 않겠는가 싶어서 여기에 기록하여 경계하고 반성하는 데에 대비하고자 한다.

昔呂藍田大臨擬宋玉招魂賦, 賦擬招辭, 蓋以寓夫求放心復常性之微意也. 余嘗愛其辭旨幽邃, 警發深切, 欲效其體, 以爲晨夕銘佩之資, 顧以思致平凡, 筆力萎弱, 雖不能萬一於前人, 亦各言其志也, 故玆錄之, 以備警省云.

하늘로부터 내가 성품을 받아 삼재(三才)[13]에 듦이여	藐余受中而參三兮
음양오행의 정수를 받았네	禀二五之精粹
이미 아름다운 자질을 많이 가지고 태어남이여	紛旣有此內美兮
문득 집을 잃어버리고 방황하였네	忽弱喪而流徙
정신은 흩어져 돌아오지 않음이여	神踰佚而不返兮

---

12) 여대림(呂大臨) : 송나라 경조(京兆) 남전(藍田), 지금 중국. 섬서성 관중(關中) 사람이다. 처음에 장재(張載)에게서 배웠고, 나중에 정이(程頤)의 제자가 되었다. 사양좌(謝良佐), 유초(游酢), 양시(楊時)와 함께 정문사선생(程門四先生)으로 불린다. 여대충(呂大忠), 여대방(呂大防), 여대균(呂大鈞), 여대림(呂大臨) 형제가 그 고을 사람들과 서로 지키기로 약속한 자치 규범인《남전여씨향약(藍田呂氏鄕約)》으로 유명하다.

13) 삼재(三才) : 천지인(天地人). 삼극(三極).

형체는 메말라 홀로 거처하네	形枯槁以獨居
상제가 이윽고 굽어 살피심이여	上帝於焉降監兮
나로 하여금 타고난 본성을 회복하게 하였네	思使余而復初
무양[14]에게 부탁하여 점치게 함이여	屬巫陽使筮之兮
나를 위해 혼을 부르라 하시네	云爲余而招之
짐짓 머리 조아리며 공경히 받듦이여	陽拜稽而祗承兮
물러나 초혼의 가사를 지어 부르노라	退而招之以辭

사[15]에 왈
辭曰

혼이여 돌아오라	魂兮歸來
그대는 스스로 편안한 거처를 가지고 있거늘	君自有樂地
어찌하여 사방으로 떠도는가	胡爲乎四方些[16]
허둥지둥 길을 헤매어	倀倀迷途
공연히 스스로 바쁘구나	空自忙些
혼이여 돌아오라	魂兮歸來
귀에 들리는 것을 쫓아가지 말라	無逐聲些
깜깜한 구덩이	黑坎欲陷
천 길 땅 속	千丈坑些
시끄러운 음침한 소리	淫哇嘈唽
온갖 것이 들리니	並來呈些
한번 빠지면	一爲所陷
곧 목숨을 잃어버리네	便喪生些

---

14) 무양(巫陽) : 초사 초혼(招魂)에 나오는 무당의 이름.

15) 사(辭) ; 초사 초혼은 서사(序辭), 본사(本辭), 난사(亂辭)로 구성되어 있다. 여기서부터는 본사(本辭)에 해당된다.

16) 사(些) ; 초사(楚辭)는 초사(楚些)라고도 하는 데, 초혼(招魂)의 구절 말미마다 "些"로 끝나는 것에서 유래하여 초혼가를 뜻하는 것으로 되었다. 초사는 혼을 부르는 글을 가리키는데, 《초사(楚辭)》〈초혼(招魂)〉의 문장이 구절 끝마다 사(些) 자가 있는 데서 유래하였다. 些는 주술 어구 뒤에 쓰이는 語辭이다.

넘으려 해도 기댈 데 없고	超之無所倚
후회해도 소용없다	悔之不可追些
돌아오라 돌아오라	歸來歸來
스스로 재앙을 받을까 두렵구나	恐自遺災些
혼이여 돌아오라	魂兮歸來
눈에 보이는 것을 쫓아가지 마라	無逐色些
은빛바다 끝없이 넓은데	銀海浩淼
깊이를 헤아릴 수 없구나	深不測些
진기한 완호품	奇珍玩好
뒤섞여 널려 있구나	雜來陳些
한번 빠지게 되면	一爲所溺
곧 참된 마음 잃어버리니	便喪眞些
보아도 보이지 않아	視以不見
새벽도 없는 깜깜한 밤과 같구나	夜不晨些
돌아오라 돌아오라	歸來歸來
스스로 깊은 물에 빠질까 두렵네	恐自淵淪些
혼이여 돌아오라	魂兮歸來
향취(香臭)를 지극히 하지 마라	臭不可極些
향기를 널리 뿌리니	揚芬播馥
여러 향기 뒤섞여	庶香錯些
진하게 피어올라	酷烈薰襲
번갈아 드날리네	交相紛些
하고 싶은 대로 해서	惟意所欲
마음대로 탐닉하면	恣懽忻些
마음이 기질과 함께 변화하여	心與氣化
천 리를 달아나리라	千里奔些
돌아오라 돌아오라	歸來歸來
해로움 이루 다 말할 수 없네	害不可言些
혼이여 돌아오라	魂兮歸來

맛에 탐닉하지 마라	味不可縱些
보배 같은 음식에 옥 같은 반찬	珍羞玉饌
호사롭게 바쳐 올리니	侈供奉些
쓰고 짜고 시고	大苦醎酸
달고 매운 맛 다 갖추었네	甘辛窮些
식탐을 내어 침을 흘리면	貪饕朶頤
그 중심을 잃어버려	喪厥中些
작게는 몸을 망치고	小而亡身
크게는 나라를 망친다	大而亡國些
돌아오라 돌아오라	歸來歸來
재앙을 헤아릴 수 없도다	禍不可測些
혼이여 돌아오라	魂兮歸來
대궐의 문으로 들어오라	入修門些
공축[17]이 그대를 불러	工祝招君
향기로운 풀로 머리감고	沐芳蓀些
의관을 정제하니	齊整裳衣
공경스럽고 정성스럽구나	敬且誠些
앞뒤로 분주히	繽紛後先
모든 신들이 맞이하리라	百神迎些
혼이여 돌아오라	魂兮歸來
옛 집으로 돌아오라	返故居些
저기 그대의 방을 보니	相彼君室
고요하고 비어있구나	靜而虛些
어진 마음과 신의에 있어	仁木信土
예는 그 바탕이 된다네	禮爲基些
우뚝하게 홀로 서 있으니	巋然獨存
풍경이 서글프구나	景物悲些

---

17) 공축(工祝) : 옛날 제사 때 축문 읽는 일을 전담하던 사람을 일컫는다.

예전에 그대가 있을 때는	君昔在矣
사방팔방이 탁 트였었지	洞八闥些
내면과 외면이 엄숙하여	外內肅穆
음란함과 사특함이 없었는데	絶淫慝些
지금은 떠나버려	今其去矣
거친 잡초만 우거졌구나	荒草深些
혼이여 돌아오라	魂兮歸來
지금을 놓치지 마라	迨其今些
예전에 그대가 있을 때는	君昔在矣
만물이 갖추어져	萬物備些
군신과 부자간에 도리가 있고	君臣父子
형과 아우 우애로웠는데	兄若弟些
지금은 사라져서	今其去矣
큰 뱀이 머리를 들고 있구나[18]	騫王虺些
혼이여 돌아오라	魂兮歸來
약속을 지켜준다면	迨其謂些
맑은 바람 부는 버드나무	光風楊柳
집을 둘러 우거지고	繞屋扶疎些
달빛이 비추는 오동나무	霽月梧桐
광경은 변하지 않으리라	光景自如些
혼이여 돌아오라	魂兮歸來
옛 집으로 돌아오라	返故居些

---

18) 큰 …… 있구나 : 원문의 '건왕훼사(騫王虺些)'는 《초사(楚辭)》〈대초(大招)〉에 큰 "뱀이 머리를 들고 있다[王虺騫只]"라고 한 구절을 인용하였다. 황무지가 되어 뱀이 다닌다는 의미이다.

난¹⁹⁾에 왈
亂曰

짧은 인생 백 년이 되지 못하니	人生短期兮不滿百
남은 세월 얼마인가 애석하도다	餘年幾何兮足可惜
혼이여 돌아오라	魂兮歸來
세월은 순식간이라	光陰儵忽
의리의 길²⁰⁾은 숫돌처럼 평탄하고	義有路兮平如砥
물기(勿旗)²¹⁾는 펄럭이네	勿有旗兮亦委蛇
혼이여 돌아오라 빨리 고삐를 돌려 오라	魂兮歸來亟回轡
새는 날아 옛 숲으로 돌아오고	鳥飛返故林
여우는 죽어 반드시 동산으로 머리를 향하니	狐死必首邱
혼이여 돌아와 그대의 몸을 평안케 하라	魂兮歸來寧君軀

---

19) 난(亂) : 초사 초혼의 결구 형식이다. 서사(序辭), 본사(本辭), 난사(亂辭)로 이루어짐.

20) 의리의 길 : 《맹자(孟子)》〈고자상(告子上)〉에 "인은 사람의 마음이고, 의는 사람의 길이다. 그 길을 버리고 따르지 않으며, 그 마음을 잃어버리고 찾을 줄을 모르니, 애처롭다.[仁, 人心也. 義, 人路也. 舍其路而不由, 放其心而不知求, 哀哉.]"라고 하였다.

21) 물기(勿旗) : 사물(四勿)의 깃대[旗]라는 뜻이다. 《논어(論語)》〈안연(顏淵)〉에 "예(禮)가 아니면 보지 말며, 예가 아니면 듣지 말며, 예가 아니면 말하지 말며, 예가 아니면 움직이지 말라.[非禮勿視 非禮勿聽 非禮勿言 非禮勿動]" 하였는데 이 물(勿) 자로 깃대를 만들어 세운다는 말이다.

시詩

나의 경계 20운
自警二十韻

아득한 하늘과 땅 사이에	茫茫天地間
하나의 음과 하나의 양이	一陰與一陽
끊임없이 오르내리니	升降無停機
만물은 어찌 그리도 창성한가	萬類何其昌
오직 사람이 그 사이에서	惟人於其間
천성을 받고 태어나니 고귀하네	受中生而貴
허령한 마음 신묘하여 헤아릴 수 없으니	虛靈妙不測
만 가지 변화가 마음에서 일어나네	萬化從中起
수양하면 길하고 거스르면 흉하니	修吉悖之凶
성인과 광인의 차이 이것에 말미암네	聖狂由於斯
털끝 만한 차이에도 천리가 어긋나니	毫差千里繆
잠깐 사이라도 부지런히 힘써야 하네	造次宜孜孜
이 때문에 옛 선인들이	所以古先民
선악의 기미를 반드시 살피고	善惡機必察
정(靜)을 주관하여 인간의 표준을 세워[22]	主靜立人極
만세의 몽매한 후학을 깨우치셨네	萬世開蒙學
하지만 나는 학문을 좋아하지 않아	而我不好學
게을러 전인의 경전 공부를 그만두었네	懶廢曭前經

---

22) 정을 …… 세워 : 주렴계(周濂溪)의 《태극도설(太極圖說)》에 "성인은 중정인의(中正仁義)로써 표준을 정(定) 하고 정을 주로 하여 인극을 세운다.[主靜立人極]"라고 하였다.

학야(鶴爺)[23]는 정맥을 드리웠으나	鶴爺垂正脈
나는 어진 부형을 잃었으니	我失賢父兄
어디서 덕업을 상고하랴	於何考德業
갈팡질팡 돌아갈 길 헤매네	倀倀迷歸路
한밤중에 슬픔에 젖고	中夜惻然感
가슴 치며 더욱 애달파하도다	拊躬增悲悼
돌이켜 생각하면 태어난 처음에는	飜思有生初
요순 같은 성인도 나와 다름없었으니	堯舜與我同
어떻게 내게 돌이켜 구하지 않겠는가	盍反求諸己
밝은 명으로 나의 마음 밝혀야지	明命昭吾衷
몸과 마음에 근본을 두고	本之於身心
경(敬)과 의(義)로써 곧고 방정히 하여[24]	直方以敬義
경전에서 참고하고	參之於方策
강학하여 사물의 이치 밝힌다면	講究明物理
위로는 성인의 영역에 이를 수 있고	上可至聖域
아래로는 선함을 잃지 않으리라	下不失善流
사람의 도는 이뿐이니	人道止於此
이것을 버리고 다시 무엇을 구할까	舍此更何求
나의 말 참으로 노망이 아니고	余言諒非耄
나의 말 되풀이할 수 없네	余言不可又
먹으로 경계의 글을 써서	墨卿司戒辭
감히 내 마음에 고하노라	敢告靈臺主

---

23) 학야(鶴爺) : 학봉(鶴峯) 김성일(金誠一)을 말한다.
24) 경(敬)과 …… 하여 : 《주역(周易)》〈곤괘(坤卦)〉에 "군자는 공경으로써 안을 곧게 하고, 의로움으로써 밖을 방정하게 한다. 공경과 의로움이 섰으니 덕은 외롭지 않다.[敬以直內義以方外 敬義立而德不孤]는 구절을 인용하였다.

성휘 홍도익[25]이 동파의 운으로 지은 〈낙연〉[26] 시에 차운하다
次洪聖輝道翼用東坡韻 賦洛淵

벗들이 낙연(洛淵)에 이르러	故人洛淵至
낙연의 뛰어난 경치 말해주네	告我洛淵勝
스스로 하는 말 마음껏 감상하고 나니	自言快賞後
마음이 물처럼 깨끗해지고	心與水同淨
거기다 여러 공(公)들의 시가	復有羣公詩
소매 속에서 맑게 빛나는데	袖裏光淸瑩
각각 자신의 뜻을 말한 것으로	亦各言其志
성정(性情)을 도야할 만하다고 하네	足以陶情性
나는 갓끈을 다시 씻을 수 없으니	吾纓不復洗
황홀한 듯 풍천장[27]을 듣고 있네	怳若風泉聽
옛날 짝하여 궁구했던 것 생각하면	念昔偶窺臨
두려운 마음 안정되지 않네	懻然心不定
마음이 문득 확 트이고	神襟忽以曠
취한 꿈 비로소 깨어나니	醉夢欬始醒
홀로 서서 말을 잊고서	獨立却忘言
산 속 날 저무는 줄 몰랐지	不覺山日暝
넓고 넓은 우주 속에서	茫茫宇宙內
누가 자연의 조화를 주관하나	孰主此權柄
그리워라 옛 신선의 초막	懷哉古仙廬
산책하며 오솔길 찾는데	散策尋幽徑
하늘이 내 길을 보호하고	天公護我行

---

25) 홍도익(洪道翼, 1642~1725) : 자는 성휘(聖輝), 호는 갈천(葛川), 본관은 부림(缶林)이다. 상주 함창(咸昌)에 거주하였다. 수직(壽職)으로 호군(護軍)을 제수받았다.

26) 낙연(落淵) : 안동의 임하(臨河)에서 남쪽으로 15리 되는 곳에 있는 용혈연(龍穴淵)을 말하는데, 지촌천(枝村川)과 신한천(神漢川)이 합류하는 하류에 있다. 양협이 서로 맞닿아 중간에 뾰족한 봉이 있으며, 석벽이 중단되어 폭포가 그 사이에 걸려 있었다. 도연폭포(陶淵瀑布)라고도 한다.

27) 풍천장(風泉章) :《시경(詩經)》의 비풍장(匪風章)과 하천장(下泉章)을 뜻하는 말로, 종주국(宗主國)이 망한 것을 슬퍼하는 내용이다.

밝은 달 내려와 서로 비추었네	明月來相暎
굽이굽이 험한 길 에두르고	縈紆欲千盤
높고 가파른 산 돌길 넘어	峻極蹂百磴
가고 가서 선찰사[28]에 이르면	行行到上方
그윽하고 맑은 물가에 정자[29]가 있는데	有亭臨幽鏡
뭇 신선들 마침 만나서	羣仙適邂逅
만고의 정을 술과 시에 부쳤네	古情寄觴詠
웃으며 자리에 사람들에게	笑謂坐間人
이번 걸음은 하늘이 시킨 것이니	此行天所令
서로 더불어 편안히 않고	相與共盤礴
가마 타는 대신 느긋하게 걷는다고 하였네	緩步當車乘
옛 현인이 남긴 자취 있으니	昔賢有遺躅
명성과 실제가 서로 걸맞음을 알겠고	名實知相稱
난간에 기대 호방하게 휘파람 부니	凭軒發浩歗
원숭이 새소리와 서로 맞장구 하였네	猿鳥鳴相應
맑은 모습 어찌 다시 보겠는가	淸標寧復見
선방 창가에는 풍경소리만 들리는구나	禪窓惟聞磬
적막하여라 천년 뒤에	寂寞千載下
높은 의리 뉘라서 능히 겨룰 수 있을까	高義誰能競
집에 돌아와 옹색한 집에 누우니	歸來臥陶廬
내 생애 먼지 낀 시루에 부치리라	生涯付塵甑
가난한 생활 참으로 즐거우니	簞瓢固可樂
본래의 뜻 어그러지지 않았네	夙計非蹭蹬
후회와 허물 만들지 않고	願言寡悔尤
자연 속에서 생을 마치기를 바라니	水石思畢命
홀로인들 무슨 상관이랴	何妨媚幽獨

---

28) 선찰사(仙刹寺) : 신라시대에 창건된 고찰로 낙동강 반변천의 도연폭포 근처에 있었다. 고려 말에 포은 정몽주의 제자인 조용이 이곳에서 글을 읽었다고 전해온다. '상방(上方)'은 사찰의 다른 이름이다.
29) 정자 : 선유정(仙遊亭)을 가리킨다.

다만 그대와 함께하길 바란다네	只願與君併
지금 시 구절을 보니	今看詩上語
훌쩍 외로운 흥 일어나는데	飄然發孤興
늦가을 배추 맛날 때를 기다려	待得晚菘嘗
다시 노 저으며 뱃놀이 하세	重與響歸榜

초사를 읽고 느낌이 있어서
讀楚辭有感

장생술 배워 뒷날을 보려 하였는데	欲學長生看後晨
회옹은 무슨 일로 굴원을 비웃었나[30]	晦翁何事笑靈均
지금 다시 오백 년 지났으니	而今況復年千半
눈물 닦으며 읊조리는 이 몇이나 될까	抆淚謳吟有幾人

송천[31]에 우거하며 이천행[32]이 준 시에 차운하다
寓松川 次李天行時夏贈韻

우연히 인량마을[33]에 와 이웃되어	偶來仁里與爲隣
손잡고 서로 따르니 의지할 곳 있어서 기쁘네	携手相隨喜有因
한가하면 그림처럼 생생한 산을 감상하고	閒作賞山開活畫
피곤하면 티끌 한 점 없는 냇물에 임하네	困臨流水絶纖塵
창화가 엉성한 나의 졸렬함을 불평하니	疎慵唱和嫌吾拙
간담을 터놓은 그대 진솔함을 볼 수 있네	肝膽傾輸見子眞
나라를 다스리는 것은 유자의 일이니	經濟從知儒者事

---

30) 회옹(晦翁)은 …… 비웃었나 : 회옹은 주희(朱熹)의 호인데, 주희는 굴원의 행위가 중용을 벗어났다고 비판한
   바 있다. 영균(靈均)은 굴원(屈原)의 자(字).

31) 송천(松川) : 현재 경상북도 영덕군 병곡면 송천리를 가리킨다.

32) 이천행(李天行) : 천행은 이시하(李時夏, 생몰년 미상)의 자이다.

33) 인량마을 : 경상북도(慶尙北道) 영덕군(盈德郡) 창수면(蒼水面) 인량리(仁良里)를 가리킨다.

대각[34]에서 벼슬하기를 기다려 보리라   佇看臺閣正垂紳

성휘[35]가 〈낙고정〉[36] 시에 차운하여 시를 짓고 나에게 글씨를 써줄 것을 청하기에 써서 돌려주며 원운에 차운한 시를 함께 부친다

聖輝次洛皐亭韻 請余書書以還之 步原韻以寄

잠에서 깨니 아침 햇살 집 안에 가득한데	睡覺朝暾已滿堂
붓 잡고 종이 대하니 기운이 맑구나	握毫臨紙氣清凉
간담을 터놓은 정 예나 지금이나 다름없고	情輸肝膽兼今古
오르내리는 강 물결과 누가 긴지 견주네	興落江波較短長
그대 시의 보답하는 뜻에 기쁘고	已喜君詩能報意
나의 학문 방향을 알지 못해 되레 부끄럽다네	還慚吾學未知方
낙고정 돌아보니 봄은 저물려 하는데	洛皐回首春將晚
손잡고 꽃구경 하는 것도 나쁘지 않겠네	携手尋芳也未妨

비 때문에 정간재에 머물면서 김용휴[37] 〈명기〉의 시를 차운하다

滯雨定跟齋 次金用休命基韻

우연히 초당에 이르니 냇물이 불어나	偶到茅堂漲小溪
머물다보니 석양이 지는 줄도 몰랐네	留連不覺夕陽西
때 맞춰 오는 비가 장마가 되었다 말하지 마라	休言時雨成淫雨
순임금 선기옥형이 천기를 가지런히 다스리시니[38]	舜殿機衡正日齊

---

34) 대각 : 조선(朝鮮) 시대(時代) 사헌부(司憲府)·사간원(司諫院)을 가리킨다.

35) 성휘 : 각주 25) 참조.

36) 낙고정(洛皐亭) : 경상북도 안동시 풍산면 막곡리에 있는 정자로 개곡(開谷) 이이송(李爾松)이 창건하였다.

37) 김용휴 : 김명기(金命基, 1637~1700)로 호는 병간(甁艮), 본관은 의성(義城)으로 숙부에게 출계하였다. 홍원지(柳元之), 홍여하(洪汝河)에게 수학하였으며, 1693년 감사(監司)의 추천으로 의금부도사(義禁府都事)에 제수되었다.

38) 순임금 …… 다스리시니 : 기형제정(璣衡齊政)에서 나온 말로 기형(璣衡)은 선기옥형(璿璣玉衡)의 준말이다. 순(舜)임금과 우(禹)임금 시절에 천체를 운행하던 관측기계로, 이것으로 천체를 관측하여 일(日)과 월(月), 오

설날에 그대에게 상서로움을 보이네
元日示君祥

천시와 인사가 날마다 서로 재촉하니[39]	天時人事日相催
저문 해 보내고 새해 맞는 마음 더욱 슬프구나	送舊迎新意轉哀
늙어 갈수록 늙었다고 말하지 말라	老去休言耄已及
의시(懿詩)[40]는 어린아이가 지을 수 없으니	懿詩非是出童孩

경광서원[41]에서 응중 이숭일[42]의 시를 차운하다
鏡光次李應中嵩逸韻

안개와 구름 걷혀 해가 밝게 빛나니	霧捲雲收日正明
맑은 날 지저귀는 산새 더욱 사랑스럽네	更憐幽鳥話新晴
이제야 당의 이름 뜻을 알겠으니	從今認得名堂義
거울 같은 수면을 보니 스스로 맑게 되네	鏡面行看自在淸

성(五星: 水, 火, 金, 木, 土)의 운행을 가지런히 다스렸다고 한다. 여기서는 상대의 훌륭한 덕이 일기를 고르게 할 것이라는 미담을 건넨 것으로 보인다.

39) 천시와 …… 재촉하니 : 두보(杜甫)의 시 〈소지(小至)〉에 "천시와 인사가 날마다 서로 재촉하니, 동지에 양이 생겨 봄이 다시 오도다.[天時人事日相催, 冬至陽生春又來.]"라고 하였다. 《全唐詩 卷231 小至》

40) 의시(懿詩) : 위 무공(衛武公)이 지은 《시경(詩經)》 〈대아(大雅)〉의 억(抑)시를 이른다. 위 무공이 나이 95세에 나라 안에 경계를 내려 자기가 늙었다 하여 그냥 놓아두지 말고 경(卿) 이하 조정에 있는 모든 신하들에게 조석으로 자기를 경계하고 깨우쳐 달라고 한 내용의 시이다. 《詩經 大雅 抑》

41) 경광서원(鏡光書院) : 경북 안동시 서후면 금계리에 있다. 1686년에 지방 유림의 공의로 배상지(裵尙志)·이종준(李宗準)·장흥효(張興孝)의 학문과 덕행을 추모하기 위해 창건하여 위패를 모셨다. 대원군의 서원철폐령으로 1868년에 훼철된 뒤 1873년에 단소(壇所)를 설립하여 향사를 지내왔다. 그 뒤 1972년 유림에 의해 복원되어 지금에 이르고 있다.

42) 이숭일(李嵩逸, 1631~1698) : 자는 응중(應中), 호는 항재(恒齋), 본관은 재령(載寧)이다. 아버지는 시명(時明)이며, 어머니는 장흥효(張興孝)의 딸이다. 갈암(葛庵) 이현일(李玄逸)의 동생으로, 저서로는 《항재문집(恒齋文集)》이 있다.

존재 이휘일[43] 선생을 애도하는 시
存齋李先生徽逸挽

날로 황폐해지는 우리 유학에 상심하고	傷心吾道日榛荊
만사를 짓는 오늘 아침 슬픔은 배나 되네	題挽今朝倍愴情
하늘이 준[44] 경륜은 비록 펼치지 못했지만	天卑經綸雖莫展
집안에 전해온 성리의 학문 더욱 정밀하였네	家傳性理更加精
선고(先考)의 행장을 써주신 일 깊이 감사하고[45]	立言深賀論先德
후생들 인도하실 때는 훌륭한 가르침 독차지하였지	善誘偏蒙引後生
세간의 공의(公議)는 그래도 사라지지 않았으니	公議世間猶不死
산야에 유궁(幽宮)이 처음 이루어짐을 하례하노라	鹿場宮館賀初成

뒤늦게 만취당 권산립[46]공의 백량체[47] 시를 차운하다
追次晚翠堂權公山立栢梁體韻

선생은 일찍이 〈행로난(行路難)〉[48]을 짓고	先生早賦行路難
좋은 땅 점지해 하늘이 감춰둔 땅 차지하였네	爲卜勝地開天慳
남극성이 태을단을 도니[49]	南極星回太乙壇

---

43) 이휘일(李徽逸, 1619~1672) : 자는 익문(翼文), 호는 존재(存齋), 본관은 재령(載寧)이다. 아버지는 시명(時明), 동생은 현일(玄逸)이며 장흥효(張興孝)의 문인으로 주자와 퇴계의 학문을 깊이 연구하여 실천하였다. 저서로는 《존재집(存齋集)》·《구인략(求仁略)》·《홍범연의(洪範衍義)》 등이 전한다.

44) 비(卑) : 《존재집(存齋集)》 권8 〈천장시만사(遷葬時挽詞)〉에는 '畀'로 되어 있어 이에 의거하여 번역하였다.

45) 선고(先考)의 …… 감사하고 : 존재 선생이 저자의 아버지인 권창업(權昌業)의 행장을 써 준 것을 말한다. 《存齋集》 卷六 〈處士權公行錄〉에 내용이 보인다.

46) 권산립(權山立, 1568~1663) : 자는 준보(峻甫), 호는 만취당(晚翠堂)이다. 학봉(鶴峰) 김성일(金誠一)의 문인으로 대질(大耋)로 호군(護軍)에 올랐다.

47) 백량체(栢梁體) : 연구(聯句)로 된 시체(詩體)의 하나로, 한무제(漢武帝)가 장안에 백량대(栢梁臺)를 짓고 모든 신하가 한 구절씩 지은 25구절과 무제의 구절을 합쳐 26구절로 이루어진 시체이다.

48) 세상살이 어려움 : 행로난(行路難)은 세상살이의 어려움을 읊은 악부가사(樂府歌辭)의 이름이다. 진(晉)나라 때 포조(鮑照, 414?~466)가 처음 지은 뒤로 많은 작품이 나왔는데, 그 중에 당나라 시인 이백(李白, 701~762)이 지은 장편 고시가 널리 알려졌다. 《李太白集 卷2 行路難》

49) 남극성이 …… 도니 : 남극성은 노인성(老人星), 남극노인성(南極老人星), 수성(壽星), 남극 수성(南極壽星)으로 부르기도 하는데, 인간의 장수를 담당한다고 알려져 있다. 태을단은 별에 제사지내는 신단(神壇)을 말한

임금의 은혜는 늙은 관리에게 넉넉하였네	北闕恩頒優老官
나무 화살 마침내 바위 뚫기를 기대하였으니	木箭終期透石盤
한바탕 꿈 어찌 인간 세상에 떨어지겠는가	一夢肯許落人寰
호로병 속 같은 신선 세계[50] 일신은 한가하고	壺中天地一身閒
고요히 태현경[51]을 마주함에 감탄이 일어나네	靜對玄經興感歎
맑은 시편에 때때로 화답하니 옥을 꿴 고리가 되고	淸篇時和玉連環
삼키고 토해내는 호방한 흥취 바다같이 드넓었네	浩興吞吐溟渤寬
소장하는 사물의 이치 마음속으로 살폈으니	消長物理心上觀
크고 작은 금단(金丹)은 필요치 않네[52]	大小金丹鼎裏還
솔바람 고요히 들으며 칠현금을 타고	松風靜聽七絃彈
매화와 달을 한가롭게 바라보니 이슬이 맺히네	梅月閒看零露團
고요히 완상하며 길이 친분을 맺고	賞靜永結一生歡
은거하며[53] 세상의 쓴 맛 모두 잊어버리네	湌英都忘世味酸
구름 반 칸의 늙은 중 방불케 하니[54]	彷彿老僧雲半間
패옥 울리며 금방울 좇는 것[55] 원하지 않네	不願鳴佩趨金鑾
도리어 염주자사로 간 한유[56]가	却笑炎州刺史韓

다. 장수를 비유한 말이다.

50) 호로병 …… 신선 세계 : 원문은 '호중천지(壺中天地)'는 신선 세계를 가리킨다. 중국 한(漢)나라 때의 호공(壺公)이라는 사람이 항아리 안에서 살았는데, 비장방(費長房)이 그 속에 들어가 보니 옥당(玉堂)이 화려하고 술과 안주가 가득하였다 한다. 《神仙傳》

51) 태현경 : 서한(西漢)의 양웅(揚雄)이 찬술한 것으로 모두 10권이다. 《주역(周易)》에 의거하여 지은 이 책은 현묘한 천지만물의 근원을 밝히고 크나큰 그 공덕을 표현하였다는 뜻으로 《태현경(太玄經)》이라 하였다.

52) 크고 …… 않네 : 신선들의 장생불사약을 금단(金丹)이라 한다. 사물이 성쇠(盛衰)하는 이치를 알기 때문에 더 이상 필요하지 않다는 뜻이다.

53) 은거하며 : 원문의 찬영(湌英)은 찬영(餐英)이라고도 하며, 《초사(楚辭)》, 〈이소(離騷)〉에 "아침엔 목란에 맺힌 이슬 마시고, 저녁엔 가을 국화의 떨어진 꽃을 먹네.[朝飮木蘭之墜露兮, 夕餐秋菊之落英.]"라고 한 말을 인용하였다. 여기서는 은거의 의미로 사용하였다.

54) 구름 …… 방불케 하니 : 중국 수(隋)나라의 지지(知止) 선사의 "높은 산꼭대기 한 칸 초옥, 노승이 반 칸 구름이 반 칸을 차지하고 산다.(千峰頂上一間屋 老僧半間雲半間)"에서 원용한 말이다.

55) 패옥 …… 좇기를 : 패옥은 조선시대 왕과 문무백관이 조·제복(朝·祭服)시 양옆에 늘이는 장식물의 일종이고, 금란은 금란전(金鑾殿)의 준말로 한림원(翰林院)의 별칭이다. "벼슬을 좇는 것"을 이야기한다.

56) 염주자사로 …… 한유 : 한유(韓愈, 768~824)는 중국 당(唐)나라의 문인이자 사상가로 자(字)는 퇴지(退之), 창려(昌黎)이다. 당송팔대가(唐宋八大家)의 한 사람으로, 유종원(柳宗元)과 함께 고문 운동을 주도하고, 산문의 새로운 경지를 개척하였다. 원화(元和) 10년(815)에 〈논불골표(論佛骨表)〉를 지어 헌종(憲宗)의 노여움을

배를 갈라 옥돌 같은 재능 바치려 한 일[57] 비웃네   犯顔披腹呈琅玕

아침이나 저녁이나 이곳 돌난간에 누웠으니   朝斯暮斯臥石欄

대낮에도 일 없어 문은 항상 닫혀 있네   白日無事門常關

소자는 평소 어리석고 완고한 자질로   小子平生質愚頑

외람되이 은혜를 입어 용문에 올랐네   龍門猥荷相躋攀

청빈하게 살리라고 스스로 말하지만   自言身世任清寒

뒤주가 자주 비고 의관도 온전치 못했네   簞瓢屢空衣不完

다시 중년에 진안[58]으로 들어와   更說中年入眞安

남경대에서 함께 고반[59]장을 노래했었지   攬景曾同歌考盤

술동이 이를 때마다 달이 질 때까지 마셨으니   陪樽每到月色殘

친구에게 몇 번이나 마음을 열어 보였나   受知幾許開心肝

오늘 이곳에 올라 홀로 서성이니   登臨此日獨盤桓

고금을 애도하고 슬퍼함에 귀밑머리 하얗게 세었네   悼古傷今危鬢斑

세상만사 시름이 눈썹 끝에 올라오니   乾坤萬事上眉端

평탄한 평지에도 파란이 이네[60]   等閒平地生波瀾

인간 세상 어디에서 얼굴 펼 수 있으랴   人間何處可怡顔

부질없이 세상 걱정하니 마음이 더욱 붉어지네   謾憂當世心猶丹

소나무[61]는 말없이 옛 산에 섰으니   蒼官無語立舊山

사 조주자사(潮州刺史)로 좌천되었는데, 이를 말하는 것으로 생각된다.

57) 배를 …… 일 : 한유(韓愈)의 시 〈악착(齷齪)〉에 "구름을 헤치고 대궐문에 나아가 외치고, 배를 갈라 그 속의 옥돌 같은 내 재능을 바치고 싶다.[排雲叫閶闔 披腹呈琅玕]"라고 하였다.

58) 진안 : 영덕현(盈德縣)에 딸린 고읍(古邑) 이름이다. 지금의 청송군 진보면 일대이다. 《신증동국여지승람》 권25 〈경상도 영덕현(盈德縣)〉에서 "서쪽으로 40리 달로산(達老山) 아래에 있다. 본래는 신라의 조람(助攬)으로 경덕왕(景德王) 16년에 진안(眞安)으로 고쳐 야성군(野城郡)의 영현(領縣)으로 삼았다. 고려 초에 진보(眞寶)에 합하였으며, 현종 때에는 나누어 여기에 예속시켰다." 하였다.

59) 고반(考槃) : 《시경(詩經)》 〈위풍(衛風)〉에 "산골 개울물에 오두막 지으니, 어진 은자의 너그러운 마음이네.(考槃在澗 碩人之寬)"라고 한 데서 온 말로 은거하는 생활을 의미한다.

60) 평탄한 …… 이네 : 당나라 유우석(劉禹錫)의 〈죽지사(竹枝詞)〉에 "늘 한스러운 건 사람 마음이 물처럼 고요하지 못해, 등한한 평지에서 풍파를 일으키는 것일세.[常恨人心不如水 等閒平地起風波]" 하였다.

61) 소나무 : 진시황(秦始皇)이 태산(泰山)에 봉선(封禪)을 하고 내려오던 길에 폭풍우를 만나자 소나무 아래에서 비를 피하고는 그 다섯 그루의 소나무에게 관작을 내려 오대부송(五大夫松)이라고 했다는 고사가 있다. 《史記 卷6 秦始皇本紀》

세태를 굽어보며 응당 조롱하리라 俯視世路應嘲訕
서글피 바람 맞으며 온갖 생각 드는데 臨風惆悵意萬般
애처롭게 물가의 난초를 캐니 哀些采采汀之蘭
향기로운 발자취 천년 동안 끝없이 전하리라 芳躅千年傳不刪

김세빈[62] 군을 애도하는 시
挽金君世鑌

들자니 선을 쌓은 집에는 聞說積善家
하늘이 반드시 보답을 한다던데 報應天可必
어찌하여 하늘의 섭리는 까마득해 如何理茫茫
덕 쌓은 집안에 혹독한 화란만 내렸나 德門偏禍酷
그대가 살아있을 때 생각하면 念君在世日
말하기도 전에 창자가 끊어지네 欲道腸已裂
어린 날 어머니를 잃고 早歲失所恃
외롭게 성장해 자립하였지 伶仃至成立
도중에 형제를 잃는 슬픔을 겪으니 中遭鴒原恫
우애로운 정[63]이 서글퍼라 友于情慽慽
얼마 안 되어 부인을 잃으니 無何喪匹耦
질장구 치며 부르는 노래[64] 격렬하였네 叩盆歌激烈
괴로운 세상살이 낙이라곤 없으니 生世苦無悰
하루라도 즐거운 날이 있겠는가 寧知一日樂
다만 오래도록 장수하고 但祝椿壽永
병이 없기를 바랐었네 庶幾無疾作

---

62) 김세빈(金世鑌) : 본관은 의성(義城)이며 금옹(錦翁) 김학배(金學培)의 장자(長子)이다.
63) 우애로운 정 : 원문의 '우우(友于)'은 형제간에 우애 있는 마음을 말한다. 《서경(書經)》〈군진(君陳)〉의 "부모에게 효도하고 형제간에 우애 있게 하여 집안 정사를 잘 행하였다.[惟孝 友于兄弟 施於有政]"라는 구절에서 온 것이다.
64) 질장구 …… 노래 : 고분지탄(叩盆之嘆)은 아내를 여읜 한탄을 말한다. 장자(莊子)의 처가 죽어 혜자(惠子)가 조문하였는데, 장자가 다리를 뻗고 앉아 질장구를 치며 노래를 불렀다는 고사에서 유래한다.

신명이 도와주지 않으니	神明莫扶佑
풍수(風樹)의 슬픔[65] 끝이 없네	風木悲罔極
피눈물 흘리며 인정(人情)과 예문(禮文)을 다하니	泣血情文盡
조문하는 사람들 모두들 흡족해 하였네	吊者無不悅
상복을 벗은 지[66] 얼마나 되었나	外除曾幾日
또 몸이 병에 걸렸네	身又嬰一疾
어찌 알았으랴 성유(聖兪)[67]가 병들자	那知聖兪病
갑자기 구양수가 곡하게 될 줄[68]	遽使歐陽哭
백도는 아들 없이 죽었고[69]	伯道旣無兒
안회는 요절하고 말았네[70]	顏回竟短折
누가 유명이 막혔다 하는가	誰道隔幽明
목소리와 모습은 엊그제처럼 생생하네	音容如昨日
저 선영 기슭을 바라보니	瞻彼先山麓
네 척의 봉분이 있구나[71]	有封崇四尺
이곳을 버리고 다시 어디로 가랴	舍此更何適

---

65) 풍수(風樹) 슬픔 :《한시외전(韓詩外傳)》에 “나무는 고요하려 하나 바람이 멎지를 않고, 자식은 잘 봉양하려 하나 어버이가 기다려 주지 않는다.[樹欲靜而風不止 子欲養而親不待]”고 한 데서 온 말로, 부모님이 돌아가신 것을 말한다.

66) 상복을 …… 지 :《예기(禮記)》〈잡기(雜記)〉에 “어버이의 상에는 외제(外除)한다.[親喪外除]”라고 한 데서 온 말이다. 여기서는 복을 끝내는 것을 말한다.

67) 성유(聖兪) : 중국 송나라 시인 매요신(梅堯臣)의 자(字). 호는 원릉(宛陵)이며 구양수(歐陽修)의 추천으로 중앙의 관리인 국자감직강(國子監直講)이 되었다.

68) 구양수가 …… 줄 : 구양수(歐陽修)는 매요신이 죽자 〈매성유시집서(梅聖兪詩集序)〉를 썼다. 이를 빗대서 자신이 지우의 만사를 짓게 되었음을 우회적으로 표현하고 있다.

69) 백도는 …… 죽었고 : 백도는 진(晋)나라 등유(鄧攸)의 자(字), 석륵(石勒)의 병란을 당하여 가족을 데리고 피난할 적에 아들은 내버려 둔 채 조카를 살려내었다. 뒤에 상서 좌복야(尙書左僕射)까지 되었는데 끝내 후사(後嗣)가 없게 되자, 사람들이 “천도가 무심하기도 하다. 백도에게 아들이 없게 하다니.[天道無知 使鄧伯道無兒]”라고 하며 탄식하였다 한다.《晉書 卷90 鄧攸列傳》

70) 안회는 …… 말았네 : 안회는 공자가 가장 아끼던 제자로《논어(論語)》옹야(雍也)의 주희(朱熹) 집주(集註)에, “안회가 32세에 죽었다.[顏子三十二而卒也]”는 해설이 나온다.

71) 네 …… 있구나 : 어버이의 산소를 말한다. 공자(孔子)가 방(防)에다 부모를 합장(合葬)하고 말하기를, “내가 들은 바에 의하면, 옛날에는 그냥 묻기만 했을 뿐 봉분은 만들지 않았다고 한다. 그러나 나는 동서남북으로 돌아다니는 사람이니, 표지를 해 두지 않을 수 없다.” 하고는, 이에 봉분을 만드니 그 높이가 사척이었다[於是封之 崇四尺]는 기록이 있다.《禮記 檀弓上》

만세토록 묘혈을 함께하리라	萬世同一穴
지난번에 나는 병으로 누워	向我病在牀
상여 줄 몸소 잡지 못하였네	永負躬執紼
오늘 느끼는 존망의 정	存亡此日情
굽어보고 우러르매 항상 서글퍼라	俯仰常恻恻
평소 시는 잘 모르지만	平生不識詩
애오라지 그대 위해 한 수를 지었네	爲君聊一綴
쓰고 나서 눈물 섞어 봉하니	題罷和淚封
산 위에 뜬 저녁달은 처량하구나	凄凉山月夕

자우 유세철[72]을 애도하는 시
挽柳子愚世哲

우리의 도가 곧장 무너지지는 않을 것인데	未應吾道卽漂淪
무슨 일로 금년에 이 사람을 잃었을까	何事今年失此人
임금께 소 올려 나라 살린 것을 기뻐하여[73]	定喜封章來活國
수령자리 버리고 어진 백성을 떠났었네	故煩分竹去仁民
지우 입으니 말세에 태어난 것 부끄럽지 않아	受知不愧生衰世
집 지어 장차 이웃이 되기를 기약하였네	卜築將期忝德鄰
돌아보며 서글퍼 해도 이미 지난 일이라	回首悲凉便陳迹
강 같은 눈물 흘리며 저 하늘에 묻노라[74]	淚河東注問蒼旻

---

72) 유세철(柳世哲, 1627~1681) : 자는 자우(子愚), 호는 회당(悔堂), 본관은 풍산(豊山)이다. 효종(孝宗)의 계모 자의대비(慈懿大妃)의 복제(服制) 문제로 불거진 기해예송(己亥禮訟) 이후, 유세철은 1666년에 영남 유생 1000여 명의 대표로 상소를 올려 송시열, 송준길(宋浚吉) 등이 주장한 기년복(期年服)에 반대하고 윤휴(尹鑴), 허목(許穆) 등이 주장한 삼년복(三年服)을 지지했다.

73) 임금께 …… 올려 : 영남 만인소를 올릴 때 유세철이 소두로서 일을 주관하였음을 가리킨다.

74) 강 같은 …… 묻노라 : 이 구절은 소식(蘇軾)의 〈화왕유(和王斿)〉에 "白髮故交空掩卷 淚河東注問蒼旻"을 인용한 것이다.

참봉 유시용을 애도하는 시

挽柳參奉時用

손잡고 이끌던 당시 외람되이 망년지교 맺으니	提携當日忝忘年
내 그래도 현자를 만난 것을 일찍이 기뻐했지	嘗喜吾猶及此賢
늙을수록 명예로운 이름 조정에서 부르고	老去榮名公府辟
그동안 지은 문장은 성균관에 전해졌네	向來文彩泮宮傳
어찌 알았으랴 부모님 돌아가신 뒤에[75]	那知永訣終天後
갑자기 먼저 세상을 하직할 줄	遽爾長辭入地先
일찍이 그대의 아우 애도하고 통곡하였는데	曾挽卯君成一慟
또다시 남은 눈물 만사에 뿌리네	更將餘淚灑哀牋

금옹 천휴 김학배[76]를 애도하는 시

挽金錦翁天休學培

그대가 떠나고 길게 눈물 흘리니	自君之逝淚長橫
형제처럼 마음으로 사귀었기 때문만이 아니라네	非但心交若弟兄
도를 강론한 서책 이룸에 취한 꿈을 깨고	講道書成醒醉夢
마음을 거둔 시는 유명의 느낌이 있네	收心詩在感幽明
청송에서는 훗날의 뜻 마침내 저버리고	靑鳧竟負他年志
영양에서는 공연히 후대에 명예를 남겼네	朱雀空垂異代名
네 척 높은 봉분이 어디에 있나	四尺封崇何處是
병으로 장지에 못 갔으니 상심이 갑절이라	病違臨穴倍傷情

---

75) 부모님 …… 뒤에 : 원문의 종천(終天)은 종천지통(終天之痛)의 준말이다. 종신토록 계속되는 슬픔이라는 뜻으로 보통 부모의 상을 당했을 때 쓰는 표현이다.

76) 김학배(金學培, 1628~1673) : 자는 천휴(天休), 호는 금옹(錦翁)이며 본관은 의성으로 아버지는 김암(金黯)이다. 김시온(金是榲) 문하에서 수학하였으며 이휘일(李徽逸), 이현일(李玄逸)과 교유하였다. 1654년 형이 죽고 이어서 아버지도 세상을 떠나는 불행을 겪었다.

경보 김세탁[77]을 애도하는 시
挽金警甫世鐸

갑오년부터 스물네 해 남짓	自甲午來二紀强
그대 조부와 아들 손자 삼대를 곡하였네	哭君祖子孫三喪
바람은 슬퍼도 운곡의 청산은 그대로인데	風悲雲谷青山古
달빛은 추월마을에 가득하니 고택은 슬프구나	月滿秋村故宅凉
고상한 지조 맑은 풍표는 지금 적막하고	至操清標今寂寞
남은 생애 당초 계획은 도리어 쓸쓸하구나	殘生夙計轉凄傷
덕문에 내린 재앙 하늘이 반드시 후회하리니	德門降禍天應悔
장차 뛰어난 자손[78]에게 경사가 있으리라	餘慶行看犀角郎

김연수[79]를 애도하는 시
挽金延叟

갑자기 우리 인간 세상 버리고	舍我人間遽
누굴 좇아 지하로 서둘러 가셨나	從誰地下遄
할미새 노는 언덕[80]에서 백발을 슬퍼하고	鶺原悲白髮
난경(鸞鏡) 속 청년 시절 기억하여 우노라[81]	鸞鏡泣青年

---

77) 김세탁 : 자는 경보(警甫). 금옹(錦翁) 김학배의 차자(次子)로 본관은 의성(義城)이다.

78) 뛰어난 자손 : 원문 '犀角'은 물소의 뿔인데, 조선시대 1품 이상의 고관이 허리에 둘렀던 관대를 장식하는 재료로 썼던 데서 높은 신분, 또는 자질이 뛰어난 사람을 뜻하는 말이 되었다.

79) 김연수 : 이름은 연(堧), 본관은 언양(彦陽)이다. 김수겸(金守謙)의 아들로, 공조 좌랑(工曹佐郎)을 역임하였다.

80) 할미새 …… 언덕 : 원문의 영원(鶺原)은 척령재원(鶺鴒在原) 의 준말로, 《시경(詩經)》〈소아(小雅) 상체(常棣)〉에 "저 할미새 들판에서 호들갑 떨듯, 급한 때는 형제들이 서로 돕는 법이라오.(鶺鴒在原 兄弟急難)"라고 한 데서 온 말이다. 형제간의 지극한 우애를 비유할 때 인용된다.

81) 난경(鸞鏡) …… 우노라 : 난경은 옛 영화롭던 시절을 비춰주는 거울의 의미로, 옛날에 계빈왕(罽賓王)이 난새 한 마리를 잡았는데, 난새가 우는 소리를 매우 듣고 싶었으나 울게 할 방도가 없었다. 금으로 된 울타리를 쳐주고 진귀한 먹이를 주어도 시름시름 앓기만 하고 삼 년 동안을 울지 않았다. 그러자 계빈왕의 부인이 말하기를 "새는 자기 무리를 본 뒤에 운다고 들었는데, 어찌하여 거울을 걸어서 비치게 하지 않습니까?"라고 하였다. 이에 왕이 그 말에 따라 거울을 걸어 주었더니, 난새가 거울에 비친 자기 모습을 보고는 하늘에 사무치도록 슬피 울다가 숨이 끊어졌다는 고사가 전하는데, 여기에서 온 말이다. 《太平御覽 卷916 鸞鳥詩序》

불행히 안회처럼 단명하고   不幸顔回命

하늘은 아들 없는 백도를 알지 못하네   無知伯道天

이제 길이 이별해야 하니   卽今長已矣

눈물 뿌리며 슬픈 글을 적노라   揮淚寫哀篇

정언 권진한[82]을 애도하는 시
挽權正言震翰

육십 나이에 어찌 이리 급한가   六十年何遽

그대의 평소 모습 나만 홀로 알았네   平生我獨知

백옥처럼 맑은 마음   心淸如白玉

붉은 먹줄처럼 곧은 도[83]   道直似朱絲

나라만 생각하다[84] 몸이 먼저 병드니   國耳身先病

천명인가 약으로 고치지 못하였네   天乎藥未醫

일가 사람들 오늘 통곡하니   同宗今日慟

한갓 나의 사사로운 정만이 아니네   非但爲吾私

---

82) 권진한(權震翰, 1615~1677) : 자는 구만(九萬), 호는 낙빈(洛濱), 본관은 안동으로 할아버지는 권치(權錙), 아버지는 권운서(權雲瑞)이다. 1663년(현종 4) 식년문과에서 49세의 나이로 장원으로 급제하였으며, 전적·정언·지평 등을 역임하였다.

83) 백옥처럼 … 도 : 인품이 청백(淸白)하고 염결(廉潔)한 것을 말한다. 남조 송(宋) 포조(鮑照)의 시에 "곧기는 붉은 먹줄과 같고, 맑기는 옥호 속의 얼음 같아라.[直如朱絲繩 淸如玉壺氷]"라는 표현이 나오는 것에서 유래한 것이다. 《鮑參軍集 卷3 大白頭吟》

84) 나라만 생각하다 : 원문의 '국이(國耳)'는 국사(國事)만 위하고 집은 잊는다는 이른바 '국이망가(國耳忘家)'의 준말로, 한(漢)나라 가의(賈誼)의 〈진정사소(陳政事疏)〉에 "교화가 이루어지고 풍속이 정해지면 신하된 사람들이 군주만 알 뿐 자신은 잊고, 나라만 알 뿐 자기 집은 잊고, 공사만 알 뿐 사사는 잊게 될 것이다.[化成俗定, 則爲人臣者, 主耳忘身, 國耳忘家, 公耳忘私.]"라고 한 데서 온 말이다. 《漢書 卷48 賈誼傳》

학봉 선생 연시연[85]의 좌중에서 차운하다
鶴峯先生延諡宴 次座中韻

궁궐에서 임금님 교명 내려오니	芝函來自五雲邊
남쪽 지방 선비들 모두 한자리에 모였네	南國衣冠摠一筵
선대에 가르침 거슬러 올라 분명히 계승하였고	遡遠遺銘承的緖
후학을 계도한 은택 대궐에 진동했네	牖來嘉惠動宸天
제갈공명처럼 아름다운 이름 역사에 빛나고	孔明美號光前史
주자처럼 높은 명성 후현들이 따르네	元晦尊名襲後賢
그저 시냇가 성대한 잔치 파하길 기다려	只待溪頭高宴罷
지팡이 짚고 맑은 시냇물에 옷깃 적시네	却携筇去浥淸漣

남경대에 올라 감상함
登攬景臺有感

무너진 담 깨진 초석 쑥대밭에 묻히니	頹垣破礎沒蒿蓬
석양에 눈 가득한 풍경	滿目風烟夕照中
가업을 계승하여[86] 다시 중건하려는데	我欲肯堂重起廢
노주공[87]은 어디 계시는지 모르겠네	不知何處有蘆翁

　　노주공(蘆洲公)이 단구(丹邱) 수령을 지낼 때 할아버지를 위해 몇 칸 초옥을 남경대에 지었는데, 지금 유허지가 그대로 있기 때문에 말한 것이다.
　　蘆洲公守丹邱時　爲祖考搆草屋數間於攬景臺　今遺址尙在　故云爾

---

85) 연시연(延諡宴) : 시호(諡號)를 받은 데 대한 잔치를 이른다.

86) 가업을 계승하여 : 긍당(肯堂)은 긍구긍당(肯構肯堂)의 준말로, 자손이 선대의 유업을 잘 계승한다는 뜻이다. 《서경》〈대고(大誥)〉에 "만약 아버지가 집을 지으려 작정하여, 이미 그 규모를 정했는데도, 그 아들이 기꺼이 당기를 마련하지 않는데, 하물며 기꺼이 집을 지으랴.[若考作室, 旣底法, 厥子乃弗肯堂, 矧肯構.]"라고 한 데서 유래하였다.

87) 노주공 : 노주(蘆洲) 권태일(權泰一, 1569~1631)을 말한다. 자는 수지(守之), 호는 장곡(藏谷)이다. 저자의 조부로 영덕 현령을 지낼 때 남경대를 처음 창건하였다.

영모당

永慕堂

폐허에 새롭게 하나의 초정을 중수하니	廢址重新一草亭
늙은 회포가 어쩌면 다시 조용하고 정결해질까	老懷那復爲幽貞
당을 여니 선조를 추모하는 뜻 기쁘지만	開堂正喜追先志
무덤을 바라보니 선대를 사모하는 정 슬프네	望墓偏傷慕遠情
풀 덮인 언덕은 상로의 비감[88]을 일어나게 하고	草沒邱原霜露感
달빛이 무덤가 묘목을 비추니 꿈에 혼이 놀라네	月明松櫃夢魂驚
난간에 기대어 매일 신참례[89]를 지내니	憑軒日展新參禮
백발 고애자의 피눈물 그치지 않네	白髮孤哀血淚橫

이헌가[90]를 애도하는 시

挽李獻可

일평생 교분 누가 더할 수 있을까	一生交契孰能加
처음 만난 지난날 다행히 나를 내치지 않았지	傾蓋當年幸不遐
함께 옥을 쪼며 나를 옥석으로[91] 다듬어 주었고	共琢我爲攻玉石
서로 부지하니 그대는 쑥을 곧게 하는 삼이었네[92]	相扶君作直蓬麻
문호가 넓어져 말과 수레 다니는 것 보려 하였더니[93]	門閭擬見容車駅

---

88) 상로의 비감 : '상로감(霜露感)'은 돌아가신 조상을 슬퍼하는 마음을 이른다. 《예기(禮記)》〈제의(祭儀)〉에 "서리와 이슬이 내리면 군자가 그것을 밟아 보고는 반드시 슬픈 마음이 들게 된다."고 하였다.

89) 신참례(新參禮) : 일반적으로는 신입관리의 신고식을 말하지만, 여기서는 영모당을 새로 지어 여기에서 매일 조상의 산소를 우러르게 된 것을 비유적으로 표현한 말이다.

90) 이헌가(李獻可) : 미상.

91) 옥을 다듬는 돌 : 《시경(詩經)》〈소아(小雅)〉에 "남의 산에 있는 돌이라도 구슬을 다듬을 수 있다.(他山之石 可以攻玉)"라고 한데서 온 말이다. 자신을 하찮은 돌에 비유하여, 상대방이 타산지석으로 삼았다는 말이다.

92) 쑥을 …… 마였네 : 원문의 '봉마(蓬麻)'는 봉생마중(蓬生麻中)의 준말로 훌륭한 벗을 둔 것을 말한다. 《순자 (荀子)》〈권학(勸學)〉에 "쑥이 삼대 속에 나면 붙잡아 주지 않아도 곧다.[蓬生麻中 不扶而直]"라고 하였다. 자신을 쑥에 상대방을 마에 비유하였다.

93) 문호가 …… 보려 하였더니 : 공을 인정받아 국가에서 정려(旌閭)하여 말과 수레도 다닐 정도로 문호를 넓혀 주게 되는 것을 보고 싶었다는 뜻이다.

골짜기로 달려가는 뱀[94] 같은 신세 될 줄 어찌 알았으랴	身世那知赴壑蛇
네 척 높은 봉분 어느 곳에 있는가	四尺崇封何處是
병에 걸려 장지에 못가니 애통함이 끝없어라	病違臨穴痛無涯

문석규[95]를 애도하는 시
挽文碩圭

어려서부터 함께 공부하였으니	小少同遊學
우리처럼 친밀한 사람 또 있으랴	情親孰與吾
아름다운 글은 북쪽 학자들 놀라게 했고	詞華鳴北學
빛나는 문장은 동쪽 지방에 드날렸네	文彩擅東隅
남쪽으로 가려던 날개[96] 다 펴지 못하니	未展圖南翼
덧없이 빠른 세월[97] 서글프구나	還悲過隙駒
황천의 넋 위로받을 것이니	重泉猶有慰
남은 경사 후손에게 전해지리라	餘慶屬諸孤

---

94) 골짜기로 …… 뱀 : 돌이킬 수 없음을 비유한 말이다. 소식(蘇軾)의 〈수세(守歲)〉에 "다해 가는 한 해를 알고
자 할진댄, 골짜기 들어가는 뱀과 같아라. 긴 비늘 반이 이미 들어가 없으니, 가는 뜻을 그 누가 막을 수 있으
랴.[欲知垂盡歲 有似赴壑蛇 脩鱗半已沒 去意誰能遮]"한 데서 왔다. 《蘇東坡詩集 卷3》

95) 문석규(文碩圭) : 학봉(鶴峯) 김성일(金誠一)의 손자인 김시절(金是梲, 1597~1644)의 사위이다.

96) 남쪽으로 …… 날개 :《장자》에, "북명(北冥 북해(北海))에 있는 큰 붕새[大鵬]가 남명(南冥)으로 옮기는데
9만 리(里)를 날아오른다." 하였다. 큰 뜻을 펼치지 못했다는 뜻이다.

97) 덧없이 …… 세월 : 원문의 '과극(過隙)'은 망아지가 틈을 지나간다는 것으로, 《장자》〈지북유(知北遊)〉에 "사
람이 천지간에 사는 동안은 마치 흰 망아지가 벽의 틈을 지나는 것과 같아서 잠깐일 뿐이다.[人生天地之間
若白駒之過隙 忽然而已]"라고 한 데서 온 말로 세월의 빠름을 비유한다.

단곡 김시추[98]공을 애도하는 시

端谷金公是樞挽

하늘이 내려준 순후한 유학의 과업	天卑醇儒業
집안에선 충효의 마음 계승하였네	家傳忠孝心
나라 경영하는 지략 원대하였고	謀謨經國遠
임금의 잘못 바로잡는 상소 심원하였네	章奏格君深
역사에 공명을 남겼고	竹帛功名在
무덤엔 세월이 쌓였네	邱原歲月侵
조문 온 흰 수레[99] 모이니	素車今日會
가는 이들도 눈물로 옷깃 적시네	行路亦霑襟

구월 여러 친구들과 함께 천등산을 유람하고, 또 며칠 뒤 학가산 정상에 올라 호쾌하게 휘파람을 불면서 돌아왔다. 시서(時恕)가 내가 아파서 뒤처졌다고 근체시 한 수를 읊어 화답을 구하였다

九月與諸友遊天燈 又數日登鶴駕絶頂 浩嘯而歸 時恕余以疾不赴 賦近體一首以求和

산을 내려와 일없이 한가한 서재에 누우니	下山無事臥閒齋
번뇌에 젖은 마음 씻겨 물리칠 필요가 없네	洗滌煩胸不用排
책상에 보내온 맑은 시 거듭 기쁘고	重喜淸詩來几案
흉금을 비추는 아름다운 문장 자세히 보네	細看瓊句照襟懷
알겠노라 그대 동서로 활보하다가	知君放步東西路
나를 기다리며 물가에서 노닐 약속 남긴 줄	顧我留盟水石厓
평생 맺은 학습 얼마쯤 남았으랴	結習平生餘幾許
짚신이 떨어지도록 함께해도 무방하리라	未妨穿屨與之偕

---

98) 김시추(金是樞, 1580~1640) : 자는 자첨(子瞻), 호는 단곡(端谷), 본관 의성(義城)이다. 학봉의 손자로 유성룡(柳成龍)과 정구(鄭逑)의 문인이다. 정묘호란이 일어나자 의병대장에 추대되어 활약하였다. 유일로 천거되어 동몽교관(童蒙敎官)을 제수받았으며 금부경력(禁府經歷)에까지 이르렀다.

99) 흰 수레 : 일반적으로 상사에 쓰는 흰 수레로 상여를 말하는데, 여기서는 조문 온 사람들의 수레를 말한다.

천등산에 올라 용휴¹⁰⁰⁾의 시를 차운하다

上天燈 次用休韻

우연히 좋은 경치 찾아 높은 누각 오르니	偶尋眞境上高樓
서풍에 내리는 가랑비 온 나무 가을빛이네	微雨西風萬木秋
홍진 세상의 회포 번거로이 입에 올리지 말라	莫遣塵懷煩上口
훗날 벼슬살이하며 오늘의 유람 꿈꾸리라	宦遊他日夢玆遊

또 용휴의 시를 차운하다 2수

又次用休二首

남아의 큰 뜻 부질없게 되니	男兒志業轉頭空
호산의 한줄기 휘파람 만 리에 부네	一嘯湖山萬里風
송계의 곧은 마음 눈서리 속에 서니	松桂貞心霜雪裏
구름 안개의 변태 속에 있는 듯 없는 듯	雲烟變態有無中
시 읊는 수염이 매양 반백이 되었고	吟髭每惹詩班白
주름진 얼굴 때로는 술로 붉어졌네	皺面時緣酒顋紅
인간 만사 참으로 한바탕 꿈이니	萬事人間眞一夢
진흙 발자국 어느 곳인지 날아가는 기러기에게 묻노라¹⁰¹⁾	踏泥何處問飛鴻

태평한 시대에 용납되지 못함을 감히 원망하랴¹⁰²⁾	敢向淸時怨不容
짚신 신고 신선의 종적 따르기 좋아했네	好穿芒屩躡仙蹤
비상하면 하늘에 닿는 황곡인 듯하고	飛騰正擬摩天鵠

---

100) 용휴 : 김명기(金命基)의 자이다. 각주 37) 참조.

101) 발자국 …… 물으랴 : 정처 없는 종적을 비유하는 표현으로, 소식(蘇軾)의 〈화자유면지회구(和子由澠池懷舊)〉 시에 "우리 인생 가는 곳마다 어떠한가. 응당 나는 기러기 눈 속 진흙 밟은 것과 같겠지. 진흙에 우연히 발자국 남기지만 기러기 날아감에 어찌 동서를 따지랴.[人生到處知何似 應似飛鴻踏雪泥 泥上偶然留指爪 鴻飛那復計東西]"라고 한 말을 인용하였다.

102) 태평한 …… 원망하랴 : 소식(蘇軾)의 〈화유도원견기(和劉道原見寄)〉에 "맑은 시대에 그대가 용납받지 못함을 감히 원망하랴마는, 단지 우리 도가 그대와 함께 동쪽으로 옮겨 가게 된 것을 탄식할 따름.[敢向淸時怨不容 直嗟吾道與君東]"이라고 한 표현을 인용하였다.

웅크리면 땅 속에 서린 용과 같았네	蟠屈寧同蟄地龍
이슬 떨어지는 풀옷에 구름 가득한 골짜기	翠滴草衣雲滿壑
백생[103] 참선하던 자리 달이 봉우리를 엿보네	白生禪榻月窺峯
봉래산과 영주[104]는 단지 인간 세상에 있느니	蓬瀛只在人間世
삼천계[105] 밖에서 찾지 말라	莫向三千界外從

성휘[106]의 시에 차운하다
次聖輝

농사꾼도 아니고 선비도 아닌 사람	非農非士寄人間
세상 밖 한적함 구해 한가함을 얻었네	物外求閒得一閒
익혔던 학문은 이미 꽃비 따라 흩어지고	結習已從花雨散
도심을 본받으려 하니 불사약 필요치 않네	道心將擬鼎丹還
남종(南宗)의 물로 다시 근심을 씻고[107]	湔愁更有南宗水
흥이 날 때면 사조산(謝眺山)[108]에 오르네	乘興時登謝眺山
티끌세상 어느 곳에 있나 둘러 보면서	回首塵寰何處所
난간에 오르니 하늘 가득한 서릿달	滿天霜月上欄干

---

103) 백생(白生) : 한(漢)나라 초 원왕(楚元王) 당시 목생(穆生)·신공(申公)과 함께 예우(禮遇)를 받던 인물인데, 지혜가 있었지만 초야에 묻혀 살았다.

104) 봉래산과 영주 : 봉래(蓬萊)와 영주(瀛洲)는 방장(方丈)과 함께 바다 가운데에 있다고 전하는 삼신산(三神山)으로 여기서는 이상향을 뜻한다.

105) 삼천계(三千界) : 불교용어로 삼천대천세계(三千大千세계)를 말하며 우주세상 전체를 일컫는다.

106) 성휘 : 각주 25) 참조.

107) 남종(南宗)의 물로 …… 씻고 : 소식(蘇軾)의 시 〈재용전운(再用前韻)〉에 "남종선의 한 국자 물 구해다가, 가서 굴원과 가의의 남은 슬픔 씻고 싶네.(願求南宗一勺水, 往與屈賈湔餘哀)"라고 하였다. 남종수(南宗水)는 혜능대사의 남종선(南宗禪)에서 유명한 화두인 '조원의 한 방울 물(曹源一滴水)'의 고사에서 유래한다. '한 방울 물'은 육조 대사의 선법이 전승되어 분파, 발전한 것을 의미한다.

108) 사조산(謝眺山) : 중국 남제(南齊)의 시인 사조가 산 남쪽에 누대를 짓고 앞산의 경치를 감상하였는데, 후대에 그 누대를 사공루(謝公樓)로 부르고 그 산을 사조산이라 불렀다는 고사가 있다.

장난삼아 등자에 차운하다
戲次燈字

일찍이 바람 타고 천등산을 오르려는 데	曾將風腋躡天燈
다시 뭇 신선들 광흥사[109]로 가자고 하니	更要羣仙入廣興
맑은 경치로 우리를 오게 하더니	清賞已輸吾輩了
구름으로 천 층 푸른 봉우리 감추게 하네	却教雲鎖翠千層

개목사
開目寺

풀을 헤쳐 가며 보계의 하늘(사찰)을 찾아가니	披草來尋寶界天
작은 암자 의구하게 푸른 바위 가에 있네	小庵依舊翠巖邊
산신령은 진중하여 내가 들른 걸 허락했지만	山靈珍重容吾過
도리어 인간 세상에 이 일 전해질까 두려워하네	却恐人間此事傳

천등굴. 앞의 운을 사용함
天燈窟 用前韻

듣자니 신등(神燈)이 하늘에서 내려와	聞道神燈降自天
시 읊으며 지팡이 짚고 바위에 기대었다는데	吟筇來倚小巖邊
바위는 고요하고 산은 말이 없으니	巖阿寂寂山無語
사람들이 꾸며낸 말임을 비로소 알겠구나	始識人間幻說傳

---

109) 광흥사 : 경상북도 안동시 서후면 대두서리 학가산(鶴駕山)에 있는 절이다.

또 절구 한 수를 지어 화답을 구함
又賦一絶求和

어젯밤 비바람이 늦가을을 씻어내니	雨洗深秋昨夜風
급히 짚신 신고 ■■ 만나네	急穿芒屬■■(二字缺)逢
우리 인생 마땅히 산을 찾을 연분이어서[110]	吾生的有尋山分
이미 천등산이 수중에 들어온 줄 알았네	已覺天燈落手中

학가산에 올라
上鶴駕山

양 겨드랑이에 이는 바람[111] 타고 꼭대기에 올라	兩腋生風上上峯
지팡이 짚고 길게 휘파람 부니 가슴이 시원해라	倚筇長嘯盪心胸
애오라지 눈 닿는 데까지 멀리 바라보니	聊將眼力爲墻界
인간 세상 만호후의 봉작도 부럽지 않네[112]	不羨人間萬戶封

산성
山城

고려 왕 당시의 부질없는 공로	麗王當日謾勞功
천추의 유적 단풍잎은 붉구나	遺跡千秋木葉紅
오백 년 종묘사직 덕 있는 이에게 돌아가니	五百宗祊歸有德
경계를 드리워 무궁하길 바라네	願垂監戒趁無窮

---

110) 우리 …… 연분이어서 : 소식(蘇軾)이 〈주빈이 안탕산도를 부치며 지은 시에 차운하다(次韻周邠寄雁蕩山圖)〉의 첫수 마지막 두 구절 "이내 인생은 마땅히 산을 찾을 연분이라 온추와 대주가 벌써 수중에 들어온 줄 알았네.(此生的有尋山分 已覺溫台落手中)"의 구를 변용한 것이다.

111) 양 …… 바람 : 노동(盧仝)의 〈주필사맹간의 기신다시(走筆謝孟諫議 寄新茶詩)〉에 "일곱 잔 다 마시기도 전에 양쪽 겨드랑이 밑에 맑은 바람 일어난다.[七椀喫不得 唯覺兩腋習習淸風生]"라고 하였다.

112) 눈 …… 않네 : 소식(蘇軾)의 시에 "내 눈 닿는 곳까지 나의 영토로 삼으리니, 어찌 인간 만호후의 영지(領地) 따위에 그치리요.[直將眼力爲疆界 何啻人間萬戶侯]"라고 하였다.《蘇東坡詩集 卷12 單同年求德興兪氏聚遠樓詩》

성휘의 시에 차운하다
次聖輝

그동안 경치를 구경하며 교유했는데	向來結友攬風烟
다시금 지팡이 짚고 동천(洞天)에 들었네	更此携筇入洞天
자리한 현자들 모두 백발이고	席上羣賢俱白髮
좌중의 시인들 모두 이백처럼 출중하네	座中詞客盡青蓮
맑은 유람은 이미 삼천계에 올랐고	清遊已躡三千界
훌륭한 모임은 환갑을 맞았네	勝事重回六十年
산신령 한마디 말 들어주게 한다면	若使山靈容一語
응당 천하에 신선이 있다고 전하리라	應傳天下有神仙

회덕 현감에 제수되어 사은숙배하고 물러나 입으로 한 절구를 불러주다
除懷德謝恩退 口呼一絕

조정 일 알지 못하고 산만 알 뿐이니	不知朝市只知山
무슨 일로 벼슬에 머물러 매였는가	底事留連綴兩班
여러 번 여창(臚唱)[113]하는 소리에 날 새려 하니	臚唱數聲天欲曙
뭇 관리들 의관은 어향을 띠고 돌아오네	千官衣惹御香還

여름날 회덕에 있을 때
夏日在懷德時

아전들 흩어져 뜰은 비고 대낮이 한가한데	吏散庭空白日閒
우두커니 말없이 청산을 마주하네	嗒然無語對青山
우국애민 정책에는 모두 보탬이 안 되니	民憂國計俱無補
평소의 일편단심 누가 알겠는가	誰識平生一寸丹

---

113) 여창(臚唱) : 혹은 노창(臚唱)으로 조선시대 의식의 순서를 적은 것을 차례에 따라 소리 높여 읽던 일을 가리킨다.

학계[114] 김 씨 어른을 애도하는 시

挽鶴溪金丈

삼광오악(三光五岳)[115] 정령이 우리 공께 모이니	光岳精英鍾我公
바라보면 가을 달 가까이 보면 봄바람이네	望之秋月卽春風
참으로 깊은 효제는 하늘이 알고	誠深孝悌天翁識
은미한 이치 꿰뚫으니 후학들이 떠받드네	鑑澈玄微後學宗
얼굴을 대하고 지팡이 짚신으로 모신 지 몇 년인가	容接幾多陪杖屨
창풍(昌豊)[116]에 이웃하여 늙어감을 기뻐했네	卜隣猶喜老昌豊
향기로운 난초 꼿꼿한 대처럼 홀로 그윽하고 곧으니	芳蘭猗竹幽貞獨
푸른 산 맑은 물과 함께 생활했네	綠水靑山活計同
백년토록 덕스러운 자태 가까이하려 했는데	準擬百年親德範
하루저녁 아득히 신선을 따라가다니 무슨 말인가	何言一夕杳仙蹤
훌륭한 신하[117] 그만두고 저 세상으로 돌아가시니	雲驂倏已歸冥府
교목은 의연히 옛 집에 둘러 있네	喬木依然擁舊宮
다만 안개와 노을 따라 뜻대로 노닐기를 좋아하시다가	但覺烟霞隨意好
문득 풍진 세상을 놀라게 하고 허공 속으로 머리를 돌리시니	便驚塵土轉頭空
애오라지 마르지 않는 건지산(搴芝山)[118]의 눈물 가져다	聊將不盡搴芝淚
푸른 단풍 계수나무 떨기 향해 하염없이 뿌리네	灑向靑楓桂樹叢

---

114) 학계(鶴溪) : 김시임(金時任). 본관은 풍산(豊山), 광록(廣麓) 김연조(金延祖, 1585~1613)의 아들이다.

115) 삼광오악(三光五岳) : 해와 달, 별빛을 일러 삼광(三光)이라 하고, 중국의 태산(泰山), 숭산(崇山), 형산(衡山), 화산(華山), 항산(恒山)을 오악(五岳)이라 하여 천지를 일컫는 말이다.

116) 창풍(昌豊) : 안동시 서후면 자품리에 있는 지명이다.

117) 훌륭한 신하 : 운참(雲驂)은 곧 운가용참(雲駕龍驂)으로, 임금의 수레와 그 훌륭한 곁말을 뜻한다.

118) 건지산(搴芝山) : 안동시 도산면 소재의 산이다.

김여식[119]을 애도하는 시
挽金汝式

학봉(鶴峯)의 문인에서 경당(敬堂)의 문인으로	鶴老門人敬老門
그대 선고는 우리 아버지와 함께 배웠네	子之先子與先君
각자 집안에 전해오는 시와 예를 배우고[120]	傳家各自聞詩禮
그대와 형제처럼 서로 따랐네	與爾相隨若弟昆
예전 금곡에서 멀리 이별함에 걱정하며	金谷昔年愁遠別
훗날 매호(梅湖)[121]를 반 나누어 살자 약속했었지	梅湖他日約平分
묘지가 한번 닫히니 애통하기 한이 없어	佳城一閉無窮慟
만사 쓰면서 서쪽을 바라보고 눈물을 훔치네	西望題詞拭淚痕

군자 황흥신[122]이 학정봉 아래 초가집을 지어 세상일에 뜻을 두지 않고 물고기 잡고 나무하는 일에 흥을 붙이니 그 뜻이 고상하다. 선뜻 화운하여 주고 애오라지 한번 웃는다
黃君子興新搆草屋於鶴頂峯下 無意世事 寓興漁樵 其志尙矣 率爾和贈 聊發一笑

우리 그대 명성과 지위 어찌 한미할까만	吾君名位豈卑微
베옷을 비단옷으로 바꾸길 원치 않네	不願布衣換錦衣
낚시 드리우니 가랑비에 옷 젖어도 상관없고	垂釣未妨霑細雨
바둑 두느라[123] 남은 생 보내도 기쁘다네	爛柯還喜絆餘暉
참된 근원은 한가함 속에서 얻고	眞源定自閒中得

---

119) 김여식 : 김담(金燂, 1630~?). 자가 여식(汝式)이다. 본관은 의성(義城)으로 학봉(鶴峯)의 손자이다.

120) 시와 …… 배우고 : 《논어(論語)》〈계씨(季氏)〉에 공자가 아들 리(鯉)에게 "시와 예를 배웠는가 묻고(聞詩聞禮)", "시를 배우지 않으면 남과 더불어 말할 수 없(不學詩 無以言)"고, "예를 배우지 않으면 세상에 나서서 행세할 수 없다(不學禮 無以立)"고 한 데서 온 말로, 가학을 계승하는 것을 뜻한다.

121) 매호(梅湖) : 경상북도 봉화군 명호면의 이명(異名)이다.

122) 황 군자 흥신(黃君子興新) : 미상.

123) 바둑 두느라 : 원문의 '난가(爛柯)'는 바둑을 뜻한다. 옛날 왕질(王質)이란 사람이 나무하러 산에 가서 신선(神仙)이 바둑 두는 것을 구경하고 있다가, 배가 고픔에 신선이 먹을 것을 주므로 받아먹고 바둑이 파하자 일어나 보니, 처음에 옆에 두었던 도끼자루[柯]가 벌써 썩어 있고, 집에 돌아오니 벌써 수백 년이 되었다고 한 데서 온 말이다. 《述異記 卷上》

고상한 의리는 본래 즐거운 곳에서 살찌네 　　　　　　高義元從樂處肥
산천에 집 짓고 그럭저럭 지내니 　　　　　　　　　　築室溪山聊爾爾
도솔천[124]도 필요 없네 이곳으로 돌아가리 　　　　　不須兜率是眞歸

만취당 권공[125]을 애도하는 시
挽晚翠堂權公

남쪽 고을 장수와 복록은 유독 공을 꼽으니 　　　　壽福南州獨數公
지선은 일찍이 지선옹을 모셨네[126] 　　　　　　　　地仙曾侍地仙翁
조정에서는 용양의 작위를 대를 이어 내렸고[127] 　朝廷世襲龍驤爵
향인들은 장자의 풍도라 일컬었네 　　　　　　　　鄕井人稱長者風
도 있는 이 가까이하여 다행으로 여겼더니 　　　　自幸鯫生親有道
　고시(古詩)에 이르기를 "도(道) 있는 사람에겐 장수를 내려준다."[128]고 하였다. (古詩云 錫與有道者長生)

학을 타고 종적 없이 갈 줄 어찌 알았으랴 　　　　那知鶴馭去無蹤
세 척 봉분은 어디에 있나 　　　　　　　　　　　新阡何處封三尺
교목은 의연히 옛집을 에워싸고 있네 　　　　　　喬木依然擁舊宮

---

124) 도솔천 : 불교에서 말하는 천계(天界) 중의 하나. 미륵보살이 이곳에 살고 있으며, 생전에 불경의 수행(修
　行)을 잘한 사람이 죽어서 이곳으로 가게 된다 하였다. 《法華經 勸發品》
125) 만취당 권공 : 권산립(權山立)을 가리킨다. 각주 46) 참조.
126) 지선은 …… 모셨네 : 지선(地仙)은 장수한 사람을 일컫는데 만취당이 96세까지 장수하였고, 그의 부친도
　그가 70세가 넘어서까지 봉양했던 것을 말한다.
127) 조정에서는 …… 내렸고 : 80세 이상 노인, 즉 대질(大耊)로 대를 이어 호군(護軍)에 오른 일을 표현한 것이다.
128) 옛 시에서 …… 준다더니 : 사방득(謝枋得)의 〈창포가(菖蒲歌)〉의 한 구절이다.

나는 어려서 배우기를 좋아하지 않았고 자라서는 게을렀는데 세월은 쉴 새 없이 흘러 이미 나이 47세가 되었다. 지난번 꿈에 어떤 이가 내게 남은 수명을 알려주었다. 살아 있는 사람은 누구나 다 죽기 마련이므로 슬프거나 기뻐할 것은 아니다. 다만 살아서 이렇다 할 만한 일을 이룬 것이 하나도 없고 죽어서 초목과 함께 썩는다면 어찌 비통하지 않겠는가? 지금부터 죽는 날까지 아깝지 않은 날이 없으니, 마땅히 옛것을 씻어내고 새로운 것을 받아들이고 고유(固有)한 성품을 회복하여 하늘이 나에게 부여한 중대한 뜻을 저버리지 않아야 할 것이다. 인하여 절구 한 수를 지어 스스로 경계한다

余幼而不好學 長復懶廢 荏苒光陰 已四十有七歲矣 疇昔之夢 有人告余以餘年 死固生者之常 不足悲喜 第以生無一事可稱 歿而與草木同腐 豈不痛心矣乎哉 自今至死 無非可惜之日 當濯舊來新 修復固有 不負我皇天付畀之重可也 因成一絶以自警云

불혹을 지나 지천명에 가까운 나이	曾經不惑近知天
오십 년 세월 물 흐르듯 지나갔네	半百光陰逝水前
꿈속에서 무함(巫咸)[129]이 한 말 믿는다면	夢裏巫咸如可信
남은 세월 그럭저럭 보내지 말라	莫須循在度餘年

약허 장철견[130]의 생일날 제월대[131]에 올라 느낀 감상
張若虛鐵堅生日 上霽月臺有感

일찍이 부친께서 선사를 모신 일 생각하니	憶曾先子陪先師
뽕나무 활 쑥대 화살 잡고 이 대에 올랐었네[132]	蓬矢桑弧上此臺
오늘 잔 잡고 옛 일을 이야기하자니	今日把盃論古事

---

129) 무함(巫咸) : 옛날 신무(神巫)인데 은 중종(殷中宗) 때에 하늘에서 내려왔다 한다. 《楚辭 離騷經 注》 꿈속에서 자신의 수명을 알려준 사람을 무함이라고 표현한 것이다.

130) 장철견(張鐵堅, 1626~1709) : 자는 약허(若虛), 호는 상산(象山), 복림(伏林), 본관은 안동이다. 경당(敬堂)의 아들이며 갈암(葛庵) 이현일(李玄逸)의 외숙이다.

131) 제월대(霽月臺) : 경북 안동시 서후면 금계리에 있다. 경당(敬堂)을 추도하기 위해 후세에 김진화(金鎭華)가 세운 광풍정(光風亭) 뒤의 거대한 암벽의 이름이다.

132) 뽕나무 …… 올랐네 : 《예기(禮記)》〈사의(射義)〉편에 "남자가 태어나면 뽕나무 활 여섯 개 쑥대살 여섯 개로 천지사방을 향해 한 번씩 쏜다.(男子生 桑弧六 蓬矢六 以射天地四方)"고 한 데서 경당 선생이 아들 철견이 태어났을 때의 이야기를 추억하는 것이다.

그 많은 슬픈 한 조금은 헤아리겠네   十分哀恨一分裁

권이재[133] 어른을 애도하는 시
挽權丈爾載

공은 바로 선현의 후예로   公是先賢後

인간 오십 년 풍상을 겪었네   人間五十霜

온정과 순후함으로 우리들을 장려하시고   溫醇推我輩

효도와 우의는 하늘의 상도를 보이셨네   孝悌見天常

객창의 새벽이 밝아 꿈을 깨니   夢罷旅窓曉

혼백은 옛집에 돌아와 서늘하네   魂歸古宅凉

가을 산에 눈물이 다 마르지 않아서   秋山不盡淚

만사를 쓰면서 다시 옷깃을 적시네   題挽更沾裳

우담 정시한[134], 고산 이유장이 모여 함경루[135]에서 《가례》를 통독하고, 강(江), 산(山), 풍(風), 월(月)로써 운을 나누어 짓다
會丁愚潭時翰 李孤山惟樟 通讀家禮於涵鏡樓 以江山風月分韻各賦

해내 사람 서넛이   海內人三四

누정에서 술 한 항아리 두고   樓中酒一缸

글 이야기에 맑은 흥이 솟아나는데   論文淸興發

밝은 달은 앞강에 가득하네   明月滿前江

달은 맑은 강 절벽으로 들어오고   月浸淸江壁

강은 큰 들을 휘감아 흐르네   川回大野彎

---

133) 권이재 : 미상.

134) 정시한(丁時翰, 1625~1707) : 자는 군익(君翊), 호는 우담(愚潭), 본관은 압해(押海)이다. 정약용, 이익 등
    실학자들에게 영향을 준 학자로 《우담선생문집(愚潭先生文集)》이 전한다.

135) 함경루(涵鏡樓) : 안동시 풍산읍 막곡리의 청성서원(靑城書院) 문루의 편액이다.

알겠노라 봉래산 산신령이	遙知蓬島守
앞산을 잃고 근심에 빠진 줄을	愁殺失前山

솔개 날고 고기 뛰는 곳[136]	鳶魚飛躍處
오동나무에 비갠 뒤 달이 뜨네	霽月生梧桐
높은 누대에서 강회를 마치고	講罷高樓上
서책 끼고 저녁 바람에 섰네	携書立晚風

강가에 내리던 비 처음 개고	江上雨初晴
옛 누대엔 가을 풀이 시드네	古臺秋草沒
다만 들리나니 두견새 소리뿐	但聞蜀魂聲
밤마다 밝은 달은 시름에 겨워하네	夜夜愁明月

가례를 모여 강독하는 날 성칙 권이시[137]가 병으로 오지 않았다. 율시 한 수를 보내 화운을 구하다
家禮會講日 權聖則以時以病不來 寄一律求和

이날 구름 끼고 흐려서 몹시도 개지 않으니	是日雲陰苦未晴
잔을 멈추고 언제 밝아질지 달에게 묻노라	停盃問月幾時明
누 앞의 물귀신은 호기와 기운을 자랑하고	樓前水伯誇豪壯
자리한 뭇 현사들의 예법 강론 정밀하네	席上羣賢講禮精
깊고도 은미한 열두 경전[138] 내가 배우기 원하는 것이고	十二深微吾願學

---

136) 솔개 …… 곳 : 《시경(詩經)》에 "솔개는 날아서 하늘에 이르고 고기는 못에서 뛰논다(鳶飛戾天 魚躍于淵)"에
   서 온 말로, '연비어약(鳶飛魚躍)'은 만물이 저마다의 법칙에 따라 자연(自然)스럽게 조화를 이루는 것이 천지
   의 오묘한 도임을 말한다.

137) 권이시(權以時, 1631~1708) : 자는 성칙(聖則), 호는 졸와(拙窩), 본관은 안동(安東)으로 저서로 《졸와집
   (拙窩集)》, 《오례집략(五禮輯略)》이 전한다.

138) 열두 경전 : 구양수(歐陽脩)의 《독서법(讀書法)》에 의거한다면, 《효경(孝經)》으로부터 《의례(儀禮)》까지
   12서책이 여기에 해당된다. 즉 《효경》·《논어》·《맹자》·《대학》·《중용》·《주역》·《시경》·《서경》·《예기》·《주
   례》·《춘추》·《의례》이다.

삼천의 경문[139] 변화 그대가 잘하는 것이니 　三千經變子能行
멀리서도 홀로 군자가 되는 것 부끄러운 줄 알겠네 　遙知恥獨爲君子
가을 하늘 높아지길 기다려 신 거꾸로 신고 맞이하리니 　待得秋高倒屣迎

〈석문정〉[140] 성칙의 시를 차운하다
石門亭 次聖則韻

봄바람 불어와 높은 정자에 오르니 　春風吹我上高亭
발아래 구름 안개는 모두가 그림병풍 　脚下雲烟摠畫屛
넓고넓은 낙동강 물결은 비에 불어 희고 　浩浩洛波添雨白
높고높은 여산(廬山)은 하늘가에 푸르네 　嵬嵬廬阜際天靑
맑은 술잔 건네면서 간담을 터놓고 　盃傳玉酒傾肝膽
벽에 걸린 좋은 시[141] 보며 전형으로 기억하네 　壁看瓊詩記典型
오늘 한가한 가운데 어찌 배운 것 적으랴 　此日偸閒寧學少
함께 주역을 공부하는 것도 무방하리라[142] 　不妨麗澤講義經

송헌 김규[143]공의 분죽, 분매시를 차운하다
次松軒金公煃盆竹 盆梅韻

시인의 흥을 스스로 비웃으며 　自笑詩人興
유유히 기수(淇水) 물가[144]로 이끄네 　悠悠引淇潯

---

139) 삼천의 경문 : 《예기(禮記)》에 "경례 삼백 가지와 곡례 삼천 가지가 그 이치가 하나이다(經禮三百 曲禮三千 其致一也)." 했으니 곡례(曲禮)를 말한다. 곡례는 진퇴(進退)·승강(升降)·부앙(俯仰)·읍손(揖遜) 등 행동거지의 세세한 규범이다.
140) 석문정(石門亭) : 경북 안동시 풍산읍 막곡리 소재의 정자이다. 1587년(선조 20)에 학봉(鶴峯) 김성일(金誠一)이 지었다.
141) 벽에 걸린 …… 시 : 권이시의 조상인 송암(松巖) 권호문(權好文)의 시가 걸려 있다.
142) 함께 …… 무방하리 : 원문의 이택(麗澤)은 인접해 있는 두 못이 서로 물을 윤택하게 한다는 뜻으로, 벗이 서로 도와 학문과 덕을 닦음을 비유적으로 이르는 말이다.
143) 김규(金煃, 1592~1685) : 자는 광정(光庭), 호는 정근재(定跟齋)·송헌(松軒), 본관은 의성이다. 학봉의 증손자로 별좌(別坐)를 지냈다.

어떠한가? 한 방안에서	何如一室內
서로 마주하여 곧은 마음을 맺는 것이	相對契貞心
지극한 이치로 이 우거를 헤아려서	至理諒斯寓
하늘의 마음은 흰 꽃봉오리 보여주네	天心見白英
봄빛이 소식을 전하는 곳	春光傳信處
그 의미는 하나같이 맑은 것을[145]	意味一般清

졸재 유원지[146]공을 애도하는 시
拙齋柳公元之挽

나 살아서는 삶에 충실하고 죽어서는 편히 쉬리라[147]	存吾順事沒吾寧
소문에 옛 선현이 이 명을 게시했다더니	聞說先民揭是銘
사문에는 끝없는 애통함만 남았고	別有斯文無限慟
우리의 도를 날로 어둡게 하는구나	從敎吾道日冥冥

석계 이시명[148]공을 애도하는 시
石溪李公時明挽

| 경당(敬堂)에게 의발을 전수받으니 | 授受深衣後 |
| 우리 유학이 실로 이분에게 있었네 | 斯文實在玆 |

---

144) 기수(淇水) 물가 : 《대학》에서 "시경(詩經)에서 말하길 '저 기수의 물굽이 바라보니 푸른 대나무 무성하네(詩云 瞻彼淇澳 菉竹猗猗).'"를 인용해서 대나무 분죽의 느낌을 표현한 것이다.

145) 그 의미 …… 맑구려 : 소강절(邵康節)의 시 〈청야음(清夜吟)〉의 한 구절 "한 가지 맑은 의미 있는 것들 아는 사람 아주 적네(一般清意味 料得少人知)"을 인용하였다.

146) 유원지(柳元之, 1598~1674) : 자는 장경(長卿), 호는 졸재(拙齋), 본관은 풍산(豐山)이다. 서애의 손자로 병자호란 때 의병에 참여했다. 《존요록(尊堯錄)》, 《졸재집(拙齋集)》 등이 전한다.

147) 나 살아서 …… 쉬리라 : 나 살아서 삶에 충실하고 나 죽어서 편히 쉬리라[存吾順事 沒吾寧也]. 북송(北宋) 장재(張載, 1020~1077)가 남긴 〈서명(西銘)〉의 한 구절이다.

148) 이시명(李時明, 1590~1674) : 자는 회숙(晦叔), 호는 석계(石溪), 본관은 재령(載寧)으로 장흥효의 문인이자 사위이다. 존재(存齋) 이휘일(李徽逸)과 갈암(葛庵) 이현일(李玄逸)의 부친이다. 저서에 《석계집(石溪集)》 전한다.

강직한 성품은 학문의 힘에서 유래했고	剛方由學力
순수함은 천성으로 타고난 자질이라	純粹任天姿
끝났구나 우리 유림 다시 일으키기 어려우니	已矣今難作
시대여 이 분 이후 세상에 알아주는 이 없구나	時乎世莫知
수비산은 은(殷)나라 해와 달이니[149]	首山殷日月
천고에 슬픔이 남아 있노라	千古有餘悲

경광서원에서 배여구 어른의 시에 화답한 시를 차운하다
鏡光次裵丈和汝久韻

바람 지난 들판에 비 내리고	風過長郊雨
산에는 두견새 우는 봄이 남았네	山餘杜宇春
단정하게 거하며 목욕재계 하는 곳	端居齋沐處
혼백이라도 혹시 서로 만날 수 있을지	精爽倘相親

또 여구의 시를 차운하다
又次汝久韻

뭇 산 바라보니 삐쭉삐쭉 솟아 있고	望裏羣山勢欲尖
평호의 봄물은 불어나고 비는 부슬부슬	平湖春漲雨織織
그 가운데 저절로 참된 소식 있나니	箇中自有眞消息
온갖 풀들 돋아나는 기운 멈추지 않는구나	百草生生化不廉

---

149) 수비산의 …… 달 : 수양산(首陽山) 절개를 지킨 백이(伯夷) 숙제(叔齊)의 고사를 인용하여 호란(胡亂) 후에 산림에 은거한 사림들의 절의를 표상하는 표현이 되었다. 석계(石溪)는 '대명일월(大明日月)'을 쓰고 영양의 수비산에 은거하면서 수산거사(首山居士)를 자호하였다.

신자신[150]을 애도하는 시

挽申子新

생추(生芻)[151]는 전현과 비할 뿐만이 아니고	生芻不獨比前賢
덕의는 단정하여 능히 옛 선현에 미쳤네	德義端能邁古先
일찍 노산(魯山)[152]을 안 것이 어찌 부끄러운 한이겠는가?	早識魯山寧愧恨
매양 숙도(叔度)[153]를 떠올리며 초월하였네	每過叔度更留連
어찌 알았으랴 어젯밤에 같은 침상에서 꿈꾸던 사람이	那知昨夜聯牀夢
갑자기 오늘 아침 세상을 떠나 신선이 될 줄을	遽作今朝隔世仙
흰머리 옛 친구는 부질없이 눈물을 훔치며	白髮舊交空掩泣
눈물로 강의 근원을 하늘에 따져 묻노라[154]	淚河東注問蒼天

황자흥을 애도하는 시

挽黃子興

지난해 팔월 가을에 문계(文溪)에서	去歲文溪八月秋
우연히 좋은 모임 만들어 머물렀지	偶成良會却淹留
호서에서 이별의 회포 함께 이야기했고	離懷共說湖西別

---

150) 신자신(申子新) : 申灈(?~?). 본관 고령. 광해군 10년(1618)에 증광시, 진사, 字는 子新. 거주지는 온양이다. 신숙주의 후손이다.

151) 생추(生芻) : '여물로 쓰는 싱싱한 풀'로, 변변찮은 제수(祭需)의 비유로 쓰기도 하지만, 여기서는 "가난하지만 예법을 지키는 것"을 의미한다. 후한(後漢)의 서치(徐穉)는 매우 가난하여 친구인 곽태(郭泰)의 모친상(母親喪)에 조문을 가서 풀 한 다발을 집 앞에 두고 돌아갔다 한다. 그 이유를 곽태는 《시경》에 '생꼴 한 다발을 주노니, 그 사람은 옥처럼 아름답도다.[生芻一束, 其人如玉.]'라고 말하지 않았던가. 내가 이것을 감당할 수 없다."고 했다.

152) 노산(魯山) : 단종

153) 숙도(叔度) : 관대하고 너그럽다는 의미. 후한(後漢) 때의 황헌(黃憲)은 자가 숙도(叔度)인데, 곽태(郭泰)가 그에 대해 "숙도는 너무나 드넓어 마치 천 이랑의 물결과 같은 사람이라, 맑게 하려 해도 맑아지지 않고 흐리게 하려 해도 흐려지지 않으니, 참으로 헤아릴 수 없다.[叔度汪汪如千頃陂 澄之不淸 淆之不濁 不可量也]"라고 한 데서 온 말이다. 《後漢書》 卷83 〈黃憲列傳〉) 또, 김상헌(金尙憲, 1570~1652)의 字도 숙도(叔度)인데 중의로 볼 수도 있다.

154) 흰머리 …… 묻노라 : 신자신의 은혜 때문에 눈물을 흘린다는 의미이다. 이 구절은 소식(蘇軾)의 〈화왕유(和王斿)〉 "白髮故交空掩卷 淚河東注問蒼旻"에서 차용한 것으로, 《시경》 〈대아(大雅) 문왕유성(文王有聲)〉의 소주(小注)에서 동주(東注)를 "물이 본성을 따름을 이른다.[言水性之順也]"라고 했다.

생활은 모두 옮겨 한양에서 노닐었네	生事都輸洛北遊
청송 산자락에 봉분 쌓았다고 문득 들으니	鳧麓忽聞封若斧
마평[155]에서 그대 잃고 오래도록 슬퍼했네	馬坪長痛失藏舟
빛나는 자태 높은 의리 지금 볼 수 없으니	英姿高義今難見
만사를 지으며 부질없이 눈물만 흘리네	題挽空教涕泗流

찰방 김하윤[156]을 애도하는 시

挽金察訪夏鈗

지난해 호서에서 벼슬을 그만둘 때[157]	去歲湖西解綬時
역정(驛亭)에서 술 권하며 이별을 달랬는데	驛亭盃酒慰相離
오늘 산중에서 문득 만사를 쓰니	山中此日還題挽
어느 때 황천에서 다시 만날 수 있을지	泉裏何年更接儀
불행한 운수는 안자(顔子)처럼 장수하지 못했고	不幸數奇顔不壽
무지한 하늘 후사도 주지 않았네[158]	無知天老鄧無兒
인간 세상에 가장 마음 아픈 것은	人間最是傷心處
남편과 사별하고 홀로 지내는 과부일세[159]	鸞鏡塵昏鶴髮垂

---

155) 마평(馬坪) : 안동 용상동의 옛 이름이다.

156) 김하윤(金夏鈗, 1663~1725) : 자는 위중(威仲), 본관은 순천(順天)으로 찰방을 지냈다.

157) 지난해 …… 그만둘 때 : 산택재가 회덕 현감을 지내다 1694년 갑술환국(甲戌換局)으로 사임한 것을 말한다. 회덕은 현 대전광역시 대덕구 지역이다.

158) 무지한 …… 않았네 : 진(晉)나라 등유(鄧攸)의 자가 백도로, 석륵(石勒)의 병란을 당하여 가족을 데리고 피난할 적에 아들은 내버려 둔 채 조카를 살려내었다. 뒤에 상서 좌복야(尙書左僕射)까지 되었는데 끝내 후사(後嗣)가 없게 되자, 사람들이 "천도가 무심키도 하다. 백도에게 아들이 없게 하다니.[天道無知 使鄧伯道無兒]" 라고 하며 탄식하였다 한다. 《晉書 卷90 良吏列傳 鄧攸》

159) 남편과 …… 과부일세 : 원문의 '난경(鸞鏡)'은 남편을 잃고 외로이 늙어가는 것을 비유한다. 각주 81) 참조.

갑인년(1674)에 산소의 비석을 살펴보는 일로 진양에서 단속사[160]에 오니 승려 수천과 호석이 차를 달여 갈증을 달래라고 권하고 다시 작은 게송 하나를 지어 바치니, 그 뜻을 저버릴 수 없어서 절구 한 수를 써 주었다

甲寅爲看壙石之役 自晉陽來斷俗寺 僧水天虎錫設茶以慰渴 更進一小偈 其意不可孤 賦一絶以贈

천년 고찰 단속사	斷俗千年寺
촉석루에서 온 사람	人從矗石來
스님을 만나 옛일 물었더니	逢僧問古事
고운의 영당은 이미 재가 되었다네	雲影已成灰

　운영은 곧 고운(孤雲) 최치원(崔致遠)의 영당이다. 임진왜란으로 훼손되었다고 한다.
　雲影乃崔孤雲影堂 而燬於壬辰兵燹故云爾

덕천서원[161] 가는 길

德川途中

진눈깨비 적삼을 때리고	凍雨打征衫
돌길에 노둔한 당나귀를 채찍질하네	蹇驢鞭石路
덕천서원에 와서 누각에 오르니	來登德院樓
나무는 늙고 강가에 하늘이 저무네	樹老江天暮

---

160) 단속사(斷俗寺) : 현재의 경남 산청군 단성면 운리 지리산 동쪽에 있는 절이다. 신라 경덕왕 대에 창건되었지만 현재는 폐사되어 절터만 남아 있다.

161) 덕천서원(德川書院) : 경상남도 산청군 시천면 원리에 있는 서원이다. 선조 9년(1576)에 창건되었으며, 남명(南冥) 조식(曺植)의 위패를 모셨다. 광해군 1년(1609) 사액을 받아 사액서원으로 승격했으며, 그 뒤 최영경(崔永慶)을 추가 배향했다.

촉석루에 달밤에 배를 띄우고 '천(天)' 자를 얻어 돌아와 택언에게 보여주다
泛月矗石 得天字 歸示宅彦

모래밭 지나서 작은 배에 올라	踏盡平沙上小船
의암[162] 앞 목란 상앗대 계수나무 노 젓네[163]	蘭槳桂楫義巖前
그 중에 저절로 참 소식 있으니	箇中自有眞消息
바람은 강에 가득 달은 하늘에 가득	風滿長洲月滿天

수천 충학에게 주다
贈水天忠學

유선(儒仙)[164]이 노닐던 곳	儒仙遊賞地
천년 만에 우연히 왔네	千載偶然來
고운(孤雲)의 그림자 적막하고	寂寞孤雲影
학사의 매화[165]는 황량하구나	荒涼學士梅
시 한 수로 회포를 실어 보내고	遣懷詩一首
세 잔 술로 흥을 돋우네	挑興酒三盃
다행히 여산(廬山)이 멀리 있어서[166]	幸有廬山遠
서로 손잡고 옛 누대에 오르노라	相攜上古臺

---

162) 의암(義巖) : 진주성 촉석루 아래 남강 강가의 바위로, 임진왜란 당시 왜장을 껴안고 순절한 논개의 전설이 있다.

163) 목란 …… 젓네 : 소동파(蘇東坡)의 〈적벽부(赤壁賦)〉에 "계수나무 노와 목란 상앗대로 공명을 치며 물결을 거슬러 오른다.(桂棹兮蘭槳 擊空明兮泝流光)"라고 한 말을 인용하였다.

164) 유선(儒仙) : 고운(孤雲) 최치원(崔致遠)을 이른다.

165) 학사의 매화 : 의미상 '학사매(學士梅)'는 고운 최치원과의 연관성을 떠올리게 하는데, 단속사(斷俗寺) 터에는 정당매(政堂梅)로 불리는 유명한 매화나무가 있어 이를 지칭하는 것으로 생각된다. 정당매는 고려의 문신인 강회백(姜淮伯)이 어린 시절 단속사에서 글공부를 할 때 심은 나무로, 강회백이 나중에 정당문학(政堂文學: 종2품 벼슬)에 올라 정당매라는 이름이 붙었다고 한다.

166) 여산(廬山) : 여산은 중국 강서성 구강현에 있는 산으로, 진(晉)나라 때 혜원법사(慧遠法師)가 이 산의 동림사(東林寺)에 은거하면서 도연명(陶淵明)·육수정(陸修靜) 등과 함께 교유하였다. 산택재는 유자(儒者)인 자신과 승려인 수천(水天)의 교유를 이 고사에 빗대 말하고 있다.

꿈에서 깬 뒤 느낀 바가 있어서
夢覺有感

몸은 천리 밖 북쪽 변방에 있으니	楡塞身千里
새벽 달 속에 어머님 모습 떠오르네	萱堂月五更
얼굴을 뵙고[167] 기쁨이 다하는 곳에	承顔盡懽處
제발 돌아가셨다는 말 들리게 하지 말라	不說隔幽明

삼가 퇴계 선생의 시를 차운해서 수천에게 준다
伏次退溪先生韻 贈水天

홀로 하늘과 땅을 출입하는 문에 기대어	獨倚乾坤出入門
길이 월굴을 찾고 또 천근[168]을 찾으리	長探月窟更天根
서로 한가로이 왕래한다 말하지 마소	傍人莫道閒來往
끝없이 생겨나는 은혜를 갚기 위함이니	爲報生成罔極恩

우연히 읊음
偶吟

마음의 실마리가 천 갈래 만 갈래이니	心緒千端更萬端
어떤 사람이 잠시나마 평안할 수 있는가	何人能得幾時安
정허동직은[169] 본래 하늘에서 받았으니	靜虛動直元天賦
마음이 외물에 흔들리게 하지 마라	莫使靈臺外物干

---

167) 얼굴을 뵙고 : 원문의 '승안(承顔)'은 부모님 안색을 살피는 것을 말한다.

168) 월굴(月窟)과 천근(天根) : 《주역(周易)》에서 월굴은 구괘(姤卦, 하늘과 바람을 상징함)를 천근은 복괘(復卦, 우레가 땅 속에서 움직이는 것을 상징함)를 가리킨다. 천지조화의 이치를 상징한다.

169) 정허동직(靜虛動直) : 《태극도설(太極圖說)》의 주석에서 주자(朱子)는 "'경'을 행하면 욕심이 줄고 이치가 밝아지니, 줄이는 것이 줄어 없는 경지에 이르면 고요할 때에는 텅 비고 움직일 때에는 곧아서 성인을 배울 수 있을 것이다.[敬則欲寡而理明, 寡之又寡以至於無, 則靜虛動直而聖可學矣.]"라고 하였다.

권재기를 애도하는 시
挽權在璣

팔순의 임하의 선비	八旬林下士
이제는 저승 사람이 되셨네	今作九泉人
하늘은 어찌 우리에게서 급히 빼앗아 가나	奪我天何遽
현명한 어른 땅에 묻게 하니 어질지 못하네	埋賢地不仁
아! 신선의 노님은 아직 끝나지 않았고	仙遊嗟未復
문장의 모임도 더더욱 없었네	文會更無因
가까이 알아주신 후덕함을 알기 때문에	爲是親知厚
만사를 매달려니 눈물이 수건을 적시네	緘辭淚滿巾

석문정. 경칙의 시를 차운하다
石門亭 次景則韻

평탄한 들 가로질러 푸른 봉우리에 오르고	行盡平郊上碧岑
녹음 우거진 곳에서 선학을 불렀네	綠陰深處喚仙禽
그 가운데 지극한 즐거움 아는 사람 없으니	箇中至樂無人會
부질없이 찬앙의 마음[170]만 낭랑하게 읊노라	朗詠空懷鑽仰心

장차 학가산 자락으로 이사해 몇 칸 집을 짓기로 하고 장난삼아 지음
將移鶴麓 圖數間屋戲題

종이 찢어 터를 삼고 붓으로 재목을 만드니	割紙爲基筆作材
집을 짓는데 대목수의 재주 필요 없네	經營不借大匠才
며칠 안 되어 어느덧 두어 칸 집을 짓고	居然不日成間架

---

170) 찬앙의 마음 : 존모하는 이의 도덕을 극찬할 때 쓰는 말이다. 《논어》〈자한(子罕)〉에서, 안연(顏淵)이 스승인 공자의 덕을 "우러러볼수록 더욱 높고 뚫을수록 더욱 견고하다.[仰之彌高 鑽之彌堅]"라고 칭송한 말에서 유래한다.

우두커니 산꼭대기에 생학(笙鶴)[171]을 보리라　　　　　　　　佇看峯頭笙鶴來

천휴가 꿈을 기록하여 나에게 보이므로 느낌이 있어 거기에 화운하다
天休記夢示余 感而和之

고금의 상처에 스스로 편치 못한데　　　　　　　　悼古傷今不自安
시를 보니 수천 가지 생각 어찌 참으리오　　　　　　　　見詩何忍倍千端
선군께서 하룻밤 사이 분명한 가르침 주시니　　　　　　　　先君一夜分明訓
근원에서 흘러나오는 활수 물결을 새로 얻었네[172]　　　　添得源頭活水瀾

도암 김후[173] 어른을 애도하는 시
陶庵金丈煦挽

지난해엔 낙동강 가 사립문 두드렸는데　　　　　　　　洛濱前歲叩巖扉
애통한 죽음 마음 아파 눈물이 옷깃에 가득하네　　　　　哀死傷心淚滿衣
절기는 여러 번 돌아 돌아가신 날 돌아오니　　　　　　　節序屢回今日是
강산은 그대로인데 옛사람은 간 곳 없네　　　　　　　　江山依舊昔人非
빈 골짜기 그윽한 난초는 향기를 남기고　　　　　　　　幽蘭空谷留遺馥
황량한 마을 교목은 저무는 해를 희롱하네　　　　　　　喬木荒村弄晩暉
연세와 덕 모두 순정하셨으나 모두 빛을 잃으니　　　　　壽德雙精俱晦彩
글을 지어 남쪽 바라보며 눈물 자주 훔치네　　　　　　　緘詞南望涕頻揮

---

171) 생학(笙鶴) : 생황을 불며 학을 타고 내려오는 신선의 모습.

172) 근원에서 …… 얻었네 : 주자(朱子)의 시 〈관서유감(觀書有感)〉에 "묻노니 저 물 어찌 이렇게도 맑을까, 근
원에서 생수가 내려오기 때문이지.[問渠那得淸如許 爲有源頭活水來]"라는 구절을 인용하였다. 선군의 가르
침을 근원이 있는 샘물에 비유한 것이다.

173) 김후(金煦, 1613~1695) : 자는 춘경(春卿), 호는 도암(陶庵), 본관은 의성(義城)이다. 병자호란 이후 청성산
낙동강 변에 터를 잡아 '율리(栗里)'라 이름 짓고 은둔하였다.

지촌 대간 김방걸[174]을 애도하는 시
挽金芝村大諫邦杰

강호에서 고기를 낚으며 즐겁게 사시던 곳	漁釣江湖樂自存
일찍이 벼슬을 사직하고 고향 언덕에 누우셨네	早辭朝市臥邱園
동산에선 백성들 희망에 부응하시고	東山偶副蒼生望
북궐에선 임금님 은혜 남달리 입었네	北闕偏蒙聖主恩
한번 바닷가로 유배되니 하늘이여 어찌된 일인가	一謫瘴鄕天曷故
유배지에서 세 마디 초혼[175] 세상이 다투어 원망하네	三皇鵩舍世爭寃
네 척 높은 봉분 어느 곳이더냐	封崇四尺知何處
돌아보니 서리 찬 하늘엔 달만 한 점 떠있네	回首霜霄月一痕

권시정을 애도하는 시
挽權是精

공은 나와 가장 친했고	惟公於我最情親
게다가 근래에는 이웃이 되었지	況復邇來與接鄰
평생 환란을 함께하니 다행이라 여겼는데	自幸百年同患亂
오늘 지극한 슬픔 겪을 줄 어찌 알았으랴	那知今日極悲辛
창망히 밤중에 산골짜기 장자의 배를 잃으니[176]	蒼茫夜壑莊舟失
쓸쓸한 묘소엔 가래나무 새롭네	零落邱原宰樹新
칠십 년 인간 세상 참으로 한바탕 꿈이니	七十人間眞一夢

---

174) 김방걸(金邦杰, 1623~1695) : 자는 사흥(士興), 호는 지촌(芝村), 본관은 의성(義城)이다. 부(父)는 시온(是楹)이며 홍문관수찬(弘文館修撰), 대사간(大司諫), 성균관 대사성(大司成) 등을 역임하였다. 《지촌집(芝村集)》이 전한다.

175) 배소에서 …… 초혼 : 지촌(芝村)이 유배를 가서 그곳에서 죽었음을 말한다. 죽은 사람을 세 번 부르는 것을 '초혼(招魂)' 혹은 삼고(三皇)라 하고, 배소(配所)를 복사(鵩舍)라고도 한다, 한문제(漢文帝) 때 가의(賈誼)가 귀양을 가면서 불길한 새로 여겨지는 올빼미(鵩鳥) 한 마리가 집으로 날아든 것을 보고, 자신의 수명이 길지 않을 것을 예감하고 〈복조부(鵩鳥賦)〉를 지었다고 한다.

176) 창망히 …… 잃으니 : 사람의 죽음을 뜻한다. 《장자(莊子)》 대종사(大宗師)에 "골짜기 속에 배를 숨겨두고는 안전하다고 여기지만 한밤중에 힘센 자가 등에 지고 달아나도 어리석은 사람은 알아채지를 못한다.[夫藏舟於壑, 謂之固矣, 然而夜半, 有力者, 負之而走, 昧者不知也.]"라고 하였다.

슬픈 만사를 짓고 나서 다시 수건을 적시네　　　　　　　　哀詞題罷更沾巾

이학산의 시를 차운하다
次李鶴山

처세가 어려운 것 아니라 뜻을 지키기가 어려운데　　　　處世非難守志難
참을성 많은 그대 청빈하게 생활하였네　　　　　　　　多君忍性任淸寒
알겠구나 대헌공께서 가풍을 전하던 날　　　　　　　　從知大憲傳家日
위태함을 남기지 않고 평안을 남겼다는 걸[177]　　　　不以危遺祇以安

---

177) 위태로움을 …… 걸 : 후한 때의 은사 방덕공(龐德公)이 현산(峴山) 남쪽에서 밭을 갈고 살면서 성시(城市)를
　　가까이하지 않자, 형주 자사(荊州刺史) 유표(劉表)가 찾아와서 "선생은 시골에서 고생하며 지내면서도 벼슬해
　　서 녹봉을 받으려 하지 않으니, 무엇을 자손에게 물려주려오?"라고 하였다. 그러자 방덕공은 "세상 사람들은
　　모두 위태로움을 남겨 주는데 나는 유독 안녕함을 물려주니, 비록 물려주는 것이 똑같지는 않으나, 물려주는
　　것이 없지는 않을 것입니다.[世人皆遺之以危 今獨遺之以安 雖所遺不同 未爲無所遺也]"라고 답하였다고 한
　　다. 《後漢書 卷83 逸民列傳 龐公》

山澤齋先生文集 卷之二

산택재선생문집 제2권

시詩

삼가 퇴계 선생의 〈산거사시〉를 차운하다
敬次退溪先生山居四時吟

잠에서 깨니 동창엔 날이 이미 밝았는데	睡覺東窓日已明
문득 봄 희롱하는 산새 소리 들리네	忽聞幽鳥弄春鳴
조화의 무궁한 뜻 알고 싶다면	欲知造化無窮意
뜰 안에 푸른 풀이 움트는 것 보라	請看中庭碧草生
－봄날 아침	春朝

산당에 일 없으니 날은 더딘데	山堂無事日遲遲
때때로 강 머리에서 백의를 부르네[178]	時向江頭喚白衣
한가한 틈에 한번 취하려는 게 아니라	不是偸閒謀一醉
꽃과 버들 따라서 돌아가길 잊으려는 것이지	爲隨花柳却忘歸
－낮에	晝

때맞춰 오는 비에 산속 고사리 자라고	時雨山中長蕨薇
손에 지팡이 짚고 가 도리어 배고픔 잊노라	手攜筇去却忘飢
작게 읊조리며 천천히 거닐다 느지막이 돌아오니	微吟緩步歸來晚
저녁 이슬 옷 적셔도 농사만 잘 되었으면[179]	夕露沾衣願不違

---

178) 백의(白衣)를 부르네 : 도연명(陶淵明)이 9월 9일에 술이 없어 울타리 가에 나가 바라보니 국화를 손에 따들고 흰옷 입은 사람이 오는데, 강주자사(江州刺史) 왕홍(王弘)이 술을 보내왔다는 것이다.

179) 저녁 …… 되었으면 : 도잠(陶潛)의 시에 "남산 아래에 콩 심으니, 풀은 무성하고 콩 싹은 드문드문. 새벽에 일어나 잡초를 김매고, 달빛 띠고서 호미를 메고 돌아오네. 좁은 길에 초목이 자라나니, 저녁 이슬이 내 옷을 적시네. 옷 젖는 것이야 아까울 것 있으랴, 그저 농사만 잘됐으면.[種豆南山下 草盛豆苗稀 晨興理荒穢 帶月荷鋤

－저녁에 　　　　　　　　　　　　　　　　　　　　　　　暮

홀로 산창에 기대니 동녘에 달 뜨는데 　　　　　　　　獨倚山窓月上東
아득히 안개 숲은 넓어서 끝이 없네 　　　　　　　　　蒼茫烟樹浩無窮
맑은 밤의 광경 한가로이 주관하니 　　　　　　　　　　淸宵光景須閒管
대광주리 표주박 자주 빈다 말하지 마라 　　　　　　　莫道簞瓢屢至空

－밤에 　　　　　　　　　　　　　　　　　　　　　　　　夜

환한 햇살 처마 끝에 밝고 하늘은 맑고 　　　　　　　霽旭明簷玉宇淸
다시 주렴에 드는 푸른 산색을 보네 　　　　　　　　　更看山色入簾靑
그 가운데 즐거움은 무엇이던가 　　　　　　　　　　　箇中所樂知何事
고요히 경전 읽으며 글자마다 새겨보네 　　　　　　　靜對遺經字字銘

－여름 아침 　　　　　　　　　　　　　　　　　　　　　夏朝

푸른 나무 그늘 짙고 해는 밝은데 　　　　　　　　　　綠樹陰濃白日明
멍하게 말없이 기둥 곁에 누웠네 　　　　　　　　　　　嗒然無語臥前楹
꾀꼬리는 이별의 한을 아는 듯 　　　　　　　　　　　　黃鸝似識離羣恨
이따금 꾀꼴꾀꼴 울음소리 들려주네 　　　　　　　　時送綿蠻四五聲

－낮에 　　　　　　　　　　　　　　　　　　　　　　　　晝

목동은 피리 불며 앞산으로 내려가고 　　　　　　　　牧童橫笛下前山
다시 보니 농부는 달빛 띠고 돌아오네 　　　　　　　更看田翁帶月還
즐거운 일 무어냐고 주인에게 묻노니 　　　　　　　　爲問主人何所樂
청산은 말이 없고 물은 졸졸 흐르네 　　　　　　　　　靑巒無語水潺潺

－저녁에 　　　　　　　　　　　　　　　　　　　　　　暮

조용한 밤 텅 빈 산에 달은 밝은데 　　　　　　　　　夜靜山空月上明

歸 道狹草木長 夕露沾我衣 衣沾不足惜 但使願無違]"이라고 한 구절을 인용하였다.《陶淵明集 卷2 歸田園居》

마루 창문 시원하니 꿈도 역시 맑구나
한가로운 생활의 재미 아는 이 없으니
누워서 촌닭이 새벽 알리는 소리 듣노라
　　－밤에

軒窓蕭灑夢魂淸
幽居一味無人會
臥聽村鷄報曉聲
夜

낙엽은 서풍에 분분히 떨어지고
새벽의 맑은 흥취는 가슴 속 씻어내네
은자는 가을을 슬퍼하는 사람 아니지만
거울 속 백발 늙은이 보고 자주 놀라네
　　－가을날 아침에

黃葉紛紛落西風
曉來淸興盪心胸
幽人不是悲秋客
鏡裏頻驚白髮翁
秋朝

우주에 미친 듯 노래하니 기운이 호방하고
남창에 휘파람 부니 베개가 높네
세간의 영욕 전혀 관여치 않으니
황국에 백주 마시니 즐거움이 도도하네
　　－낮에

狂歌宇宙氣雄豪
嘯傲南窓一枕高
榮辱世間渾不管
黃花白酒樂陶陶
晝

가을 초당에 홀로 앉아 누구와 즐길거나
조물주는 부지런히 새로운 그림 제공하네
가을 기러기 우는 소리에 단풍 숲이 저무는데
물색과 산 빛은 맑아서 있는 듯 없는 듯
　　－저녁에

獨坐秋堂誰與娛
化工多事供新圖
一聲霜鴈楓林晩
水色山光淡有無
暮

서릿바람 때때로 불고 대나무 숲 맑은데
산속 달은 한밤중에 마음껏 비추네
경계의 말 모름지기 좌우에 새기지 않더라도
마음의 거울 어둠에 묻히게 하는 것은 면하였네
　　－밤에

霜風時動竹林淸
山月中宵滿意明
警切不須銘座右
免敎心鏡入昏冥
夜

눈 속의 봉우리들 푸른 하늘에 기대니 雪裏羣峯倚翠空
환영인가 참모습인가 옥이 떨기떨기 섰는 듯 幻他眞面玉叢叢
본래 기상은 사람들 알지 못하니 從來氣像無人識
앉아서 아침 해가 내 마음 비추길 기다리네 坐待朝暾照我衷
－겨울 아침에 冬朝

찬 재실에 거북처럼 움츠리고 아무 일 하지 않고 龜縮寒齋未有營
야윈 몸 지키려 아이 불러 군불 지피네 呼兒添火衛羸形
대낮에 사립문 닫아걸게 하지 마라 莫教白日柴門掩
산속에 은거하는 사람 손님 끊길까 두렵네 祇恐幽人斷送迎
－낮에 晝

눈 쌓인 산과 계곡 날 저물려 하는데 雪滿溪山日欲西
흥에 겨워 그윽한 거처 찾는 이 없네 無人乘興訪幽栖
응당 알리라 호수 위 조각배 탄 나그네 應知湖上扁舟客
황혼에 돌아가면 길 잃을까 두려운 줄을 歸趁黃昏惻路迷
－저녁에 暮

깊은 밤 등불 밑에 서로 짝하여 夜深相伴一燈光
묵묵히 경전을 마주하고 길게 탄식하네 默對遺經感歎長
그 속에 즐거움 찾는 것도 무방하리니 簡裏不妨尋所樂
머리에 흰머리 이는 것 싫어하지 마시게 莫嫌頭上鬢成霜
－밤에 夜

이천행의 모현록 시에 차운하다 병서
次李天行慕賢錄韻 幷序

　무릇 사람의 성정은 쌓으면 덕이 되고 드러내면 시가 된다. 맹자께서 말씀하시기를, "그 사람의 시를 읊고 그 사람의 글을 읽고도 그 사람을 모른다면 되겠는가?"라고 하였으니, 시로 인하여 그 사람을 알 수 있다면 그 사람의 덕행도 알 수 있을 것이다. 아! 가정(嘉靖) 연간에 조웅(祖雄)이라는 산승(山僧)은 이름은 승려이나 행실은 선비와 같았다. 시축 하나를 가져와서 주세붕(周世鵬)에게 시를 구하자, 주세붕이 그 오른쪽을 비워 두고 절구 두 수를 짓고 '경호(景浩) 이황(李滉)의 시에 차운하다'라고 하였다. 아마도 그의 뜻은 자신의 시를 그 앞에 두지 않은 것은 선생께서 그 시에 화운하여 그 시축의 첫 편에 두게 하려는 것이었을 것이다. 이 때문에 선생께서 무릉의 뜻을 어기기 어려워 그 일을 서술하고 그 운자를 따라 무릉의 뜻대로 실현하였다. 이어서 화운한 분은 농암 선생(聾巖先生) 이현보(李賢輔), 농암의 아드님인 하연공(賀淵公) 이중량(李仲樑)과 매암공(梅巖公) 이숙량(李叔樑), 충재(冲齋) 권벌(權橃)의 아드님인 청암공(靑巖公) 권동보(權東輔) 같은 분들이다. 가정 연간으로부터 백십 수 년이 지난 지금 이천행 군이 농암의 후예로 제현(諸賢)의 시를 모아 모현(慕賢)이라 이름 지어 그 시에 화운하고는 또 원근의 벗들에게 이어 화운하기를 청하였다. 천행은 그 선조를 사모할 뿐만 아니라 또 능히 제현들을 사모할 수 있었고, 또 제현들을 사모했을 뿐만 아니라 벗들과 그 사모하는 마음을 함께 할 수 있었으니, 참으로 천행은 남의 덕행을 잘 살피고 홀로 군자가 되는 것을 부끄러워하는 사람이 아니겠는가. 장차 감발하고 흥기하면 벗들과 함께 군자가 될 것이 분명하리라. 나 태시(泰時)는 어려서는 배우기를 좋아하지 않았고 성장해서는 또 게을러 궁벽한 산골에 칩거하며 아무런 장점이 없지만, 현인을 사모하는 정성은 진실로 남에게 뒤지지 않는다. 외람되게도 스스로를 살피지 못하고 경솔히 화운하지만, 운이 어렵고 생각이 막혀서 율격이 전혀 맞지 않는다. 오직 천행은 이 시가 붓을 잡는 것에서 발현된 것임을 알아서 나의 과격하고 망령됨을 용서해준다면 천만 다행으로 여기겠노라.

　大凡人之性情, 蘊之爲德, 發而爲詩. 孟子曰, 誦其詩讀其書, 不知其人可乎? 因其詩, 可知其人, 則其人之德之行, 亦可知也已. 粤在嘉靖間, 山之僧祖雄其名者, 行則儒也, 手一軸索詩於周武陵, 武陵虛其右, 題兩絶云次景浩韻, 蓋其意不以己詩自居其右, 而欲先生之和其韻以弁其首也. 用是先生重違武陵之志, 叙其事步其韻以實之, 繼而和之者, 若聾巖李先生也, 若聾巖之胤賀淵泊梅巖公也, 若冲齋之嗣靑巖公也. 自嘉靖距今百十數年餘矣. 李君天行以聾巖之裔, 裒稡諸賢詩, 名以慕賢而和其詩, 且求諸遠近知己者續焉. 天行不徒慕其先, 又能慕諸賢, 不徒獨慕諸賢, 亦能使知己同其慕. 噫, 天行可謂善觀人之德行而恥獨爲君子人者非歟. 其將感發而興起, 與知己同歸於君子之域必矣. 泰時幼不好學, 長復懶廢, 跧伏窮山, 無所短長, 而其慕賢之誠, 誠不後於人. 僭不自揆, 率爾挧和, 韻劇思慳, 無復律呂, 惟天行知其發於秉彝而恕其狂妄, 千萬之幸也.

선현이 말한 성을 나는 듣지 못했으나	先賢言性我無聞
인심에 감발함은 글에 있지 않다네	感發人心不在文
스물여덟 옥 같은 시 후대에 남겨 주었으니	廿八瓊詩留與後
그 나머지를 함부로 말하지 마라	莫將餘外謾云云
청량산 당일에 신선이 노닐던 곳	淸凉當日仙遊地
몇 번이나 선창에서 두견새 소리 들을까	幾許禪窓聽杜鵑
천년의 꽃다운 행적 찾지 못하니	芳躅千年尋未得
골짜기는 옛 구름 안개에 깊이 잠겼네	洞天深鎖舊雲烟

반구정에서 수령 윤명우의 시에 차운하여 주인 권희원에게 주다
伴鷗亭 次尹候明遇韻 贈主人權希遠

진성 성 북쪽에 높은 정자 있으니	眞城城北有高亭
휘파람 한번에 올라오니 온갖 시름 맑아지네	一歗登臨百慮淸
창밖엔 수많은 봉우리 그림처럼 펼쳐지고	窓外畫圖千嶂色
베개엔 솔바람 소리 거문고처럼 들리네	枕邊琴瑟萬松聲
기심 잊은 기쁨에 갈매기와 친하고	忘機剩喜沙鷗狎
일 없이 어찌 초객처럼 깨어 있으랴	無事何須楚客醒
다시 이웃 노인과 어울려 두루 유람하니	更許隣翁遊償遍
알겠구나 풍월이 사람들 다툼을 없애주는 것을	也知風月沒人爭

주부자의 복거 시에 삼가 차운하다
敬次朱夫子卜居韻

내 집은 학가산 아래 있어서	我屋鶴山下
어느덧 다섯 해를 살았는데	忽忽歲五秋
끝내는 큰 길과 가까워	終然官道傍
그윽한 심회는 채우지 못했다네	未愜心期幽

진안현 북쪽 마을 돌아보니	眷焉眞安北
푸른 절벽이 너른 들판에 임했네	蒼壁臨平疇
산은 모두 집 지을 만하고	有山皆可廬
강은 배를 띠울 만하구나	有川方可舟
넓은 땅에 풍속은 매우 순박하니	土曠俗頗淳
이곳을 버리고 어디로 갈까	舍此將何求
깊은 곳 찾아가 옛 집터를 얻고	深尋得遺墟
산꼭대기에 기대어 집을 얽었네	縛屋寄岑頭
아침으론 묵은 들밭을 갈고	朝耕荒野田
저물녘엔 찬 강물에 낚시를 한다네	暮釣寒江流
때로는 도 닦는 사람과도 만나고	時與道人遇
혹 나무꾼을 따라가 노닐면서	或隨樵者遊
애오라지 마음에 맞는 대로 지내니	聊以恣所適
이 밖에는 근심할 것이 아니라네	此外非所憂
다만 두려운 것은 후회와 허물 쌓여	但恐悔尤積
옛 성현을 따르지 못하는 것	不得追前修
침중하게 주자의 복거 시를 읊으니	沉吟卜居章
흐르는 땀 껴입은 갓옷에 배어 나오네	流汗透重裘

밥상에 물고기가 없구나[180]

食無魚

산에 살며 반드시 물고기 자라 찾을 필요 없고	山居不必求魚鼈
물가에 살며 어찌 사슴 노루 찾으랴	澤處何須要鹿麕
천지가 낳고 기름에 의당 구분이 있으니	地養天生宜有分

---

180) 밥상에 …… 없구나 : 전국 시대 제(齊)나라 풍환(馮驩)이 맹상군(孟嘗君)의 식객(食客)이 되었을 때, 밥상에
고기반찬이 없자 장검의 칼자루[長鋏]를 두드리면서 "장검이여 돌아가자, 밥상에 고기가 없으니.[長鋏歸來乎
食無魚]"라고 노래했다는 고사에서 나온 말인데, 여기서는 고향으로 돌아가리라는 귀거래(歸去來)의 뜻을 담
았다.《戰國策 齊策4》

오장신은 양이 채마 밭 밟을까 근심 마라[181]   腸神莫患蹂蔬羊

우연히 읊음
偶吟

하늘을 우러러 마음에 부끄러울 수 있고   仰天心可愧
땅을 굽어봄에 발이 구름에 떠있는 듯   俯地足如浮
만약 몸을 편안히 하는 법 구한다면   若要安身法
홀로 있을 때 삼가는 데서 구해야 하리   須從愼獨求

기사년(1689, 숙종15) 인일(人日)에 봉람서원에 있을 때, 혼세옹[182]의 〈증별〉 시에 차운하다
己巳人日 在鳳院 次混世翁贈別韻

일생 빈 골짜기에서 그윽한 난초 두르고[183] 살았고   一生空谷結幽蘭
시와 술로 강호에 노니니 흥은 이미 다했도다   詩酒江湖興已闌
어딘들 지극한 즐거움 누리지 못할 곳 없으니   隨處未妨存至樂
도리어 이 내 몸 사람들과 섞여 살리라   却將身世混人間

후생인 나 그대와 금란의 교분 맺어   晚生交契托金蘭
마주 앉은 오늘 아침 그 뜻은 한이 없네   對榻今朝意未闌
다시 봄 강가에 꽃 피고 새 지저귈 때   更待春江花鳥語
한 동이 술로 강과 구름 사이에서 다시 만나세   一樽相屬水雲間

---

181) 오장신 …… 마라 : 옛날 어떤 사람이 항상 채소만 먹다가 갑자기 한번 양고기를 먹었더니, 그날 밤 꿈에 오장신(五臟神)이 나타나서 말하기를 "양이 채소밭을 밟아 망가뜨렸다.[羊踏破菜園]"라고 했다는 고사가 있다. 《笑林》

182) 혼세옹(混世翁) : 권심원(權深源)을 가리킨다.

183) 그윽한 …… 두르고 : 굴원의 이소경(離騷經)에 "그윽한 난초 두르고서 서성이노라.[結幽蘭兮延佇]" 하여, 혼탁한 세상에서 버림받은 은자(隱者)의 모습을 형용하였다.

성균관에 부임하는 사업 이현일[184]을 전송하며
送李司業玄逸赴館職

산림에서 도를 즐긴 지 몇 해였던가	樂道林泉幾許年
구중궁궐에서 수레와 깃발로 내려온 왕명	輪旋自下九重天
간곡하고 온화한 말 삼대의 성세이고	丁寧溫語三王聖
훌륭한 계책 천거하니 일대의 현인이로다	甄薦嘉猷一代賢
반궁에선 가르침의 목탁 굳게 잡고	魯泮定持宣敎鐸
궁궐에선 응당 경연을 베풀리라	漢宮應設講經筵
어찌 남악의 암자 가운데 학으로 하여금	肯敎南嶽庵中鶴
선생께서 팔짱 끼고 방황할까 걱정하게 하랴	長恐先生袖手旋

차운한 시를 덧붙이다
附次韻

영해[185]에 묻혀 산 지 이미 여러 해	沉淪嶺海已多年
도성 남쪽 임금님 가까운 곳[186]과는 멀리 떨어졌네	身遠城南尺五天
외람되이 십행의 온화한 유지 받드니	猥荷十行溫諭眷
삼접[187]의 대우받는 설서[188] 같은 현인 아니라 부끄럽네	愧非三接說書賢

---

184) 이현일(李玄逸, 1627~1704) : 자는 익승(翼昇), 호는 갈암(葛庵)·남악(南嶽)이며 본관은 재령(載寧)이다. 1689년 산림(山林)에게만 제수되는 사업(司業)에 임명되고, 이어 사헌부장령·공조참의에 임명되었다. 이후 성균관 좨주, 이조 참판, 병조 참판 등을 거쳐 이조 판서에 임명되었다. 갑술환국 때 조사기(趙嗣基)를 신구하다가 함경도 홍원현으로 유배되었다. 저서로 《갈암집(葛庵集)》이 있다.

185) 영해(嶺海) : 오령(五嶺)의 남쪽이나 근해(近海)의 변지(邊地)로 험난한 땅, 궁벽한 귀양지를 가리키는 말로 쓰인다.

186) 도성 …… 곳 : 원문의 '척오천(尺五天)'은 임금과 가까운 곳을 의미한다. 번천(樊川)은 장안의 명승지로 위형(韋曼), 두목(杜牧) 등의 집이 모두 이곳에 있었으므로, 당(唐)나라 사람들이 "성남의 위씨와 두씨가 임금과 지척 떨어진 곳에 사네.[城南韋杜, 去天尺五.]"라고 했다고 한다. 《長安地圖 卷中 圖志雜說》

187) 삼접(三接) : 《주역》〈진괘(晉卦) 괘사(卦辭)〉에, "진괘는 나라를 평안히 하는 제후에게 말을 많이 하사하고 낮에 세 번씩 접견한다.[晉 康侯用錫馬蕃 晝日三接]"라고 한 데에서 유래한 말로, 군주가 신하를 극진히 대우한다는 뜻이다.

188) 설서(說書) : 정이(程頤)를 가리킨다. 송나라 원풍(元豐) 8년(1085) 신종(神宗)이 죽고, 철종(哲宗)이 즉위하여 정이(程頤)를 서경 국자감 교수에 발탁하였으나, 정이가 사양하고 취임하지 않았다. 다음 해인 원우(元

평생토록 연화차[189]를 읽었지만	生平竊讀延和箚
노쇠한 만년에 경연을 어찌 감당할까	衰晚那堪宣室筵
오랜 벗이 진중하게 권하는 말	珍重故人勤有語
용렬하지만 감히 따르지 않으랴	疎慵敢不奉周旋

혼세옹의 증시에 차운하다 2수
次混世翁贈韻二首

등용문 효자문 말들 하지만	人道登門孝子門
천거의 글 누가 성군께 아뢰었나	薦書誰奏聖明君
산림에 들어 늘 치자 향기 즐기며	入林每喜香聞薝
휘둘러 쓴 글 이제 보니 구름을 두른 듯	落紙今看語帶雲
내 본래 용렬하여 답하지 못했는데	我本疎慵無可答
그대 오히려 궁한 늙은이 감당할 수 없다 하네	子猶窮老不堪云
언제나 봄 강가에서 다시 만나서	何當更對春江上
거침없는 고담준론 자세히 들을까	橫竪玄談細細聞

문 나설 땐 가마 없고 먹을 때는 생선 없이	出無輿矣食無魚
졸박을 기르며 산 생애 절로 그리 되었네	養拙生涯偶自如
푸르던 귀밑머리 나이 따라 함께 줄고	青鬢已隨年共減
평소 마음 늘 세상과는 어긋났네	素心長與世相疎
술동이 열고 회포를 잊으려고 술을 마시니	開樽細酌忘懷酒
손 가는 대로 졸리운 글 뒤적거리네	信手時繙引睡書
진중한 선옹 지나치게 허여하시니	珍重仙翁推許過
본래 텅 빈 속마음 절로 부끄러워라	自慚方寸本空虛

祐) 1년에 수렴청정을 하던 태황태후(太皇太后)가 요직인 숭정전 설서(崇政殿說書)에 임명하려 하자, 정이는 더 이상 사양할 수 없다 하여 전년에 내린 서경 국자감 교수에 취임하였다.

189) 연화차 : 주희(朱熹)가 연화전(延和殿)에서 임금에게 올린 주차를 말한다. 〈신축연화주차(辛丑延和奏箚)〉와 〈무신연화주차(戊申延和奏箚)〉가 있다.

원래의 시를 덧붙이다
附原韻

학문 닦고 벼슬하며 문호를 베풀어	藏修進退設爲門
지금처럼 주관하여 우리 그대 얻었네	主管如今得我君
층층 절벽 고요히 마주하여 기상을 보고	靜對層崖看氣像
한가히 못가에 가서 구름을 완미하네	閒臨止水翫天雲
퇴계 선생 남긴 요결 마음으로 늘 외우며	退溪遺訣心常誦
주자의 아름다운 말 입으로 늘 외웠지	雲谷徽言口每云
이 맛 아는 사람 아마도 많지 않으리	料得少人知此味
일깨우는 건 후생들이 듣게 하려는 것이지	喚醒須使後生聞

두터운 정 전에는 소식 전하더니	厚意曾傳雙鯉魚
지금 안부는 또 어떤지	卽今安否更何如
말세의 세상일이야 근심과 기쁨 겹치고	末梢時事憂兼喜
늘그막 생애는 담담하고 성글다	暮境生涯淡又疎
술동이엔 천일주 담은 적 없지만	樽裏未謀千日酒
벽장엔 그나마 수많은 책 쌓아 두었지	壁間猶貯五車書
언제나 산택재에서 밤을 맞아서	何當山澤齋中夜
허기진 내 뱃속 글 얘기로 채울까	飽却文談我腹虛

자호 권정안을 애도하는 시
挽權子豪挺安

교분 맺어 사모한 지 몇 해이던가	托契傾心幾許年
나는 이제 이순 그댄 지천명	我今耳順子知天
성유[190]가 병으로 세상 떠나자	聖兪一疾嗟辭世
영숙[191]은 길게 울며 거문고 줄 끊었지	永叔長號痛絶絃

---

190) 성유(聖兪) : 송(宋) 나라 시인(詩人) 매요신(梅堯臣, 1002~1060)의 자(字)이다.

달 밝은 밤 잔나비 울음소리 차마 들으랴	忍聽月明猿夜哭
저무는 모래사장에 홀로 잠든 기러기 시름겹게 보네	愁看沙晚鴈孤眠
묘소가 한번 닫히자 옛 일이 되었는데	佳城一閉成陳迹
슬픈 만시 짓고 나니 수건엔 눈물만 흥건하네	題罷哀辭淚滿巾

석문을 지키는 승려에게 주다
贈石門守僧

평평한 모래벌판 지나 옛 돈대에 오르면	踏盡平沙上古臺
자그만 언덕 푸르른 모습 예전 그대로네	蒼顔依舊翠微堆
눈길 닿는 곳마다 거닐었던 길 마음이 아프도다	傷心觸目經行處
몇 번이나 어르신을 친히 모셔왔던가	幾度親陪杖屨來

5월에 봉람서원에 이르러 지난날 심은 국화가 모두 둥지 짓는 새들이 다 쪼아 버렸기에 느낌이 있어 절구 하나를 읊다
五月至鳳院 前日所種菊 盡爲巢鳥啄盡 感吟一絕

예쁜 떨기 힘들여 뜰 가득 심은 것은	珍叢纔剗滿庭栽
해 저물녘 필 노란 꽃 보려던 것이지	要見黃花歲晚開
산새들 둥지 지으라 한 건 아니었는데	不是幽禽巢籍物
때때로 잎 쪼려 날아드는구나	時時啄葉却飛來

---

191) 영숙(永叔) : 구양수(歐陽修, 1007~1072)의 자(字)이다. 매요신과 친하여 함께 낙양기영회(洛陽耆英會)라
   는 시 모임을 조직하여 종유하였다.

혼세재의 '뜻을 말하다[言志]' 시에 차운하다
次混世齋言志韻

선비가 특출한 지조 있다면	若士有奇操
이익과 명리의 관문을 통과해야 하네[192]	透得利與名
아득히 세상을 초월한 마음으로	邈哉超世心
어찌 세속에 뒤섞여 살아가리오	云何混世行
항상 이태백을 생각하노라니	常思李太白
고고한 수심과 구름 낀 달 싫어하였네	厭高愁雲月
자취를 감춰 알아주길 구하지 않으니	含光不求知
혼자 즐기기에 또한 족하리	亦足自怡悅
세상에 뒤섞여 살리라고	所以混於世
재실 이름 좋아하는 뜻으로 지었네	名齋志所好
천년 전의 사람 생각하노니	永懷千載人
뉘라 더불어 말할까	誰哉可與告
아 나는 강직한 자질로	嗟余骯髒姿
교유하면 두 마음 가지지 않았지	託契心不二
만날 때마다 흉금을 터놓고	逢場吐肺肝
감히 농지거리 나누지 않았네	不敢供玩戲
만나선 할 말만 하고	對之可語語
때로 늘 말없이 있었지	有時常默默
춘추 한 권의 책	春秋一部書
뱃속에 담으니 어찌 그리 호방한가	載腹何磊落
더구나 또 글재주 넉넉하여	況復饒藻思
글 뭉치 걸핏하면 한 묶음 되었네	裂牋動盈束
아름다운 시 얼마나 고상한지	雅唱一何高
수창하려니 도리어 부끄러워라	仰酬還自恥

---

192) 명리의 …… 하네 : 사량좌(謝良佐)가 "명리의 관문을 통과해야 조금 쉴 수 있는 곳이다.[透得名利關 便是少歇處]"라고 한 말을 인용하였다. 《上蔡語錄 卷3》

어찌 나를 비루하다 여기지 않고	胡爲不余鄙
이처럼 대해 주셨나	容接能若是
군자는 탁한 세상에 살아도	君子處濁世
마음 자취 남다름 참으로 알겠네	固知心跡異
이것은 여력으로 하는 일	玆蓋餘力事
모두가 사람들 입에만 오르내릴 뿐	都在人口耳
충성과 효심 본래 둘 아니니	忠孝本無二
임금과 어버이 어찌 달리 보겠나	君親寧異視
지금 세상 태평성세 되어가니	方今向太平
효를 옮긴다면 충도 할 수 있으리	孝移忠亦可
바라건대 그대 집안 다스림 미루어	願子推家政
홀로 선을 행하는 사람 되지 말기를	無爲獨善者

봉람서원 재사(齋舍)에 머물며 우연히 읊다
鳳院齋居偶吟

몇 길 담장 너머 백 척의 돈대	數仞墻頭百尺臺
우연히 올라 바라보며 제각기 배회하네	偶然登眺各徘徊
산줄기 서북에서 달려와 일천 봉우리 합하고	山從西北千峯合
물길은 동남으로 이르러 한줄기로 감싸 도네	水到東南一練回
조촐한 제수 있어 내 믿음 밝혀주니	況有蘋蘩昭我信
해오라기로 하여금 다시 사람을 시기하게 하지 말라	莫敎鷗鷺更人猜
나지막이 읊으며 재사 마루로 가니	微吟也向齋堂去
영령들은 오가는 것 허락하시리라	可是英靈許往來

휴가를 얻어 고향으로 돌아온 갈암께 드리다
呈葛庵休告還鄉

성묘길 윤허 받아 고향집 돌아오니	恩許焚黃返弊廬
고향의 산천 경물은 어떠하신지	故園雲物問何如
국화는 이미 지고 매화가 피었으니	菊花已盡梅花發
악록의 기약[193] 소홀하지 않으리	岳麓心期定不疎

권성칙[194]이 풍산현의 조적을 감독하였는데 이 좌랑이 율시 한 수를 적어 주다
權聖則監糴豐縣 李佐郎書贈一律

일찍이 성명의 학문[195]에 종사하여 준재라 불리더니	早事誠明號俊才
만년에 도필[196] 가지고 티끌 세상일에 분주하네	晚將刀筆走塵埃
혹시 경학이 원래 소용없는 줄 알아서	儻知經學元無用
차라리 산가지 잡는 술업을 택하였던가	擇術寧從握籌來

이응중[197]의 초당 시에 차운하다
次李應中草堂韻

솔이며 계수 푸르게 우거진 곳 사랑하여	爲憐松桂綠扶疎
진성에 좋은 땅 골라 초가집 지으니	考卜眞城一草廬

---

193) 악록의 기약 : 퇴계를 배향한 사당을 옮기려는 계획을 말하는데 주자가 악록서원(岳麓書院)을 이건(移建)한
고사를 인용한 말이다. 남송(南宋) 광종(光宗) 소희(紹熙) 5년에 주자가 담주호남안무사(潭州湖南安撫使)에
차임되어 가서 오랫동안 무너져 있던 악록서원을 지세가 트인 곳으로 옮겨 중건한 일이 있었다.

194) 권성칙(權聖則) : 성칙은 권이시(權以時)의 자이다. 각주 137) 참조.

195) 성명의 학문 : 《중용장구》 제21장에서 "성으로 말미암아 밝아짐을 성이라 이르고, 명으로 말미암아 성해짐
을 교라 한다. 성해지면 밝아지고 밝아지면 성해진다.[自誠明謂之性 自明誠謂之敎 誠則明矣 明則誠矣]"라고
하였다.

196) 도필 : 대쪽에 글씨를 쓰는 붓과 잘못된 글씨를 깎아내는 칼을 가리킨 것으로, 도필리는 곧 아주 낮은 벼슬아
치 또는 아전을 말한다.

197) 이응중(李應中) : 이숭일(李嵩逸)을 가리킨다. 각주 42) 참조.

푸른 남기 흰 물결에 구름은 골짝에 가득하고　　　　翠滴白淪雲滿壑

푸른 봉우리 벽옥 같고 물은 개울에 가득하네　　　　碧搖靑嶂水盈渠

깊은 근원 분명 가학을 전할 만하니　　　　深源定自傳家學

묘리 깨닫는 건 오직 서가의 책 덕분이지　　　　妙契惟憑抽架書

다만 어진 재상[198] 얻을 점괘 무겁게 여겨　　　　只願非熊重應兆

태평성대 한가히 담소 즐기길 바랄 뿐　　　　太平閒做笑談餘

또 이응중의 시에 차운하다 2수[199]

又次應中二首

초가집 새롭게 다시 지어 감개한 나머지　　　　茅屋重新感慨餘

몇 번이나 한밤에 옛 집을 추억했던가　　　　幾回中夜憶先廬

백록동의 안개와 구름이 끝이 없어서　　　　烟雲白鹿應無盡

광풍제월 염계란 말이 헛되지 않으리　　　　風月濂溪更不虛

골짝엔 흰 망아지 오히려 희디 흰데[200]　　　　谷裏白駒猶皎皎

태양 가 붉은 봉황은 느리디 느리네[201]　　　　日邊丹鳳正舒舒

작은 바다에 밝은 해 비친다고 하니[202]　　　　今聞少海离明照

---

198) 어진 재상 : 원문의 '비웅(匪熊)'과 관련된 내용은 《사기(史記)》〈제 태공 세가(齊太公世家)〉에 나온다. 주문왕(周文王)이 어느 날 사냥을 나가면서 점을 쳐보니, 점사(占辭)에, "용도 아니요, 이무기도 아니요, 곰도 아니요, 말곰도 아니요, 범도 아니요, 비휴도 아니요, 얻을 것은 패왕의 보좌로다.(非龍非彲非熊非羆非虎非貔 所獲霸王之輔)"라고 했는데, 과연 위수(渭水) 가에서 강태공(姜太公)을 만나 그를 후거(後車)에 싣고 돌아왔다고 한다.

199) 2수 : 2수 가운데 하단의 5언 율시는 차운한 시가 아니다.

200) 골짝엔 …… 희디 흰데 : 《시경(詩經)》 소아(小雅)〈백구(白駒)〉에서 나온 말이다. 현자가 머물지 않고 기어이 떠나가는 것을 말한다. "깨끗하고 깨끗한 흰 망아지, 우리 마당의 싹을 먹는다 하여, 발을 동여매고 고삐를 매어, 오늘 아침을 더 오래 있게 하여, 이른바 그분이, 여기에서 소요하게 하리라.[皎皎白駒, 食我場苗, 縶之維之, 以永今朝, 所謂伊人, 於焉逍遙]" 하였다.

201) 태양 …… 느리네 : 태양은 임금을 가리키고 붉은 봉황은 왕의 조서(詔書)를 가지고 오는 사신(使臣), 또는 조서를 뜻한다. 후조(後趙)의 석호(石虎)가 오색지(五色紙)에 조서를 쓴 다음, 나무로 봉황새를 만들어 그 입에 이것을 넣어 천하에 반포한 데서 유래하였다.

이끼 낀 물가로 가 낚시꾼 짝하지 마소 　　　　　　　　莫向苔磯伴釣漁

산장에 집 지은 지 오래 　　　　　　　　　　　　　　縛屋莊山久
이름 지어 편액한 것도 우연이 아니리라 　　　　　　　各齋不偶然
음양은 서로 번갈아 오가고 　　　　　　　　　　　　陰陽互來往
해와 달은 갈마들며 바뀌네 　　　　　　　　　　　　日月迭推遷
도를 믿어 공부에 무슨 어려움 있으랴 　　　　　　　信道工何有
밝고 성실하니[203] 덕 절로 온전하리 　　　　　　　　明誠德自全
또렷이 깨어 있는 빈 마음 속 　　　　　　　　　　　惺惺虛室裏
한가로운 기운을 범하지 못하리 　　　　　　　　　　閒氣莫干旃

상소를 머물러 두고 고향으로 돌아가는 갈암과 헤어지며

別葛庵留疏還鄉

누구를 위해 머무르고 누구를 위해 돌아가나 　　　　爲誰留滯爲誰歸
나아가고 물러남 도에 어긋난 적 있었나 　　　　　　進退何曾與道違
속세에 연연하는 한 생각 스스로 우스워 　　　　　　自笑塵紛餘一念
그대 풍도 대하고 머리 긁적이며 석양 아래 서 있네 　嚮風搔首立斜暉

권대형[204]을 애도하는 시

挽權大亨

전에 진보 농장에서 필마로 돌아올 때 　　　　　　　昨自眞庄匹馬回
그대 응당 함께 잔 올리러 오리라 여겼는데 　　　　　謂君應共奠杯來

---

202) 작은 …… 하니 : 원문의 '소해(少海)'는 세자를 가리키고 '이명(离明)'은 왕위 또는 세자를 가리킨다. 선왕을
　　이어 세자가 즉위하였음을 말하는 듯하다.
203) 밝고 성실하니[明誠] : 각주 195) 참조.
204) 권대형(權大亨, 1633~1695) : 자는 도겸(道謙), 본관은 안동(安東)이다. 안백(安伯) 권흥인(權興仁)의 손자
　　이다.

어찌하여 한번 헤어지고는 가을을 보내고	如何一別經秋序
갑자기 영영 이별하고 구천에 들어갔나	遽爾長辭入夜臺

옛날 슬퍼하며 떨어지는 눈물 감당치 못하고	悼古不堪衰淚落
좋은 회포 풀어놓을 길 없어 지금 가슴 아프네	傷今無路好懷開
인간 세상 죽은 뒤의 일 걱정하지 말지라	人間且莫憂身後
그래도 집안 이어갈 아들이 슬픔 다해 곡하니	猶子傳家哭盡哀

여주 목사 유정휘[205]를 애도하는 시
挽柳驪州挺輝

일찍이 재능으로 청요직의 반열에 오르고	早將才藝踏淸班
수령으로 나갔다가 사헌부에 들어갔네	出佩銅魚入豸冠
온화한 기상에 사우들의 기대 몰렸고	和氣外傾僚友望
어진 명성에 사민들의 환심 크게 얻었네	仁聲深得士民歡
아득한 밤 구렁에 숨긴 배 잃으니[206]	滄茫夜壑藏舟失
영락한 무덤가 묘목은 쓸쓸하여라	零落邱原宰樹寒
늙고 병들어 상여 줄 몸소 잡지 못하였으니	衰病未能躬執紼
애사 짓고 나자 눈물만 흐르네	哀詞題罷涕汍瀾

---

205) 유정휘(柳挺輝, 1625~1695) : 본관은 전주(全州), 자는 중겸(仲謙)이다. 숙종 18년(1692) 68세의 고령에 여주 목사로 임명되었으나 격무를 견디지 못하고 재임 중에 절명하였다.

206) 아득한 …… 잃으니 : 원문의 '장야학(藏夜壑)'은 죽어서 묘지에 묻힌 것을 비유한 말이다. 《장자(莊子)》〈대종사(大宗師)〉에 "골짜기 속에 배를 숨겨 두고 산을 못 속에 숨겨 두면 안전하다고 여긴다. 하지만 한밤중에 힘센 자가 등에 지고 달아나도 어리석은 사람은 알아채지 못한다.[夫藏舟於壑 藏山於澤 謂之固矣 然而夜半 有力者 負之而走 昧者不知也]"라고 한 말에서 유래하였다.

삼가 〈교암대〉[207] 시에 차운하다
謹次僑巖臺韻

선생의 유적 참으로 가련해라	先生遺跡政堪憐
아름다운 향기 전해온 지 몇 해였나	播馥流芳幾許年
범과 용의 형세로 첩첩이 서있는 바위	虎勢龍形三疊石
하늘과 구름 비친 한 줄기 잔잔한 시내	天光雲影一平川
바람은 주자의 읊조림 따라 상쾌하고	風從晦老吟邊爽
달은 퇴계의 시 구절 속에서 예쁘네	月入陶翁句裏娟
마음 깨끗이 다 비워 아무런 일도 없으니	淨盡心機無箇事
방외의 신선술 배울 필요 없네	不須方外學飛仙

삼가 〈낙고정〉[208] 시에 차운하다
謹次洛皐亭韻

속세를 벗어난 천지의 한 초당	物外乾坤一草堂
평천[209]의 형승 처량하지 않네	平泉形勝未凄凉
긴 세월 달빛만 부질없이 들보에 가득하고	曾經月色空梁滿
해묵은 솔가지 초당을 에워 자랐네	舊蹟松枝繞屋長
유자는 다만 대대로 물려온 세업을 알 뿐인데	儒素祇知傳世業
선가의 단약은 부질없이 비방을 감추었네	仙丹謾秘壽民方
노쇠하고 용렬한 나도 선생의 문하생이니	衰慵亦是龍門客
훌륭한 시 뒤에 차운해도 무방하리라	追次瓊章也不妨

---

207) 교암대 : 학봉(鶴峯) 김성일(金誠一)이 쌓은 대로 안동시 서후면 금계리 낙모봉(落帽峯) 아래에 있다.《학봉선생문집(鶴峯先生文集)》〈연보(年譜)〉에는 '僑'가 '橋'로 되어있다.
208) 낙고정(洛皐亭) : 이이송(李爾松, 1598~1665)이 지은 정자이다. 안동시 풍산읍 막곡리에 소재하였다.
209) 평천(平泉) : 당나라 때 사람인 이덕유(李德裕)의 별장 이름이다. 두 곳 모두 온갖 기이한 화초와 나무·돌이 아름다운 곳으로 유명했다.《舊唐書 卷174 李德裕列傳》

김덕초의 〈초당〉 시에 차운하여 주다

次贈金德初草堂韻

평생 강호를 향한 뜻	平生江海志
적막한 한 칸 띠집	寂寞一茅茨
외떨어져 오는 이 적고	境僻人來少
산 높아 달 더디 떠오르네	山高月上遲
거문고와 서책 늘그막 흥취 돋우고	琴書挑晚興
물과 바위 그윽한 자태 아름답네	水石媚幽姿
다만 복숭아꽃 어지러이 떨어져	祇恐桃花亂
부질없이 뱃사공이 알게 될까 두렵네[210]	空教舟子知

상보 김이옥[211]을 애도하는 시

挽金相甫以鈺

떠난 사람 어찌 남은 사람 마음 알리오	逝者何知後死情
애사 지으려 해도 글을 쓰지 못하네	欲題哀挽句難成
비범한 흉금 누가 짝하랴	襟懷卓落人誰竝
효심과 우애 순수하고 깊어 세상 사람들 법도로 삼았지	孝友純深世共程
방 안 가득 고아의 울음 차마 어찌 보며	忍見孤兒啼滿室
성 무너지는 부인 곡소리 어찌 감당하랴	不堪嫠婦哭崩城
이제부터 모든 일 아득해졌으니	從今萬事歸冥漠
청산을 돌아보니 눈물이 절로 흐르네	回首靑山涕自橫

---

210) 다만 …… 두렵네 : 도잠(陶潛)의 〈도화원기(桃花源記)〉에 "동진(東晉) 태원(太元) 연간에 무릉의 한 어부가 일찍이 시내를 따라 한없이 올라가다가 문득 도화림(桃花林)이 찬란한 선경을 만났는데, 그곳에는 진(秦)나라 때 피란 온 사람들이 살고 있었다."고 한 고사를 빌어 아무도 그곳을 알지 못했으면 하는 바람을 비유한 것이다. 《陶淵明集 卷6 桃花源記》

211) 김이옥(金以鈺, 1646~?) : 자는 천위(天爲)·상보(相甫)이고 본관은 의성(義城)이다. 장사랑(將士郎)을 지냈으며, 안동(安東) 금계(金溪)에 살았다. 학봉(鶴峯) 김성일(金誠一)의 5대손이다.

수찬 김여건[212]을 애도하는 시
挽金修撰汝鍵

산하 같은 기품 순수하고도 맑으며	氣禀山河粹且淸
일찍이 문예로 봉래와 영주[213] 주름잡았네	早將文藝擅蓬瀛
변방에 투신한 건 충성심 때문이었고	投身關塞緣忠悃
돌아가 부모님 뵈었으니 효성을 알겠네	反面庭闈識孝誠
하늘의 뜻 지극히 인자해 빼어난 선비 내셨는데	天意至仁生國士
땅의 신령 어찌 차마 무덤을 닫았나	地靈胡忍閉佳城
인간 세상 가장 마음 아픈 일은	人間最是傷心事
과부와 고아 아침저녁 곡소리 어찌하리오	其奈孀孤早夜聲

천휘 이명하가 부친 시에 차운하다
次李天輝明夏寄韻

솜씨 서툴러 맘대로 이룰 생각 내기 어려워	鳩拙難謀指顧成
띠집 엮어 잔약한 몸 겨우 가렸네	編茅纔得庇殘形
그윽한 회포 이미 산수를 향해 폈으니	幽懷已向溪山展
노안이 때로 부쳐 준 시 때문에 밝아지네	老眼時凭寄贈明
거친 말로 좋은 시구 화답하려 얼마나 애썼나	蕪語何勞酬玉屑
맑은 바람 오히려 기쁘게 주렴을 날리네	淸飆猶喜動簾旌
꽃 핀 언덕 뒷날 다시 찾을 것이니	花源他日重相訪
오랜 벗 옛 정 잊었다 말하지 마오	莫道故人忘舊情

---

212) 김여건(金汝鍵, 1660~1697) : 자는 천개(天開), 본관은 의성(義城)이다. 숙종 13년(1687) 식년 문과에 을과로 급제, 정언(正言)·지평(持平)을 역임하였고, 1693년에는 도당록(都堂錄)에 오르고 수찬(修撰)이 되었다. 저서로는 《북천록(北遷錄)》과 잡저(雜著)가 전한다.

213) 봉래와 영주 : 방장(方丈)과 함께 삼신산(三神山)으로 불리며, 바다 가운데 신선이 산다고 전해진다. 여기서는 문단(文壇)을 가리킨다.

상사 유후강[214]을 애도하는 시

挽柳上舍後康

베갯머리 신선놀음에서 돌아오지 않으니	枕上仙遊遂不迴
꿈 속 혼령은 어디를 배회하나	夢魂何處却徘徊
인간 세상에선 집안에 전해온 가업을 버리고	人間永擲傳家業
지하에 헛되이 빼어난 재주 묻었네	地下空藏阜俗才
석양에 잔나비 울음 눈물 쏟아지게 하고	斜日叫猿堪涕淚
저무는 백사장 기러기 울음 너무도 슬프다	晚沙呼鴈極悲哀
가련타 밝은 달 아래 하회로 가는 길	可憐月白河村路
혹시나 영령은 떠났다가 다시 올까	儻有英靈去復來

회암 선생의 〈십이진시〉[215]를 읽고 삼가 차운하다

讀晦庵先生十二辰詩 謹次

사방에 벽만 서 있어 주린 쥐 어지러이 드나들고	四壁徒立亂飢鼠
소 등에 잡는 것 기꺼이 배워 옛 자취 조심스레 걷네	肯學搏牛蹄舊跡
내가 태어난 것은 바로 붉은 범의 해	我來正值赤虎歲
사람들 모두 토끼의 세 굴 칭송하네	人皆工謂兔三窟
갑 속에 든 용 잡는 칼[216] 써보지 못하고	匣裏未試屠龍劍
손에는 부질없이 뱀 때려잡는 홀 잡고 있네	手中空把擊蛇笏
말 죽여 이제부터 뒤쫓는 일 그만 두고	殺馬從此罷追逐

---

214) 유후강(柳後康, 1655~1697) : 자는 덕응(德應), 본관은 풍산(豐山)으로, 유중하(柳重河)의 계자(係子)이다. 생부는 유만하(柳萬河)이다. 1687년(숙종13)에 생원시에 합격하였다.

215) 십이진시(十二辰詩) : 시의 각 행마다 십이진에 해당하는 사물을 넣어 짓는 시이다. 주희의 시는 《회암집(晦菴集)》 권10에 〈십이지의 동물에 관한 시권을 읽고 그 나머지를 주워 모아 이 시를 지었으니 그냥 한번 웃어 주기 바란다[讀十二辰詩卷 掇其餘 作此 聊奉一笑]〉라는 제목으로 실려 있다.

216) 용 …… 칼 : 세상에 발휘하지 못한 채 혼자서 지니고만 있는 특출한 기예를 의미한다. 《장자(莊子)》 〈열어구(列御寇)〉에 "주평만이 지리익에게서 용 잡는 기술을 배웠는데, 천금의 가산을 다 쏟으면서 삼 년 만에 그 기예를 완전히 익혔지만, 그 기교를 발휘해 볼 곳이 없었다.[朱泙漫學屠龍於支離益 殫千金之家 三年技成 而無所用其巧]"라고 하였다.

양을 삶아 애오라지 복랍²¹⁷⁾ 술자리 즐기네 　　　　烹羊聊自娛伏臘

잔나비 울음 어디서 들려 눈물짓는 쫓겨난 신하 　　猿聲何處淚逐臣

고개 돌려 닭산 보며 발 헛디딘 일 탄식하네 　　　回首鷄山嗟失脚

낮에도 닫힌 사립문 개도 짖지 않으니 　　　　　晝掩柴扉狗不吠

돼지 같은 아이에게 옛 학업 익히게 할 뿐 　　　只教豚兒修舊業

봉람서원에 사액이 내린 뒤 써서 여러 벗들에게 보이다
鳳院宣額後 書示諸友

일찍이 봄 강을 향해 제기를 잡았더니 　　　　曾向春江執豆邊

양양히 이제 또 향을 받들어 올리네 　　　　　洋洋今又奉香烟

처마 아래엔 옥 같은 글씨 임금이 내린 편액 　　楣間玉字天頒額

숲 밖에는 금빛 물결 달빛 가득한 개울 　　　　林外金波月滿川

장려하는 성상의 마음 우연이 아니니 　　　　崇奬聖心非偶爾

유학의 조행 닦는 일 어찌 공연한 것이랴 　　　靜修儒行豈徒然

추로의 고장에 글 읽는 선비 많아 　　　　　從知鄒魯多絃誦

효자와 충신 대대로 전함을 알겠네 　　　　　孝子忠臣世世傳

삼성암 갈암의 시에 차운하다
三聖庵 次葛庵韻

좋은 날 진경 찾아 지팡이 짚고 나와서 　　　勝日尋眞杖屨來

선비들 나누는 말씀 우레처럼 놀라워라 　　　羣賢聯席語驚雷

갑자기 내린 산 비 맑은 시냇물에 보태니 　　無端山雨添清磵

마음에 한 점 티끌도 붙지 않게 하는구나 　　免使靈臺著一埃

---

217) 복랍(伏臘) : 여름철의 삼복(三伏)과 겨울철의 납일(臘日)에 지내는 제사 이름인데, 보통 이날 술을 마시기
　　　때문에 다정한 술자리를 말할 때 쓰는 시어(詩語)이다.

군칙 이동표[218]를 애도하는 시
挽李君則東標

가학의 연원 어려서부터 궁구하니	家學淵源夙溯尋
청계의 물결 퇴계의 물가에 닿았네	清溪派接退溪潯
은대와 옥당에선 논사가 절실하였고	銀臺玉署論思切
양양 광주 수령 되어 끼친 혜택 깊었네	東郡南州惠澤深
원례[219]처럼 모범이 되어 성균관에 추천되고	元禮模楷推太學
적선[220]과 같은 문장으로 문단을 주름잡았네	謫仙詞賦擅瑰林
너무나 수고하여 수명이 비록 짧았지만	從知壽嗇雖因毀
주작같이 높은 명성 후세들 공경하리	朱雀高名後世欽

감국 몇 떨기를 갈암에 보내며
甘菊數叢 送葛庵

갈암에 심으라고 멀리서 부친 몇 떨기	數叢遙寄葛庵栽
동쪽 울타리 곁에 세밑이면 필 터인데	應傍東籬歲晚開
듣자니 주인은 서울로 떠나가고	聞道主人京洛去
맑고 고운 빛은 돌아오길 기다린다 하네	好藏清艷待歸來

---

218) 이동표(李東標, 1644~1700) : 자는 군칙(君則), 호는 나은(懶隱), 본관은 진보(眞寶)이다. 1675년(숙종1) 진사가 되고 1683년 증광문과에 을과로 급제하였다. 성균관전적, 양양부사(襄陽府使), 광주 목사(光州牧使)와 삼척 부사(三陟府使) 등을 역임하였다. 1741년(영조17) 이조판서에 추증되었으며, 예천의 고산서원(古山書院)에 봉안되었다. 저서로는 《나은문집》이 있다. 시호는 충간(忠簡)이다.

219) 원례(元禮) : 후한의 문신 이응(李膺)의 자이다. 《후한서(後漢書)》 권97 〈이응열전(李膺列傳)〉에 "천하의 모범은 이원례이다.[天下模楷李元禮]"라고 하였다.

220) 적선(謫仙) : 당(唐)나라 이백(李白)을 가리킨다. 하지장(賀知章)이 일찍이 장안(長安)의 자극궁(紫極宮)에서 이백을 보고, '적선인(謫仙人)'이라 하였다. 이백이 지은 〈대주억하감(對酒億賀監)〉이라는 시에 "장안에서 처음 만났을 때 나를 귀양 온 신선이라 불렀네.[長安一相見 呼我謫仙人]"라고 하였다. 《李太白集 卷23》

정계응[221]을 애도하는 시

挽鄭季膺

아 계응은 청주의 세가로	於戲季膺西原世
설헌[222]이 중시조이고 우천[223]이 부친이네	雪軒爲祖愚川禰
늠름한 자태 훌륭한 명망 가업을 이어	英姿雅望業其家
사람들 다투어 출입하며 효성과 우애를 칭송했네	出入人爭稱孝悌
내가 말미암은 것 우리 유도 아니면	由我者吾不我天
세간의 영욕은 뜬구름처럼 여겼네	世間榮悴浮雲然
어찌 후세에 끼친 은혜 없을까	惟其不有惠于後
훌륭한 자손 줄을 지어 눈앞에 가득하네	寶樹成行滿眼前
천도의 유래는 믿을 수 없는 것	天道由來不可恃
병마 위독하여 의사도 못 고치네	二竪沉沉醫莫治
마침내 두 며느리 연이어 죽으니	終焉二婦相繼亡
한 달에 세 번의 초상 생각도 못했지	一月三喪曾不意
아 계응이 이렇게 되다니	嗚乎季膺至於斯
하늘이 낳은 것이 결국 무엇 때문이었나	天固生之竟何爲
애사를 지어 상여소리에 보태자니	爲題哀詞和薤露
늙은이 절로 흐르는 눈물 견딜 수 없네	不堪衰淚自漣洏

---

221) 정계응 : 계응은 정기조(鄭基祚, 1641~1697)의 자(字)이다. 호는 추만(秋巒), 본관은 청주(淸州)이다. 문예가 뛰어났으나 벼슬에 나아갈 뜻이 없어 물러나 한가롭게 지냈다.

222) 설헌 : 정오(鄭䫨, ?~1359)의 호이다. 자(字)는 사겸(思謙), 본관은 청주(淸州)이다. 공민왕 때 1등 공신으로 첨의평리(僉議評理)에 오르며 서원군(西原君)에 봉해졌다. 청주 정씨 설헌계의 시조이다.

223) 우천 : 정칙(鄭杙, 1601~1663)의 호이다. 자(字)는 중칙(仲則)이고 본관은 청주(淸州)이다. 1627년(인조 5) 진사가 되고 이어서 참봉에 올랐다. 1636년 병자호란 직전에 〈논시사언죄(論時事言罪)〉를 지어 국가의 장래를 걱정하였는데, 청나라와 강화가 이루어지자 대명절의를 부르짖고 향리로 돌아가 우천정(愚川亭)을 지어서 후진 육성에 심혈을 기울였다. 저서로는 《우천문집》이 있다.

정창 군을 애도하는 시
挽鄭君錩

지난해 단옷날	去歲天中節
여행길에 그대 만났을 때	逢君逆旅間
헤어져 지낸 괴로움 서로 말하고	各言分袂苦
서로 만난 기쁨 함께 이야기했지	共說盍簪歡
몸이 늘 건강하려니 했건만	只擬身長健
돌아가실 줄 어이 알았으랴	那知夢大還
만가(挽歌)를 읊어야 하지만	哦詩當薤露
슬퍼 목 메이니 눈물만 줄줄	悲哽涕汍瀾

유봉화[224]를 애도하는 시
挽柳奉化

동지들과 함께 책상 앞에서 절하려 했는데	擬攜同志拜床前
지금 부고를 받을 줄 생각이나 했으랴	何意今承挽紙傳
효성과 우애 집안 명성 업으로 삼고	孝悌家聲爲己業
대대로 이어온 맑고 참된 덕성으로 천성을 온전히 했네	淸眞世德是天全
봉화의 무덤은 어디쯤인가	鳳城松檟知何許
학가산 바람 안개 참으로 가련해라	鶴麓風烟政可憐
늙고 병들어 장지에서 영결하지 못하였고	衰病未成臨壙別
서쪽을 바라보며 흐르는 눈물 가누지 못하네	不堪西望涕潸然

---

224) 유봉화 : 유의하(柳宜河, 1616~1698)로, 유의하가 봉화 현감을 지냈으므로 유봉화라고 호칭한 것이다. 자는 자안(子安), 호는 우눌(愚訥), 본관은 풍산(豊山)이다. 증조부는 서애(西厓) 유성룡(柳成龍)이고, 부친은 유원지(柳元之)이다. 어려서는 숙조(叔祖) 유진(柳袗)에게서 배우고, 자라서는 정경세(鄭經世)의 문하에서 공부하였다. 저서로《우눌재집(愚訥齋集)》이 있다.

이응중을 애도하는 시
挽李應中

우리 도학 응당 무너지지 않을 터인데	未應吾道卽漂淪
무슨 일로 올해 이 사람 잃고 말았는가	何事今年失此人
골짜기에 봄 돌아와 버들가지 늘어진 날	谷裏春回楊柳日
못가에서 시 읊고 우정 나누던 때[225]	澤邊吟罷杜蘅辰
언제 다시 함께 지내며 화목할까	同宮豈復共湛樂
잠시 만나 인덕을 보완[226]할 길이 없구나	傾蓋無因得輔仁
병으로 고향에 머물며 조문도 못하니[227]	病滯故山孤絮酒
동쪽 바라보며 배나 더한 상심 감당치 못하겠네	不堪東望倍傷神

보인당 종형의 증시에 차운하다
次輔仁堂從兄贈韻

들으니 친척들 절간에 모여	聞說諸親集梵宮
종계 만들어 유풍을 진작한다 하네	爲修宗契振儒風
규모는 위씨 화수회[228]와 사뭇 다르지만	規模政與韋家別
조약은 응당 여씨향약[229]을 좇으리라	條約應追呂氏同

---

225) 우정 …… 때 : 원문의 '두형(杜蘅)'은 아욱과 비슷한 향초(香草)인데 입이 말발굽과 비슷하다 하여 마제향(馬蹄香)이라 칭하기도 한다. 굴원(屈原)의 〈이소경(離騷經)〉에 "두형과 방초도 섞어 심었다.[雜杜蘅與芳芷]" 하였다. 두형과 방초는 뜻이 같고 도가 합한 친구를 비유하는 말이다.

226) 인덕을 보완 : 상대방을 통해 자신의 인덕(仁德)을 보강하는 것을 말한다. 《논어(論語)》 안연(顏淵)에 "군자는 학문을 통해서 벗을 모으고, 벗을 통해서 자신의 인덕을 보강한다.[君子以文會友 以友輔仁]"라고 하였다.

227) 조문도 못하니 : 원문의 '서주(絮酒)'는 척계서주(隻鷄絮酒)의 준말로, 변변찮은 제수로 죽은 친구를 애도한다는 의미이다. 후한의 서치(徐穉)는 남방의 고사(高士)인데, 항상 집에 구운 닭 한 마리를 준비한 다음 술에 적신 솜을 햇볕에 말려 닭을 싸 두었다가 문상을 가면 솜을 물에 적셔 술을 만들고 닭을 앞에 놓아 제수를 올린 뒤 떠났다. 《後漢書 卷53 徐穉列傳 注》

228) 위씨 화수회 : 당나라 위장(韋莊)이 화수(花樹) 아래에 친족을 모아 놓고 술을 마신 고사를 가리킨다. 이에 대해 잠삼(岑參)의 〈위원외화수가(韋員外花樹歌)〉 시에 "그대의 집 형제를 당할 수 없나니, 열경과 어사와 상서랑이 즐비하구나. 조정에서 돌아와서는 늘 꽃나무 아래 모이나니, 꽃이 옥 항아리에 떨어져 봄 술이 향기로워라.[君家兄弟不可當 列卿御使尙書郎 朝回花底恒會客 花撲玉缸春酒香]"한 데서 화수회(花樹會)라는 말이 생겼다.

229) 여씨향약 : 중국 북송(北宋) 때 남전에 살던 여대충(呂大忠), 여대방(呂大防), 여대균(呂大鈞), 여대림(呂大

먼 후손으로 분파된 지 오래라 하지 마라	莫道耳孫分派遠
모름지기 시조께서 발원한 공덕 알아야 하리라	須知鼻祖發源功
적막한 산골 병들어 누운 신세 스스로 탄식하며	自嗟病臥空山裏
그대 고운 시 서툴게 화운하여 모임에 부치네	謾和瓊章寄會中

우연히 짓다

偶吟

부질없는 남가의 꿈[230]을 꾼 지 다섯 해	一夢南柯五載餘
평생의 뜻 오히려 모두 헛일 되었어도	平生志尙摠歸虛
향초 우거진 모래섬[231] 풍경 예전 그대로이니	芳洲景物猶依舊
날마다 갈매기 마주하여 옛 글 읽노라	日對沙鷗看古書

정랑 자윤 박호[232]를 애도하는 시

挽朴正郎子潤滈

| 형주를 알고 지내려던 바람[233] 이루지 못했으니 | 一識荊州願莫成 |

臨) 형제가 그 고을 사람들과 서로 지키기로 약속한 자치 규범인 《남전여씨향약(藍田呂氏鄕約)》을 말한다. "덕과 업을 서로 권하고[德業相勸], 허물과 그른 일을 서로 경계하고[過失相規], 예의 바른 풍속으로 서로 사귀고[禮俗相交], 근심스럽고 어려울 때 서로 구한다.[患難相恤]"라는 등의 네 조목을 골자로 하는데, 후세 향약의 기준이 되었다. 《小學 善行》

230) 남가의 꿈 : 부귀공명이 덧없음을 비유한 말이다. 당나라 때 순우분(淳于棼)이 자기 집 남쪽에 있는 괴화나무 밑에서 술에 취해 잠이 들었는데, 꿈에 대괴안국(大槐安國) 임금의 명령을 받고 그곳에 가서 남가군(南柯郡)을 다스려 20년 동안 부귀를 누렸다. 꿈에서 깨 그 괴화나무 밑의 구멍을 보니 큰 개미 하나가 있었다고 한다. 《異聞集》

231) 향초 …… 모래섬 : 원문의 '방주(芳洲)'는 향초(香草)가 우거진 작은 모래섬을 말한다. 《초사(楚辭)》 구가(九歌) 〈상군(湘君)〉에, "방주에서 두약을 캐어, 저 하녀에게 주리.[采芳洲兮杜若, 將以遺兮下女.]" 하였다.

232) 박호(朴滈,1624~1699) : 자는 자윤(子潤), 호는 용재(慵齋), 본관은 무안(務安)이다. 무의공 박의장(朴毅長)의 증손이며, 갈암의 처백부(妻伯父) 박유(朴瑜)의 손자이다. 1691년에 이조 참판이던 이현일의 천거로 사포서 별검(司圃署別檢)에 제수되었고, 이어 상의원 별제(尙衣院別提), 광흥창 주부, 공조 좌랑, 공조 정랑 등을 역임하였다.

233) 형주를 …… 바람 : 훌륭한 현인을 만나기를 바란다는 뜻으로, 당(唐)나라 원종(元宗) 때 사람인 한조종(韓朝宗)이 형주 자사(荊州刺史)로 있을 때, 이백(李白)이 그에게 보낸 편지에 "살아서 만호후(萬戶侯)에 봉해질

어디에서 서로 만나 지난 얘기 나눌까	相逢何處話平生
서리 내리는 달밤 창해에도 밝으니	分明滄海霜宵月
혼령은 생황 불며 선학을 타고 오가겠지[234]	魂去魂來弄鶴笙

사장 권빈[235]을 애도하는 시
挽權士章份

쉰 나이 장수했다 할 수 없고	五十元非壽
진사 급제 어찌 영광이라 하리오	陞庠豈是榮
서호에 그대 묻힌 곳[236]	西湖埋玉處
길가는 사람도 눈물로 갓끈을 적시네	行路淚沾纓

호군 안안 김태기[237]를 애도하는 시
挽金護軍安安泰基

야로[238]의 뜰에 선 옥처럼 준수한 사람	野老庭前玉立人
시례(詩禮)의 가학 이어 요순시대 만들려 하였네[239]	學傳詩禮志君民

것이 아니라, 다만 한번 한 형주를 알기 원한다.”한 데서 유래하였다.《李太白文集 卷25 與韓荊州書》

234) 생황 …… 오가겠지 : 원문의 ‘학생(鶴笙)’은 흔히 ‘생학’으로 인용되는데, 생황과 백학을 합칭한 말로 왕자교 (王子喬)의 전설에서 유래하였다. 유향(劉向)의 《열선전(列仙傳)》에 의하면, 주(周)나라 영왕(靈王)의 태자 진(晉), 즉 왕자교는 생황을 불어 봉황(鳳凰) 울음소리를 잘 냈는데, 한번은 도사(道士) 부구공(浮丘公)의 초 대로 숭고산(嵩高山)에 갔다가 선술(仙術)을 배운 지 30여 년 만에 구지산(緱氏山) 꼭대기에서 백학을 타고 젓대 불며 하늘로 올라가 신선이 되었다고 한다.

235) 권빈(1653~1698) : 자는 사장(士章), 호는 서호(西湖), 본관은 안동(安東)이다. 1691년 식년시에 급제 진사 가 되었다. 권태시의 장남 권가정(權可正)이 권빈에게로 출계(出系)하였다.

236) 묻힌 곳 : 원문의 ‘매옥(埋玉)’은 옥수(玉樹), 즉 재주가 있는 사람을 묻는다는 뜻이다. 진(晉)나라 유량(庾 亮)이 땅에 묻힐 즈음에 하충(何充)이 “옥수를 땅속에 묻으니, 사람의 슬픈 정을 어찌 억제할 수 있으리오.[埋 玉樹箸土中 使人情何能已已]”하였다.《世說新語 傷逝》

237) 김태기(1625~1700) : 자는 안안(安安), 호는 무위당(無爲堂), 본관은 의성(義城)이며 부친은 김임(金恁)이다.

238) 야로(野老) : 김임(金恁, 1604~1667)을 가리킨다. 자는 수이(受而), 호는 야암(野菴), 김임의 본관은 의성 (義城)이다. 1635년 증광시(增廣試)에 3등으로 진사에 합격하였다.

239) 요순시대 …… 하였네 : 요순(堯舜)과 같은 임금과 요순 때의 백성처럼 태평 시대를 만들어 보고 싶다는 말이

이제는 만사가 지나간 이야기 되었으니　　　　　如今萬事成陳迹
호군의 무덤가 새로 심은 묘목 슬피 바라보네　　　　帳望龍驤宰樹新

삼기당[240]의 시에 차운하다
次三棄堂韻

우리 형 타고 난 자질 부족하지 않고　　　　　吾兄禀賦未爲貧
겸손한 미덕[241]은 옛 사람들보다 뛰어났네　　　　更有謙光邁古人
스스로 포기해도 남들은 포기하지 않았으니　　　　自謂棄人人不棄
가는 곳마다 천진을 즐긴들 무슨 상관있으랴　　　　何妨隨處樂天眞

김여능[242]을 애도하는 시
挽金汝能

금계는 예로부터 노인 촌이었는데　　　　　金溪自古老人村
학봉 어른 후손 몇 분이나 남았나　　　　鶴爺之孫幾箇存
앞서 용휴가 저승으로 떠나더니　　　　用休曾向夜臺去
이제는 또 여능이 황천으로 돌아갔네　　　　汝能今又歸荒原
아 여능은 나의 벗으로　　　　鳴乎汝能余所友

다. 이윤(伊尹)이 상탕(商湯)의 초빙을 세 차례나 받고 나서 "내가 밭두둑 사이에 있으면서 이대로 요순의 도를
즐기는 것이, 내 어찌 이 임금으로 하여금 요순과 같은 성군이 되게 하는 것만 하겠으며, 내 어찌 이 백성들로
하여금 요순 때의 백성이 되게 하는 것만 하겠으며, 내 어찌 그런 시대를 내 몸으로 직접 보는 것만 하겠는가.
[與我處畎畝之中由是以樂堯舜之道 吾豈若使是君爲堯舜之君哉 吾豈若使是民爲堯舜之民哉 吾豈若於吾身
親見之哉]"라고 하였다. 《孟子》〈萬章上〉

240) 삼기당(三棄堂) : 금시양(琴是養, 1598~1663)의 호이다. 자는 자선(子善), 본관은 봉화(奉化)이다. 1636년
(인조 14) 동당시(東堂試)에 장원으로 합격하였으나, 병자호란(丙子胡亂)이 발발함에 관향지(貫鄕地)인 봉화
(奉化)로 들어가 원둔(遠遯)·마곡(磨谷) 등지로 옮겨 다니며 거문고와 독서로 소일하였다. 원둔옹(遠遯翁)이
란 호는 바로 이때 붙여진 것이다. 사헌부지평(司憲府持平)에 증직되고 정려(旌閭)가 내려졌다.

241) 겸손한 미덕 : 《주역》〈겸괘(謙卦) 단(彖)〉에 "겸양할수록 더욱 빛난다.[謙尊而光]"라는 말에서 나온 것으
로, 겸손하고 예양(禮讓)하는 풍도를 말한다.

242) 김여능 : 여능은 김명기(金命基)의 자이다. 각주 37) 참조.

한글	한문
한 마을에서 나고 자라 정의가 두터웠네	一里生長情義厚
평생의 일 말하려 해도 기가 막혀 나오지 않으니	欲說平生噤不成
내 마음을 그대는 아시는지	我之有懷君知否
그대는 효성과 우애 마음에 간직하니	惟君孝弟宅于心
천지의 귀신도 굽어 살피셨네	天地鬼神猶監臨
종신토록 애모하여 편할 겨를 없었고	終身哀慕不遑寧
때때로 슬피 울며 그리운 맘 가누지 못했네	時時號慟情不任
하늘이여 어떻게 자식 된 이들 권면하려나	天乎何以勸人子
한번 병들어 열흘 만에 일어나지 못하였네	一疾經旬嗟不起
남이야 알든 말든 내게 무슨 상관이랴	人知不知於我何
황천에서 화락한 정243) 길이 누리라	融融永樂黃泉裏
내가 이사하고부터 정은 더욱 두터워	自我移家情轉加
사람들 만나면 꼭 먼저 그대 집안일 물었지	逢人必先問君家
오가는 날 심회를 풀기는 했지만	心懷雖叙往來日
만남은 적고 이별은 많은 걸 어찌하랴	其奈會少別離多
보석 같은 문장244) 상자 속에 완미하고	瓊琚每向篋中翫
웃으며 나눈 대화 때로 꿈에서 되뇌었지	笑語時憑夢裏款
오늘 유명이 나뉘게 될 줄 어이 알았으랴	那知今日隔幽明
길이 늙은이로 하여금 슬픈 탄식하게 하네	永使老我徒悲惋
오호라 여능이 이렇게 되다니	嗚乎汝能至於斯
인간 세상에 홀로 남아 어디로 갈거나	獨立人世將安之
졸렬한 문장으로 만사를 짓고	荒詞謾題當薤挽
고개 돌려 노산을 보니 턱에 눈물 가득하네	回首蘆山淚滿頤

---

243) 화락한 정 : 원문의 '융융(融融)'은 《춘추좌씨전》 은공(隱公) 원년에 나오는 말이다. 정(鄭)나라 장공(莊公)이 아우 공숙단(共叔段)의 반란을 평정한 뒤에 그와 공모(共謀)한 어머니 강씨(姜氏)를 성영(城潁)에 유폐하고 다시 안 만나겠다고 했다가, 영고숙(潁考叔)의 충언을 듣고 땅굴을 통해 들어가서 강씨를 만났다. 그때에 장공이 노래하기를 "대수 안에 그 즐거움이 화락하네.[大隧之中 其樂也融融]" 하였고, 그 어머니가 나와서 노래하기를 "대수 밖에는 그 즐거움이 퍼지도다.[大隧之外 其樂也洩洩]" 하였다. 그 주석에 "융융은 화락(和樂)이고 예예는 서산(舒散)이다." 하였다.

244) 보석 …… 문장 : 상대방이 준 시문(詩文)을 뜻한다. 《시경(詩經)》〈목과(木瓜)〉에 "나에게 목과를 주거늘 경거로써 갚는다.[投我以木瓜 報之以瓊琚]"라는 데에서 유래하였다.

김세환[245] 군을 애도하는 시

挽金君世煥

아비가 자식 잃으면 실명을 하고[246]	父失子兮喪明
아내가 남편 잃으면 성이 무너지는데[247]	婦哭夫兮崩城
끝이로구나 모두 세상을 떠났으니	終焉竝殞厥身
아 슬프도다	吁嗟乎
아득하고 아득한 천도여	天道之冥冥
이제부터 착한 사람 무엇으로 보답하랴	從今善人將何報
슬픈 만사 지으니 눈물 절로 흐르네	爲寫哀詞涕自零

박수천[248]을 애도하는 시

挽朴守天

송당[249]의 덕업은 세상의 종사였는데	松堂德業世宗師
문채와 풍류 아직 이분에게 남아 있네	文彩風流尙在玆
가슴 가득한 시서는 마음으로 얻은 것이고	滿腹詩書心有得
조정의 급제자 줄을 이으니 경사가 한이 없네	耀庭蓮桂慶無涯
세교 이어온 집안 일찍이 반양[250]의 교분 맺었더니	通家早結潘楊好

---

245) 김세환(金世煥, 1640~1703) : 자는 용겸(用謙), 호는 긍구당(肯構堂), 본관은 광산(光山)으로 안동에 거주하였다. 권두경(權斗經)·류세명(柳世鳴)·이동표(李東標) 등과 교유하며 광흥갑계(廣興甲契)를 결성하였다.

246) 실명하고 : 원문의 '상명(喪明)'은 자식을 잃은 슬픔을 가리킨다. 공자의 제자 자하(子夏)가 노년에 서하(西河)로 물러가 살다가 아들을 잃고 너무 슬퍼한 나머지 시력을 잃은 데서 비롯되었다. 《禮記 檀弓上》

247) 성이 무너지는데 : 원문의 '붕성(崩城)'은 남편이 죽어 아내가 슬퍼하는 것을 말한다. 《열녀전(列女傳)》 4권 〈제기량처(齊杞梁妻)〉에 "대부(大夫)인 기량(杞梁)이 전사하였는데 …… 기량의 처가 …… 그의 시체를 성 아래에 놓고 열흘 동안 통곡하니 …… 성이 무너졌다.[殖戰而死 …… 杞梁之妻 …… 乃枕其夫之屍於城下而哭 …… 十日而城爲之崩]"라는 고사가 있다.

248) 박수천(朴守天) : 송당(松堂) 박영(朴英)의 6세손이다. 행력은 자세하지 않다.

249) 송당(松堂) : 박영(朴英, 1471~1540)의 호이다. 조선 전기의 명신이자 무인으로 본관은 밀양(密陽), 자는 자실(子實)이다. 박영은 경상북도 구미시의 낙동강 변에 집을 지어 '松堂'이라는 편액을 달고, 《대학(大學)》과 경전을 배워 격물치지(格物致知)에 힘썼다. 의술에 정통하여 《경험방(經驗方)》, 《활인신방(活人新方)》 등을 저술하였다.

250) 반양(潘楊) : 양쪽 집안이 대대로 교분을 맺어 온 관계를 말한다. 진(晉)나라 반악(潘岳)의 집안이 그의 아내

만나자마자 지기 사이[251] 끝내 관포지교 저버렸네 · 傾蓋終孤管鮑知

앞서 용휴를 곡하였는데 공이 또 떠났으니 · 曾哭用休公又逝

남은 눈물 다시 뿌리며 애사를 짓노라 · 更揮餘淚寫哀詞

이갈암을 애도하는 시
挽李葛庵

동리 이름과 당호 공연히 지은 것 아니니 · 洞名庵號不徒然

옛사람 스승으로 앙모하는 뜻 전일하였네 · 師仰前人志慮專

대궐을 바라보며 충무의 의리 잊지 않았는데 · 北望未忘忠武義

남쪽으로 귀양 가니 회옹의 어짊을 누가 알랴[252] · 南遷誰識晦翁賢

일세를 경륜하려는 포부 이루지 못했으나 · 經綸一世雖無賴

도학은 천추에 길이 전해지리라 · 道學千秋幸有傳

형악에서 홀연 천주가 꺾였다는 소식 들으니 · 衡嶽忽聞天柱折

참아 왔던 늙은이 눈물이 만사에 뿌려지네 · 忍將衰淚灑哀牋

유사회[253]를 애도하는 시
挽柳士會

가을 물처럼 맑은 정신 옥설과 같은 자태 · 秋水精神玉雪姿

단정한 뜻과 행실 세상에서 추중하였지 · 端方志行世相推

양씨(楊氏)의 집안과 여러 대에 걸쳐 인척의 교분을 맺어 왔기에, 반악이 생질 양수(楊綏)를 위해 지은 〈양중무뢰(楊仲武誄)〉에 "반양의 친목 관계 본래 유래가 있었지.[潘楊之穆 有自來矣]"라고 한 데에서 유래하였다. 《文選 楊仲武誄》

251) 만나자마자 …… 사이 : 원문의 '경개(傾蓋)'는 경개여구(傾蓋如舊)의 준말로, 길가에서 서로 만나 수레 덮개를 기울이고 잠깐 이야기하는 사이에 오랜 벗처럼 여기게 된다는 말로, 한번 만나 보자마자 의기투합하여 지기(知己)처럼 된 것을 가리킨다. 《史記 卷83 魯仲連鄒陽列傳》

252) 대궐 …… 알랴 : 제갈량의 시호가 충무후(忠武侯)이고, 주자(朱子)의 호가 회옹(晦翁)이다. 갈암은 평소에 제갈량을 매우 흠모하였다. 즉 늘 제갈량과 같이 북쪽 오랑캐를 정벌하고자 하는 의리를 잊지 않았는데 남쪽으로 귀양 오니 갈암의 어진 덕을 알 사람이 없다는 뜻이다.

253) 유사회(柳士會) : 미상.

애석하다 시운이 어긋나 이름이 묻혔지만   惜無時命名湮沒

남은 경사 장차 훌륭한 자손에게 미치리   餘慶將期犀角兒

병산 만대루에서 주자의 만대정 시를 읊고 이어 창, 취, 축, 한, 공을 운으로 삼아 절구 5수를 지어 동지에게 보여주다

屏山晚對樓 詠朱子晚對亭詩 仍以蒼翠矗寒空爲韻 賦五絕示同志

무이산 정자에 걸린 편액   武夷亭中額

병산의 누대 위에 밝게도 빛나는데   屛山樓上光

성인을 아우르며 고금을 이루니   俯仰成今古

무심한 달빛만 푸르게 빛나네   惟有月蒼蒼

천연대 아래로 흐르는 물길   天淵臺下流

유유히 만대루에 흘러 이르는데   悠悠至晚對

그 곁에 우뚝 솟은 천길 벼랑이   上有壁千層

물속에 거꾸로 비쳐 푸르게 잠겨 있네   倒影涵蒼翠

높은 누대 하늘에 솟아 있으니   高樓出重霄

어찌 감히 그윽이 홀로 있겠나   詎敢媚幽獨

좋은 벗 함께하며 배회하노니   良友共徘徊

물은 굽이돌고 산은 다시 우뚝하네   川迴山更矗

천년토록 선현 받들어 모실 곳   俎豆千年地

대나무 숲 사이 예전 그대로이네   依然竹樹間

엄숙하고 공경스런 사당 고요하고   肅穆庭宇靜

맑은 바람 얼굴에 차갑게 불어오네   淸飈拂面寒

갠 하늘 밝은 달빛에 취흥이 도도하고   醉興因霽月

맑은 바람 불어와 시정을 일으키네   詩情爲光風

기나긴 그리움에 시름은 한이 없어 永懷愁不歇

우두커니 서서 봄 하늘만 바라보네 嗒然對春空

자의 군회 유후장[254]을 애도하는 시
挽柳諮議君晦後章

그대 문충공[255]의 후예로 君是文忠後

인간 세상 육십 년에 人間六十年

성품은 대대로 쌓아온 덕행을 계승했고 溫良承世德

시례(詩禮)의 학업은 집안 전통을 이었네 詩禮襲家傳

도를 즐겨 애초에는 초빙을 사양하더니 樂道初辭幣

슬픔 머금고 도리어 무덤을 향하네 唧哀却向阡

아픈 마음에 생각 일어날 때마다 傷心起思處

애끊는 슬픔에 눈물이 줄줄 흐르네 腸斷淚懸泉

팔오헌 덕휴 김성구[256]를 애도하는 시
挽金八吾軒德休聲久

일찍부터 명성 날려 빛나는 모범[257]이 되니 夙歲飛騰耀羽儀

옥당과 금마[258]가 모두 마땅하였지 玉堂金馬摠相宜

---

254) 유자회(柳後章, 1650~1706) : 자는 군회(君晦), 호는 주일재(主一齋), 본관은 풍산(豊山)이다. 서애(西厓) 유성룡(柳成龍)의 현손으로 1689년(숙종15)에는 학덕으로 천거되어 건원릉참봉(健元陵參奉)이 되었으나 잠시 부임했다가 돌아왔다. 저서에《주일재집(主一齋集)》이 있다.

255) 문충(文忠) : 서애(西厓) 유성룡(柳成龍, 1542~1607)의 시호이다.

256) 김성구(金聲久, 1641~1707) : 자는 덕휴(德休), 호는 팔오헌(八吾軒) 또는 해촌(海村), 본관은 의성(義城)이다. 1662년(현종 3) 사마시를 거쳐 1669년 식년 문과에 갑과로 급제, 전적(典籍)·무안현감·직강(直講)·지평(持平)·수찬(修撰)·정언(正言) 등을 지냈다. 안동의 백록사(柏麓祠)에 제향되었고, 저서로는《팔오헌집(八吾軒集)》이 있다.

257) 모범 : 원문의 우의(羽儀)는《주역》〈점괘(漸卦) 상구(上九)〉에 "기러기가 하늘 높이 날아가나니, 그 터럭을 의식에 써도 좋으리라.[鴻漸于陸, 其羽可用爲儀.]"에서 나온 말로, 지위가 높고 재덕이 있어 남의 존중을 받고 모범이 되는 것을 비유한다.

맑은 행실 굳센 절의 뭇사람들 의표 되고　　　　　　　　清修苦節羣公表

은밀히 올린 훌륭한 계책 임금이 알아주었네　　　　　　密勿嘉猷聖主知

세도의 변화는 천 겹 물결 거쳤는데　　　　　　　　　　世變已經千疊浪

조화옹은 칠순 기약에 도리어 인색하네　　　　　　　　化翁還嗇七旬期

영남의 준걸들 이제부터 다 사라졌으니　　　　　　　　東南俊乂從今盡

눈물 훔치며 진췌시[259] 길게 읊노라　　　　　　　　雪涕長吟殄瘁詩

졸와 권성칙을 애도하는 시

挽權拙窩聖則

맑은 수양 굳센 절의 늙어도 올곧았고　　　　　　　　清修苦節老而貞

시례(詩禮)의 가학 잇고 성정을 길렀네　　　　　　　　詩禮家傳養性情

애석하다 그 모습 황천에 멀어졌으니　　　　　　　　痛惜儀形泉裏隔

만사를 지으니 눈물이 강물처럼 쏟아지네　　　　　　爲題哀挽淚河傾

망지 권시망[260]을 애도하는 시

挽權望之時望

형제와 같은 정에다가 종친으로　　　　　　　　　　情同兄弟又同宗

어릴 적부터 늙도록 교유하였지　　　　　　　　　　幼少交遊至老翁

백년토록 서로 바로잡아 주리라 여겼더니　　　　　長擬百年相砭訂

오늘에 그 모습 못 보게 될 줄 어이 알았으랴　　　豈知今日隔音容

졸졸 흐르는 물가에서 한가로이 바둑 두고　　　　碁閒流水潺湲裏

---

258) 옥당과 금마 : 옥당서(玉堂署)와 금마문(金馬門)으로 한(漢)나라 때에 학사들을 초대하였던 곳이었는데, 뒤
　　에는 한림원(翰林苑)이나 한림학사(翰林學士)를 지칭하였다. 여기서는 김성구가 홍문관과 성균관의 직임을
　　두루 거친 사실을 가리킨다.

259) 진췌시 : "현인이 다 떠났으니 나라가 쇠잔해져 망하고 말겠다.[人之云亡 邦國殄瘁]"고 탄식한 시를 말한다.
　　《詩經 大雅 瞻卬篇》

260) 권시망(權時望, 1628~1687) : 자는 망지(望之), 호는 귀여야로(歸歟野老), 본관은 안동(安東)이다. 번곡(樊
　　谷) 권창업(權昌業)의 문하에서 수학하였다.

적막한 푸른 산 중에서 술이 다하였네　　　　　　酒盡靑山寂歷中
병으로 끝내 장지에서 영결 못하였으니　　　　　病伏竟違臨壙別
저승은 어디인가 봉분은 집채처럼 크구나[261]　九原何處若堂封

상사 성징 이성구[262]의 무송정 시에 차운하다
次李上舍聖徵成龜 撫松亭韻

임금 사랑하여 글 올릴 땐 힘찬 붓 휘둘렀고　　愛君言志筆如椽
사물 비겨 시 지을 땐 태곳적에 마음 노닐었지　托物心游太古前
겹겹으로 빽빽한 나뭇잎 땅엔 그늘 가득하고　密葉層層陰滿地
듬성한 가지 우뚝 솟아 푸른 빛 서린 하늘　　疎枝落落翠浮天
귀향한 뒤라야만 산수 완상할 수 있는 것 아니니　撫翫不須歸去後
물안개 속을 서성이며 자적하네　　　　　　　盤桓自在水雲邊
장안의 비웃음 산 것 평생 한이었으니　　　　平生恨買長安笑
감탄할 만한 좋은 시구로 갚아보려네　　　　爲續瓊章感歎偏

화원정 시에 차운하여 주인 천휘[263]에게 주다
次花源亭韻 贈主人天輝

　내 일찍이 들으니, 위은[264]과 고산[265]은 황제가 그림을 그려오게 하였고 진나라 시대

---

261) 봉분은 …… 크구나 : 공자가 “내가 집채같이 큰 봉분[封之若堂者]을 보았다.”라고 한 데서 온 말이다. 《禮記 檀弓上》
262) 이성구(李成龜, 1642~1710) : 자는 성징(聖徵), 호는 무송정(撫松亭), 본관은 진성(眞城)이다. 아버지는 관(琯)으로 안동에 거주하였다. 형남(亨男)의 증손이며 이현일(李玄逸)의 문인이다. 1679년 식년시 2등으로 진사에 합격했으나 그 후 과거를 폐하고 학문에 전심하였다. 저서로는 《撫松亭遺稿》가 전한다.
263) 천휘(天輝) : 이명하(李明夏, 1648~?)의 자이다.
264) 위은 : 북송 때의 은자 위야(魏野, 960~1019)를 가리킨다. 그는 세상에 알려지기를 구하지 않고 섬주(陝州)의 동쪽 교외에 초당(草堂)을 짓고 거문고와 시를 즐기며 초당거사(草堂居士)로 자칭하였다. 위야가 황제의 부름을 받고도 상소하여 초야에서 살아가게 해 주기를 바라니, 황제는 사신을 보내 그가 거처하는 곳을 그림으로 그려 오게 하고 내시를 보내 안부를 묻기도 하였다. 《宋史 卷457 魏野列傳》
265) 고산 : 서호(西湖)의 고산(孤山)에 은거한 북송(北宋)의 처사(處士) 임포(林逋)를 가리킨다. 그는 원래 항주

도화원은 별천지가 있었다는데, 지금 그대가 고산을 떠나 화원에 들어가니 또한 의도한 바가 있는 것이다. 하지만 못가 정자의 경치와 산수를 누리는 즐거움을 이미 자득하였으니 어찌 군말을 덧붙이겠는가.

余嘗聞魏隱孤山入於帝畫, 秦世花源別有天地, 今吾子之謝孤山入花源, 意亦有在, 而池亭之勝, 山水之樂, 已自得之, 奚庸贅焉.

양기가 황종 율관의 재를 움직이는데[266]	陽動黃鍾管裏灰
누가 새해의 흥취로 시를 보내어 올까	誰將新興寄詩來
고요한 수양 진나라를 피할 뿐만이 아니고	靜修不但逃秦世
한가로이 읊조린 시 뛰어난 재주를 알겠네	閒詠方知阜俗才
때로 시골 스님 만나면 반쯤 문 닫아놓고	時接野僧門半掩
늘 학자들 머물러 휘장 높이 열어 젖혔지	常留學子帳高開
내년 봄에 고깃배 타고 노닐 것이니	明春消息漁舟在
그윽한 회포 시에 가득 담을 필요 있으랴	肯許幽懷滿意裁

호군 남천주[267]를 애도하는 시
挽南護軍天澍

여남에서 유래한 오랜 명문가[268]	華胄遙遙自汝南
대대로 충효의 전통 이어 우리 영남에 알려졌네	世傳忠孝聞吾南
문득 삼달존이 구천으로 돌아갔다는 소식 들으니	三尊忽報歸冥漠

(杭州) 전당(錢塘) 사람으로, 평생토록 매화를 심고 학을 기르며 독신으로 숨어 살았으므로, 당시 사람들이 서호처사(西湖處士) 혹은 매처학자(梅妻鶴子)라고 일컬었으며, 그의 사후(死後)에 인종(仁宗)이 그에게 화정선생(和靖先生)이라는 시호(諡號)를 내렸다. 《宋史 卷457 林逋列傳》

266) 양기가 …… 움직이는데:《한서(漢書)》권21〈율력지(律曆志)〉에 절후(節候)를 살피는 법이 수록되어 있는데, 갈대 속의 얇은 막을 태워 재로 만든 뒤 그것을 각각 율려(律呂)에 해당되는 여섯 개의 옥관(玉琯) 내단(內端)에다 넣어 두면 그 절후에 맞춰 재가 날아가는 바, 동지에는 황종(黃鍾) 율관(律管)의 재가 난다고 한다.

267) 남천주(南天澍) : 미상.

268) 여남에서 …… 명문가 : 영양 남씨(英陽南氏)의 시조 남민(南敏)은 본명이 김충(金忠)이다. 당 현종(唐 玄宗) 천보(天寶) 14년 중국 봉양부(鳳陽府) 여남(汝南)에서 안렴사(按廉使)로 일본에 갔다가 귀로에 태풍을 만나서 경상북도 영덕(盈德)의 죽도(竹島)에 표착하여 신라에 정착하였다고 한다. 이에 경덕왕은 그가 여남에서 왔다고 하여 남씨(南氏)를 내리고 이름을 민(敏)으로 고쳐 부르게 하였으며 영양현(英陽縣)을 식읍으로 내렸다고 한다.

학가산 남쪽에는 무덤가 나무 황량하구나 　　　　　　　　宰樹荒凉鶴駕南

징사 신지[269] 공의 풍호정 시에 차운하다

次徵士申公祉風乎亭韻

버려진 빈터에 백척 누각 중수하니 　　　　　　　　　　廢址重新百尺樓
꽃다운 시절 헛되이 보낸 지 몇 해이던가 　　　　　　　　芳辰虛負幾經秋
노래하며 돌아오리라는 고사[270]는 옛 철인을 따르니 　　詠歸故事追前哲
선조 유업 이은 여러 현인들 모두가 명사라오 　　　　　　肯搆諸賢盡勝流
다시 맑은 바람 여전히 자재함에 기쁘니 　　　　　　　　更喜光風猶自在
강가에서 맑은 유람 함께해도 무방하리 　　　　　　　　何妨臨水共淸遊
만생이라 동관으로 참여하지 못함 한스러우니 　　　　　晚生恨未參童冠
봄 옷 이루어질 때 세월 한 번 머물리라 　　　　　　　　春服成時歲一留

백승 이고[271]를 애도하는 시

挽李伯昇杲

공은 대현의 후예로 　　　　　　　　　　　　　　　　　公是大賢後
가문을 계승하여 명망 더욱 높았네 　　　　　　　　　　承家望益隆
수령으로 나가 은혜로운 정사 펼쳤고 　　　　　　　　　分憂留惠政
나약한 자들 흥기시켜 유풍을 보였네 　　　　　　　　　起懦見遺風

---

269) 신지(申祉) : 자는 독경(篤慶), 호는 풍호(風乎), 본관은 평산이다. 고려의 개국공신인 신숭겸(申崇謙)의 후
손으로 세조 때에 진사에 급제하였으며 의영고부사(義盈庫府使)를 지냈다. 은퇴 후 경상북도 청송군 진보로
귀향하였다. 청송군 진보면 함강리에는 그가 세운 풍호정(風乎亭)과 그의 후손으로 임진왜란 때 순절한 예남
(禮男) 부부의 충의를 기리는 쌍절비각이 있다.

270) 노래하며 …… 고사 : 공자의 제자 증점(曾點)이 "늦은 봄에 봄옷이 만들어지면 관을 쓴 벗 대여섯 명과 아이
들 예닐곱 명을 데리고 기수에 가서 목욕을 하고 기우제 드리는 무우에서 바람을 쏘인 뒤에 노래하며 돌아오겠
다.[暮春者 春服旣成 冠者五六人 童子六七人 浴乎沂 風乎舞雩 詠而歸]"라고 자신의 뜻을 밝히자, 공자가 감
탄하며 허여한 내용이 《논어》 선진(先進)에 나온다.

271) 이고(李杲, 1649~1708) : 자는 백승(伯昇), 본관은 진성(眞城)이며 이안도(李安道)의 증손이다. 전생서주
부, 음성 현감(陰城縣監), 예천 군수(醴泉郡守) 등을 역임하였다.

검이 놀란 용으로 화해 뛰어오르니[272]	劍化驚龍躍
꽃 시들어 텅 빈 나무 너무 슬프네	花殘悵樹空
하나뿐인 아들 어리니 무슨 말 하랴	何言一子少
지란옥수는 집안에 가득하리라	蘭玉滿庭中

월애를 지나며
過月崖

아껴 숨긴 천년의 땅	慳秘千年地
어느덧 들어 선 몇몇 집	居然八九家
변한 것은 사물의 변화 따랐지만	推遷從物化
순박하여 기쁘게도 사람들 화목하네	淳朴喜人和
약속했으니 가보지 않을 수 있으며	有約能無踐
계획하지 않고 실로 붙잡음 있을까	無營實有拏
떠나며 초가집안 들여다보니	行看茅屋裏
서로 마주하여 날마다 시를 읊조리네	相對日吟哦

이산음의 우암 시에 차운하다
次李山陰 愚巖韻

어리석다고 이름 지은 바위 동구에 서 있으니	巖以愚名立洞門
사람들 바위 이름 갖고서 산촌에 숨어 사네	人將巖號臥山村
한가한 가운데 지은 시 맑은 흥취 끌어와	閑中有句牽淸興
무심의 오묘한 경지 조화의 근원 알겠네	妙處無心識化源

---

272) 검이 …… 뛰어오르니 : 부부를 합장하였다는 의미이다. 진(晉)나라 때 뇌환(雷煥)이 용천(龍泉)과 태아(太阿)라는 두 보검을 얻어 그 중 하나를 장화(張華)에게 주었는데, 장화가 주살되자 그 칼의 소재를 알 수 없게 되었다. 뇌환이 죽은 뒤 그의 아들이 칼을 가지고 연평진(延平津)을 지날 때 칼이 갑자기 손에서 벗어나 물에 떨어졌다. 사람을 시켜 물속을 찾아보니 보검은 보이지 않고 두 마리 용이 서리어 있었다고 한다. 이것을 연진검합(延津劍合) 또는 연진지합(延津之合)이라 하여 다시 합하게 되는 인연이나 부부가 죽은 뒤에 합장하는 것을 비유하게 되었다.《晉書 卷36 張華列傳》

초의를 적시는 안개구름 골짜기에 가득하고 翠滴草衣雲滿壑
달은 처마를 비추니 방안에 흰빛이 생기네 白生虛室月窺軒
신선의 집도 반드시 이와 같지는 않을 터 仙家未必能如此
현묘한 담론 세세히 나누고 싶어라 欲叩玄談細細論

우헌 권현[273]을 애도하는 시
挽權愚軒灝

일생 사귀는 도리 변함 없어 一生交道不緇磷
형 아우하며 육십 년을 지냈네 爲弟爲兄已六旬
일찍 시단을 주름잡아 맑은 시문 많더니 早擅騷壇淸製富
만년엔 재능과 운명 어긋나 가난하게 살았네 晩違才命索居貧
구름 마을 선학 타고 급하게 돌아가니 雲鄕仙馭歸還促
인간 세상 외로운 몸 한이 더욱 새롭네 人世孤形恨轉新
집안에 뛰어난 자손 가득하니 尙見謝庭盈寶樹
하필 만사 지으며 배나 마음 아파하랴 題詞何必倍傷神

송헌 김공을 애도하는 시
挽松軒金公

말씀은 중도에 맞고 행실은 법도에 맞아 言中謀猷行中經
영남의 인물 가운데 호걸로 꼽혔네 南州人物數豪英
가업으로 전해와 연원 있는 학문 진정 기뻤고 傳家正喜淵源學
후손에게 경사 남겨 효성과 우애의 길 알게 했네 裕後惟知孝友程
연세와 덕행 이미 높으니 하늘의 작록 내렸고 齒德已尊天降爵
훌륭한 후손 줄이어 나니 땅의 신령함 드러냈네 玉蘭方苗地明靈

---

273) 권현(權灝, 1634~?) : 자는 성원(聖源), 호는 우헌(愚軒), 본관은 안동(安東)이다. 번곡(樊谷) 권창업(權昌業)의 문인이다.

만시 지어 애도하자니 마음이 아파서   題詩當挽心常慟
백발의 문하생 눈물만 하염없네   白髮門生淚欲橫

문서 김한규[274]를 애도하는 시
挽金文瑞漢奎

시기는 다르지만 한 고을에 태어나   日月差殊降一州
항상 기미를 가지고 서로 찾기를 좋아했네   常將氣味好相求
몇 년이나 남북으로 갈려 청안을 어겼나   幾年南北違靑眼
두 곳의 호산에서 머리가 다 희었구나   兩地湖山盡白頭
저승길 가는 오늘 아침 지난 일 슬퍼하며 存歿今朝傷往事
어린 시절 함께 놀던 일 추억하네   竹蔥當日憶同遊
선인의 훌륭한 행실 향리에 평판 있으니 善人嘉行鄕評在
공명을 사책에 전할 필요는 없으리라   不必功名簡策流

삼송정 감회
三松亭感懷

손잡고 이곳에서 함께 노닐던 일 생각하니 憶曾攜手此同遊
오늘 다시 와 서니 눈물 절로 흐르네   今日重來淚自流
바람과 달 황학 따라 떠나지 않았고   風月不隨黃鶴去
바위의 소나무에 흰 구름 길게 머물러 있네 巖松長帶白雲留
차가운 샘물 졸졸 오열하며 흐르고   寒泉瀲瀲傳嗚咽
산새는 짹짹대며 서로 화답하네   山鳥嚶嚶互唱酬
머리 돌려 상안[275]을 보니 정은 더욱 간절하고 回首商顏情轉切
지는 꽃 향기로운 풀 모두 시름에 겹네   落花芳草摠生愁

---

274) 김한규(1635~1701) : 자는 문서(文瑞), 본관은 광산(光山)이다. 눌은(訥隱) 이광정(李光庭)이 묘지명을 지었다.
275) 상안(商顏) : 진(秦)나라의 폭정을 피해 상산사호(商山四皓), 즉 동원공(東園公)·하황공(夏黃公)·녹리선생(甪里先生)·기리계(綺里季)가 은거한 상안산(商顏山)을 가리킨다. 여기서는 은거하던 곳을 가리킨다.

산택재
山澤齋

그윽한 당우 얽고서 바위벼랑 굽어보니	結搆幽堂俯石岑
창가 풍경 상쾌하여 번뇌를 씻어주네	軒窓蕭灑爽煩襟
푸른 병풍 집을 두르고 천첩 아지랑이 이니	翠屛繞屋嵐千疊
허공 품은 옥 같은 강물 만 길 깊이 푸르네	玉鑑涵虛碧萬尋
저 가운데서 관물의 이치 찾지 않는다면	不向這中觀物理
다시 어디에서 하늘 뜻 징험할까	更於何處驗天心
이제부터 주역의 뜻 알아서	從今認得羲經旨
징계하고 억제하는 데 마음 깊이 쓰리라	懲窒吾將著意深

차운을 덧붙이다 나은 이동표[276]
附次韻 懶隱李東標

높은 돈대 훤히 트여 깎은 벼랑 압도하고	高臺軒豁壓飛岑
푸른 강 펼쳐지니 물 구비 마음을 일으키네	平鋪滄江彎作襟
고요한 경계 참된 낙 족함 본래 알겠고	靜界元知眞樂足
은거하여 속인의 발길 온전히 사양하네	幽居全謝俗人尋
몸 다스리는 법도로 성품을 이루고	治身律度因成性
향상하는 공부로 마음을 바루었네	向上工程已正心
말 듣자니 대궐에서 훌륭한 인재 기다린다는데	聞道九重方側席
궁벽한 시골에 문 닫고 들어앉았다 말하지 마소	莫敎窮巷閉門深

---

276) 이동표 : 각주 218) 참조.

또 차운하다 창설 권두경[277]

又 蒼雪權斗經

벼슬 그만두고 고향에 돌아와 푸른 산에 누우니	解綬歸來臥碧岑
작은 정자 산뜻하여 번뇌를 씻어주네	小亭瀟灑滌煩襟
때로 강가 누대에서 즐겁게 시골 손 맞이하고	時逢野客江臺款
골짜기 찾아드는 티끌세상 수레 멀리 사양하네	遠謝塵車谷口尋
그 가운데서 옛 학업 닦으려 하니	要向這中修舊業
어찌 바깥세상 좇아 초심을 버리랴	肯從笆外抛初心
이 노인 공부한 경지 알려고 할진댄	欲知此老工夫處
당호의 뜻 궁구하지 않고는 깊이 알 수 없다네	不繹齋名未見深

이성징[278]을 애도하는 시

挽李聖徵

예전에 굳은 우정 생각해 보면	憶曾膠漆地
이 지경이 될 줄 어찌 생각했겠나	何意至於斯
사림이 중망하여 앞줄에 추대하였고	士望推前列
고을의 평판 후인의 사모 일으켰네	鄕評起後思
외로운 솔 뉘라 다시 어루만지며	孤松誰更撫
유수곡은 다시 연주할 기약이 없네	流水奏無期
머리 돌려 성 남쪽 길을 보니	回首城南路
상여노래 소리에 슬픔을 가눌 수 없네	薤歌不勝悲

---

277) 권두경(權斗經, 1654~1725) : 자는 천장(天章), 호는 창설재(蒼雪齋), 본관은 안동(安東)이다. 이현일(李玄逸)의 문인이다. 1679년 사마시에 합격하고 1694년 학행(學行)으로 태릉참봉(泰陵參奉)이 된 후 여러 관직을 거쳐 1700년 정랑(正郎)에 올랐으나 곧 영산현감(靈山縣監)으로 나가 풍속을 교화시켰다. 문집에 《창설집》, 편저에 《퇴계선생언행록(退溪先生言行錄)》, 《도산급문제현록(陶山及門諸賢錄)》이 있다.

278) 이성징(李聖徵) : 성징은 이성구(李成龜)의 자이다. 각주 262) 참조.

정성칙[279]을 애도하는 시 2수
挽鄭聖則二首

젊은 날에 말을 베더니[280]	斬馬靑春日
백발 되어 용을 도륙하였네[281]	屠龍白首年
요순시대 만들려던 뜻 어긋나	君民乖志業
낚시질하며 초야에 은거했네	漁釣臥林泉
운명이구나 병에 걸리니	命矣身嬰疾
하늘은 목숨을 늘려주지 않았지	天乎壽不延
자식 잃고서 마르지 않던 눈물	哭兒無盡淚
그대의 만사에 다시 뿌리네	更灑誄君篇

만년에 진성 땅에 터를 잡아	晩卜眞城地
정자진[282]과 교분을 맺었네	結交鄭子眞
구름 밭 갈다 곡구[283]로 돌아오고	耕雲歸谷口
달빛 낚으러[284] 시냇가로 향했네	釣月向溪濱
반묘[285]의 네모진 연못 아취 있으니	半畝方塘趣
삼 년 동안 학을 탄 사람	三年鶴上人
훗날 신선의 집 지날 때면	仙庄他日過
석문의 봄 허공에 잠기리라	空鎖石門春

---

279) 정성칙(鄭聖則) : 성칙은 정요천(鄭堯天, 1639~1700)의 자이다. 호는 눌재(訥齋), 본관은 동래(東萊)이다. 유직(柳稷)의 문인이며 홍만조(洪萬朝), 이항(李恒), 정시윤(丁時潤) 등과 교유하였다. 1660년 진사에 합격하고 1693년 식년시 병과로 문과에 급제하여 성균관전적(成均館典籍)을 제수 받았으나 곧 사퇴하였다.

280) 말을 베더니 : 소과에 합격한 것을 가리킨다. 소과를 사마시(司馬試)라고 한 데서 비롯된 말이다.

281) 용을 도륙하였네 : 대과에 급제한 것을 가리킨다. 대과 급제자의 명단을 용방(龍榜)이라고 한 데서 비롯된 말이다.

282) 정자진(鄭子眞) : 자진은 한(漢)나라 때의 고사(高士) 정박(鄭樸)의 호로서 정성칙을 정자진에 빗대어 표현한 것이다.

283) 곡구(谷口) : 곡구는 섬서성(陝西省) 순화현(淳化縣) 서북쪽에 있던 지명이다. 한(漢)나라 성제(成帝) 때 고사(高士)인 정자진(鄭子眞)이 이곳에서 농사를 지으며 은거하였는데, 이로 인해 곡구는 현자들이 은거하는 곳을 이르게 되었다. 《法言 問神》

284) 달빛 낚으러 : 달빛 아래서 낚시하는 것을 말하는데, 역시 은거 생활을 가리킨다.

285) 반묘(半畝) : 일묘(畝)는 약 100m². (약 30평), 반묘는 약 15평.

전적 권구만의 시에 차운하다
次權典籍九萬韻

저물녘 첩첩산중 들어가니	暮入千峯裏
강산 곳곳마다 누대일세	江山處處樓
무이산 예전 흥취를	武夷前古興
지금의 유람에 실어오네	輸入卽今遊

배공을 애도하는 시
挽裵

아 그대 이제 가면 언제나 돌아오리	嗟君此去幾時歸
평소 일 말하자니 눈물이 옷에 가득하네	欲說平生淚滿衣
분의는 삼대 백 년이나 두터웠는데	分義百年三世厚
처량하다 모든 일 하루아침에 그르쳤네	淒凉萬事一朝非
지성으로 자신을 지켰으니 이제 누가 비슷할까	至誠持己今誰似
좋은 말로 남을 규계함 옛날에도 드물었네	善譺規人古亦稀
영달에도 궁하였으니 뒷날 보답 있으리니	宜達而窮宜在後
두 아들 효성스러워 예법 하나 어김없네	二郎哀孝禮無違

영해 김성좌[286]를 애도하는 시
挽金寧海聖佐

젊어선 종유가 적었고 늙어선 멀리 떨어졌지만	少小相從老大違
저녁 구름 봄 나무[287]에 그리운 맘 하염없었지	暮雲春樹思依依

---

286) 김성좌(金聖佐, 1639~1708) : 자는 임경(任卿), 호는 송리(松里), 본관은 안동(安東)이다. 1663년 식년시에 급제하여 내직으로는 예조정랑과 병조정랑을 외직으로는 고성 현령(固城縣令)과 영해 부사(寧海府使)를 지냈다. 만년에는 춘산면 빙계서원(氷溪書院) 원장이 되었으며, 세심정(洗心亭)을 짓고 남천한(南天漢), 남천택(南天澤) 등과 교유하면서 여생을 보냈다.

287) 저녁 …… 나무 : 멀리 떨어져 있는 사람을 그리워할 때 흔히 쓰는 표현이다. 두보(杜甫)의 시의 "내가 있는

공명과 사업 이제는 아득한데　　功名事業今冥漠
새 무덤에 곡하니 눈물이 옷깃에 가득하네　　哭向新阡淚滿衣

통로, 자흥과 더불어 주자의 주한정 시[288]에 함께 차운하다

與通老子興共次朱子晝寒亭韻

차가운 재사에 셋이 앉아 술잔을 잡자니　　鼎坐寒齋把酒杯
영남에서 왔다 말하지 않는 사람 없네　　無人不道自南來
거문고로 벼슬살이에 한가한 흥취 얻고　　官中閒趣琴中得
시구 속에서 객지의 묶인 회포를 푸네　　客裏羈懷句裏開
문밖에는 어느새 석 자나 눈이 쌓였지만　　門外不知三尺雪
땅 속에선 한 줄기 우렛소리 막 들려오네[289]　　地中才動一聲雷
낙수 가를 돌아보니 돌아갈 기약 급하고　　洛濱回首歸期促
황량한 오솔길에 우거진 잡초를 베리라　　荒徑行當理草萊

자흥에게 주다

贈子興

눈은 강산에 가득하고 달은 하늘에 가득하니　　雪滿湖山月滿天
고향에 돌아갈 생각 더욱 처연하구나　　故鄉歸思轉凄然
현학금[290] 안고서 삼롱곡[291]을 연주하자니　　欲將玄鶴琴三弄

위수(渭水) 북쪽엔 봄날의 나무, 그대 있는 장강(長江) 동쪽엔 저녁의 구름. 어느 때나 한 동이 술로 서로 만나서, 다시 한번 글을 함께 자세히 논해 볼꼬.[渭北春天樹 江東日暮雲 何時一樽酒 重與細論文]"라는 시구에서 유래한 것이다.《杜少陵詩集 卷1 春日憶李白》

288) 주한정 시 : 주자가 지은 '飮淸湍亭石上小醉再登晝寒'이란 제하(題下)의 7언 율시를 말한다.

289) 땅 …… 들려오니 : 순음(純陰)의 달인 10월을 지나 동지가 되면 밑에서 일양(一陽)이 시생(始生)하는 지뢰복괘(地雷復卦)를 이루게 되는데, 이는 땅속에서 우레가 울리는 것을 상징한다.

290) 현학금(玄鶴琴) : 거문고의 별칭이다. 거문고를 만든 왕산악(王山岳)이 거문고를 연주하자 검은 학이 와서 춤을 추었다 하여 현학금이라 한다. 현금(玄琴)이라고도 한다.《東史綱目 景文王6年》

291) 삼롱곡(三弄曲) : 매화삼롱(梅花三弄)을 말한다. '매화삼롱'은 진(晉)나라 때 환이(桓伊)가 작곡한, 상설(霜雪)에도 굴하지 않는 매화(梅花)의 기상을 담은 적곡(笛曲)이다. 환이는 본디 젓대를 잘 불었는데, 일찍이 청계(淸

귀밑머리 서리 같고 밤은 한 해나 되는 듯하네   雙鬢如霜夜似年

앞 시의 운을 써서 고향으로 돌아가는 자흥을 송별하다
用前韻 送子興還鄕

인생살이 만나고 헤어짐 모두 하늘에 달렸으니   人生離合摠由天
이곳에서 거듭 만난 것 어찌 우연이겠나   此地重逢豈偶然
돌아가면 한가한 터 잡아 집 지을 테니   歸去定應開卜築
산 나누어 경영하며 여생 보내는 것도 괜찮겠지   不妨分華度餘年

표은 김무 공을 애도하는 시
挽豹隱金公懋

어진 사람 천수 못 누림 어찌 하늘 뜻일까   仁而不壽豈其天
티끌세상 싫어서 신선세계 들었으리   應厭塵囂去上仙
유수곡[292] 그치고 상여가 시작되니   流水曲終薤歌發
다만 늙은이 눈물 애사에 뿌릴 뿐   祇將衰淚灑哀賤

원백 김우기[293]를 애도하는 시
挽金遠伯宇基

고향 떠나 함께 산 지 몇몇 해던가   去鄕同寓幾經秋

溪)를 지날 적에 서로 전혀 알지 못하던 왕휘지(王徽之)가 사람을 시켜 그에게 젓대 한 곡(曲)을 불어 달라고
하자, 그는 문득 수레에서 내려 호상(胡牀)에 걸터앉아 세 곡을 연달아 불고 갔던 데서 온 말이다. 《世說新語
任誕》

292) 유수곡(流水曲) : 〈고산유수곡(高山流水曲)〉을 말한다. 춘추 시대에 거문고를 잘 탔던 백아(伯牙)와 그의
친구 종자기(鍾子期)의 고사에서 유래하였다. 백아가 높은 산에 뜻을 두고 거문고를 타면, 종자기가, "높고
높은 것이 태산과 같구나.[峨峨兮若泰山]" 하였고, 흐르는 강물에다 뜻을 두고 거문고를 타면, 종자기가, "넘
실대는 것이 강하와 같구나.[洋洋兮若江河]"라고 하였다. 《列子 湯問》

293) 김우기(金宇基) : 자는 원백(遠伯), 본관은 의성(義城)이다. 기타 행력은 자세하지 않다.

눈 내린 강 배 저어 산음에 못간 것 한스럽다네[294]   恨未山陰棹雪舟

오늘 그대 곡하지만 그대 보지 못하니   此日哭君君不見

들보에 비친 희미한 달빛에 눈물만 하염없네   屋樑殘月淚橫流

황산 찰방으로 부임하는 김태로[295]를 보내며
送金台老之任黃山

백옥 같은 한 잔 술로   白玉一盃酒

천리 먼 곳 떠나는 그대 보내네   送君千里行

평소 지녔던 충효의 바람   平生忠孝願

이제부턴 둘 다 이룰 수 있겠네   從此可雙成

권성보[296]를 애도하는 시
挽權聖甫

그대 떠나고 오래도록 눈물 흘렸던 건   自君之逝淚長橫

마음으로 사귄 것 형제 같음만이 아니라네   非但心交若弟兄

일가로 인척의 의리가 있었고   連婭一家曾有義

백대가 지나도 친한 동성이라 더욱 정이 이끌렸네   同宗百代更關情

처량하다 거울 속 외로운 난새 그림자[297]   凄凉鏡裏孤鸞影

---

294) 눈 …… 한스럽다네 : 산음(山陰)에 살던 왕휘지가 어느 겨울날 밤에 눈이 펑펑 내리자, 흥에 겨운 나머지 멀리 섬계(剡溪)에 살고 있는 친구 대규(戴逵)가 보고 싶어 밤새 배를 저어 그의 집 문 앞까지 찾아갔던 고사를 인용한 구절이다. 《世說新語 任誕》

295) 김태로(金台老) : 태로는 김정수(金鼎壽, 1636~1693)의 자이다. 본관은 풍산(豐山)이다. 1673년에 생원시에 합격하였고 내직으로 종부시 주부(宗簿寺主簿)와 공조좌랑을, 외직으로 황산 찰방(黃山察訪)과 제천 현감(堤川縣監)을 역임하였다.

296) 권성보(權聖甫) : 미상.

297) 외로운 …… 그림자 : 원문의 '고란(孤鸞)'은 외로운 난새라는 뜻으로, 옛날 계빈국왕(罽賓國王)이 난새 한 마리를 얻고는 매우 사랑하였으나, 3년 동안이나 울지 않다가 어느 날 그에게 거울을 보여 주자 제 형체를 보고는 매우 슬피 울다가 끝내 죽고 말았다는 고사에서 온 말로, 전하여 짝이 없거나 짝을 잃은 슬픔에 비유한다. 여기서는 벗 권성보의 죽음을 슬퍼한다는 뜻이다.

아득해라 구름 저편 외기러기 울음소리	錯莫雲邊獨鴈聲
남은 경사 저승에서 그나마 위로 되리니	餘慶九泉猶有慰
훌륭한 후손 그대 집안에 번갈아 나리라	玉蘭交暎謝家庭

정진후를 곡하다
哭鄭晉侯

죽은 사람은 어째서 죽는지 모르겠고	死也者吾不知其爲死
산 사람은 어째서 사는지 모르겠네	生也者吾不知其爲生
자식의 직분 다하다 슬픔으로 몸이 상해 죽으니	能盡子職兮哀毀而歿
오호라 진후는 죽어도 산 것과 마찬가지라	嗚乎晉侯兮死而生

권경칙을 애도하는 시
挽權景則

옛날에 서로 종유할 때	疇昔相從日
맑은 풍모로 나약한 마음 일깨웠네	淸標起懦心
경광서당에서 강습에 도움 받았고	鏡光資講習
청성서원에서 함께 궁구하였지	城院共窺臨
하룻밤에 감춘 배 잃어버렸고[298]	一夜藏舟失
무덤가 나무 천추에 그늘 드리웠네	千秋宰樹陰
만시를 지어 애도하자니	哦詩當緋挽
애통함에 다시 옷깃 젖는다오	慟絶更沾襟

---

298) 감춘 …… 잃어버렸고 : '감춘 배[藏舟]'는 사물이 끊임없이 변화하고 바뀌는 것을 말하는데, 흔히 사람의 죽음을 뜻하는 말로 쓰인다. 《장자》〈대종사(大宗師)〉에 이르기를 "배를 골짜기에 감추어 두고 산을 연못 속에 감추어 두면 든든하게 감추었다고 할 만하다. 그러나 밤중에 힘 있는 자가 그것을 짊어지고 달아날 수도 있을 것인데, 어리석은 자들은 그것을 알지 못한다." 하였다.

진사 이일직을 애도하는 시
挽李進士一直

공의 기질 순수하고도 맑아	惟公氣質粹而淸
인물 많은 영남에서도 준걸로 꼽혔지	人物南州數儁英
효성과 우애 세덕을 이을 만하고	孝友端能承世德
풍류는 집안 명성에 걸맞았네	風流猶足稱家聲
일찍이 반곡²⁹⁹⁾에 종유하며 지기로 여겼는데	曾從盤谷辱知己
노산을 모르니³⁰⁰⁾ 이 생애 헛되구나	未識魯山空此生
더구나 또 인척³⁰¹⁾으로 정과 의리 두터워	況復潘楊情義篤
만사 짓자니 눈물이 강물처럼 쏟아지네	欲題哀挽淚河傾

성오 오삼성³⁰²⁾을 애도하는 시
挽吳省吾三省

영양 사람 누구인들 죽지 않을까마는	英山誰不死
군의 죽음 안동에 알려졌네	君死聞花山
삼척의 효자비	孝子碑三尺
사람들로 하여금 절로 눈물 흐르게 하네	令人涕自潸

---

299) 반곡(盤谷) : 태항산(太行山) 남쪽에 있는 골짜기인데, 이곳은 골이 깊고 산세가 험준해서 은자(隱者)가 살기에 알맞은 곳이라고 전한다. 당나라 때 문신 이원(李愿)이 일찍이 벼슬을 사직하고 물러가 이곳에 은거할 적에 한유(韓愈)가 그를 송별하는 뜻으로 〈송이원귀반곡서(送李愿歸盤谷序)〉를 지어 그곳의 경관과 부귀공명의 무상함 등을 자세히 설파하여 그를 극구 칭찬했다.

300) 노산을 모르니 : 노산은 당(唐)나라 때 노산 영(魯山令)을 지낸 원덕수(元德秀)를 가리키는데, 여기서는 이일직을 비유한 것이다. 원덕수는 평소 효성이 지극하였으며, 명리에 마음을 두지 않고 산수와 풍류를 즐기며 지냈다. 노산 영으로 있으면서 많은 선정을 베풀었고, 벼슬에서 돌아올 때는 짐수레를 타고 왔다. 만년에 육혼산(陸渾山)에 은거하였으며, 청빈하게 삶을 살아 죽은 뒤에는 단지 이부자리와 밥그릇만 남아 있었다고 한다. 《舊唐書 卷190下 元德秀列傳》

301) 인척(姻戚) : 원문의 '반양(潘楊)'은 진(晉)나라의 반악과 양중무를 가리키는데, 서로 인척 사이가 된 것을 흔히 비유한다. 반악의 아버지와 양중무의 할아버지가 일찍이 구교(舊交)가 있었으며, 반악의 아내가 바로 양중무의 고모로 대대로 친의가 화목하였다. 그래서 반악은 생질 양수(楊綏)를 위해 지은 〈양중무뢰(楊仲武誄)〉에서 "반양의 친목 본래 유래 있었지.[潘、楊之穆, 有自來矣.]"라고 읊었다. 《文選 楊仲武誄》

302) 오삼성(吳三省, 1641~1714) : 자는 성오(省吾), 호는 청암(靑岩), 본관은 함양(咸陽)이다. 영양읍 대천리에 거주하였으며, 집안에 강도가 침입하였을 때 온몸으로 아버지를 지켜 효자비가 세워졌다.

국와 박함 공을 애도하는 시
挽菊窩朴公涵

동쪽 시냇가에 선조 자취 찾으러 간 건	爲尋先躅傍東川
세교 두터운 공의 집안 있어서였지	兼有公家世好偏
오 년 벼슬살이 평소 뜻과 어긋나	五載官班違素志
깊은 산골 한 곳에서 자유로이 소요하네	一區林壑任盤旋
국화 이슬로[303] 명나라 역사 기록하고	黃花露寫皇明史
청사에서 옛 성현의 도리 찾았네	靑簡編探古聖詮
신선되어 급히 떠난 삼산을 슬피 바라보며	悵望三山仙馭促
슬픈 만시 짓고 나니 눈물 줄줄 흐르네	哀詩題罷淚潸然

기흥 정세언을 애도하는 시
挽鄭其興世彦

예전에 서로 만난 곳	疇昔相逢地
그대의 맑은 풍모 나약한 마음 일깨웠지	淸標起懦襟
우애로운 정은 선대의 덕을 이은 것이고	友于承世德
우아한 풍도는 사람들을 흠모하게 하였네	儒雅使人欽
하룻밤에 감추어둔 배를 잃어버렸으니	一夜藏舟失
무덤가 가래나무 천추에 무성하리라	千秋宰樹陰
서글퍼라 그대를 곡하는 애통함	哀哀哭子痛
어느 곳에 다시 마음 아프랴	何處更傷心

---

303) 국화 이슬로 : 국화 이슬은 도잠을 의미하는 말이다. 도잠은 동진(東晉)이 망하기 전까지는 모든 문장(文章) 을 저술할 때 반드시 진대(晉代)의 연호(年號)를 분명히 밝혔으나, 유유(劉裕)가 동진을 찬탈하여 남조(南朝) 송(宋)을 창건한 이후에는 연호를 전혀 사용하지 않고 갑자(甲子)로만 표기하였다고 한다.

김계성을 애도하는 시
挽金啓成

옛날 서당에서 나이 잊은 친교 맺었으니	黌堂昔日忝忘年
지금까지 정과 의리 나보다 더한 이 없지	情義由來莫我先
서로 멀리 헤어지며[304] 얼마나 마음 아팠나	分手幾傷雲樹隔
만나면 반갑게 술잔 나눴네	逢場却喜酒盂傳
갑자기 신선되어 천상으로 돌아갔지만	仙騶倏已歸天上
교목은 여전히 집 가를 둘렀구나	喬木依然擁宅邊
늙고 병들어 몸소 상여 줄 잡지 못하니	衰病未能躬執紼
눈물이 만사에 뿌려지는 것을 견딜 수 없어라	不堪雙涕灑哀牋

족보의 편수를 마치고 사운 율시 하나를 얻어 함께 일한 종친들께 보이다
修譜畢 得四韻一律 示同事諸宗

선을 쌓은 집안이라 복록과 경사 이어지니	善積由來福慶綿
대대로 전해온 인후한 덕 천년에 가까워라	世傳仁厚近千年
이 땅의 사람들 누구인들 후예가 아니랴만	含生食土誰非裔
장한 업적 큰 공을 세운 사람 모두 권씨였네	茂烈豐功摠是權
옛 사람이 족보 모두 찬수하게 할 수 없으니	未許前人專撰譜
다시 남은 일 가지고 유편을 이었네	更將餘事續遺編
내일 아침 교정 마치고 함께 돌아가리니	明朝校罷同歸去
선영을 돌아보매 슬픈 마음 일어나네	回首松楸意愴然

---

304) 서로 …… 헤어지며 : 원문의 운수(雲樹)는 친한 벗이 멀리 헤어짐을 뜻하는 말로, 두보(杜甫)의 〈춘일억이백(春日憶李白)〉의 "위수 북쪽엔 봄 하늘에 우뚝 선 나무, 강 동쪽엔 저문 날 구름.[渭北春天樹 江東日暮雲]"이라고 한 구절에서 유래하였다.

삼수당 조규[305] 공을 애도하는 시

挽三秀堂趙公頍

영남 인물 중에 원룡[306]처럼 아까운 사람	南州人物惜元龍
동쪽 하늘 돌아보며 가슴에 눈물만 가득하네	回首東天淚滿胸
일찍이 증자의 세 가지 반성[307]과 조존성찰[308]하였고	早學曾三存省察
늙어선 혜강처럼[309] 등용을 사양했네	晚將嵇七謝登庸
평소 인척 사이로 반가움 그지없었는데	平生姻好歡無極
오늘 유명으로 갈려 슬픔이 한이 없네	此日幽明痛莫窮
병들어 산골에 엎드려 상여 줄 잡지 못하니	病滯故山違執綍
황천은 어디인가 봉분만 우뚝하구나	九原何處若堂封

이차휘를 애도하는 시

挽李次輝

이사하여 좋은 이웃 만난 날 생각하니	憶曾移室接芳隣
학가산 경치 보며 몇 년이나 지냈던가	鶴麓風烟閱幾春
아침저녁으로 다정히 술잔 나누니	款款心盃朝又暮

---

305) 조규(趙頍, 1630~1679) : 자는 자변(子弁), 호는 삼수당(三秀堂), 본관은 한양(漢陽)이다. 1660년 증광시(增廣試)에 3등으로 생원에 합격하고, 성균관 유생들에게 학문과 인품으로 존경받아 남주고사(南州高士)라고 칭송 받았다.

306) 원룡(元龍) : 재주가 뛰어난 아까운 인재를 말한다. 원룡은 후한(後漢) 말의 고사(高士) 진등(陳登)의 자(字)로, 그가 죽은 뒤 허사(許汜)와 유비(劉備)가 형주(荊州)에서 천하의 인물을 논할 적에 유비가 이르기를, "원룡 같은 문무(文武)와 담지(膽志)는 옛날에나 구할 수 있을 따름이다." 하며 안타까워했다고 한다. 《柳河東集 卷42》

307) 증자의 …… 반성 : 원문의 증삼(曾三)은 증자의 세 가지 반성이란 뜻이다. 《논어(論語)》〈학이(學而)〉에 증자가 "나는 하루에 세 가지로 자신을 반성하노니, '남을 위해 도모함에 충성스럽지 않았던가? 벗과 사귐에 신의가 있지 않았던가? 전수받은 것을 복습하지 않았던가?'이다.[吾日三省吾身 爲人謀而不忠乎 與朋友交而不信乎 傳不習乎]"라고 한 내용이 보인다.

308) 조존성찰(早存省察) : 마음을 잡아 보존하고 성찰하는 공부를 말한다. 《맹자》〈고자 상(告子上)〉에 "잡으면 보존되고 놓으면 없어져 일정한 시간과 방향 없이 움직이는 것이 마음이다."라고 하였다.

309) 혜강처럼 : 원문의 혜칠(嵇七)은 혜강의 칠불감(七不堪)을 말한다. 진(晉)나라 때 혜강이 자기에게 벼슬을 하라고 권유한 산도(山濤)에게 〈여산거원절교서(與山巨源絶交書)〉라는 편지에서 자신이 관직 생활을 감당할 수 없는 일곱 가지 조건을 내세운 것을 이른다. 《嵇中散集 卷二》

온화한 기운 순수하고 진솔하였네	溫溫氣味粹而眞
도중에 멀리 헤어져 그리움이 사무치더니	中離江渭相思苦
이제는 유명으로 영결할 때이네	此別幽明永訣辰
통곡하는 자들 눈물 거두어 벗의 만사 쓰자니	哭子淚收題友挽
인간 세상 쓰라린 슬픔 감당치 못하겠네	不堪人世極悲辛

학성 이염오[310]를 애도하는 시
挽李學成念吾

그대를 애통해하지 않고 내 누구를 애통해하리	非夫人慟吾誰慟
반평생 세월 한 번 웃음 속에 지나갔네	半世光陰一笑中
나약한 마음 일깨워주던 맑은 풍모 어디서 볼까	起懦淸標何處見
구천에는 나무 없으니 고상한 풍경 아니리	九原無樹不高風

천휘[311]의 시에 차운하다
次天輝韻

일찍이 들으니 군자는 천리를 어기지 않아	曾聞君子不違天
곤궁해도 형통하고 늙을수록 더욱 견고하다네	在困猶亨老益堅
도연명은 전원에 돌아가 유유자적했고	陶令歸田堪適適
노중련[312]은 세상살이 자유로웠네	魯連處世任翩翩
풍속이 퇴폐해 도학을 돌이킬 날 없으니	風頹閩洛回無日
황제와 복희 시대에서 얼마나 멀어졌나	俗遠軒義去幾年
고아한 뜻 적막해 다시 찾기 어려우니	古意寥寥難再覓

---

310) 이염오(李念吾, 1655~1706) : 자는 학성(學成), 호는 하곡(霞谷), 본관은 진성(眞城)이다. 이현일(李玄逸)의 문인이다. 통덕랑(通德郎)을 지냈고, 저서로는 《하곡유고(霞谷遺稿)》가 전한다.

311) 이천휘(李天輝) : 천휘는 이명하(李明夏)의 자이다.

312) 노중련 : 전국 시대 제(齊)나라의 고사(高士)로, 뛰어난 재주를 지녔으나 얽매여 사는 것을 싫어하여 벼슬하지 않고 조(趙)나라에 은거한 인물이다.

한가한 시름 때때로 시편에 부치네   閒愁時遣寄來篇

상노와 작별하며 주다

贈別常老

어느 해 어느 나루에서 만났던 사람인가	幾年幾浦客
오늘 금계에서 다시 만나 노닐었네	今日金溪遊
이별에 임해서 문득 말이 없으니	臨別却無語
산에 핀 꽃들도 수심을 띠네	山花亦帶愁

은경 오삼빙을 애도하는 시

挽吳殷卿三聘

선한 이에게 복 주는 것 당연한 이치인데	福善元常理
하늘이 어찌하여 혹독한 재앙 내렸나	天何降禍奇
어머니 돌아가셔서 영결하자마자	萱摧纔永訣
또 뒤이어 벗의 죽음 곡하네	蘭哭又相隨
반백 년 삶 천수를 못 누렸지만	半百慳仁壽
세 형제 후손에게 두터운 복 내리리라	三昆裕後垂
지난 해 눈물 젖었던 눈에	往年添淚眼
오늘 또다시 눈물 흐르네	今日復漣洏

운룡사 지로가[313] 뒤에 제하다

雲龍寺 題指路歌後

우연히 영수장[314] 짚고 구름 속 문 두드리니   偶攜靈壽叩雲扃

---

313) 지로가(指路歌) : 퇴계 이황(李滉)이 지은 《수훈가(垂訓歌)》 중 1편이다.

314) 영수장(靈壽杖) : 원문의 영수(靈壽)는 영수장의 준말이다. 이 지팡이는 영수목(靈壽木)이란 나무로 만든

한밤중 달빛은 한껏 밝은데　　　　　　　　　　　　月色中宵滿意淸
다시 등불 가지고 옛 노래 보노니　　　　　　　　　更引佛燈看古詠
눈앞에 돌아갈 길 더욱 분명해지네　　　　　　　　睫前歸路太分明

것으로 조정의 원로에게 준다. 《한서(漢書)》〈곽광전(霍光傳)〉에 "태사(太師)에게 영수장(靈壽杖)을 하사했다."는 기록이 있다.

서書

미수 허목 선생께 올리는 편지
上眉叟許先生穆

　삼가 목욕재계하고 편지를 보고 치정상국(致政相國) 대감께 답장편지를 올립니다. 저 태시(泰時)는 궁벽한 고을에 갇혀 지내느라 문하에 나아가 덕스러운 모습을 자주 찾아 뵙지는 못하였으나, 그리워하는 마음은 항상 간절하였습니다. 근래 맑고 화창한 날씨에 삼가 기거가 만복하시리라 생각합니다.

　저희 고을에 옛날에 송암(松巖) 권 선생[315]이 계셨는데, 일찍이 퇴계 선생(退溪先生)의 문하에서 공부하여 학문에 연원이 있고, 맑은 풍도와 높은 절조는 백대(百代)를 진동시켰습니다. 이에 선생께서 도학을 강마하신 곳에 서원을 건립하고 사당을 세운 것이 지금 70여 년이 되었습니다. 집안에 유고 약간 권이 보관되어 있는데 아직 간행하여 세상에 유포되지 못하였습니다. 그래서 지난 을묘년(1675) 가을에 본원에서 한양에 유생을 보내 초본을 가져다 드리고서 서문(序文)을 써주실 것을 부탁드렸는데, 감사하게도 거절하지 않으시고 도리어 받아들여 주셨으니, 특별히 여겨주시는 후하신 덕의에 깊이 감격하였습니다. 백세 동안 감춰져 있던 덕을 후세에 전할 수 있게 되었으니 이보다 더 큰 사문의 행운이 어디 있겠습니까.

　삼가 생각건대, 고요히 수양하시는 여가에 서문을 쓰는 일에 대해 생각하신 적이 있으셨을 터인데, 지역이 외지고 멀며 사정이 많아 지금까지 머뭇거리며 말씀을 받들지 못하였으니, 부끄럽고 두려운 마음을 비유할 데가 없습니다. 가을 즈음에 따로 유생

---

315) 송암(松巖) 권 선생 : 권호문(權好文, 1532~1587)으로 자는 장중(章仲), 호는 송암(松巖), 본관은 안동이고, 아버지는 규(稑)이다. 1561년에 진사시에 합격했으나, 1564년에 모친상을 당하자 벼슬을 단념하고 청성산(青城山) 아래에 은거하였다. 이황(李滉)의 문인으로 유성룡(柳成龍), 김성일(金誠一) 등과 교유하였다. 청성서원(青城書院)에 제향되었다. 저서로는 《송암집》이 전한다.

을 보내 다시 말씀을 받들고자 합니다. 삼가 부탁드리거니와 이전의 청을 들어주시어 한마디 말씀을 써 주셔서 사문의 중대한 일을 이룰 수 있게 해주신다면 사림의 감사함과 다행스러움을 더욱 보답할 길이 없을 것입니다.

간행하는 일을 시작한 지 오래되어 이미 공역을 마쳤습니다. 인본 하나를 인편을 통해 부쳐 드립니다. 부디 받아주시기 바랍니다. 그럼 체후가 더욱 만복하시어 그리워하는 마음을 위로해 주시기를 엎드려 축원합니다.

泰時謹齋沐裁書, 拜覆于致政相國台座. 泰時窮鄉廢錮, 未獲頻造門下, 瞻拜德儀, 惟是嚮往一念, 則無日而不勤也. 比日淸和, 伏惟道體動止萬福. 竊以寒鄉, 古有松巖權先生, 早遊溪門, 學有淵源, 淸風高節, 聳動百代, 就其講道之所, 建院立祠者, 蓋已七十年于玆矣. 有遺稿若干卷藏于家, 尙未入梓而行于世也. 往在乙卯秋, 本院遣儒生至洛下, 奉草本呈納案下, 因請弁首之文, 猥荷不遺, 還賜容納, 深感德義之厚, 出尋常萬萬, 而百世幽潛之德, 可以傳示於方來, 斯文大幸, 孰有加於此哉. 伏惟靜養淸燕之暇, 或有以念及於斯者矣, 而地步僻遠, 事故多端, 因循至今, 未卒承敎, 私竊愧懼, 亡以爲喩. 方欲秋間別遣儒生, 更稟是計, 伏乞俯採前懇, 垂惠一言, 使斯文重事, 卒有以成, 則士林感幸, 尤無以奉報也. 刊役經營日久, 工已斷手, 將印本一件, 因便附呈, 幸賜領納, 千萬懇祈. 餘伏祝台候衛道益福, 以慰瞻詠.

근곡 상국 이관징께 올리는 편지
上芹谷李相國觀徵

삼가 새해에 대감의 옥체가 시절의 변화에 평안하신지요. 저는 공사(公私)의 병이 날로 심해져 새해의 근황이 더욱 괴로우니 근심스런 마음을 어찌해야 하겠습니까. [두 글자 누락 됨] … 일은 교묘하게 면하려 한 것이 아니라 징속(徵贖)의 일이 있다고 들은 듯하여 감히 말씀드린 것입니다. 편지를 받고서 징속은 고례(故例)에 있지 않다는 것을 알았는데 또 면유하시는 글을 보니, 주부자(朱夫子)가 요자회(廖子晦)에게 답한 글을 언급하기까지 하셨습니다. 생각건대 일이 장황해질 우려를 면치 못할 듯하나 덕으로써 사람을 아끼는 정성스러운 마음에 깊이 감사드립니다. 감히 받들어 주선하여 간곡한 가르침에 만에 하나라도 부응하지 않을 수 있겠습니까.

저는 전야(田野)의 누추한 자질로 이미 재능이 부족하고 학식 또한 없으니 어찌 조금이라도 벼슬에 나아갈 마음이 있겠습니까? 그러나 군상께서 특별히 발탁해주시는 과분한 은혜를 입어 일개 백성으로서 장악원 주부의 직임을 맡았고, 몇 달 되지 않아 갑자기 고을 수령의 직임을 맡게 되었으니, 저처럼 보잘것없는 사람이 어찌 감히 감당하겠으며 낭패를 보지 않을 수 있겠습니까.

더구나 이 지역의 사나운 습속은 우리 영남에 전혀 비할 바가 아닙니다. 걸핏하면 관리를 모욕하고 제멋대로 떠들어 대면서 고발하여 못하는 짓이 없습니다. 만일 지금 적을 대항하는 데에 실수가 있게 되면 끝내 어떻게 수습할지 모르겠습니다. 더구나 올해 농사가 조금 여물었다고는 하지만 한전(旱田)은 조금도 거둘 것이 없어 단지 조세(租稅) 하나로 입고, 먹고 요역에 응하는 바탕으로 삼고 있는데 조세(租稅)마저 가을비에 상해 쓰러져 싹이 나 결국 평년만 못하게 되었으니, 얼마 되지 않는 수확으로 허다한 요역을 감당할 수 있겠습니까.

본현(本縣)은 도내(道內)의 지극히 쇠잔한 고을로 2천 3백여 호에 지나지 않는데 그 중 사대부가 거의 3분의 1이고 각종 군인의 수는 1천 4백여 명입니다. 그런데 올해 번포(番布)[316]는 서울의 각 사(司)와 영(營)에 납입한 포와 전에 퇴짜 맞은 무명까지 합하여 통틀어 계산해 보면 2천 4백여 필이고 전세(田稅)와 대동(大同)도 거의 40여 필입니다. 민간에서는 베를 짜는 일을 일삼지 않고 반드시 포로 바꾸어 납입하니 그 되[升]와 자[尺]가 상납하는 제도에 꼭 들어맞지는 않습니다. 그러므로 수감되는 사람도 있고 형벌을 받는 사람도 있습니다. 간신히 거두어 올리면 상부 관사에서 매번 세가 거칠고 자가 모자란다며 퇴짜를 놓아 받지 않고, 퇴짜를 받은 뒤에는 또 각 사람에게 분배하여 바꾸어 수합하게 하니, 두 번 세 번 왕래할 때 통행세와 인정(人情)으로 나가는 비용이 본래 포의 몇 배가 됩니다. 세간의 이른바 '진상은 바지랑대요, 뇌물은 메고 진다'는 말이 지금 사실로 입증된 셈입니다.

환곡(還穀)은 신유년 이후로 해마다 거두지 못한 숫자가 매우 많았는데 신미년에는 단지 새 환곡만 거두었고, 또 임신년에는 오래된 환곡의 납부를 중지한다는 명령이 있었으니, 백성들이 오늘까지 보전할 수 있었던 것은 모두 군상(君相)께서 걱정하고 구휼하는 지극한 뜻 덕분입니다. 그런데 금년에는 새 환곡 외에 오래된 환곡도 3분의 2로

---

316) 번포(番布) : 군정(軍丁)이 번(番)을 서는 대신으로 바치는 무명 베를 말한다.

획정해서 거두어들이고 있으니, 조정에서 백성을 위하는 뜻이야 지극하지 않음이 없겠지만, 본 현(縣)은 읍이 작고 백성은 가난한 가운데 신구(新舊)로 갚아야 할 환곡의 숫자가 또한 4천 7백여 석에 이르는지라 그 사이 다른 데로 도망하거나 죽은 자가 얼마나 되는지 알 수 없습니다. 소위 양반네는 문득 문을 닫고 나가지 않고, 상놈들은 가족을 이끌고 도피하느라 읍리(邑里)가 소란스럽고 닭과 개까지 편안하지 못한 지경입니다. 들리고 보이는 것마다 놀라움과 참혹함을 이길 수 없는데도 겨울 석 달에 거둔 수는 겨우 절반에 해당합니다.

 지금 비록 해가 바뀌어 봄갈이가 임박하였으나 이러한 국법이 정지되지 않을까 두렵습니다. 이미 환곡을 갚은 자는 끼니가 끊기거나 혹은 환곡이 나올 것을 기다리고, 갚지 못한 자는 재물이 없어 죽어도 납부하지 못할 것이니, 이와 같은데도 법대로 거둘 수 있겠습니까? 이것이 비록 눈앞 일개 현(縣)의 일이지만, 미루어 보면 다른 고을의 사정도 알 수 있습니다. 조정에서도 이러한 사정을 생각하고 있는지 모르겠습니다. 근자에 관찰사께서 군포(軍布)와 환정(還政)에 관련된 세 가지 일에 대하여 차례로 논하여 아뢰었는데도 하나도 시행되지 않았습니다. 아, 백성이 흩어진 지 오래고 재물이 있는데도 쓰지 않으니 큰 도적을 위해 쌓아놓은 격이 아니겠습니까? 주부자(朱夫子)가 이른 바 '마땅히 근심해야 할 일은 떠돌다가 죽은 시체에 있지 아니하고 도적에게 있으니, 그 피해를 입은 자가 관리에 그치지 아니하고 국가에 미칠 것이다.'라고 한 말이 가깝지 않습니까?

 삼가 스스로 주제 넘는 걱정을 이기지 못해 참람되고 망령됨을 생각하지 않고 감히 이렇게 말씀드립니다. 삼가 바라건대, 자애로운 대감께서는 조정 군신 간 경연(經筵)에서 정사를 논하거나 조정에서 국사를 토의할 때 이러한 우려를 참작한다면 혹시라도 편리한 대로 선처하는 방도가 없지 않을 것입니다. 지나친 염려를 이기지 못해 참람되고 경솔함이 이에 이르렀으니, 더욱 황송한 마음 간절합니다.

 伏惟新元, 台體起居對時增重. 泰時公私病故, 日漸增加, 新年况味, 益覺酸苦, 伏悶奈何. 二字缺 事非欲巧免, 似聞或有徵贖之事, 故敢有云云矣. 承審徵贖, 非有故例, 而又承勉諭, 至擧朱夫子答廖子晦書, 竊恐自不免事到章皇之慮, 而深荷愛人以德之誠心也, 敢不奉以周旋, 仰副鐫誨之萬一也. 泰時以田野朴陋之質, 旣乏才能, 又無學識, 寧有一毫仕進之念, 而過蒙君相之超擢, 以白徒而叨冒樂簿, 曾未幾朔, 遽當字牧之任, 自顧愚庸, 何敢承當, 而不至狼狽之歸也. 況此土民俗獷悍, 大非吾嶺之比, 而輕侮官司, 公肆咆哮, 把持告訐, 無所不至, 縱今抵敵得過, 不知終又作何收殺. 況今年事雖曰稍稔, 而旱田少無所收, 只以租一種谷, 以爲衣食應役之資, 而其爲租亦爲秋雨所傷, 偃仆生芽, 終不若常年, 以若干所收, 其何能支應許多之役哉. 本以道內至殘之邑, 戶不過二千三百餘戶, 而其中士族家殆三之一, 各色軍額, 一千四百餘名, 而今年番布, 京各司各營所納布, 通前退來木, 摠而計之, 則二千四百餘疋, 田稅及大同, 亦將四十餘疋也. 民俗不以織組爲業, 必貿布以納, 其升尺未必盡合於上納之制, 故或囚或刑, 艱苦收上, 則上司每以升麤尺短, 退却不受, 退來之後, 又以頒諸各人而換貿收合, 再三往來之際, 路稅人情之費, 亦當倍蓰於本布, 俗所謂進上則掛竿, 人情則擔負者, 今果驗矣. 至於還上, 自辛酉以後, 年年未捧之數甚多, 而至辛未, 只捧新還上, 又至壬申, 有舊還上停捧之令, 生民之得保今日者, 莫非我君相憂恤之至意也. 今年則新還上外, 舊還上亦以三分之二劃定收捧, 廟堂爲民之意, 非不切至, 而本縣邑小民貧之中, 新舊應捧之數, 亦至四千七百餘石, 而其間或逃移或死亡者, 不知其幾. 所謂兩班則便閉戶不出, 常漢挈家逃避, 邑里騷撓, 鷄狗不寧, 耳目所及, 不勝驚慘, 而三冬所收, 僅過半數而已. 今雖歲換, 春事將迫, 而畏此國法, 猶不停止, 已輸者絶火, 或望其分糶, 未收者無財而抵死不納, 若是而其能準捧乎, 此雖目前一縣之事, 而推諸他邑從可知矣. 不知廟籌亦當念及於此也耶. 酒者道臣以軍布糴政三事, 論列以啓, 而一未施行. 噫, 民散久矣, 有財無用, 其不爲大盜積者耶? 朱夫子所謂所憂當不在於流殍而在於盜賊, 受其害者, 當不止於官吏而及於邦家者, 無乃近之也耶? 竊不自勝漆室嫠婦之憂, 不計僭妄, 敢此仰陳, 伏望台慈筵席都兪之時, 廟堂籌策之際, 以此憂慮參錯, 其或不無從便善處之道耶. 不勝過慮, 僭率至此, 尤切惶悚之至.

상국 권대운[317])께 올리는 편지
上權相國大運

여름에 삼가 짧은 편지를 써서 문후를 여쭈었으니, 망령되고 용렬한 자신을 헤아려 보면 견책을 받아 마땅합니다. 그런대 대감께서 도리어 손수 답장을 보내주셨으니, 삼가 읽으며 연신 감탄하고서 큰 덕을 가진 사람이 남을 대하는 넓은 도량이 참으로 소인(小人)의 마음으로 헤아릴 수 있는 바가 아니라는 것을 알았습니다. 날씨가 점점 추워지는데 삼가 정사를 돌보시는 여가에 신명의 가호를 받아 기거가 만복하시리라 생각합니다.

저는 분수에 넘치게 특진하여 폐읍(弊邑)의 임시 수령이 되었지만, 저의 재능을 돌아보건대 어찌 감히 감당할 수 있겠습니까? 밤낮으로 근심스럽고 두려워 몸 둘 곳을 모르겠습니다. 그런데 뜻하지 않게 이번 여름과 가을에 천재(天災)가 몹시 참혹하여 홍수와 가뭄, 바람과 서리가 경내에 유독 혹심하였습니다. 지금 백곡(百穀)을 수확하는 시기를 당하여 들에 거두어들일 것이 없으니, 백성들이 살아갈 방도가 없습니다. 자식을 안거나 손 붙잡고 사방으로 떠돌아다니니 마을은 쓸쓸하고 분위기는 참담합니다. 비록 갖은 방법으로 면유(勉諭)하여 돌아오고 모이게 하더라도 관아에 저축해둔 곡식이 없어 구제할 길이 없으니 죽는 것을 서서 보는 것 외엔 더 이상 다른 방책이 없습니다.

오직 믿을 것은 방백이 재읍(災邑)의 등급을 나누는 날에 본현(本縣)을 우심지우심(尤甚之尤甚)[318])으로 지정한다면 흩어지고 남은 백성들을 조금이나마 위로할 수 있겠지만, 앞일의 기미를 알 수가 없습니다. 도내의 수령들도 더러 연명하여 소장을 올려 백성들의 고통을 우러러 호소하였는데, 미처 그 소식을 듣지 못하여 또한 수령들을 따라서 아뢰어 호소하지 못하였습니다. 장차 이 백성들을 주려 죽게 하여 유독 군상(君相)의 갓난아기 보호하듯 하는 은택을 입지 못하게 하겠습니까? 이 때문에 불쌍하고 절박하여 어떻게 계책을 내야 할지 몰라 감히 우려되는 마음을 대감께 아뢰니, 그 망령되고 참람한 죄는 만 번 죽임을 당하더라도 스스로 면하기 어렵습니다. 바라건대 대감께서

---

317) 권대운(權大運, 1612~1699) : 자는 시회(時會), 호는 석담(石潭), 본관은 안동이다. 지평(持平)·헌납(獻納)·이조 정랑·응교·사간 등의 청요직을 거쳐 좌승지·한성부 우윤·형조 참판·대사간·호조 판서 등을 역임하였다. 1680년(숙종6) 경신대출척(庚申大黜陟)으로 파직당하고 영일에 위리안치(圍籬安置)되었으나 1689년에 기사환국으로 다시 등용되어 영의정에 올랐다.
318) 우심지우심(尤甚之尤甚) : 재실(災實)의 등급의 하나로 가장 심한 재해를 입은 경우에 인정해 준 등급이다. 재실의 등급은 초실(稍實), 지차(之次), 우심(尤甚)으로 나누고 이들 각각을 또 세 등급으로 나누었다. 《경국대전(經國大典)》

는 불쌍히 여겨 용서하시고, 묘당에서 재실의 등급을 나눌 때 특별히 불쌍히 살피시어 방편대로 처분하여 본현으로 하여금 지차(之次)의 등급을 받지 않게 해주신다면, 한 지방의 생업을 잃은 백성들이 장차 믿을 데가 있어서 더 이상 떠돌지 않을 것이니, 국가에 이로운 것이 한 가지 단서에 그칠 뿐만이 아닐 것입니다. 한 백성이라도 제 자리를 얻지 못함을 부끄러워하는 성대한 사업에 있어서 어찌 시원스럽지 않을 것이며 어찌 아름답지 않겠습니까?

　전에 감영에 보고한 장초(狀草) 1통을 고쳐 베껴 올립니다. 뒤에 서리의 재해를 보고할 때 다시 감히 번거롭게 할 수 없으니 이 또한 감히 실정을 속이고 꾸며대어 윗분을 속여 백성들의 기림을 구하는 것이 아님을 알기에 충분할 것입니다. 살펴 주시기를 다시 바라는 마음 더없이 큽니다. 참판(參判) 영공(令公)이 또 다시 멀리 서쪽 번방(藩方)을 맡으셨으니 내심 슬프고 한탄스럽습니다. 요즘 같은 추위에 더욱 덕을 밝히는 데 힘써 이 백성들을 복되게 하시기를 바랍니다.

　夏間謹奉咫尺書 修致候問 自揣妄庸 宜得譴斥之罪 迺蒙台慈還賜手敎 伏讀三歎 益仰盛德待物之洪 誠非小人之腹所能窺測也 天氣漸寒 伏惟燮理多暇 神相台躔 起居萬福 泰時分外超躐假守弊邑 自顧才能 豈敢承當 日夕憂惶 措躬無地矣 不意今夏秋 天災孔慘 水旱風霜 偏酷境內 今當百穀登場之日 野無所收 民不聊生 負抱攜持 流丐四出 邑里蕭條 氣像愁慘 雖多方勉諭 使之還集 而官無所儲 濟接無路 立視其死之外 更無他策 惟所恃者 方伯分等災邑之日 以本縣爲尤甚之尤甚 則庶可少慰離散之餘氓 而前頭事機 有不可知 道內守令 亦或有聯名封章 仰籲民隱 而未及聞知 亦不得隨衆陳乞 其將使斯民飢而死 獨不被君相若保之澤耶 以是矜悶迫蹙 不知所以爲計 敢以憂慮仰瀆崇聽 其狂妄僭率之罪 雖萬被誅戮 難可自免 欲乞台慈哀憐財赦 廟堂分等之際 特垂矜察 方便處分 使本縣不至爲次等之歸 則一邦失業之民 將有所恃而不復流離 其所以利於邦家者 不止一端而已也 其於恥一物不得其所之盛業 豈不恔乎 豈不休哉 前所報營狀草一通 繕寫呈上 及後霜災之報 更不敢煩 此亦足以見其非敢矯情飾詐 罔上以要民矣 更乞俯賜下覽 不勝大願 參判令公又復遠守西藩 私竊悵歎 正此霜寒 竊祝益懋明德以福斯民

외형 이계 남몽뢰[319]에게 보내는 편지
與外兄南伊溪夢賚

문소(聞韶)[320]에서 올린 편지는 이미 받으셨으리라 생각합니다. 요즈음 공무를 보시는 여가에 건강은 어떠신지요? 저는 겨우 근심을 면하였지만 하루도 좋은 날이 없으니 가련하고 한탄스럽지만 어찌하겠습니까? 택언(宅彦)이 양시(兩試)에 높은 성적으로 급제하였고 영해(寧海) 형도 방(榜)에 들었으니, 앞으로 바라는 것이 어찌 다만 여기에 그치겠습니까? 우선 매우 기쁘고 위로가 됩니다.

앞서 편지에서 간청한 일은 이루어졌는지 모르겠습니다. 유중오(柳重吾)[321]가 울진에 제수되어 금방 집에 도착하여, 미수(眉叟) 허목(許穆) 상공(相公)의 병환이 위독하여 홍응교(洪應教)가 이미 올라갔으며, 이지신(李知申)[322]이 충주 목사로 나간 것에 대해서는 불만스러운 뜻이 꽤 있지만 남지신(南知申)[323]이 포적당상(捕賊堂上)이라고 자칭한 것은 한때의 우스갯소리로 여길 뿐이라는 얘기를 들었습니다. 나머지 이야기는 별록(別錄)에 적어 두었습니다. 정사를 돌보시는 여가에 체후가 절서에 따라 다복하시기를 빕니다.

在聞韶上書 想已關聽矣 伏未審此時 公餘體候若何 泰時僅免患 而無一日好況 憐歎奈何 宅彦高捷兩試 寧海兄亦得參榜 前頭所望 奚但止此 預切欣慰 前書所懇 未知其成否 柳重吾得除蔚珍 今方到家 仍聞許眉叟相公病患危劇 洪應教已爲上去 李知申出爲忠牧 頗有不滿底意 而南知申自稱捕賊堂上 爲一時笑談云耳 餘在別錄 伏祝政履順序多福

---

319) 남몽뢰(南夢賚, 1620~1681) : 자는 중준(仲遵), 호는 이계(伊溪), 본관은 영양(英陽)이다. 아버지는 해준(海準)으로 의성(義城)에 거주하였다. 1642년 식년시(式年試) 3등으로 생원에 합격하고 1651년 증광시(增廣試) 문과에 급제하여 세자시강원설서(世子侍講院說書)를 지내고 연원도찰방(連源道察訪)·예조정랑(禮曹正郞)·고성군수(固城郡守)·임실군수(任實郡守) 등을 역임하였다. 저서로는 《이계집(伊溪集)》이 전한다.

320) 문소(聞韶) : 경상북도 의성 지역의 옛 지명이다.

321) 유중오(柳重吾) : 중오는 유지(柳榰, 1626~1701)의 자이다. 본관은 전주(全州), 호는 괴애(乖厓)로 아버지는 희잠(希潛)이다. 1646년 사마시에 합격하고, 1654년 문과에 급제하여 성균관전적, 춘추관기사관, 사헌부의 지평·장령, 사간원의 정언, 상의원정(尙衣院正) 등을 역임하고, 외직으로 결성·단성 현감, 밀양 부사·능주 목사, 길주 목사 등을 역임하였다.

322) 이지신(李知申) : 지신은 승지의 이칭(異稱)인데, 이 지신은 이명익(李溟翼, 1617~1687)을 가리키는 듯하다. 이명익은 우승지의 직임에 있던 1675년(숙종1) 2월에 충주 목사에 제수되었다.

323) 남지신(南知申) : 남천한(南天漢, 1607~1686)을 가리키는 듯하다. 남천한은 안동 출신으로 이 편지 발급 시기인 1675년(숙종1)에 승지의 직임을 맡고 있었다.

이갈암에게 보내는 편지
與李葛庵

　　조정의 명을 받아 나아간 이후로 오랫동안 안부를 듣지 못하였으니 답답하고 그리운 마음이 실로 심상치 않습니다. 얼핏 듣기에 성균관의 직임을 떠나 여러 번 직임을 옮겨 전조(銓曹)에 들어가셨다고 하는데, 삼가 생각건대 경연에 출입하며 조석으로 강론하면서 도의 요체를 밝히면 성상의 학문을 우러러 도우실 것입니다. 성상의 총명하고 지혜로운 자질로 정미함과 고명함을 다하는 데[324] 무슨 어려움이 있겠습니까? 만세토록 태평하여 장차 집사를 칭송할 것이니, 종사와 백성의 다행스러움을 어찌 이루 다 말하겠습니까? 다만 듣건대 시사(時事)가 어그러졌다고 하니, 해바라기처럼 임금을 향하는 충정으로 어떻게 보상(輔相)하고 광구(匡救)하는 도리를 다하여 인정을 베풀고 교화를 지극히 하여 우리 성상의 덕을 밝히시겠습니까?

　　선생의 문집을 지난번 금계(金溪)에 있을 때 몇몇 벗들과 수일 동안 강독하였습니다. 그때 의논하기를 "선배의 문자가 어찌 많아야만 하겠는가? 비록 두세 편이라도 후세에 전하여 사람들이 배우게 할 수 있으니, 문집 가운데 의심스럽고 어려운 부분은 굳이 모두 수습하여 후인들의 의혹을 일으킬 필요가 없을 듯하다."라고 하였습니다. 이는 참으로 지당한 논의이니, 스스로 의심스럽고 어렵게 여기는 점은 또한 전날 말씀을 들을 때 빼버리려다가 빼버리지 못한 몇 편에 지나지 않습니다. 일찍이 보니 선현의 유집(遺集)을 쉽사리 간행하는 것에 대해 분분한 논의가 없지 않았습니다. 자운(子雲)[325] 이 아니면서 망령되이 운운하는 자는 말할 것도 없지만, 걱정되는 것은 남긴 글을 모두 수습하여 문집에 넣으면 의론할 것은 있겠지만 식견이 밝은 사람이 보면 의심을 가지게 될 것이니, 사문의 불행이 어떠하겠습니까? 이것이 바로 우리들이 오늘날 거울삼아 경계할 일인데 뭇 장님이 코끼리 그리는 격으로 바른 데로 귀결될 기약이 없습니다. 오직 고명과 응중(應中)[326] 형께서 다시 상의하여 뺄지 넣을지를 결정하는 데 달려 있을

---

324) 정미함과 …… 데 :《중용장구》제27장에 "군자는 덕성을 높이고 학문을 말미암는 것이니, 광대함을 이루고 정미함을 다하며, 고명함을 다하고 중용을 말미암으며, 옛것을 잊지 않고 새로운 것을 알며, 후함을 더 두터이 하고 예를 높이는 것이다.[君子尊德性而道問學, 致廣大而盡精微, 極高明而道中庸, 溫故而知新, 敦厚而崇禮.]"라고 한 말을 인용하였다.

325) 자운(子雲) : 한(漢)나라 양웅(揚雄)이《태현경(太玄經)》을 지었을 때 사람들이 "이처럼 어려운 글을 누가 읽겠는가. 무용지물이 되고 말 것이다."라고 비웃자, "나는 후세의 자운(子雲)을 기다린다."라고 하였던 고사를 인용하여 한 말이다.《漢書 卷87 揚雄傳》

뿐입니다. 과연 사우(士友)들의 이야기와 같다면 원본이 아직 완료되지 않은 듯하니, 서문은 급한 일이 아닙니다. 그러므로 우선 교정하고 베껴 쓰는 일은 중지하고서 말미를 얻는 날을 기다리는 것을 영감께서는 어떻게 생각하시는지요?

특별히 여쭐 일이 조금 있습니다. 생각건대 퇴계 선생에게 있어서 진성(眞城)은 곧 주자에게 있어서 신안(新安)과 같은 곳이니, 실로 예사 자취에 비할 곳이 아닌데, 사당을 세운 지 지금 88년이 되었지만 아직 은전을 받지 못해 사전(祀典)의 반열에 들지 못하였습니다. 한 지방의 여론이 억울해하는 것은 감히 말할 바가 아니지만, 국가가 덕을 존숭하고 공적에 보답하며 문학을 보우하고 학관을 흥기하는 의리에 또한 흠결이 되지 않겠습니까? 영형(令兄)께서 이런 흠전(欠典)을 조정에 물으시기 바라고 혹 연석에서 사실을 근거로 진달하신다면 만에 하나라도 성사될지 모르겠지만, 또한 감히 바랄 수가 없습니다. 잔박(殘薄)한 물력(物力)을 헤아리지 않고 가을쯤에 두세 명의 유생을 물길로 보내어 조정에 호소하려고 합니다. 근래 이런 일로 상소하여 비지를 반강한 일이 있는지 모르겠지만, 반드시 성상께 진달하려 한다면 해당 관사도 지극한 뜻을 진달하여 사문의 성대한 일을 이루어주지 않겠습니까? 근래의 상황을 자세히 알지 못하여 감히 이렇게 번거로이 말씀드립니다. 다시 부탁드리니 인편을 통해 회답해 주시어 사문의 중대한 일이 끝내 낭패로 돌아가지 않도록 해주시기 바랍니다. 삼복더위가 혹심하니 삼가 바라건대 나라를 위해 스스로를 아껴 멀리서 기대하는 구구한 저의 바람에 부응해 주십시오.

一自赴召, 久不聞動止, 鬱鬱懷想實非尋常. 仄聞去館職, 屢遷入銓曹, 伏想出入經幄, 講論朝夕, 發明道要, 仰裨聖學. 以聖德聰明睿智之姿, 何難乎盡精微而極高明也, 太平萬歲, 將爲執事誦之, 宗社生民之幸, 曷可勝喩. 但聞時事有乖, 葵衷如何以罄其輔相匡救之道, 以光我宣仁至化之聖德也. 先生文集, 頃在金溪時, 與數三諸友講讀數日, 蓋其議以爲先輩文字, 奚以多爲, 雖二三篇, 足以傳諸後以淑諸人, 而集中疑難處, 恐不必俱收以起後人之惑. 此誠至論, 而其所自疑難者, 亦不外於前日承誨時欲去未去之數三篇也. 曾見先賢遺集, 容易刊布, 不無論議紛紜, 不是子雲而妄有所云云者, 固不足言, 而或慮其遺珠, 一幷收入, 容有可議, 而明者見之, 致有疑難, 斯文不幸, 爲如何哉.

---

326) 응중(應中) : 이숭일(李嵩逸)의 자이다. 각주 42) 참조.

此正吾輩今日之鑑戒, 而衆盲模象, 歸正無期, 惟在高明與應中兄更加商量裁定其去取耳. 果如諸友之說, 則元本似未完了, 而弁首之文, 非所急急. 故姑停繕寫之役, 以待休告之日, 未知令意以爲如何. 別有小稟, 竊惟退陶先生之於眞城, 是晦庵先生之於新安也, 實非尋常杖屨所及之比, 而立祠于今八十有八年矣, 尙未蒙恩, 不得與於祀典之列, 一邦輿情之鬱抑, 非所敢言, 而其於國家崇德報功右文興學之義, 不亦欠闕乎. 欲望令兄以此欠典, 詢于外朝, 或於經席, 因事陳達, 庶幾萬一, 然亦不敢望也. 不計物力之殘薄, 欲於秋間 津遣兩三儒生, 以爲裹足叫闇之擧. 不知近有此陳乞頒降等事, 而計若必遂上達天聽, 則該司亦將回陳至意. 以成斯文之盛也耶. 近來爻象, 不得其詳, 敢此煩瀆, 更乞因便回示 使斯文大擧, 終無狼狽之歸, 如何如何. 庚炎比酷, 伏願爲國自愛, 以副區區遠望.

지평 권상하에게 답하는 편지
答權持平尙夏

　고상한 풍모를 우러러 사모한 것이 참으로 하루 이틀이 아니었는데, 초봄에 문득 보내주신 편지와 별지를 받고 보니 말씀이 주밀하고 상세하며 지취가 매우 간절하여 한 집에서 자리를 함께하고서 직접 말씀을 듣는 것과 다름이 없었으니 얼마나 다행입니까? 다만 잡다한 일이 많아 여태 답장을 드리지 못하였으니, 부끄럽고 한스러울 뿐입니다. 삼가 무더운 여름비가 지리하게 내리는데 존체(尊體)의 기거가 신명의 도움으로 평안하시리라 생각합니다.

　세보(世譜)에 관한 일은 참람되고 경솔함을 헤아리지 않고 불쑥 맡았으니, 시작부터 마무리까지 한 해가 다 되었습니다. 외파(外派)는 말씀하신 대로 3대까지 입록(入錄)하여 다음 달 초에 합본하여 간행하려 합니다. 그리고 따로 한 질을 두어 외손은 멀리 백대가 되더라도 모두 수습하여 함께 수록(收錄)하여 을사년의 16책의 뒤를 이어야 하는데 아직은 실마리를 이루지 못하였으니, 내외의 보첩을 통틀어 갑자기 수습하기가 어렵기 때문입니다. 고명께서 유의하시던 것은 또한 이미 일을 마쳤으며 각 도(道)의 족파(族派)들을 모두 수록하였는데 빠트리는 걱정이 없는지 모르겠습니다. 뒤섞이고 차례를 잃은 것이 참으로 말씀하신 바와 같지만 이목이 미치지 못한 부분은 어긋난 것이 있는지 여부를 자세히 알기 어렵습니다. 우선 수록하여 아는 사람을 기다려 질정을 받는 것이 좋겠습니다. 고명께서는 어떻게 생각하시는지요?

대체로 이 일은 경외에 흩어져 사는 자손들이 각자 힘을 쏟지 않는다면 끝내 성사시킬 길이 없습니다. 그러나 이곳에서 국내에 두루 알리는 것이 형세상 어려우니, 지난 가을 문중에 통고하여 각 도에 옮겨 통고하게 한 것은 이 때문입니다. 관동에는 마침 인편을 통해 이러한 뜻을 통고하였는데, 과연 곧장 만들어 보낼지 여부는 모르겠습니다. 이밖에 헤아릴 점이 한둘이 아니지만 멀리서 보내는 편지에 다 쓰지 못합니다. 다만 직접 찾아뵙고 가르침을 받기를 기다릴 뿐입니다.

慕仰高風, 固非一日, 洒於春首, 忽承尊辱書, 兼賜別紙, 教諭周詳, 指意甚懇, 無異合堂同席而親承旨訣也, 何幸何幸. 第以事故多端, 尙稽奉報, 只令人愧恨而已. 伏惟暑雨支離, 尊體起居神相萬福. 世譜不揆僭率, 遽爾承當, 首尾蓋歲將周矣. 外派依尊示限三代入錄, 欲以開初爲合部付劂之地, 別有一帙, 外孫雖百代之遠, 俱收竝錄, 以繼乙巳十六冊之後, 而姑未成緖, 蓋以通內外譜, 猝難收聚故也. 不知高明所以留意者, 亦已卒業, 而諸道族派, 皆得收錄, 未有欠缺之患也耶. 混冒失序, 誠如來諭, 而耳目之所不逮者, 其差舛與否, 有難詳知, 不如姑錄, 以俟知者而斤正之爲得也. 不審高明以爲如何. 大抵此擧子孫之散處京外者, 若不各自致力, 則終無可成之路, 而自此遍告國中, 勢所不及, 前秋之所以通告門中, 轉通諸道者以此也. 關東則適仍便通以此意, 不知果能趁卽修送否也, 此外所可商量非一二, 而遠書不能盡, 只俟親扣以卒承敎耳.

山澤齋先生文集 卷之三

산택재선생문집 제3권

서書

참판 권해[327]께 보내는 편지

與權參判瑎

문득 조그만 부탁이 있어 우러러 아룁니다. 제 부모님의 산소가 멀리 백 리 밖 진보(眞寶)에 있는데, 산은 본래 얕은 야산이고 혈도(穴道)는 평평하여 뒷날의 오환(五患)[328]을 알 수 없으니, 자식이 된 이로 훗날에 대한 우려가 어떻겠습니까? 작은 비석 하나를 세워 묘도를 표시하려고 돌아간 존재(存齋) 이휘일(李公徽逸)공께서 제 아버지의 행록(行錄)을 찬차(撰次)하여 글 잘하는 군자가 채택할 수 있도록 예비해 두었습니다. 지난겨울 제가 분수에 넘치는 은혜를 입어 서울에 머물러 있을 때 문하에 출입하도록 허용해 주신 것이 이미 여러 번이었습니다. 그때 가만히 생각하기를 행여 아버지의 언행을 이번 기회에 대감께 부탁하여 비석에 새겨 후세에 전하면 되지 않을까 하였습니다. 그런데 마침 그 때 대감께서 부모님의 병환을 간호하며 시탕(侍湯)하고 계셨습니다. 이에 감히 사적인 일을 말하지 못하고 조용히 돌아왔습니다. 이제 내제(內弟) 이명윤(李明允)이 가는 편에 한두 가지 사적인 부탁 말씀을 올립니다.

삼가 존재 선생이 지은 글과 돌아가신 어머니의 광기(壙記)를 함께 올리니 대감께서는 불초한 죄를 따지지 마시고 특별히 받아들여 한마디 말씀을 베풀어 주신다면 유명(幽明) 간에 지극한 감격을 어떻게 보답해야 할지 알 수 없을 것입니다. 저는 기대감을 이기지 못하여 삼가 이렇게 간절히 바랍니다.

---

327) 권해(權瑎, 1639~1704) : 본관은 안동(安東). 자는 개옥(皆玉), 호는 남곡(南谷)이다. 아버지는 호조판서 권대재(權大載)이며, 어머니는 정랑 이진(李溍)의 딸이다. 문장과 글씨에 뛰어났고, 평양부윤으로 재임할 때는 평안북도 영변의 보현사 영암대사석종비(普賢寺靈巖大師石鐘碑)의 비문을 짓고 썼다. 저서로는 《노론주해(魯論註解)》·《사범삼십오편(士範三十五編)》·《의경변의(義經辨疑)》·《남곡집(南谷集)》 등이 있다.

328) 오환(五患) : 묘지를 쓸 때 피해야 할 다섯 가지 경우이다. 정이천(程伊川)은 뒷날 도로가 될 곳, 성곽이 될 곳, 도랑이나 못이 될 곳, 세력가에게 빼앗기게 될 곳, 농지가 될 곳을 오환으로 지적하였다. 《二程全書 卷10 葬說》

輒有微懇, 仰干崇聽. 泰時父母墳墓, 遠在眞城百里之外, 山本淺岡, 穴道平衍, 他日五患, 有不可知, 人子爲後日慮, 當復何如. 欲立一小碣, 以表墓道, 而故存齋李公徽逸撰次先人行錄, 以備立言君子之采擇矣. 前年冬, 泰時分外蒙 恩, 淹滯洛下, 得蒙容許出入門下, 蓋已數矣. 竊伏幸先人言行, 庶可因此仰煩高明, 以爲揭阡傳示之地, 而顧其時台監以色憂, 方侍湯藥, 玆不敢煩以私, 泯默而歸. 今因令內弟李兄明允行, 爲道一二私懇, 謹將存齋所爲文及亡母壙記以附呈似, 伏乞台監不以不肖爲罪, 特許鑑納, 惠以一言, 則感極幽明, 未知攸報. 泰時不勝大願, 謹此祈懇.

군칙 이동표에게 답하는 편지
答李君則東標

지난번 보내주신 편지는 답장을 하지 못해 항상 서글프고 한스러운 마음에 몸 둘 바를 몰랐습니다. 요사이 지내시는 기거는 평안하십니까? 저는 미관(微官)에 매여 있다 보니 시사(時事)에 대하여 말 한마디 못 하고 죽을까 걱정입니다. 우리가 어찌 거칠게나마 숨을 쉬고 있다고 서로 말할 수 있겠습니까.

들으니 여양(驪陽)의 옛 마을이 쓸쓸하고 처참한 모양새라고 합니다. 오(吳)씨와 박(朴)씨 여러 사람들의 일은 사람들을 불편하게 하지만, 모두 금법에 관계되어 있으니 어찌하겠습니까.

단지 스스로 돌아가 허물어진 집을 다시 세워 책을 보며 남은 세월을 보낼 계책을 세웠지만 나아가고 물러나는 사이에서 걱정만 할 뿐 우선 정해진 계획이 없습니다. 어느 때나 반갑게 만나 속마음을 털어놓겠습니까. 나머지는 공부하며 지내시는 생활이 좋으시기를 바랍니다.

頃書未覆, 恒庸悵懊, 不知所以措躳, 未審比者, 經履起居晏重. 泰時微宦所麼, 恨未能一言時事而死矣, 吾輩安足相告以粗保喘息耶. 第聞驪陽舊坊, 蕭瑟愁慘之狀, 吳朴諸人之事, 令人內怫, 而俱係嘿諱, 奈何奈何. 但自歸築弊廬, 爲看書消年之計, 而進退之間, 一念憂惶, 姑無定筭, 何當握晤, 吐此肝膈. 餘冀溫理冲茂.

도산서원 재유들에게 보내는 편지
與陶山書院齋儒

인현왕후(仁顯王后)[329])께서 승하[330])하시어 나라 전체가 슬픔에 휩싸였으니 다시 또 무슨 말을 하겠습니까. 국상(國喪) 기간 안에는 학궁(學宮)에서 향례(享禮)를 폐하는 것은 곧 근래의 변함없는 법식으로, 근자 을축년(1685) 봄에 제가 전례에 입각하여 여쭈어 말씀하신 대로 행사를 멈추었으니 이는 신중히 하는 뜻이었습니다.

여러분께서 고사를 강구(講究)하여 의식을 만들어 거행한다고 들었는데, 저는 당시에 미처 알지 못하여 사전(祀典)을 폐하기도 하고 거행하기도 하는 온당치 못한 상황에 이르게 한 것이 매우 안타까웠습니다. 지금 때가 중춘(仲春)이므로 향례(享禮)를 지내야 할 때가 가까워졌습니다. 귀원(貴院)에서는 이미 정해진 예법을 변개하지 않으리라는 것을 잘 알고 있습니다만 우리 서원은 향례를 처음 거행하는 것이므로 마땅히 생각해 보아야 합니다. 예로부터 향례를 중지하는 뜻은 어디에 근거하는 것이며, 여러분들이 닦아 거행하는 뜻은 또한 어디에 근거하는 것입니까?

저는 상고하건대, 송(宋)나라 창주정사(滄洲精舍)에서 선성(先聖)을 봉안(奉安)할 때가 효종(孝宗)의 졸곡(卒哭) 뒤였습니다. 욕의(縟儀)를 봉안하는 것도 오히려 이렇게 행하였다면 상향(常享)의 대례(大禮)를 유독 폐할 수 있겠습니까? 가만히 생각해 보건대 여러분들께서 닦아 거행하려는 근거가 반드시 여기에서 나왔을 것입니다. 아니면 혹시 경전에 근거하여 의론할 만한 것이 있습니까? 저 또한 고사(故事)에 의거하여 거행하고 싶지만, 학궁은 이미 피차가 다름이 없고 향례도 의당 다르게 해서는 안 되기에 이렇게 감히 질의합니다. 삼가 여러분께서 너그러이 헤아려주시기 바랍니다.

東朝禮陟, 率土哀繹, 更何言更何言. 國恤內學宮廢享, 乃是近古恒式, 而迺者乙丑春, 泰時援例奉稟, 依示停行, 此莫非愼重之意也. 旋聞僉尊講究故實, 立儀修擧, 泰時深恨當時不及聞知, 致令祀典有或廢或擧之爲未安也. 今當仲春, 享禮將迫, 貴院已定之禮, 固知不變, 而弊院修擧之初, 合有商量, 不知從古廢享之義何居, 而僉尊修擧之

---

329) 인현왕후(仁顯王后) : 원문은 '東朝'인데, 동조는 한(漢)나라 때 태후가 거처하던 장락궁(長樂宮)이 황제의 거처인 미앙궁(未央宮) 동쪽에 있었던 데서 태후의 뜻으로 쓰이게 되었다.

330) 승하 : 원문의 '예척(禮陟)'은 제왕의 승하를 뜻한다. 《서경》〈군석(君奭)〉에 "은나라 선왕(先王)이 예로써 올라가 하늘에 짝하여 나라를 향유한 세월이 오래였다.[殷禮陟配天 多歷年所]"한 데서 온 말이다.

意, 亦何據耶? 泰時竊嘗考宋朝滄洲精舍奉安先聖, 乃在於孝宗卒哭之後, 奉安縟儀, 尙
此行之, 則常享大禮, 獨可廢耶? 竊想僉尊之所以修擧者, 其必出此, 抑或有經據之可議
耶? 泰時亦欲依故事修擧, 而學宮旣無彼此, 享禮不宜異同, 玆敢仰質, 伏願僉尊恕諒焉.

경광서당 여러분에게 보내는 편지
與鏡光書堂僉座

삼가 생각건대 학사(學舍)는 있으면서 학전(學田)이 없으면 많은 선비들을 접대할 수
없고, 학전은 있으면서 학제(學制)가 없다면 인재를 성취시킬 수 없습니다. 이것이 바로
학사가 있으면 반드시 학전이 있어야 하고 또 반드시 학제가 있어야 하는 이유입니다.

지금 우리 정사(精舍)가 창립된 융경(隆慶) 원년[331]으로부터 앞뒤로 일백십여 년 동안
접대한 많은 선비들과 성취시킨 인재들을 헤아릴 수 없으니, 이는 실로 선배들께서 널리
전답을 마련하고 법제를 강정(講定)하였으며, 뒷사람들이 삼가 지키고 은밀히 전수하여
각기 그 마음과 힘을 다 하였기 때문입니다. 그러므로 사람들이 학사가 가르치고 기르는
방도를 능히 다하는 학사를 일컬을 적에 반드시 본사(本舍)를 으뜸으로 칩니다. 그러나
다만 제의와 법식이 마련되어 있지 않으니 모두 이것이 전례의 결함이라고 여깁니다.

근자에 서쪽 모퉁이 빈 땅에 묘우(廟宇)를 세워 세 선생의 위판을 이봉(移奉)하니, 이날
유생들은 정돈되었고 예모는 엄숙하였습니다. 향례(享禮)를 마치자 술잔을 들고 서로
경축하면서 서당(書堂)을 정사(精舍)로 고칠 것을 유림에 두루 알리고, 별도로 제향의
조목을 세워 제수(祭需)를 제공하기로 하면서, 본사에서는 상관하지 못하도록 하였으니,
이는 제향의 경비를 무겁게 지우다가 보면 본사의 재산이 점점 줄어들어 유생들에게
제공하지 못할까 봐 염려가 되어서였습니다. 본사의 규모와 시설이 여기에서 더욱 무겁
고 커졌으니 후학들이 법도를 공경하고 사모하는 것을 이루 다 표현할 수 없습니다.

불행하게도 근자에 연이어 큰 기근이 들어 학전의 수확이 십분의 일밖에 되지 않는
데 공역이 빈번하게 일어나 쓸데없는 경비가 배가 되었을 뿐만 아니라 후생들의 다툼이
그치지 않아 집안이 텅 비어 글 읽는 소리가 들리지 않으니 백여 년간 공부하던 장소가

---

331) 융경(隆慶) 원년 : 서기로는 1567년. 명나라 목종(穆宗)의 연호이며, 조선에서는 선조(先祖)가 즉위한 해이
기도 하다.

발길이 끊어져 무성한 풀밭으로 되어버림을 면하지 못할 듯합니다.[332] 선배들께서 후생을 위하여 영건하여 이루어 놓은 뜻이 지금 모두 사라지게 되었으니, 이것을 생각할 때마다 여러 번 탄식하며 식사를 그만두지 않은 적이 없습니다.

여러분도 이 점에 대하여 또한 깊이 생각하고 그 마음과 힘을 다하여 선배들께서 남기신 뜻을 추모하면서 오늘날 고질이 된 폐단을 제거하려 하겠지만, 혹시 여러분들의 견해에 오히려 한 가지 실수가 있을까 걱정이 되어 감히 어리석은 견해를 조목조목 들어 여쭈려 하니 여러분들께서 어떻게 생각하실지 모르겠습니다. 어리석은 이의 염려가 지극하다가 보니 망령된 행동이 이 지경에 이르렀습니다. 죄송하고도 죄송합니다.

하나, 본사 재유들은 이전부터 양식을 가져다 먹고 점심 및 반찬값과 등유(燈油)는 공관(公館)에서 제공했습니다. 본사의 모든 유생은 공사(公事)로 인해 투숙하게 되면 공관에서 빌려 식사를 했으니 이는 선배들께서 수립한 제도의 자상하고도 주밀한 부분입니다. 제 생각에는 지금부터 다시 전례에 따라 멀리서 온 손님 이외에 본사 사람으로 별일 없이 내왕하는 경우에는 가져다주기도 하고 빌려 주기도 하여 쓸데없는 비용을 줄이는 것이 어떻겠습니까?

하나, 향사(享祀)의 집사는 본래 정해진 수가 있으므로 공연히 많이 청할 필요가 없습니다. 일찍이 도산(陶山)과 역동(易東) 두 서원에 집사를 분정(分定)한 것이 너무 간소하고, 소수서원(紹修書院)에도 삼헌관(三獻官)과 육집사(六執事)를 항정(恒定)한 것으로 볼 때, 그 형세가 지공(支供)할 수 없어서 소략한 데에 잘못된 것이 아닙니다. 본 사당에서 처음 봉안하던 날 삼헌관과 육집사를 의논해 정한 것은 실로 소수서원에서 지금 실행하고 있는 제도를 모방하여 정한 제도입니다. 지금 본 사당에서는 당초 의정했던 제도를 이미 잃어버리고 초헌(初獻)부터 학생까지 모두 18위입니다. 저는 진설하고 밥을 제공하고 반찬을 장만하고 그릇을 씻는 등의 일은 향사를 치르기 하루 앞에 할 일이고, 여러 집사도 또한 겸하여 살펴서 봉작(奉爵)은 봉향(奉香)이 겸하고 전작(奠爵)은 봉로(烽爐)가 겸한다면 열 한 사람으로 분정할 수 있으니 향사를 치를 때에 조금도 구차하거나 소략할 염려가 없다고 생각합니다. 그러므로 지금부터 열한 사람으로 항정하여 일체 유안(儒案)에 의거하여 돌아가면서 분정하고, 춘향(春享)의 집사는 다시 추향(秋享)에 분

---

332) 공부하던 …… 듯합니다 :《시경》〈소아(小雅) 소반(小弁)〉에, "평탄하게 뚫린 길이 막히어, 무성한 풀밭이 되리라.[踧踧周道 鞠爲茂草]"라고 한 말을 인용하였다.

정하지 않으면 사람마다 제기를 잡고 분주히 경모(敬慕)의 정성을 펼칠 수 있을 것입니다. 여러분은 어떻게 생각하십니까.

하나, 제향위의 조항은 이미 제거하였으므로 지금 다시 만들 수는 없지만 처음에 정한대로 10섬의 규모를 초과하지 말고 당년 농작의 풍흉을 살펴서 대략 더하거나 줄여서 낭비하는 폐단이 없도록 하는 것이 어떻겠습니까?

하나, 거두어들이고 분산하는 일은 본사의 소관인데 근년에는 흉년을 수습할 수 없었을 뿐만이 아니라, 분산한 것도 이미 살피지 않았고 거두어들이는 것도 또한 시기를 놓치다 보니, 다만 종이 위의 허수만 남게 되었을 따름입니다. 허다한 경비를 장차 무엇을 믿고 수응하겠습니까. 진실로 크게 고치지 않는다면 끝내는 모두 다 없어져서 다시는 손을 쓸 수가 없어질 것입니다. 지금부터 본사의 종복이나 가속(假屬)[333] 가운데서 근거가 착실한 자를 뽑아 곡식의 많고 적음을 보아서 등수대로 분산하고 기한에 미쳐서 거두어들이게 한다면 번거롭게 재촉하지 않더라도 절로 떼어먹는 폐단이 없어질 것입니다. 이전에 못 거두어들인 것은 지금 삼 년 한도로 이식(利息)을 취하는 규례에 의거해서 전지(田地)로 문건을 작성하여 쳐서 들이되, 같은 해에 거두어들인 수를 기준으로 모두 납입하도록 해야 합니다. 만일 토지가 척박하여 그해 거둔 것이 이자와 원금의 숫자를 채우지 못할 경우는 마땅히 처벌을 해야 하고, 혹 전지에 들어가 도리어 제멋대로 몰래 거두어서 제 이익을 차리는 자가 있다면, 너무 말할 것도 없는 일이므로 모두 당에 모여 엄중한 벌을 주는 것이 어떠하겠습니까?

하나, 도유사(都有司)는 2년을 주기로 교체하고 재유사(齋有司)는 1년마다 교차하는 것이 본래의 규례이지만, 근래에는 재유사의 임기가 만료되어 바꿔야 하면 도유사가 허락하지 않고, 도유사의 임기가 만료되어 교체해야 하면 사림이 허락하지 않아서 흐지부지하게 지나가는 사이에 혹 태만하거나 따르지 않는 폐단이 없지 않습니다. 지금부터는 유사가 임기가 만료되는 즉시 교체하는 것을 모두 고례(古禮)대로 하는 것이 어떻겠습니까?

하나, 본사의 노비는 이미 신공(身貢)이 없는데도 또 사전을 지급하여 스스로 경작하여 먹도록 하고 있습니다. 본사가 전지를 둔 것이 어찌 노비를 먹여 살리기 위하여 마련한 것이겠습니까. 지금부터는 묘지기(廟直)과 성상(城上)[334]과 식모(食母)의 사전 외

---

333) 가속(假屬) : 임시로 배치된 관노.

에는 모두 도로 거두어들여서 공용을 대비하는 것이 어떻겠습니까?

　하나, 본사의 토지는 5리, 10리 밖에 있는 것이 많은데, 논은 비록 멀리 있더라도 혹 경작이 가능하기도 하나, 결국은 가까이 살면서 부지런히 농사짓는 것만 못합니다. 밭은 비록 가까이에 있고 농사에 노련한 경우라도 오히려 거름을 주기가 어려운데 하물며 5리, 10리로 멀리 떨어져 있는데다 농사에 게으르기까지 한 경우이겠습니까. 지금부터는 멀리 있는 본사의 토지를 경작하는 본사의 노비를 모두 돌아오게 하고 부근의 부지런한 농부에게 경작하게 한다면 수입은 반드시 갑절이 되고 황폐하거나 수확을 놓치는 근심이 없을 것입니다. 어떻겠습니까?

　하나, 본사의 소들은 본사의 노복들에게 나누어 기르게 하고 있는데 번식하는 것을 보지 못하였습니다. 그 숫자가 점점 줄어들고 있으니, 이 어찌 본사의 소들이 꼭 모두 새끼 배기에 적당하지 못해서이겠습니까. 지금부터 본사의 노복들이 기르고 있는 소들을 인근 마을에서 기르기를 원하는 이에게 나누어 주고, 암소가 송아지를 배면 그 사람에게 함께 기르게 하고 그 공역을 면해주도록 해야 합니다. 암소로서 새끼가 없는 것과 황소로서 밭을 갈 수 있는 놈은 규례대로 공역을 받아서 공용에 대비하도록 하는 것이 어떻겠습니까?

　하나, 본사 내의 모든 범절을 간편하고 검약하기를 힘쓰고, 수확과 환곡(還穀)의 출입을 적절한 시기를 놓치지 않는다면 일 년도 되지 않아 곡식을 이루 다 쓸 수 없게 될 것입니다. 근래에는 별도로 비축한 양곡이 있어 거접(居接)³³⁵을 하는데, 본사는 내버려두고 꼭 사찰로 가서 빈둥빈둥 시일을 낭비하고 30섬의 곡식을 다 허비하고서 겨우 세 편 내지 다섯 편쯤의 시와 부를 짓습니다. 그러니 본사의 낭비는 많지만 제생(諸生)의 소득에 무슨 이득이 있습니까. 이는 당초 정사(精舍)를 설립한 근본 취지가 아닐 듯합니다. 저는 면내(面內)의 20세 이상 35세 이하인 업유(業儒)를 뽑는다면 많아야 40인을 넘지 않아야 한다고 생각합니다. 대체로 40인으로 번을 나누어 입재(入齋)하여 경서를 강송(講誦)하게 하고 각기 한 달을 기한으로 교체하는데, 이렇게 5, 6개월이 되면 새벽까지 힘써 공부하는 유생들이 많아질 것입니다. 그리하여 초하루 보름에만 장소를 마련하여 시와 부의 분야에서 시험을 치르되 매번 순제(巡題)³³⁶를 미리 내어서 모이는

334) 성상(城上) : 조선시대, 액정서(掖庭署)의 일을 맡아보던 하인이다. 여기서는 서원의 잡역에 종사하는 종을 가리킨다.
335) 거접(居接) : 과거시험에 대비하여, 글방이나 절간 등 조용한 곳에 함께 모여 공부하는 것이다.

날 각자 지어 오도록 하고, 상고(相考)하여 그 고하(高下)를 정한다면 30섬의 곡식을 다 쓰지 않고도 칠, 팔 편의 시와 부를 얻을 수 있을 것입니다. 또 40인의 10개월 치 조석 식사용 미곡을 7홉으로 계산하면 도합 168두(斗)입니다. 점심은 2월부터 8월까지 인데 그 가운데 여름 5월 6월을 빼고 5홉으로 계산하면 20인에게 5개월 공급하는 것 또한 30두입니다. 앞의 조석미와 모두 합하면 198두인데, 본사에서 도정하는 방법으로 계산하면 모두 29석 6두 남짓입니다. 반찬 비용은 값이 쌀 때를 틈타서 바꾸면 그 또한 10여 섬도 되지 않아 남는 것이 있을 것입니다. 이렇게 하면 일 년 비용이 겨우 40섬인 데도 이루어 내는 효험은 옛사람들에 뒤지지 않을 것이니 여러분들의 생각에는 어떨지 모르겠습니다.

하나, 학사를 세워 운영하는 것은 인륜을 밝히려는 것입니다. 과업(科業)을 비록 폐지 할 수는 없으나 이미 인륜을 밝히는 실질적인 일이 아니라면 여기에 전력할 수는 없을 것 같습니다. 이것이 주부자(朱夫子)께서 《근사록(近思錄)》에 몇 가지 단계를 첨입하여 과거 공부는 사람의 마음을 그르친다는 것을 밝히고자 한 까닭입니다. 제 생각에는 지금부터 재사에 머무는 유생들은 여름 5, 6월 두 달은 과업을 익히고, 그 앞뒤 10개월은 사서와 육경을 강학하여 학사의 교육을 수립하는 뜻을 보존하는 것이 어떻겠습니까?

이상의 10개 조항은 감히 스스로 옳다고 여겨 반드시 중의를 배격하고 마음대로 주 장하여 결단코 행하려는 것이 아닙니다. 단지 지나친 우려로 감히 조금의 효험은 있을 것이라는 생각에 조용히 가부(可否) 간의 결정을 기다릴 따름입니다.

아, 지금 본사의 형세를 여러분은 어떻게 생각하십니까? 대승기탕(大承氣湯)을 써야 할 증세에 도리어 사군자탕(四君子湯)을 쓴다면[337] 이미 합당한 처방이라고 할 수 없는 데, 하물며 수수방관하며 구제하지 않으면서 저절로 죽기를 기다리고 있으면서 말하기 를 '이제 끝이다. 죽는 것을 어찌하리오.'라고 한다면 되겠습니까. 단지 증세에 따라 약을 써서 기사회생하도록 모든 구료의 방책을 다해야 할 것입니다. 근래 본사가 밖으 로는 남의 업신여김을 당하고 안으로는 우리끼리 어그러져 꼴이 되지 못하는 지경이

---

336) 순제(巡題) : 관찰사가 고을을 시찰하면서 그 지역의 학생들에게 보이는 시험으로, 여기서는 모의시험 문제 를 말한다.
337) 대승기탕(大承氣湯) …… 쓴다면 : 주자가 《答呂伯恭書》에서, "대승기탕을 써야 할 증세에 사군자탕(四君子 湯)을 쓴 꼴이다."라고 한 말을 재인용한 것이다. 대승기탕은 급한 증세에, 사군자탕은 진기(眞氣)가 허약한 경우에 보약으로 쓰는데, 시사(時事)의 완급에 따라 적절한 조처를 취해야 함을 비유한 것이다.

되었습니다. 이는 실로 전철(前轍)을 버린 데서 말미암은 것으로 온갖 폐단이 여기에서 나오는데 고쳐서 제 길로 나아갈 뜻이 없습니다. 이는 마땅히 급급히 혁신하여 굳어진 폐단을 통렬히 혁파해야 합니다. 엉성하나마 앞에서 진술한 대로 한다면 혹 우리의 도를 부지할 수 있을 것입니다.[338] 이로써 방편을 삼아 선비들에게 제공하여 교육시키고, 다른 것은 근본에 의거하여 나누어 이루어 나가면 성인(成人)은 덕을 갖추고 어린 제자들도 갈 바를 찾아, 사습(士習)은 순수 정대함을 숭상하고 예도와 의리를 서로 앞세울 것이니, 다시는 앞에 열거한 여러 폐단이 없을 것입니다.

저는 지극히 우매하고 비루하여 잘난 것이 없는 사람인데 스스로를 헤아리지 못하고 개인적인 생각으로 선현들의 아름다운 뜻을 회복하는 데에 뜻이 있어서 감히 그릇된 의견으로 섣불리 가르치고 기르는 방책을 논하였습니다. 이는 여름날 큰 우물 안 개구리가 끝내 대방가(大方家)의 비웃음을 사게 되는 격입니다. 다시 바라니 여러분들께서는 저의 주제넘은 말을 용서해 주신다면 매우 다행하겠습니다.

伏以有學舍而無學田, 則多士不可以供億, 有學田而無學制, 則人材不可以成就, 此所以有舍必有田, 又必有其制也. 今我精舍刱自隆慶初年, 而上下百十餘年間, 供億多士, 成就人材者, 不知何限, 此實先輩廣置土田, 講定法制, 而後之人謹守而密傳, 各盡其心力也. 以故人之稱學舍之能盡敎養之方者, 必以本舍爲首, 而第未有俎豆衿式之事, 咸以是爲欠典也. 洒者就西偏陳地立廟宇, 移奉三先生位版, 是日也, 青襟濟濟, 禮容肅肅, 縟儀才畢, 執酌相慶, 而改書堂以精舍, 遍告儒林, 別立祭享條以供粢盛, 而使本舍不得相干, 蓋慮其歸重祭享輕費, 本舍漸至削約, 無以供士也, 本舍之規模設施, 於是乎益重且大, 而後學之敬慕衿式, 有不可勝言矣. 不幸近者連歲大侵, 學田所收, 僅得十一, 而功役煩興, 浮費且倍, 加以後生爭端不息, 屋宇空虛, 誦聲寂寂, 使百餘年莊修之所, 將不免鞠爲茂草, 先輩爲後生營建作成之意, 至此而掃地盡矣. 每一念至, 未嘗不三歎而廢食也. 伏想僉尊於此亦深其思慮, 竭其心力, 追先輩之遺意, 祛今日之痼弊, 而或慮高明之見, 猶有一失之患, 敢將瞽說, 條陳仰稟, 未知僉尊以爲如何. 愚慮之極, 狂妄至此, 悚仄悚仄. 一, 本舍齋儒, 自前齋粮, 而午食及饌價燈油, 自公而供, 本舍凡儒,

338) 주자가 유자징에게 보낸 편지에 "부족하나마 남은 것을 모은다면 혹시라도 크게 우리 도를 부지할 수 있게 될 것입니다. [將來零星揍合 或可大家扶持也]"라고 한 말을 인용하였다. 《晦菴集 卷35 與劉子澄》

因事投宿則貸公以食, 此先輩之立制詳密處也. 愚以爲自今復循前例, 遠客外本舍人等閒來往, 則或齎或貸, 以省冗費如何? 一, 享祀執事, 自有其數, 不必虛張廣請也. 曾見陶易兩院執事分定太簡, 紹修舊院, 亦恒定三獻官六執事, 非其勢不能支供而失於忽略也. 本廟當初奉安之日, 議定三獻官六執事者, 實倣紹修見行之規而爲之定制者也. 今本廟已失當初議定之制, 而自初獻至學生凡十八位也. 愚以爲陳設供飯掌饌滌器等事, 便是將事前一日事, 諸執事亦可兼察而至於奉爵奉香兼之, 奠爵奉爐兼之, 則十一人可以分定, 而將事之際, 少無苟簡之患矣. 自今恒定十一人, 一依儒案輪回分定, 春享執事, 更不分定於秋享, 人無不執籩豆駿奔走以展其敬慕之誠矣. 未知僉尊以爲如何? 一, 祭享位條, 旣已革去, 今雖不可復設, 而依初定毋過十石之規, 視歲豐儉而略加增損, 使無耗費之弊如何? 一, 斂散一款, 本舍所關, 而年來不但爲歲惡, 不能收拾, 散旣不審, 斂又失時, 只有簡一紙上虛數而已, 許多經費, 將安所恃而酬應哉. 苟不大段矯革, 終亦消磨盡, 無復有下手處也. 自今抄本奴假屬中有根着者, 視穀之多小而等數分散, 及期收納則不煩催督, 而自無逋負之弊矣. 至如曾前未收, 依見今限三年取息之例, 以田地成文捧納, 期以同年所收準數畢納, 如其田土瘠薄, 其年所收不足以充子母之數者, 固當可罰, 而或有入田還自潛收以爲己利者, 事甚無謂, 齊會堂中, 以爲重罰之地如何? 一, 都有司周二年而遞, 齋有司一年相遞者, 自是規例, 而近來齋有司任滿當遞, 則都有司不許, 都有司任滿當遞, 則士林不許, 因仍苟且之際, 或不無怠慢不率之弊. 自今有司任滿卽遞, 一遵古禮如何? 一, 本舍奴婢旣無身貢, 而又給私田, 使自耕食, 本舍之置田土, 豈爲是供養奴婢而設哉. 自今廟直城上食母私田外, 沒數收還, 以備公用如何? 一, 本舍田土, 多在五里十里之外, 水田則雖遠而或可耕治, 然終不若居近而力農者之爲也. 旱田則雖近而老於農者, 尙或難於糞治, 況在五里十里之遠而惰於農者乎. 自今本奴之遠耕本舍田土者, 竝令還入, 使附近力農者耕作, 則所收必倍而可無荒廢失收之患矣. 如何? 一, 本舍牛隻, 分養本奴, 而未見孳息, 厭數漸縮, 是豈舍牛必皆不宜孳息者也. 自今本奴所養之牛, 頒諸隣里之願牧者, 雌牛有犢則使之竝養而免其貢, 雌而無犢及雄而可耕者, 依例收貢, 以備公用如何? 一, 舍中凡百, 務從簡約, 而收穫斂散, 不失其時, 則不出一年, 穀不可勝用也. 近來有別貯粮穀, 年年居接事, 而捨其本舍, 必就僧舍, 悠悠泛泛, 浪過時日, 費盡三十石穀, 而僅成三五篇詩賦, 本舍所費則多, 而諸生所得, 有何益哉. 此恐非當初立舍之本意也. 愚則以爲抄面內業儒年二十以上三十五以下, 則多不過四十人, 大率以四十人, 分番入齋, 講誦經書, 各限一朔而遞散, 五六月則晨務方

殷, 只以朔望日設場課試詩賦, 而每會預出巡題, 以會日各自製來, 考定高下, 則不費三
十石穀而可做得七八篇詩賦也. 且四十八十箇月朝夕米, 以七合計之, 則合一百六十八
斗也. 午飯自二月至八月, 而去其夏五六兩箇月, 以五合計之, 則二十八五箇月所供, 亦
三十斗也. 通前朝夕米合計則一百九十八斗, 而以本舍春精法作正, 則共二十九石六斗
零也. 至於饌價乘賤貿易, 則亦不過十有餘石而有餘矣. 如此則一年之費, 僅四十石, 而
作成之美, 將不讓於古人矣. 未知僉尊以爲如何? 一, 營建學舍, 乃所以明人倫也. 擧業
雖不可廢, 而旣非明倫之實事, 則恐不可以此專力, 此朱夫子所以欲添八數段於近思錄,
以明科擧壞人心術也. 愚以爲自今齋儒夏五六兩箇月則習擧業, 其前後十箇月則講明四
子六經等書, 以存學舍立敎之意如何? 右十條非敢自以爲是, 而必欲排衆議, 便自主張,
決意行之也, 只是過計之憂, 敢效一得之慮, 顓俟可否之命也. 於乎, 今觀本舍形勢, 僉
尊以爲如何耶? 大承氣證, 却下四君子湯, 已不是相當, 況袖手傍觀而莫之救, 以待其自
盡, 而曰今其已矣, 沒柰何也者其可乎. 只合隨證下藥, 起死回生, 以盡救療之方也. 近
來本舍外面受人之侵侮, 裏面被吾黨作乖, 以至不成貌樣, 此實由擔閣樣轍, 弊病百出,
無意作成, 而進修之不以其道也. 是宜沒汲乎改途易轍, 以痛革其沉痼之弊, 而零星湊
合, 如前所陳, 則或可大家扶持, 以之方便, 供士而敎, 他依本分做得成, 則成人有德,
小子有造, 習尙醇正, 禮義相先, 而無復有如前數者之弊矣. 泰時至愚極陋, 無所肖似,
而顧乃不自度量, 私竊有志於修復先輩之美意, 敢以紕繆之見, 妄論敎養之策, 此夏宏
井蛙所以卒見笑於大方之家也. 更願僉尊恕其狂僭幸甚.

춘경 권두인에게 보내는 편지

與權春卿斗寅

이토록 오래 서로 만나 뵙지 못하였으니, 그리운 마음을 말로 표현할 수 있겠습니
까? 요사이 기거가 편하신지 모르겠습니다. 저는 이전과 같이 어수선하고 근심스러운
상태라서 말씀드릴 만한 소식이 없습니다.

드릴 말씀은 다름이 아니라 재루(齋樓)의 석역(石役)을 이미 마쳤으니, 기문(記文)이
없을 수 없습니다. 저희 문중을 돌아보니 오직 어른께서 그 일을 기록하실 수 있기에,
이에 이번 모임에서 여러분의 논의로 이 일을 부탁하게 되었으니, 한 글자를 아끼지

마시고 후세에 전말을 보여주시는 것이 어떻겠습니까?

相阻至此, 戀懷可言. 不審此時, 尊體履萬相否. 泰時憒憒依昨, 無足道者, 就石役齋
樓功已告訖, 不可無記, 而顧吾門, 惟尊可以記其事, 玆於今會, 僉議委告, 倖須毋惜一
字, 以示顚末於來世如何?

이천휘[339]에게 답하는 편지
答李天輝

지난달 20일경에 삼가 당월 15일에 보내주신 서신을 받았으니, 몹시 그립던 터에
얼마나 시원하게 위안이 되던지요. 다만 주신 편지에 공손한 말씀으로, '위도(爲道)'라
고 말씀하시기까지 하였으니 매우 저에게 어울리지 않습니다. 붕우 간에 교제하는 도
리에서 어찌 받아들일 수 있겠습니까. 군자가 한마디 말로 지혜롭지 못한 사람이 될까
매우 염려스럽습니다.

흙비와 무더위가 혹심한 요즘, 귀하께서는 고요하고 여유롭게 지내시며 학업에도
진작이 있으리라 생각됩니다. 저는 각종의 질병 때문에 괴롭게 날짜를 보내고 있으니
그저 내버려둘 뿐 어찌 하겠습니까.

보내오신 세 편의 글은 모두 세상을 고민하고 시속의 병폐를 지적하는 말이었습니
다. 자신을 면려하고 남을 면려하는 뜻이 말 밖에 넘쳐나기에 여러 번 다시 읽고서
깊이 탄복하였습니다. 그런데 세 번째 글 '입언(立言)'과 '명제(命題)'의 뜻에 있어서는
저의 천견으로 이해되지 않는 점이 있었습니다. 선비가 되어 심학(心學)을 담론하는 것
은 농부가 뽕나무와 삼밭을 이야기하는 것과 같으니, 어찌 감히 스스로 외면하여 의문
점을 해결하지 않고서 강습의 효과를 누릴 수 있겠습니까.

대개 마음은 일신(一身)을 주재하고 만 가지 변화에 대응하는 것이라고 들었습니다.
머리의 모양은 곧게 하고 발의 모양은 무게 있게 하는 것[340]은 바로 마음이 바르기 때문

---

339) 이천휘 : 천휘는 이명하(李明夏)의 자이다.
340) 머리의 …… 것 : 군자의 아홉 가지 모양으로, '발 모양은 무게 있게 하고, 손 모양은 공손하게 하고, 눈
모양은 단정하게 하고, 입 모양은 다물어야 하고, 소리 모양은 조용하게 하고, 머리 모양은 곧게 하고, 기상의
모양은 엄숙하게 하고, 서 있는 모양은 덕스럽게 하고, 안색의 모양은 장엄하게 하는 것[足容重 手容恭 目容

이요, 쓸데없이 방황하거나 비루하게 발걸음을 달리는 것은 마음이 병들었기 때문입니다. 이목구비 또한 다 그렇지 않음이 없으니, 지금 일신을 가지고 가설하여 질문하고 응답한다면 질문하는 자는 누구이며 응답하는 자는 누구이겠습니까?

옛날에 어렵거나 의문 나는 것을 가설하여 묻고 응답하는 경우, 혹은 사물에 가탁하기도 하고 혹은 사람을 가탁하기도 하였지만, 일신을 둘로 쪼개어서 문답한 경우는 보지 못했습니다. 이러한 경우가 있었는데 보지 못한 것이겠습니까? 과연 그렇다면 하나의 몸과 마음 밖에 별도로 하나의 몸과 마음을 두어서 상대하여 문답한 것입니다. 이는 주부자(朱夫子)께서 말한 '가르침의 밖에서 참된 진리를 전한다.'라는 것에 가깝지 않겠습니까? 가령 '천군(天君)'이라든가 '천군은 자신만 옳다고 여기지 않는다'라는 등의 말은 더욱 마음이 편치 않지만, 귀공의 고명하신 견해는 우리 유학과 반드시 어긋나는 부분이 없을 것인데, 용렬한 나의 견해가 글을 보는 데에 투철하지 못하여 이러한 의문이 들게 하였습니다. 원컨대 다시 반복하여 가르쳐 주시기 바랍니다. 옛사람이 이른바 '저쪽에서 유익하지 않다면 반드시 이쪽에서 유익하다.'는 것이 바로 이것이니, 귀공께서는 어떻게 생각하십니까?

《설령(說鈴)》과 《사략(史略)》은 모두 부탁하신 대로 부쳐드립니다. 전에 가져가신 《문종(文宗)》은 인편에 부쳐주시기 바랍니다. 쇠약하고 늙은 몸으로 다 죽어가고 있으니 더위가 무서워 감히 출입할 수 없습니다. 가을이 오기 전에 찾아뵙고 이야기를 나누는 것은 기약할 수 없을 듯하니, 더욱 서글프고 한탄스럽습니다.

　　前月念間, 謹承尊本月十五日書, 懸漾中慰豁如何. 但來書辭下而恭, 至有爲道等語, 甚不着題, 朋儕際接之道, 豈容如是, 深恐君子一言爲不智之歸也. 霾炎比酷, 想尊靜況淸適, 學履佳勝. 泰時病故多端, 苦度時日, 直任之耳, 柰何柰何. 寄示三篇, 無非悶世病俗之辭, 自勉勉人之意, 溢於言表, 三復以還, 極令人歎服. 至如第三篇, 立言命題之意, 以愚淺見, 不能無疑, 爲士而談心學, 猶農夫之說桑麻, 安敢自外而不盡所疑, 以資講習之益也. 蓋聞心者主宰一身而酬酢萬變者也. 頭容直足容重, 自是心之正也, 其所以浪回轉枉奔蹶, 乃是心之病也. 至於耳目鼻口, 莫不皆然, 今以一身設爲問答, 則不知問者誰與, 答者誰與? 古固有設問答以難疑者, 而或托於物, 或假之人, 未見有以

端 口容止 聲容靜 頭容直 氣容肅 立容德 色容莊]'을 말한다. 《禮記 玉藻》

一身判而爲二而問答者, 蓋有之而未之見耶? 果如是, 一箇身心外, 別有一箇身心相對
而答問之也. 不幾於朱夫子所謂敎外眞的者耶? 使天君及天君不自是等語, 尤更未安,
以左右高明之見, 於吾學必無所差繆, 而庸下之見, 看文字未透, 致有此疑, 願更反覆
之, 終有以敎之也. 古人所謂不有益乎彼, 必有益乎此者此也. 不知高明以爲如何. 說
鈴及史略, 竝依敎付呈, 前控文宗, 亦望因便惠付耳. 衰老殘喘, 畏暑不敢出入, 秋前攀
叙, 似未可期, 尤增悵歎.

태보 김이현[341]에게 보내는 편지
與金台甫以鉉

　지난 가을 아쉽게 헤어진 뒤로 아직까지도 아무 연락을 하지 못했습니다. 날씨가
맑고 화창한 요즈음, 형께서는 조용히 만복을 누리고 계시온지요? 저는 외람되게도
성은(聖恩)을 입어 수령이 되었지만, 농사는 흉년이 들고 백성들은 가난하며, 진휼할
자산이라고는 그야말로 밀가루도 없이 수제비를 만들어야 하는 아무 근본이 없는 상
황[342]입니다. 어찌해야 한단 말입니까. 가을 이후로는 미련 없이 돌아가 냇가 바위 사이
에서 조용히 지낼 수 있겠습니까. 촛불을 켜고 안부 전하느라 예를 갖추지 못합니다.

　前秋別懷, 迨尙黯然, 卽玆淸和, 兄靜履增福? 泰時叨恩冒守, 歲惡民貧, 賑濟之資,
政猶無麵之不托奈何. 麥秋後當浩然而歸, 可得從容於水石之間耶. 呼燭草候, 不具.

---

341) 김이현(金以鉉, 1653~1719) : 자는 태보(台甫), 본관은 의성, 호는 춘곡(春谷)이다. 학봉 김성일의 5세손이다.
342) 그야말로 …… 상황 : 원문의 '불탁(不托)'은 국수를 뜻하는 말로 "밀가루가 들어있지 않은 국수(無麵不托)"
　　라고 하여 근본적인 요소가 준비되지 않은 것을 말한다. 《晦庵集 卷26 上宰相書》

천상 이광정에게 답하는 편지[343]

答李天祥 光庭

어제 보내주신 편지를 받으니 곡진하고 적당하여 군자가 다른 사람을 위해 보여주는 성심을 볼 수 있었습니다. 황공하고 감사한 마음 그칠 수 없습니다.

삼가 천장(天章) 권두경(權斗經)이 서모의 신주에 무어라고 쓰는가에 대한 질문에 상세히 답한 것을 보니, 자식 된 이로 어버이를 높이는 의리가 가히 극진하다고 생각됩니다. 그리고 향리에서 통용되는 습속이나 방언을 높여야 할 자리에 써서는 안 된다고 한 것도 또한 남의 자식 된 이의 지극한 감정에 부합합니다. 다만 그 가운데 의문이 없을 수 없어서 감히 어리석은 의견을 드리니, 끝까지 가르쳐주시기 바랍니다.

말씀하신 바, 국법에 얼첩(孼妾)에게 '씨'라고 지칭하는 것을 허용하지 않기 때문에 오늘날 호적이나 일상에 쓰는 문서 등에 모두 '소사(召史)'라고 쓴다고 하였습니다. 이는 국법을 감히 위반하지 않는 것이니 의리는 참으로 그러합니다. 이는 참으로 바꿀 수 없는 논리입니다만 만일 남의 자식 된 이가 그 어머니의 신주에 쓸 말이 참람됨을 혐의로 여겨 감히 '씨'라고 지칭하지 못하고 꼭 '소사'라는 호칭을 붙여야 한다면, 이른바 자식 된 이로 어버이를 높이는 뜻이 어디에 있겠습니까? 이는 그렇지 않을 것 같습니다. 자식 된 이가 어버이를 높일 때 정도(正道)로써 하지 않는다면 어버이를 높인다고 할 수 없습니다. 만일 참월(僭越)함을 피하지 않고 생각한 대로 실행하여 살아있을 당시의 호칭을 버리고 국법이 허용하지 않는 것을 쓰는 것이 과연 어버이를 높이는 의리에 합당한 것이겠습니까?

보내온 편지에 "춘추의 의리로 미루어 보면 노나라 군주는 제후의 작위지만, 공자가 공(公)이라고 지칭한 것을 두고, 풀이한 이가 '신자(臣子)의 말이기 때문이다.'라고 하였으니 비록 지금의 일과는 대소가 전혀 다르지만, 그 의리는 유추할 수 있습니다."라고 하셨습니다. 제후는 모두 다섯 등급으로 신자의 작위(爵位)인데, 후를 공이라고 지칭한 것은 천자(天子)를 외람되이 업신여긴 것이 아니니, 신자가 군주를 높이는 말이 참으로 이와 같아야 합니다. 그러나 얼첩에게는 국법에 오직 한 등급 '소사'라는 명칭만 있는데 이를 뛰어넘으면 적모(嫡母)와 같아 다시 적서의 차별이 없어집니다. 그러므로 노나라 제후를 공이라 지칭한 것을 얼첩에게 '씨' 자를 붙이는 것에 견주는 것은 부당하다고

343) 천상 …… 편지 : 원 문집에는 '答李應中'으로 제목을 쓰고 天祥 光庭으로 수정하였다.

생각합니다.

주자(朱子)의 말씀에 "적모와 적모의 소생을 봉하거나 증직할 때 은례(恩例)가 동일한 것은 옳지 않다. 적서 분별을 조금 등급의 차이를 두는 것이 이치에 합당하다."[344]라고 하였습니다. 은례와 봉증(封贈)에도 오히려 감히 적모와 동일하게 할 수 없는 것인데, 하물며 국법이 허용하지 않는 엄격하여 범하기 어려운 칭호를 적용해서는 안 되는 자리에 적용하면서까지 그 어버이를 높이는 것이 또한 과연 의리에 합당한지 알 수 없습니다.

《가례(家禮)》에 이른바 "살아 있을 때의 칭호를 따른다."는 것은 항제(行第)를 가리켜 말한 것인데 우리나라에는 이미 '몇 번째'라는 칭호는 쓰는 일이 없고, 얼첩에 대한 생시의 칭호가 이와 같은 데에 불과하니 혹 유추해서 그렇게 부를 수는 있을 것입니다. 보내온 편지에 또 전조(前朝, 고려조)에는 '소사'는 생원·진사의 아내를 지칭하였다고 하였으니, 그것이 미천한 칭호가 아님을 어떻게 알겠습니까? 또 고려조에서 생원·진사의 아내를 생시에 소사라고 불렀으니 죽어서 신주에 쓸 때도 소사라고 썼겠습니까? 반드시 그렇지 않았을 것이지만, 지금 근거를 가지고 증명할 수는 없습니다.

생각해보면 전조에서 소사라는 칭호가 비록 미천한 것이었는지 여부는 모른다고 하더라도 지금 얼첩이 고려조의 생원·진사의 아내보다 반드시 귀하지는 않을 것이고, 전조의 생원·진사의 아내가 역시 오늘날 얼첩보다 반드시 천하지도 않을 것입니다. 전조의 생원·진사의 아내가 살아 있을 때 부르는 이름으로 오늘날 얼첩이 죽은 뒤 그 호칭으로 쓴다는 것은 옳지 않다고 생각합니다. 하물며 나라의 풍속이 통행되어 일대의 성법(成法)으로 삼음에 있어서이겠습니까?

보내온 말씀에 또 "손자가 할아버지에게, 손부가 시조모에게 어찌 높고 낮은 등급이 없겠는가? 그런데 부사(祔祀)를 지낼 적에 이미 '씨'라고 칭하여 압존(壓尊)의 혐의가 없으니, 어찌 유독 첩이 본부인에게만 압존이라고 하여, 해서 안 된다고 하겠는가?"라고 하셨는데, 이는 그렇지 않습니다. 사족(士族)의 부인에게는 예법에 '씨'라고 지칭하는 것을 허용하므로 손부에게 '씨'라고 하는 것이 시할머니에게 압존의 혐의가 되지 않습니다. 그에 반하여 서모에게 '씨'라고 하는 것은 법이 허락하지 않으므로, 이것이 이른바 신분상 마땅히 얻을 수 없는 것을 얻는 경우로, '씨'라고 하여 적조모에게 부(祔)하면 어찌 압존된다는 말이 없겠으며, '희생(犧牲)을 바꾼다'라는 문구를 어떻게 유독

---

344) 적모와 …… 합당하다. : 《주자어류(朱子語類)》 권138 〈잡류(雜類)〉에 내용이 보인다.

서모의 부사에 적용하겠습니까? ‘씨’라고 호칭하는 것의 혐의 여부를 알 수 있습니다.

　보내온 말씀에 또 “고금의 서책 가운데 ‘모의 처 모 씨’라 하고 ‘모의 첩 모 씨’라고 한 경우를 흔히 볼 수 있으니, 그렇다면 ‘씨’라고 한 것이 존비(尊卑)를 가리지 않았음을 따라서 알 수 있는 것이다. 그러므로 남의 자식 된 이로 어버이를 높이는 예법은 마땅히 고례(古禮)에 준하여 법규로 삼아야 하고, 속례(俗禮)를 고수하면서 당시 왕제(王制)라고 핑계하여 공연히 의혹을 자아낼 필요가 없다.”고 했습니다. 생각건대 서책 가운데 ‘모의 첩 모씨’라고 하였다면 이는 충분히 법규 외에 근거로 삼을 만한 증빙이 되겠지만, 오늘날 얼첩은 옛날 첩잉(妾媵)과는 같지 않으니 양인(良人)의 집에서 나왔거나, 공관(公館)이나 개인의 노예와 같은 천민에서 나왔으니, 살아 있을 때 전례에 따라 ‘소사’로 불렀다가 죽어서 갑자기 ‘씨’라고 하여 본부인과 동등하게 호칭을 한다면 존장을 넘고 분수를 범하는 것으로 신(神)이 편안하게 여기지 않을 것입니다. 어버이를 높이려는 자식이 그 신이 편안해 하지 않는 것을 어버이에게 시행하지는 않을 것이니, 어떨지 모르겠습니다.

　만일 ‘소사’라는 천한 칭호가 싫어서 꼭 바꾸고 싶다면 고금의 서책에 ‘모성(某姓)의 사람’이라고 쓰는 설이 있습니다. 주자도 말하기를 “옛날에 성과 씨는 대개 성은 단지 여자에게 한정되었기 때문에 글자가 ‘계집 녀’ 변이고, 남자는 ‘씨’ 자를 쓰니 계손씨(季孫氏)와 같은 종류를 《춘추》에서 볼 수 있다.”고 하였습니다. 이것을 법으로 삼을 만하니, ‘성’ 자로 ‘씨’ 자를 바꾸면 압존의 혐의 없이 모두 높일 수 있는 방도가 되겠습니까? 근세에 더러 ‘모랑(某娘)’이라고 쓰는 경우도 있는데, 이는 옳지 않은 듯합니다.

　오늘날 세속에 적서의 사이가 혹 사이가 나빠 서로 원수를 보듯 하기까지 하는데, 이는 적처가 시앗을 대우하는 것이 단지 적서의 분별만 알고 골육의 은혜는 알지 못하기 때문에 발생하는 것입니다. 이는 노선생께서 어떤 사람의 질문에 탄식을 자아낸 것이지만, 노형께서 그것을 인용하여 하신 말씀도 또한 오늘날의 폐습을 구제하고자 해서이니 참으로 탄복할 만합니다. 저의 말이 억설이 아님이 없고 경전에 근거한 것이 없어 번거롭게 말씀드리기에 부족하니, 질정해 주시기 바랍니다.

　昨承辱誨, 委曲的當, 可見君子爲人開示之誠心也, 爲之惶感不能已. 竊詳答天章妾母題主之問, 人子尊親之義, 可謂盡矣, 而俚俗方言, 不可施諸所尊云者, 亦合人子之至情也. 第其中不能無疑, 敢陳愚見, 幸有以終教之也. 所諭國法不許孽妾稱氏, 故如今戶

籍及行用文書間, 皆以召史書之. 是則不敢違越國典, 義固然矣, 此固不易之論, 而又云
若爲人子爲其母題主, 而嫌於僭越, 不敢稱氏, 必加以召史之號而後可, 則所謂人子尊
親之義安在, 此則似不然. 人子尊親, 不以其道, 則不可謂之尊親也. 若不避僭越, 直情
徑行, 去其生時之所稱, 而書其國法之所不許, 則果合於尊親之義乎? 所諭以春秋之義
推之, 魯是侯爵而孔子稱公, 釋之者曰臣子之辭, 雖與此事大小非倫, 然其義則或可類
推也. 竊惟公侯皆是五等, 臣子之爵也, 謂侯稱公, 非所以僭逼天王, 則臣子尊君之辭,
固宜如是. 至於孽妾則國法只有一等召史之稱, 而過此則與嫡母等, 更無嫡庶之別, 恐
不當以魯侯之稱公, 擬之於孽妾之稱氏也. 朱夫子有言曰與所生封贈恩例一同, 不便看
來嫡庶之別, 須略有等降, 乃爲合理, 以恩例封贈, 尙不敢與嫡母一同, 況以國法不許,
截然難犯之稱, 加於不當加之地, 以尊其親者, 亦未知果合於義也. 家禮所謂生時所稱,
是固指其行第而言, 而吾東國俗, 旣無第幾之稱, 而孽妾生時所稱, 不過如此, 則或可類
推而云然也. 來諭又曰前朝之以召史稱生進妻者, 安知其非賤稱也? 且前朝生進之妻,
生時以召史稱之, 則死而題主, 亦以召史書之乎? 必不然矣, 不可據以證今也. 竊謂前朝
召史之稱, 雖不知其賤與否也, 而今之孽妾, 不必貴於前朝生進妻也, 前朝生進妻, 亦不
必賤於今之孽妾也, 以前朝生進妻生時之所稱, 爲今之孽妾死後之稱號者, 恐未爲不可,
而況今國俗通行, 以爲一代之成法乎? 來諭又曰孫之於祖, 孫婦之於祖姑, 豈無尊卑之
等乎? 然而其祔也, 旣無稱氏壓尊之嫌, 則豈獨妾母之於女君, 壓尊而不可爲乎, 此則不
然. 士族婦人, 禮許稱氏, 則孫婦之稱氏, 不爲嫌逼於祖姑也, 妾母稱氏, 法所不許, 則是
所謂分不當得而得者, 以氏躋祔於嫡祖姑, 卽女君也 豈無壓尊之可言, 而易牲之文, 何
獨著之於妾母之祔乎? 稱氏之有嫌無嫌, 從可知矣. 來諭又曰古今書史中稱某妻某氏某
妾某氏者, 班班可見, 然則其稱氏, 不擇於尊卑者, 從可知矣. 然則人子尊親之禮, 自當
準古爲法, 不必固守俗例, 諉以時王制而曲生疑惑也. 竊謂書史中稱某之妾某氏者, 此
足爲法外可據之證, 而今之孽妾, 與古之妾媵不同, 不出於良家則出於公私奴隸之賤,
生時例以召史稱之, 及其死也, 遽加氏號, 與女君同, 則躐尊犯分而神所不安也. 人子之
欲尊其親者, 恐不當以其神所不安者施之於親, 未知如何. 若嫌召史之賤稱而必欲易之,
則古今書, 有某姓人之說, 朱子又曰古者姓氏, 大槩姓只是女子之別, 故字從女, 男從
氏, 如季孫氏之類, 春秋可見, 此爲可法, 而以姓字易氏字, 則可無嫌逼而能盡尊之之道
乎? 近世或有書某娘云, 此則恐不可. 今見世俗嫡庶之間, 或不相能, 以至自相仇敵, 此
嫡之所以待庶者, 只知嫡庶之分而不知骨肉之恩, 有以致之也. 此老先生所以發歎於或

人之間, 而老兄引之而爲言者, 亦所以捄今日之弊習也, 良可歎服也. 愚之所言, 無非臆說, 而未有經據, 不足以恩煩高明, 而惟是取質是幸.

태사묘[345] 향례 때 김씨 문중에 답하는 편지
太師廟享禮時 答金氏門中

　전날 재사(齋舍)에서 주신 편지를 받고 이어 면대해서 가르침을 받아, 삼가 여러분들께서 태사묘의 집사의 차서를 변경하고자 하는 바가 있음을 알았습니다. 구구절절 상세히 적은 문건으로 여러 날 동안 정성스럽게 주장하였으니, 이는 다만 정미한 의리를 분명히 얻어 예법의 오류를 개혁하기를 요한 것으로 가르침이 깊고도 절실합니다. 다만 제 생각에 실로 의문이 있어 감히 부화뇌동하여 뜻을 굽혀 순종하지 않고, 다시 그 한두 가지를 다시 말씀드려 분명한 논의를 구하니, 반드시 쓸모없는 말을 허비하여 시끄럽기만 하고 일에는 무익하다고 하지 않을 것입니다.

　일찍이 듣기로 예법은 상세하고 두루 곡진하게 적용해야 하며, 길흉에 따라 법도가 다르니 서로 혼돈해서는 안 된다고 했습니다. 이는 선왕(先王)이 정밀하고 미묘함을 지극히 한 부분이니, 《예기(禮記)》에 이른바 "그 수(數)는 열거할 수 있어도 그 뜻은 알기 어렵다."고 한 것입니다.

　보내오신 말씀에 "신위(神位)가 이미 동쪽을 상석으로 삼으니, 집사들이 서는 차례는 서쪽을 상석으로 삼는다."라고 하신 말씀은 어디에 근거하여 이런 규칙을 둔 것입니까? 일찍이 보건대, 주자께서 혹인이 '왼쪽과 오른쪽 가운데 어디가 높은가?'라고 한 질문에 답하기를 "한나라 초기에 우승상이 좌승상의 위에 있었고, 사서에도 '조정에 그보다 나은 사람이 없다.'[346]라고 하였으니, 오른쪽이 높다. 그런데 후대에는 도리어 왼쪽을 상석으로 여긴다. 《노자》에도 '상장군(上將軍)이 오른쪽에 자리하고 편장군(偏將軍)이 왼쪽에 자리한다.'[347]고 하였다. 상사(喪事)에는 오른쪽을 높이고 병기는 흉기이기 때문

---

345) 태사묘(太師廟) : 고려 건국에 공을 세운 안동 권씨의 시조 권행(權幸), 안동 김씨의 시조 김선평(金宣平), 안동 장씨의 시조 장정필(張貞弼)을 제향하는 사당이다. 경상북도 기념물 제15호로 지정되었다. 안동시 북문동에 있다.
346) 조정에 …… 없다. :《한서》〈고제기하(高帝紀下)〉에 내용이 보인다.
347) 상장군 …… 자리한다. :《노자(老子)》31장에 내용이 보인다.

에 상례(喪禮)에 준하여 자리를 매긴 것이다. 이와 같다면 길사(吉事)에는 왼쪽이 높은 것이니, 한나라 초기에 어찌 전국시대와 난폭한 진(秦)나라가 한 것을 배웠겠는가.”[348] 라고 하였습니다. 여기에서 길사와 흉사는 법도가 달라서 서로 혼동해서는 안 된다는 것을 알 수 있습니다. 지금 우리 태사묘의 작헌(爵獻)은 논할 바가 아니지만, 여러분들이 길사에서 왼쪽을 높이는 예법을 폐기하고자 하여 앞서 알묘(謁廟)에서 갑자기 서는 위치를 바꾸어 동쪽이 상좌라고 하면서 “신위가 이미 동쪽을 상석으로 여기니 집사들이 서는 자리도 역시 동쪽을 으뜸으로 하는 것이 옳다”라고 했습니다. 보내온 편지에서도 모두 이것을 반복하여 설명하여 바꾼 뒤에야 그치려고 하시니, 여러분들이 이렇게 하는 까닭이 어찌 근거 없이 그러는 것이겠습니까?

《예기》에 “남쪽에 위치하여 북쪽을 향할 때는 서쪽이 위이고, 동쪽에 위치하여 서쪽을 향할 때는 남쪽이 위이다.”라고 하였는데, 주에 “동향과 남향의 자리에서는 모두 오른쪽을 높이고, 서향과 북향의 자리는 모두 왼쪽을 높이는 것이다.”라고 하였습니다. 이는 빈객과 주인이 서로 마주할 때를 두고 말한 것입니다. 여러분들께서는 어쩌면 이것을 보고 집사들이 서는 차례를 고치려고 하시는 것입니까?

오른쪽은 음입니다. 신도(神道)는 오른쪽을 높이기 때문에 위판의 서차는 서쪽을 상석으로 여깁니다. 왼쪽은 양입니다. 인도(人道)는 왼쪽을 높이기 때문에 집사들이 서는 순서도 역시 서쪽을 상석으로 여깁니다. 여러분들이 서는 자리를 동쪽을 위라고 하는 것은 성급한 행동에 가깝지 않겠습니까? 옛사람들이 말하기를 “설 때에 차례가 없으면 자리를 어지럽힌다.”[349]라고 했고, 또 “마땅한 예가 아니면 귀신이 흠향하지 않는다.”[350] 라고 했습니다. 감히 옛 법도를 갑자기 고치지 말고 인습하여 장사를 지내자고 한 것은 이 때문입니다. 또 위차가 이미 정해졌다면 동쪽으로 서거나 서쪽으로 서거나 중간 위치에서 조금도 못하거나 나음이 없으니, 생각건대 여러분들이 이 부분에서 실언의 누를 면할 수 없을 것입니다.

사당(祠堂)을 건립하여 삼태사(三太師)를 향사(享祀)한 지가 백 년입니다. 당초에 공경히 보답하려던 뜻이 실로 고을 백성들이 그 은덕을 잊지 못하여 더욱 공경히 제사하려는 데에서 나왔으며, 지금껏 폐하지 않은 것도 역시 우리 권씨 후손들로 말미암은 것입

---

348) 한나라 …… 배웠겠는가 :《주자어류(朱子語類)》 권91 〈잡의(雜儀)〉 제40조에 내용이 보인다.

349) 설 …… 어지럽힌다 :《예기(禮記)》 〈중니연거(仲尼燕居)〉에 내용이 보인다.

350) 마땅한 …… 않는다 :《예기(禮記)》 〈중니연거(仲尼燕居)〉에 내용이 보인다.

니다. 숭봉(崇奉)하는 뜻이 끊어진 적이 없고, 장사를 지내는 날에 공경하고 삼가는 마음으로 흠향하시도록 노력하였습니다. 어찌 일찍이 한 번이라도 조금이라도 사사로운 뜻을 가지고 한 번은 저기에 한 번은 여기에, 잠깐 공경했다가 잠깐 소홀하는 것을 생각이나 했겠습니까. 여러분들이 막중한 사전(祀奠)을 거짓으로 행할 수 없다는 것을 알면서도 이와 같이 말하니, 이는 오늘날 집사가 서쪽을 상좌로 하는 것은 서쪽 신위에 유익하다고 여기기 때문입니다. 과연 말씀대로 동쪽을 상좌로 한다면 그 손익(損益)을 알 수 있겠습니까?

모든 제사와 향례에 선왕의 법제(法制)를 모범으로 하지 않고 그 손익을 비교하여 절문(節文)을 제정한다면 안으로 마음을 다하고 밖으로 순종하는 정성을 장차 어디에다 펼치며, 같은 사당에서 함께 향사하는 뜻이 어디에 있겠습니까? 한탄스럽습니다. 여러분들이 발설한 이 '손익'이라는 두 글자는 말해서는 안 될 곳에 말한 것이니, 또한 잘못되었습니다.

지난 임술년(1682) 귀문의 여러분이 우리 문중을 무훼(誣毀)하였는데 그 단서가 한둘이 아니었습니다. 하나는 신위와 상탁(床卓)의 높낮이가 차등이 있다고 한 것이고, 하나는 향례를 올릴 때 제물의 풍약(豐約)이 고르지 않다는 것으로, 위로 군부(君父)도 잘못 인식하도록 하기에 이르렀습니다. 오늘에 이르러 집사의 서립(序立)을 가지고 손익이 있다고 하여 고금에 통행(通行)해 온 예를 바꾸고자 하였습니다. 세 위(位)의 축문(祝文)에 이르러서도 같은 종이에 함께 내면 중간에 있는 신위에서 읽어 고하는 것은 예법에 당연한 것입니다. 그런데도 또 이것을 전적으로 중간의 신위만 위주로 한다고 하니, 어떻게 이럴 수가 있습니까?

하물며 지금 헌작(獻爵)의 차례도 이미 동쪽을 상위로 하고 있고, 향탁(香卓)도 역시 이미 사당 안에 함께 설치하였으며, 크고 작은 절목들이 일신되어 남은 흠결이 없으니, 집사들이 서는 차서는 다만 향례의 자잘한 절문입니다. 서쪽을 상위로 하는 것이 고례에 근거가 없지 않고 신위에도 또한 온당치 못한 점이 없는데 도리어 싫어하고 꺼리면서 마음대로 지어내어 예가 아닌 예를 행하겠습니까. 혹 여러분들께서 마음을 비우고 기운을 평안하게 하여 서로 충분히 토론해 천천히 십분 당연한 귀결을 구한다면 어찌 우리 두 집안의 일대(一大) 다행이 아니겠습니까.

저는 여러분들께 이미 함께하는 후의를 입었으니 숨기는 마음이 있을 수 없습니다. 때문에 붓 가는 대로 말씀드리니 시비를 따지려는 것이 아니라, 여러분들께서 공사(公

私)와 명실(名實)의 사이를 깊이 살펴 이른바 의리의 정미(精微)함을 참으로 얻게 하고자 하는 것일 따름입니다. 여러분들께서는 어떻게 생각하시는지 모르겠습니다.

　前日齋中, 獲奉辱書, 續承面諭, 謹悉僉尊於太師廟執事序立, 欲有所變更, 一紙縷縷, 數日諄諄, 只是要入明得此義理之精微, 而改革其儀法之乖謬, 其所以見敎者, 至深且切. 第於鄙意, 實有所不能無疑者, 不敢雷同曲意循從, 請復陳其一二, 以求的確之論, 不必枉費閒言語, 徒爲譊譊而無益於事也. 竊嘗聞禮之爲用, 纖悉委曲, 吉凶異道, 不得相干, 此先王之所以極盡精微處, 而記所謂其數可陳而其義難知者也. 來諭神位旣以東爲上, 則執事序立之以西爲首, 何所據而有此規乎? 嘗觀晦菴朱夫子答或人左右執尊之問, 曰漢初右丞相居左丞相之上, 史中有言曰朝庭無出其右者, 則是以右爲尊也. 後來又却以左爲尊, 而老子有曰上將軍處右, 而偏將軍處左, 喪事尙右, 兵凶器也, 故以喪禮處之. 如此則吉事尙左矣, 漢初豈習於戰國與暴秦之所爲乎? 此可見其吉凶異道而不得相干也. 今我太師廟爵獻非所可論, 而僉尊欲廢吉事尙左之禮, 前此謁廟, 猝然變易其序立, 以東爲上曰神位旣以東爲上, 執事序立, 亦可以東爲首也. 示諭亦莫不以是反覆開曉, 直欲變易而後已, 僉尊之所以爲此者, 豈無所據而然也. 禮曰席南鄕北鄕以西方爲上, 東鄕西鄕以南方爲上, 註東鄕南鄕之席皆尙右, 西鄕北鄕之席皆尙左, 此則以賓主相對而言也, 僉尊豈有見於此而變此執事序立之禮也耶? 右陰也, 神道尙右, 故位版序次以西爲上, 左陽也, 人道尙左, 故執事序立, 亦以西爲上, 此非神道尙右之故, 而執事序立, 亦以西爲上也, 亦非如禮賓主之席, 共以一方爲上也. 僉尊之所以序立東上者, 無乃不幾於徑情直行者之爲乎. 古人有言曰立而無序則亂於位, 又曰無禮則鬼神失其饗, 玆不敢遽變古儀而因循將事者此也. 又謂位次已定則序立之以東以西, 小無損益於中位, 竊恐僉尊於是乎似未免失言之累矣. 三太師立廟虔祀, 凡幾百年矣. 當初崇報之意, 實出於邑民之不忘其德而增崇祀事, 至今不替者, 亦由我權氏之裔也. 然崇奉之誠, 未嘗或間, 將事之日, 敬愼之心, 勿勿乎其欲其饗之也. 何嘗有一毫私意而一彼一此, 乍敬乍忽於一廟之內也. 僉尊非不知莫重祀奠之不可以僞而行, 而其所云亦若是也, 則是以今日執事之以西爲上者, 爲有益於西位也. 果如尊示而以東爲上, 則其所損益可知也耶? 凡祀享不法先王, 而較其損益, 爲之節文, 則內盡外順之誠, 將何所施, 而共享一廟之義, 顧安在哉? 噫, 僉尊說出此損益二箇字, 加於不當加之地, 其亦誤矣. 逗在壬戌, 貴門諸賢, 誣毁弊門, 不一其端, 一則曰神位床卓, 高低有等, 一則曰享禮祭物, 豐約不均, 以至上誤君父之聽. 通行之禮, 至於三位祝文, 共出一紙, 則居中讀告, 禮所當然, 而又以此謂之專主於中位, 寧有是也. 矧今爵次旣已東上, 香卓亦已並設廟中, 大小節目, 一新無餘欠, 則執事序立, 特享禮中小小節文也, 以西爲上, 於古禮未爲無據, 於神位亦無未安, 而反自嫌忌, 率意杜撰, 以行其非禮之禮乎. 倘僉尊虛心平氣, 相與熟講而徐究之, 以求十分是當之歸, 則豈非吾兩家之一大善也. 泰時於僉尊, 旣荷相與之厚, 不可有隱情, 故信筆及之, 非欲較比是非, 亦欲僉尊深察於公私名實之間, 而眞得其所謂義理之精微者耳. 不審僉尊以爲如何.

관동의 종중에 보내는 편지
與關東宗中

씨족에 족보가 있어 온 지 오래입니다. 족보가 없으면 자신이 어느 조선(祖先)으로부터 나왔는지를 알 수 없으니, 족보가 없어서야 되겠습니까? 생각건대 우리 권씨(權氏)가 안동(安東)을 관향으로 한 지 어언 8백여 년에 자손들이 나라에 가득 퍼져 그 수가 몇 천에 몇 만억(萬億)인지 알 수 없게 되었습니다.

처음에 익평(翼平)공과 사가(四佳) 서거정(徐居正)공께서 족보 몇 권을 편찬하였습니다.[351] 만력(萬曆) 을사년(1605) 문로(門老) 권참봉(權參奉)께서 성의를 다해 찬집(纂輯)한 16권을 태사묘(太師廟)에 수장하였습니다. 지난 갑오년(1704)에는 권우(權瑀) 상공(相公)께서 본도의 관찰사가 되어 또 세보(世譜)를 찬수하여 간행했는데, 외척(外戚)은 참여시키지 않았으므로 사람들이 항상 그 협소함을 결함으로 여기고 있으며, 소략하거나 착오의 걱정도 없지 않았습니다. 이 때문에 경성(京城)에 거주하고 있는 여러 종인(宗人)들이 개수(改修)의 뜻을 모아 이미 보소(譜所)를 차리고 한 통 서신을 본부(本府)에 보내왔습니다. 저희들이 이러한 지극한 뜻에 감격하여 경솔히 승낙을 하여 지난 가을부터 일을 시작했습니다. 백세의 먼 외손들도 모두 함께 수록하여 16권의 뒤에 잇고, 외증손(外曾孫)에 한해 별도의 한 질(帙)을 만들어 내년 가을을 기한으로 경성에 송부하여 합부

---

351) 처음에 …… 습니다 : 익평(翼平)은 권남(權擥, 1416~1465)의 시호이다. 본관은 안동(安東), 자는 정경(正卿), 호는 소한당(所閑堂)이다. 족보는 《안동 권씨 성화보(安東權氏成化譜)》를 말한다. 권제(權踶)가 정리한 족보를 아들인 권남이 이어 보완하였으나 마무리하지 못하자 권제의 생질인 서거정이 완성하였다.

하여 간행하려 합니다. 이는 권질(卷帙)이 방대하여 공역이 매우 중대하기 때문입니다. 삼가 바라건대 여러분들께서는 영서(嶺西) 여러 고을에 통고하여 내외 보단(譜單)을 거두어 본부로 송부해 주시기 바라며, 간본(刊本)은 범례에 의거하여 경성으로 송부하여 나중에 이름이 빠지는 한탄이 없도록 하시는 것이 어떻겠습니까.

氏族之有譜尙矣. 無譜無以知祖先之所自出, 譜其可無也耶. 惟我權之氏於安東, 于今八百年餘, 而子姓之布滿國中, 不知其幾千萬億也. 始翼平曁四佳徐公, 纂成族譜若干卷, 至萬曆乙巳, 門老權參奉極意纂輯, 修十六卷, 莊于太師廟. 逮在甲午, 權相公堈按節本道, 又修世譜, 入梓以行, 而外姓不與焉, 人常病其狹隘, 亦不無疎漏錯誤之患, 以故在京諸宗人, 有意改修, 旣設局馳一紙書, 來告本府. 生等感念至意, 率爾承當, 自前秋始事, 外裔百世之遠, 亦得以俱收並錄, 以係十六卷之後. 又限外曾孫, 別成一帙, 期以來秋送至京城, 以爲合部付劂之地, 蓋以卷帙浩穰, 工役甚重故也. 伏願僉尊通告嶺西列邑, 收內外譜, 接送本府, 而刊本則依凡例修送京城, 俾無後時欠闕之歎, 如何如何.

사위 자후 김천중에게 답하는 편지
答金壻子厚千重

지난번에 만났던 것은 너무 바빠 아직까지도 안타깝네. 의외의 편지를 받고 혹심한 추위에도 근황이 좋다는 것을 알았네. 위안과 기쁨을 말로 다할 수 있겠는가? 나는 그럭저럭 잘 지내고 있지만 노병(老病)이 날로 심해지니, 이치가 그런 걸 어찌하겠는가. 친사(親事)는 저쪽 사람이 만일 굳게 정했다면 다행이지만, 아이의 장인(丈人)이 박 진사(朴進士)이고 박 진사의 장인이 순흥(順興)에 있는 진사 이희(李熺)라네. 저들이 이 진사와 일가가 되는지 몰랐던 것인가? 이런 내용을 언급하여 그 가부(可否)를 안 뒤에 후편에 알려주기 바라네. 나머지는 인편이 바빠 다 말하지 못하네.

頃奉太恩恩, 迨尙耿結, 意外辱書, 憑審酷寒, 近況珍勝, 慰喜可言. 此間姑遣, 而老病日就, 理也奈何. 親事彼若牢定則倖矣, 兒之妻父, 乃朴進士, 而朴進士聘父, 順興李進士熺也. 不知彼與李爲一家耶? 更須以此言及, 而知其可否, 後便示及如何. 餘便不一.

잡저雜著

자질들에게 보이는 글
示子姪文

내 일찍이 들으니 옛사람이 "그 은혜에 보답하고자 하면 하늘처럼 끝이 없다."[352]라고 하였으니, 이는 어버이에 대해 말한 것이다. 열 달 동안 피와 살을 나누어 받고 삼년 만에 품에서 벗어나 장성하게 되니, 자식이 그에 보답하고자 하는 것이 마땅히 어떠해야 하겠는가. 옛날에 증자(曾子)가 부모님의 뜻을 봉양한 것을 맹자께서 '그런대로 괜찮다'고 하였고, 증원(曾元)에게는 '입과 신체를 봉양하는 것'이라 하여 효(孝)가 아니라고 평가했다.[353] 증원이 불효한 것이 아닌데 맹자가 이와 같이 말한 것은 무엇 때문이겠는가. 효는 한갓 신체를 봉양하는 것이 아니라 뜻을 봉양하는 것이기 때문이다.

새벽에는 문안 여쭙고 저녁에는 잠자리를 보아 드리며, 조석 식사에 반찬을 돌보아야 한다. 주무시는 자리를 편안하게 해드리고 마음을 즐겁게 해드리며 항상 가까이에서 봉양하여 못하는 것이 없어야 한다. 동정(動靜)과 어묵(語默)에 있어 반드시 어버이를 욕되게 하지 않는 것을 우선으로 하며, 상례와 장례 제례에는 반드시 정성스럽고 반드시 삼가 후회가 있도록 해서는 안 된다. 이러한 것이 은혜에 보답하는 만에 하나가

---

352) 그 …… 끝이 없다 : 《시경》〈육아(蓼莪)〉에 "아버지는 나를 낳으시고, 어머니는 나를 기르셨다. 나를 다독이시고 나를 기르시며, 나를 자라게 하고 나를 키우시며, 나를 돌아보고 나를 다시 살피시며, 출입할 땐 나를 배에 안으셨다. 그 은혜에 보답하고자 하면 하늘처럼 끝이 없다.[父兮生我 母兮鞠我 拊我畜我 長我育我 顧我復我 出入腹我 欲報之德 昊天罔極]"라고 하였다.

353) 증자(曾子)가 …… 평가했다 : 증자(曾子) 3대의 고사를 인용한 것이다. 증자가 부친 증석(曾晳)을 봉양할 적에 밥상에 반드시 술과 고기[酒肉]가 있었는데 장차 밥상을 치울 적에 증자가 "누구에게 주시겠습니까?"라고 청하였고 증석이 "남은 것이 있느냐?"라고 물으면 반드시 "있습니다."라고 대답하였다. 증석이 죽은 뒤 증원(曾元)이 증자를 봉양할 적에 또한 반드시 술과 고기가 있었는데 밥상을 치울 적에 증원은 "누구에게 주시겠습니까?"라고 청하지 않았고, 증자가 "남은 것이 있느냐?"라고 물으면 반드시 "없습니다."라고 대답하였으니, 이는 그 음식을 다시 올리려고 해서였다. 맹자(孟子)는 증자의 섬김을 '뜻을 봉양함[養志]'이라 하고, 증원의 섬김을 '구체만을 봉양함[養口體]'이라고 하였다. 《孟子 離婁上》

되기에 충분하니, 맹자가 이른바 효라는 것에 거의 가까울 것이다.

불초한 나는 일찍이 어버이를 여의고 완악한 목숨을 구차히 보전한 것이 이미 십여 년이다. 이제 비록 어버이에게 효도를 하고자 하나 부모님은 계시지 않는다. 애통해하며 생각해 보면 부모님께서 당상(堂上)에 계실 때에는 무슨 일을 해야 할지 몰라 효도를 하지 못하고 쓸데없이 세월을 허송하였다. 이제 부모님께서 돌아가신 뒤에는 효도를 하고 싶어도 할 수가 없다. 이것이 진실로 무슨 마음이기에 끝내 한이 없는 회한을 가져오는 것일까. 아픈 마음을 표현하자면 나도 모르게 가슴이 찢어진다.

바라노니, 너희들은 지난날 세월을 허송했던 나를 본받지 말고, 오늘날 나의 지극히 아픈 마음을 깊이 반증으로 삼아 시시각각으로 마음을 다잡아 자식으로서의 직분을 힘써 감히 게을리하지 말고, 떳떳한 품성을 잘 따라 감히 욕되이 하지 않는다면 덕에 대한 보답을 남김없이 다하였다고 할 수 있을 것이다.

아, 슬하에서 난 이라면 누구인들 자식이 아니겠는가. 내가 이미 하지 못한 것을 도리어 너희들에게 책하니, 나도 바르게 하지 않았다고 생각하여 소홀히 하지 마라. 너희들이 마음을 다하는 날이 곧 내가 나의 부모님의 은혜에 보답하는 때인 것이다. 아, 너희들은 힘쓰도록 하라.

余嘗聞古人有言, 欲報之德, 天實罔極, 父母之謂也. 十月分其血肉, 三年免於懷抱, 以至成立, 則子之所以欲報者, 當若何而可也. 昔曾子養志, 孟子僅許其可, 而至於曾元之養口體則以爲非孝, 曾元非不孝也, 而孟子所云若是者何哉. 誠以孝者非徒養口體, 而亦所以養志也. 夙夜而定省焉, 朝夕而視饍焉, 安其寢處, 樂其心志, 左右就養, 無所不至, 以至動靜語默, 必先不爲父母僇, 喪葬祭禮, 必誠必愼, 勿之有悔焉, 斯亦足以報德之萬一, 而孟子所謂孝者, 庶或近之矣. 如我不肖, 早失怙恃, 苟全頑命, 已十許歲矣. 今雖欲孝於親, 親不在矣. 痛念雙親在堂時, 不知做得甚事, 不能致孝, 浪過時日, 及是孤露之後, 願爲之孝而不可得, 是誠何心而終致罔極之懷也. 言之痛心, 不覺摧裂. 願爾曹勿效余前日之浪過, 深懲余今日之至痛, 時時刻刻, 提掇此心, 勉乃子職而不敢惰, 率乃常性而不敢忝, 則汝曹報德, 可謂竭盡無餘矣. 嗚呼, 生之膝下, 孰非人子, 余旣不做, 却責汝做, 勿謂夫子亦未出正而遽忽之也. 汝曹盡心之日, 卽余報德之時也. 嗚呼, 汝曹勉之哉!

명銘

신명
身銘

지나간 날은 이미 많고	去日已多
다가올 날은 점점 적어진다	來日漸少
노쇠함은 배우지 않았기 때문이니	衰由不學
어찌 종심의 경지[354]를 바라리오	奚望從心
거백옥은 만년에 잘못을 알았고[355]	蘧非晚知
위 의공의 고사[356]는 마땅히 경계해야 하리라	衛懿當戒
실천은 나에게 달려 있으니	爲之在我
도가 어찌 남에게 있으랴	道豈在人
시작은 지금부터	其始自今
밤낮으로 힘쓰고 두려워하여	日乾夕惕
의리를 가슴에 무젖게 하고	澆灌義理
음사를 씻어 내어야 하니	蕩滌陰邪
나의 마음을 세워	立我天君
팔방에 관철하면	洞然八闥

354) 종심의 경지 : 《논어》 위정(爲政)에 "내 나이 일흔 살이 되자, 이제는 마음에 하고 싶은 대로 따라 해도 법도에 어긋나는 일이 없게 되었다.[七十而從心所欲不踰矩]"라는 공자의 말이 나온다.

355) 거백옥 …… 알았고 : 《회남자(淮南子)》〈원도훈(原道訓)〉에 "거백옥은 나이 오십에 사십구 년의 그릇됨을 알았다.[蘧伯玉行年五十 而知四十九年非]"라고 하였다.

356) 위 의공의 고사 : 《춘추좌씨전》 민공(閔公) 2년 조에 "적(狄)이 위(衛)나라를 쳤다. 위나라 의공(懿公)은 학을 좋아했다. 학 중에는 대부의 수레를 타고 다니는 학도 있었다. 장차 적과 싸우게 되었는데, 무기를 받은 위나라 사람들이 모두 '학에게 싸우도록 하는 것이 좋겠다. 학이야말로 대부의 녹과 지위를 받고 있는데, 우리가 어째서 싸워야 하는가.'라고 하면서 싸우지 않았다."라고 하였다.

만물이 모두 구비되고   萬物咸備

온몸이 그 명을 따르리라   百體從令

부자유친과 군신유의   父子君臣

부부유별과 장유유서   夫婦長幼

정성스럽고 번성하여   肫肫職職

춘대 안에 들어오리라[357]   囿我春臺

이렇게 실천한다면   斯而以然

누가 그것을 혼탁하게 하랴   其孰克泥

내게서 비롯된 것은 내가 초래한 것이고   吾其由我

내게서 비롯되지 않은 것은 천명이 아니겠는가[358]   不我非天

인생이 얼마나 되는가   人世幾何

모름지기 촌음을 아껴야 하네   分陰須惜

나에게 잘못이 있다면   余所否者

이 명문을 보고 반성하리라   有此銘章

---

357) 《노자(老子)》 제21장에 "사람들은 즐거워하며 마치 큰 잔칫상을 받은 듯하고 마치 봄에 대에 올라 구경하는
　　듯하다.[衆人熙熙 如享太牢 如春登臺]" 하였다. 태평성세가 된다는 의미이다.

358) 내게서 …… 아니겠는가 : 《창려선생문집(昌黎先生文集)》 권29 〈당고조산대부상주자사제명사봉주동부군묘
　　지명(唐故朝散大夫商州刺史除名徙封州董府君墓誌銘)〉에 나오는 표현을 인용한 것이다.

서序

금계 〈종계제명첩〉의 서문
金溪宗稧題名帖序

옛날에는 의리(義理)를 위해 계(禊)를 조직하였다. 오늘날 조직되는 계도 또한 일찍이 친한 이를 친히 하는 것을 목적으로 한 사례가 있었던가? 오직 의(義)를 따르고 은혜를 근간으로 삼는다면 어찌 일찍이 이로움을 앞세우겠는가?

우리 시조 태사공(太史公)이 덕을 쌓고 경사를 남겨주시어 자손들이 번성하여 분파하고 종족이 나누어지니, 연대가 아득히 멀어짐에 혹은 지나온 내력을 알지 못하였다. 이 때문에 여러 종인들이 선대 조상들이 뿌리를 북돋우며 근원을 찾으며, 지류를 이끄는 것이 유래가 있음을 생각하고, 또 세대가 오래 전해지다가 보니 돈목(敦睦)함을 잃고서 끝내 길 가는 사람처럼 서로 모르게 될까 두려워하였다. 종족을 합하고 친목을 닦기를 도모하였으나 원근을 가리지 않고 빠뜨린 사람이 없게 하려 하는 것을 형세상 미칠 수 없는 것이다. 이에 같은 마을 같은 종족을 모아서 첩에 쓰니 모두 40인이었다. 세대를 기록함은 소목(昭穆)의 차서를 정하기 위함이고, 자(字)를 기록함은 이름을 높이기 위함이고, 생년을 기록하는 것은 장유를 분별하기 위함이다. 부형(父兄)도 있고 자제(子弟)도 있고 공시(功緦)의 친족도 있고 단문(袒免)의 친족도 있으며 또 7, 8세와 10여 세의 먼 자도 있으나 그 처음 시작은 한 사람에게서 나온 것이니, 혈맥의 간격이 있겠는가? 은혜가 있어 서로 친하고, 예의가 있어 서로 대접하고, 신의가 있어 서로 믿는다. 봄가을에는 술잔을 주고받으며 즐기고, 길흉에는 경조로 위로하니, 정의(情義)를 성대히 하여 마치 한 집에서 함께 살았던 당시와 같았으니, 이른바 오직 의리와 은혜뿐 이해관계를 따지지 않는다는 것이 아니겠는가?

아, 진(晉)나라의 난정(蘭亭)은 풍류로 유명하고, 송(宋)나라의 낙사(洛社)[359]는 기영(耆英)으로 드러났다. 지금 덕업의 성대함과 작위의 융성함은 비록 진(晉)나라와 송(宋)나라

의 여러 군자들에게는 부끄럽지만, 종족 간에 친목을 도모하는 뜻이 나로부터 발단하였
으니, 사방에 흩어져 사는 이들 또한 각기 그들이 사는 곳에서 계를 조직하여 대대로
우호를 다지고 계승하여 폐하지 않는다면, 풍교(風敎)를 세우고 두터운 덕을 따르려는
아름다운 뜻이 여기에 있지 않겠는가? 그리고 하늘에 계신 우리 태사의 영령이 또한
장차 저승에서 감격하고 기뻐할 것이니, 어찌 다만 난정(蘭亭)과 낙사(洛社)에 그칠 뿐이
겠는가? 또 어찌 다만 오늘날 아침에 계를 조직했다가 저녁에 뿔뿔이 흩어지는 자들에
비할 수 있겠는가?

첩(帖)이 이미 완성됨에 여러 종인들이 나에게 서(序)를 부탁하며 "서문 쓰지 않으면
어리고 몽매한 자들을 장구히 신칙하지 못할 것이다."라고 하니, 내가 비록 글을 잘하
지 못하나 진실로 사양할 수 없어 이에 글을 쓴다. '금계(金溪)'는 마을 이름으로, 그
곁에 태사공의 묘가 있기 때문에 한 말이다.

古之修禊, 義也, 今之修禊也, 亦嘗有親親而修之者乎? 惟義之與比而恩以爲幹, 曷嘗
以利爲哉? 惟我始祖太師公積德委慶, 子姓蕃衍, 支分族離, 年代遼濶, 或不知來處. 用
是諸宗人, 念先世培浚本源, 引迪枝條者, 厥有所自, 又懼夫傳世已久, 失之敦睦而 終爲
路人之歸也. 圖所以合族修睦者, 而無擇乎遠邇 而欲其無遺, 則勢所不及, 酒會同里同
宗而書于帖, 摠四十人. 錄世代, 所以序昭穆也, 錄表德, 所以爲尊名也, 錄生年, 所以辨
長幼也. 有父兄焉, 有子弟焉, 有功緦者焉, 有祖免者焉, 又有七八世與十餘世之遠者
而其初一人身耳, 其有血脈之間隔者乎. 有恩而相親, 有禮而相接, 有信而相孚. 春秋焉
盃酒以樂之, 吉凶焉慶吊以慰之, 藹然情義, 宛若同宮於當時者然, 倘所謂惟義與恩而
不以利者非耶? 嗚呼, 晉之蘭亭, 以風流名, 宋之洛社, 以耆英顯, 今之德業之盛, 爵位
之隆, 雖愧於晉宋諸君子, 而同宗親睦之義, 自我而發, 散處四方者, 亦各於其所居而修
之, 世以爲好, 紹述無替, 則樹風聲歸厚德之美意, 其不在玆, 而我太師在天之靈, 亦將
感悅於冥冥中矣, 豈但蘭亭與洛社而已哉? 亦豈但今之朝修暮散者比哉? 帖旣成, 諸宗
人 屬余序曰, 不則無以飭釋昧於長久, 余雖不文, 固有不可得而辭者, 於是乎言, 金溪里

---

359) 난정(蘭亭) …… 낙사(洛社) : 난정(蘭亭)은 진(晉)나라 왕희지(王羲之)가 삼월 삼짇날에 당대의 명사들과
함께 난정(蘭亭)에서 계사(禊事)를 행하고 유상곡수(流觴曲水)를 하고 시를 지으며 풍류를 즐긴 일을 말하며,
낙사(洛社)는 송(宋)나라 문언박(文彦博)이 서도 유수(西都留守)로 있을 때, 부필(富弼)의 집에서 연로하고 어진
사대부들을 모아 놓고 술자리를 베풀어 서로 즐겼던 모임을 각각 가리킨다.

名, 其上蓋有太師墓云爾.

〈세호계첩〉의 서문
世好稧帖序

　지난 성화(成化) 무술년(戊戌, 1478) 11월에 우리 선조 참판(參判)공[360]과 동향(同鄕)의 뜻을 함께 하는 분들이 영화(永和)의 고사(故事)[361]를 본받아 계를 만들고 우향계(友鄕稧)라고 이름 지으니, 이는 맹자(孟子)의 말[362]에서 취한 것이다. 그 후에 유수(留守) 이공(李公)[363]이 우리 우향계(友鄕稧) 회원의 자손 및 인척들과 함께 옛 우호를 다시 닦으면서 '진솔계(眞率稧)'[364]라고 이름 지으니, 또한 낙사의 모임을 본뜬 것이다. 두 계(稧)의 자손으로 이 지방에 사는 이들이 혹은 성하고 혹은 쇠하며, 혹은 대가 끊겨 남아 있는 자가 없는 경우도 있고, 이웃 마을에 사는 자 또한 적지 않다. 서로 더불어 탄식하며 옛일을 말하면서 선대와 같이 모임을 결성하기를 기약하였으나 아직까지 이루지 못하였다.

　올해 가을에 종인(宗人)인 춘경(春卿) 권두인(權斗寅)[365]과 석이(錫爾) 권윤석(權胤錫)[366]

---

360) 참판공 : 권자겸(權自謙)을 말한다. 권태시의 6세조로 우향계의 회원이었다.

361) 영화(永和)의 고사(故事) : 영화(永和) 9년 삼월 삼짇날에 왕희지(王羲之), 손작(孫綽), 사안(謝安) 등 42명의 명사들이 회계(會稽) 산음(山陰)의 난정(蘭亭)에 모여 불제(祓除)하며 주연을 즐기고 시를 지은 모임을 말한다.

362) 맹자의 말 : 《맹자》 만장 하(萬章下)에 "한 고을의 선사라야 한 고을의 선사와 벗할 수 있고, 한 나라의 선사라야 한 나라의 선사와 벗할 수 있고, 온 천하의 선사라야 온 천하의 선사와 벗할 수 있다.[一鄕之善士 斯友一鄕之善士 一國之善士 斯友一國之善士 天下之善士 斯友天下之善士]"라고 하였다.

363) 유수(留守) 이공(李公) : 이굉(李浤, 1441~1516). 자는 심원(深源), 호는 낙포(洛浦)·귀래정(歸來亭)·연생당(戀生堂)이며, 본관은 고성(固城)이다. 아버지는 증(增)으로 안동(安東)에 거주하였다.

364) 진솔계(眞率稧) : 송나라 사마광(司馬光)이 벼슬길에서 물러나 낙양(洛陽)에 거처하면서 사마단(司馬旦), 석여언(席汝言), 왕상공(王尙恭), 초건중(楚建中), 왕근언(王謹言), 송숙달(宋叔達) 등 일곱 사람으로 결성한 모임이다. 연령은 65세부터 78세까지이며, 원풍(元豐) 6년(1083) 3월 26일에 최초의 모임을 가졌는데, 술은 다섯 순배를 넘지 않고 음식도 다섯 가지를 넘지 않도록 검소한 모임을 추구하였다고 한다. 《古今事文類聚 前集 卷45 樂生部 洛陽耆英》

365) 권두인(權斗寅, 1643~1719) : 자는 춘경(春卿), 호는 하당(荷塘)·설창(雪窓), 본관은 안동이다. 아버지는 목(霂)으로 봉화 유곡(奉化 酉谷)·안동(安東)에 거주하였다. 권해(權瑎)의 천거로 효릉참봉(孝陵參奉)·영춘현감(永春縣監)·공조정랑(工曹正郎) 등을 역임하였다. 저서로는 《하당집(荷塘集)》이 전한다.

366) 권윤석(權胤錫, 1658~1717) : 자는 석이(錫爾) 또는 뇌이(賚爾)이며 호는 병촉재(秉燭齋)이고 본관은 안동이다. 영주에 살았으며 아버지는 시형(是衡), 생부는 시익(是翼)이다. 갈암 이현일의 문인이다. 100세가 넘은 어머니를 정성으로 모신 효행으로 이름이 널리 알려졌다.

이 수백 리 밖 진보(眞寶)로 편지를 보내어 나에게 말하기를 "선대의 계를 이어서 닦자는 논의가 나온 지 이미 오래되었습니다. 무릇 일이란 주창하기는 어려우나 화답하기는 쉬우니, 그대가 어려운 일을 하면 누군들 기꺼이 따르려 하지 않겠습니까?"라고 하였다. 나 또한 그렇게 생각하고 곧 십수 인(十數人)과 함께 편지를 보내어 원근의 친척들에게 알리고 또 동짓달 정사일(丁巳日)에 봉정사(鳳停寺)에서 모이니 모인 자가 모두 63명이었다.

남중직(南中直) 군, 배성귀(裵聖龜) 군, 권두형(權斗衡) 군이 각각 소장한 것을 가지고 왔는데, 바로 《우향계축(友鄕稧軸)》[367]이었다. 그 축(軸)은 명주 바탕에 종이로 배접을 하였는데, 그 너비는 한 폭을 다하고 그 두루마리가 1자가 넘었다. 그 아래에 13공의 성명이 열거되어 있고, 서사가(徐四佳)의 16구의 가시(歌詩)[368]를 첫머리에 두었다. 그 당시에는 반드시 계축을 나누어 집에 간직하였을 것인데, 우리 열 집에 간직했던 것은 어느 때인가 잃어버리고 오직 이 세 개의 축만이 홀로 세상에 남아, 나로 하여금 오늘 이 모임에서 받들어 완미하며 감회가 일고 이어서 부끄러워 탄식하게 하는가. 하물며 또 진솔계(眞率稧)의 모임은 비록 당시에 계축(稧軸)을 만들었는지 여부를 알 수 없고 15공의 성명이 겨우 유수(留守)공의 비음(碑陰)에 실려 있으니, 이 또한 거듭 개탄할 만하다.

자리를 정하고 두 사람을 추대하여 계사를 주관하게 하고, 읍하고 사양하여 서로 공경하고 술잔을 기울여 서로 즐기며, 그 사이에 시끄럽거나 야료가 섞여들지 않았으니, 마치 술과 안주 심부름을 하면서 우향계(友鄕稧)와 진솔계(眞率稧)에 나아가고 물러나는 것 같았다. 이른바 '경(敬)의 태도를 스스로 지니지 못하면 즐거움이 다함에 슬픔이 온다.'라고 한 것이 이를 두고 한 말이 아닌가?

술이 반쯤 취하자 한 사람이 일어나서 말하기를 "진솔계는 우향계를 계승하였고, 이 모임은 진솔계를 계승한 것입니다. 모임이 있는데 이름이 없는 것이 옳습니까?"라고 하니, 모두 옳다고 말하여 마침내 '세호계(世好稧)'라고 이름하여 규약을 세우고 계안

---

367) 《우향계축(友鄕稧軸)》: 조선 태종 때 좌의정을 역임한 이원(李原, 1368~1430)의 아들 이증(李增)이 안동으로 낙향하여 학덕 있는 안동의 선비 12명(안동 권씨 3명·흥해 배씨 4명·영양 남씨 4명·안강 노씨 1명)과 함께 우향계를 조직한 후 회원 13명의 직역·성명·본관·아버지의 직역과 이름을 기재하고 나눠가진 '계첩'을 말한다.

368) 가시(歌詩): 당시의 문호인 서거정이 조선 성종 9년(1478)에 우향계를 기려 노래를 지어 부친 〈부우향계가(附友鄕稧歌)〉란 7언의 송시(頌詩)를 가리킨다.

(稧案)을 닦았다.

　우향계를 시작으로 진솔계를 거쳐 세호계로 이어지는데 사람들마다 모관(某官), 모공(某公)의 몇 세손 모(某)라고 쓰고, 혹은 모관 모공의 외 몇 세손 모, 성은 모라고 하였다. 이는 모인(某人)이 축(軸) 속의 모공의 후손임을 드러내고 또한 장래에 대대로 서로 우호하려는 뜻이었으니, 모두 함께 계를 한 사람이라면 어찌 서로 면려하고 이끌어 친목을 힘써 함께 우의로 돌아가지 않겠는가? 아, 고금이란 시대이고 그것을 전하는 것은 글이다. 훗날 우리의 자손들이 이 글을 읽고, 또한 책을 덮으면서 크게 탄식하며 여기에 감흥하는 자가 있을 것인가. 좌중의 여러 군자에게 알리고 권후(卷後)에 써서 우리 계중(稧中)의 훗날의 고사에 대비한다. 성화(成化) 무술년(1478) 후 225년 임오년(1702) 11월 하순에 삼가 기록하다.

　粤在成化戊戌建子之月, 我先祖參判公及同鄕同志 修永和故事, 名曰友鄕, 蓋取諸孟氏語也. 厥後留守李公, 同我友鄕稧子孫曁姻婭而重修舊好, 名曰眞率, 蓋亦倣洛社會也. 兩稧子孫之居是邦者, 或盛或衰, 或絶世而未有存者, 其處於鄰州者亦不尠, 相與咨嗟說故事, 期踵成一會而尙未也. 今年秋, 宗人權斗寅春卿, 權胤錫錫爾甫, 走書眞城數百里外, 告余而言曰, 續修先稧議已宿矣, 凡事倡之難和之易, 子爲其難, 人孰不肯從, 余亦然之. 卽與十數人發書告遠邇, 亦以建子月丁巳, 會于鳳停寺, 會者凡六十有三人. 南君中直, 裵君聖龜, 權君斗衡, 各攜其所藏而至, 乃友鄕稧軸也. 之軸也紗其質紙其背, 其廣終幅, 其輪一尺强. 其下列十三公姓名, 弁以徐四佳十六句歌詩. 當其時必有分軸家藏事, 而吾十家所藏, 失於何時, 惟此三軸獨留人間, 使我今日之會, 奉玩興懷而係之以媿歎也. 況又眞率會, 雖未知當時稧軸之成與否也, 而十五公姓名, 僅載於留守公碑陰, 此又重可慨也. 坐旣定, 推二人主稧事, 揖讓以相敬, 盃酒以相樂, 不以喧鬧雜於其間, 宛然若陪樽俎進退於友鄕眞率者矣. 所謂不敬自持, 樂極悲來者, 非是之謂歟. 酒半有一人作而言曰, 眞率繼友鄕, 此會繼眞率, 有會無名, 可不可, 僉曰可, 遂以世好名, 立條約修稧案. 而首友鄕次眞率, 繼以世好, 而每人書某官某公幾世孫某, 或某官某公外幾世孫某姓某, 蓋以見某人爲軸中某公之雲仍, 而亦所以明天世世相好之義也, 凡我同稧, 盍相勉率, 務以親睦而同歸於好也哉? 噫, 古今者時也, 傳之者書也. 異日吾子孫之讀是書, 其亦有掩卷太息 而興感於斯者耶, 旣以告坐中諸君子, 因書卷後, 以備吾稧中異時故事云. 成化戊戌後二百二十五年壬午建子月下澣, 謹識.

춘천 박씨 족보의 서문
春川朴氏族譜序

사람이 족보가 없으면 세계(世系)를 알지 못하니 족보가 없을 수 있겠는가? 박씨는 춘천(春川)을 관향으로 삼은 것은 문의(文懿)공 휘 항(恒)으로부터 시작하였고 그 뒤로 고관대작이 연달아 배출되었고 대대로 위인이 있었다. 영락(永樂)[369], 선덕(宣德)[370] 연간에 만호(萬戶)공 휘 봉우(逢雨)가 춘천(春川)으로부터 진안(眞安)의 북평(北坪)으로 이거(移居)하여 자손이 여기에서 가계를 이루었다. 우리 아버지께서는 박 씨의 소생으로 외가가 계보(系譜)를 잃어버리게 될까 걱정하여 외조 휘 견(堅) 이하의 세계(世系)를 모아서 기록하였는데, 외손과 수십 세의 자손에 이르기까지도 모두 아울러 수록하였으니, 장차 후손에게 전하고 먼 세대에 징험할 수 있게 하려는 것이었으나 끝내 다 마치지 못해 책 상자 속에 간직해 두었다.

불초한 내가 여러 차례 반복해 읽으니 나도 모르는 사이에 사모하는 마음이 저절로 생겨났다. 아, 그 알지 못하는 것에 대해 기록하지 못하는 것은 형세가 그러한 것이니 진실로 어쩔 수 없는 것이다. 그러나 그 알 수 있는 것에 이르러서도 또한 다 기록하지 않는다면, 후손들은 자신이 어디서 온지 몰라 지친(至親)의 관계라도 길 가는 사람처럼 될 것이다. 이것이 선군자께서 이 기록을 늘 염두에 두었던 까닭이다. 이에 감히 삼가 선친의 뜻에 따라서 편집하여 책으로 엮어 집에 보관해 두고, 다시 한통을 베껴서 본손(本孫)에게 돌려주었다. 박씨의 문중 사람들이 이로 말미암아 대대로 보첩을 만들어 조상을 존숭하고 종가를 공경하며 선대를 강구하고 우호를 돈독하게 한다면, 이륜(彛倫)을 돈독히 하고 풍속을 두터이 하는 데에 반드시 작은 보탬이 없지 않을 것이다.

人無譜, 不知世系, 譜其可無耶? 朴氏之貫於春川, 蓋自文懿公諱恒始, 而其後簪纓相繼. 世有偉人, 永樂宣德間, 萬戶公諱逢雨, 自春川移居眞安之北坪, 子孫因家焉. 惟我先君子以朴氏之出, 竊懼夫外氏之失系, 衰錄外先祖諱堅以下世系, 而至於外裔雖十世之遠, 亦俱收並錄, 將以傳諸後而徵諸遠者, 而未克終編, 藏在巾箱中, 不肖孤泰時奉讀數四, 不覺感慕之心 油然而生者矣. 噫, 於其所不知而不錄者勢也, 固無如之何

---

369) 영락(永樂) : 명(明)나라 성조(成祖)의 연호. 1403~1424년.
370) 선덕(宣德) : 명(明)나라 선종(宣宗)의 연호. 1426~1435년.

也. 至其可知而亦皆不錄, 則後之人不知自出, 以至親而如塗人. 此先人之所以眷眷於
玆錄者也. 玆敢謹追先志, 纂成編卷以藏于家, 更寫一通, 歸之本孫. 朴氏之宗, 因是而
世修家藏, 尊祖而敬宗, 講先而敦好, 則其於篤彛倫厚風俗, 未必無少補云爾.

〈서책계첩〉의 서문
書册稧帖序

　　금상(今上, 숙종) 26년 기묘(己卯, 1699) 가을 7월 경진(庚辰)에 내가 계당(溪堂)에 있을
적에 수재(秀才) 예닐곱 명이 나에게 서(序)를 써달라고 청하였는데, 이는 계를 조직하는
일 때문이었다. 내가 묻기를 "계(稧)의 이름과 뜻은 각각 주장하는 바가 있는데 진나라
의 난정계(蘭亭稧)[371]는 풍류를, 송나라의 낙사(洛社)[372]는 연로한 원로의 모임이었다. 지
금 여러분들의 계는 그 이름과 뜻이 어디에 있는가?"라고 하니, 대답하기를 "저희들은
궁벽한 산중에 사느라 견문과 학식이 없어서 고사(古事)를 참고하려 해도 길이 없습니
다. 이것이 우리들이 계를 만든 까닭이고 서책을 마련한다는 뜻으로 이름을 삼으려는
것입니다."라고 하였다.

　　내가 "여러분들이 계를 조직하려는 목적이 좋기는 좋지만, 고금의 서적이 지극히
광범위하여 유가서(儒家書)가 있고 또 외가서(外家書)가 있다. 주공(周公) 공자(孔子)로부
터 주돈이(周敦頤), 정호(程顥)·정이(程頤), 장재(張載), 주자(朱子)에 이르기까지가 이른바
유가서이며, 석가(釋迦)와 노자(老子)로부터 장자(莊子), 열자(列子), 신불해(申不害)와 한
비자(韓非子)에 이르기까지가 이른바 외가서이다. 여러분들의 뜻은 여기에 있는가? 저기
에 있는가?"라고 하니, 대답하기를 "성현이 남기신 가르침은 경서에 있으니, 이것 외에
는 미칠 겨를이 없습니다."라고 하였다. 내가 말하길 "훌륭하다. 여러분들의 계를 맺은
뜻이 훌륭하다. 내가 일찍이 듣건대 《주역》은 음양을 드러내고, 《시경》은 성정을 다스

---

371) 난정계(蘭亭稧) : 왕희지(王羲之)의 〈난정기(蘭亭記)〉에 나오는 말로, 회계(會稽) 산음(山陰)의 난정(蘭亭)
　　에서 42인의 명사(名士)들이 모여 계사(稧事)를 행하고 유상곡수(流觴曲水)를 하고 시를 지으며 성대한 풍류
　　를 즐겼다고 한다.

372) 낙사(洛社) : 송(宋)나라 문언박(文彦博)이 낙양(洛陽)에 있을 적에 당(唐)나라 백거이(白居易)의 구로회(九
　　老會)를 모방하여 부필(富弼), 사마광(司馬光) 등 13인과 조직한 결사(結社)로 낙양기영회(洛陽耆英會)라고
　　도 한다.

리고, 《춘추》는 상벌의 모범을 제시하였고, 《서경》은 정사를 기록한 것이며, 《대학》은 배우는 자들의 일로 공경을 위주로 하고, 《중용》은 가르치는 자의 일로 정성을 근본을 삼는다. 인(仁)을 도탑게 해주고 의를 넓혀주는 것은 공자의 《논어》가 아니겠으며, 인욕(人慾)을 막고 천리(天理)를 보존하게 해주는 것은 맹자의 《맹자》가 아니겠는가? 무릇 성현이 마음을 전한 요체와 제왕들이 세상을 경영한 도구는 다 여기에서 밝혀낼 수 있다.'라고 하였다. 지금 여러분들의 뜻은 다름이 아니라 오직 경서가 급선무라 하니, 장차 여러분들은 《주역》에서 심성이 맑고 정미함을 얻고, 《시경》에서 온유하고 돈후함을 얻으며, 《춘추》에서 여러 사례를 취합하여 시비판단의 힘을 얻으며, 《서경》에서 정사에 통달하여 옛일을 잘 알게 될 것이다.[373] 경(敬)과 성(誠)과 인의(仁義)와 천리(天理)를 책에서 얻어서 그 본연의 성품을 회복할 것이니, 여러분들이 만든 계가 훌륭하구나. 저 강좌(江左)의 풍류[374]는 진실로 군자가 취할 바가 아니고, 낙양기영회(洛陽耆英會)[375]는 장수(長壽)하는 명(命)에 달려 있으니 어찌 그대들이 기약할 수 있겠는가?"라고 하니 "그러합니다."라고 답하였다.

　내가 다시 말하였다. "무릇 책이란 마련하는 것이 어려운 것이 아니라 읽기가 어려우며, 읽기는 어렵지 않으나 실천하기는 더욱 어려우니, 진실로 계를 조직하여 책을 마련한 뒤에 혹 그것을 묶어 높은 다락 위에 두고 읽지 않거나, 혹은 읽기는 하지만 단지 출세하는 밑천으로만 삼는다면 이것은 책은 책이요 사람은 사람일 뿐, 금일 계를 조직하려는 뜻은 아닐 것이다."라고 하니, 여러 사람들이 일어나서 말하기를 "감히 훈계(訓戒)를 받들지 않겠습니까? 아침저녁으로 게을리하지 않겠습니다."라고 하였다. 제자들의 성명은 첩자(帖子)에 기록해 두니 모두 12명이며 그 입의(立議)는 모두 11조였다.

　維上之二十六年歲在己卯秋七月庚辰, 余在溪堂, 有秀才六七輩 請余序, 蓋爲其修

---

373) 역경에서 …… 될 것이다 : 《예기》〈경해(經解)〉에 "그 백성들이 온유하고 돈후한 것은 시의 교화이고, 정사에 통달하여 옛일을 잘 아는 것은 서의 교화이며, 성정이 너그럽고 화평한 것은 악의 교화이고, 심성이 맑고 정미한 것은 역의 교화이며, 겸손하고 장중한 것은 예의 교화이고, 여러 사례를 취합하여 시비판단을 잘하는 것은 춘추의 교화이다.[其爲人也, 溫柔敦厚, 詩敎也. 疏通知遠, 書敎也. 廣博易良, 樂敎也. 絜靜精微, 易敎也. 恭儉莊敬, 禮敎也. 屬辭比事, 春秋敎也.]"라고 하였다.

374) 강좌(江左)의 풍류 : 난정계를 가리킨다. 왕희지가 활동했던 시대인 동진은 진나라가 거란의 요나라에 중원을 빼앗기고 강좌 즉 양자강 남쪽으로 옮긴 시대였기 때문에 일컫는 말이다.

375) 낙양기영회(洛陽耆英會) : 각주 372) 참조.

稧事也. 余問稧之名義, 各有攸主, 晉之蘭亭, 以風流也, 宋之洛社, 以耆英也, 今吾諸子之稧名義何居? 曰吾等僻處山間, 未有所見識, 欲稽古而無由. 此吾等之所以修稧 而貿書冊爲名者也. 余曰, 諸子之稧, 善則善矣, 古今載籍極博, 有儒家書, 又有外家書, 自周孔以至濂洛關閩, 所謂儒家書也, 自釋老以至莊列申韓, 所謂外家書也, 諸子之志, 其在此乎在彼乎? 曰聖賢垂訓, 在經書, 外此則不暇及也. 余曰善哉, 吾諸子之爲稧也! 余嘗聞易以顯陰陽, 詩以道性情, 春秋示賞罰, 書則記政事, 大學學者事而敬以爲主, 中庸教者事而誠以爲本, 敦乎仁博乎義者, 非孔氏書乎? 遏人欲存天理者, 非孟氏書乎? 凡聖賢傳心之要, 帝王經世之具, 皆於是乎有徵, 今諸子志靡他, 惟經書是急, 將見諸子潔淨精微得於易, 溫柔敦厚得於詩, 屬辭比事得於春秋, 疎通知遠得於書, 其敬也誠也仁義也天理也, 無非得於書而復其本然之性也. 善哉, 吾諸子之爲稧也! 彼江左風流, 固君子所不取, 洛陽耆英有命焉, 豈吾子所可期也? 曰然. 余復曰夫書致之非難, 讀之爲難, 讀之非難, 軆之爲尤難, 苟於稧修書貿之後, 或束之高閣而不之讀, 或讀之只爲進取之資, 則是書自書人自人耳, 非今日修稧之意也. 諸子作而言曰, 敢不銜訓戒? 朝夕不怠. 諸子姓名, 錄在帖子, 共十二人, 其立議凡十一條云爾.

기記

압각정기
鴨脚亭記

복주(福州) 서쪽의 금계(金溪) 마을에 큰 나무가 있으니 이름이 압각정(鴨脚亭)이다. 크기가 마흔 아름 남짓이고 윗가지는 구만리 하늘에 닿아 몇천 척이나 되는지 알 수 없으며 밑가지는 사방으로 퍼지고 엇갈려 수백 명을 덮을 수 있다. 벌레나 뱀이 근접하지 못하고 까마귀나 매가 둥지를 틀지 못하니 이는 귀신이 수호하는 것이다. 세상에 전하기로 용재(慵齋) 이 선생(李先生)[376]이 성화(成化)[377] 연간에 과거에 급제하고 급제를 축하하는 잔치를 벌일 때 북을 매달자 나무가 흔들렸다고 하니, 그 당시에 아직 어린 나무였음을 알 수가 있다. 홍치(弘治) 무오년(戊午, 1498)에 망헌(忘軒) 이공(李公)[378]이 말을 타고 와서 용재 선생과 이 나무 아래서 바둑을 두다가 갑자기 붙들려 서울로 압송되어 갔으니, 그 당시에는 이미 그늘을 지을 만큼 무성했음을 알 수가 있다. 지금부터 무오년까지가 201년이 되는데 무오년부터 그 나무를 심은 때까지가 또한 몇 해가 되는지는 알 수 없다. 그러나 그 나무가 이씨(李氏)의 사당 앞에 서 있는 것으로 보아 이는 이씨의 선조 대에 손수 심고 대대로 전해온 것일 것이다. 나는 금계 마을의 아이로 이 나무 아래서 생장하면서 전해 내려오는 말을 귀로 들은 것은 다만 북을 매달았다거나 바둑을 두었다

---

376) 용재(慵齋) 이 선생(李先生) : 이종준(李宗準, 1454~1498). 자는 중균(仲均), 호는 용재(慵齋), 본관은 경주(慶州)이다. 점필재의 문인으로 1477년 진사에 합격하고, 1485년 을과로 문과에 급제하여 홍문관교리(弘文館校理)·이조정랑(吏曹正郞)을 역임하였다. 1506년 홍문관부제학(弘文館副提學)에 증직되었다. 경광서원(鏡光書院)·백록리사(鏡光書院·栢麓里社)·주강정사(周岡精舍)에 제향되었다. 저서로는《용재집(慵齋集)》이 전한다.

377) 성화(成化) : 명나라 헌종(憲宗)의 연호(1465~1487)이다.

378) 망헌(忘軒) 이공(李公) : 이주(李胄, 1464~1504). 자는 주지(胄之), 호는 망헌(忘軒), 본관은 고성(固城)이다. 점필재의 문인으로 1488년 별시(別試) 을과로 문과에 급제하여 검열(檢閱)을 지내고 사가독서(賜暇讀書)를 했다. 1498년 정언(正言)으로 무오사화에 연루되어 유배되었다가 1504년 갑자사화 때 사형 당하였다. 중종 때 신원되었고, 1794년 사림의 공의에 의해 청도의 명계서원(明溪書院)에 제향되었다. 《망헌집(忘軒集)》이 전한다.

거나 하는 두어 가지 일일 뿐이었고, 일찍이 눈으로 노소가 여기서 모여 잔치하고 여기서 글을 강독하며 여기서 진퇴를 배우고 여기서 읍양의 예절을 익히는 일을 보았다. 그 풍류와 여운(餘韻)은 볼 만한 점이 있어서 활쏘기를 하는 자나 바둑을 두는 자, 음풍농월 하는 자가 또한 흥에 취해 와서 하루도 사람 없는 날이 없었다. 이것이 진실로 이 정자의 승경(勝景)으로 나라 안에 이름이 나고 기록에 나열되며 또한 새로 증보된 《여지승람(輿地 勝覺)》에 실리게 된 이유이니, 또한 사람들의 애호를 받아서 잘리거나 베어지지 않은 것이 마땅하다.

내가 청나라 강희제(康熙帝) 연간의 임술년(1682)에 학가산(鶴駕山) 남쪽에 우거하여 5년을 살다가 진안현(眞安縣)의 문해촌(文海村)에 이사하였는데, 문해는 유명한 산수가 많기로 이름이 나 있었다. 밤낮으로 소요하기에 취미가 맑고 적당하므로 마땅히 다른 곳을 연모하는 일이 없어야 하는데, 압각정의 좋은 경치는 오히려 자나 깨나 잊을 수가 없었다.

지난해 겨울 내가 천등산(天燈山)에서 돌아오며 나무 아래를 지나게 되었는데, 나무의 서북쪽이 다 사라져 남은 것이 없고 오직 동남쪽으로 두세 가지가 남아있을 뿐이었다. 내가 소스라치게 놀라고 참담하게 상심하여 마을 사람들에게 물으니, 마을 사람이 이씨 의 자손이 베었다고 하였다. 어찌된 까닭인지를 물으니, 풍수를 보는 사람의 말에 혹하 였다 하였다. 풍수를 보는 사람이 무엇이라 하던가 하니, 큰 나무는 기운을 빼앗으므로 사람에게 해롭다고 하더라는 것이었다. 아아, 이게 무슨 말인가? 천지의 지극히 공정하 고 지극히 위대한 기운이 쉼 없이 유행하다가 혹 사람에게 심어지면 사람 중에 대인이 나오고, 혹 식물에게 심어지면 식물 중에 큰 나무가 생기니, 사람은 저대로 사람이요, 사물은 저대로 사물이다. 과연 풍수를 하는 사람의 말과 같다면 큰 나무 아래는 큰 인물이 생겨난 적이 없어야 한다. 그렇다면 큰 인물의 세상에는 또한 마땅히 큰 나무가 없어야 한다. 그런데 이 나무가 이 마을에 생긴 지 대체 몇 백 년이 되는데 마을에 큰 인물이 또한 몇 명이었던가? 조정에 들어서는 공(公)과 경(卿)이 되고 대부가 되었으 며, 외직에 나가서는 방백(方伯)과 주목(州牧)이 되고 수위(守尉)가 되어 공은 간책(簡策)에 남고 은택은 백성에게 끼쳤다. 혹 지위가 높아도 뜻은 더욱 열렬하고 혹 깊이 은거하여도 학문은 더욱 밝아서, 도(道)가 옛 철인을 이어 백세의 사표가 된 분들이 즐비하고도 울창하여서 뒤를 이어 배출되니, 이러한 때에 이 나무 또한 큰 나무로서 오늘에 이르렀 다. 시절이 점점 그릇되고 속습이 점점 투박해져 더 이상 옛날의 금계가 아니게 되자,

나무가 이에 베어지게 되었다. 나는 모르거니와 나무가 과연 사람에게 해로운 것인가, 사람이 도리어 나무에게 해로운 것인가? 나무가 저처럼 성하였을 때는 인물 또한 저처럼 성하였고, 인물이 이처럼 쇠하자 나무 또한 이처럼 쇠하였으니, 인물의 성하고 쇠함에 따라 나무 또한 성하고 쇠하는 것일 것이다. 아아, 심하도다. 이씨의 미혹됨이여!

옛날 용만(龍灣 의주(義州)의 다른 이름)[379]의 길가에 큰 나무가 있어 우리나라 사람 중 중국에 조회를 가는 사람이나 중국의 사신 중 우리나라에 오는 자가 반드시 수레를 멈추고 사신의 행차를 쉬며 유람으로 며칠을 머물곤 하였다. 의주 부윤(義州府尹) 이모(李某)가 이 나무가 의주에 큰 폐를 끼친다고 생각하여 드디어 분연히 뽑아버렸는데, 우리나라 사람 중에 의론하는 자가 많았고 중국의 사신 또한 시(詩)를 지어 그 일을 풍자하였다. 그 시가 오늘의 이 일과 바로 그려낸 것처럼 방불하니, 일을 거꾸로 하려 한 마음은 앞뒤의 두 이 씨가 진실로 똑같으나 똑같지 않은 점이 있다. 나무를 베어서 폐단을 제거한 것은 지혜로운 일이지만 미혹에 빠져서 나무를 벤 것은 어리석은 짓이다. 그 지혜로운 일도 오히려 중국의 사신의 기롱하고 풍자를 받았는데 하물며 어리석으면서 능히 우리나라 사람들의 의론을 면할 수 있겠는가? 마을 사람들이 함께 바라보고 탄식하거나 혹 눈물을 흘리며 차마 바로 쳐다보지 못하여, "지금부터는 나무 아래서 내 흔적을 찾을 수가 없다."고 할 사람이 있을 것이다.

아아, 이미 형벌을 내린 뒤에는 다시 복구할 수 없고 형벌을 내린 뒤에도 오히려 비호할 수 있으니, 바라건대 이 씨는 풍수가에게 미혹되지 말고 오직 그 선조를 생각하여, 아끼고 공경하며 물을 주고 북돋우라. 옛사람이 강독하였음을 생각하면서 나도 또한 여기서 강독하고, 옛사람이 시를 읊었음을 생각하면서 나도 또한 여기서 시를 읊어 그 뜻과 그 행실을 반드시 옛 선조를 본받는다면, 나무가 무성해짐에 따라 인물 또한 무성해질 것이다. 아아, 부디 미혹되지 말며 선조에게 누를 끼치지 말지어다. 나는 나무가 이토록 참혹하게 베어진 것을 슬퍼하여 압각정기를 지어 이 씨를 경계하노라. 이 씨의 이름은 아무개로 용재의 방손으로서 압각정을 이어서 수호하던 사람이었다.

福之西金溪村, 有大樹焉, 其名鴨脚亭. 其大四十圍有餘, 其上枝摩九天, 不知幾千尺, 其下枝傍布交錯, 可庇數百人. 蟲蛇不能近, 烏鳶不敢巢, 是神鬼呵噤而守護之也.

世傳慵齋李先生成化中登第, 聞喜宴, 懸鼓而樹撓, 知其時尙少也. 弘治戊午, 忘軒李公命駕而至, 與慵齋敲碁樹下, 因忽被拿而西, 知其時已蔭也. 今去戊午凡二百有一年矣, 自戊午去其栽植, 亦不知幾何歲, 而樹在李氏祠堂前, 是李氏之先手植而世守之也. 余以溪村兒, 生長樹下, 耳聞相傳, 只此懸鼓敲碁數事而已, 嘗目見老少宴集於斯, 講讀於斯, 進退於斯, 揖讓於斯, 其流風遺韻, 有足觀者, 而射者碁者吟風者詠月者, 亦各乘興而來, 未嘗有一日虛無人也. 斯固斯亭之勝, 而名於國列於志, 又載於勝覽之新增, 其亦爲人所愛惜而不爲剪伐也宜哉. 余以淸主康熙之壬戌, 寓鶴山陽居五歲, 移眞安之文海, 文海號多名山水, 日夕消遙, 趣味淸適, 宜無慕乎外者, 而鴨脚之勝, 猶寤寐不釋也. 前年冬, 余自天燈還過樹下, 樹之西北, 蕩然未有存者, 惟東南三兩枝在耳. 余愕然驚慘然傷, 問之村人, 曰李氏子伐之耳, 問何故, 曰堪輿氏惑之耳, 堪輿氏云何, 曰大樹能洩氣以害人耳, 惡是何言也? 天地至公至大之氣, 流行不息, 或鍾于人而人有大人焉, 或鍾于物而物有大樹焉, 人自人物自物耳. 果如堪輿之言, 大樹之下, 未嘗有大人者生, 然則大人之世, 亦宜無大樹也, 此樹之生于此村, 凡幾百年矣, 而村之有大人, 亦幾人哉? 入而爲公爲卿爲大夫, 出而爲伯爲牧爲守尉, 功垂簡策而澤被生民. 或高尙而志益烈, 或深藏而學益明, 道繼往哲而師表百世, 彬彬焉蔚蔚焉, 踵相躡也, 于斯時也, 樹亦大樹而式至于今日. 時漸降俗漸渝, 非復昔日之金溪, 而樹於是時而斬伐焉. 吾未知樹果害于人歟, 人反害于樹歟? 樹如彼盛時, 人亦如彼盛, 人如是衰, 而樹亦如是衰, 然則以人之盛衰而樹亦隨而盛衰也歟. 噫嘻甚矣, 李氏之惑也! 昔者龍灣道上有大樹, 吾人之北朝者, 北使之來我國者, 必停車駐節, 游賞而留連. 府尹李某以爲樹之弊於州也大矣, 遂奮然拔之, 吾人多有議者, 而北使亦以詩刺之. 其詩正畫出今日事迹乎, 事反之心, 前後兩李固有同而有不同者矣, 伐樹而去弊智也, 狂惑而伐樹愚也. 如其智猶被北使之譏刺, 況乎愚而能免於吾人之議乎? 村人相與顧瞻嗟惜, 或有流涕而不忍正視也, 曰自此樹下, 無吾之迹矣. 嗚呼, 已刑不可續, 刑餘猶可庇, 願李氏不惑於堪輿氏, 惟其先是思, 愛之敬之, 漑之培之, 思古人講讀而吾亦講讀於斯, 思古人吟詠而吾亦吟詠於斯, 其志其行, 必則古先, 則樹之茂而人亦從而茂矣. 嗚呼, 其無惑也夫, 其無忝也夫! 余悲樹之遭斬伐, 如是之酷, 作鴨脚亭記, 以戒李氏云爾. 李氏名某, 以慵齋旁孫, 嗣守鴨脚亭者也.

한천당기
寒泉堂記

금상(今上, 숙종) 29년 계미(1703) 여름에 내가 산택재로부터 돌아오니, 집 뒤쪽 천석(泉石)이 거친 잡초에 매몰되어 선인께서 노닐며 완상하시던 곳을 거의 찾아볼 수가 없었다. 내가 이에 감회를 느껴 오랫동안 배회하다가, 아들 가징(可徵)과 손자 선원(善元)에게 명하여 썩은 흙을 걷어내고 무성한 잡초를 베어내게 하니 맑은 샘과 흰 바위가 각기 드러났다. 이에 옛터에 그대로 두 칸짜리 집을 짓고 '한천당(寒泉堂)'이라고 이름하였다.

푸른 절벽이 뒤에 옹립하고 굽은 소(沼)가 앞을 둘렀는데 왼편에 샘이 있어 산 아래에서 솟아 소로 잠겨들고 오른 편에도 샘이 있어 바위 위에서 솟아 소로 들어온다. 소 가운데 쟁반 모양의 바위가 있어 7, 8명이 앉을 만하고 찬 샘이 소 아래 조금 서남쪽에 있다. 각각 그 모양을 따라 이름을 지으니 푸른 절벽은 '병암(屛巖)'이라 하고 왼편 샘은 '산천(山泉)', 오른편 샘은 '석천(石泉)'이라 하고 반석은 '세심석(洗心石)'이라 하였다. 한천은 이미 당을 명명하여 바꿀 수가 없었다. 아아, 샘이며 바위는 하늘이 만든 것으로 경관으로 이름을 지었는데, 중간에 인몰(湮沒)되었던 것들이 지금 다시 모두 새로워졌다. 어찌 다행이 아니겠는가?

어느 날 길손이 나에게 들러 말하기를,
"선생이 당과 산천, 석천을 명명한 것이 아름답지 않은 것은 아니지만, 꼭 한천이라 한 데는 또한 그 의미가 있습니까?"
하였다.
내가 말하기를,
"그렇습니다. 모든 사물은 형태가 있으면 반드시 이치가 있습니다. 왼편의 샘은 산 아래서 솟으니, 몽괘(蒙卦)의 형상으로 군자가 이를 본받아 행실을 과감하게 하고 덕을 기릅니다.[380] 오른편의 샘은 바위 위에서 솟으니, 건괘(蹇卦)의 형상으로 군자가 이를 본받아 자신을 반성하고 덕을 닦습니다.[381] 한천에 이르러서는 양이 생기면 따뜻해지고

---

380) 왼편의 …… 기릅니다. :《주역(周易)》〈몽괘(蒙卦) 상(象)〉에 "산 아래에 샘물이 솟아나는 것이 몽의 상이니, 군자가 이것을 보고 행실을 과감하게 하며 덕을 기른다.[山下出泉蒙 君子以 果行育德]"라고 한 말을 인용하였다.
381) 오른편의 …… 닦습니다. : 주역(周易)》〈건괘(蹇卦) 상(象)〉에 "산 위에 물이 있는 것이 건의 상이니, 군자가 이것을 보고 몸을 돌이켜 덕을 닦는다.[山上有水 蹇 君子以 反身修德]"라고 한 말을 인용하였다.

음이 생기면 추워집니다. 한 번은 양이 되고 한 번은 음이 되며 오르내리고 소멸하며
생장하니 하늘의 도리가 있으며 땅의 도리가 있으며 사람의 도리가 있습니다. 그러므
로 복괘(復卦)의 단사(彖辭)에 '천지를 보는 마음을 회복한다.'[382]라고 하였고, 구괘(姤卦)
의 단사에 '천지가 서로 만나며 품물이 모두 빛난다.'[383]라고 하였으니, 한천의 시의(時
義)가 어찌 위대하지 않겠습니까? 이것이 제가 취하여 이름한 까닭입니다."
라고 하였다.

　　길손이 말하기를,

　"바위가 병풍이 되니 병암이라는 이름이 헛되지 않습니다만 바위를 세심이라 한 것
은 무엇에 해당하는 것입니까?"
라고 하였다.

　　내가 말하기를,

　"두 샘이 합쳐서 하나의 소가 되고, 반석은 꼭 소의 가운데에 있습니다. 좌우와 전후
가 청명하고 통철하여 가운데는 태허를 품고 만상이 빽빽이 들어찼습니다. 그 바위에
앉아서 굽어보면 옛날에 어두웠던 자는 밝아지고 탁했던 자는 맑아집니다. 이로 말미
암아 사악하고 더러운 것을 씻어낼 수 있고 끼었던 찌꺼기를 해소할 수 있으니 씻어내
지 않고 능히 이렇게 될 수 있겠습니까? 돌을 세심(洗心)이라고 이름한 것은 이러한
이유입니다."
라고 하였다.

　　길손이 말하기를,

　"샘과 돌을 명명한 뜻은 이미 잘 알았습니다. 그런데 선생의 당명(堂名)은 회암(晦庵)
주 선생(朱先生)께서 이미 그 정사에 편액하였습니다. 선생이 또 취하여 이름으로 삼는
것은 또한 피해야 할 일에 가깝지 않겠습니까?"
하였다.

　　내가 말하기를,

　"그렇지 않습니다. 옛날 도연명은 제갈량을 사모하여 그 자(字)를 원량이라 고쳤고,

---

382) 천지를 …… 회복한다. : 《주역》〈복괘(復卦) 단전(彖傳)〉에, "복(復)에서 아마 천지의 마음을 볼 수 있지
　　않겠는가.[復其見天地之心乎]"라고 하였다. 복괘는 하나의 양효(陽爻)가 처음 아래에서 생겨나는 괘이니, 하
　　나의 양이 아래에서 회복됨은 바로 천지가 물건을 낳는 마음이라는 것이다.
383) 천지가 …… 빛난다. : 《주역》〈구괘(姤卦) 단(彖)〉에, "천지가 서로 만나니 온갖 물건이 모두 빛난다.[天地
　　相遇 品物咸章也]"라고 하였다.

장경(長卿)은 인상여(藺相如)를 사모하여 그 이름을 사마상여로 바꾸었습니다. 이름도 피하지 않았는데 하물며 당 이름이겠습니까? 저 또한 주 선생을 흠모하는 자이니 그것으로 당명을 삼고, 날마다 그 가운데 거처하며 샘과 바위의 의미를 돌아보며 선생의 뜻을 뜻으로 삼고 선생의 학문을 배운다면 거의 당의 이름을 지은 뜻에 어긋나지 않을 것입니다."

라고 하였다.

길손이

"알겠습니다. 알겠습니다."

한 후 물러갔다. 내가 이에 그 묻고 대답한 말을 차례로 벽상에 기록하여 스스로 경계하고 또 나중의 자손으로 이 당에 거처하는 자에게 고하는 바이다.

上之二十九年癸未夏, 余從山澤歸, 宅後泉石埋沒於荒草中, 先人游賞之地, 幾乎不可尋矣. 余乃感念徘徊者久之, 命子可徵孫善元, 闢朽壤剪榛穢, 清泉白石, 各自呈露, 於是仍舊址築室二間, 名曰寒泉. 蒼壁擁其後, 曲沼環其前, 左有泉出山下, 潛于沼, 右有泉出石上, 入于沼. 沼中有石如盤, 可坐七八人, 寒泉在沼下少西南, 各因象以名之, 蒼壁曰屛巖, 左泉曰山泉, 右泉曰石泉, 盤石曰洗心. 寒泉則旣命之堂矣, 無以易也, 噫, 泉也石也, 天作之而以勝名, 中遭廢而今更一新, 豈不幸歟? 一日客有過余而言曰, 子之名堂山泉石泉非不佳也, 而必以寒泉者, 其亦有說乎? 曰然. 凡物有形必有理, 左泉出於山下, 其象蒙, 君子以之而果行育德, 右泉出於石上, (艮爲石) 其象蹇, 君子以之而反身修德. 至於寒泉, 陽生而溫, 陰則寒, 一陽一陰, 升降消長, 有天道焉, 有地道焉, 有人道焉, 故復之象曰, 復其見天地之心, 垢之象曰, 天地相遇, 品物咸章, 寒泉時義, 豈不大矣哉? 此余所以取而名之也. 曰巖之爲屛, 名不虛得, 而石之洗心, 何所當乎? 曰二泉合爲一沼, 而盤石正當沼之中. 左右前後, 清明洞澈, 中含太虛, 萬象森然, 坐其上, 俯而臨之, 則昔之昏者明濁者清, 由是而邪穢可滌, 查滓可消, 則非洗濯而能如是乎? 石之洗心者然也. 曰泉石命名之義, 旣得聞命矣, 子之堂名, 晦庵朱先生已揭而扁其精舍矣, 子又取而名之, 無亦近於嫌乎? 曰不然. 昔淵明慕葛而改其字, 長卿慕藺而易其名, 名且不避, 況堂名乎? 余亦慕朱先生者, 以是名堂而日處其中, 顧泉石之義, 而志先生之志, 學先生之學, 則庶不負名堂之意矣. 客唯唯而退, 余乃列問答之語, 記于壁以自警, 又告夫子孫之處此堂者.

발跋

권석이가 소장한 〈중뢰연도〉 뒤에 쓰다
書權錫爾所藏重牢讌圖後

우리나라의 풍속에는 혼인하여 부부가 된 후 한 갑자(甲子)가 돌아오면 중뢰연(重牢讌)을 차리니, 옛사람이 이른바 '예법(禮法)에 없는 예'[384]이다. 그런데 세상에 해로하는 사람이 드물고, 해로하면서도 중뢰연을 치르는 자는 더욱 드물다.

임오년(壬午, 1702) 11월 중정일(中丁日)[385]에 문중 사람인 권윤석(權胤錫)이 성묘를 위하여 모였다가 나의 집에 투숙하였는데, 소매 속에서 중뢰연도(重牢讌圖) 두 첩(帖)을 꺼내어 보여주었다. 그 첫 번째는 그의 조부 동암(東巖) 정랑(正郞)공의 계묘년(1663) 중뢰연도로 그 당시 정랑공과 숙인(淑人) 황 씨(黃氏)의 춘추가 합쳐서 151세였다. 두 번째는 그의 생부인 우곡처사(愚谷處士)공의 무인년(1698) 중뢰연도로 당시 처사공과 유인(孺人) 안 씨(安氏)의 춘추가 합쳐서 161세였다.

그가 말하기를,

"우리 조부모와 생부모께서 장수를 누리셨는데, 혼례 날이 다시 돌아왔을 때 다시 합근례(合卺禮)를 차렸으니, 이는 우리 자손의 경사입니다. 원컨대 당신께서 한 마디 글을 지어 우리 자손에게 보여주십시오."

라고 하였다.

---

384) 예법(禮法)에 …… 예 : 예법에 정해져 있지 않은 예를 행했지만 그 행동이 예절에 맞는다는 말이다. 《예기(禮記)》〈단궁 상(檀弓上)〉에 "장군 문자의 상사에 이미 제상한 뒤에 월나라 사람이 와서 조상하거늘 주인이 심의와 연관으로 사당에서 기다리며 눈물을 흘렸다. 자유가 보고 말하기를 '장군 문 씨의 아들이 거의 예법에 맞게 하는구나. 예문에 없는 예절에서 그 행동이 적중하다.'라고 하였다.[將軍文子之喪, 旣除喪而後, 越人來弔, 主人深衣練冠, 待於廟, 垂涕洟, 子游觀之曰, 將軍文氏之子, 其庶幾乎, 亡於禮者之禮也, 其動也中.]"라는 내용이 있다.

385) 중정일(中丁日) : 음력으로 그달의 중순에 드는 정일(丁日)을 이르는 말로, 묘제(墓祭)·연제(練祭)·담제(禫祭)·서원 향례(書院享禮) 따위의 제사를 대개 이날에 지낸다.

이에 내가 손을 씻고 그림을 받들어 완상한 후 일어나 말하기를,

"효성스럽도다, 석이여. 정랑공은 일찍 벼슬을 떠나 임천(林泉)에 은거하며 도를 즐겼고, 처사공은 의를 행하며 몸을 단속하고 종족을 보전하며 집안을 화목하게 하시니, 두 분이 모두 큰 복을 누리고 오복(五福)을 다 받으셨습니다. 석이가 한결같은 효성으로 지체(志體)의 봉양을 극진히 하여 거듭 이 잔치를 차렸으니, 한 번도 오히려 어렵거늘 하물며 양대에 걸쳐 다시 차린 일에 있어서이겠습니까?"

라고 하니, 모였던 여러 군자들이 서로 함께 차탄하며 석이의 효성을 성대히 기렸다. 당시에 미처 자리를 함께하지 못한 사람들 또한 흔쾌히 그 일을 후세에 남기기를 도모하여 그림을 그리는 자는 그림을 그리고 노래를 짓는 자는 노래를 지어 시(詩)와 사(辭)와 서(序), 그리고 발(跋)로 주인옹(主人翁)을 축하하여 석이의 경사를 기뻐하지 않는 이가 없었다. 석이가 그 경사를 기뻐했던 것을 오히려 미흡하게 여겨 친인척 네 집안의 이 잔치를 연 자들과 합하여 한 질(帙)을 만들어 네 집안의 자손과 그 기쁨을 함께하였으니, 아아, 석이가 효성을 미루어나감이 넓구나. 글재주 없는 내가 어찌 군말을 붙이겠는가. 더구나 나와 같은 사람은 태어난 지 30년에 아버지 어머니를 잃고서, 어느덧 세월이 흘러 지금 또 38년이 되었다. 이 도첩을 보니 더욱 마음을 진정할 수 없어, 대략 몇 마디 말을 써서 돌려보낸다.

吾東國俗, 自結髮爲夫婦, 甲子一周而設重牢讌, 古人所謂亡於禮者之禮也. 世之偕老者少, 偕老而設重牢者尤少. 歲壬午十月中丁, 宗人胤錫錫爾甫, 自奠掃會投余而宿, 袖示重牢讌圖二帖, 其一其王父東巖正郎公癸卯重牢讌圖, 時正郎公及淑人黃氏春秋, 共一百五十有一, 其二其生父愚谷處士公戊寅重牢讌圖, 時處士公及孺人安氏春秋, 亦共一百六十有一. 其言曰吾王父母及生父母, 享有遐壽, 及旭朝重還而更設合巹禮, 此吾子孫之慶, 願吾子賜一言以示吾子孫. 余乃雪手奉玩旣, 作而言曰, 孝哉吾錫爾! 正郎公早謝簪笏, 樂道林泉, 處士公行義飭躬, 保族宜家, 俱享純嘏, 備膺五福. 吾錫爾一心誠孝, 能盡志物之養, 而重設是讌也, 一之猶難, 況兩世而再設之乎? 會也諸君子相與咨嗟而盛錫爾之孝. 當時未及席者, 亦皆欣欣然圖所以不朽, 畫者畫歌者歌, 詩與辭序若跋, 莫不賀主翁而慶錫爾之慶. 錫爾慶其慶而猶未足也, 合姻親四家之爲設此讌者, 爲一帙而與四家子孫同其慶, 吁廣矣哉, 錫爾之孝之推也! 余之不文, 奚用贅焉? 況如余者生三十而失怙恃, 荏苒光陰, 今且三十有八載矣. 觀於此帖, 尤無以爲懷, 略書數語而歸之.

뇌문誄文

상사 김인중에 대한 뇌문
金上舍仁仲誄文

아아, 슬프다. 기산옹(箕山翁)[386]은 후덕한 군자로 나이 여든이 지나서도 부인과 해로 하셨다. 아들 넷을 두었는데 맏아들인 인중(仁仲)은 유명한 진사(進仕)가 되었다. 둘째인 담중(湛仲)은 독실한 문장과 두터운 행실로 동류들 사이에서 중망(重望)을 받았다. 셋째인 해중(諧仲)은 출계하여 족부(族父)의 후사가 되어 멀리 한성부에 산다. 막내인 위중(威仲)은 경서에 밝고 행실이 올곧았으며 일찍 문과에 오르니 사람들이 원대한 장래를 기대하였다.

불행히도 십수 년 전에 둘째와 막내가 서로 이어서 세상을 떠나고 맏아들만 홀로 남게 되었는데, 부모님을 물심양면으로 봉양을 다하고 도의(道義)의 행실을 닦아 화순하고 화락하여 아침저녁으로 게을리하지 않으니, 그 집안의 아들[387]에 걸맞았는데, 또 불행히도 작년에 병으로 일어나지 못하였다.

아, 인중이여. 금옥처럼 아름다운 자질로 가정에서는 효성스럽고 나가서는 공손하던 아름다운 행실을 이 세상에서 다시 볼 수 없구나. 하늘이 낳았다가 하늘이 죽인 것인가? 우연히 스스로 났다가 죽은 것인가? 예로부터 선인(善人) 중에 이런 경우가 많았으니, 하늘이 선한 이에게 복을 내리는 이치가 과연 어떤 것인가?

---

386) 기산옹(箕山翁) : 김여만(金如萬, 1625~1711)의 호이다. 본관은 순천(順天) 자는 회일(會一)이다. 육촌 형 여옥(如玉)에게 배웠으며 고산(孤山) 이유장(李惟樟)과 교유하였다. 충신독경(忠信篤敬)을 좌우명으로 삼아 평생 관직에 나가지 않고 학문에만 전념하였다. 수직(壽職)으로 용양위부호군(龍驤衛副護軍)이 제수되었다. 저서로 《기산집(箕山集)》과 《일력(日曆)》이 있다.

387) 그 …… 아들 : 한유(韓愈)의 〈전중소감마군묘지(殿中少監馬君墓誌)〉에 "어린 아들이 아름답고 예쁘며 조용하고 빼어나서, 마치 옥가락지나 옥귀고리와 같고 난초 싹이 돋아난 것 같았으니, 그 집안의 아들에 걸맞았다.[幼子娟好靜秀 瑤環瑜珥 蘭苕其芽 稱其家兒也]"라고 한 구절에서 온 말이다. 《韓昌黎文集注釋 卷7 殿中少監馬君墓誌》 남의 집 자손이 훌륭한 자질을 지녔을 때 칭찬하는 말로 쓰인다.

그 장사(葬事)에는 고례(古禮)를 사용하여 유월장(踰月葬)으로 정하였다. 군이 나를 알고 나 또한 군을 알며 세의가 또한 깊고 두터워, 나에게 만사를 부탁하고 나에게 장례 날을 알려왔다. 내가 인중에 대하여 광중(壙中)에 가서 영결하고 싶은 마음이야 진실로 남보다 못하지 않지만, 집안의 우환이 너무나 심하여 신심(身心)이 절박하여 이미 죽은 자를 조상하고 산 자를 위문하지 못하고, 또 능히 한 마디 만사를 짓지도 못하였으니 유명 간에 의리를 저버린 것이라 나도 모르게 눈물이 줄줄 흐른다.

아, 인중이여. 당상(堂上)의 두 분 어버이는 아들을 잃어 오장(五臟)이 찢어지는 듯하고, 규중(閨中)의 과부는 남편을 곡하여 통곡이 하늘에 사무치고, 악실(堊室)[388]의 고아는 마주 보며 피눈물을 흘리고 안절부절 못해 구하는 것이 있는데 얻지 못한 듯하다. 인간 세상의 참혹한 광경이 갑자기 이렇게 되니, 지하의 슬픈 마음이 어찌 끝이 있겠는가? 애오라지 거친 말로 초라한 만사를 대신하려니, 뇌문(誄文)도 아니요 또한 만사(輓詞)도 아니라 다만 내 회포를 서술한 것이다. 아, 인중이여. 아시는가 모르시는가. 아아, 슬프다.

嗚呼哀哉, 箕山翁以厚德君子, 年過八十而有婦偕老. 有男四人, 其伯仁仲陞上庠, 爲名進士, 其仲湛仲篤厚文行, 見重濟流間, 其叔諧仲出爲族父后, 遠居京兆府, 其季威仲經明行修, 早登文科, 人以遠大期之. 不幸十數年前, 仲與季也相繼而歿, 伯也獨存, 盡志物之養, 修道義之行, 怡怡侃侃, 朝夕不怠, 稱其家兒也. 又不幸前年秋, 以疾不起. 嗚呼仁仲! 金精玉潤之姿, 入孝出悌之懿, 不得復見於斯世. 天固生之而天殺之也耶, 其偶自生而自死也耶? 自古善人多如此, 天於福善之理, 果如何也? 其葬用古禮, 踰月而卜, 以君知我而我亦知君, 世誼且深厚, 投我以挽紙, 告我以襄期. 吾於仁仲, 臨壙永訣之懷, 固不在人後, 而家患孔棘, 煎迫身心, 旣不得吊死問生, 又未克措一辭以挽, 孤負幽明, 不覺泣涕而漣如也. 嗚呼仁仲, 堂上雙親, 失子而腸欲裂, 閨中嫠婦, 哭夫而聲徹天, 堊室孤兒, 相對泣血, 皇皇如有求而不得, 人間慘目, 遽如許矣, 地下傷心, 曷有其極? 聊將蕪語, 用代蕭挽, 非誄也, 又非詞也, 只自叙懷也. 嗚呼仁仲! 其知耶不知耶? 嗚呼哀哉.

---

388) 악실(堊室) : 사방의 벽에 흰 흙을 바른 집으로 상주가 거처하는 여막(廬幕)을 이른다. 《예기》〈상대기(喪大記)〉에 "상주가 소상(小祥)이 끝나면 악실에서 지내는데, 남과 함께하지 않는다.[旣練 居堊室 不與人居]"라고 보인다.

제문祭文

사직단 기우문
社稷壇祈雨文

백성은 국가에 의지하고	民依於國
국가는 신명에 의지하니	國依於神
신명이 신명답지 못하다면	神苟不神
국가가 어찌 국가일 수 있으리오	國何能國
지금 이 극심한 가뭄이	今玆旱虐
달을 넘기고 철을 넘겨	越月蹂時
벼 싹이 쉽게 메마르고	苗易而枯
볍씨도 고사하니	秧亦枯死
수령인 제가 형편없어	守土無狀
이러한 재앙이 생긴 것입니다	致此災殃
밤낮으로 근심하고 두려워하며	夙宵憂惶
동남에 두루 고하였으나	遍告東南
가랑비만 부슬부슬 내려	小雨霎霎
비를 바라는 마음389) 위로하지 못했네	未慰霓望
도와주고 은혜를 내리는 것은	協贊終惠
신명에게 달린 것이 아니겠습니까	其不在神
저의 어리석은 충정을 살펴	鑑我愚衷

---

389) 비를 기원하는 마음 : 원문의 예망(霓望)은 가뭄에 구름이나 무지개를 바라는 심정을 말한다. 《맹자(孟子)》 〈양혜왕 하(梁惠王下)〉에 "백성들이 고대하기를 큰 가뭄에 운예를 고대하듯 하였다.[民望之 若大旱之望雲霓也]"한 데서 온 말이다.

강림해 흠향하시어	式降肸蠁
상하로 분주히 내달려	上下馳騖
뭉게뭉게 흥건히 비를 내리소서	油然沛然
마른땅 적시고 마른 잎 소생하여	潤涸蘇枯
우리 백곡이 익으면	登我百穀
백성들이 소생하고	民其蘇矣
신명도 의지할 곳이 있을 것입니다	神亦有依

식장산 기우문[390]
食藏山祈雨文

백성은 국가의 근본이고	民惟邦本
밥은 백성의 하늘이니	食乃民天
밥이 없으면 백성이 없고	無食無民
백성이 없으면 국가도 없습니다	無民無國
신명이 경계를 지어	惟神作紀
이 신령한 못에 살며	宅茲靈湫
조화의 기틀을 도우니	協贊化機
맑고 흐린 것이 적절하여[391]	雨暘時若
우리 농사가 풍년이 들고	登我百穀
우리 백성을 먹였습니다	粒我烝民
지금 어찌 재앙을 내립니까	今胡降災
모진 가뭄 극성부려	旱魃爲虐
달을 넘기고 철을 넘기니	踰時越月

---

390) 식장산기우문 : 식장산(食藏山)은 대전광역시(大田廣域市) 동구(東歐)에 있는 산이다. 작자가 회덕 현감(懷德縣監)으로 재임할 당시에 쓴 글이다.

391) 맑고 …… 적절하여 : 원문의 우양시약(雨暘時若)은 맑고 흐린 날이 때에 맞아서 기후가 적절하다는 뜻으로 《서경》〈홍범(洪範)〉서징(庶徵)의 "임금이 정숙하면 제때에 비가 내리고, 민첩하면 제때에 볕이 비친다.曰肅時雨若 曰乂時暘若"라고 한 데서 나온 말이다.

혹독한 더위 타는 듯합니다	酷炎焚如
샘과 못이 마르고	泉竭澤乾
논밭이 거북 등처럼 갈라지니	田疇龜坼
벼 싹은 말라죽고	苗則枯矣
모내기도 때를 놓쳤습니다	秧亦愆期
삼농이 재앙을 고하니	三農告災
사민들이 무엇을 먹겠습니까	四民何食
가만히 그 원인을 생각해 보면	靜思厥故
제가 아니면 누구 때문이겠습니까	匪我其誰
수령의 직책 맡아	職忝分憂
마음은 수고롭고 정사는 졸렬하여	心勞政拙
백성들은 고생이 많고	民多愁苦
길에는 유랑민이 있으니	道有流亡
조화로운 기운 손상되어	和氣致傷
양기가 기승을 부리는 것입니다	亢陽爲沴
죄가 실로 저에게 있으니	罪實在我
우리 백성들이 무슨 잘못 있습니까	我民何辜
재앙을 바꿔 상서가 되게 하는 것은	轉災爲祥
실로 신명의 조화에 달려 있습니다	寔在神化
백성의 하소연을 불쌍히 여기고	哀民籲號
저의 한탄을 들어주시어	聽我吁嗟
뭉게뭉게 흥건히	油然沛然
속히 단비를 내려주시되	亟下甘澍
아침이 아니면 저녁에 내려	不朝卽暮
공전과 사전에 미치게 하소서[392]	自公及私
파리한 희생과 신 술이	牲酒瘠酸

---

392) 공전에서부터 …… 하소서 :《시경》〈대전(大田)〉에 "우리 공전에 비를 내리고, 마침내 내 사전에 미치는구
나.[雨我公田 遂及我私]"라고 한 말을 인용하였다.

어찌 제사에 맞겠습니까마는	豈合明薦
신명께서는 강림하시어	神其來格
제 정성을 흠향하소서	歆我中誠

세보의 간행을 마치고 시조 묘에 아뢰는 제문
世譜刊畢始祖墓告由文

훌륭하신 우리 조상께서는	顯允我祖
산하의 정기 받으셨습니다	鍾精山河
절의에 통달하고[393] 조짐을 밝게 알아	達節炳幾
원수를 갚고 치욕을 씻으시니	報讎雪恥
그 공적이 이정에 새겨지고[394]	功登彝鼎
경사가 후손에 미쳤습니다	慶衍後昆
후손들 천만 갈래로 번성하여	葉萬枝千
나라 안에 가득 퍼졌는데	布滿國內
고려 오백 년에	歷麗五百
소사의 관직[395]이 없었으니	小史無官
족보가 아니면 어찌 알겠습니까	靡譜何知
거의 파계를 잃어버리고	幾失派系
성화 연간[396]에 미쳐	逮我成化
훌륭한 외손이 있었으니	外裔有孫
아 달성군[397]이	猗歟達城

---

393) 절의에 통달하고 : 원문의 달절(達節)은 보통의 규범에 구애되지 않으나 절의에 맞는 것을 뜻한다. 《춘추좌
씨전(春秋左氏傳)》 성공(成公) 15년 기사에 "성인은 천명(天命)에 따라 행동할 뿐 분수에 구애받지 않고, 다음
가는 현인은 분수를 잘 지키게 마련이고, 그 아래 어리석은 사람은 분수를 지키려 하지 않는다.[聖達節 次守節
下失節]"라고 하였다.

394) 공적이 이정에 새겨지고 : 이정(彝鼎)은 종묘(宗廟)에서 술을 따라 두는 제기(祭器)로 옛날에 공로가 있는
신하의 이름을 이 제기에 새겨서 오래도록 전하게 하였다.

395) 소사의 관직 : 《주례(周禮)》〈소사(小史)〉에 "소사는 나라의 기록을 관장한다. 대대로 이어지는 세계를 엮어
소와 목을 분별한다.[小史掌邦國之志 奠繫世 辨昭穆.]"라고 하였다.

396) 성화 연간 : 명나라 헌종(憲宗)의 연호로, 1464~1487년이다.

처음으로 족보를 간행하였습니다	始修繡梓
그 후에 내용을 보태었는데	厥後增潤
을사년(1605)에 편찬한 족보[398]는	乙巳之年
시대가 어려운데 사치한 것으로[399]	時屈擧贏
판각할 겨를이 없었습니다	未遑剞劂
갑오년(1654)에는	歲在甲午
족보가 있었으나 매우 소략하니	有譜頗疎
경외의 여러 종손들이	京外諸宗
모두 개찬을 원하였습니다	咸願改撰
본묘에 사국을 설치하고	設局本廟
다년간 찬집하여	纂輯多年
비로소 편을 만드니	始克成編
모두 13권으로	十三其帙
소목[400]이 순서가 있고	昭穆有序
지파가 절로 분명하니	支派自明
장인이 정성을 쏟고	工匠竭誠
여러 군에서 재물을 보내와	列郡捐捧
봄에 착수하여	自春始手
여름에 일을 마치니	徂夏訖工
아 천만년 이후에도	於千萬年
계통(系統)을 상고할 수 있을 것입니다	庶其有考

---

397) 달성군 : 서거정(徐居正)의 작호(爵號)이다.

398) 을사년(1605)에 편찬한 족보 : 을사보(乙巳譜)를 말한다. 1597년경 도원수인 권율(權慄)이 태사능을 차배할 때 경내의 종인들이 모두 모여 임진왜란에 잃어버린 옛 보판(譜板)을 다시 간행하자는 건의가 일어나 용만(龍巒) 권기(權紀)가 책임을 지고 편수를 하였으나 간행되지 못하였다.《龍巒先生文集 權氏族譜序》《連軒集 安東權氏族譜重刊跋》

399) 시대가 …… 것으로 : 원문의 '시굴거영(時屈擧贏)'은 어려운 시대에 도리어 사치한다는 뜻으로《사기(史記)》〈한세가(漢世家)〉에 보인다.

400) 소목(昭穆) : 고대 종법(宗法) 제도로 신주(神主)를 배열할 때 시조를 중앙에 두고, 2세·4세·6세는 시조의 왼쪽에 두어 소(昭)라 하고, 3세·5세·7세는 시조의 오른쪽에 두어 목(穆)이라 하였다. 이는 종족 내부의 장유(長幼)와 친소(親疏) 및 원근(遠近)을 구분하기 위해 만든 것이다.《周禮 春官 小宗伯》

이에 술과 과일로	玆用酒果
감히 그 사유를 고합니다	敢告厥由

태사공의 묘를 수리할 때의 고유문
太師公修廟時告由文

묘우가 무너지려 하니	廟宇將圮
지금 중수하기 위해	今用重修
신위를 옮깁니다	奉遷神位
감히 그 사유를 고합니다	敢告厥由

졸재[401] 유공에 대한 제문
祭拙齋柳公文

영령께서는	惟靈
추로지향에 태어나시니	生于鄒魯
서애 노인의 손자로	祖于厓老
대현의 후예였습니다	大賢之後
타고난 기운 청진하고	氣淸而眞
자질은 순수하였습니다	質粹而淳
천성이 순수하여	天賦之純
사물의 이치에 밝고	明乎物理
실천에 독실하여	篤乎踐履
위기의 마음 지극하였습니다	爲己心至
정치는 명백하고 통달함을 중시하여	政尙明通
고을을 조화롭게 하니	化洽雷封
백리에 청풍이 불었습니다	百里淸風

---

401) 졸재(拙齋) : 유원지(柳元之)의 호이다. 각주 146) 참조.

《존요록(尊堯錄)》을 편찬하였고　　　　　　尊堯有錄

《상복고증(喪服考證)》을 지었습니다　　　　明禮有說

나라를 바로잡으려는 일심으로　　　　　　一心匡國

조정에 나아갔으니　　　　　　　　　　　揚于王庭

그 정성을 다하게 하였다면　　　　　　　俾盡厥誠

나라의 동량이 되었을 것이나　　　　　　庶作邦楨

능력을 펼치지 못하고　　　　　　　　　蘊不施設

그만 세상을 떠나시니[402)　　　　　　　殉身以歾

하늘의 뜻을 헤아리기 어렵습니다　　　　天意難測

사람들은 의문을 풀 곳 없어졌고　　　　人無稽疑

선비들은 훌륭한 스승 잃었으니　　　　士失明師

우리의 도가 글렀습니다　　　　　　　吾道之非

불초한 저는　　　　　　　　　　　　顧我無似

외람되이 선생을 모셨으니　　　　　　猥蒙陪侍

친구의 어린 자식이라　　　　　　　故人稺子

자식의 정으로 미루어　　　　　　　推子視情

독실하고 자상하시며　　　　　　　篤面命誠

훈시하신 말씀 간곡하셨습니다　　　訓辭丁寧

음양과 숙특　　　　　　　　　　　陰陽淑慝

이기와 선악에　　　　　　　　　　理氣善惡

조금도 틀림이 없으셨으니　　　　不爽毫髮

항상 마음에 새기고　　　　　　　拳拳服膺

배웠으나 능하지 못해　　　　　　學而未能

단지 전전긍긍할 뿐　　　　　　　只切戰兢

지금은 불행하게도　　　　　　　今也不幸

영원히 황천으로 막혔으니　　　永隔泉壤

---

402) 세상을 떠나시니 : 원문의 '순신(殉身)'은 《맹자》〈진심 상(盡心上)〉에, "천하에 도가 있을 때에는 출세하여
　　도가 내 몸을 따르게 하고, 천하에 도가 없을 때에는 은둔하여 내 몸이 도를 따르게 한다.[天下有道 以道殉身
　　天下無道 以身殉道]"라고 한 데서 온 말이다.

제가 장차 어디에 의지합니까	吾將安倣
밤중에 생각하면	中夜以思
돌이켜보며 슬픔이 더하여	撫躬增悲
눈물이 절로 주르륵 흐릅니다	涕自漣洏
문장은 비록 졸렬하지만	文雖蕪拙
술은 실로 맑으니	酒實洞酌
혼령께서는 강림하소서	魂其來格

갈암 이공에 대한 제문
祭葛庵李公文

영령께서는	惟靈
규장[403]처럼 아름다운 품성에	質美圭璋
산천의 정기 타고나시니	氣鍾川嶽
기품이 이미 순수하고	稟旣純粹
학문은 연원이 있으셨습니다	學有淵源
형님은 존재[404]시고	存齋是兄
외조부는 경당[405]이셨으니	敬堂爲祖
하남의 형제들[406]이	河南伯叔
외가[407]의 학문을 이어받았습니다	渭陽傳心
경과 의를 함께 지키고	敬義夾持

---

403) 규장 : 고대 조빙(朝聘)에 사용하던 옥으로 만든 귀중한 예기(禮器)로 고상한 인품을 비유한다. 《예기(禮記)》〈빙의(聘義)〉에 "규장을 가진 이는 다른 폐백을 갖추지 않더라도 곧바로 천자를 뵐 수 있다.[珪璋特達]"라고 하였다.

404) 존재 : 갈암의 중형(仲兄)인 이휘일(李徽逸)의 호이다. 각주 43) 참조.

405) 경당 : 장흥효(張興孝)를 가리킨다. 각주 2) 참조.

406) 하남의 형제들이 : 하남의 형제들은 북송(北宋)의 정호(程顥)와 정이(程頤) 형제를 말한다. 존재(存齋)와 갈암(葛庵) 형제를 비유한 말이다.

407) 외가 : 원문의 '위양(渭陽)'은 위수(渭水)의 물가라는 뜻으로 후대에는 외가(外家) 쪽을 가리키는 말로 쓰였다. 《시경》〈진풍(秦風) 위양(渭陽)〉에 "내가 외삼촌을 전송하느라, 멀리 위양에까지 이르렀네.[我送舅氏 日至渭陽]"라고 한 데서 온 말이다.

박문(博文)과 약례(約禮) 모두 지극하며	博約兩至
자신에게 덕을 온전히 하니	德全於己
명성이 하늘에 닿았습니다	聲聞于天
임금과 백성 한마음으로 기다리니	君民一心
어찌 세상을 잊는 데 과감하겠습니까	豈果忘世
문득 뜻을 돌려 초빙에 응해	幡然應聘
백부(柏府)[408]와 서연(書筵)에 나아가시고	柏府靑筵
해마다 제수되고 해마다 승진하여	年除歲遷
지위가 높고 덕도 으뜸이었으니	位尊德首
임금의 지우에 감격하여	感激知遇
큰 은혜에 보답하기를 도모하였습니다	圖報鴻恩
임금의 잘못 바로잡을 마음으로	格非爲心
조석으로 보필하여	朝夕承弼
나아가서는 그 예를 다하였고	進盡其禮
돌아와서는 상소를 올렸습니다[409]	退阜其囊
임금께서 온화하고 순수한 얼굴로	天顔粹溫
메아리처럼 수작하시니	酬酢如響
평소의 포부를 펼쳐서	庶展素蘊
당우의 시대를 만들 듯했습니다	措世唐虞
그러나 도가 시운을 이기지 못해	道不勝時
충신이 도리어 죄를 얻으니	忠反獲罪
반년간 감옥에 갇히고	半載牢獄
만 리 밖 변방으로 유배되었습니다	萬里關河
북쪽 변방 남쪽 황무지	北塞南荒

---

408) 백부(柏府) : 사헌부(司憲府)의 별칭이다. 한(漢)나라 때 어사대(御史臺)에 측백나무를 많이 심었으므로 백부(柏府) 혹은 백대(栢臺)라고 불렀다는 고사가 전한다. 《漢書 卷83 朱博傳》

409) 상소를 올렸습니다 : 원문의 '조낭(皁囊)'은 상소를 가리킨다. 비밀스런 일을 임금에게 아뢸 때는 검은 보자기에 싸서 밀봉하여 올리는 것이다. 후한(後漢) 말에 재변이 자주 일어나자, 임금이 채옹(蔡邕)에게 조칙하기를 "경술(經術)을 갖춰 진술하여 검은 보자기에 봉하여 올리라."라고 한 데서 온 말이다. 《後漢書 卷60》

독한 안개 사나운 바람에	霧毒風厲
못가를 거닐며 읊조리면서[410]	行吟澤畔
서방의 미인을 그리워하였습니다[411]	美人西方
병이 없어 원기가 이루어지니	不病元成
옛날보다 나아 부로[412]와 같았습니다	勝昔涪老
세월이 여러 번 바뀌어	星霜屢換
은혜로운 사면을 입게 되었으나	恩赦爰蒙
집에 머물지 않고	猶不家居
객사에서 대죄하였습니다	待罪旅舍
세상사 멀리하고 고요한 곳에 돌아오니	謝紛還靜
수도가 더욱 깊어졌습니다	修道益深
또한 즐겁지 아니한가	不亦樂乎
학생들이 바야흐로 이르러	學子方至
공의 강설을 듣고는	聞公講說
마치 나그네가 집에 돌아간 듯	如客得歸
눈 위에 서서[413] 옷섶을 걷고[414]	立雪摳衣
황하를 마시고 배를 채우니[415]	飲河充量

---

410) 못가를 …… 읊조리면서 : 굴원(屈原)의 〈어부사(漁父辭)〉에 "굴원이 쫓겨나 강가를 거닐고 못가를 다니며 읊조리는데, 안색이 초췌하고 모습이 수척하였다.[屈原既放, 遊於江潭, 行吟澤畔, 顏色憔悴, 形容枯槁.]"라고 한 말을 인용하였다.

411) 서방의 …… 그리워하였습니다 : 임금을 사모하는 뜻으로 쓰였다. 《시경(詩經)》〈간혜(簡兮)〉에 "산에는 개암나무 진펄엔 감초, 그 누가 그리운가. 서쪽의 미인이로세.[山有榛 隰有苓 云誰之思 西方美人]"라고 하였다.

412) 부로 : 송(宋)나라 학자 정이(程頤)가 부주(涪州)로 유배 갔는데, 온갖 고초를 겪고서도 돌아올 때에는 용모를 비롯해 수염과 모발이 그전보다 더 좋아졌으므로 문인들이 그 학문의 힘에 탄복했다고 한다. 《心經附註 卷2 正心章》

413) 눈 …… 서서 : 원문의 '입설(立雪)'은 제자의 예를 갖춘다는 뜻이다. 양시(楊時)가 어느 날 정이(程頤)를 방문하였는데, 정이가 명상에 잠겨 앉아 있자, 이에 양시가 곁에 시립(侍立)한 채 떠나지 않았는데, 정이가 명상에서 깨어났을 때 문 밖에 눈이 한 자가 쌓였다고 한다. 《宋史 卷428 道學列傳2 楊時》

414) 옷섶을 걷고 : 승이나 어른 앞에서 몸가짐을 공손히 하는 태도를 가리킨다. 《예기》〈곡례(曲禮)〉에 "옷자락을 추슬러 올리고 구석을 향해 종종걸음으로 가서 앉고, 반드시 응대를 삼가야 한다.[摳衣趨隅, 必慎唯諾.]"라고 하였다.

415) 하수를 …… 채우니 : 《장자(莊子)》〈소요유(逍遙遊)〉에 "뱁새는 깊은 숲에 둥지를 틀어도 의지하는 것은 나뭇가지 하나에 지나지 않고, 두더지는 강물을 마셔도 제 배를 채우는 데에 지나지 않는다.[鷦鷯巢於深林,

선현 빛내고 후학 계도하여	光前啓後
사도가 다시 밝아졌습니다	斯道復明
우매한 저는	如我顓蒙
공보다 여덟 살이 적었으니	少公八歲
공은 저를 동생처럼 대하였고	公視若弟
제게는 엄한 스승이었습니다	我有嚴師
외로운 저를 가엾이 여기고	憐我玲踦
우둔한 저를 일깨워 주시니	牖我愚魯
봄바람 부는 남악과	春風嶽麓
가을 달 밝은 계촌⁴¹⁶⁾	秋月溪村
가는 곳마다 토론하여	逢場討論
난초에 목욕하고 덕에 훈도되었고	沐芳薰德
분수에 맞지 않게 외람되이	濫叨非分
지나치게 이끌어 주셨습니다⁴¹⁷⁾	過蒙吹噓
제가 부끄럽게 새로 벼슬길에 나가자	我羞新粧
공은 대의로 이끄시니	公引大義
마지못해 달려가 사은하였습니다	黽勉趨謝
집이 성남 근처여서	舍近城南
아침저녁으로 왕래하며	朝往暮來
정의가 더욱 돈독했는데	情義益篤
상소를 남기고 며칠 뒤에	留疏幾日
저는 호서로 향하게 되었습니다	我向湖西
세태가 변하고 시세는 어려워	世變時艱

不過一枝, 鼴鼠飲河, 不過滿腹.]"라고 한 데서 온 말이다. 여기서는 제자들이 자신의 역량만큼 배웠다는 의미로 사용되었다.

416) 봄바람 …… 계촌 : 악록은 남악(南嶽)의 기슭을 가리키고 계촌은 석계(石溪) 마을을 가리킨다. 각각 존재(存齋)와 갈암(葛庵)이 기거하던 초당(草堂)이 있었다.

417) 이끌어 주셨습니다 : 원문의 '취허(吹噓)'는 입으로 불어 바람을 일으켜서 깃털을 날려 보내는 것으로, 남을 칭찬하고 장려하여 추천함을 이른다. 《송서(宋書)》〈심유지열전(沈攸之列傳)〉에 "날개로 알을 품어 주듯 취허하여 관작에 오르게 되었다.[卵翼吹噓 得升官秩]"라고 하였다.

낭패 보고 병을 핑계로 사직하니	狼狽移疾
공은 당시 유배지에 있다가	公時在謫
여섯 해 만에야 돌아오셨습니다	六年乃還
풍채가 늠름하였고	風儀凜然
덕을 보고 심취하여	覿德心醉
전일의 약속을 지키고자	謂尋前約
늘그막에 종유하게 되었습니다	暮境從遊
그러나 하늘이 남겨두지 않아[418]	天不憖遺
한번 병에 걸려 돌아가시니	一疾捐館
조정에는 원로가 없게 되었고	朝無元老
선비들은 종사를 잃었습니다	士失宗師
병으로 골골하던 저는	病喘餘生
곧장 달려가지 못하였고	未卽奔赴
장사에 참석하지 못해	葬未臨壙
제수를 올리지 못하였습니다	奠闕鷄綿
유명의 의리를 저버리게 되니	孤負幽明
애통함이 뼛속까지 사무쳤는데	痛貫心骨
지난달이 되어서야	逮至前月
비로소 고헌에 나아갔습니다	始進高軒
마치 얼굴을 직접 뵙는 듯	若將承顔
감회는 이전과 같았으나	敍懷如昨
풍모를 접할 길 없고	儀刑莫接
음성은 들을 수 없었습니다	謦咳無聞
통곡하며 돌아오니	痛哭歸來
만사가 옛일이 되어버렸습니다	萬事陳跡
아 공께서 평소에	噫公平素

---

418) 하늘이 …… 않아 : 원문의 '천불은유(天不憖遺)'는 《시경》〈시월지교(十月之交)〉에 "원로 한 분을 아껴 남겨
두어서 우리 임금을 지키게 하지 않는구나.[不憖遺一老 俾守我王]"라고 하였다.

공명(孔明)과 주자(朱子)를 사모하셔서	志葛心朱
마을과 집의 이름으로 삼으시니	洞號庵名
붙인 뜻이 우연치 않았습니다	寓意非偶
나로 말미암은 것은 내게 달렸으니[419]	由我者我
내가 할 수 있겠지만	我則爲之
나로 말미암지 않은 것은 하늘에 달렸으니	不我者天
또 누구를 원망하겠습니까	又將誰咎
비 갠 뒤의 달은 광채를 더하고	霽月增彩
수산은 더욱 높아 보이는 법	首山彌高
옛날을 생각하며 지금을 슬퍼하니	感古傷今
우러르고 굽어보며 눈물이 흐릅니다	俯仰涕泗
세월은 쉬이 흘러가	日月易得
어느덧 초기가 되었으니	奄及初朞
아이를 대신 보내어	替遣豚兒
이 변변찮은 제수를 바칩니다	奠此菲薄
문장은 비록 졸렬하나	文雖蕪拙
술은 실로 혈성(血誠)을 따른 것이니	酒實血斟
영령께서 계신다면	不亡者存
부디 흠향하소서	庶賜歆格

송헌 김공[420]에 대한 제문
祭松軒金公文

영령께서는	惟靈
확고한 지조와	堅確之操

---

419) 나로 …… 달렸으니 : 《창려선생문집(昌黎先生文集)》권29 〈당고조산대부상주자사제명사봉주동부군묘지명
(唐故朝散大夫商州刺史除名徙封州董府君墓誌銘)〉에 "자신에게서 비롯된 것은 자신이 초래한 것이고, 자신
에게서 말미암지 않은 것은 천명이다.[由我者吾 不我者天]"라고 하였다.

420) 송헌 김공 : 송헌(松軒)은 김규(金烇)의 별호이다. 각주 143) 참조.

강인한 의지를 지니셨고	剛毅之志
품성은 이미 타고났으며	稟旣天授
학문은 가학(家學)을 전수받았습니다	學又家傳
일찍이 어진 스승에게 나아가	早就賢師
친히 훈도됨이 절실하였고	親炙益切
마음으로부터 효성스럽고 우애로워[421]	因心孝悌
여력으로 학문을 닦았습니다[422]	餘力學文
행실은 향리에서 드러났고	行著於鄕
덕은 자신에게 온전하였습니다	德全於己
만일 당시에 등용되었다면	若爲時用
나라의 동량이 되었을 터이나	可作邦楨
알아주는 이 없으니	人莫我知
쓰이지 않은들 무슨 상관이겠습니까	不用何病
궁벽한 산골에서 늙는 것도	白首窮谷
그런대로 즐거웠을 것입니다[423]	聊樂我員
구고의 학 울음소리 하늘까지 들리니[424]	皐鶴聞天
제수하는 교서 여러 차례 내렸습니다	除書屢降
금띠 매고 옥관자 쓰니	腰金頂玉
성상의 은혜 새롭고 융숭하였습니다	聖恩隆新
삼존[425]을 이미 겸하였고	三尊已兼

---

421) 마음으로부터 …… 우애로워 : 《시경》〈대아(大雅) 황의(皇矣)〉에 "이 왕계가 마음으로부터 우애하여, 그 형과 우애로워 그 경사를 도탑게 하였다.[維此王季, 因心則友, 則友其兄, 則篤其慶.]"라고 한 데서 나온 말이다.

422) 여력 …… 닦았습니다 : 논어(論語)〈학이(學而)〉에 "행하고 남은 힘이 있으면 글을 배워야 한다.[行有餘力, 則以學文.]"라고 한 말을 인용하였다.

423) 그런대로 즐거웠을 것입니다 : 《시경》〈출기동문(出其東門)〉에 "흰 저고리 쑥색 수건을 쓴 여인이여, 그런대로 나를 즐겁게 하도다.[縞衣綦巾, 聊樂我員.]"라고 한 말을 인용하였다.

424) 구고 …… 들리니 : 어짊을 숨기고 있으나 저절로 소문이 난다는 뜻이다. 구고는 깊숙하고도 먼 곳을 가리킨다. 《시경》 소아 학명(鶴鳴)에, "구고에서 학이 우니 그 소리가 하늘까지 들리는도다.[鶴鳴于九皐 聲聞于天]"라고 한 데서 온 말이다.

425) 삼존(三尊) : 삼달존(三達尊)을 말한다. 《맹자(孟子)》〈공손추 하(公孫丑下)〉에 "천하에는 달존이 세 가지가 있으니, 벼슬이 하나, 나이가 하나, 덕이 하나이다.[天下有達尊三 爵一 齒一 德一]"라고 하였다.

오복[426]은 짝할 이 없습니다	五福誰竝
옛날 우리 선친께서는	昔我先子
공과 동문(同門)이셨고	與公同門
저는 공과	不肖於公
생구의 관계입니다	義忝甥舅
외람되이 부족한 자질로	猥將菲質
다행히 용문(龍門)[427]에 의탁하였는데	幸托龍門
외로운 저를 가엾게 여기고	憐我跉蹁
몽매한 저를 깨우쳐 주시니	牖我昏昧
은혜에 감사하고 덕을 새겨	感恩銘德
정의가 더욱 깊어졌습니다	情義彌深
공의 장수[428]를 축원하며	祝公頤期
오래도록 변함없이 모시려 하였는데	永侍無斁
어찌 한번 병에 걸려	云胡一疾
갑자기 돌아가신단 말입니까	遽爾長終
순리대로 살다가 편안히 돌아가시니[429]	存順沒寧
공에게는 무슨 유감이 있겠습니까만	在公何憾
고을에는 장로가 없고	鄕無長老
선비들은 돌아올 곳 잃었습니다	士失依歸
하물며 완악하고 어리석은 저는	矧我頑愚
지적받을 곳이 없어졌으니	訂砭無所
의문이 있어도 누가 알려주고	有疑誰講

---

426) 오복(五福) : 《서경》〈홍범(洪範)〉에 나오는 오복, 즉 수(壽)·부(富)·강녕(康寧)·유호덕(攸好德)·고종명(考終命)을 말한다.

427) 용문(龍門) : 후한(後漢) 환제(桓帝) 때에 이응(李膺)의 풍도를 사모한 후학들이 그의 집 마루에 올라가기만 해도 용문에 올랐다[登龍門]면서 영광으로 알았다는 고사가 있다.

428) 장수(長壽) : 원문의 '이기(頤期)'는 《예기(禮記)》〈곡례 상(曲禮上)〉에 "백 년은 인간이 살 수 있는 최고의 수명이니, 자손들은 최대한으로 봉양해야 마땅하다.[百年曰期頤]"라고 한 데서 온 말이다.

429) 순리대로 …… 돌아가시니 : 장재(張載)의 〈서명(西銘)〉에 "살아서는 내 하늘에 순응하고 죽어서는 내 편안하다.[存吾順事 沒吾寧也]"라고 한 말을 인용하였다.

잘못이 있어도 누가 깨우쳐 주겠습니까	有過誰箴
길을 잃고 홀로 섰으니	獨立迷途
갈팡질팡 어디로 가겠습니까	倀倀何適
세월은 빨리도 흘러	日月易邁
기일이 내일입니다	靈辰在明
달은 계당에 밝고	月白溪堂
온 하늘에 별이 가득하니	滿天星斗
공의 풍모가 눈앞에 있는 듯하나	風儀在目
가르침을 받들 수 없습니다	警咳莫承
한 번 통곡하고 길게 울부짖으니	一聲長號
눈물이 가슴을 적십니다	有淚沾臆
존령께서 어둡지 않으시다면	尊靈不昧
부디 오셔서 흠향하소서	庶幾來歆

금옹 김공[430]에 대한 제문
祭錦翁金公文

아, 슬픕니다. 하늘이 인색하다면 어찌하여 그런 재주와 뜻을 주었으며, 하늘이 덕이 있다면 또 어찌 수명과 지위를 주지 않아 마침내 그 쌓인 재능을 가지고 땅에 묻히게 한단 말입니까? 시운입니까, 운명입니까? 또한 하늘의 도를 믿기가 어렵습니다. 아, 죽은 사람은 비록 죽었지만 죽지 않은 것이 있으니, 후세의 사람들로 하여금 나약한 자는 뜻을 세우고[431] 야박한 자는 돈후하게 할 수 있을 것입니다[432].

다행히 저는 지우를 입어 종유(從遊)하였으니, 그 세월이 얼마나 되었습니까? 추억해 보건대, 단단히 맺어져 사귀었던 정이 형은 아교와 같고 저는 옻칠 같았습니다. 다시

---

430) 금옹(錦翁) 김(金)공 : 김학배(金學培)를 가리킨다. 금옹(錦翁)은 호이다. 각주 76) 참조.
431) 나약한 …… 세우고 : 《맹자(孟子)》〈만장 하(萬章下)〉에 "백이의 풍도를 듣게 되면 완악한 자는 청렴해지고 나약한 자는 지조를 세우게 된다.[聞伯夷之風者 頑夫廉 懦夫有立志]"라고 한 말을 인용하였다.
432) 야박한 …… 것입니다 : 《맹자(孟子)》〈만장 하(萬章下)〉에 유하혜(柳下惠)의 풍도를 듣게 되면 "속이 좁은 자도 관대해지고 야박한 자도 돈후해진다.[鄙夫寬 薄夫敦]"라고 한 말을 인용하였다.

절차탁마에 방도가 있으니, 형은 옥과 같고 저는 돌과 같았습니다. 이 생을 마칠 때까지 따라다니며 제 완악하고 어리석음을 고치고자 하였는데 공께서는 어찌 저보다 먼저 먼 길 떠나시어 저로 하여금 진흙탕 길에서 더듬고 헤매게 하십니까? 이제는 그만입니다. 군자가 될 수 없을 것입니다. 그렇지만 형께서 불쌍히 여기고 굽어본다면 음으로 저의 뜻을 도와주실 것입니다. 아, 슬픕니다.

嗚呼, 謂天嗇之則曷使材且志也, 曰其德之則又不年以位也, 竟使抱其所蘊以歿於地也? 時乎命乎? 亦天道之難恃也. 嗚乎, 亡者雖亡而不亡者存焉, 庶使夫來世懦可立而薄可敦也. 幸我受知而從遊, 曾幾何其日月? 追惟交情之固結, 兄膠而我漆也. 更攻琢磨之有道, 兄玉而我石也. 擬將畢此生而追隨, 訂砭我之頑愚, 公胡遽先我而長終, 使我摘埴夫泥塗? 今乎已矣, 其不得爲君子也, 惟兄憐而鑑之, 尙有以陰輔我之志也. 嗚乎哀哉.

외형 이계 남공[433]에 대한 제문
祭外兄伊溪南公文

영령께서는	惟靈
규장 같은 자질과	圭璋之質
빙설 같은 정기	氷雪之精
무리에 휩쓸리지 않는 풍표(風標)와	不羣之標
강하고 굳센 뜻을 지녔습니다	强矯之志
재주는 하늘이 주었고	才惟天授
학문은 가정에서 전수받으니	學是家庭
한원[434]에서 이름을 날리고	蜚英翰垣
우주를 올려다 보았습니다	睨眼宇宙
안탑에 이름 쓰고[435]	題名鴈塔

---

433) 이계(伊溪) 남(南)공 : 남몽뢰(南夢賚, 1620~1681)이다. 자는 중준(仲遵), 호가 이계이다. 본관은 영양(英陽)이다. 아버지는 해준(海準)으로 의성(義城)에 거주하였다.

434) 한원 : 한림원(翰林院)과 예문관(藝文館)의 별칭이다.

435) 안탑에 …… 쓰고 : 과거에 급제한 것을 말한다. 안탑은 당(唐)나라 때 현장(玄奘)이 세운 자은사(慈恩寺)의

용문에 이마를 부딪쳐[436]	點額龍門
나가서는 수령되고 들어와서는 낭관되니	出宰入郎
벼슬이 오르고 선을 표창받았습니다	陞叙褒善
전후로 받은 특별한 은전(恩典)	前後異數
어찌 잘못된 은혜라 하겠습니까	豈曰誤恩
시운이 따라주지 않으니	時不與謀
초복[437]을 다시 입었습니다	返我初服
도서 가득한 방에서	圖書一室
도를 즐기고 가난함을 편히 여기니	樂道安貧
맑은 바람은 벗이고	淸風故人
밝은 달은 지기였습니다	明月知己
의이[438]의 비방이 일어나니	薏苡興謗
올리지 않은 상소[439]가 빌미가 된 것입니다	遯藁爲祟
임금께서 환하게 살피시어	天鑑孔昭
은혜로운 견책을 받게 되니	恩譴是荷
두 해 동안 옥에 갇혔다가	二載牢獄
천리 밖 장사에 유배되었습니다	千里長沙
귀양지에 도착하자마자	謫路纔窮

대안탑(大鴈塔)을 가리키는데, 당나라 때 과거 급제자들이 여기에 이름을 써 넣었다고 한다. 《唐摭言 慈恩寺 題名游賞賦詠雜記》

436) 용문에 …… 부딪쳐 : 용문은 중국 황하(黃河) 상류의 가파른 절벽이 있는 곳을 일컫는 말이다. 《수경주(水經注)》〈하수(河水)〉에 보면 "물고기가 용문을 올라가야 하는데, 올라가면 용이 되고 올라가지 못하면 절벽의 바위에 이마가 부딪쳐 돌아오게 된다.[上渡龍門 得渡爲龍矣 否則點額而還]"라는 구절이 있다. 여기서는 과거 에 합격하였다는 의미로 사용되었다.

437) 초복(初服) : 벼슬하기 전에 입던 옷이라는 뜻으로, 벼슬을 떠나 처음에 살던 곳으로 돌아가 은거함을 비유 할 때 쓰는 말이다. 굴원(屈原)의 〈이소(離騷)〉의 "물러가 다시 나의 초복을 손질하리.[退將復修吾初服.]"라는 구절에서 온 말이다.

438) 의이(薏苡) : 억울하게 참소를 당하는 것을 말한다. 후한(後漢)의 마원(馬援)이 교지국(交阯國)에 있을 때 장기(瘴氣)를 이겨 내려고 율무[薏苡]를 먹다가 귀국할 때 한 수레 가득 그 씨앗을 싣고 왔는데, 그가 죽은 뒤에 명주(明珠)를 몰래 싣고 왔다고 참소한 자가 있었다. 《後漢書 馬援傳》

439) 올리지 …… 상소 : 원문의 '돈고(遯藁)'는 작성했으나 올리지 않은 상소문을 말한다. 남몽뢰가 1678년 숙종 에게 응지소를 올렸는데 관찰사가 이를 막고 보고하지 않았다는 내용이 《산택재집(山澤齋集)》권3 〈이계남공 행장(伊溪南公行狀)〉에 보인다.

나포하는 행차 출발하니	拿行旋發
옷 갈아입고 몸을 깨끗이 하고서	衣更身潔
평온히 길을 떠났습니다	就道安閒
해 저무는 용성[440]에서	日暮龍城
떠나는 날의 손과 주인[441]으로서	去時賓主
한 자리에서 간담을 드러내고	肝膽一席
태연자약하게 이야기를 나누었습니다	話言自如
공에게 떠날 마음이 있었음을	公之有心
어찌 혹시라도 살폈겠습니까[442]	夫豈或察
여관에서 하룻밤에	一宵旅舘
만사가 슬프고 쓸쓸해졌습니다	萬事悲涼
교위는 논하지 않더라도	校尉不論
태부에게 무슨 죄가 있겠습니까?	太傅何罪
인생이 이 지경에 이르니	人生到此
천도를 어찌 논하겠습니까	天道寧論
남겨 놓은 몇 구절 명문에	數句銘文
평소의 지행 명백히 드러내시고	志行明白
한 폭의 남긴 편지에	一幅遺札
사후의 일 간곡히 말씀하였습니다	後事丁寧
죽음을 집에 돌아가듯 여기고	視死如歸
의연히 의리를 위해서 목숨을 바친다[443]는	從容就義
옛사람이 했던 이 말은	古人此說

---

440) 용성(龍城) : 전라도 남원(南原)의 고호이다.

441) 손과 주인 : 주인은 남원 부사 조위수(趙渭叟)이고 손은 유배지 흥양(興陽)에서 나명을 받고 한성으로 올라 가던 남몽뢰를 가리킨다.

442) 해 …… 살폈겠습니까 : 남몽뢰는 62세인 1681년 겨울 흥양(興陽)으로 유배되었다. 나포하라는 조정의 명을 듣고 한성으로 올라가던 도중 남원(南原)에 이르렀는데, 부백(府伯)인 조위수(趙渭叟)와 술을 가지고 와서 위로하였고 담소를 나눈 뒤 그를 돌려보내고 밤중에 자결하였다. 《伊溪集 卷2 伊溪先生年譜》

443) 죽음을 …… 바친다 : 《근사록(近思錄)》 권10 〈정사(政事)〉에 "일시적으로 감격하고 분개해서 자기 몸을 죽이기는 쉬워도, 의연히 의리를 위해서 목숨을 바치기는 어렵다.[感慨殺身者易 從容就義者難]"라고 한 정이(程頤)의 말이 보인다.

바로 공을 두고 한 말이었습니다 公實承當

옛날 공이 집에 계실 적에 公昔在家

제가 와서 가르침 받았고 我來承學

함양과 진주를 다스릴 적에는 建守咸晉

여러 차례 종유를 허락하셨습니다 屢許從遊

외로운 저를 가엾게 여기고 憐我跉蹄

우매한 저를 깨우쳐 주시니 牖我愚昧

은혜에 감사하고 덕을 새겨 感恩銘德

정의가 은근하였습니다 情義綢繆

공의 장수를 축원하여 祝公頤期

오래도록 친히 지내려 하였는데 永以爲好

이제는 끝나고 말았으니 今乎已矣

제 마음이 어떻겠습니까 我懷焉如

감히 남에게 말하지 못하고 不敢告人

애통함이 뼈에 사무칩니다 痛貫心骨

의문이 있어도 누가 알려주며 有疑誰講

잘못이 있어도 누가 깨우쳐 주겠습니까 有過誰箴

길 잃고 홀로 섰으니 獨立迷途

갈팡질팡 어디로 가겠습니까 倀倀何適

공께서 돌아가신 뒤로 自公長逝

꿈속에서 반드시 서로 따랐습니다 夢必相隨

공이 원망을 품어 謂公含寃

지하에서 더욱 슬퍼하리라 생각했는데 入地尤憾

수염이 평소보다 좋으시고 髭勝平昔

용모도 마르지 않았습니다 形不枯槁

평소처럼 기뻐하며 懽若平生

정겹게 웃으며 담소 나누었습니다 言笑款款

공의 심사를 公之心事

제가 실로 잘 알고 我實知之

제가 하는 말을	我之有言
공께서 응당 묵묵히 아셨을 것입니다	公應默會
세월은 쉬이 흘러	日月易邁
상기가 벌써 일 년이 되었습니다	祥期已周
한 번 소리 내어 길게 부르짖으니	一聲長號
우러르고 굽어보며 눈물이 흐릅니다	俯仰涕泗
존령께서 어둡지 않으시거든	尊靈不昧
부디 흠향하소서	庶幾歆嘗

서여 권성구[444]에 대한 제문
祭權恕余聖矩文

하늘이 사람에게 부여한 성품	天賦斯人
만 가지로 다른데	有萬不一
공은 홀로	公之所稟
청정한 품성을 지녔습니다	獨得其淸
효도하고 공경하는 마음	孝悌之心
강직하고 방정한 지조	剛方之操
세속을 초탈한 풍도	拔俗之槩
쏟아지는 물줄기 같은 문장[445]	倒峽之文
문단에 기치를 세우고	竪幟騷壇
은하에서 몸을 씻었습니다	濯鱗銀漢
위로 하늘의 별에 호응하여[446]	上應列宿

---

444) 권성구(權聖矩, 1642~1708) : 자는 서여(恕余), 본관은 안동(安東), 호는 구소(鳩巢)이다. 찬성 권벌(權橃)의 후손으로, 할아버지는 권승경(權承慶)이며, 아버지는 권뇌(權賚)이다. 유직(柳稷)의 문인이다. 1678년에 증광문과에 병과로 급제하여 승문원 정자·전적·병조 정랑을 지냈다. 저서로《구소선생문집》4권 2책이 있다.

445) 쏟아지는 …… 문장 : 원문의 도협(倒峽)은 거침없는 문장을 비유한 말이다. 송(宋)나라 구양철(歐陽澈)의 〈세필화수인계운이증지(世弼和酬因繼韻以贈之)〉에 "가슴 속 기염은 하늘의 별에 닿고, 붓 아래 문장은 골짜기에 쏟아져 흐르는 물이어라[胸中氣焰摩星斗 筆下詞源倒峽流]"라고 한 데서 온 말이다.

446) 위로 …… 호응하여 :《후한서(後漢書)》권2 〈명제기(明帝紀)〉에 "낭관은 위로는 하늘의 별들에 응하고, 나

여러 차례 고을 수령447)이 되니	累典雷封
어찌 남물448)을 하였겠습니까	南物奚爲
단표가 자주 비었습니다449)	簞瓢屢空
스스로 편안하고 스스로 믿으며	自安自信
하늘을 원망하지도 사람을 탓하지도 않으니450)	不怨不尤
맑은 바람은 벗이요	淸風故人
밝은 달은 지기였습니다	明月知己
저와 서로 알고부터	自我相識
얼마나 많이 종유하였습니까	幾許從遊
학사와 산당	學舍山堂
함께하지 않은 곳이 없었고	無處不共
살을 맞대고 뼈를 부딪치며451)	磨肌戞骨
예와 문장을 강론하였습니다	講禮論文
지난 봄 학계452)에서는	鶴溪前春
한 방에 같이 머물며	一室同寓
누워서는 반드시 베개를 같이하고	臥必聯枕

가면 백 리 고을의 장관이 되니, 진실로 적임자가 아니면 백성들이 앙화를 입게 되므로 어렵게 여기는 것이다. [郎官上應列宿 出宰百里 苟非其人 則民受殃 是以難之]"라고 하였다. 지방관이 되었다는 뜻이다.

447) 고을 수령 : 원문의 뇌봉(雷封)은 작은 고을의 수령을 뜻한다. 현(縣)은 보통 사방 100리 정도 되는 고을인데, 천둥이 치면 그 소리가 100리쯤 진동한다 하여 현령(縣令)을 뇌봉이라 하였다.

448) 남물(南物) : 본래 남방의 물건이라는 뜻에서 전하여 사사로이 챙기거나 축적한 물건의 의미로 사용되었다. 《퇴계선생문집고증(退溪先生文集考證)》 권7 〈제조송강문(祭趙松江文)〉에 "탐천(貪泉)을 마시고 남쪽으로 간 사람이 교지(交趾)에 보화가 많은 것을 보고 두 손으로 채서 품으려 하였다.[有飮貪泉而南者 見交趾寶貨之多 思以兩手左右攫而懷之]"라고 하였다.

449) 단표가 자주 비었습니다 : 청빈한 삶을 상징한다. 《논어(論語)》 〈옹야(雍也)〉에 "한 그릇의 밥과 한 표주박의 물로 누추한 시골에 사는 것을 사람들은 그 근심을 견디지 못하는데 안회는 그 즐거움이 변치 않으니 어질구나, 안회여.〈一簞食 一瓢飮 在陋巷 人不堪其憂 回也不改其樂 賢哉回也〉"라고 하였고 《논어》 〈선진(先進)〉에 "안회는 도에 가까웠으나, 자주 끼니를 굶었다.[回也其庶乎 屢空]"라고 하였다.

450) 하늘을 …… 않으니 : 《논어(論語)》 〈헌문(憲問)〉에 "나는 하늘을 원망하지도 않고 사람을 탓하지도 않는다. 아래로는 사람의 일을 배우고 위로는 하늘의 이치를 터득하려고 노력하는데, 나를 알아주는 분은 아마도 하늘뿐일 것이다.[不怨天 不尤人 下學而上達 知我者 其天乎]"라고 하였다.

451) 살을 …… 부딪치며 : 한유(韓愈)의 〈송궁문(送窮文)〉에 "살갗을 비비고 뼈를 서로 부딪치며 가깝게 지냈다.[磨肌戞骨]"라고 하였다.

452) 학계(鶴溪) : 안동의 학가산(鶴駕山)을 말한다.

앉아서는 반드시 상을 같이하였습니다	坐必同床
물가에 임하여 물고기를 구경하고	臨流玩魚
산에서 산나물 캐다가	採山茹美
한 달 만에 서로 이별하니	一朔相別
저는 돌아오고 공은 머물렀습니다	我還公留
산을 나누어 살기로 맹약하고[453]	有約分山
산수(山水)에서 노년을 보내려 하였더니	送老泉石
어찌하여 한 번의 병에	云何一疾
갑자기 앓아 누우셨습니까	遽爾嬰身
제가 가서 문안을 하고	我往候偵
날이 가도록 담소를 나누었습니다	笑談移日
신령의 보우를 믿을 뿐이니	所恃神佑
공이 낫기를 기대합니다	勿藥有期
어찌 알았겠습니까 이 말이	何知此言
마침내 영결이 되고 말 줄을	遂成永訣
돌아가신 뒤에 염빈하지 못하였고	歿不斂殯
장례 때 곡하지 못하였으니	葬不哭臨
일이 마음처럼 되지 않아	事不如情
평소의 정리를 저버린 것이 부끄러웠습니다	媿負平昔
세월은 쉬이 흘러	日月易得
소상(小祥)이 내일입니다	初朞在明
곡전을 남에게 대신하게 하는 것은	哭奠代人
또한 병 때문이니	亦病之祟
훗날 지하에서	他年地下
악수하며 무슨 말을 할 수 있겠습니까	握手何言
세상에 남은 흰머리 늙은이	白首人間

---

453) 산을 …… 맹약하고 : 원문의 '분산(分山)'은 같이 한 곳에 은거하자는 약속을 의미한다. 송(宋)나라 장영(張詠)이 화산(華山)에 은거하던 진단(陳摶)을 뵙고는 화산에 은거하고 싶어 하자, 진단이 "다른 사람은 몰라도 공이라면 내 마땅히 분반(分半)해 주겠다."라고 한 데서 유래한 말이다. 《夢溪筆談 卷20》

또한 오래 살지 못할 것입니다	蓋亦難久
저 상산(商山)454)의 기슭을 바라보니	瞻彼商麓
집채처럼 큰 묘소455)	有封若堂
월애를 돌아보니	回望月厓
몇 칸짜리 초가집	數椽茅屋
선인의 뜻을 이어	先人之志
효자가 만든 것입니다456)	孝子之爲
어찌 돌아오지 않으십니까	盍歸來兮
만고에 길이 애통합니다	萬古長痛
영령께서 어둡지 않으시거든	靈如不昧
제 적은 정성을 굽어살피소서	鑑我微誠

신자신에 대한 제문
祭申子新文

영령께서는	惟靈
강건함은 하늘에서 타고났고	強矯出天
신의로 세상을 살았습니다	信義行世
평생의 심적	平生心迹
옥처럼 깨끗함은	如玉無瑕
옛사람도 짝할 이 없는데	在古鮮雙
하물며 지금 그 하대에 있어서랴	況今愈下
아 변변찮은 저를	嗟我譾劣

---

454) 상산(商山) : 안동시(安東市) 서후면(西後面) 재품리(才品里)에 있는 산이다.

455) 집채처럼 …… 묘소 : 원문의 '약당(若堂)'은《예기》〈단궁 상(檀弓上)〉에 공자가 "내가 집채같이 큰 봉분[封之若堂者]을 보았다."라고 한 데서 온 말이다. 《禮記 檀弓上》

456) 선인의 …… 것입니다. : 권성구는 1707년 두환(痘患)을 피해 학가산(鶴駕山) 아래로 거처를 옮겼다. 이곳에서 산택재와 더불어 소요하다가 고송 세 그루가 있는 곳에 집을 짓기로 하고 삼송(三松)이란 호를 미리 지어두었는데 뜻을 이루지 못하고 사망하자 장남인 권주(權輈)가 그곳에 세 칸짜리 초가집을 짓고 궤연(几筵)을 이봉(移奉)하여 사모하는 뜻을 붙였다. 《鳩巢先生文集 卷4 行狀》

가장 깊이 알아주시니	辱知最深
만나는 곳마다 토론하여	逢場討論
간담을 드러내었습니다	肝膽自露
시종일관 막역하여	終始莫逆
백 년 동안 변치 않기를 기약하니	百年爲期
모임과 맑은 유람	社會淸遊
함께하지 않은 해가 없었습니다	無歲不共
이번 여름에	逮至今夏
제가 고헌에 나아가	我造高軒
우리 동류들과 함께하고	同我儕流
우리 존장들과 즐기니	樂我尊老
화답하고 수창하며	和我唱我
질펀하게 취해 춤추었습니다	醉舞淋浪
청산에 해 떨어지고	日暮靑山
술 다하고 사람들 흩어지니	酒盡人散
서로 이끌고 방에 들어가	相攜入室
맞댄 침상에 함께 누웠습니다	共臥聯床
공께서 주무시는 줄 알고	謂公昏冥
다시 베개를 정리하였습니다	再整欹枕
밤중에 촛불을 가져다	中夜取燭
불러 깨웠는데	呼寐喚醒
웃지도 말씀도 않고	不笑不言
코고는 소리가 매우 급박했습니다	鼾睡采劇
황급히 붙들어 일으켜	驚惶扶起
다방면으로 구호하였으나	救療多方
의술도 다하고 기술도 다하니	醫窮技殫
이미 돌이킬 수 없었습니다	已矣莫及
사람입니까 귀신입니까	人耶鬼耶
꿈입니까 생시입니까	夢也非眞

아득한 하늘이여	悠悠蒼天
우리에게 빼앗아감이 어찌 이리 급한가	奪我何速
벗과 손님들 아직도 있는데	賓朋尙在
주인은 어디로 갔습니까	主人何歸
우리 동인들은	曁我同人
습과 염을 마치고	旣襲洒斂
슬픔을 머금은 채 일을 끝내고	衘哀卒事
통곡하며 돌아왔습니다	痛哭歸來
세상에 남은 흰머리 늙은이	白首人間
갈팡질팡 어디로 가겠습니까	伥伥何適
생각이 여기에 미치니	言念及此
애통한 마음 더욱 간절합니다	彌切痛傷
세월은 머무르지 않아	歲月不留
어느덧 장례가 임박하였습니다	靈辰已屆
상여가 나가려하니	柳車將發
해로457)의 슬픈 감회가 듭니다	薤露懷悲
글로 슬픈 마음을 표하고	文以叙哀
감히 한두 가지를 고합니다	敢告一二
신 술과 보잘것없는 제물이	酸醪薄奠
어찌 심정에 걸맞겠습니까마는	焉足稱情
혼령이여 돌아오셔서	魂兮歸來
부디 흠향하소서	庶賜歆格

---

457) 해로(薤露) : 부추 위에 맺힌 이슬처럼 덧없이 지는 인생을 슬퍼하는 노래로, 초상 때 부르던 만가이다. 한 고조(漢高祖)에게 반기를 들다 패망한 전횡(田橫)의 죽음을 두고 그 무리가 지은 만가 2장 중 1장에 "부추 위에 맺힌 이슬 어이 쉽게 마르나. 이슬은 말라도 내일이면 다시 내리지만, 사람은 죽어 한번 가면 언제나 돌아오나.[薤上朝露何易晞 露晞明朝更復落 人死一去何時歸]"라고 하였다. 《古今注 音樂》

행장行狀

이계 남공의 행장
伊溪南公行狀

　공의 휘는 몽뢰(夢賚)이고 자는 중존(仲遵)이다. 성은 남(南)씨로 영양(英陽) 사람이며 고려(高麗) 밀직부사(密直副使)인 휘 군보(君甫)의 후손이다. 밀직부사에서 6대를 내려와 참판(參判) 휘 민생(敏生)이 있었고, 또 4대를 지나 진사(進士) 휘 귀수(龜壽)가 있었다. 진사는 처사(處士) 휘 응진(應震)을 낳았고, 처사는 좌랑(佐郎) 휘 추(樞)를 낳았다. 좌랑은 호(灝)의 아들인 신충(藎忠)의 후손으로 통사랑(通仕郞) 휘 해준(海準)을 낳으니, 공에게 고조·증조·조부·부친이 된다. 어머니 안동(安東) 권 씨(權氏)는 고려태사(高麗太師) 휘 행(幸)의 후손으로 이조 판서(吏曹判書) 휘 예(輗)의 증손이며, 참판에 추증된 휘 안세(安世)의 손녀이고, 직장(直長) 휘 지(誌)의 따님이다. 만력 경신년(1620) 12월 9일 해시(亥時)에 공은 의성현(義城縣) 북쪽 신촌리(新村里) 집에서 태어났다. 이날 통사공이 밖에 있다가 기이한 꿈을 꾸고서 공의 이름과 자를 지었다. 공은 날 때부터 영특함이 남들보다 뛰어나 5, 6세 때에 글을 지을 수 있었다. 성품이 술을 좋아하여 간혹 주량을 넘기기도 하였는데 모부인(母夫人)께서 크게 꾸짖으시자 이후로는 종신토록 다시는 술에 취하지 않았다.

　무인년(1638) 봄에 모친상을 당하였다. 상을 마치고 과장(科場)에 출입하니 명성이 대단하였다. 임오년(1642) 봄에 생원 3등 제4인에 합격하였다. 갑신년(1644)에 비로소 성균관에 유학하였다. 어떤 진사가 술과 음식을 푸짐하게 차려 은근한 뜻을 표하며 공의 추향(趨向)을 떠보자 공이 말하기를, “저는 영남(嶺南) 사람입니다. 영남에서 태어났고, 영남에서 자랐으며, 또한 장차 영남에서 죽을 것입니다.”라고 하니 그 사람이 조용히 물러났고 선비들이 훌륭하게 여겼다.

　신묘년(1651) 가을에 문과(文科) 병과(丙科) 제일인(第一人)에 올랐다. 임진년(1652) 성균관 학유(成均館學諭)에서 성균관 학록(成均館學錄)으로 전직되고 여름에 조봉대부 행 율봉도 찰방(朝奉大夫行栗峯道察訪)에 가자(加資)되어 관직을 겸대(兼帶)하였다. 계사년(1653) 가을 조산대부(朝散大夫)에 가자되고 곧이어 봉렬대부(奉列大夫)에 가자되었다. 갑오년(1654) 겨울 통훈대부(通訓大夫)에 가자되고 전적(典籍)으로 옮겼다. 을미년(1655) 봄 사헌부 감찰에 임명되었다. 병신년(1656) 가을 형조 좌랑(刑曹佐郞)으로 임실 현감(任實縣監)에 제수되었다. 이해 겨울에 어사(御史)의 보고로 파직되어 향리로 돌아갔는데 관찰사가 "수재(守宰)를 잘 다스리니 작은 일로 배척할 수 없다."라고 상서(上書)하여 쟁론(爭論)하자 특명으로 다시 부임하여 현을 다스리니, 이는 특별한 은전(恩典)이었다. 무술년(1658) 여름 체직되었다. 신축년(1661) 가을 다시 감찰(監察)로 고성 현령(固城縣令)에 임명되고 춘추관 기사관(春秋官記事官)을 겸하였다. 이해에 큰 가뭄이 들어 많은 사람들이 굶어 죽었는데 공은 노심초사하며 백성들을 돌보고 온 힘을 다하여 구휼하였다. 방백이 공의 정사가 일도(一道)에서 으뜸이라고 보고하고 구마(廐馬) 1필을 하사하였다. 계묘년(1663)에 임기가 차서 돌아가게 되었는데 관찰사가 또 선치(善治)로 보고하여 1년을 잉임하였다.

병오년(1666) 봄 졸재(拙齋) 유원지(柳元之)공이 안기(安奇)의 임소(任所)에 있으면서《상복고증(喪服考證)》을 찬수하니, 임금께 상달(上達)하기 위한 것이었거니와 공이 그곳에 왕래하면서 찬정(纂定)한 것이 많았다. 겨울에 호조 좌랑(戶曹佐郞)에 임명되니 업무가 매우 바쁜 곳이었다. 기무(機務)가 지극히 번잡하고 정사가 쌓였지만, 공이 부중(部中)의 문안(文案)을 모두 취하여 두루 상세히 상고하고 찾아서 주군(州郡)에서 진헌하는 상수(常數)를 조목별로 열거하고, 남북(南北)으로 교대로 접대하는 경비를 열어 기록하였으며, 일용의 제반 수응(需應)에 이르기까지 낱낱이 실상을 조사하고 질서정연하게 적어 하나의 큰 병풍을 만들어 청사에 펼쳐놓았다. 당시에 이공 아무개[458]가 본조의 장관이었는데 혀를 차며 칭찬해 마지않기를 "온 나라의 재부(財賦)의 출입을 한 번 보면 명료히 알 수 있으니 남 군(南君)의 일처리의 규모 조리가 허술하지 않음이 이와 같다." 하였다.

정미년(1667) 여름 춘추관으로 어가(御駕)가 온천에 거둥할 적에 호종(扈從)하였다. 겨울에 예조 정랑(禮曹正郞)으로 승진하였다. 얼마 되지 않아서 통사공(通仕公)이 풍병을 앓아 공이 밤낮으로 남쪽으로 달려갔는데 도착하니 이미 병이 심하였다. 수일간 병간호를 하다가 상을 당하였는데 모든 수의와 부장품을 한결같이 정성스럽고 신실하게 하였으

---

458) 이공 아무개 : 《이계선생속집(伊溪先生續集)》권3〈행장(行狀)〉에는 "이은상이 본조의 장관이었다[李公殷相爲本曹長]"라고 되어 있다.

며⁴⁵⁹⁾ 장사와 제사를 지내는 데에도 반드시 고례(古禮)를 따랐다. 신해년(1671) 여름 분병조(分兵曹)⁴⁶⁰⁾의 정랑(正郞)으로 함양 군수(咸陽郡守)로 나가니, 함양군은 바로 호남과 영남의 접경으로, 양로(兩路)에서 유랑하는 거지들이 접경지에 가득하여 하루에 죽는 사람이 항상 백여 명을 헤아렸다. 공은 명을 받들자 역마를 타고 밤낮으로 달려 군에 이르러 밤에는 이불을 끼고 새벽이 될 때까지 진휼하고 구제할 방법을 생각하고, 낮에는 반드시 기민들을 불러 근심하고 걱정하는 정성을 다하니 고을의 기민들이 힘입어 온전히 살아났다.

임자년(1672) 봄 황정(荒政)의 제일로 준직(準職)⁴⁶¹⁾에 제수하라는 명이 있었다. 계축년(1673) 봄 진주 목사(晉州牧使)가 되어서는 공무에 임하여 엄하고 분명하며 처신이 청렴하고 결백하니, 온갖 폐단이 다 제거되고 명성이 자자하였다. 순무사(巡撫使)가 별단(別單)으로 포계(襃啓)⁴⁶²⁾하여 아뢰니, 임금께서 가상히 여겨 글을 내려 유시하고 특별히 표리(表裏) 한 벌을 하사하였다. 을묘년(1675) 겨울, 병으로 면직(免職)하고 돌아왔다. 무오년(1678) 큰 가뭄이 들자 천택이 고갈되고 물고기와 자라가 모두 죽었다. 임금께서 자신을 책하고 선언(善言)을 구하자 공이 세 가지 일로 응지(應旨)하였으니, 인조(仁祖)⁴⁶³⁾가 정도를 버렸다는 비난을 변론하지 않을 수 없다는 것과, 양조의 실록의 거짓을 고치지 않을 수 없다는 것과, 조야(朝野)에서 고묘하기를 바라는 요청을 따르지 않을 수 없다는 것이었다. 누누한 만언(萬言)이 모두 기휘(忌諱)를 범하니, 사람들은 모두 공을 위해 위태롭게 생각하였으나 공은 조금도 굽히지 않았다. 소장(疏章)을 두 번 올렸으나 관찰사가 막고 보고하지 않았다.

기미년(1679)년 봄에 통례원 우통례(通禮院右通禮)에 임명되었다. 얼마 뒤에 선산부사(善山府使)로 나갔고 겸하여 금오성(金烏城)을 관리하였다. 성사(城舍)와 기계(器械)를 수

---

459) 수의와 …… 하였으며 : 《예기(禮記)》〈단궁 상(檀弓上)〉에 "자사(子思)가 말하기를 '상을 당하면 3일 만에 빈(殯)을 하는데, 시신과 함께 관에 넣는 물건은 반드시 정성스럽고 신실하게 하여 후회를 남기는 일이 없어야 한다. 3개월이 지나 장사를 지내는데, 관곽(棺槨)과 함께 부장하는 물품들은 반드시 정성스럽고 신실하게 하여 후회를 남기는 일이 없어야 한다.'[子思曰 喪三日而殯 凡附於身者 必誠必信 勿之有悔焉耳矣 三月而葬 凡附於棺者 必誠必信 勿之有悔焉耳矣]"라고 하였다.

460) 분병조(分兵曹) : 특별한 사정으로 이원적(二元的) 행정을 할 때에, 병조를 다른 한 곳에 더 설치하는 것을 가리킨다.

461) 준직(準職) : 당하관(堂下官)으로 가장 높은 직급인 당하 정3품을 말한다. 경관(京官)으로는 각 시(寺)나 각 감(監)의 정(正), 승문원 판교(承文院判校), 교서관 판교(校書館判校), 통례원 좌통례(通禮院左通禮) 등이 있고 외직(外職)으로는 부사(府使)나 목사(牧使)가 이에 해당하였다.

462) 포계(襃啓) : 관찰사 또는 어사(御史)가 수령의 선정(善政)을 포창(襃彰)하도록 상주(上奏)하는 일을 말한다.

463) 인조(仁祖)가 …… 것이었다 : 《이계선생속집(伊溪先生續集)》 권2〈응지소(應旨疏)〉에 자세한 내용이 보인다.

리하여 일신(一新)하고, 호령이 명확하고 엄숙하니 지방 호족(豪族)들이 싫어하였다. 당시 관찰사가 사사로운 청탁을 받고 공의 고과(考課)를 거전(居殿)[464]으로 하였다. 공이 돌아갈 때 월봉(月俸)으로 남은 쌀을 향교(鄕校)와 서원(書院) 및 읍민 가운데 나이가 많은 사람에게 각각 차등 있게 나누어 주었는데, 공의 후임과 백성들 가운데 공을 좋아하지 않는 사람들이 합하여 모함하는 글을 지어 조정에 고소하니, 이에 중외(中外)에서 날조하여 반드시 중상(中傷)하려 하였다. 당시에 경신대옥(庚申大獄)이 일어나 조정이 다사다난하여 신원하기가 쉽지 않으니, 머뭇거리는 사이에 감옥에 갇혀 두 해 겨울을 보내게 되었다. 이때 날마다 바둑 두는 사람과 상대하고 혹은 시인들과 창수하였는데, 일찍이 같이 있던 재수자(在囚者)가 여러 차례 중형을 당하는 것을 보고 안타깝게 여기고 탄식하기를, "부모가 주신 몸을 어찌 차마 상하게 하겠는가? 이렇게 구차히 살 바에는 차라리 편안히 죽는 것만 못하다."라고 하며 매번 소망지(蕭望之)[465]의 과단성과 강직함을 칭찬하였다. 항상 손발톱을 잘라 주머니에 담아놓고 좌우명을 써서 빗집에 보관하였다. 의금부의 장관이 평소 공을 알았는데 이야기를 듣고 걱정하여 옥리(獄吏)에게 경계하고 뜻으로 해석하여 말하기를, "오래지 않아 신원(伸冤)될 것이니 걱정하지 마십시오."라고 하였다.

임금께서 하루는 경연에서 하교하기를, "남아무개의 일은 매우 허위에 가깝다. 해당 관사로 하여금 속히 아뢰어 처리하게 하도록 하라."라고 하시니, 금부(禁府)에서 즉시 아뢰기를, "남아무개는 사실에 의거한 문안(文案)이 없으니, 읍민(邑民)의 구초(口招)로는 죄를 줄 수 없습니다."라고 하므로, 임금께서 특명으로 정배(定配)하였다. 곧바로 사면해야 하는 일인데 상의 재결이 이와 같았던 것은 다른 뜻이 있어서였다. 그날로 금부에서 나와 흥양(興陽)의 배소(配所)로 향하였는데, 당시 재상이 사적인 원한을 품고 탑전에서 아뢰기를, "남모의 죄는 그냥 유배(流配)에 그쳐서는 안 됩니다. 엄형(嚴刑)을 가하여 문초하소서." 하고 연달아 삼 일 동안 말로 아뢰었으나 윤허하지 않았다. 물러나 대간(臺諫)을 사주하여 세 번을 아뢴 후에 상이 비로소 명을 거두니, 배소에 도착한 지 10일이 지난 뒤 체포령이 이르렀다. 공은 명을 듣고 즉시 출발해 낙안(樂安)에 이르러 목욕하고 옷을 갈아입었다. 남원(南原)에 이르자 부백(府伯)이 술을 가지고 와서 위로

---

464) 거전(居殿) : 근무 성적의 사정에서 하등을 받는 것을 말한다. 성적의 등급을 매기는 것을 전최(殿最)라 하는데, 전은 하등, 최는 상등의 뜻이다.

465) 소망지(蕭望之) : 전한(前漢) 선제(宣帝) 때의 문신이자 학자이다. 제도를 개혁하여 환관의 전횡을 막아보려고 했지만, 도리어 이들의 모함에 걸려 자결하였다.

하였는데 공은 태연자약하게 담소를 나누었다. 한참 뒤 주쉬(主倅)에게 이르기를, "밤이 이미 깊었습니다. 부모님께서 심히 걱정하실 것이고 저 또한 피곤하니 그만 돌아가십시오. 저도 이만 쉬어야겠습니다." 하고 서로 한번 웃고 헤어졌다. 주쉬는 바로 정암(靜菴) 조 선생(趙先生)의 후손인 조위수(趙渭叟)였다. 또 나졸과 종에게 경계하기를, "내일 새벽에 출발할 것이니 너희들은 물러나 자도록 하라." 하였다. 마침내 의관을 갖추고 취침하다가 돌아가시니 바로 신유년(1681) 11월 15일이었다. 주쉬는 황급히 달려와 손을 잡고 통곡하였다. 의대(衣帶)에 글이 매여 있었는데 취하여 보니 바로 아들 남명하(南明夏)에게 보내는 편지였다. 그 편지에 이르기를, "나는 머리가 흰 나이에 크게 간사한 사람의 무고를 당하였고 중외(中外)에서 서로 날조하여 모두 죽이려 하니, 지금까지 차마 죽지 못한 것은 네가 독역(毒疫)을 갓 겪어 미쳐 완전히 회복하지 못하였기 때문이다. 지금 엄히 신문하기를 청하는 것이 반드시 죽으려는 마음에서 나왔으니 비록 죽지 않으려고 하여도 할 수 없다. 하물며 가난한 형편에 큰 흉년을 만나 영외(嶺外)의 가족들이 바야흐로 굶주리고 있는데, 내가 구차하게 연명하고자 하여 한번 감옥에 들어가면 너는 반드시 도로에서 분주하여 굶어 죽을 걱정을 면치 못할 것이다. 일로 말하자면 부자가 함께 죽는 것보다는 차라리 내가 죽고 네가 사는 것만 못하며, 이치로 말하자면 치욕을 참고 구차하게 사는 것보다는 차라리 원망을 품고 죽는 것만 못하다.

내가 죽은 뒤에 너는 마땅히 과거 보는 일을 그만두고 문을 닫고 사람들과 교유하지 말고 남들과 다투지 말며 반드시 충효로 자손을 가르쳐 내가 죽었다고 조금이라도 게을리해서는 안 된다. 또 천 리의 곤궁한 장사에 운반하기가 어려울 것이니, 얇은 판을 사용한다면 담부(擔夫) 7·8명이 좌우에서 붙들고 갈 수 있을 것이다. 명정(銘旌)[466]의 경우도 백지(白紙)를 사용하여 이계산인(伊溪散人)이라는 호를 써서 관 등판에 붙이고 만사(輓詞)를 구하지 말며 큰 상여를 구하지 말아라. 모든 일을 되도록 검약(儉約)하게 하여 구차한 지경에 이르지 않도록 해라. 이 이후는 내가 알 바가 아니다. 등불 아래 간략히 쓰느라 일일이 말하지 못한다."라고 하니, 이를 본 사람들은 모두 오열하고 눈물을 흘렸다. 행상(行箱)에도 명(銘)이 있었는데 평소 지행(志行)의 대강을 서술한 것으로 옥중에서 스스로 지은 것이니, 평소의 정력(定力)을 알 수 있다. 주쉬는 골육지친(骨

---

466) 명정(銘旌) : 영구(靈柩) 앞에 세우는 죽은 사람의 관직과 성명을 쓴 붉은 기로 대부분 붉은 비단에다 백색의 분말로 쓴다.

肉之親)을 잃은 듯하며 지극정성으로 반함(飯含)과 염습(殮襲)을 하였고 일부(一府)의 민사(民士)들 또한 분주히 달려와 곡하며 힘을 쏟지 않는 이가 없었다. 12월에 반친(返櫬)467)하였는데 가는 길에 함양(咸陽)을 지났다. 함양은 바로 공이 부임하였던 곳이다. 함양의 백성들이 남녀노소가 모두 슬피 부르짖으며 분주히 달려와, "우리 어진 원님이 돌아가셨구나. 끝났구나."라고 하며, 혹은 상여 줄을 잡고 혹은 부의를 드리니, 공이 남긴 은덕이 이에 이르러 징험되었다. 다음해 3월 23일 금당(金堂)468) 오향(午向)의 언덕에 제사지내니, 바로 공의 조부와 부친의 묘소가 있는 곳이다. 공은 일찍이 이계(伊溪)469)가에 집을 짓고서 이계산인(伊溪散人)으로 자호(自號)하였다. 화훼와 약초를 섞어 가꾸며 한적히 물러나 지내는 여가에 그 가운데서 서사(書史)를 끼고 시를 읊으며 스스로 즐겼다. 문장은 꾸미려고 노력하지 않았으나 부섬(富贍)하고 전아(典雅)하여 작자의 기풍이 있었으니, 목재(木齋) 홍여하(洪汝河)공이 일찍이 외우(畏友)라고 칭찬하였다.

공이 운수(雲水, 임실)에 다시 부임하였을 때 현리(縣吏)가 신관으로 대하여 물건을 갖추어 맞이하니 공이 말하기를, "이는 백성들의 힘에서 나온 것이다. 어찌 사사로이 할 수 있겠는가. 모두 싣고 돌아가 관고(官庫)로 운반하라." 하였다. 일찍이 집안사람들과 자제들에게 말하기를, "너희들이 지금 넉넉히 생활하는 것은 모두 임금의 은혜이니 어찌 감히 사사로운 이익을 꾀하여 훗날의 계획을 도모하겠는가." 하였다. 일찍이 털끝만큼도 스스로 누가 되지 않았고 탐오(貪汙)한 자를 보면 반드시 더러워하며 침을 뱉으며 말하기를, "사부의 행실이 이와 같단 말인가." 하고 큰 소리로 꾸짖었으니 혹은 서로 사이가 나빠지기도 하였다.

두 성(二城)으로 춘부(春府)인 통사(通仕)공을 봉양하였는데 통사공이 일찍이 객과 말하다가 공을 가리켜 말하기를, "이 아이가 관직에 있을 때는 몸을 봉양하는 것과 뜻을 봉양하는 것이 갖추어지지 않음이 없었으니 이는 효(孝)이고, 집에 있을 때는 죽과 된장이 모두 나에게 근심을 끼치니 이는 불효(不孝)입니다. 그러나 관직에 있으면서 탐오하여 형벌이 부모에게까지 미치는 자와 비교하면 서로 거리가 머니, 그것이 또한 효가 아님을 어찌 알겠습니까?" 하였다.

일찍이 모부인(母夫人)을 녹봉으로 봉양하지 못한 것을 평생의 슬픔으로 삼아 말할

---

467) 반친(返櫬) : 타향에서 사망한 시신을 고향으로 모셔와 장례하는 것을 이른다.
468) 금당(金堂) : 현재의 의성군(義城郡) 안평면(安平面) 금곡리(金谷里)를 가리킨다.
469) 이계(伊溪) : 의성군(義城郡) 윤암리(尹岩里)에 이계당(伊溪堂)이 있다.

때면 반드시 눈물을 줄줄 흘리며 식음(食飮)을 폐(廢)하기까지 하였다. 가는 곳마다 정성으로 사람을 대하여 간격을 두지 않고 아는 사람이건 모르는 사람이건 자신에게 오게 하니 혹 관사(官舍)에서 수용하지 못하기도 하였다. 옛사람의 가언선행(嘉言善行)을 초록(抄錄)하여 잊어버릴 것을 대비하였으니, '마음을 맑게 하고 일을 줄이는[淸心省事]' 것으로 거관(居官)의 제일의(第一義)로 삼았다. 시문(詩文) 약간권(若干卷)이 집안에 보관되어 있다. 아, 공은 청렴결백(淸廉潔白)하고 지조를 지키는 행실이 있었으나 도리어 망극한 참소를 입었고, 과단성 있고 강직하여 무리에 휩쓸리지 않는 풍표(風標)를 가지고 있었으나 끝내 비명(非命)의 원통함이 있었으니, 보고하지 않은 글이 화(禍)의 계제가 될 수 있고 이름 없는 죄가 또한 능히 사람을 죽일 수 있는 것인가? 하늘이 공에게 보답해준 것이 과연 무엇인가?

부인 아주 신 씨(鵝州申氏)는 고려 효자 안렴사 우(佑)의 후손인 지의(之義)의 따님으로 부덕(婦德)이 있었다. 1남 1녀를 낳으니, 아들은 명하(明夏)로 판서(判書) 김진(金璡)의 후손인 기(禥)의 따님에게 장가들었다. 3남 3녀가 있는데 어리다. 딸은 사인(士人) 신두석(申斗錫)에게 시집가니, 문과에 급제하여 장령이 된 열도(悅道)의 손자이다. 6남 2녀를 두니 장남은 여봉(汝鳳)이고 나머지는 모두 어리다. 나는 공에게 있어 처남으로 15세 때에 공을 따라 공부하였고 약관이 넘어서 또 공의 임소를 따라다니며 유람하였으니, 보고 들은 공의 언행이 한두 가지가 아니었다. 그러나 공이 세상을 떠난 지 여러 해가 지났다. 날로 멀어지고 달로 잊혀지니 후세에 전할 수 없을까 두려워 참람되게 스스로 헤아리지 않고 감히 이상과 같이 대략을 기록한다. 후세의 글 쓰는 군자 가운데 장차 이에 슬퍼하고 채택할 것이 있을 것이다.

公諱夢賚字仲遼, 姓南氏英陽人, 高麗密直副使諱君甫之後也. 密直六世有參判諱敏生, 又四世有進士諱龜壽. 進士生處士諱應震, 處士生佐郎諱樞, 佐郎爲參判五世孫諱灝之子蓋忠後, 生通仕郎諱海準, 於公爲高曾祖考也. 妣安東權氏, 高麗太師諱幸之後, 吏曹判書諱軾之曾孫, 贈參判諱安世之孫, 直長諱誌之女也. 萬曆庚申十二月九日亥時, 公生于義城縣北新村里第. 是日通仕公在外有異夢, 命公名若字. 公生而穎悟超羣, 五六歲時能屬文, 性嗜酒或過量, 母夫人大加訶責, 是後終身不復醉. 戊寅春, 丁內艱服闋, 出遊場屋, 華聞蔚然. 壬午春, 中生員三等第四人, 甲申始遊太學. 有一名進士盛酒饌, 以致慇懃, 探公趨向, 公曰, 我嶺南人, 生於嶺南, 長於嶺南, 亦將以死於嶺南也.

其人默然而退, 士論多之. 辛卯秋, 登文科丙科第一人, 壬辰由成均舘學諭, 轉學錄, 夏陞朝奉行栗峯道察訪, 兼帶館職. 癸巳秋陞朝散, 尋遷奉列. 甲午冬, 以通訓移典籍. 乙未春, 拜司憲府監察, 丙申秋, 以秋官郎, 監任實縣. 是年冬, 御史以事聞罷歸鄕里, 方伯以爲善治守宰, 不可以微事斥, 上書爭之, 特命再赴視縣, 異數也, 戊戌夏遞. 辛丑秋, 又以監察拜固城令, 兼春秋官記事官. 時歲大侵, 人多餓死, 公勞心字撫, 極力賑濟, 方伯以公爲政爲一道最以聞, 賜廐馬一匹, 癸卯任滿當歸, 方伯又以善治聞, 仍任一歲. 丙午春, 拙齋柳公在安奇任所, 修喪服考證, 盖將上達天聽也. 公來往其間, 多所纂定. 冬調地部郎, 部劇地也. 機務至煩, 政事委積, 公悉取部中文案, 考索周詳, 條列州郡進獻之常數, 開錄南北交接之經費, 以至日用諸般需應, 段段核實, 秩秩攢寫, 粧成一大屛, 陳于廳事. 時李公某爲本曹長, 嘖嘖稱賞曰, 擧國財賦之出入, 一擧目, 便自了然, 南君間架之不草草如是也. 丁未夏, 以春秋官扈駕溫泉, 冬陞禮曹正郎. 未幾通仕公患風痺, 公晨夜南馳, 至則疾已病矣. 侍藥數日而遭大戚, 凡附身附棺之物, 一以誠信, 其葬與祭, 亦必循古禮. 辛亥夏, 以分兵曹正郎, 出守咸陽郡, 郡卽湖嶺之交也, 兩路流丐布滿境上, 一日死者, 常以百數. 公承命馳傳, 倍日至郡, 夜則擁衾達曙, 思所以賑濟之方, 晝必招集飢民, 盡其憂恤之誠, 郡中賴以全活. 壬子春, 以荒政第一, 有準職之命. 癸丑春, 陞晉州牧, 莅事嚴明, 處已廉潔, 百廢俱興, 聲聞藉甚, 巡撫使別單褒啓以聞, 上嘉之諭以書, 特賜表裏一襲. 乙卯冬, 以疾免歸. 戊午夏大旱, 川枯澤渴, 魚鼈皆死, 上罪已求言, 公以三事應旨, 盖仁廟捨正之譏, 不可不辨, 兩廟實錄之誣, 不可不改, 朝野告廟之請, 不可不從, 縷縷萬言, 專犯忌諱, 人皆爲公危之, 而公不少撓, 章再上, 道臣沮格不報. 己未春, 拜通禮院右通禮, 俄補善山府, 兼管金烏城, 城舍器械, 繕修一新, 號令明肅, 豪右憚之. 時方伯以私囑考公居殿. 於其歸也, 以月俸餘米, 分賜校院及邑民之年高者各有差, 代者與民之不悅公者, 合做成搆捏文字, 訴于朝, 於是中外交搆, 必欲中傷之. 時當庚申大獄方興, 朝家多事, 白直未易, 荏苒之間, 繫已再更冬矣, 日與碁者相對, 或從詩人唱酬, 嘗見同人在囚, 數被重刑, 爲之傷歎曰, 父母遺體, 豈忍毀傷耶, 與其如此而苟生, 不如就死之爲安也, 每稱蕭望之之爲果剛, 常剪手足瓜盛以囊, 書左右而藏諸梳匣中, 禁府長素識公, 聞而憂之, 戒獄吏以意解之曰, 非久得直, 毋庸慮也. 時當庚申大獄方興, 朝家多事, 白直未易, 荏苒之間, 繫已再更冬矣. 日與碁者相對, 或從詩人唱酬, 嘗見同人在囚, 數被重刑, 爲之傷歎曰, 父母遺體, 豈忍毀傷耶, 與其如此而苟生, 不如就死之爲安也, 每稱蕭望之之爲果剛. 常剪手足瓜盛以囊,書左右而藏諸梳匣中, 禁府長素識公, 聞而憂之, 戒獄吏以意解之曰, 非久得直, 毋庸慮也. 上於一日筵中下敎曰, 南某事殊涉虛僞, 其令該司速啓以處, 禁府卽啓曰, 南某無文案據實, 邑民口招, 不可以罪, 上特命定配. 事在直敕而上裁如此者, 意有在也. 卽日出禁府, 向興陽配所, 時宰挾私憾, 於榻前啓曰, 南某之罪, 不可徒配, 請嚴刑以問, 連三日口啓不允, 退而喉臺諫三啓後, 始收成命, 至配所十日而拿命至矣. 公聞命卽行至樂安, 沐浴更衣, 至南原, 府伯攜酒來慰, 公談笑自若. 良久謂主倅曰, 夜已深矣, 閭望必切, 我亦困悴, 主倅可以去矣, 我且休矣, 相與一笑而別, 主倅乃靜菴趙先生孫渭叟也. 又戒邏卒及奴子曰, 明當曉發, 汝等退宿可也, 遂具衣冠就寢而卒, 卽辛酉十一月十五日也. 主倅驚惶奔赴, 執手痛哭, 有書繫在衣帶中, 取而視之, 乃寄子明夏書也. 其書曰我以白首之年, 大爲奸人所誣, 中外交構, 皆欲殺之, 至今忍而不死者, 以汝一身新經毒疫, 未及完復故也. 今者嚴問之請, 出於必殺之心, 雖欲不死, 不可得也. 況以貧之家, 値此大無之年, 嶺外家累, 方在阻飢中, 我欲苟延時日之命, 而一入圄圉, 則汝必奔走道路, 未免餓死之患矣. 以事言之, 與其父子之俱死, 不如我死而汝生, 以理言之, 與其忍恥而苟生, 不如抱寃而就死. 我死之後, 汝當廢擧杜門, 勿與人交遊, 勿與物相競, 敎子訓孫, 必以忠孝, 毋以我死而少懈也. 且千里窮喪, 難可運去, 若用薄板則擔夫七八人, 可以左右挾持而去, 至於銘旌, 亦用白紙, 書以伊溪散人之號, 貼於棺背, 勿求輓詞, 勿用大轝, 凡事務從儉約, 無至苟且之域, 此後非我所知, 燈下草此, 不得一一云云. 見者莫不嗚咽泣下. 行箱中亦有銘, 述其平日志行之大槩, 蓋在獄中所自製也, 其所素定力, 可知也已. 主倅如喪骨肉, 至誠含斂, 一府民士, 亦莫不奔走來哭以致力焉. 十二月返櫬, 路過咸陽, 咸卽公所經莅者也, 咸之民男女老少皆悲號奔走曰, 我仁侯亡矣喪矣, 或執紼, 或致奠賻, 公之遺愛, 至是驗矣. 越明年三月二十三日, 葬于金堂午向之原, 卽公祖若考之兆次也. 公嘗築室于伊溪上, 自號伊溪散人, 雜蒔花卉藥草, 閒退之暇, 挾書史, 吟哦其中以自娛. 爲文章, 不事雕餙而富贍典雅, 有作者風, 木齋洪公嘗稱畏友云. 其再赴雲水也, 縣吏待以新官, 備物以迎, 公曰, 此出於民力, 何可私也, 盡載以歸, 輸之官庫. 嘗以語家人子弟曰, 汝等今日資活, 莫非君恩, 安敢營私以圖日後計也. 未嘗以一毫自累, 見貪汚者, 必唾鄙曰, 士夫行已有如是耶, 大言斥之, 或至不相能. 以二城奉養春府通仕公, 嘗與客語, 指公而言曰, 此兒在官, 養體養志, 無不備至, 是則孝, 在家饘粥塩豉, 皆貽我罹, 是則不孝, 然其視居官貪汚, 戮及父母者, 相去遠矣, 亦安知其非孝也. 嘗以母夫人之祿不建(逮)養, 爲終身戚, 語必泫然出涕, 以至廢食焉. 所在接人以誠, 不設畦畛, 識與不識, 皆爲已歸, 或官舍不能容. 抄古之嘉言善行, 以備遺忘, 蓋以淸心省事, 爲居官第一義也. 有詩文若干卷藏于家. 嗚乎, 公有廉潔自守之行而反被罔極之讒, 有果剛不羣之標而卒有非命之寃, 不報之書, 足爲禍階, 而無名之罪, 亦能死人也耶? 天之所以報施於公者, 果何如也? 配鵝州申氏, 高麗孝子按廉使佑之後之義女, 有婦德. 生一男一女, 男卽明夏, 娶判書金璉之後炁之女, 有三男三女幼. 女適士人申斗錫, 文科掌令悅道之孫也, 有六男二女, 男長汝鳳, 餘皆幼. 泰時於公實內弟也, 年在志學, 從公學, 年逾弱冠, 又從公任所遊, 凡言行之得於耳目者, 非止一二, 而公之去世, 亦有年矣, 日遠月忘, 恐無以傳諸後, 僭不自揆, 敢記大略如右, 後之秉筆君子, 亦將於邑於斯而庶有採擇之者矣.

유사遺事

금옹 김공의 유사 보략
錦翁金公遺事補略

공이 6, 7세 때에 우연히 아이들을 따라 어떤 촌가에 이르렀는데 최마복을 입은 행객(行客)이 밥을 먹고 있었다. 공이 온 것을 보고는 그 모습이 귀여워 찬을 주었는데 공이 사양하였다. 객이 강요하며 "어찌 받지 않느냐."라고 하자 공이 "저희 집에서는 상인(喪人)과 마주해서는 고기를 먹지 않습니다. 그러므로 받지 않은 것일 뿐입니다."라고 하니, 객이 크게 부끄러워 감히 다시 말하지 않았다.

일찍이 공과 더불어 여강서원(廬江書院)에서 모이기로 약속하고 여러 달 재실에 거처하였다. 공은 응강(應講)하기 위해 경전 공부를 게을리하지 않았는데 하루는 문득 책을 덮고 탄식하기를, "국가에서 과거를 설치하여 선비를 취하는 일이 다만 인재를 망가뜨릴 뿐이다. 의리를 깊이 궁구하지 않고 외우는 것만 힘쓰니 경전의 의리를 밝히는 것이 어디에 있겠는가?"라고 하였다. 이는 말속의 학문이 구이지학(口耳之學)[470]을 이룬 것을 탄식한 것이다.

갑오년(1654)에 공의 백 씨(伯氏, 김학규(金學逵))가 현촌(縣村)에서 부친의 병간호를 하고, 공은 추촌(秋村)에서 중 씨(仲氏, 김학요(金學堯))의 병간호를 하였는데, 나 또한 중 씨의 처제로 밤낮으로 곁에 있으면서 공이 근심하고 분주하여 두 곳을 왕래하며 탕제와 기도에 극진히 정성을 쏟는 것을 보았다. 하늘이 낸 그 효성과 우애의 정은 신명과 사람을 감동시킬 만하였으나 불행히도 중 씨가 먼저 세상을 떠났다. 빈렴(殯殮)을 겨우

---

470) 구이지학(口耳之學) : 실행은 없고 다만 귀로 듣고 입으로 말하기만 하는 소인의 학문을 말한다. 《순자》에 "소인의 학문은 귀로 듣고 입으로 말하니, 입과 귀의 사이는 사촌일 뿐인데, 어찌 족히 칠 척의 몸을 아름답게 할 수 있겠는가?[小人之學也, 入乎耳出乎口, 口耳之間則四寸耳, 曷足以美七尺之軀哉?]"라고 한 말에서 유래한다. 《荀子 勸學》

마치자마자 또 부친께서 돌아가시니, 공은 수의와 부장품을 반드시 정성스럽게 하고 신실하게 하였다. 묘소 곁에서 시묘살이를 하며 아침저녁으로 예서(禮書)를 읽는 여가에 일찍이 《주자서(朱子書)》를 읽었는데, 경(敬)을 말한 곳을 모아 손수 베껴 책으로 만들고 는 늘 읽고 생각하며 잠시도 손에서 놓지 않았다. 일찍이 '마음을 배꼽 밑에 모은다[注心 臍腹]'[471]는 설을 가지고 선군(先君)에게 왕복하며 어려운 점에 대하여 논의하였는데 선군 께서 일찍이 시험해 본 것을 일러주었다. 또 그가 여러 설을 널리 인용하며 치심(治心)의 논의를 한 것이 지극히 절실하고 완비되었음을 찬탄하였다.

공이 일찍이 말하기를 "우리 동방의 이학(理學)이 조선조에 이르러 크게 밝아지니, 여러 현인들의 논설이 광대하고 넓어 초학자로 하여금 갑자기 보게 하면 끝이 없습니다. 대체(大體)와 관계되고 일용(日用)에 절실한 것을 취하여 별도로 한 책을 만들되 회재(晦 齋)가 망기당(忘機堂)에게 답한 두 번째 편지[472]를 책머리에 두고, 차례대로 분류하되 한결같이 한천(寒泉)의 편목(篇目)[473]에 의거한다면, 이는 또한 가까운 데서부터 생각하는 [近思] 뜻일 것입니다. 그대는 삼가 주자와 여조겸(呂祖謙)이 찬집한 뜻을 취하여 후학들 이 읽을 수 있도록 하길 바랍니다."라고 하였다. 나는 비록 감히 할 수 없다고 사양하였지 만 공께서 지녔던 뜻이 무엇인지를 대개 알 수 있었다. 불행히도 뜻이 있었으나 이루지 못하고 마침내 천고의 한이 되었으니, 세상의 군자들이 공의 이러한 뜻을 인하여 한데 모아 책을 만든다면 공의 생사와 관계없이 뜻이 세상에 행해질 것이다. 실로 개탄스러울 따름이다.

　　公六七歲時, 偶隨羣兒到村舍, 有衰麻行客方食, 見公至, 愛其狀貌, 遂與之饌, 公辭 焉, 客强之曰何爲不受, 公曰, 吾家對喪人不食肉, 故不受耳, 客大慚, 不敢復言. 嘗與公 約會于江院, 屢月居齋, 公將應講而治經不怠, 一日忽廢書而歎曰, 國家設科取士, 只是

---

471) 마음을 …… 모은다[注心臍腹] : 원래는 불교의 양생법인데 주자가 문인인 황자경(黃子耕)이 병을 앓자 다음 과 같이 언급한 바 있다. "병을 앓을 때에는 생각에 빠져서는 옳지 않으며, 모든 일도 단호하게 놓아버리고, 오로지 마음을 보존하거나 기운을 기르는 데 힘써야 합니다. 가부좌(跏趺坐)를 하고 고요히 앉아 눈은 코끝을 내려다보면서 배꼽 밑에다 마음을 집중하게 되면, 오랜 뒤에 저절로 몸이 따뜻해져서 곧 점차 효험을 볼 것입 니다. [病中不宜思慮 凡百可且一切放下 專以存心養氣爲務 但加趺靜坐 目視鼻端 注心臍腹之下 久自溫暖 卽漸見功效矣]"《晦菴集 卷51 答黃子耕》

472) 회재(晦齋)가 …… 편지 : 《회재집(晦齋集)》 권5 〈답망기당제이서(答忘機堂第二書)〉에 내용이 보인다.

473) 한천의 편목 : 주자(朱子)가 한천정사(寒泉精舍)에서 편찬한 《근사록》을 말한다. 주자가 모친의 묘소 근처 에 한천정사(寒泉精舍)를 세우고 여조겸(呂祖謙)과 함께 40일간 기거하며 《근사록(近思錄)》을 편찬하였다.

壞了人材耳, 不深究義理而惟成誦是務, 惡在其明經義也, 蓋歎末俗之成口耳也. 歲甲午, 公伯氏侍先府君疾於縣村, 公侍仲氏疾在秋村, 泰時亦以仲氏之妻弟, 晝夜在旁, 見其憫泣奔遑, 來往兩間, 湯劑祈禳, 靡不用極. 其出天之孝, 友愛之情, 有足以感動神人, 而不幸仲氏先逝. 殯殮才畢, 又遭終天之痛, 附身附棺, 必誠必愼. 廬于墓側, 晨夕讀禮之暇, 嘗讀朱子書, 掇取言敬處, 手寫成編, 俯讀仰思, 未嘗須臾去手. 嘗以注心臍腹之說, 往復論難於先君, 先君以其所嘗試者而爲之告. 且歎其廣引諸說, 做一段治心之論者, 至切而完備也. 嘗曰, 吾東理學, 至我朝大明, 羣賢論說, 廣大閎博, 使初學者驟以觀之, 若無津涯, 取其關於大體而切於日用者, 別爲一書, 而以晦齋答忘機堂第二書, 冠之篇端, 次第分類, 一依寒泉篇目, 則是亦近思之意也, 願子竊取朱呂纂集之意以惠後也. 泰時雖辭以不敢, 而公之有意, 槩可想矣. 不幸有志未就, 遂成千古之恨, 世之君子因公此意而裒稡成書, 則不以公之存歿而志亦可行於世矣. 吁可慨惋也已.

광기 壙記

선비 유인 남양 홍 씨의 광기
先妣孺人南陽洪氏壙記

선비(先妣) 홍 씨(洪氏)는 남양(南陽)의 계출(系出)로 충의위(忠義衛) 근(勤)의 따님이고, 승문원 정자(承文正字) 사제(思齊)의 손녀이며, 좌랑(佐郎) 인수(仁壽)의 증손이며, 익성부원군(益城府院君) 충정(忠貞)공 응(應)의 칠세손(七世孫)이다. 비(妣) 여흥 민 씨(驪興閔氏)는 대사헌(大司憲) 장절공(章節公) 건(騫)의 육세손(六世孫)인 천우(天佑)의 따님이다. 선비(先妣)께서는 만력(萬曆) 병신년(1596) 8월 24일에 태어나셨다. 자품(資稟)이 단정하고 현숙하였고 법도 있는 집안[474]에서 성장하여 규범(閨範)을 숙성하였다. 경신년(1620)에 선군에게 출가하여 시부모를 섬기되 오직 선군의 뜻만을 받들어 한결같이 지극정성으로 하였다. 시어머니 배 씨 부인(裵氏夫人)은 성품이 엄하여 칭찬하는 것을 삼갔는데 일찍이 다른 사람에게 말씀하시기를, "세상에 우리 며느리처럼 시부모에게 효도하는 사람이 있겠는가?"라고 하셨다. 매일 새벽에 일어나 세수하고 머리를 빗고 문안하고 물러나 방을 청소하고 항상 일정한 장소에 거처하시며 침석(枕席)과 기용(器用)이 정돈되지 않은 것이 없었다. 자제들을 바른길로 가르쳐 한 번의 말실수도 매번 엄하게 꾸짖으시고 항상 고인의 아름다운 말과 선한 행실을 들어 자상하게 가르치셨다. 일찍이 자제들에게 말씀하시기를, "너희 아버지의 평소 행의(行義)를 사람들이 공경하고 탄복하니, 너희들은 힘써서 집안의 명성을 실추시키지 말라고 하였다. 성품이 엄숙하고 고요하여 번잡하고 화려한 것을 좋아하지 않으셔서 사람들이 사치하는 것을 보면 마치 더럽혀질 듯 미워하였는데, 무격(巫覡)을 불러 기도하는 일에 있어서는 문안에 들어오

---

474) 법도 있는 집안 : 원문의 '법가(法家)'는 《맹자(孟子)》〈고자 하(告子下)〉에 "들어가면 법도 있는 집안과 보필하는 선비가 없고, 나오면 적국과 외환이 없는 자는 나라가 항상 망한다.[入則無法家拂士 出則無敵國外患者 國恒亡]"라고 하였다.

는 것을 허락하지 않으셨다. 선군(先君)께서는 밖에 거처하여 날마다 책상을 마주하고 가사에 대해서는 담담하시니, 가용(家用)이 자주 비어 숙수(菽水)도 잇기 어려웠지만, 선비께서 마음을 다해 조달하여 봉제사(奉祭祀)와 접빈객(接賓客)에 부족함이 없었고 이웃과 친족에 은의(恩義)를 두루 베풀어 환심을 얻지 않은 이가 없었다. 아, 선비의 덕이 큰 것이 이와 같으니 세세한 것은 생략해도 괜찮을 것이다.

갑진년(1664) 10월 27일 숙환으로 아들들을 버리고 가시니 선군보다 일 년 늦게 돌아가신 것이다. 그해 12월 13일에 선군의 묘 왼편에 부장하였다. 선비는 3녀 2남을 두었다. 장녀는 밀양(密陽) 박윤(朴綸)에게 시집가 딸을 낳았는데 장홍수(張弘綬)에게 시집갔다. 둘째는 문소(聞韶) 김학요(金學堯)에게 시집가 2남을 낳으니, 세감(世鑑)과 세개(世鍇)이다. 1녀는 재령(載寧) 이지소(李之熽)에게 시집갔다. 셋째는 평성(平城) 김하명(金夏鳴)에게 시집갔다. 1남은 석린(錫麟)이고 2녀는 당시 자가 없었다. 장남인 태시(泰時)는 전취(前娶)인 창원(昌原) 황천일(黃千一)의 딸이 2녀 4남을 낳았고, 후취인(後娶)인 월성(月城) 이완(李浣)의 딸이 2남을 낳았다. 장녀는 풍산(豐山) 김항수(金恒壽)에게 시집갔고 나머지는 어리다. 둘째인 태중(泰中)은 문화(文化) 유희잠(柳希潛)의 딸에게 장가들어 4녀 2남을 낳았는데 모두 어리다. 아, 자식의 정리는 자식 된 사람만이 아니, 백세 이후에도 여기에서 징험하여 슬퍼하고 눈물을 흘릴 사람이 있을 것인가. 아아, 애통하도다.

先妣洪氏, 系出南陽, 忠義衛諱勤之女, 承文正字諱思齊之孫, 佐郎諱仁壽之曾孫, 益城府院君忠貞公諱應之七世孫也. 妣驪興閔氏, 大司憲章節公諱騫之六世孫天佑之女也. 先妣生于萬曆丙申八月二十四日, 資稟端淑, 長于法家, 閨範夙成. 歲庚申, 歸于先君, 事舅姑, 惟先君志是承, 一於至誠. 姑裵夫人性嚴愼許可, 嘗語人曰, 世之孝於舅姑, 豈有如我婦者乎? 每日晨起, 盥櫛省問, 退掃室堂, 居必有常處, 枕席器用, 無不整齊. 敎子弟以義方, 一言語之失, 輒峻呵之, 常擧古人嘉言善行, 諄諄然敎之. 嘗語諸子曰, 乃翁平生行義, 人所敬服, 汝曹勉之, 無替汝家聲. 性莊靜不喜紛華, 見人侈靡之態, 心惡之若凂, 至於巫覡祈禳之事, 不許入門. 先君處於外, 日對几案, 於家事泊如也, 家用屢空, 菽水難繼, 而先妣極意調度, 於奉祭祀接賓客, 無所欠闕, 隣里族黨, 恩義周洽, 無不得其歡心焉. 嗚呼, 先妣之德大者如此, 其細可略也. 甲辰十月二十七日, 以宿疾棄諸孤, 蓋後先君一年而卒矣. 用其年十二月十三日, 附葬先君墓左. 先妣有三女二男, 女長適密陽朴綸, 生一女適張弘綬. 次適聞韶金學堯, 生二男世鑑, 世鍇. 一女適載寧李之熽. 次適平城金

夏鳴, 一男錫麟, 二女時未字, 男長泰時前娶昌原黃千一女, 生二女四男, 後娶月城李垸
女, 生二男, 女長適豐山金恒壽, 餘幼. 次泰中娶文化柳希潛女, 生四女二男皆幼. 嗚乎,
人子之情, 惟人子知之, 百世之後, 尙克有徵於斯而哀而掩之否乎? 嗚呼痛哉.

山澤齋先生文集 卷之四

산택재선생문집 제4권

부록附錄

만挽

만사 이재[475]
挽詞 李栽

경당(敬堂) 문하의 선비로는	敬堂門下士
번곡(樊谷)[476] 노인이 가장 추앙받았네	樊老最推賢
덕을 이은 후손으로 손색이 없었고	嗣德元無忝
가풍을 이어 다시 전수하였네	承家更有傳
때가 오니 임금의 보좌[477]가 되려 하였고	時來擬黼黻
시운이 다하자 산림에 은거하였네	運去晦林泉
노성한 원로[478] 지금 몇이나 되나	耇造今餘幾
유자들은 날로 쓸쓸하구나	儒冠日索然
선친의 벗은 거의 다 돌아가시고	先友凋仍盡
오직 공께서 다행히 홀로 계셨는데	惟公幸獨存
한가로이 수양하며 나이와 덕 높았고	養閒兼齒德

---

475) 이재(李栽, 1657~1730) : 자는 유재(幼材), 호는 밀암(密菴), 본관 재령(載寧)으로 아버지는 갈암(葛庵) 이현일(李玄逸)이다. 이황(李滉)·김성일(金誠一)·장흥효(張興孝)·이현일(李玄逸)로 내려오는 학맥을 이어받았으며, 누차 조정에 천거되었으나 나아가지 않았다. 저서로는 《금수기문(錦水記聞)》·《홍범연의(洪範衍義)》·《안증전서(顔曾全書)》·《주자집람(朱書集覽)》·《주서강록간보(朱書講錄刊補)》·《밀암집(密菴集)》 등이 있다.

476) 번곡(樊谷) : 권태시의 아버지인 권창업(權昌業)의 호이다. 각주 1) 참조.

477) 임금을 보좌 : 보불(黼黻)은 화려한 무늬를 수놓은 곤룡포(袞龍袍)를, 문장(文章)은 곤룡포에 수놓은 화려한 색채를 가리킨다. 전하여 보불 문장이란 곧 제왕에 대한 훌륭한 보좌의 뜻으로 쓰인다.

478) 노성한 원로 : 원문은 구조(耇造)로 노성한 덕을 지닌 사람을 가리킨다. 《서경》〈군석(君奭)〉에 주공(周公)이 소공(召公)에게 "그대와 같은 구조의 덕을 하늘이 장차 내리지 않는다면, 우리는 봉황의 소리를 다시 듣지 못하게 될 수도 있다.[耇造德不降 我則鳴鳥不聞]"라고 한 말에서 유래한다.

예서(禮書)를 편찬하여 근원을 궁구하였네	編禮究根源
지나간 일 지금은 꿈만 같으니	往跡今如夢
쇠잔한 이 몸은 혼이 끊어지려 하네	殘生欲斷魂
훗날 우연히 한번 취하더라도	他年偶一醉
어찌 차마 서주문(西州門) 지나가리오[479]	那忍過西門

또, 권두경

又 權斗經

참된 마음 순수한 행실 본성에서 얻었고	眞心純行得天全
사학[480]의 연원은 부자간에 전하였네	師學淵源父子傳
조정의 부름[481]에 육품으로 승진하였으나	旌幣招賢超六品
관직을 맡아[482] 교화를 베푼 것 삼 년뿐이었네	符章布化只三年
정 씨의 통덕문[483]처럼 믿고 우러러 공경했고[484]	鄭門通德孚顯若

---

479) 훗날 …… 지나가리오 : 서주문(西州門)은 진(晉)나라 사안(謝安)이 죽은 곳이다. 사안에게 총애를 받은 외조
카 양담(羊曇)은 사안이 죽은 뒤 서주문을 지나지 않았는데, 어느 날 술에 취해 길을 가다가 자기도 모르게
서주문에 당도하였다. 따르던 사람들이 "이곳은 서주의 문입니다." 하니, 양담은 말채찍으로 문을 치며 "살아
서는 화려한 집에 살더니 죽어서는 산으로 돌아가 묻혔네."라는 조자건(曹子建)의 시를 읊고 통곡한 뒤 자리를
떴다. 《晉書 卷79 謝安列傳》

480) 사학 : 스승을 통하여 배우는 것으로 곧 연원이 있는 학문을 말한다. 《순자(荀子)》〈정론(正論)〉에 "사람을
모아서 사학을 세우고 문장을 이룬다.[衆人徒 立師學 成文典]" 하였다.

481) 조정의 부름에 : 원문의 정폐초현(旌幣招賢)은 임금이 폐백(幣帛)을 가지고 예를 갖춰 초야(草野)·산림(山
林)의 유일(遺逸)과 유현(儒賢)의 선비를 초빙하는 것을 말한다. 《맹자》〈만장 하(萬章下)〉에서 제왕이 된 자
가 대부(大夫) 이상의 사람을 부를 때에는 '정(旌)'을 사용했다는 고사에서 비롯하였다.

482) 관직을 맡아 : 원문의 부장(符章)은 부절(符節)과 인장(印章)을 줄인 말로 관리가 되어 벼슬살이함을 비유한
말이다.

483) 정 씨의 통덕문 : 통덕문은 후한(後漢) 때 정현(鄭玄)의 덕을 표창하기 위하여 세운 문이다. 공융(孔融)이
고밀현(高密縣) 사람들에게 "옛날 동해(東海)의 우공(于公)은 겨우 일절(一節)이 있었는데도 고을 사람들로
하여금 그의 문려(門閭)를 훌륭하게 꾸미도록 했는데, 정공과 같은 덕으로 그만한 대우가 없어서야 되겠는가."
라고 고하고, 그가 살던 거리와 문호를 넓혀 높은 수레도 통행할 수 있게 하고 통덕문이라 하였다. 《後漢書
卷35 鄭玄列傳》 산택재를 정현에 견주는 뜻으로 인용한 것이다.

484) 믿고 …… 공경하여 : 정성껏 공경함을 말한다. 《주역》〈관괘(觀卦)〉에 "손만 씻고 제수를 올리지 않았을
때처럼 하면 백성들이 정성을 다하여 우러러 존경하리라.[盥而不薦 有孚顯若]" 한 데서 온 말이다. 원문의 '爭'
은 '孚'의 오기이므로 바로잡아 번역하였다.

노나라 영광전처럼 홀로 우뚝하였네[485]　　　　　魯殿靈光獨巋然

고령에 세상을 떠나셨단 소식에 홀연 놀라니　　　大耋忽驚仙筭盡

유림들이 고문할 곳 없음에 애통해하네　　　　　儒林考問慟無緣

또, 조덕린[486]
又 趙德鄰

임하(林下)에서 독서한 훌륭한 선비의 자질　　　　　讀書林下蔚儒姿

참되고 순수한 성품 길러 스스로 속이지 않았네　　養得眞淳不自欺

구고에서 학이 우니 소리가 들리고[487]　　　　　鶴唳九皐聲有聞

큰 재주로 작은 고을을 다스리니[488]정사에 흠 없었네　牛刀百里政無疵

마음이 평안하니 어찌 말하기 어려운 것 있었으리오　心平詎間難言處

쉬 피로한 때에도 오히려 부지런히 행실에 힘썼네　行勵猶勤易倦時

팔십오 년 한평생 편안하고 순탄한 이　　　　　八十五年安且順

도도한 지금 세상에 또 누가 있으랴　　　　　滔滔今世更有誰

---

485) 노나라 …… 우뚝하였네 : 원문의 '노전(魯殿)'은 서한(西漢) 경제(景帝)의 아들 노공왕(魯恭王)이 세운 영광전(靈光殿)을 가리킨다. 뒷날 많은 궁전들이 모두 없어지고 영광전만 홀로 남았기에, 후한(後漢)의 왕연수(王延壽)는 〈노영광전부서(魯靈光殿賦序)〉에서 "영광전만 우뚝 홀로 서 있었다.[靈光巋然獨存]"라고 읊었으니, 이후로는 홀로 남은 인물이나 건물 등을 지칭하는 말이 되었다.

486) 조덕린(趙德鄰, 1658~1737) : 자는 택인(宅仁) 호는 옥천(玉川), 본관은 한양(漢陽)으로 아버지는 군(頵)이다. 봉화(奉化)·영덕(盈德)·영양(英陽)에 거주하였다. 1677년 사마시에 합격하고, 1691년 증광시(增廣試) 병과로 문과에 급제하여 설서(說書)·교리(校理)·사간(司諫) 등을 역임하였다. 저서로는《옥천집(玉川集)》이 전한다.

487) 구고(九皐)에 …… 들리고 :《시경》소아 학명(鶴鳴)에 "학이 구고에서 우니, 그 소리가 하늘에 들리도다.[鶴鳴九皐 聲聞于天]" 하였는데, 이는 선비가 시골에서 학문을 쌓고 수행하여 명성이 임금에게 알려지는 것을 비유한 말이다.

488) 큰 재주 …… 다스리니 : 원문의 우도(牛刀)는《논어(論語)》〈양화(陽貨)〉에 공자의 제자 자유(子游)가 무성(武城)의 수령으로 있을 때, 조그마한 고을에서 예악(禮樂)의 정사를 펼치는 것을 보고는, 공자가 웃으면서 "닭을 잡는 데에 어찌 소 잡는 칼을 쓰랴.[割雞焉用牛刀]"라고 말했던 고사에서 유래하였다.

또, 권이진[489]
又 權以鎭

항상 문산의 모임을 생각하였는데	常憶文山會
다행히 시냇가 마을을 찾았네	幸尋溪上村
덕스러운 모습을 보니 대질임을 알고	德容看大耋
풍채를 보니 높은 가문임을 알겠네	風采識高門
은혜로운 정치는 남쪽 백성들 기쁘게 하였고	惠政南翁悅
어진 마음 지니니 자손들 번성하였네	仁心子姓繁
고인을 볼 수 없으니	古人不可見
낙엽만 황량한 언덕에 가득하네	落葉滿荒原

또, 이만
又 李槾

충과 신은 몸가짐의 법도였고	忠信持身法
온화함과 겸손함은 행실을 삼가는 방도였네	冲謙制行方
배움이 넉넉함에 힘입어 나아가 벼슬하였고	學優聊去仕
시 짓기를 마치고 또 벼슬자리를 내던졌네	賦罷便投章
오랫동안 우러렀던 마음은 운천(雲天)을 덮었는데	久仰雲天庇
선생께서 돌아가시니 어떻게 견딜 수 있으리오	何堪耇造亡
큰 산이 무너질 줄 어찌 알았으리오	安知大嶺下
슬픔의 눈물이 비오듯 흐르네	悲涕擧因滂

---

489) 권이진(權以鎭, 1668~1734) : 자는 자정(子定), 호는 유회당(有懷堂)·수만헌(收漫軒), 본관은 안동(安東)
   으로 아버지는 유(惟)이다. 1693년 사마시에 합격하고 이듬해 별시문과에 병과로 급제, 율봉역(栗峰驛)·김천
   역(金泉驛)의 찰방을 거쳐 승문원 부정자가 되었다. 1695년 함평 현령(咸平縣令)·전라도 도사, 정언·홍문관
   수찬 등을 역임하였다. 저서로 《유회당집(有懷堂集)》이 있다. 시호는 공민(恭敏)이다.

또, 김창석[490]

又 金昌錫

세상에 도모함이 없으니 외물이 침범치 않고	於世無營物不侵
마음엔 옛 학문 간직하여 날로 침잠하였네	心存古學日沉潛
벼슬을 버리고 떠나니 풍진세상과 멀어졌고	去遺紱冕風塵遠
강호에 돌아가 누우니 세월이 오래일세	歸臥江湖歲月深
선생의 죽음[491]에 소자들은 비통하고	簀易曾床悲小子
형악의 봉우리가 무너지니 유림을 진동시키네	峯摧衡嶽震儒林
지금엔 산택재 시냇가 달빛만이	祇今山澤溪邊月
언제나 선생의 쇄락한 흉금을 비추네	留照先生灑落襟

또, 강찬[492]

又 姜酇

산중에서 덕을 기른 지 오십 년	養德山樊五十年
높은 명성은 하늘에까지 알려졌네	高名上澈斗南懸
조정의 소명[493] 누차 내려와 번연히 일어났으나	旌招累降幡然起

---

490) 김창석(金昌錫, 1652~1720) : 자는 천여(天與), 호는 월탄(月灘)·몽선도객(夢仙道客), 본관은 의성(義城)이다. 아버지는 이기(履基)로 안동에 거주하였다. 1687년 진사에 합격하고 1690년 문과에 급제하여 승정원 정자(承政院正字)·사간원 정언(司諫院正言) 등을 역임하였다. 시·서·화 삼절(三絶)로 일컬어졌으며 의성 김 씨(義城金氏) 삼학사(三學士) 중의 한 사람이다. 저서로《長皐世稿(장고세고)》가 전한다.

491) 선생의 죽음 : 원문의 '簀易曾床'은 증자(曾子)가 운명할 때 일찍이 계손(季孫)에게서 받은 화려한 대자리에 누워 있다가, 자신은 대부(大夫)가 아니기 때문에 이를 깔 수 없다 하고는 다른 자리로 바꾸게 한 다음 운명했던 고사에서 유래한다. '역책(易簀)'이라는 말로 학덕이 높은 사람의 죽음을 의미하는 말로 자주 쓰인다.

492) 강찬(姜酇, 1647~1729) : 자는 자진(子鎭), 호는 성건재(省愆齋), 본관은 진주(晉州)이다. 아버지는 각(恪)으로 봉화·안동에 거주하였다. 홍욱(洪勗)의 외손이며 정양(鄭瀁)·윤증(尹拯)·이현일(李玄逸)의 문인이다. 과업을 버리고 학문에 잠심하여《소학(小學)》을 평생 존신(尊信)했으며, 예학에 조예가 깊고 효우가 극진하였다. 수직(壽職)으로 부호군(副護軍)·첨지중추부사(僉知中樞府事)를 제수받았다. 저서로는《예설(禮說)》《성건재집(省愆齋集)》이 전한다.

493) 조정의 소명 : 원문의 '旌招'는 임금이 폐백(幣帛)을 가지고 예를 갖춰 초야(草野)·산림(山林)의 유일(遺逸)과 유현(儒賢)의 선비를 초빙하는 것을 말한다. 《맹자》〈만장 하(萬章下)〉에서 제왕이 된 자가 대부(大夫) 이상의 사람을 부를 때에는 '정(旌)'을 사용했다는 고사에서 비롯하였다.

시대와 운명이 서로 어긋나 벼슬에서 되돌아왔네	時命相違卷以旋
가슴 속에 삼고[494]의 예를 강명하고	胸裏講明三古禮
무릎 앞에 현명한 여섯 아들이 모셨는데	膝前陪有六男賢
소미성[495]이 하룻밤 새 광채를 감추니	少微一夜韜光彩
공사 간에 슬픔이 간절하여 눈물이 절로 흐르네	痛切公私涕自漣

또, 민진원[496]
又 閔鎭遠

영남 사람들이 울면서 서로 말하기를	嶺人泣相語
대로(大老)가 지금 불행히도 돌아가셨다 하네	大老今不幸
후생은 본받을 분 없게 되었고	後生無矜式
우리 영남은 영수를 잃었네	吾南失袖領
아마도 그 재능 베풀 수 있었다면	倘能均厥施
이익 다투는 자들 진압할 수 있었을 것이네	可以鎭浮競
오호라 관직이 한 고을에만 그쳤으니	嗚乎止一州
공사 간에 모두 애통하네	慟惜公私倂

---

494) 삼고 : 상고(上古)·중고(中古)·하고(下古)를 말한다. 《예기(禮記)》 예운(禮運)의 소(疏)에는 "복희(伏羲)가 상고, 신농(神農)이 중고, 오제(五帝)가 하고이다." 했고, 《한서(漢書)》 예문지 세력삼고(世歷三古) 주에는 《주역(周易)》 계사(繫辭)에 '주역이 중고에 흥했다.'는 것으로 보아, 복희가 상고, 문왕(文王)이 중고, 공자(孔子)가 하고이다."라고 했다.

495) 소미성 : 처사성(處士星)으로 즉 벼슬에 나아가지 않고 은거한 덕망이 높은 선비를 뜻하는데, 이 별이 빛나면 처사가 세상에 나오고 빛을 잃으면 처사가 죽는다고 한다. 산택재가 세상을 떠난 것을 비유한 말이다.

496) 민진원(閔鎭遠, 1664~1736) : 자는 성유(聖猷), 호는 단암(丹巖)·세심(洗心), 본관은 여흥(驪興)이다. 숙종비 인현왕후(仁顯王后)의 오빠이며 송시열의 문인이다. 저서로는 《단암주의(丹巖奏議)》·《연행록(燕行錄)》·《단암만록(丹巖漫錄)》·《민문충공주의(閔文忠公奏議)》 등이 전한다. 영조의 묘정에 배향되었다. 시호는 문충(文忠)이다.

又, 이징도[497]

又 李徵道

놀랍게도 학가산 제일봉이 꺾였으니	鶴駕驚摧第一峯
영남은 지금 또 유림의 종주를 잃었네	山南今又失儒宗
평생 결백함을 일삼아 대궐과 멀어지니	平生事白天閽隔
태곳적 현묘한 풍도로 세상 보기를 게을리했네	太古風玄世眼慵
복을 구함이 간사하지 않아[498] 자득함이 많았고	求福不回多自得
나의 타고난 본성[499] 남보다 나아 봉해졌네	在吾良貴勝人封
천추에 자지(紫芝)[500]의 한은 볼 수 없었으나	千秋未見紫芝恨
도리어 당시 노련한 필치를 부끄럽게 여겼네	還愧當時老筆鋒

又, 이협[501]

又 李浹

　　옛날 우리 선자(先子)께서 장악원 제거(掌樂院提擧)를 지내실 때 공이 장악원의 주부로서 처음 문후(問候)하시자, 선자께서는 예모(禮貌)를 갖추고 일어나 맞이하며 "이분은

497) 이징도(李徵道, 1652~?) : 자는 이시(以時), 호는 무릉(武陵)·광장옹(廣丈翁), 본관은 우계(羽溪)이다. 아버지는 성유(聖兪), 생부는 성명(聖命)으로 봉화에 거주하였다. 흥문(興門)의 증손이다. 1710년 증광시(增廣試) 문과에 급제하여 찰방(察訪)·전적(典籍)·직강(直講)을 역임하였다. 1728년 이인좌(李麟佐)의 난 때, 영남지역에서 거병하여 창의했으며 당시 순흥 지방의 의병대장으로 추대되어 활약하였다.

498) 복을 …… 않아 : 《시경》〈한록(旱麓)〉에 "화락한 군자여, 복을 구함이 간사하지 않도다.[豈弟君子, 求福不回.]"라고 한데서 유래하였다.

499) 타고난 본성 : 원문은 양귀(良貴)로 사람이 본래부터 타고난 인의예지의 선한 본성을 말한다. 맹자가 말하기를, "남이 귀하게 해 준 것은 양귀가 아니니, 조맹이 귀하게 해 준 것은 조맹이 천하게 할 수 있다.[人之所貴者 非良貴也 趙孟之所貴 趙孟能賤之]"라고 하였다. 《孟子 告子上》

500) 자지(紫芝) : 진(秦)나라 말기에 난리를 피하여 상산(商山)에 은거한 네 노인 즉 동원(東園)공·기리계(綺里季)·하황(夏黃)공·녹리 선생(甪里先生) 등 사호(四皓)가 자지(紫芝) 즉 자줏빛 영지버섯을 캐 먹으면서 〈자지가(紫芝歌)〉를 지어 부른 고사에서 유래하여 보통 산속에 숨어 사는 것을 비유하는 말로 쓰인다.

501) 이협(李浹, 1663~1737) : 자는 열경(悅卿), 호는 동애(東厓), 본관은 연안(延安)으로 아버지는 이조 판서 이관징(李觀徵)이다. 허목(許穆)·홍우원(洪宇遠)에게서 수학하였다. 1689년(숙종 15) 생원·진사시에 모두 합격하였고, 특히 생원시에서는 장원으로 급제하였다. 같은 해 유생으로 대사헌 이현일(李玄逸)의 유임을 청하는 소를 올렸다. 벼슬은 사옹원 봉사(司饔院奉事)에 그쳤다.

영남의 어진 장로이다.”라고 말씀하셨다. 나 또한 말석에 앉아 있으면서 눈과 귀로 익숙히 하고 마음속으로 기억하였다. 뒤에 나는 어버이를 여의고 강남(江南)에서 생계를 도모하며 살 때에 공과 같은 마을에 살았다. 공은 같은 또래처럼 나를 만나도 나이가 많음을 내세우지 않았고[502] 나 또한 전에 들은 이야기가 있어 더욱 경의를 표하였다. 공은 향년 85세의 나이로 아들 넷을 두고 돌아가셨다.[503] 끝내 몸 밖의 명예에 급급하지[504] 않았으니, 참으로 “편안하게 살다가 편안하게 돌아가셔서 군자의 죽음과 삶의 바른 도리를 얻었다.”라고 말할 만하다. 아, 훌륭하다. 그러나 세속은 부귀와 영달을 중시하고 장수와 안정(安正)은 도리어 경시하니 공의 지조와 행실이 후세에 다 알려지지 못할까 두렵다. 나는 참람됨을 헤아리지 못하고 40언을 지어 공의 행적을 기록하고 공의 혼령에 조의를 표하니, 부디 유명 간에 미더움이 있기를 바란다.

昔我先子爲樂院提擧也 公以樂簿始刺謁 先子起迎禮貌之日 此嶺南賢長老也 不佞亦當隅坐 耳濡目染而心識之 後不佞孤露 就食江南因居焉 爲公同鄕生 公以行輩 遇不佞不挾長 不佞亦以舊聞益致敬 公享八十五甲子 丈夫子四人啓手足 終無營營於身外之名 眞所謂安而寄安而歸 得君子死生之正也 嗚乎賢哉 然世俗重富貴榮達 壽耇安正反輕之 竊恐公之操履 有不盡揚於來世者 不佞僭不量 述四十言 記公之行 吊公之魂 庶幾有孚於幽明間者耶

서로 만난 시기가 늦었다 말하지 마라	莫道相知晩
나는 공에 대해 가장 잘 알았네	知公我最深
굳센 자질은 백 번 단련한 쇠와 같았고	精剛金百鍊
천 길 벽과 같은 공적 세웠네	樹立壁千尋
옛것을 배워 관직에 부임한 날에도	學古爲官日

---

502) 나이가 …… 않았고 : 원문은 불협장(不挾長)으로, 《맹자》〈만장 하(萬章下)〉에 “나이가 많음을 기대지 않고 높은 신분을 기대지 않고 형제를 기대지 않고 벗하는 것이니 벗이라는 것은 그 덕을 벗하는 것이지 기대는 것이 있어서는 안 된다.[不挾長 不挾貴 不挾兄弟而友 友也者 友其德也 不可以有挾也]”라고 한 맹자(孟子)의 말에서 인용한 것이다.

503) 돌아가셨다 : 원문은 ‘계수족(啓手足)’이다. ‘손발을 펴라’는 말로 죽었다는 뜻이다. 증자가 임종(臨終) 때 제자들에게 “나의 발을 펴고 나의 손을 펴라.[啓予足, 啓予手.]” 하고 세상을 떠난 데서 유래하였다. 《論語 泰伯》

504) 급급하지 : 원문은 영영(營營)으로, 마음이 조급하고 불안하여 안정되지 못함을 형용한 말이다. 《시경(詩經)》 소아(小雅)〈청승(靑蠅)〉에 참소하는 사람들을 파리로 비유하여 경계시키면서 “윙윙대는 파리 떼 가시나무에 앉아 있네[營營靑蠅, 止于棘.]”라고 한 데서 온 말이다.

경학을 공부하여 마음 씀을 다하였네　　　　　　窮經致用心
백 년의 장수를 기대한 뜻　　　　　　　　　　百年期待意
유림을 위해 애석해 하네　　　　　　　　　　慟惜爲儒林

또, 유경시[505]

又 柳敬時

선생을 뒤따라 모신 지 삼십 년　　　　　　　杖屨追陪三十春
어리던[506] 아이 이미 머리가 희었네　　　　　趨隅童已鬢毛新
평소 매양 간절히 높은 산처럼 우러르며[507]　生平每切高山仰
지척에 살면서 자주 가르침[508]을 받았지　　咫尺頻承丈席親
고을의 운수와 나라의 운수가 막히고　　　　鄕運還將邦運否
수성과 덕성[509]이 함께 빛을 잃었네　　　　壽星竝與德星淪
아아 소자는 이제 누구를 의지하리오　　　　嗟嗟小子今安倣
공과 사를 생각함에 슬픔이 배가 되네　　　　只爲公私倍愴神

---

505) 류경시(柳敬時, 1666~1737) : 자는 흠약(欽若), 호는 함벽당(涵碧堂), 본관은 전주(全州)로 아버지는 동휘(東輝)이다. 안동에 거주하였으며 이유장(李惟樟)·이현일(李玄逸)의 문인이다. 1694년 별시 병과로 문과에 급제하여 성균관 전적(成均典籍)·예조 좌랑(禮曹佐郞)·사헌부 장령(司憲府掌令)·황해 도사(黃海都事) 등을 역임하였다. 유고로는 《함벽당집(涵碧堂集)》이 전한다.

506) 어리던 : 원문의 '추우(趨隅)'는 구석을 따라 종종걸음으로 얼른 간다는 뜻으로, 어른을 찾아뵙는 것을 말한다. 《예기》〈곡례 상(曲禮上)〉의 "어른이 계신 방 안으로 들어갈 때에는 옷자락을 공손히 치켜들고 실내 구석을 따라 종종걸음으로 얼른 가서 자리에 앉은 다음에 응대를 반드시 조심성 있게 해야 한다.[摳衣趨隅 必愼唯諾]"라는 말에서 나온 것이다.

507) 높은 산처럼 우러르며 : 《시경》〈소아(小雅) 거할(車舝)〉에 "높은 산을 우러르고 큰길을 따라가네.[高山仰止 景行行止]"라고 한 말을 인용하였다.

508) 가르침 : 원문은 장석(丈席)으로 한 길(丈)을 용납할 수 있는 공간이라는 뜻으로 스승과 강론하는 자리를 의미한다. 《예기》〈곡례 상(曲禮上)〉에, "만일 음식 대접이나 하려고 청한 손이 아니거든, 자리를 펼 때에 자리와 자리의 사이를 한 길 정도가 되게 한다.[若非飮食之客 則布席 席間函丈]"라고 한데서 유래하였다.

509) 수성과 덕성 : 수성은 노인성(老人星)으로도 불리는데, 예로부터 장수를 상징하는 것이고, 덕성은 경성(景星)의 별칭으로, 현인이 출현하면 나타난다는 별이다.

또, 김간[510]
又 金偘

어려서 추정[511]하여 활보하였으나	少日趨庭濶步開
마음에는 속세의 티끌 허락지 않았네	纖塵不許到靈臺
엄중함은 타고난 자질에서 얻었고	嚴凝本自天姿得
삼가고 경계함은 모두 학문에서 온 것이라	謹敕都從學問來
작은 고을을 다스려 어진 은택이 남았고	十室親民仁澤在
팔순으로 세상을 떠나니 혼령[512]이 돌아가셨네	八旬觀化爽靈迴
태어나신 해가 선친과 같으셨기에	懸弧歲月同先子
백발로 만사를 짓노라니 눈물이 뺨에 가득하네	白首題詞淚滿腮

또, 김도응[513]
又 金道應

도의로 일시의 추중을 받았고	道義時推重
나아가고 물러남에 여유가 작작하였네	行藏綽有餘
안연의 단표누항 즐기며[514]	一瓢顏氏樂

---

510) 김간(金偘, 1653~1735) : 자는 사행(士行), 호는 죽봉(竹峯), 본관은 풍산(豊山)이다. 아버지는 필신(弼臣)으로 안동에 거주하였다. 이유장(李惟樟)·이현일(李玄逸)의 문인이며, 권두경(權斗經)·이재(李栽)·조덕린(趙德隣)·이협(李浹)·안연석(安鍊石) 등과 교유하였다. 1693년 식년시(式年試) 2등으로 진사에 합격하였으며 1710년 증광시(增廣試) 병과로 문과에 급제하였다. 황산도 찰방(黃山道察訪)·예조 정랑(禮曹正郎) 등을 역임하였다. 유고로는 《죽봉집(竹峯集)》이 전한다.

511) 추정 : '과정(過庭)'과 같은 말로, 아들이 아버지에게 가르침을 받는 것을 말한다. 공자(孔子)가 집에 혼자서 있을 때, 아들 리가 종종걸음으로 뜰을 지나가자[鯉趨而過庭], 시(詩)와 예(禮)를 배우도록 가르쳤던 고사에서 유래하였다. 《論語 季氏》

512) 혼령 : 원문의 '상령(爽靈)'은 사람의 체내(體內)에 있는 세 가지 정혼(精魂)인 곧 태광(台光)·상령(爽靈)·유정(幽精)의 하나이다. 소식(蘇軾)의 〈부용성(芙蓉城)〉에 "천문이 밤에 열릴 때 상령이 날지만, 다시 대낮에 운병을 탈 길이 없구나.[天門夜開飛爽靈, 無復白日乘雲軿.]"라고 하였다.

513) 김도응(金道應, 1685~1728) : 자는 행언(行彦)이며 본관은 안동(安東), 아버지는 이정(履正)으로 의성(義城) 사촌(沙村)에 거주하였다. 1711년 식년시(式年試) 병과로 문과에 급제하여 회인 현감(懷仁縣監)을 지냈다.

514) 안연의 …… 즐기며 : 원문의 일표안(一瓢顏)은 안회(顏回)의 한 그릇 표주박이란 뜻으로, 안자는 한 그릇 도시락밥과 한 그릇 표주박 물[一簞食一瓢飲]을 가지고서도 청빈(淸貧)함을 즐겼던 데서 생겨난 말이다.

업후의 만권 서책[515]으로 날을 보냈네	萬軸鄴侯書
호서 고을에 은덕을 남기고[516]	遺愛湖西縣
낙동강 북쪽 집에서 한가히 지내셨네	閒情洛北廬
어느새 세상을 떠나시니	居然乘化盡
세상 일이 다 헛된 일이네	世事摠成虛

또, 김여용[517]

又　金汝鎔

아름다운 자질 금을 단련한 듯하였고	美質同金鍊
얼음같이 맑은 마음 옥항아리[518] 비추었네	氷心照玉壺
책 속에서 실추된 서업을 찾고[519]	卷中尋墜緒
숲속에서 참된 이치[520]를 길렀네	林下養眞腴
시내가 흘러가듯 선생은 따르셨지만	川逝先生順
산이 무너졌으니 후학은 외로워졌네	山頹後學孤
책 향기는 아직도 남아 있고	書香猶未歇

---

515) 업후(鄴侯)의 …… 서책 : 업후는 당(唐)나라 때 업현후(鄴縣侯)에 봉해진 이필(李泌)을 가리킨다. 한유(韓愈)의 〈송제갈각왕수주독서(送諸葛覺往隨州讀書)〉 시에 "업후의 집에는 서책이 많아서, 서가에 삼만 두루마리가 꽂혀 있고, 하나하나 상아 찌를 달아 놓았는데, 손도 안 댄 것처럼 깨끗하다네.[鄴侯家多書 架揷三萬軸 一一懸牙籤 新若手未觸]"라고 한 데서 온 말로, 전하여 많은 장서(藏書)를 뜻한다.

516) 호서 …… 남기고 : 산택재 선생이 회덕 현감을 지낸 것을 이르는 말이다.

517) 김여용(金汝鎔, 1662~1735) : 자는 천성(天成), 호는 망도(望道), 본관은 의성(義城)이다. 아버지는 성구(聲久)로 봉화, 안동에 거주하였다. 여건(汝鍵)의 동생이다. 1696년 식년시(式年試) 3등으로 생원에 합격하였고 권두인(權斗寅)·이완(李琓)·이동완(李棟完)·권두경(權斗經) 등과 교유하였다. 특히 이광정(李光庭)이 그를 소선(笑仙)에 비유할 정도로 풍류에 뛰어났다.

518) 얼음 같이 …… 옥항아리 : 당(唐)나라 시인 왕창령(王昌齡)의 〈부용루송신점(芙蓉樓送辛漸)〉 시에 "낙양의 친구가 만약 묻거든, 한 조각 얼음같이 맑은 마음 옥항아리에 있다 하게.[洛陽親友如相問 一片氷心在玉壺]"라는 구절에서 나온 말이다.

519) 실추된 …… 찾고 : 한유의 진학해(進學解)에, "아득히 쇠퇴해진 성인의 서업을 찾아서 홀로 널리 구하여 멀리 이었다.[尋墜緒之茫茫 獨旁搜而遠紹]"고 한 데서 온 말이다.

520) 참된 이치 : 원문의 '진유(眞腴)'는 기름지고 맛있는 음식으로, 사물의 정화(精華)를 가리킨다. 주희(朱熹)의 시 〈일용자경시평보(日用自警示平父)〉에 "평상시에 부지런히 반성하지 않는다면, 어디에서 진유를 맛볼 수 있겠는가.[不向用時勤猛省, 却於何處味眞腴?]"라고 하여, 평상시 자신에 대한 맹성을 통해서 진리를 터득할 수 있다고 하였다

뜨락에는 준재[521]들이 모였네	庭畔總駒騠
태산북두의 높은 명망 중하였으니	北斗高名重
영남에서 으뜸가는 사람이었네	南州第一人
백성을 다스림엔 다리 있는 봄[522]과 같았고	臨民春有脚
자신을 단속함은 잡티 없는 백옥과 같았네	持己玉無塵
삼천 가지 예의 오묘한 뜻 뽑아내고[523]	抽妙三千禮
팔순의 나이로 돌아가시니	歸眞八十旬
빗자루를 잡을 수 없음[524]에 홀연히 놀라니	忽驚違執篲
외로운 이 몸은 배로 더 괴롭기만 하네	孤露倍酸辛

또, 권덕수[525]
又 權德秀

가학의 연원은 멀리서부터 유래가 있어	家學淵源遠有來
비로소 자리 잡고 또 깊이 배양하였네	始基之矣又深培
의당 국가의 큰 정사 조정해야 했지만	宜調百斛函牛鼎
삼 년 동안 잠시 고을을 다스렸네	暫試三年製錦才
내면을 수양하는 참된 공부 겸하여 덕을 길렀고	近裏眞工兼養德
마침내 공력으로 아들을 잃은 슬픔을 이겼네	到頭定力理勝哀

---

521) 준재(俊才)들이 : 원문의 도도(駒騠)는 준마(駿馬)의 이칭으로《수서》〈백관지(百官志)〉에 보면, 천자의 말을 담당하는 상승국(尙乘局)에 6한(閑)의 명마가 있는데 첫 번째가 비황(飛黃), 두 번째가 길량(吉良), 세 번째가 용매(龍媒), 네 번째가 도도(駒騠), 다섯 번째가 결제(駃騠), 여섯 번째가 천원(天苑)이다. 뒤에 준재(俊才)를 비유하는 말로 쓰이게 되었다.

522) 다리 있는 봄 : 원문의 춘유각(春有脚)은 어진 정치를 하는 지방 수령을 가리킨다. 당나라 송경(宋璟)이 태수가 되어 백성을 사랑하니, 당시 사람들이 모두 다리 달린 봄날이라고 일컬었다. 《開元天寶遺事 卷下 有脚陽春》

523) 삼천 가지 …… 뽑아내고 : 산택재 선생이《가례전주통해(家禮傳註通解)》를 편찬한 것을 두고 한 말이다.

524) 빗자루를 잡을 수 없음 : 원문의 '집수(執篲)'는 '옹수(擁篲)'와 같은 뜻으로, 존귀(尊貴)한 사람을 맞이할 때 비를 가지고 앞길을 쓸며 인도하여 경의(敬意)를 표하고 예절(禮節)을 다한다는 말이다. 《사기(史記)》맹자순경전(孟子荀卿傳)에, 추자(騶子)가 연(燕)나라를 갔는데 소왕(昭王)이 빗자루를 가지고 선두에 서서 길을 쓸고 인도하여 맞이하고 그 제자들과 한자리에 앉아서 수업(受業)을 하였다는 고사에서 유래하였다.

525) 권덕수(權德秀) : 각주 7) 참조.

이제부터는 예악에 선진이 없으니　　　　　　　　從今禮樂無先進
세상을 위무하여 밤중에 몇 번이나 애통해 하였나　　撫世中宵慟幾回

또, 권구[526)]
又　權榘

우리 고장의 장로인 공은　　　　　　　　　　　耆德吾鄉有我公
영남에서 우뚝이 종사로 여겨졌네　　　　　　　蔚然南國見儒宗
중년에는 회덕에서 백성들 소생시키고　　　　　中年嶺邑蘇殘惠
만년에는 초야에서 고요하게 공부했네　　　　　暮境邱園養靜工
묘당의 자질[527)]로 궁벽한 거리에서 늙고　　　姿是廟堂窮巷老
진사[528)]해도 아닌데 철인이 돌아가셨네　　　歲非辰巳哲人凶
금곡의 은거하던 곳 어찌 차마 보리오　　　　　忍看金谷幽居地
교목[529)]은 쓸쓸히 저녁바람 띠었구나　　　　喬木蕭蕭帶晚風

---

526) 권구(權榘, 1672~1749) : 자는 방숙(方叔), 호는 병곡(屛谷), 본관은 안동이다. 아버지는 징(憕)으로 안동에 거주하였다. 유원지(柳元之)의 외손이며 이현일(李玄逸)의 문인이다. 일찍이 출사를 단념하고 학문 연구와 후진 양성에 힘썼다. 이조판서(吏曹判書)에 증직되었고, 저서로는 《병곡집(屛谷集)》·《병곡속집(屛谷續集)》 등이 전한다.

527) 묘당의 자질 : 정승의 자질을 말한다. 묘당은 조선조의 최고 행정기관으로, 백관(百官)을 통솔하고 정사를 총괄하는 역할을 하였던 의정부(議政府)의 다른 이름이다.

528) 진사(辰巳) : 후한(後漢) 때의 경학자(經學者)인 정현(鄭玄)이 어느 날 꿈에 공자(孔子)가 "일어나라, 일어 나라, 금년의 태세는 진에 있고, 내년의 태세는 사에 있다.[起 起 今年歲在辰 來年歲在巳]"라고 일러 준 꿈을 꾸고 나서, 참서(讖書)로 맞추어 보고 자기의 수명이 다했음을 알았는데, 이윽고 병이 깊어져서 죽었다는 고사에서 온 말로, 전하여 운수가 진사(辰巳)에 들었다는 것은 곧 현인(賢人)의 죽음을 의미한다.

529) 교목(喬木) : 가지가 무성하고 곧게 자란 높은 나무로, 여러 대에 걸쳐 중요한 자리에 있으면서 국가와 운명을 함께하는 집안이나 훈구(勳舊)의 신하를 이른다. 맹자(孟子)가 제(齊)나라 선왕(宣王)을 만나 "이른바 고국 (故國)이란 교목이 있는 것을 이른 말이 아니라, 세신(世臣)이 있는 것을 이른 말입니다.[所謂故國者 非謂有 喬木之謂也 有世臣之謂也]"라고 한 말씀에서 유래하였다. 《孟子 梁惠王下》

또, 이수겸[530]

又 李守謙

산림의 중한 인망 지고 있었으니	山林負重望
영남 선비들은 이미 귀의할 곳 알았네	嶺士已知歸
비단을 마름질함에 일찍이 능숙하게 칼날을 놀리고[531]	製錦曾游刃
농촌에 머무르며 일찍이 굴레를 벗었네	投農早脫鞿
호성(弧星)[532]이 갑자기 빛을 잃으니	弧星忽晦彩
시냇가 달도 참담하여 빛을 잃었네	溪月慘無輝
소자의 평소 뜻을	小子平生意
만사로 짓노라니 눈물이 옷을 가득 적시네	題詞涕滿衣

또, 이산두[533]

又 李山斗

찾아 뵌 일 드물었지만 늘 우러러 보았네	拜謁雖稀景仰偏
공의 유아(儒雅)함은 하늘로부터 타고난 것이네	爲公儒雅自天然
처음 서쪽 고을 다스리니 치성(治聲)이 자자했고	初分西符治聲藉
만년에 동강(東岡)을 지키니[534] 덕망이 쏠렸네	晩守東岡德望全

---

530) 이수겸(李守謙, 1674~1739) : 자는 익경(益卿), 아버지는 고(杲), 본관은 진성(眞城)으로 안동에 거주하였다. 1728년 이인좌(李麟佐)의 난에 창의하여 의병장이 되었으나 평정되어 곧 파하였다. 음보(蔭補)로 참봉(參奉)·정산 현감(定山縣監)·흡곡 현감(翕谷縣監)을 역임하였다.

531) 능숙하게 …… 놀리고 : 원문은 유인(游刃)으로 일 처리를 자유자재로 능숙하게 처리하는 것을 말한다. 포정(庖丁)이 문혜군(文惠君)을 위해 소를 잡는데, 소 잡는 솜씨가 매우 뛰어나 문혜군을 감탄하게 하였다. 포정이 소 잡는 도(道)를 말하면서 "두께가 없는 칼을 두께가 있는 틈새에 넣으니, 널찍하여 칼날을 움직이는 데에 있어 반드시 여유가 있습니다.[以無厚入有間 恢恢乎其於遊刃必有餘地矣]"라고 하였다.

532) 호성(弧星) : 천궁성(天弓星)과 남극성(南極星)으로 장수(長壽)를 상징하는 별이다.

533) 이산두(李山斗, 1680~1772) : 자는 자앙(子昂), 호는 나졸재(懶拙齋), 본관은 전의(全義)이다. 아버지는 필(泌)로 안동에 거주하였다. 1714년 생원에 합격하고 1733년 문과에 급제하여 전적(典籍)·예조 좌랑(禮曹佐郎)·공조 참판(工曹參判) 등을 역임하였다. 저서로는 《나졸재집(懶拙齋集)》이 전한다. 시호는 청헌(淸憲)이다.

534) 동강(東岡)을 지키니 : 벼슬에 나가지 않고 물러나 지내는 것을 뜻한다. 《후한서(後漢書)》 권53 〈주섭열전(周燮列傳)〉에 "선세(先世)로부터 훈총(勳寵)이 줄을 이었는데 그대만 어찌 동강의 비탈을 지키는가.[自先世以來 勳寵相承 君獨何爲守東岡之陂乎]"라는 말에서 유래하였다.

고요한 가운데 공부에 힘써 마음에 주장이 있었고[535]   靜裏加工心有主
한가한 중에 거업(居業)[536]하여 예서를 만들었네   閒中居業禮成編
산이 무너진 이 날에 나는 누구를 의지하리오   山頹此日吾安倣
탄식하며 부질없이 진췌편(殄瘁篇)[537]을 읊조리네   歡息空吟殄瘁篇

또, 안연석[538]
又 安鍊石

고상한 풍채와 장수와 덕행은 옛사람과 같으니   雅風耆德古人同
우리 영남에 이분이 계심을 항상 기뻐했네   常喜吾南有此翁
충서의 밖에선 만사를 구하지 않아   萬事不求忠恕外
일생을 늘 곧고 바른[539] 가운데 있었네   一生長在直方中
지난날엔 조정의 부름[540]으로 지방관[541]이 되었고   向來徵辟雙鳬屈
늙을수록 청빈하여 오귀[542]를 거느렸네   老去清貧五鬼窮

---

535) 마음에 주장이 있었고 : 《맹자(孟子)》〈공손추 상(公孫丑上)〉 정자가 말씀하시길 "마음에 주장이 있으면
　　 능히 동요되지 않을 수 있는 것이다.[程子曰 心有主면 則能不動矣]"라고 하였다.

536) 거업(居業) : 학업(學業)을 보유하는 것이다. 공자가 말하기를, "군자는 덕을 진전시키고 학업을 닦나니, 충신이
　　 덕을 진전시키는 것이고, 말을 함에 그 성실함을 세움이 학업을 보유하는 것이다.[君子進德修業 忠信 所以進德
　　 也 修辭立其誠 所以居業也]"라고 하였다.

537) 진췌편(殄瘁篇) : "현인이 죽으니, 나라가 병들었네.[人之云亡 邦國殄瘁]"라고 노래한 《시경》의 〈첨앙(瞻
　　 卬)〉을 가리키는 것으로, 현인의 죽음을 슬퍼한 시이다.

538) 안연석(安鍊石, 1662~1730) : 자는 보천(補天), 호는 북계(北溪)・보만재(保晚齋), 본관은 순흥(順興)이다.
　　 아버지는 중현(重鉉)으로 안동에 거주하였다. 이현일(李玄逸)의 문인으로 조덕린(趙德隣)・이재(李栽) 등과 교
　　 유하였다. 1683년에 생원진사에 합격하고 1705년 증광시(增廣試) 문과에 급제하여 전적(典籍)・형조 좌랑(刑曹
　　 佐郎)・양산 군수(梁山郡守) 등을 역임하였다.

539) 곧고 바른 : 원문의 직방(直方)은 내면을 경(敬)으로 곧게 하고 외면을 의(義)로써 바르게 한다는 말이다.
　　 《주역》〈곤괘(坤卦) 문언(文言)〉에 "군자는 경으로써 내면을 곧게 하고 의로써 외면을 바르게 한다.[君子 敬以
　　 直內 義以方外]"라고 한 말에서 유래하였다.

540) 조정의 부름 : 원문은 징벽(徵辟)으로 임금이 초야에 있는 사람을 예를 갖추어 불러서 벼슬을 시키는 일을
　　 말한다.

541) 지방관 : 원문의 '쌍부(雙鳬)'는 지방관으로 부임하는 것을 말한다. 후한 명제(明帝) 때 선인(仙人) 왕교(王
　　 喬)가 일찍이 섭현 영(葉縣令)으로 있으면서 매월 초하루와 보름이 되면 수레도 없이 머나먼 길을 와서 조회에
　　 참예하였다. 이를 괴이하게 여겨 그 내막을 알아보니, 그가 올 때마다 오리 두 마리가 동남쪽에서 날아오기에
　　 그물을 쳐서 잡아놓고 보니 바로 왕교의 신발이었다는 고사가 전한다.

훗날 산택재를 어찌 차마 지나리오   他日忍過山澤畔

뜰의 매화는 주인 없고 작은 집은 텅 비었으니   庭梅無主小堂空

또, 이영[543)

又 李楙

학문에는 연원이 있고 행실도 법도가 있어   學有淵源行有度

영남의 숙유(宿儒)로 인망을 넉넉히 받았네   宿儒南嶺繫望優

학 울음소리[544)에 이미 중부(中孚)[545)가 응했으나   鶴鳴已見中孚應

봉황이 가시나무에 깃들어[546) 칼을 크게 놀릴 수 없었네   鳳棘還非大刃遊

몇 번의 인자한 말씀 오랜 세의를 미루어 나아가고   幾荷仁言推舊誼

행실은 구덕(耉德)에 의지하여 남은 일을 봉행하였네   行依耉德奉餘猷

오늘 돌아가시어[547) 종적을 거두시니   騎箕此日收蹤跡

아득한 삼한의 땅에서 상쾌한 기운 사라졌네   韓土茫茫爽氣休

---

542) 오귀(五鬼) : 한유(韓愈)가 지은 〈송궁문(送窮文)〉에 자기를 궁하게 만드는 귀신이 다섯이 있다 하였는데, 지궁(智窮), 학궁(學窮), 문궁(文窮), 명궁(命窮), 교궁(交窮) 등이 이것이다.

543) 이영(李楙, 1670~1735) : 자는 사직(士直), 호는 후계(后溪), 본관은 재령(載寧)이다. 아버지는 융일(隆逸) 로 안동에 거주하였다. 숙부 현일(玄逸)이 세상을 떠나자 가학이 실추될까 염려되어 형 만(欒)과 함께 학문에 더욱 힘쓰는 한편 자제 교육을 부지런히 행하였다. 통덕랑(通德郎)을 제수 받았고 저서로는 《후계집(后溪集)》 이 전한다.

544) 학의 울음소리 : 《시경(詩經)》〈학명(鶴鳴)〉에 "학이 구고에서 울면 소리가 하늘에까지 들린다.[鶴鳴于九皐 聲聞于天]"라고 한 데서 유래하였다. 재덕(才德)이 깊고 두터운 군자는 비록 비천한 환경에 처해 있더라도 그 빛이 절로 드러나 명성이 임금에게까지 들린다는 것을 비유하는 말이다.

545) 중부(中孚) : 《주역》〈중부괘(中孚卦) 구이(九二)〉에 "우는 학이 음지에 있거늘, 그 새끼가 화답하도다. 나 에게 좋은 벼슬이 있어, 내 그대와 함께 가지고자 한다.[鳴鶴在陰, 其子和之, 我有好爵, 吾與爾靡之.]"라고 한데서 온 말로, 군신 간에 지성(至誠)이 서로 감통(感通)하는 것을 의미한다.

546) 봉황이 …… 깃들어 : 현사(賢士)가 낮은 지위에 있었음을 뜻한다. 후한(後漢)의 왕환(王渙)이 구람(仇覽)이 덕으로 사람을 교화시킨다는 말을 듣고 그를 주부(主簿)로 삼고 접견한 뒤에 그를 보내면서 말하기를 "가시나 무는 난봉이 깃들 곳이 아니거니, 백리 고을이 어찌 대현의 길이겠는가.[枳棘非鸞鳳所棲 百里豈大賢之路]"라 고 했다는 고사가 있다.

547) 돌아가시어 : 원문의 '기기(騎箕)'는 기성(箕星)을 탔다는 말로, 세상을 떠난 것을 뜻한다. 《장자》〈대종사 (大宗師)〉에 "부열(傅說)이 도를 얻어 …… 죽은 뒤에 천상의 별이 되어 동유성(東維星)과 기미성(箕尾星)을 걸 치고서 뭇별과 나란히 있다.[傅說得之, …… 乘東維騎箕尾, 而比於列星.]"라고 하였다.

또, 권두기⁵⁴⁸⁾
又 權斗紀

시례(詩禮)는 가정에서 배웠으며 연원이 있었으니	詩禮趨庭學有源
경당(敬堂) 선생 문하에서 학문을 계승하였네⁵⁴⁹⁾	斯文衣鉢敬堂門
구원(丘園)에 속백(束帛)이 내려⁵⁵⁰⁾ 조정에서 부르니	丘園束帛徵招切
현령되어 고을을 돈독하게 교화하여 다스렸네	縣邑分符化理敦
구십의 나이⁵⁵¹⁾에도 부지런히 육행(六行)⁵⁵²⁾을 행하니	九袠尙勤修六行
한 고을이 모두 삼달존(三達尊)⁵⁵³⁾으로 공경하였네	一鄕咸敬達三尊
매미가 허물 벗듯 세상을 버리심에 홀연히 놀라	忽驚捐世同蟬蛻
후배들 서로 만나니 모두 눈물 자국이었네	晚輩相逢摠涕痕

또, 이심
又 李杺

옛날에 선인(先人)께서 공과 잘 아셨기에	先人昔日最知公
그 인연에 소자는 군자의 덕 추중했네⁵⁵⁴⁾	小子夤緣挹下風

---

548) 권두기(權斗紀, 1659~1722) : 자는 숙장(叔章), 호는 청사(晴沙), 본관은 안동이다. 봉화(奉化) 유곡(酉谷)·안동(安東)에 거주하였다. 1687년 사마시(司馬試)에 합격하고, 1696년 식년시(式年試) 문과에 급제하였다. 예조 좌랑(禮曹佐郞)·사헌부 지평(司憲府持平)·사간원 정언(司諫院正言) 등을 역임하였다. 저서로는《청사집(晴沙集)》이 전한다.

549) 학문을 계승하였네 : 원문은 사문의발(斯文衣鉢)로, 사문은 유학(儒學)을 가리키며, 의발은 옷과 가사(袈裟)와 바리때로 선종(禪宗)에서 달마조사(達磨祖師)가 혜가(慧可)에게 정법(正法)을 전할 때에 그 증거로서 가사와 바리때를 준 데서 유래한 것이다. 전(轉)하여 도나 학문을 전수하여 계승함을 이르는 말로 쓰인다.

550) 구원(丘園)에 …… 내려 : 구원은 언덕과 동산으로 처사(處士)가 은둔한 곳이며, 속백은 묶어 놓은 비단으로 옛날에 현자를 초빙할 때 예물로 썼다. 《주역》〈비괘(賁卦) 육오효(六五爻)〉에 "향리의 뒷동산을 아름답게 꾸몄으나 한 묶음 비단 필이 조촐하기만 하니, 인색한 느낌이 들기는 하지만 끝내는 길하리라.[賁于丘園, 束帛戔戔, 吝終吉.]"라는 말에서 유래하였다.

551) 구십의 나이 : 원문의 구질(九袠)은 90줄에 든 나이를 의미하는데, 돌아가실 당시의 산택재 선생의 나이가 84세였으므로 이와 같이 표현한 것이다.

552) 육행(六行) : 여섯 가지의 선행(善行)으로, 곧 효(孝)·우(友)·목(睦)·인(婣)·임(任)·휼(恤)을 말한다.

553) 삼달존(三達尊) : 사람들이 보편적으로 존경하는 세 가지의 조건으로 벼슬, 나이, 덕행을 말한다. 《맹자(孟子)》〈공손추 하(公孫丑下)〉에 "천하에는 달존이 세 가지가 있으니, 벼슬이 하나, 나이가 하나, 덕이 하나이다.[天下有達尊三 爵一 齒一 德一]"라고 하였다.

가학의 연원은 원래 유래가 있었고	家學淵源元有自
기개와 도량 타고나서 번거롭게 공들이지 않았네	天成器度不煩工
구고(九皐)에서 우는 학[555] 소리 크게 울렸으나	九皐鳴鶴聲方大
백 리(百里)[556]를 예악으로 다스리다 길이 문득 다하니	百里彈琴路忽窮
덕 있는 어른이 지금 점점 사라짐을 보노라니	耆德祇今看漸盡
푸른 하늘을 향해 흐르는 눈물 참을 수 없네	可堪揮淚向蒼穹

또, 유후천
又 柳後千

봄바람 부는 자리[557]에서 치의(緇衣)[558]를 읊으니	春風座上詠緇衣
영남의 인사들이 함께 추앙하였네	嶺海人門士共推
도는 성경현전(聖經賢傳)[559]으로부터 얻고	道自聖經賢傳得
몸은 고야(孤爺)와 갈옹(葛翁)[560]을 따라 귀의했네	身隨孤爺葛翁歸
동산에 은거하여 창생의 기대에 부응하지 못하니[561]	東山未副蒼生望

---

554) 군자의 덕 추중했네 : 원문은 '읍하풍(揖下風)'으로, 《춘추좌씨전(春秋左氏傳)》 희공(僖公) 15년 조의 '감배하풍(甘拜下風)'을 말하는데, 기꺼이 바람이 불어 가는 쪽을 향하여 머리 조아려 절을 한다는 뜻으로, 남만 못함을 스스로 인정함을 비유하고 전하여 군자의 덕을 사모하는 말로 쓰인다.

555) 구고(九皐)에서 우는 학 : 《시경》〈명학(鳴鶴)〉의 "학이 구고에서 울면 소리가 하늘에까지 들린다.[鶴鳴于九皐 聲聞于天]"에서 인용한 것으로, 은거하는 군자의 덕이 먼 곳까지 알려짐을 의미이다.

556) 백 리(百里) : 고대에는 대략 백 리를 한 현(縣)의 구역으로 정하였기 때문에 백 리는 사방 백 리의 땅이라는 말로 하나의 작은 고을을 가리킨다.

557) 봄바람 부는 자리 : 원문은 춘풍좌상(春風座上)으로, 정호(程顥)의 제자 유정부(游定夫)가 선생이 있던 곳으로부터 와서 양구산(楊龜山)을 방문했을 때 양구산이 그 온 곳을 묻자, 유정부가 말하기를 "봄바람의 온화한 기운 가운데 석 달 동안 앉았다가 왔다."라고 대답하였다. 《宋元學案 卷14 明道學案》

558) 치의(緇衣) : 치의는 《시경(詩經)》 정풍(鄭風)의 편명(篇名)으로, 현사(賢士)를 예우하는 내용으로 되어 있다. 또 《예기(禮記)》 치의(緇衣)에 "현인을 좋아하기를 치의편처럼 하고, 악인을 미워하기를 항백편처럼 하면, 벼슬을 번거롭게 하지 않고도 백성들이 조심할 줄 알게 될 것이며, 형벌을 시험하지 않고도 백성들이 모두 복종할 것이다.[好賢如緇衣 惡惡如巷伯 則爵不瀆而民作愿 刑不試而民咸服]"는 공자의 말이 실려 있다.

559) 성경현전(聖經賢傳) : 성인(聖人)이 지은 글은 경(經)이라 하고, 현인(賢人)이 지은 글은 전(傳)이라 한다.

560) 고야(孤爺)와 갈옹(葛翁) : 각각 고산(孤山) 이유장(李惟樟)과 갈암(葛庵) 이현일(李玄逸)을 가리킨다.

561) 동산에 …… 못하니 : 《진서(晉書)》 79권 〈사안전(謝安傳)〉에 이르기를, "사안이 처음에 저작랑(著作郞)이 되었다가 병으로 인해 벼슬을 버리고 동산(東山)에 은거하였는데, 조정에서 누차 불렀으나 나아가지 않았다. 그러자 당시 사람들이 말하기를, '사안이 나오지 않으려고 하니 창생들은 어떻게 할 것인가[安石不肯出, 將如

서촉(西蜀) 지방에서 응당 석실⁵⁶²⁾의 사당을 보게 되리라	西蜀應看石室祠
다 죽어가는 병중에 숨만 붙어 있으니	垂死病中猶一息
평소 하려 했던 말이 다만 탄식이 되네	欲言平昔但噓唏

또, 유후양
又 柳後陽

연원과 독실한 학문은 가정으로부터 시작되어	淵源篤學自家庭
유림을 좌진(坐鎭)⁵⁶³⁾하여 전형(典刑)이 되었네	坐鎭儒林作典刑
수령이 되어서⁵⁶⁴⁾는 진실로 혜택을 다하였고	銅墨詎能究惠澤
수운(水雲)⁵⁶⁵⁾ 사이에 돌아와서 다시 정형(精形) 길렀네	水雲還復養精形
바야흐로 영광전(靈光殿)에 덕과 풍도를 보려 했는데	方看德範標靈殿
홀연히 하늘에 노성(老星)⁵⁶⁶⁾이 사라졌단 소식을 들었네	忽報天文秘老星
선친과 일생 동안 정의가 친밀했기에	先子一生情誼密
만사를 짓노라니 눈물이 줄줄 흐르네	不堪臨挽淚交零

또, 유분시⁵⁶⁷⁾
又 柳賁時

지금 시대 사유(師儒)⁵⁶⁸⁾는 곧 우리 공이니	今代師儒卽我公

蒼生何]'라고 하였다.

562) 석실(石室) : 단계(丹溪) 사람 황초평(黃初平)이 나이 열다섯에 양을 치다가 도사(道士)를 따라 금화산(金華山) 석실로 가서 수도(修道)하였는데, 그가 돌을 보고 소리를 지르면 모두 양이 되었다는 전설에서 유래한다.
563) 좌진(坐鎭) : 가만히 앉아서 덕과 위엄으로 사람들을 복종시킨다는 말이다.
564) 수령이 되어서 : 원문은 동묵(銅墨)으로 지방 수령이 차는 동인(銅印)과 묵수(墨綬)를 말한다.
565) 수운(水雲) : 물과 구름의 고향이라는 뜻의 수운향(水雲鄕)의 준말로, 은자(隱者)가 사는 청유(淸幽)한 지방을 가리킨다.
566) 노성(老星) : 남쪽 하늘에 나타나서 밝은 빛을 발하는 노인성(老人星)을 말한다. 달리 수성(壽星), 남극성(南極星)이라고도 하며 장수(長壽)를 상징하는 별이다.
567) 유분시(柳賁時, 1680~1761) : 본관은 전주(全州), 자는 회이(晦而), 호는 취헌(醉軒)이며 아버지는 양휘(揚輝)로 안동에 거주하였다. 1728년 이인좌(李麟佐)의 난에 창의하여 공을 세웠다. 시집이 전한다.

구가(舊家)의 시례(詩禮)와 성현의 풍범(風範)을 이었네 舊家詩禮繼賢風

타고난 자질 성실하여 부화한 것 깎아 버리고 浮華刳祛天資實

조용히 실천하여 지위와 명망이 드높았네 踐履雍容地望隆

가시나무[569]에 어찌 봉황이 살 수 있었으리오 枳棘寧宜鸞鳳處

골짜기 소나무[570]로 잃어버린 대들보 채울 만했네 澗松猶失棟樑充

놀랍게도 갑자기 돌아가시어[571] 그림자도 없는데 忽驚仙馭歸無影

오직 아들[572]만 남으니 애통함을 그칠 수 없네 獨有嵇孤痛不窮

또, 권주
又 權輈

높은 벼슬도 한 터럭처럼 우습게 여겼으니 笑把軒裳付一毛

벼슬살이가 어찌 효도[573]만큼 중하리오 靑雲那似白雲高

은미한 말 오묘한 마음은 항상 고요하여 微言妙契心常靜

---

568) 사유(師儒) : 성균관(成均館)의 장관인 대사성(大司成)을 일컫는 말이나, 여기서는 남에게 스승이 될 만한 유학자(儒學者)의 뜻으로 쓰였다.

569) 가시나무 …… 있으리오 : 후한(後漢)의 고성영(考城令) 왕환(王渙)이 구람(仇覽)을 주부(主簿)로 임명하려다가 그의 그릇이 워낙 큰 것을 보고서 "가시나무는 봉황이 깃들 곳이 못 된다. 100리의 지역이 어떻게 대현이 밟을 땅이리오.[枳棘非鸞鳳所棲 百里豈大賢之路]"라고 탄식하고는 한 달 치 월급을 구람의 태학(太學) 학자금으로 내준 고사가 전한다. 《後漢書 卷76 循吏列傳 仇覽》

570) 골짜기 소나무 : 원문은 '간송(澗松)'으로 재덕(才德)이 높은데 관위는 낮은 것을 비유한다. 당나라 시인 백거이(白居易)의 〈비재행(悲哉行)〉 "산 위에 자란 풀과 산골짝 아래의 소나무. 지세에 따라 높낮음이 나뉘네. 이는 옛날부터 어쩔 수 없었던 바, 그대 홀로 슬퍼할 일 아니라네.[山苗與澗松 地勢隨高卑 古來無奈何 非君獨傷悲]"에서 나온 말이다.

571) 돌아가시어 : 원문의 선어(仙馭)는 죽은 사람이 신선으로 화해 타고 간다는 수레이다. 전하여 사람의 죽음을 완곡하게 표현하는 말로 쓰인다.

572) 아들 : 원문의 혜고(嵇孤)는 혜강(嵇康)의 고자(孤子)란 뜻으로, 진(晉)나라 산도(山濤)는 자가 거원(巨源)인데 혜강(嵇康), 여안(呂安)과 친하였다. 뒤에 혜강이 처형을 당할 때 아들 혜소(嵇紹)에게 "거원이 있으니, 너는 외롭지 않다.[巨源在 汝不孤矣]"라고 한 고사가 있다. 이 글에서 혜고(嵇孤)는 산택재의 아들을 가리킨다. 《晉書 卷43 山濤列傳》

573) 벼슬살이가 …… 효도 : 원문의 청운(靑雲)은 높은 벼슬살이를, 백운(白雲)은 효도를 비유한 말이다. 각각 전국 시대 위(魏)나라 수가(須賈)가 범수(范睢)에게 "나는 그대가 스스로 청운의 위에 오를 줄 생각지도 못했습니다.[賈不意君能自致於靑雲之上.]"라고 한 것과, 당(唐)나라 적인걸(狄仁傑)이 태행산(太行山)을 넘어가던 중에 흰 구름이 흘러가는 남쪽 하늘을 바라보면서 "저 구름 아래에 어버이가 계신다.[吾親所居, 在此雲下.]"라고 하고는 한참 동안 머물렀다가 다시 길을 떠났다는 고사가 있다.

도의 맛과 술맛을 스스로 즐겼네	道味醇醴樂自陶
선자와 함께 공부한 것[574] 몇 년이던가	先子幾年同管榻
후생은 오늘 솔바람 소리[575]에 슬퍼하네	後生今日愴松濤
남극성(南極星)이 어두워지니 산림은 삭막하여	山林索寞南星晦
다시는 거문고와 술자리에 참여할 수 없으리	無復琴樽座上叨

또, 박태두[576]

又 朴泰斗

덕의(德義)를 몸소 행함은 가정의 교화였고	躬行德義化家庭
야박한 풍속은 오히려 전형을 생각케 했네	薄俗猶能想典刑
성주께서 현인을 구하여[577] 낮은 자리에 처했고	聖主急賢終下位
하늘이 복을 내려[578] 선한 사람 오래 살게 해주셨네	皇天福善與遐齡
자손들이 집에 가득 기쁘고도 슬프니	兒孫滿室懽兼慨
죽고 삶이 시운에 관계되어 순녕(順寧)[579]하였네	存歿關時順且寧

---

574) 관탑(管榻) : 원문의 관탑(管榻)은 관녕(管寧)의 평상이란 뜻이다. 삼국(三國)시대 위(魏)나라 관녕이 요동(遼東)에 피난하여 시서(詩書)를 강습하였는데, 50여 년 동안 나무로 만든 평상에 무릎 꿇고 앉아 한 번도 다리를 뻗지 않으니, 평상 위의 무릎 닿는 곳이 모두 닳아 뚫어졌다 한다. 《三國志 魏書 卷11 管寧傳》

575) 솔바람 소리 : 원문의 송도(松濤)는 파도 소리 같은 솔바람 소리로, 소나무 숲에 부는 바람 소리가 마치 바다의 파도소리 같다 하여 이렇게 일컫는다. 명(明)나라 당순지(唐順之)의 시 〈창취정(蒼翠亭)〉에 "바람이 오자 송도가 생기고, 바람이 가자 송도가 사라지네.[風來松濤生, 風去松濤罷.]"라고 하였다.

576) 박태두(朴泰斗, 1658~1753) : 자는 사첨(士瞻), 호는 열락재(說樂齋), 본관은 무안이다. 아버지는 내봉(來鳳), 조부는 징(澂)으로 영덕(盈德) 영해(寧海)에 거주하였다. 돈복(敦復)의 증손으로 1699년 증광시(增廣試) 문과에 급제하여 통덕랑(通德郎)·동지중추부사(同知中樞府事)를 역임하였다. 유고가 전한다.

577) 현인을 …… 구하여 : 원문의 '급현(急賢)'은 현자를 구하는 데 급급해 하는 것을 말한다. 당나라 한유(韓愈)의 시 〈증당구(贈唐衢)〉에 "지금 천자께서 현량을 구하는 데 급급하여, 조정에 궤함을 설치하고 명광전을 열었다오.[當今天子急賢良, 甌函朝出開明光.]"라고 하였다. 《全唐詩 卷338 贈唐衢》

578) 선한 …… 내려 : 원문의 '복선(福善)'은 《서경》〈탕고(湯誥)〉에 "하늘의 도는 선한 이에게 복을 내리고, 악한 자에게 화를 내린다. 그래서 하나라에 재앙을 내려 그 죄를 드러낸 것이다.[天道福善禍淫, 降災于夏, 以彰厥罪.]"라고 보인다.

579) 순녕(順寧) : 원문은 순차녕(順且寧)으로, 송(宋)나라 장재(張載)가 지은 〈서명(西銘)〉에 "살아서는 순리대로 섬길 것이고 죽어서는 편안하리라.[存吾順事 沒吾寧也]"라고 했는데, 웅강대(熊剛大)의 주석에 "효자는 살아서는 어버이를 그 뜻을 어기지 아니하고 잘 섬기고, 죽으면 편안하여 부모에 대해서 부끄러움이 없다."라고 한데서 유래하였다.

외로운 이 몸 사사로운 애통함이 간절한데 　　　　　孤露此生私痛切

중표(中表)께서 앞서 가시니 모두 세상을 떠나셨네 　　先行中表盡凋零

또, 유현시[580]

又 柳顯時

기구(耆舊)의 풍류는 한 시대가 공경했는데 　　　　耆舊風流聳一時

못난 몸이 다행히 문하에 절하게 되었네 　　　　鯫生何幸拜狀垂

참되고 순박하여 타고난 자품 돈후하였고 　　　眞淳自是天資厚

삼가 경계하여 배움을 힘써 추진할 줄 알았네 　謹飭從知學力推

백 리에 예악을 가르쳐[581] 다스린 업적 남기고 　百里絃歌留政蹟

한 동산 송죽에 마음을 의탁했네 　　　　　　一園松竹托心期

호성(弧星)이 어젯밤 놀랍게도 빛을 잃으니 　　弧星昨夜驚淪彩

학가(鶴駕)와 구름 수레[582] 슬프게 바라보네 　鶴駕雲軿入望悲

또, 유헌시[583]

又 柳憲時

임하(林下)의 높은 풍모 대궐에 알려지고 　　　林下高風動玉階

---

580) 유현시(柳顯時, 1667~1752) : 자는 달부(達夫), 호는 호와(壺窩), 본관은 전주(全州)이다. 아버지는 계휘(啓輝)로, 안동에 거주하며 권두인(權斗寅)·권두경(權斗經)·이재(李栽) 등과 교유하였다. 1711년 식년시 2등으로 생원에 합격하였으나 벼슬을 단념하고 서사를 탐독하였다. 수직(壽職)으로 동지중추부사(同知中樞府事)를 제수받았다. 저서로는 《호와집(壺窩集)》이 전한다.

581) 예악을 가르쳐 : 원문의 현가(絃歌)는 금슬(琴瑟)을 연주하며 노래하는 것으로, 예악으로 교화함을 뜻한다. 공자의 제자 자유(子遊)가 무성 읍재(武城邑宰)가 되었을 때 백성들에게 예악을 가르쳤으므로, 곳곳마다 현가의 소리가 들렸다는 데서 유래한 말이다. 《論語 陽貨》여기서는 지방관의 직무를 훌륭히 수행하였다는 의미로 사용되었다.

582) 학가(鶴駕)와 구름 수레 : 학가는 선인 왕자교(王子喬)가 백학(白鶴)을 타고 구지산(緱氏山) 정상에 머물렀다는 전설에서 유래하여 선인의 거가(車駕)를 뜻하고, 구름 수레의 원문은 운병(雲軿)으로 신선들이 타는 구름 수레를 말한다.

583) 유헌시(柳憲時, 1665~1747) : 자는 숙도(叔度), 본관은 전주(全州), 아버지는 만휘(萬輝)로 안동에 거주하였다. 1710년 증광시(增廣試) 2등으로 진사에 합격하였고 수직(壽職)으로 호군(護軍)을 제수받았다.

여남(汝南)[584] 징사(徵士)[585]와 명성을 나란히 했네	汝南徵士令名齊
호향에 잠시 지방관이 되었다가	湖鄉乍擧仙儯鳥
산택으로 돌아와 옛 학이 살던 곳을 찾았네	山澤還尋舊鶴捿
몸이 고요하고 한가로우니 가난도 또한 즐겼고	身處靜閒貧亦樂
연세가 높아져 여든이 되니 덕도 함께 높아졌네	齒高耄耋德兼躋
평소 우러러 사모하던 간절한 뜻을	常時景仰區區意
오늘 어찌 차마 뇌문으로 기록하리오	今日那堪誄語題

또, 권만두[586)

又 權萬斗

골짜기의 난초가 향기를 풍기니	蘭谷聞香臭
밝은 시대 일민(逸民)[587]이 몸을 일으켰네	明時起逸民
낮은 지위는 덕에 차지 않았으나	位微寧滿德
높은 연세는 인후한 덕에 걸맞았네	年卲定徵仁
문곡성(文曲星)[588]이 놀랍게도 빛을 감추니	文曲驚韜彩
유림들은 나루터 물어볼 일[589)] 없어졌네	儒林失問津

---

584) 여남(汝南) : 후한(後漢)의 평여(平輿) 사람. 허소(許劭)가 그 종형 허정(許靖)과 함께 향당(鄉黨)의 인물을 핵론(覈論)하기를 좋아하여 매월 그 인물을 바꾸어 품평했던 까닭으로 여남(汝南)의 풍속에 '월단평(月旦評)'이 있게 되었다고 한다. 《後漢書 卷九十八》

585) 징사(徵士) : 학문과 도학이 높아 조정의 천거로 부름을 받은 선비를 의미한다.

586) 권만두(權萬斗, 1674~1753) : 자는 용경(用卿), 호는 지족당(知足堂), 본관은 안동이다. 아버지는 중재(重載)로 영덕(盈德) 영해(寧海)에 거주하였다. 1711년 식년시 1등으로 생원에 합격하고 1714년 식년시 병과로 문과에 급제하여 공조 정랑(工曹正郎)을 제수받고 경연관(經筵官)을 지냈다. 1725년 장수 현감(長水縣監)을 지내고 사직한 뒤 후진 양성에 힘썼다. 유생들과 《사례절요서(四禮節要書)》·《영해읍지(寧海邑誌)》를 편찬하였다.

587) 일민(逸民) : 《논어》〈미자(微子)〉에 "일민은 백이(伯夷), 숙제(叔齊) …… 유하혜(柳下惠), 소련(少連)이다." 하였으니, 뛰어난 학문과 덕행을 소유하고서도 세상을 피해 은거하는 사람을 일컫는 말이다.

588) 문곡성(文曲星) : 문창성(文昌星) 또는 문성(文星)이라고도 한다. 문운(文運)을 주관한다는 별로 문재(文才)가 뛰어난 인재를 비유하는 말인데, 여기서는 산택재 선생을 가리킨다.

589) 나루터를 물어볼 일 : 《논어(論語)》〈미자(微子)〉에 "장저와 걸닉이 김매며 밭 갈고 있을 때 공자가 지나가다가 자로를 시켜 나루터를 물어보게 하였다.[長沮桀溺 耦而耕 孔子過之 使子路問津焉]"라는 말에서 나온 것으로, 스승을 모시고 다니는 것을 말한다.

종친과 친척의 정의를 겸하였기에 兼將宗戚誼
만사를 짓노라니 배나 마음 상하네 題挽倍傷神

또, 권대림[590]

又 權大臨

인물 많은 영남에서도 제일류로 人物南州第一流
단정하고 유하함 그 짝이 드물었네 端詳儒雅鮮其儔
학문의 연원은 가정에서 얻었고 淵源已自家庭得
사우로 갈암 노인을 따라서 노닐었네 師友尙從葛老遊
조정에 발탁되는 일 예로부터 드물었고 北闕超掄從古罕
회덕에 남긴 은혜 지금까지 남아 있네 西湖遺惠至今留
천수를 누렸으니 공은 무슨 유감 있으랴만 天年大耋公何憾
나는 사사로운 애통함에 눈물 거두지 못하네 慟爲吾私淚不收

---

590) 권대림(權大臨, 1659~1723) : 자는 만용(萬容), 호는 칠우정(七友亭), 본관은 안동이다. 아버지는 득여(得與)로 영덕(盈德)에 거주하였다. 1683년 증광시(增廣試) 3등으로 생원에 합격하고 1687년 식년시(式年試) 병과로 문과에 급제하여 사헌부 감찰(司憲府監察)·함경도 도사(咸鏡道都事)·성균관 직강(成均館直講)·자인 현감(慈仁縣監)·만경 현감(萬頃縣監) 등을 역임하였다. 저서로는 《칠우정집(七友亭集)》이 전한다.

제문祭文

제문 이재[591]
祭文 李栽

　　아아, 저는 일찍이 세상의 학사대부(學士大夫)들이 덕행에 뛰어난 자는 간혹 반드시 정사에 통달하지는 못하고, 정치에 정통(精通)한 자는 또한 간혹 덕이 부족한 경우가 있다고 생각했습니다. 오직 공은 가학(家學)을 전수와 효우(孝友)를 실제가 이미 자신에게서 이루어지고 벗에게 믿음을 얻었으며, 그 이름이 조정에까지 알려져 일어나 조정의 부름에 응하고 사직과 민생의 임무를 맡게 되어서는 곧 청렴하고 신중하며 어진 마음으로 백성을 사랑하였습니다. 유순하고 선량한 자들을 은혜롭게 하고 간사한 자들을 두렵게 함이 또한 탁월하여 오늘날 정사에 종사하는 자들이 미칠 수 있는 것이 아니었으니, 아아, 공과 같은 자는 그 재능과 지조, 덕행과 사업의 온전함이 또한 사람됨의 실질에 부끄러움이 없다고 이를 만합니다.

　　만난 시절이 불행하여 그 재능을 다 펼치지 못하고 20년 간 산림에서 지내다 마침내 천수를 다하고 세상을 떠나셨으니, 처음부터 끝까지 공의 입장에서는 무슨 유감이 있겠습니까. 그러나 향당에는 덕을 상고할 곳이 없어지니 선류(善類)들이 모두 매우 놀라고 슬퍼하였습니다. 하물며 저는 통가(通家)의 교분[592]이 있는 처지로 선대의 정의를 생각하면 마음이 어떠하겠습니까. 장사 지낼 날짜[593]가 이미 임박하여 인척들이 모두 모이니 의형(儀形)이 영영 사라짐에 애통하고 의탁할 데 없는 외로운 처지를 슬퍼합니

---

591) 이재 : 각주 475) 참조.

592) 통가(通家)의 교분 : 혼인을 통하여 맺어진 인연을 말한다.

593) 장사 지낼 날짜 : 원문은 원일(遠日)로, 《예기(禮記)》〈곡례(曲禮)〉에 "무릇 날짜를 점칠 때에는 열흘 밖의 날을 '먼 어느 날'이라고 하고, 열흘 안의 날을 '가까운 어느 날'이라고 한다. 상사에는 먼 날을 먼저 점치고, 길사에는 가까운 날을 먼저 점친다.[凡卜筮日 旬之外曰遠某日 旬之內曰近某日 喪事先遠日 吉事先近日]"라고 한 데서 유래하였다.

다. 한 잔 술로 정성을 올리니 바라건대 애통한 심정을 헤아려주소서.

嗚呼, 裁嘗謂世之學士大夫優於德行者, 或未必達於政, 精於政術者, 亦或有歉於德. 惟公家學之傳, 孝友之實, 旣有以成諸身而信乎友, 及其名達九重. 起應旌招, 受社稷民人之寄, 則其淸愼仁愛. 所以惠柔良而讐奸細者, 又卓然非今之從政者所可及. 嗚乎若公者 其才志行業之全, 亦可謂無愧爲人之實矣. 遭時不幸, 未究厥施, 卄載林泉, 竟以天年下世, 循始迄終, 在公何憾, 而鄕邦無所考德, 善類擧切驚悼. 矧余通家, 感念先誼, 當作何如懷耶. 遠日已迫, 姻好畢至, 慟儀形之永隔. 愴孤露之靡托, 一盃薦誠, 尙鑑哀臆.

또, 청성서원[594] 유생 홍영석[595], 권태운 등
又 靑城儒生洪永錫權泰運等

아	於戲
천등산(天燈山)의 남쪽	天燈之陽
금계(金溪)[596]가 흘러	金溪出焉
영기를 모으고 인재를 기르니	鍾靈毓秀
대대로 훌륭한 인물 많았네	世蔚英賢
선생도 자취를 이으니	先生踵武
무리 가운데 특출하였네	絶類超羣
아름다운 박옥이 빛깔을 숨기고	美璞藏彩
난초가 향기에 취한 듯하니	香蘭襲薰
이는 번곡 선생이	蓋惟樊谷
삼태기로 흙을 쌓듯[597] 인에 힘쓴 공이네	覆簣基仁

---

594) 청성서원(靑城書院) : 안동시 풍산읍 막곡리에 있는 서원으로 송암 권호문을 제향하기 위해 설립된 서원이다. 흥선대원군의 서원철폐령으로 훼철되었다가 1909년 재건되었다.

595) 홍영석(洪永錫, 1661~1721) : 자는 명삼(命三), 호는 운재(運齋), 본관은 부림(缶林)이다. 아버지는 도환(道煥)으로 상주(尙州) 함창(咸昌)에 거주하였다 이현일(李玄逸)의 문인으로 유고가 전한다.

596) 금계(金溪) : 경상북도 안동시 서후면 금계리를 말한다.

597) 삼태기로 흙을 쌓듯 : 원문의 복궤(覆簣)는 흙 한 삼태기를 부어 산을 만들기 시작한다는 말로 적소성대(積小成大)의 뜻과 같다. 《논어》〈자한(子罕)〉의 "비유하자면, 산을 만들 적에 마지막 한 삼태기의 흙을 붓지 않

집안에서는 효제를 이어받고	家傳孝悌
대대로 충성과 근면함을 지니니	世服忠勤
덕을 쌓아 일어남이	積德之興
마치 부절을 합한 것과 같았네	如合符節
신명이 복록을 내리고	神賚福祿
하늘로부터 타고난 성품이 매우 크니	天賦孔碩
덕스러운 인품 온화한 모습	德器雍容
어릴 적부터 지녔네	始於孩幼
독실함과 신중함을 실천하고	篤愼踐履
걸을 때는 단정히 손 모았네	端拱步趨
용력과 패난의 일은 말하지 않았고⁵⁹⁸⁾	言靡亂力
지름길과 구멍으로 다니지 않았네.⁵⁹⁹⁾	行不徑竇
집안에서 시와 예를 배우니⁶⁰⁰⁾	鯉庭詩禮
학문의 연원은 경당 선생에게 닿았네	敬堂淵源
법도에 합치되니	規矩合則
힘쓰기를 기다리랴	何待勉㤼
비록 실제로 체득한 바가 많았지만	實得雖富
마음가짐은 굶주린 듯하였고	處心如飢
오히려 스스로 겸손하고 사양하여	猶自謙挹
모나고 기이한 모습 볼 수가 없었네	莫見崖奇
그 도량을 논하면	論其宇量
만 이랑의 깊고 넓은 물결 같고	萬頃汪汪

아 산을 못 이루고서 중지하는 것도 내 자신이 중지하는 것과 같으며……]"라는 말에서 나온 것이다.

598) 용력과 …… 않았고 : 《논어》〈술이(述而)〉에 "공자께서는 괴이함과 용력과 패란의 일과 귀신의 일을 말씀하지 않으셨다.[子不語怪力亂神]"라고 하였다.

599) 다닐 때는 …… 않았네 : 《논어(論語)》〈선진(先進)〉에 공자의 제자 중 자고(子羔)의 덕성과 인품을 형용한 말로, "어버이의 초상에 삼 년을 읍혈하여 일찍이 이를 드러내 웃지 않고, 어려움을 피해 다닐 때도 지름길이나 구멍으로 다니지 않았다.[執親之喪 泣血三年 未嘗見齒 避難而行 不徑不竇]"라는 구절이 있다.

600) 집안에서 …… 배우니 : 공자의 아들 이(鯉)가 뜰에서 공자 앞을 빠른 걸음으로 지나다가 공자로부터 시례(詩禮)에 대하여 배웠느냐는 말을 듣고 그에 대한 가르침을 받은 일에서 유래한다.

기상을 우러러 바라보면	瞻望氣像
높은 산과 봄볕 같았네	喬嶽春陽
함 속의 옥[601] 비록 감추었지만	櫝玉雖蘊
은은한 문채[602]가 절로 드러났네	絅錦自章
갈암 선생에게 추중을 받으니	葛老見推
나라의 운수 아름다운 때 만났구나	運際休明
군자가 조정에 가득하고	君子滿朝
선한 이들 무리지어 등용되니[603]	善類彙征
이에 가능성을 보고	於焉見可
자지가(紫芝歌) 부르길 잠시 멈추었네[604]	芝歌暫休
잠깐 장악원(掌樂院)에 올랐다가	纔登樂府
지방관[605]으로 전직되니	轉職分憂
무성에서 현가 소리 울린 듯[606]	絃歌武城
백리 안이 태고 시대와 같았네	百里太古
백성의 풍속이 이미 변하니	民俗旣變
가축도 본받았지	畜物呈效

---

601) 함 속의 옥 : 《논어》〈자한(子罕)〉에 자공(子貢)이 공자에게 "여기에 미옥(美玉)이 있으니, 독에 넣어 감추어야 합니까, 충분한 값을 받고 팔아야 합니까?[有美玉於斯 韞匵而藏 求善賈而沽]"라고 물으니, 공자가 "팔아야지, 팔아야지. 나는 팔리기를 기다리는 자이다.[沽之哉 沽之哉 我 待賈者也]"고 답하였다.

602) 은은한 문채 : 원문은 경금(絅錦)으로 군자의 도리가 날로 은은하게 빛남을 비유한 말이다. 《중용장구(中庸章句)》 제33장에 《시경》에 말하기를 '비단옷을 입고 홑옷을 걸친다.[衣錦尙絅]' 하였으니, 그 문채가 드러남을 싫어한 것이다." 하였다.

603) 선한 …… 등용되니 : 원문의 휘정(彙征)은 선류(善類)가 많이 등용될 때를 뜻한다. 《주역(周易)》의 태괘(泰卦)는 하늘과 땅이 서로 자리를 바꾸어 사귀는 형상인데, 그 초구(初九)에 "띠풀을 뽑음이라 그 무리로써 가는 것이니 길하다.[拔茅茹 以其彙征 吉]" 하여, 군자(君子)가 벗들과 함께 나아감을 말하였다.

604) 자지가(紫芝歌) …… 멈추었네 : 은자(隱者)의 노래를 뜻한다. 진(秦)나라 말기에 상산사호(商山四皓)가 진시황(秦始皇)의 학정(虐政)을 피해 남전산(藍田山)에 숨어 살면서 "아득하고도 아득한 높은 산이여, 깊은 골짜기도 구불구불하네. 색깔도 찬란한 영지버섯이여, 그것만 먹어도 배고픔이 사라지지.[邈邈高山 深谷逶迤 曄曄紫芝 可以療飢]"라는 내용의 자지가를 지어 불렀던 고사가 전한다. 관직에 진출함을 비유한 말이다.

605) 지방관 : 원문의 '분우(分憂)'는 임금의 근심을 나눠 갖는다는 뜻으로, 지방관의 직책을 가리킨다.

606) 무성(武城)에서 …… 듯 : 수령이 정사를 하는 데에 법도가 있어 백성들이 안락하게 지내는 것을 말한다. 노(魯)나라의 자유(子遊)가 무성의 수령으로 있으면서 예악(禮樂)으로 가르쳤으므로 고을 사람들이 모두 현(絃)을 뜯으면서 노래하였다고 한다. 《論語 陽貨》

개도 염치 있으니	有狗且廉
감화된 것이 비슷하였네	厥感希異
온축된 것을 펼쳐서	庶展所蘊
장차 크게 시험해 보려 했으나	謂將大試
뜻밖의 화란(禍亂)을 당하니	一驚駭機
세상사 뜬 구름과 같구나	世事浮雲
이에 초복(初服)으로 돌아와	爰返初服
전원에서 원기를 기르고	邱園養眞
경건히[607] 서책을 읽으니	對越方策
만년에 자득함이 더욱 많았네	益卲晩得
집은 가난했지만 도는 살쪘고	家貧道腴
재물은 바닥났지만 서책은 쌓였지	財匱書積
높이 누워 희황(義皇) 이전의 사람인 듯[608]	高臥義皇
흥겹게 스스로 즐겼네	陶然自樂
문에는 신발들이 가득하였고	門塡履屨
거리에는 수레가 넘쳐나니	巷溢輪輻
선생의 덕을 보고 심취함에	覩德心醉
어진 이 어리석은 이 모두 기뻐하였네	賢愚共歡
춘추(春秋)가 마음속에 있으니[609]	春秋在皮
영욕이 무슨 상관이며	榮辱何關
아흔 살까지 장수하셨으니	九耋遐箕

---

607) 경건히 : 원문은 대월(對越)로, 하늘에 계신 상제를 우러러 마주 대하는 것처럼 정성을 다한다는 뜻이다. 《시경(詩經)》〈청묘(淸廟)〉에 "하늘에 계신 분을 대하고 사당에 계신 신주를 분주히 받든다.[對越在天, 駿奔走在廟.]"라는 구절에서 인용한 말이다.

608) 높이 …… 사람인 듯 : 희황(義皇)은 상고 시대에 태평성대를 이루었던 복희씨(伏羲氏)를 가리키는데, 진(晉)나라 도잠(陶潛)이 일찍이 5, 6월 중에 북쪽 창 아래 누워 서늘한 바람을 쐬면서 스스로 '희황 이전의 사람이다[義皇上人]'이라고 자칭했던 데서 온 말이다.

609) 춘추(春秋)가 마음속에 있으니 : 마음속에 시비 판단이 분명함을 의미한다. 진(晉)의 저부(褚裒)는 고귀한 풍도가 있었으며 기량이 뛰어났다. 환이(桓彝)는 그를 평하면서 "피부 속에 춘추의 포폄(褒貶)이 있다.[季野有皮裏春秋]"라고 하였다. 사안(謝安)이 저부의 그런 면을 평하면서 "부는 비록 말하지 않더라도 사시의 기후를 모두 갖추었다.[裒雖不言 而四時之氣亦備矣]"라고 하였다. 《晉書 卷93 褚裒列傳》

인자는 장수한다는 말[610] 징험되었지만   縱驗仁壽

두 아들이 먼저 세상을 떠나니   二郞先摧

선인에 대한 보답을 징험할 길 없네   莫徵善報

근심과 걱정[611]을 이성적으로 가라앉히니   憂戚理遣

수양한 힘 더욱 징험되었네   益驗定力

화락(和樂)한 군자(君子)는 신명이 보우하여[612]   豈弟神勞

온화한 얼굴 여전히 윤기 났으니   韶顔猶澤

편찮으시다는 소식 듣지 못했는데   莫聞痾恙

갑작스레 세상을 떠나셨네   奄忽悠然

향당에는 사표가 없어졌으며   鄕無師表

나라는 유현을 잃었구나   邦失儒賢

우리 영남 큰 액운 당했고   吾嶺孔厄

사문의 운수 험난하구나   斯文運蹇

바람도 금양(錦陽)[613]을 비통해 하고   風悲錦陽

달도 고산(孤山)[614]을 조문하네   月吊孤山

공에게 의지해 귀의하였는데   賴公爲歸

하늘은 어찌 공을 남겨 두지 않는가   胡不憖遺

돌아보건대 이곳 청성산[615]은   顧惟靑城

우리 향당이 의귀하는 곳으로   吾黨所依

때로 선생을 모시고   時陪杖屨

자상한 가르침을 받았었지   面承耳提

지난날을 추억하니   追惟往昔

---

610) 인자는 장수한다는 말 : 《논어》〈옹야(雍也)〉의 "인을 좋아하는 사람은 장수를 한다.[仁者壽]"라고 하였다.

611) 근심과 걱정 : 원문은 우척(憂戚)은, 송(宋)나라 장재(張載)의 〈서명(西銘)〉에 "가난과 비천과 걱정과 근심은 하늘이 장차 그대를 옥으로 만들어 주려 해서이다.[貧賤憂戚 庸玉汝於成也]"라는 말에서 유래한 것이다.

612) 화락한 …… 보우하여 : 《시경(詩經)》〈한록(旱麓)〉에서 문왕(文王)의 덕을 칭송하며 "화락하신 군자님은 신명이 보우한 바이로다.[豈弟君子, 神所勞矣.]"라고 하였다.

613) 금양(錦陽) : 안동시 임하면 금소리의 옛 이름으로, 갈암 선생을 지칭한다.

614) 고산(孤山) : 이유장(李惟樟)의 호. 각주 4) 참조.

615) 청성산 : 경상북도 안동시 풍산읍에 있는 산으로, 《영가지(永嘉誌)》에, "산성이 있었으므로 성산(城山)이라고도 하며 성산(星山)·청산(靑山)이라고도 한다." 하였다.

상심이 배나 절실하네   倍切傷感
공경히 한잔 술 올리니   敬奠一觴
부디 흠향하소서   庶賜歆鑑

유사遺事

　부군의 휘는 태시(泰時)이고 자는 형숙(亨叔)이며 자호(自號)는 산택재(山澤齋)이다. 고려 태사(高麗太師) 휘 행(幸)의 후손으로 대대로 고관이 있었다. 고조인 휘 예(輗)는 관직이 자헌대부(資憲大夫) 이조 판서(吏曹判書)에 이르렀으나 이른 나이에 강가의 정자로 인퇴(引退)하였으니, 퇴계 선생(退溪先生)의 시에 "초옥 가운데서 은퇴한 현인을 뵈었네[草屋中間謁退賢]"라 한 구가 이것이다.[616] 증조는 휘가 안세(安世)로 선교랑 제릉참봉(齊陵參奉)을 지냈고 가선대부(嘉善大夫) 호조 참판(戶曹參判)에 증직되었다. 조부의 휘가 지(誌)로 군자감(軍資監) 직장(直長)에 천거되었다. 아버지의 휘는 창업(昌業)이고 호는 번곡(樊谷)으로 병자년(1636) 이후 과거(科擧)에 뜻을 끊고 독실하게 배우고 힘써 행하여 은거하며 벼슬하지 않았다. 어머니는 남양 홍 씨(南陽洪氏)로 당성군(唐城君) 휘 상(常)의 현손(玄孫)이며, 충의위(忠義衛) 휘 근(勤)의 따님이다.

　부군은 숭정(崇禎) 을해년(1635) 8월 29일 안동부(安東府)의 서쪽 금계리(金溪里) 집에서 태어났다. 어려서부터 놀기를 좋아하지 않고 행동거지가 단정하고 엄숙하였다. 8세에 번곡(樊谷)이 《소학(小學)》을 가르쳐 주니 그 뜻을 완전히 이해하고 따라 익혀서 어김이 없었다. 번곡공이 매일 새벽에 사당에 참배할 때는 부군도 번번이 따라가서 그만두지 않으니 사람들이 기이하게 여겼다.

　조금 자라서는 《논어(論語)》, 《맹자(孟子)》 등의 여러 책을 읽어서 학문을 하는 큰 방도에 더욱 능통하여 내외(內外)·경중(輕重)의 구분을 알았으나 과거 보는 일에 대해서는 달갑게 여기지 않았다. 대개 번곡공은 경당(敬堂) 장 선생(張先生)에게 배웠고 장 선생은

---

616) 퇴계 선생(退溪先生)의 …… 이것이다 : 마애(磨厓) 권공(權公)이 이조 판서로 은퇴하여 상락대(上洛臺) 남쪽 깊숙한 곳에 정자를 짓고 노년을 지낼 계획을 세우자, 퇴계(退溪) 이 선생(李先生)이 이곳으로 마애공을 방문한 적이 있었다. 그 때 시에 '작은 배로 온 강 하늘 가로질러 초옥 중에서 은퇴한 현인을 뵈었네. 상락대 앞 천 길 물이 지금부터는 다시 판서연이 되겠네.[小舟橫渡一江天 草屋中間謁退賢 上洛巖前千丈水 從今換作判書淵]'라고 하였다. 《구와집(龜窩集) 판서연기(判書淵記)》

학봉(鶴峯) 김 선생(金先生)에게 배워서 그 연원(淵源)과 문로가 매우 발랐으며 오로지 거경(居敬)을 위주로 삼았던 까닭으로 집안에 거처하고 자신을 검속함에 엄정하여 법도가 있었다. 자식을 가르치기를 한결같이 올바른 길로써 하여 앉아 있을 때 혹 한쪽으로 기대어 비스듬하면 꾸짖어 말하기를 "자리가 바르지 않으면 심장(心臟) 또한 바르지 않게 된다."라고 하니 배우는 자들이 전송하면서 명언(名言)으로 삼았다.

부군은 천품이 이미 순수하고 아름다운 데다가 또 가정에서 엄숙한 가르침을 받아 자신을 수양하고[617] 법도를 지켜 날마다 잊지 않고 준행하였다. 일체 세속의 분화(紛華)[618]하고 방랑하는 습속(習俗)을 심신(心身)에 접하지 않았으며 부귀(富貴)와 이달(利達)에 이르러서는 마음에 싹 틔우지 않았다. 덕행과 기국이 성취되어 남들과는 크게 다른 점이 있었으나 일찍이 특이한 행동을 한 적이 없었다. 또한 일찍이 학문을 자부하지 않았고 감추기에 힘쓰니 사람들이 공을 아는 이가 드물었다. 오직 목재(木齋) 홍공 여하(洪公汝河)[619], 존재(存齋) 이공(李公)[620] 형제, 고산(孤山) 이공(李公)[621], 금옹(錦翁) 김공(金公), 졸와(拙窩) 권공(權公)[622]이 모두 뜻이 같고 도가 합치하여 기꺼이 그와 교류하며 강독하는 모임이 있으면 반드시 그와 함께하였다.

일찍 과거 공부를 그만두었고 평소 과묵함으로 스스로 지켜서 일찍이 말을 빨리하거나 얼굴빛이 갑자기 변하는 일이 없었다. 날이 밝기 전에 일어나서 가묘(家廟)와 주자화상(朱子畫像)에 배알하여 비록 모진 추위와 심한 더위에도 폐하지 않았다. 물러나 방 하나에 거처하면서 종일 바르게 앉았고 책상 위에는 《주서절요(朱書節要)》·《심경(心經)》·《근사록(近思錄)》 등의 책을 올려두고 다른 책을 섞지 않았다. 빈객이 있을 때가 아니면 손에서 책을 놓지 않고 밤을 새었다. 정밀하게 연구하고 깊이 생각하여 즐거워

---

617) 자신을 수양하고 : 원문의 지궁(裋躬)은 수신(修身)과 같다. 양웅(揚雄)의 《법언(法言)》〈수신〉에 "혹자가 묻기를 '선비가 어떻게 해야 몸을 평안히 할 수 있습니까?[士何如斯可以裋身]' 하니, '마음속이 크고 깊으며 외면이 엄숙하고 법도가 있으면 몸을 평안히 할 수 있다.[其爲中也弘深 其爲外也肅括 則可以裋身]' 했다." 하였다.

618) 분화(紛華)하고 : 번화하고 화려한 것을 뜻한다. 공자의 제자 자하(子夏)가 "나가서 분화하고 성려한 것을 보면 그것이 좋고, 들어와서 부자의 도를 들으면 그것이 좋다. 그래서 이와 같이 두 가지가 마음속에서 싸우며 아직도 결판을 내지 못하고 있다.[出見紛華盛麗而說 入聞夫子之道而樂 二者心戰 未能自決]"라고 고백한 말이 《사기(史記)》 권23 〈예서(禮書)〉에 나온다.

619) 목재(木齋) 홍공 여하(洪公汝河) : 홍여하(洪汝河). 각주 3) 참조.

620) 존재(存齋) 이공(李公) : 존재는 이휘일(李徽逸)의 호이다. 각주 43) 참조.

621) 이공(李公) : 이유장(李惟樟)을 가리킨다. 각주 4) 참조.

622) 졸와(拙窩) 권공(權公) : 졸와는 권이시(權以時)의 호이다. 각주 137) 참조.

밥을 먹는 것도 잊었으며, 위기(爲己), 무실(務實), 무자기(毋自欺), 신기독(愼其獨) 등과 같은 부분에 있어서는 더욱 뜻을 다하였다.

어버이를 섬기고 제사를 받듦에 정성과 효도를 다하여 일의 대소를 막론하고 몸소 주관하였다. 앞뒤로 부모님의 상(喪)을 치름에 슬퍼함이 극진하여 삼 년 동안 수질(首経)과 요대(腰帶)를 벗지 않았으며 장제(葬祭)의 의절(儀節)을 한결같이 주자가례(朱子家禮)를 따랐다. 일찍이 "효는 백행의 근원이니 군신(君臣)·부부(夫婦)·장유(長幼)·붕우(朋友)는 모두 마땅히 이로써 미루어 나가야 한다."고 하였다. 이미 스스로 수양하고 또 이것으로 자질(子侄)을 가르쳤으므로 집안사람들이 허물이 있을 때 매번 아무 말이 없어도 사람들이 스스로 두려워하여 복종하고 고치려 하였다.

말은 반드시 평범하면서도 실상 있으며 간명하면서도 마땅하여 윤리에 합당하도록 힘썼다. 일을 만나면 태연하여 인위로 꾀하여 규획(規劃)한 흔적을 볼 수 없었으나 조리와 두서가 저절로 이루어졌다. 이는 그 학문에 정견(定見)이 있었기 때문에 일에 시행함에도 이와 같았던 것이다.

평상시의 글씨도 반드시 단정하고 바르게 하여 근엄(謹嚴)하였다. 예학에 대하여서는 더욱 깊이 힘을 기울여서 고금의 선유(先儒)들의 훈해(訓解)와 변례절문(變禮節文)을 모으고 〈가례(家禮)〉의 전주(傳註) 아래 분류하여 붙인 후, 《가례전주통해(家禮傳註通解)》라 이름 지으니 모두 4권이었다. 보는 자들이 모두 편리하게 여겨 간행할 것을 권하였으나 부군은 웃으며 사양하고 후손들로 하여금 의문에 마주쳤을 때 고증하도록 하였다.

선대의 별업(別業)이 진성현(眞城縣) 북쪽의 문해촌(文海村)[623]에 있었는데, 부군은 그 산수의 맑고 잔잔함을 사랑하여 강가의 끊어진 산기슭에 나아가 정사(精舍)를 짓고, 《주역(周易)》 손괘(損卦)의 대상(大象)에서 취하여 '산택(山澤)'이라는 편액을 걸었다. 좌우로 서책을 비치하고 굽어보며 독서하고 우러러보며 사색하였으니, 그 득력(得力)함을 사람들이 엿보아 헤아릴 수 없었다. 남을 대함에 친소(親疏)에 상관없이 한결같이 충직하고 온후하며 강직하여 원근에서 찾아와 배우는 선비가 덕을 보고 감복하니 명망(名望)이 날로 드러났다.

명릉(明陵) 경오년(1690)에 대신들이 학행으로 서로 천거하여 바로 장악원 주부(掌樂院

---

623) 문해촌(文海村) : 현 영양군 입암면 산해리(山海里)의 옛 지명으로, 반변천과 동산천 두 냇물이 합쳐지는 곳이기 때문에 물이 많아 문해라고 하였다.

主簿)에 임명되었다. 이때에 판서(判書) 이관징(李觀徵)[624]이 본원의 제거(提擧)로 있었는데 부군이 문후(問候)하자 이공(李公)이 예모(禮貌)를 갖추고 "이분이야말로 영남의 어진 장로이다."라 하며 상공(相公) 권대운(權大運)과 함께 남대(南臺)[625]에 의망(擬望)[626]하려 하였다. 그러나 당시 요로에 있던 사람들이 부군의 언론(言論), 행의(行誼)가 너무 높아 시속을 따라 변통하지 않는다 하여 의논이 마침내 중지되었다.

왕세자 책례(王世子冊禮) 시상(施賞)에 말 한 필을 하사받고, 조금 후에 회덕 현감(懷德縣監)에 제수되었다. 회덕현(懷德縣)에는 대성(大姓)들이 많아서 습속(習俗)이 거만하고 사나워 본래부터 다스리기 어렵다고 이름이 났다. 부군은 공평한 마음과 바른 길을 행하며 관직 생활을 한결같이 집안 다스리듯 하여 백성 대하기를 예로써 하고, 서리 부리기를 법으로써 하였다. 호우(豪右)가 세민(細民)을 침요하는 것을 조금도 용서하지 않고 징계하니 얼마 안 되어 한 고을이 흡족하게 잘 다스려졌다.

이해에 마침 큰 흉년이 들었는데, 부군은 백성들의 고통을 살피고 마음을 다해 진휼하고 구제하였다. 거둬들인 세금을 내놓고 곡식을 팔아서 백성의 수를 헤아리고 날을 헤아려 구제하였다. 전례(前例)에 따라 백성들에게 거둬들이던 것을 일절 없애니 백성들이 이로써 모두 살게 되어 한 고을 안이 안도되어 예년과 같았다. 그해 봄에는 한 말의 쌀값이 백 전이나 되니 부잣집에서 쌀을 많이 내어 가난한 사람들에게 빌려주고 가을에 돈으로 취할 것을 지정하는데, 그 이자가 열 배나 되었다. 백성들은 바야흐로 양식이 부족하여 뒤를 생각할 겨를도 없이 다투어 그 쌀을 취하니, 공은 백성들이 더욱 곤궁해지는 것을 근심하여 영사(營司)에 갖추어 보고하여 빌린 쌀의 두 배만 배상하게 하였다. 영사는 장계(狀啓)를 올려 보고하고 조정의 뜻을 취하여 한 도(道)에 공문을 내려 빚을 갚는 자들을 회덕현(懷德縣)처럼 하게 하니, 가난한 백성들은 고무(鼓舞)되어 "어진 사람의 혜택이 크구나. 가까운 데부터 먼 데까지 이른다."라고 하였다.

---

624) 이관징(李觀徵, 1618~1695) : 자는 국빈(國賓), 호는 근옹(芹翁)·근곡(芹谷), 본관은 연안(延安)으로 부친은 심(襑)이다. 1639년(인조17) 식년 생원시에 입격하고, 1653년(효종4) 별시 문과에 입격하였다. 1660년 효종 사후에 조 대비(趙大妃)의 복상 문제가 제기되었을 때 삼년설을 주장한 미수를 구제하려다가 전라도 도사로 좌천되는 등 남인으로 활동한 인물이다. 저서로 《근곡집(芹谷集)》이 있다.

625) 남대(南臺) : 조선 후기 학식과 덕망으로 추천되어 사헌부의 지평(持平)·장령(掌令)·집의(執義) 등 대관(臺官)으로 임용된 관원을 이르는 말이다. 주로 과거를 단념하고 초야에서 학문을 닦던 세칭 산림(山林)들에게 제수되었다.

626) 의망(擬望) : 벼슬아치를 임명할 때 세 사람의 후보자를 추천하는 일을 이른다.

또 현의 북쪽에 강물이 범람하여 옛날에 흐르던 물길이 옮기면서 땅이 생겼는데, 대가(大家) 중에 부군과 교분이 두터운 자가 호부(戶部)의 문서를 가지고 와서 그 땅을 취하고자 청하였다. 부군이 허락하지 않고 "강이 터져 새로 흘러가는 물길이 모두 민전(民田)인데, 땅을 잃어버린 사람들은 어느 곳에서 그것을 대신 구한단 말이오."라고 말하니 그 사람이 부끄러워하면서 복종하였다. 당시에 연릉군(延陵君) 이만원(李萬元)[627]공이 자리에 있다가 몸을 숙이며 공손하게 말하기를, "공의 말이 매우 옳고, 옳은 말을 듣고서도 승복하는 것도 어렵습니다. 그런데 오늘 두 가지 아름다운 일을 보았습니다."라 하였다.

관아(官衙) 내에서 개를 한 마리 길렀는데 길이 매우 잘 들어 뜰 앞의 볕에 말리는 어육(魚肉)을 늘 지키고 떠나지 않았고, 까마귀와 솔개가 모여들면 쫓고, 노복이 훔쳐가려 하면 으르렁거리며 못하게 하였다. 사람의 뜻을 따라서 순종하지 않은 적이 없으니, 사람들이 "이는 밝은 사또의 화기(和氣)에 감화를 받은 것이다."라고 하고, 혹자는 동생(董生)[628] 집의 닭과 개에 비교하였다.

관직에 있는 5년 동안 조적(糶糴)[629]을 삼가고 옥송(獄訟)을 공평하게 하고 학교를 흥기시켰으나 자신의 생활은 매우 검소하여 정해진 봉록 이외에는 터럭만큼도 범함이 없었다. 한 아들이 고향 집에서 붓을 구하자 부군이 편지를 보내어, "학문을 하려는 뜻이 있음을 알겠으니 매우 가상하고 기쁘나, 다만 녹봉이 적어 부응하지 못한다."라고 말하였다. 오로지 곤궁한 이와 외로운 이를 구휼해 주는 데 힘쓸 뿐 집안 살림의 자질구레한 일에는 미칠 겨를이 없었다.

부군은 일찍이 《거관요람(居官要覽)》을 저술하였는데, 그 항목은 8조목으로 경신(敬身)·염결(廉潔)·수법(守法)·처사(處事)·옥송(獄訟)·교민(敎民)·권농(勸農)·진휼(賑恤)이었다. 성현의 격언을 모으고 기록하여 항상 스스로 살피고 반성하니, 송규렴(宋奎濂)[630]

---

627) 이만원(李萬元, 1651~1708) : 조선시대 문신으로 자는 백춘(伯春), 호는 이우당(二憂堂), 본관은 연안(延安)이다. 벼슬은 평안도·함경도·충청도의 관찰사를 지내고 이조 참판에 이르렀다.

628) 동생(董生) : 당(唐)나라 때의 은사(隱士)인 동소(董召). 그의 집이 매우 가난하여 개도 새끼를 먹일 것이 없어 어미가 먹이를 구하러 나간 사이에 닭이 와서 벌레를 쪼아가지고 개의 새끼를 먹이려 하였으나, 개의 새끼는 먹지 않고 슬피 울기만 했다는 고사가 전한다. 《韓昌黎集 董生行》

629) 조적(糶糴) : 환곡(還穀)을 거두어들이거나 꾸어 주거나 하는 일을 말한다.

630) 송규렴(宋奎濂, 1630~1709) : 자는 도원(道源), 호는 제월당(霽月堂)이다. 송준길의 문인으로, 1654년(효종 5) 식년 문과에 급제하여 검열·서천 군수 등을 지냈다. 1674년 일어난 2차 예송(禮訟)으로 파면당했다가 1680년 경신대출척으로 재기용되어 대사간·대사헌 등을 역임했다. 1694년 갑술옥사가 일어나자 대사헌·예조 참판을

이 그의 고향집에 있을 때 말하고 행동할 것이 있으면 반드시 '사또가 들으시면 무어라고 하실까?'라고 하였으니 민심이 경외하고 복종함이 이와 같았다.

부군은 일찍이 곤위(坤位)가 요동[631]된 일을 억울해하고 불평하여 누차 사표를 올려 돌아가기로 결심하였는데 행중(行中)에는 단금(短琴) 하나가 있을 뿐이었다. 고을사람들이 추모하여 비석에 새겨 청렴결백함을 칭송하였다. 이로부터 세속의 어지러움과 뜻을 끊고 이양(頤養)[632]하며 유유자적하였다. 집안은 자주 양식이 떨어져 끼니를 굶으면서도[633] 편안하게 지내며 서책을 가지고 스스로 즐겼다. 매월 삭망에는《가례(家禮)》·《소학(小學)》등의 책을 경광학사(鏡光學舍)[634]에서 강론하였는데, 손수 학규를 정하여 차근차근 가르치고 깨우쳤다. 남전 여씨(藍田呂氏)[635]의 향약(鄕約)으로 후생을 가르쳐 위엄으로 다스리자 인망이 태산북두와 같았다. 사람들을 접하는 사이에는 화기(和氣)가 가득하였고 나이가 많을수록 덕이 높아지고 명망과 실상이 모두 높아지니, 여론이 모두 재상감으로 기대하였다. 여러 나이 많고 덕 있는 노인들과 학사(學舍)와 산방(山房)을 유람할 것을 약속하고 남여(藍輿)가 구름과 노을, 물과 바위 사이에 출몰하면 보는 자들이 지상의 신선이라고 하였다.

기해년(1719) 4월 10일은 번곡공(樊谷公)의 기일로 부군의 나이 이미 85세였다. 기일에 앞서 재계하고 직접 제수를 점검하였는데, 닭이 운 뒤 기운이 문득 평온하지 못하였다. 자제들로 하여금 제사를 대신 주관하게 하고 베개에 엎드려 슬피 눈물을 흘리더니 조금 후에 기식이 점차 미약해져 온 집안이 놀라 구완하였으나 이미 미칠 수가 없었다. 슬픔이 하늘처럼 끝이 없다.[636] 아아 슬프고 슬프도다. 이해 10월 12일에 학가산(鶴駕山)

지내고 1699년 기로소(耆老所)에 들어갔다. 저서에《제월당집(霽月堂集)》이 있다. 시호는 문희(文僖)이다.

631) 곤위(坤位)가 요동 : 기사년(1689, 숙종15)에 숙원(淑媛) 장 씨가 낳은 왕자를 세자로 정호(定號)하는 문제로 이른바 기사환국이 일어나, 인현왕후(仁顯王后)가 폐출되고 장 씨가 왕비로 책봉된 사건을 말한다.

632) 이양(頤養) : 이신양성(頤神養性)의 준말로 마음을 가다듬어 정신을 수양함을 뜻한다.《주역》에 보면, 〈이괘(頤卦)〉는 산(山)을 뜻하는 간괘(艮卦)와 우레[雷]를 뜻하는 진괘(震卦)의 결합이다. 또한 이(頤)는 '턱'이라는 뜻인데, 턱을 움직여 음식물을 씹어 몸을 기르기 때문에 '기르다[養]'라는 의미가 파생되었다.

633) 자주 …… 굶으면서도 : 원문은 누공(屢空)으로 '공자의 제자 안회(顔回)가 도(道)의 경지를 즐기면서 자주 끼니를 걸렀다.[回也 其庶乎 屢空]'는 말에서 나온 것이다.《論語 先進》

634) 경광학사(鏡光學舍) : 안동시 서후면 금계리에 있는 경광서원(鏡光書院)을 지칭한다.

635) 남전 여씨(藍田呂氏) :《여씨향약(呂氏鄕約)》처음 만든, 송나라 때 섬서성(陝西省) 남전현(藍田縣) 사람 여대균(呂大均)을 말한다.

636) 슬픔이 …… 없다 :《시경》〈육아(蓼莪)〉에 "아버지는 나를 낳으시고, 어머니는 나를 기르셨다. 나를 다독이시고 나를 기르시며, 나를 자라게 하고, 나를 키우시며, 나를 돌아보시고 나를 다시 살피시며, 출입할 땐 나를

남쪽 기슭 부해(負亥)의 언덕에 장사지내니, 사림에서 모인 자가 오백여 명이었다.

　부군의 전배(前配)는 창원 황 씨(昌原黃氏)이니 별제(別提) 휘 천일(千一)의 따님으로 4남을 두었다. 장남은 가정(可貞), 다음은 가상(可常), 가장(可長), 가징(可徵)이고, 장녀는 김항수(金恒壽), 차녀는 김천중(金千重)에게 시집갔다. 후배(後配)는 월성 이 씨(月城李氏)로 대헌(大憲) 승직(繩直)의 후손인 완(琬)의 따님이다. 2남을 두니, 가성(可聖), 가정(可正)이고 딸은 조규(趙袿)에게 시집갔다. 가정(可貞)은 1남 1녀를 낳으니, 아들은 선원(善元)이고 딸은 노덕운(盧德運)에게 시집갔다. 가상(可常)은 2남을 낳으니, 명원(命元)과 사원(士元)이고 2녀는 장녀는 이광련(李光璉)에게 시집갔고 차녀는 어리다. 가장(可長)은 1남을 낳으니, 순원(舜元)이고 장녀는 남응주(南應周)에게, 다음은 정의집(鄭宜楫)에게, 그 다음은 신익석(申翼錫)에게 시집갔다. 가징(可徵)은 2남을 낳았는데 처원(處元)과 응원(應元)이고, 딸은 생원 이이단(李以檀)에게, 다음은 박증환(朴增煥)에게, 그 다음은 이인형(李仁泂)에게 시집갔다. 가성(可聖)은 1남 2녀를 낳았는데 아들은 어리고 장녀는 김존원(金存源)에게, 다음은 참봉 하용익(河龍翼)에게 시집갔다. 가정(可正)은 출계(出系)하여 1남을 낳으니 소(韶)이다. 내외의 증손과 현손이 60여 명이다.

　부군은 타고난 자품(資品)이 온화하면서도 장중하고, 간소하면서도 엄숙하였다. 경(敬)으로 마음을 잡고 의(義)로써 행동을 절제하며 평소 충실하게 수양하여 덕성과 기국이 크고 후하였다. 태어날 때부터 성품이 매우 착하여 말을 할 줄 알면서부터 부모의 뜻을 잘 받들어 순종하여 감히 조금도 그 뜻을 잃지 않았다. 일찍이 겨울에 어버이가 병이 들어 죽력(竹瀝)[637]을 써야 함에 대나무 10여 개를 구하여 쪼개자 불에 굽지도 않았는데도 저절로 물방울이 마디 속에 가득 차 있었다. 가져다가 바치자 특효가 있었으니 사람들은 효성이 하늘을 감동시킨 것이라고 일컬었다.

　매번 생일날 아침이면 어버이를 사모하는 감회가 일어 아침 내내 눈물을 흘리며 우니 집안사람들이 잔치를 차리고 즐거워할 수 없었다. 제사는 몸소 살피고 주관하였으며 제수는 반드시 정결하게 하여 제물(祭物)이 풍성한 것을 귀하게 여기지 않았다. 비록 70이 넘어서도 병들지 않는 한 일찍이 남을 시킨 적이 없었다. 규문(閨門) 안은 엄숙하

배에 안으셨다. 이 은혜를 갚으려 하나 하늘처럼 끝이 없도다.[父兮生我 母兮鞠我 拊我畜我 長我育我 顧我復我 出入腹我 欲報之德 昊天罔極]"라는 말이 나온다.
637) 죽력(竹瀝) : 푸른 대쪽을 불에 구워서 받은 기름으로 성질이 차서 열담(熱痰)이나 번갈(煩渴), 중풍을 치료하는 데 쓴다.

여 아무도 이간하는 말을 하지 않았다. 벗을 대할 때는 간곡하고 자상히[638] 탁마하며 과실을 서로 경계하였다. 일에는 한결같이 겸허하여 사도(師道)를 자임하지 않았다. 그러나 사람들이 스스로 공경하고 복종하여 영남의 태산북두(泰山北斗)와 같은 중망(重望)을 받은 것이 40년이었다. 세상을 떠나신 후 사림에서 학가산(鶴駕山) 남쪽에 사당을 세워 제향하려 하였으나 조정(朝廷)의 명령으로 그만두었다.

부군께서는 평소 저술을 좋아하지 않았으나 혹 마음 가는 대로 써 내어도 평담하고 순숙하여 한결같이 심성에 근본하였다. 〈자경시(自警詩)〉, 〈의초혼사(擬招魂詞)〉 등 여러 편은 모두가 놓아버린 마음을 거둬들이고[639], 타고난 성품을 회복하려는 뜻이었는데, 원고를 버리고 드러내지 않으니 또한 본 사람이 드물었다.

처음 벼슬에 나아간 것이 이미 늦었고 관직에 있었던 시간도 5년이었으니 평소 축적한 학문의 만의 하나도 펼치지 못하였고, 혜택이 미친 것이 작은 고을에 불과하였다. 시운이 막혀 지위가 덕에 따르지 못하였으니 공론(公論)이 그를 애석하게 여겼다.

불초 가징(可徵)은 어리석고 노둔하여 보잘것없는 사람으로, 평소의 은미한 말씀과 사소한 행실은 다 잊어버려 기억하지 못하고 삼가 그 대략을 기록하였으나 또한 감히 지나치게 찬미하지 않는다. 삼가 덕을 아는 군자에게 한마디 말씀을 구하여 혹시라도 후세에 전해지도록 해주기를 바랄 뿐이다.

아들 가징(可徵)이 피눈물을 흘리며 삼가 쓰다.

府君諱泰時字亨叔號山澤齋. 高麗太師諱幸之後, 世有簪組. 至高祖諱軼, 官至資憲大夫吏曹判書, 蚤歲引退于江亭. 退溪先生詩曰, 草屋中間謁退賢者是已. 曾祖諱安世宣敎郎 齊陵參奉, 贈嘉善大夫戶曹參判. 祖諱誌薦軍資監直長. 考諱昌業號樊谷. 丙子後絶意場屋, 篤學力行, 隱不仕. 妣南陽洪氏. 唐城君諱常之玄孫, 忠義衛諱勤之女. 府君以崇禎乙亥八月二十九日, 生于安東府西金溪里第, 自兒時不好弄, 擧止端重. 八歲

---

638) 간곡하고 자상히 : 원문은 절시(切偲)이다. 절절시시(切切偲偲) 즉 간곡하게 충고하고 자상하게 권면하는 것으로, 친구 간에 책선(責善)하는 것을 말한다. 《논어》〈자로(子路)〉에 "붕우는 절절(切切)하고 시시(偲偲)하게 대해야 하고, 형제는 이이(怡怡)하게 대해야 한다."라는 공자(孔子)의 말이 나온다. 이이는 책선을 하면 정의(情誼)를 상할 염려가 있기 때문에 그저 사이좋게 지내기만 하는 것을 말한다.

639) 놓은 마음을 거둬들이고 : 원문은 구방심(求放心)으로 학문의 이치를 찾는다는 뜻이다. 《맹자》〈고자 상(告子上)〉에 "학문의 도는 다른 것이 아니라 그 놓은 마음을 거두어들이는 것뿐이다.[學問之道無他 求其放心而已]"라고 한 데서 유래한 것이다.

樊谷公授以小學, 了解其義, 循蹈無違, 樊谷公每晨拜祠廟, 府君輒隨往不廢, 人異之. 稍長讀論孟諸書, 益通爲學大方, 知內外輕重之分, 於擧子業, 有不屑也. 蓋樊谷公學於敬堂張先生, 張先生學於鶴峯金先生, 其淵源門路甚正, 以居敬爲主, 居家律己 嚴有法度. 敎子弟, 一以義方, 見其坐或偏倚, 則輒呵之曰坐不正, 心臟亦不正, 學者傳誦爲名言, 府君稟賦旣純美, 又被家庭敎誨之嚴, 禔躬謹節, 日有持循. 一切世俗紛華放浪之習, 不設於身, 至於富貴利達則不萌於心. 德器成就, 大異於人而未嘗有崖異之行. 亦未嘗以學問自居, 務爲韜晦, 人之知者蓋寡. 惟木齋洪公汝河, 存齋李公兄弟 孤山李公, 錦翁金公, 拙齋柳公, 皆以志同道合, 樂與之交, 凡有講集, 必與之周旋焉. 早廢擧業, 平居簡嘿自守, 未嘗有疾言遽色. 未明而起, 拜家廟及朱子畫像, 雖祈寒盛暑不廢. 退處一室, 終日危坐, 案上置朱書節要心經近思錄等帙, 不以他書雜之. 非有賓客, 手不釋卷, 夜以繼日. 硏精覃思, 樂而忘食, 於爲己務實毋自欺愼其獨等處尤致意. 事親奉祭, 務盡誠孝, 事無大小, 身親莅之. 前後居喪, 哀戚備至, 三年不脫経帶 葬祭儀節, 一遵朱子家禮. 嘗曰, 孝者百行之源, 君臣夫婦長幼朋友, 皆當以此推之. 旣以自修, 又以是訓誨子侄, 家衆有過, 輒靜嗒無言, 人自畏服圖改. 言必平實簡當, 務合倫理, 遇事坦然, 不見其有猷爲規畫之跡, 而條緖自就. 蓋其學有定見, 措諸事業者如此. 尋常書字, 必端楷謹嚴. 於禮學着力尤深, 裒集古今儒先訓解及變禮節文, 分附于家禮傳註之下, 名曰家禮傳註通解凡四卷. 見者便之而勸其梓, 府君笑而辭, 使後承輩爲臨疑考證地焉. 先世別業在眞城縣北文海村, 府君愛其山水淸漣, 就臨江斷麓, 搆精舍. 取損之大象, 揭扁山澤, 左圖右書, 俯讀仰思, 其所得力, 有人不能窺測者. 待人無親疎, 一以忠厚侃侃, 遠近來學之士, 覿德感服, 聞望日著焉. 明陵庚午, 大臣交薦以學行, 直除掌樂主簿. 時李判書觀徵在本院提擧, 府君候刺, 李公禮貌之曰此嶺南賢長老也, 與權相公大運備擬南臺. 而時人以府君言論行誼亢尙, 不與時推移, 議遂寢, 王世子冊禮行賞, 賜馬一匹, 尋拜懷德縣監, 縣多大姓, 習俗傲悍, 素稱難治. 府君行之以公心直道, 居官一如治家, 待士民以禮, 御胥吏以法. 豪右侵撓細民者, 懲之不少貸, 未幾一縣翕然. 歲適大侵, 府君鉤察民隱, 盡心賑濟. 捐捧出糶, 計口量日以救之. 前例應捧, 一切蠲罷, 民以全活, 一境按堵如常歲. 其春斗米直百錢, 富戶多出米, 貸與貧人, 指秋長錢以取, 其贏什之. 民方乏食, 不暇慮後, 爭取其米. 府君愍其重困, 具申營司, 令民倍所貸以償之. 營司狀聞取朝旨, 拜關飭一道, 令償債者, 視懷德如也. 貧民鼓舞曰, 仁人之惠博哉, 自近而及遠也. 縣北有江水因漲而徙舊道生土, 有大家與府君分厚者, 持戶部牒來 請規取其地.

府君不許曰, 江決新道, 皆是民田, 令失土者何處求其代, 其人慚服. 時延陵君李公萬元
在座, 蹵然起敬曰, 公言甚義, 聞義而服亦難, 今日覩兩美事. 衙內畜一狗, 馴擾異常,
庭前曝肉, 輒守而不去, 烏鳶集則逐之, 小奚欲竊去則狺然禁之. 隨人指意, 無不聽順.
人以爲此明府和氣所感, 比之董家狗云. 在官五年, 謹糶糴平獄訟興學校, 自奉甚簡, 秋
毫無犯於常祿之外. 一子在家求筆, 府君還書曰, 知有向學之意, 甚可嘉悅, 但祿薄無以
應副. 專務周窮恤孤, 家政瑣節, 未嘗暇及. 府君嘗著居官要覽, 其目有八, 曰敬身廉潔
守法處事獄訟敎民勸農賑恤. 哀錄聖賢格言, 恒自觀省, 宋宰奎濂家居, 有所云爲, 必曰
明府聞之, 以爲如何, 畏服民心如此. 府君嘗以坤位動搖, 抑鬱不平, 累度呈辭決歸, 行
中只有短琴一張而已. 邑人追思, 鑱碑以頌淸白. 自是絶意世紛, 頤養自適. 家屢空, 處之
晏如, 以典籍自娛. 每月朔望, 講家禮小學等書于鏡光學舍, 手定條規, 循循誨諭. 以藍
田呂氏鄕約, 誨進後生, 莊而莅之, 望之若山斗. 而接人之際, 和氣藹然, 年高德邵, 望實
俱隆, 物議以宰輔期之. 與諸長德約爲學舍山房之遊, 藍輿出沒於雲霞水石之間, 觀者
以爲地上仙焉. 己亥四月十日, 卽樊谷公諱辰也. 府君年已八十有五, 前期致齋, 親視粢
盛, 鷄鳴後氣忽不平. 使子弟代將祀事, 伏枕悲泣, 俄而氣息漸微, 擧家驚救, 已無及矣.
昊天罔極 嗚呼痛哉, 是年十月十二日, 窆于鶴駕南麓負亥之原, 士林會者五百餘人. 府
君前配昌原黃氏, 別提千一之女 有四男. 長可貞 次可常可長可徵, 女金恒壽, 次金千重.
後配月城李氏, 大憲繩直之孫堍女. 有二男可聖可正, 一女趙. 可貞生一男一女, 男善
元, 女盧德運. 可常生二男命元士元, 二女長李光璉, 次幼. 可長生一男舜元, 女南應周
鄭宜楫申翼錫. 可徵生二男處元應元, 女李以檀生員朴增煥李仁泂. 可聖生一男二女,
男幼 女金存源河龍翼參奉. 可正出後 生一男謐. 內外曾玄孫六十餘人. 府君天資和而莊
簡而嚴. 敬以持心, 義以制行, 充養有素, 德器宏厚. 生有至性, 自能言承順父母, 不敢少
失其意. 嘗於冬月有親癠, 當用竹瀝, 求得十餘箇剖之, 不待火煨而自然之瀝澄盈節內.
取以調進得效, 人謂之孝感所致. 每遇生朝, 輒興孺慕, 終朝涕泣, 家人不敢設供具爲
樂. 祭祀親監辦, 需必精潔, 不以豐薄爲槩, 雖在稀耋之後, 非疾病未嘗使人. 閨門之內
斬斬, 人無間言. 其待朋友, 切偲琢磨, 過失相規. 一事謙虛, 不以師道自任. 而人自敬
服, 負南嶺山斗望者四十年. 棄世後士林將俎豆于鶴陽, 爲朝令所閡. 府君平日不喜著
述, 或率意寫出而平淡純熟, 一本於心性. 如自警詩擬招魂詞等諸篇, 皆所以求放心復
常性之意, 削藁不出, 人亦罕得以見之. 筮仕旣晩, 在職次僅五年, 平生所蘊抱, 不得展
布其萬一, 惠澤所及, 不過十室之邑. 時命所阨, 位不滿德, 公議惜之. 不肖可徵愚魯無

狀, 於平日微言細行, 皆遺失不記. 謹錄其大致, 亦不敢溢美. 奉乞一言于知德之君子, 冀或圖其不朽於來者焉爾. 男可徵泣血謹書.

행장行狀

공의 성은 권씨로 휘는 태시(泰時)이고 자는 형숙(亨叔)이며 자호(自號)는 산택재(山澤齋)이다. 고려 태사(高麗太師) 휘 행(幸)의 후손으로, 고조인 휘는 예(輗)는 자헌대부(資憲大夫) 이조 판서(吏曹判書)를 지냈고, 증조인 휘 안세(安世)는 선교랑(宣敎郞) 제릉참봉(齊陵參奉)을 지냈고 가선대부(嘉善大夫) 호조 참판(戶曹參判)에 증직되었다. 조부인 휘 지(誌)는 계공랑(啓功郞) 군자감(軍資監) 직장(直長)을 지냈으며, 아버지인 휘 창업(昌業)은 호가 번곡(樊谷)으로 독실하게 배우고 힘써 행하고 은거하여 벼슬하지 않았다. 어머니인 남양 홍 씨(南陽洪氏)는 당양군(唐陽君) 휘 상(常)의 현손(玄孫)이고, 승문원 부정자(承文院副正字) 사제(思齊)의 손녀이며, 충의위(忠義衛) 휘 근(勤)의 따님이다.

공은 숭정(崇禎) 을해년(1635) 8월 29일 안동부(安東府)의 서쪽 금계리(金溪里) 집에서 태어났다. 어려서부터 놀기를 좋아하지 않고 행동거지가 단정하고 엄숙하였다. 8세에 번곡(樊谷)이 《소학(小學)》을 가르쳐 주니 그 뜻을 완전히 이해하고 따라 익혀서 어김이 없었다. 번곡공이 매일 새벽에 사당에 참배할 때 공도 번번이 따라가서 그만두지 않으니 사람들이 기이하게 여겼다. 조금 자라서는 《논어(論語)》, 《맹자(孟子)》 등의 여러 책을 읽어서 학문을 하는 큰 방도에 더욱 능통하여 내외(內外)·경중(輕重)의 구분을 알았다. 비록 남는 힘으로 과거 공부를 하였으나 출세에 대해서는 달갑게 여기지 않았다. 대개 번곡공은 경당(敬堂) 장 선생(張先生)에게 배웠고 선생의 학문은 학봉(鶴峯) 김 선생(金先生)에게 얻은 것으로 전수한 내력과 문로가 매우 발랐으며 오로지 경(敬)을 위주로 삼았기 때문에 집안에 거처하고 자신을 검속함에 엄정하여 법도가 있었다. 한결같이 올바른 길로 자식을 가르쳐 앉아 있을 때 혹 한쪽으로 기대어 비스듬하면 꾸짖어 말하기를 "자리가 바르지 않으면 심장(心臟) 또한 바르지 않게 된다."라고 하니 배우는 자들이 전송하여 명언(名言)으로 여겼다.

공은 천품이 이미 순수하고 아름다운 데다가 또 집안의 엄숙한 가르침을 받아 자신을 수양하고[640] 법도를 지켜 날마다 잊지 않고 준행하였다. 일체 세속의 분화(紛華)[641]하고 방랑하는 습속(習俗)을 심신(心身)에 접하지 않았다. 그러므로 덕행과 기국이 성취되어 남들과는 다른 점이 있었으나, 일찍이 특이한 행동을 한 적이 없고 또한 일찍이 학문으로 자부하지도 않아 자신을 드러내지 않기를 힘쓰니 사람들이 알아주는 이가 드물었다. 오직 목재(木齋) 홍공(洪公), 존재(存齋) 이공(李公) 형제, 금옹(錦翁) 김공(金公), 졸와(拙窩) 권공(權公), 구소(鳩巢) 권공(權公)[642]은 모두 도의로 사귀어서 무릇 강독하는 모임이 있으면 반드시 그들과 함께하였다.

평소 과묵함으로 스스로 지켜서 일찍이 말을 빨리하거나 얼굴빛이 갑자기 변하는 일이 없었다. 의대(衣帶)를 단정히 하여 종일 바르게 앉아 책상 위에 《주서절요(朱書節要)》·《근사록(近思錄)》·《심경(心經)》 등의 책을 올려두고 다른 책을 섞지 않았다. 빈객이 있을 때가 아니면 손에서 책을 놓지 않아 밤을 새었다. 정밀하게 연구하고 깊이 생각하여 몇 년의 세월이 흐르니 그 얻은 바를 사람들이 엿보아 헤아릴 수 없는 것이 있었다.

집안사람들이 허물이 있을 때면 늘 아무 말이 없어도 장엄하게 다스리니, 사람들이 스스로 두려워하고 복종하여 고치려고 하였다. 말은 반드시 평범하면서도 실상이 있으며 간약(簡約)하여 윤리에 합당하도록 힘썼다. 일을 만나면 태연하여 또한 계책하고 규획(規劃)한 흔적을 볼 수 없었으나 조리와 두서가 저절로 이루어져 일을 여유 있게 잘 처리하니[643] 사람들이 모두 그 간결하고 민첩함을 탄복하였다.

주량은 남보다 뛰어났으나 술에 취한 뒤에는 번번이 무릎을 접고 다시 앉아 위의가 더욱 장중하였다. 평상시에 글씨를 쓸 때도 반드시 단정하고 근엄(謹嚴)하였으며 초록(抄錄)을 할 때는 한 권을 다 쓰도록 한 자도 날려 쓰지 않았으니, 또한 그 정력(定力)을 볼 수 있다.

예학에 대하여서는 더욱 깊이 힘을 기울여서 고금의 선유(先儒)들의 훈해(訓解)와 변례절문(變禮節文)을 모아 〈가례(家禮)〉의 전주(傳註) 아래 분류하여 붙인 후, 《가례전주(家禮傳註)》라 이름 짓고 의문이 날 때 고증하도록 하니 모두 4권이었다. 보는 자들이 모두 편리하게 여겨 혹은 간행하여 드러나게 하기를 권하기도 하였으나 웃으면서 사양하였다.

---

640) 각주 617) 참조.

641) 각주 618) 참조.

642) 구소(鳩巢) 권공(權公) : 권성구(權聖矩)를 가리킨다. 각주 444) 참조.

643) 일을 …… 처리하니 : 원문은 회유여지(恢有餘地)로, 《장자(莊子)》 양생주(養生主)에 나오는 포정해우(庖丁解牛)의 고사를 빌어, 일을 여유 있게 잘 처리함을 비유한 것이다.

선대의 별업(別業)이 진성현(眞城縣) 북리(北里)의 문해(文海)에 있었는데 공은 그 산수의 맑고 잔잔함을 사랑하여 강가 끊어진 산기슭에 나아가 그 위에 정사(精舍)를 짓고 《주역(周易)》 손괘(損卦)의 대상(大象)에서 취하여 '산택(山澤)'이라는 편액을 걸었다. 아마도 장차 이곳에 은둔하여 학문을 닦으며 여생을 마치려고 계획한 것일 것이다.

명릉(明陵) 경오년(1690)에 갈암(葛菴) 이 선생(李先生)이 조정에 있으면서 공을 학행으로 천거[644]하여 벼슬길에 올라 6품직(六品職)을 제수받고[645] 장악원 주부(掌樂院主簿)에 임명되었다. 왕세자 책례(王世子冊禮) 시상(施賞)에 말 한 필을 하사받고 그해 겨울에 나아가 회덕 현감(懷德縣監)이 되었다. 현(縣)에는 대성(大姓)들이 많아서 습속(習俗)이 거만하고 사나워 본래부터 다스리기 어렵다고 이름이 났다. 공은 관직에 이르러 한결같이 집안을 다스리듯 하고 백성을 대하기를 예로써 하며 서리를 부리기를 법으로써 하였다. 오로지 공정한 마음과 바른 길을 행하니 얼마 안 되어 한 고을이 한 마음으로 귀의하였다.

이해에 마침 큰 흉년이 들었는데, 공은 마음을 다하여 진휼하여 구제하여 백성의 수를 헤아리고 장부(帳簿)를 만들어 날을 헤아려 구제하였다. 관청의 환곡이 부족하자 자신의 녹봉을 내어 구휼을 계속하였으며, 백성들에게 응봉(應捧)하던 전례(前例)를 일절 없애니 백성들이 온전히 살게 되었고 한 고을 안이 안도되어 예년과 같아졌다.

그해 봄에는 한 말의 쌀값이 백 전이나 되니 부잣집에서 쌀을 많이 내어 가난한 사람들에게 빌려주고 가을에 돈으로 취할 것을 지정하는데 그 이자가 열 배나 되었다. 백성들은 바야흐로 양식이 부족하여 뒤를 생각할 겨를도 없이 다투어 그 쌀을 취하니 공은 더욱 곤궁해지는 것을 근심하여 영사(營司)에 갖추어 보고하여 백성들이 빌린 쌀의 두 배만 배상하게 하였다. 영사는 장계(狀啓)를 올려 보고하고 조정의 뜻을 취하여 한 도(道)에 공문을 내려 모두 회덕현(懷德縣)과 같게 하니 가난한 백성들이 고무(鼓舞)되었다.

현(縣)의 북쪽에 강물이 범람하여 옛날에 흐르던 물길이 바뀌면서 땅이 생겼는데, 우공(寓公) 대가(大家) 중에 공과 교분이 두터운 자가 그 땅을 가지려고 호부(戶部)의 문서를 가지고 와서 노비의 이름을 걸어놓으려 하였다. 공은 그것을 막으며 말하기를

---

644) 천거 : 원문은 '천섬(薦剡)'으로 '섬(剡)'은 중국의 종이 생산지로 유명한 곳이다. 옛날에 그 지역에서 생산된 섬지(剡紙)에다 천거하는 글을 적었으므로, '섬(剡)'이 '사람을 천거하는 문서'의 대명사가 되었다.

645) 6품직(六品職)을 제수받고 : 원문은 직출육품(直出六品)으로 원래는 문과(文科)의 갑과(甲科)에 급제한 사람을 바로 육품직에 제수하는 것을 말한다.

"강이 터져 새로 흘러가는 물길이 모두 민전(民田)인데 땅을 잃어버린 사람들은 어느 곳에서 대신할 땅을 구한단 말이오."라고 하니 그 사람이 부끄러워하면서 복종하였다. 당시에 연릉군(延陵君) 이공(李公)[646]이 자리에 있다가 몸을 숙이며 공손하게 말하기를 "공의 말이 매우 옳습니다. 옳은 말을 듣고서도 승복하기가 또한 어렵습니다. 그런데 오늘 두 가지 아름다운 일을 보았습니다."라고 하였다.

관아(官衙) 내에서 개를 한 마리 길렀는데 길이 매우 잘 들어 뜰 앞의 볕에 말리는 어육(魚肉)을 늘 지키고 떠나지 않았고, 까마귀와 솔개가 모여들면 쫓고, 노복이 훔쳐가려 하면 으르렁거리며 못하게 하였다. 사람의 뜻을 따라서 순종하지 않은 적이 없으니, 사람들이 "이는 밝은 사또의 화기(和氣)에 감화를 받은 것이다."라고 하고, 혹자는 "이것은 동생(董生) 집의 닭과 개에 비견(比肩)된다."고 말하였다.

관직에 있는 5년 동안 조적(糶糴)을 삼가고 옥송(獄訟)을 공평하게 하였으며 스스로는 매우 검소한 생활을 하여 자제들의 의복과 음식은 벼슬하기 전과 같았으나, 궁핍한 친족을 구휼하여 은의(恩義)를 곡진하게 하였다.

일찍이 《거관요람(居官要覽)》을 저술하였는데 그 항목은 8조목으로 경신(敬身)·염결(廉潔)·수법(守法)·처사(處事)·옥송(獄訟)·교민(敎民)·권농(勸農)·진휼(賑恤)이었다. 성현의 격언을 모으고 기록하여 항상 스스로 살피고 반성하였다. 송규렴(宋奎濂)이 그의 집에 있을 때 말하고 행동할 바가 있으면 반드시 "사또가 들으시면 무어라고 하실까?"라고 하였으니 민심이 경외하고 복종함이 이와 같았다.

갑술년 시사(時事)가 한번 변하니[647] 공은 마음속으로 불평하여 누차 사표를 올려 벼슬을 그만두고 돌아왔는데 행중(行中)에는 다만 단금(短琴) 하나만 있을 뿐이었다. 이로부터 어지러운 세속에 뜻을 끊고 이양(頤養)하며 유유자적하였다. 집안이 가난하여 거친 밥을 먹으면서도 편안하게 지내며 서책을 가지고 스스로 즐겼다. 후생을 접대하는 사이에는 화기(和氣)가 가득하였고 나이가 많을수록 덕이 높아지고 명망과 실상이 모두 높아지니, 여론이 재상감으로 기대하였다. 벼슬에서 물러난 지[648] 20여 년에 더욱 강건

---

646) 연릉군(延陵君) 이공(李公) : 이만원(李萬元, 1651~1708)을 가리킨다.

647) 갑술년 …… 변하니 : 인현왕후(仁顯王后) 민 씨(閔氏)의 폐위를 주도한 남인 측의 인사가 대거 사사·유배되고 왕비 장 씨(張氏)가 희빈(禧嬪)으로 강등되는 한편 노론 측의 인사들은 대거 복관되고 폐비 민 씨도 복위된 갑술환국(甲戌換局)을 이른다.

648) 벼슬에서 물러난 지 : 원문은 '가식(家食)'으로 벼슬하지 않음을 말한다. 《주역》〈대축괘 전(大畜卦傳)〉에 "대축은 정함이 이로우니 집에서 밥을 먹지 않으면 길하니, 대천을 건넘이 이롭다.[大畜, 利貞, 不家食, 吉,

하여 질병도 없었고 귀와 눈도 쇠하지 않았다. 당시 읍내의 나이 많고 덕 있는 여러 노인들과 학사(學舍)와 산사(山寺)를 유람하기 위해 남여(藍輿)를 타고 구름과 노을, 물과 바위 사이에 출몰하니 보는 자들이 신선을 바라보듯이 하였다.

기해년(1719) 4월 10일은 번곡공(樊谷公)의 기일(忌日)이었다. 공의 나이 이미 85세인데도 오히려 스스로 기일에 앞서 재계(齋戒)하고 직접 제수를 점검하였는데, 닭이 운 뒤에 기운이 문득 평온하지 못하였다. 자제들을 불러 제사를 대신 주관하게 하였는데 조금 후에 기식이 점점 약해지니 온 집안이 놀라 구완하였으나 이미 미칠 수 없었다. 오호라. 기이하도다. 이해 10월 12일에 학가산(鶴駕山) 남쪽 기슭 부해(負亥)의 언덕에 장사지냈다. 사림에서 모인 자가 삼백여 명이었다.

공의 전배(前配)는 창원 황 씨(昌原黃氏)이니 별제(別提) 휘 천일(千一)의 따님으로 4남 2녀를 두었다. 장남은 가정(可貞), 다음은 가상(可常), 가장(可長), 가징(可徵)이고, 장녀는 사인(士人) 김항수(金恒壽)에게 시집갔고 차녀는 사인(士人) 김천중(金千重)에게 시집갔다.

후배(後配)는 월성 이 씨(月城李氏)로 대헌(大憲) 휘 승직(繩直)의 후손인 휘 완(琬)의 따님이다. 2남 1녀를 두니 아들은 가성(可聖), 가정(可正)이고 딸은 사인(士人) 조규(趙袿)에게 시집갔다. 가정(可貞)은 진사(進士) 진성 이씨(眞城李氏) 긍(亘)의 따님에게 장가들어 1남 1녀를 낳았는데 아들은 선원(善元)이고 딸은 노덕운(盧德運)에게 시집갔다. 가상(可常)의 전취(前娶)는 충주 최씨(忠州崔氏) 충망(忠望)의 따님인데 자식이 없었고, 후취(後娶)는 호군(護軍) 수안 김씨(遂安金氏) 도장(道章)의 따님으로 2남 2녀를 낳았다. 장남은 명원(命元)이고 차남은 사원(士元), 장녀는 이광련(李光漣)에게 시집갔고 차녀는 어리다. 가장(可長)은 진사 함양(咸陽) 박희도(朴希道)의 따님에게 장가들어 2남 3녀를 낳았다. 장남은 순원(舜元)이고 차남은 어리고, 장녀는 남응주(南應周)에게 시집갔고 차녀는 정의집(鄭宜楫)에게, 다음은 신익석(申翼錫)에게 시집갔다. 가징(可徵)의 전취(前娶)는 별제(別提) 순흥 안씨(順興安氏) 정상(鼎相)의 따님으로 1녀를 낳았는데 생원(生員) 이이단(李以檀)에게 시집갔다. 후취(後娶)는 진양 하씨(晉陽河氏) 계도(啓圖)의 따님으로 3남 2녀를 낳았다. 장남은 처원(處元)이며 다음은 응원(應元)이며 다음은 어리다. 장녀는 박증환(朴增煥)에게 시집갔고 다음은 어리다. 가성(可聖)의 전취(前娶)는 동래 정씨(東萊鄭氏) 두응(斗應)의 따님

利涉大川.]"라고 하였고, '본의(本義)'에 "'불가식'은 조정(朝廷)에서 녹을 먹고 집에서 밥을 먹지 않음을 이른다.[不家食, 謂食祿於朝, 不食於家也.]"라고 하였다.

으로 2녀를 낳았는데 장녀는 김효원(金孝源)에게 시집갔고 차녀는 하용익(河龍翼)에게 시집갔다. 후취(後娶)는 흥해 배씨(興海裵氏) 응황(應晃)의 따님으로 2남을 낳았으나 모두 어리다. 가정(可正)은 동래 정씨(東萊鄭氏) 요윤(堯允)의 따님에게 장가들어 1남을 낳았으나 어리다. 김항수는 자식이 없어 담(儋)을 계자(繼子)로 삼았고, 김천중은 3남 1녀를 두었는데 장남은 순석(舜錫)이며 다음은 시흠(時欽)이며 다음은 극흠(克欽)이고 딸은 이인집(李仁執)에게 시집갔다. 조규(趙袿)는 1녀를 두었다. 내외의 증손과 현손이 60여 명이다.

공은 지극한 정성이 있어 말을 할 줄 알면서부터 부모의 뜻을 잘 받들어 순종하여 감히 조금도 그 뜻을 잃지 않았다. 전후로 거상(居喪)하면서 모두 예제(禮制)를 따라 수질(首絰)과 요대(腰帶)를 벗지 않고 슬픔과 그리움을 한결같이 하였다. 일찍이 겨울에 부모님의 병환이 심해 죽력(竹瀝)을 써야 했다. 하인이 대나무 십여 개를 얻어 쪼개니 불에 굽지도 않았는데도 저절로 물방울이 마디 속에 가득 차 있었다. 취하여 드시게 하자 빠른 효과가 있으니 사람들은 효성이 하늘을 감동시킨 것이라고 하였다.

매번 생일날 아침이면 어버이를 사모하는 감회가 일어 아침 내내 눈물을 흘리며 우니 집안사람들이 감히 잔치를 차리고 즐거워 할 수 없었다. 제사는 몸소 살피고 주관하였으며 제수는 반드시 정결하게 하여 제물(祭物)이 풍성한 것을 귀하게 여기지 않았다. 비록 70이 넘어서도 병들지 않는 한 일찍이 참여하지 않은 적이 없었다.

시문은 마음 가는 대로 써 내어도 평담(平淡)하고 순숙(純熟)하였다. 번번이 원고를 버리고 드러내지 않았으니, 이는 지나치게 스스로 겸허하여 문인으로 자처하지 않았기 때문이다.

처음 벼슬에 나아간 것이 이미 늦었고 관직에 있었던 시간도 겨우 5년이었으니 평소 배운 것의 만의 하나도 펼치지 못하였고, 혜택이 미친 것도 작은 고을에 불과할 뿐이었다. 시운이 막혀 덕망만큼 지위를 누리지 못하였으니 공론(公論)이 애석하게 여겼다.

평소의 은미한 말씀과 사소한 행실이 날이 갈수록 잊혀질까 두려워 삼가 그 대략을 기록하니 또한 감히 지나치게 찬양 않는다. 삼가 덕을 아는 군자에게 한마디 말씀을 구하여 혹시라도 후세에 전해지도록 해주기를 바랄 뿐이다.

종후생(宗後生) 권덕수(權德秀) 삼가 적는다.

公姓權氏, 諱泰時字亨叔, 自號山澤齋. 高麗太師諱幸之後, 高祖諱軕資憲大夫吏曹

判書, 曾祖諱安世宣教郎, 齊陵參奉, 贈嘉善大夫戶曹參判. 祖諱誌啓功郎軍資監直長,
父諱昌業號樊谷, 篤學力行, 隱居不仕. 母南陽洪氏, 唐陽君諱常之玄孫, 承文院副正字
諱思齊之孫, 忠義衛諱勤之女也. 公以崇禎乙亥八月二十九日, 生于安東府西金溪里第.
自兒時不好弄, 擧止端重. 八歲樊谷公授以小學, 了解其義, 循習無違, 樊谷公每晨拜祠
廟, 公輒隨往不廢, 人異之, 稍長讀論孟諸書, 益通爲學大方, 知內外輕重之分. 雖以餘
力治擧子程文, 而於進取, 有所不屑也, 蓋樊谷公, 學於敬堂張先生, 先生之學, 得之鶴
峯金先生, 其來歷門路甚正, 專以敬爲主, 故居家律己嚴有法. 教子弟一以義方, 見其坐
或偏側, 則呵之曰坐不正, 心臟亦不正 學者傳誦爲名言, 公天稟旣純美, 又被家庭教誨
之嚴, 禔躬謹節, 日有持循. 一切世俗紛華放浪之習, 不接於身心, 故德器成就, 有異於
人, 而未嘗爲崖異之行. 亦未嘗以學問自居, 務爲韜晦, 故人之知者蓋寡. 惟木齋洪公,
存齋李公兄弟, 錦翁金公, 拙窩權公. 鳩巢權公, 皆以道義之交, 凡所講集, 必與之周旋
焉. 平居簡默自守, 未嘗有疾言遽色. 衣帶整飭, 終日危坐, 案上置朱書節要近思心經等
帙, 不以他書雜之. 非有賓客, 手不釋卷, 夜以繼日. 研精覃思, 積有年紀, 其所得之有人
不能窺測者焉. 家衆有過, 輒靜嘿無語, 莊而莅之, 人自畏服圖改. 言必平實簡當, 務合
倫理. 遇事夷然, 不見其有猷爲規畫之跡, 而條緒自就, 恢有餘地, 人皆服其簡敏. 酒戶
過人, 醉後輒斂膝更坐, 威儀益莊重. 尋常書字, 必端楷謹嚴. 凡所抄錄, 盡卷無一字胡
草, 亦可見其定力也. 於禮學着力尤深, 裒集古今儒先訓解及變禮節文, 分付于家禮傳
註之下, 名以家禮傳註, 爲臨疑考證之地凡四卷. 見者皆便之, 或勸其梓而公之, 則笑而
辭焉. 先世別業在眞城縣北里曰文海, 公愛其山水淸幽, 就臨江斷麓, 搆精舍其上, 取損
之大象, 扁以山澤, 蓋將藏修於此, 爲終焉之計. 明陵庚午 葛菴李先生在朝, 公以學行登
薦剡, 直出六品, 拜掌樂主簿. 王世子冊禮行賞, 賜馬一匹, 其年冬, 出爲懷德縣監. 縣多
大姓, 習俗傲悍, 素稱難治. 公至居官, 一如治家, 待士民以禮, 御胥吏以法, 一以公心直
道行之, 未幾一縣翕然歸心焉. 歲適大侵, 公盡心賑濟, 計民口爲帳子, 量日以救之. 官
糴不足, 捐俸以繼, 前例應捧於民者, 一切罷之, 民以全活, 一境案堵如常歲. 其春斗米
直百錢, 富戶多出米, 貸與貧人, 指秋長錢以取之, 其贏什之. 民方乏食, 不暇慮後, 爭取
其米, 公愍其重困, 具申營司, 請令民爲倍其米以償. 營司狀聞取朝旨, 一依所報, 竝行
關一道, 皆如懷德, 貧民鼓舞. 縣北有江水, 因漲而徙舊道生土, 寓公大家有與公分厚
者, 規取其地, 持戶部牒, 量繫奴名. 公拒之曰, 江決新道, 皆是民田, 令失土者何處求其
代也, 其人慚服. 時延陵君李公在座, 蹴然起敬曰, 公言甚義, 聞義而服亦難, 今日覩兩

快事. 衙內畜一狗, 馴擾異常, 庭前曝乾魚肉, 輒守而不去, 烏鳶集則逐之, 婢僕欲竊去
則猖然禁之. 隨人意指, 無不聽從. 人以爲此和氣所感, 或比之董家鷄狗云. 在官五年,
謹耀耀平獄訟, 自奉甚簡, 子弟被服飮食, 如在家時, 周窮恤族, 恩義曲盡. 嘗著居官要
覽, 其目有八, 曰敬身廉潔守法處事獄訟敎民勸農賑恤. 裒錄聖賢格言, 恒自觀省焉, 宋
宰奎廉家居, 有所云爲 必曰明府聞之, 以爲如何, 其畏服人心如此. 甲戌時事一變, 公意
不樂, 累呈辭投紱徑歸, 行中只有短琴一張而已. 自是絶意世紛, 頤養自適, 家貧疏糲晏
如, 以典籍自娛. 接待後生, 和容藹然, 年高德邵, 望實俱隆, 物論以宰輔期之. 家食餘二
十年, 益康健無疾, 耳目不衰. 時與邑中長德諸老, 爲學舍山寺之遊, 藍輿出沒於雲霞水
石之間, 觀者望若仙焉. 己亥四月十日, 卽樊谷公諱辰也. 公年已八十有五, 猶自前期致
齋, 親視粢盛, 鷄鳴後氣忽不平, 呼子弟代將祀事, 俄而氣息漸微, 擧家驚救, 已無及矣.
嗚呼異哉. 是年十月十二日, 永窆于鶴駕山南麓負亥之原, 士林會者三百餘人. 公前配
昌原黃氏, 別提諱千一之女也, 有男四人女二人. 男長可貞, 次可常, 次可長, 次可徵,
女長適士人金恒壽, 次適士人金千重. 後配月城李氏, 大憲諱繩直之孫, 諱琬之女也. 有
二男一女, 男可聖, 可正, 女適士人趙袿. 可貞娶進士眞城李亘女, 生一子一女, 男善元,
女適盧德運. 可常前娶忠州崔忠望女無育, 後娶護軍遂安金道章女, 生二男二女. 男長
命元, 次士元, 女長適李光漣, 次幼. 可長娶進士咸陽朴希道女, 生二男三女. 男長舜元,
次幼, 女長適南應周, 次適鄭宜楫, 次適申翼錫, 可徵前娶別提順興安鼎相女, 生一女,
適生員李以檀. 後娶晉陽河啓圖女, 生三男二女, 男長處元, 次應元, 次幼, 女長適朴增
煥, 次幼. 可聖前娶東萊鄭斗應女, 生二女, 長適金孝源, 次適河龍翼. 後娶興海裵應晃
女, 生二男皆幼. 可正娶東萊鄭堯允女, 生一男幼. 金恒壽無育, 繼子儋, 金千重有三男
一女, 男長舜錫, 次時欽, 次克欽, 女李仁執. 趙{示+圭}有一女. 內外曾玄六十餘人. 公
有至誠, 自能言承順父母, 不敢少失其意. 前後居喪, 一遵禮制, 不脫絰帶, 哀慕如一日.
嘗於冬月, 親癠苦重, 當用竹瀝, 從人求得十餘箇剖之, 不待火煨, 自然之瀝澄盈節內,
取以調進得快效, 人謂之孝感所致. 每遇生朝, 輒興懷孺慕, 終朝涕泣, 家人不敢設供具
爲樂. 祭祀親監辦, 需必精潔, 不以豐腆爲貴. 雖在稀耋之後, 非疾病則未嘗不與焉. 詩
文率意寫出, 平淡純熟, 輒削藁不出, 蓋過自謙虛, 不以文人自處也. 筮仕旣晚, 在職次
又僅五年, 平生所學, 不得展布其萬一, 惠澤所及, 不過十室之邑而已. 時命所阨, 位不
滿德, 公議惜之. 若其平日微言細行, 日遠日忘, 謹錄其大致, 亦不敢溢美. 奉乞一言于
知德之君子, 冀或圖其不朽於來者焉爾. 宗後生權德秀謹狀.

묘갈명墓碣銘

　공의 휘는 태시(泰時)이고 자는 형숙(亨叔)이며 성은 권씨(權氏), 호는 산택재(山澤齋)로 안동(安東) 사람이다. 시조 고려 태사(高麗太師) 휘 행(幸)으로부터 대대로 이어져 국조(國朝) 이르렀으니, 자헌대부(資憲大夫) 이조 판서(吏曹判書) 휘 예(輗)와 선교랑(宣敎郎) 제릉참봉(齊陵參奉) 증가선대부(贈嘉善大夫) 호조 참판(戶曹參判) 휘 안세(安世)와 계공랑(啓功郎) 군자감 직장(軍資監直長) 휘 지(誌)는 공의 고조, 증조, 조부 삼세(三世)가 된다. 아버지인 휘 창업(昌業)은 호가 번곡(樊谷)으로 덕을 간직하고 드러내지 않았다. 어머니는 남양 홍 씨(南陽洪氏)로 당성군(唐城君) 휘 상(常)의 현손이고 충의위(忠義諱) 근(勤)의 따님이다.

　공은 어렸을 때부터 이미 단아하고 정중하여 8세에 《소학(小學)》을 배워 능히 그 뜻을 이해하였다. 조금 장성해서는 성현의 책을 더 힘써 읽고 독실한 뜻으로 학문에 뜻을 두어 과거 공부하는 것을 달갑게 여기지 않았다. 번곡공의 학문은 사승(師承)이 있어 자제를 가르침에 법도가 있었다. 공은 순수하고 아름다운 성품을 타고났고 부친으로부터 훈도(薰陶)되어 마음을 잡고 행동을 절제하여 차근차근 법도를 따르니, 성큼성큼 날로 성취하였다. 또 목재(木齋) 홍여하(洪汝河)공과 고산(孤山) 이유장(李惟樟)공 여러 군자들과 함께 종유(從遊)하고 강론(講論)하여 이택(麗澤) 유익함[649] 있었다. 날마다 새벽에 일어나 가묘(家廟)와 주자(朱子)의 진상(眞像)에 절하고, 물러나서는 하루 종일 바르게 앉아 《주서절요(朱書節要)》·《심경(心經)》·《근사록(近思錄)》을 가져다 체험하고 연구하여 실지로 얻은 바가 있었으며, 고금 예가(禮家)의 변절(變節)[650]과 《주자가례(朱子家禮)》를 참고하여 고증한 바가 있었다.

---

649) 이택(麗澤) …… 유익함 : 붕우가 서로 도와 절차탁마하는 것을 말한다. 《주역》 태괘(兌卦) 상(象)에 "두 개의 못이 서로 이어져 있는 것이 태이니, 군자는 이를 보고서 붕우와 함께 강습한다.[麗澤兌 君子以朋友講習]"라고 하였다.
650) 변절(變節) : 일반적이지 않은 특별한 상황에서 정상적인 예법을 상황에 맞추어 바꾼 것을 말한다.

강 언덕 경치 좋은 곳에 정사(精舍)를 짓고 《주역(周易)》 손괘(損卦)의 대상(大象)에서 취하여 산택(山澤)이라는 편액을 걸고 부앙(俯仰) 완색(玩索)하여 스스로 즐거워하였다.

숙종(肅宗) 경오년(1690)에 대신들이 학행으로 천거하여 장악원 주부(掌樂院主簿)에 임명되었다. 상서(尙書) 이관징(李觀徵)과 상국(相國) 권대운(權大運)이 공을 보고 존중하여 남대(南臺)[651]에 의망하고자 하였다. 얼마 뒤 외직으로 나가 회덕 현감(懷德縣監)이 되었는데 현에는 거족(巨族)들이 많아 다스리기 어렵기로 소문이 났었다. 공은 현에 부임하여 호족(豪族)들의 횡포를 그치게 하고 과약(寡弱)한 자들을 살펴 한결같이 공정하게 하였다. 흉년을 당하면 녹봉을 기부하고[652] 봉급을 줄여서 사람 수를 헤아려 조곡(糶穀)을 분배하였는데 이듬해 봄에 쌀값이 폭등하여 한 말 가격이 백 전(百錢)이나 되니 가난한 백성들이 부잣집의 곡식을 빌린 것이 가을이면 갚아야 할 이자가 열 배나 되었다. 공은 방백(方伯)에게 보고하고 청하여 백성들로 하여금 두 배만 갚도록 하니 방백은 다른 군에도 공문을 보내 경계하여 모든 빚을 갚을 자들이 이것을 보고 한 도(道)가 서로 기뻐하였다.

공과 서로 교분이 두터운 자가 호부(戶部)의 문서에 의거하여 군내(郡內)에 물길이 옮겨가 생긴 토지를 취하여 밭으로 삼으려고 하였다. 공은 "이 모두가 본래 백성들의 땅인데 어찌 백성들로 하여금 생업을 잃게 하리오." 하고는 허락하지 않으니 그 사람이 사과하며 복종하였다. 연릉군(延陵) 이만원(李萬元)공이 자리에 있다가 대면하여 감탄하기를 "의로운 말을 하는 것과 의로운 말을 듣고서 승복하는 것이 모두 어려운데, 오늘 두 가지 어려운 일을 보았다."라고 하였다.

청렴하고 결백하게 자신을 단속하여 털끝만큼도 관물(官物)에 손을 대지 않고 한결같이 성법(成法)과 옛 가르침을 따라 다스렸다. 고을 안의 사민이 모두 일을 할 때 번번이 말하기를 "명부(明府)[653]께서 들으시면 무어라고 하실까?"라고 하였다. 임기를 마치고 고향으로 돌아가자 백성들이 비석을 새겨 덕을 칭송하였다.

형편이 궁핍하였지만 항상 편안하였다. 매월 제생들을 모아 강학하여 여씨향약(呂氏鄕約)의 법규를 펼쳐 향리(鄕里)를 창도하니 공이 관직에 임해 일을 처리하는 근원이 되는 학문이 이와 같았다.

---

651) 남대(南臺) : 과제출신(科第出身)이 아니고 산림 학자로서 사헌부 장령에 등용된 것을 남대(南臺)라 함.
652) 녹봉을 기부하고 : 원문은 연름(捐廩)으로 공적인 일을 위하여 관리들이 녹봉의 일부를 덜어 내어서 보태는 일을 이른다.
653) 명부(明府) : 지방민이 자신이 거주하는 고을의 수령을 가리키는 말이다.

공은 지극한 효성으로 부모를 섬겼다. 일찍이 겨울에 어버이가 병이 들어 죽력(竹瀝)이 필요했는데 대나무를 쪼개자 불에 굽지도 않았는데 물방울이 생겨 마디에 가득 차 있었다. 가져다 드시게 하자 특효가 있으니, 사람들이 효성이 하늘을 감동시킨 것이라고 일컬었다. 상제(喪祭)에도 정성과 예를 다하였는데 번곡공의 기일을 당했을 때 당시 나이 85세였으나 오히려 목욕재계하였고 제사를 지내려다가 기운이 갑자기 빠져 자리에 엎드려 슬피 울기를 그치지 않으셨다. 얼마 후에 돌아가셨으니, 종신토록 부모를 사모한 자라고 말할 수 있다.

동생들이 잘못하면 매질하기를 명하였다가, 곧 당을 내려가서 어루만지고 눈물을 흘리며 말하기를 "내가 너를 가르치지 못하여 부모님의 유체(遺體)를 상하게 하는구나."라고 하였다. 군(郡)에 있을 적에 자신의 생활은 매우 검소하였으나 곤궁한 친구와 친족을 두루 구휼하는 데 있어서는 미치지 못할 듯이 하였으니 이는 공의 학문과 행의(行義)의 근본이 이처럼 효성스럽고 우애로웠던 것이다.

공은 인조 을해년(1635) 8월 29일에 태어나 숙종 기해년(1719)에 돌아가셨으니 이해 10월 12일에 학가산(鶴駕山)의 남쪽 기슭 부해(負亥, 남동향)의 언덕에 장사지냈다. 사림에서 사당을 세워 제사를 지낼 것을 의논하였으나 조정에서 금하여 실행하지 못하였다.

공의 전배(前配)인 창원 황 씨(昌原黃氏)는 상의원(尙衣院) 별제(別提) 휘 천일(千一)의 따님이고 후배(後配)인 월성 이 씨(月城李氏)는 대사헌(大司憲) 승직(繩直)의 손자인 완(琬)의 따님이다. 아들 가정(可貞), 가상(可常), 가장(可長), 가징(可徵)과 김항수(金恒壽), 김천중(金千重)에게 시집간 딸은 전배(前配)의 소생이고, 가성(可聖), 가정(可正)과 조규(趙袿)에게 시집간 딸은 후배의 소생이다. 가정(可貞)의 아들은 선원(善元)이고 딸은 노덕운(盧德運)에게 시집갔다. 가상(可常)의 아들은 명원(命元)과 사원(士元)이고 딸은 이광련(李光璉)에게 시집갔다. 가장(可長)의 아들은 순원(舜元)이고 딸은 남응주(南應周), 정의집(鄭宜楫), 신익석(申翼錫)에게 시집갔다. 가징(可徵)의 아들은 처원(處元)과 응원(應元)이고, 딸은 생원(生員) 이이단(李以檀), 박증환(朴增煥), 이인형(李仁泂)에게 시집갔다. 가성(可聖)의 아들은 복원(復元)이고 딸은 김효원(金孝源), 참봉(參奉) 하용익(河龍翼)에게 시집갔다. 가정(可正)은 족숙(族叔) 빈(份)의 후사(後嗣)로 출계(出系)하였는데 아들은 생원(生員) 도(濤)이다. 증손과 현손 이하는 기록하지 않는다.

공은 풍모와 위의가 비범하였고 평소에 말수가 적었으며 일에 임해서는 생각하고 헤아린 것이 없는 것 같았으나 실행함에는 조리가 있었다. 또 실학(實學)과 의행(懿行)을

근본으로 삼아 하여금 세상에 쓰이게 하였으니 그 이익이 어찌 작았겠는가? 그러나
도리어 한 고을에만 쓰이고 마쳤으니 때를 만나지 못함을 어찌하겠는가? 공의 증손이
그의 행장을 가지고 찾아와서 내게 공의 묘석에 명(銘)을 부탁하였다.

다음과 같이 명을 짓는다.

학문에 바탕을 두었으니	所資于學
무슨 일인들 감당하지 못했으리오	何施不堪
한 고을을 다스리는 데 그쳤으니	而枳一縣
마치 울리지 않는 종과 같구나	如鍾而喑
덕이 아니면 가난하더라도	非德或歉
마음은 편안하였네	在心則恬
공덕을 비석에 새기니	有劚于石
사람들 우러러 봄에 부끄러움 없으리라	無怍人瞻

자헌대부(資憲大夫) 형조 판서 겸 지경연의금부 춘추관사 홍문관 제학 예문관 제학
오위도총부 도총관 정범조(丁範祖) 지음.

公諱泰時字亨叔, 姓權氏號山澤齋, 安東人也. 自始祖高麗太師諱幸, 而蟬聯至國朝,
資憲大夫吏曹判書諱輗, 宣敎郞齊陵參奉贈嘉善大夫戶曹參判諱安世, 啓功郞軍資監直
長諱誌, 爲公高祖曾祖祖三世. 考諱昌業號樊谷, 蘊德不顯. 妣南陽洪氏, 唐城君諱常玄
孫, 忠義諱勤女. 公自兒時已端重, 八歲受小學, 能解其義. 稍長益讀聖賢書, 篤志嚮學,
不屑爲擧子業. 而樊谷公學問有師承, 敎子弟有法度. 公旣受性純美, 薰襲有資, 持心制
行, 循循繩墨, 駸駸日有成就. 又與木齋洪公汝河孤山李公惟樟諸君子從遊講論 有麗澤
之益. 日晨興拜家廟及朱子眞像, 退危坐竟日, 取朱書節要心經近思錄, 體驗硏究, 有所
實得. 襍古今禮家變節, 參以朱子家禮, 有所考據. 搆精舍江岸勝處, 取易損之大象, 扁
以山澤, 俯仰玩索, 有以自樂. 肅宗庚午, 用大臣學行薦, 除掌樂院主簿. 李尙書觀徵權
相國大運見公, 莫不敬重, 至欲擬以南臺, 尋出知懷德縣. 縣多巨族, 號難治, 公至則戢
豪橫照寡弱, 一出公正. 値歲大無, 捐廩蠲俸, 計口分糶, 其翌年春, 米踊斗直百錢, 貧氓
所貸富戶穀, 秋當償者利至什. 公報請方伯, 令民得倍其償, 方伯關勅他郡, 凡償債者視

此, 一道胥悅. 有與公相厚者, 憑地部牒, 欲規取郡內水徙生土處爲田. 公曰, 此皆本民田, 豈可使民失業, 不許施, 其人爲謝服. 延陵李公萬元在座面歎曰, 言而義與聞義而服皆難, 今日覩兩難事. 律己廉白, 無絲毫染官物, 壹遵成法古訓爲治. 郡中士民凡有所爲, 輒曰, 明府聞之, 謂何如. 旣歸民鑴碑以頌德, 家食空乏而常晏如. 每月會諸生講學, 申呂氏鄕約, 倡導鄕里, 蓋公莅官制事之本原學問如此. 公事親有至性, 嘗冬月, 親有病須竹瀝, 剖竹不待煨而瀝生滿節. 取以進得效, 人謂孝感所致. 喪祭盡誠禮, 値樊谷公忌日, 時年八十有五, 而猶齋沐將將事者, 氣忽陷, 伏枕悲泣不已, 俄而卒, 可謂終身慕者也. 庶弟有過命笞之, 卽下堂撫而泣曰, 吾不能敎汝 致傷大人遺體. 在郡自奉甚菲薄, 而於窮交族周恤如不及, 蓋公學問行義之本源孝友如此. 公生仁祖乙亥八月二十九日, 以肅宗己亥四月十日卒, 是年十月十二日, 葬于鶴駕南麓負亥之原. 士林議立社以祀, 因朝禁不果. 公前配昌原黃氏, 尙衣院別提千一女, 後配月城李氏, 大司憲繩直孫玩女. 男可貞可常可長可徵, 女金恒壽金千重前配出, 可聖可正, 女趙示圭後配出, 可貞男善元, 女盧德運. 可常男命元士元, 女李光漣. 可長男舜元, 女南應周鄭宜楫申翼錫. 可徵男處元應元, 女李以檀生員朴增煥李仁洞. 可聖男復元, 女金孝源河龍翼參奉. 可正出系族叔份後, 男濤生員. 曾玄以下不錄. 公風儀偉然, 平居寡言語, 臨事若無所思度, 而施設有條理. 又本之以實學懿行, 使發以爲世用, 其利益豈微哉. 而顧試一邑以終, 其如時不遇何哉. 公曾孫訪以其狀來, 屬範祖銘公墓石. 銘曰, 所資于學, 何施不堪, 而枳一縣, 如鍾而喑, 非德或歉, 在心則恬, 有劖于石, 無怍人瞻. 資憲大夫刑曹判書兼知經筵義禁府春秋館事弘文館提學藝文館提學五衛都摠府都摠管丁範祖撰.

《포헌집》의 〈만록〉을 부기한다
附逋軒集謾錄

"일생에 세 분의 거인(巨人)[654]을 보았는데 산택옹(山澤翁)은 마치 좋은 과일과 같아 겉과 속이 잘 익어서 설익고 떫은 냄새와 맛이 없었으며, 고산(孤山)은 꼿꼿한 여윈 학이 멀리 속세 밖으로 나온 듯하였다. 갈암(葛庵)을 보면 마치 큰 시내와 높은 산과 같아 그 높이와 깊이를 헤아릴 수 없다."

654) 세 분의 거인(巨人) : 갈암(葛庵) 이현일(李玄逸), 고산(孤山) 이유장(李惟樟)과 산택재(山澤齋)를 지칭한다.

一生見三巨人, 山澤翁如好果子, 表裏濃熟, 無生澁氣味, 孤山若亭亭瘦鶴, 逈出塵表. 及見葛庵則如大川喬嶽, 不可測其高深.

산택재선생문집 발문

山澤齋先生文集跋

    위 선생의 문집은 전해져 온 구본(舊本)은 없고 오직 《가례전주(家禮傳註)》 수본(手本)만 선생의 증손인 학림옹(鶴林翁)[655]이 보관하고 있어서 향리의 후생인 나로 하여금 살펴보고 편집하려는 뜻을 가지게 하였다. 그러나 불행하게도 다시 화재를 입어서 선생께서 80년간 지키고 실천하던 실체를 거의 증명할 수 없게 되었다.

    선사(先師) 병옹(病翁)[656] 선생이 이 때문에 슬퍼하고 한탄하며 원근을 수소문하고 찾아서 모두 시문 백여 수를 얻었고, 미처 찾지 못한 것은 학림옹의 후손인 재명(在明) 씨에게 부탁하여 계속해서 수습하게 하였다. 약간의 재물을 모으고 김 군 익모(翊模), 권 군 용직(用稷), 본손 용호(用鎬)로 하여금 주간(主幹)하게 하여 훗날 판각을 대비하게 하였다. 일찍이 책머리에 한마디 말을 써서 사모하는 정성을 부치려 하셨으나 미처 글로 옮기지 못하고 문득 세상을 떠나셨고, 재명[657] 씨 또한 이 세상을 떠난 지 이미 오래되었으니, 지난 세월을 생각함에 죽은 이에 대한 그리움을 이길 수 없었다. 세상일에 찌들어서 언제쯤 문집을 발간하는 일을 마치게 될지 몰랐으니, 마침내 이 일이 중단될까 두려웠다. 경광서당(鏡光書堂)에 지방의 노숙(老宿)들을 모아 유문(遺文)을 교감하여 장차 세상에 전할 것을 도모하였다. 모두가 목판으로 간행하는 것은 힘이 부친다고 하여 결국 활인(活印)하기로 의논을 결정하고, 20일이 지나서 일을 마쳤다. 시문(詩文)과 잡저(雜著)를 모아서 한 권으로 만들었으니 아, 어찌 그리도 소략한가.

---

655) 학림옹(鶴林翁) : 권방(權訪, 1740~1808). 자는 계주(季周), 호는 학림(鶴林), 본관은 안동이다. 아버지는 도(濤)로 이상정(李象靖)의 문인이다. 승문원부정자(承文院副正字)·소녕원수(昭寧園守)·종부사주부(宗簿寺主簿)·창릉령(昌陵令)·사헌부감찰(司憲府監察)을 역임하였다. 저서로는 《학림집(鶴林集)》이 전한다.

656) 병옹(病翁) : 김흥락(金興洛, 1827~1899)의 호이다. 자는 계맹(繼孟), 호는 서산(西山)·병옹(病翁)이며 본관은 의성(義城)으로 안동시 서후면 금계리에 살았다. 1896년 의병항쟁이 일어났을 때 안동의진 결성에 노력하였다. 학봉 김성일(金誠一)의 종손이다. 1995년 건국훈장 애족장이 추서되었다.

657) 권재명(權在明, 1840~1904) : 자는 성달(聖達), 호는 석오(石吾), 본관은 안동이다. 아버지는 대영(大永)으로 예천(醴泉) 창풍(昌豊)에 살았다. 김흥락(金興洛)의 문인으로 유고가 전한다.

선생은 경을 위주로 하는 가정의 학문을 계승하여 오로지 몸소 실천하는 데에 힘썼고 논저를 쓰는 것을 업으로 삼지 않았으니, 볼 수 있는 글이 이처럼 적은 것은 괴이할 것이 없다. 그러나 자제를 경계하고 효제(孝悌)의 방도를 우선시하고, 종계(宗稧)를 펴서 돈목(敦睦)의 의리를 다하고, 관직에 나아가서는 청렴과 공평함을 위주로 하고, 상숙(庠塾)[658]의 제도를 논할 때는 인륜 밝힘을 근본으로 삼아서 한마디 말과 한 글자도 일상의 평범한 행실에서부터 시작하여 마침내 본원을 함양하는 공부에 이치를 궁구하였으니, 어찌 남긴 글이 적다고 하여 소홀히 하겠는가?

하물며 생각건대 우리 계촌(溪村)[659]은 선생께서 대를 이어 살아온 고향으로 교화를 가장 많이 받아서 문헌의 고을이라 일컬어졌다. 그러나 남은 풍습이 점점 멀어지고 습속(習俗)이 날로 그릇되니, 우러러 훌륭한 전범(典範)을 생각함에 개연(慨然)하여 어찌할 수 없는 한스러움을 느낀다. 지금 선생의 유문(遺文)이 비로소 세상에 드러나니, 이는 선생의 가르침이 다시 세상에 행해지는 것이다. 우리 고을의 문헌의 풍속을 세상에 다시 떨치리라고 생각된다. 사문(斯文)이 흥하느냐 망하느냐 하는 계기이니 진실로 기쁘기도 하고 슬프기도 하다.

일을 주재하는 제공(諸公)들이 내가 일찍이 병옹(病翁)의 문하에서 모시고 공부하여 편집하고자 하는 뜻을 들었다고 하여 한마디 말로 유래를 기록할 것을 권하였다. 나는 사양하며 적임자가 아니라고 하니, 모두 말하기를, "다른 사람과는 의논할 수 없고 오직 시작과 끝을 상세히 아는 자라야 쓸 수 있다."라고 하므로 마침내 감히 끝내 사양하지 못하고 삼가 마음에 느낀 바를 써서 말미에 붙인다.

후학 문소(聞韶) 김형모(金瀅模)[660] 삼가 쓰다.

右先生文集, 無巾衍舊本, 惟家禮傳註手本, 爲先生曾孫鶴林翁莊弆, 使鄕里晩出, 得以窺見纂輯之意. 而不幸而復厄於火, 則先生八十年持循踐履之實, 殆無以證嚮焉. 先

---

658) 상숙(庠塾) : 상고 때 지방과 마을에 설치한 학교로서 제왕의 벽옹(辟雍), 제후의 반궁(泮宮) 등 태학(太學)과 대칭되는 것이다. 《예기(禮記)》 학기(學記)에 "옛날 교육하던 것에는 마을에는 숙이 있고, 고을에는 상이 있고, 지방에는 서가 있고, 나라에는 학이 있었다.[古之敎者 家有塾 黨有庠 州有序 國有學]" 하였다.

659) 계촌(溪村) : 지금의 안동시 서후면 금계(錦溪)리이다.

660) 김형모(金瀅模, 1856~1930) : 자는 범초(範初)이며 호는 가산(柯山), 본관은 의성(義城)이다. 부친은 운포 김경락이다. 서산 김흥락의 문하에서 수학하였다. 회당 장석영·석주 이상룡·장암 김시락·졸수재 유정호·범암 유연즙 등과 교유하였다. 스승의 문집 《서산집》 간행에도 참여하여 교정을 보았다. 소수서원·고산서원에서 후학을 가르쳤다.

師病翁先生用是慨悗, 搜訪遠近, 凡得詩文百餘首. 其未及搜還者, 囑鶴林翁後孫在明氏, 續次收拾. 鳩聚若干貲, 使金君翊模, 權君用稷, 本孫容鎬幹之, 備異日鋟板之資. 嘗欲置一言卷首, 以寓景慕之忱, 而未及屬筆, 奄棄後輩, 在明氏又去此世已久矣. 拊念今昨, 不勝存歿之感, 因而世故侵尋, 不知何許現化, 則遂恐此事便已. 會一方老宿于鏡光書堂, 校勘遺文, 將圖傳于世. 皆曰繡梓力不及也, 遂以活印定議, 歷二旬而功告訖. 摠詩文雜著爲一, 嗚乎, 何其略也. 先生承家庭主敬之學, 專務躬行, 不以論著爲業, 見於文字者, 無怪寂寥若是. 然誡子弟而先孝悌之方, 叙宗稧而盡敦睦之義, 受民事之責則以廉平爲主. 論庠塾之制則以明倫爲本, 片言隻字, 無不從日用常行上做起, 而卒究極於涵養本原之工, 是豈可以寂寥而少之哉. 矧惟我溪村一區, 先生世居之鄕也, 最被誘掖之化, 號稱文獻之坊. 而遺風寖遠, 習俗日非, 緬仰賢範, 慨然有莫逮之恨. 今先生咳唾之遺, 始現於世, 是先生之敎, 復行於世, 而吾鄕文獻之俗, 庶幾復振於世耶. 斯文顯晦之機, 誠可喜而可悲也已. 主事諸公以瀅模, 嘗侍硏病翁之門, 而與聞編輯之義, 責一言以識由. 余辭以非其人, 則曰人不足與議也, 惟詳其肇卒者可以爲之, 遂不敢終辭, 謹書所感于中者, 以附篇端如此云爾. 後學聞韶金瀅模謹識.

又

산택재 선생(山澤齋先生) 권공(權公)은 하늘이 낸 순유(醇儒)의 자질을 부여받고 집안에서 전수한 경(敬)을 주로 하는 학문을 계승하였다. 덕이 성대해질수록 예는 더욱 공손하였고 나이가 많아질수록 행실을 더욱 닦으니, 산림(山林)에서 재보(宰輔)로 기대하고, 잘 익은 좋은 과일과 같다는 당시 군자들의 평이 있었다. 다만 한스러운 점은 그 높은 재주와 심오한 학식이 당시에 크게 쓰이지 못하고 아름다운 말과 선행 행적 또한 산실되어 세상에 전하지 않은 지가 지금 3백 년이 되었다. 후세의 사람들로 하여금 그 사우연원(師友淵源)의 아름다움과 조예(造詣)와 실천의 실제를 상고할 길이 없게 하여 그 훌륭한 자취와 남은 향기[661]가 멀어질수록 사라질 것이니 사림이 탄식한 지가 오래되었다.

---

661) 남은 향기 : 원문인 잉복(剩馥)은 남은 기름과 향기를 의미하는 '잔고잉복(殘膏剩馥)'에서 나온 말로, 문장이 넉넉함을 비유한 말이다. 《신당서(新唐書)》 권201 〈두심언열전(杜審言列傳) 두보(杜甫)〉에 "다른 사람은

경술년(1910) 가을 경광서원(鏡光書院)에서 유집(遺集) 한 권을 보내주었으니, 이는 서산옹(西山翁)이 마음과 힘을 써서 수집하여 장차 간행하려 했으나 그 뜻을 이루지 못하고 돌아가신 것을 그 문하의 김익모(金翊模) 군 등 여러 사람들이 세상사에 얽매이고 스승의 뜻이 퇴색될까 크게 두려워하여 서둘러 도모해 속성(續成)한 것이니, 또한 그 스승의 뜻을 잘 이은 것이라 할 수 있다. 다만 활자로 인쇄된 것을 보니 편질(編帙)이 얼마 되지 않고, 인쇄가 끝난 다음에 곧바로 책판을 없애버리는 것은 오랫동안 보존하는 계책이 아니다. 또 그 자구(字句)의 사이에 혹은 미처 교정하지 못한 곳도 없지 않으니 이것이 매우 애석하다.

처음에 선생은 그 선대의 집이 우리 고을 북쪽 문해(文海)에 있어 산수가 아름답고 또 갈암 선생(葛庵先生)이 가까이 있어 벗 사이에 학문하는 유익함이 있기에, 호서(湖西)로부터 벼슬을 그만두고 돌아와 곧장 거처를 정하고, 그 곁에 집을 지어 산택(山澤)이라 편액(扁額)하고 그곳에서 이양(頤養)하며 생애를 마치려고 하였다. 향리의 인사들이 많이 종유하며 덕에 훈도되어 오래될수록 더욱 사랑하고 흠모하는 마음이 쇠하지 않았다.

만오(晩悟) 권재강(權載綱)공이 일찍이 뜻을 함께하는 여러 사람과 약간의 돈을 모아서 유지(遺址)에 계를 닦으니 선생을 위한 훗날의 염려가 깊었으나, 얼마 뒤 흉년을 만나 자금이 거의 다 없어졌다. 사자(嗣子)인 병주(秉周)와 그 족형(族兄) 병헌(秉憲), 안공(安公) 규로(奎魯)가 탕잔(蕩殘)된 나머지를 수습하여 선인의 뜻을 계승하기를 도모하였다. 그러나 사람의 일은 기다려주지 않고 세상의 변화가 끝이 없어 또 이 일이 없던 일이 될까 두려웠다. 이에 약중(約中)의 제원(諸員)들을 모두 본당(本堂)에 모여 그 후손 석화(錫華) 등에게 말하기를 "모든 세상의 큰 일이 비록 사람의 계책이 좋고 나쁨에 달렸다고 하지만, 실제로는 하늘이 정한 운수가 그렇게 만든 것입니다. 선생의 유문(遺文)이 지금 세상에 나타나지 않은 것도 하늘이고, 금계(金溪)의 흩어지고 불타버린 나머지에서 한 본(本)이 나온 것도 하늘이며, 우리들이 여러 대를 고심하였으나 장차 은혜를 갚을 길이 없는 것도 하늘입니다. 지금 우리 고을에서 만약 다시 충분히 시문을 수집하고 찾아서 그 엉성한 것을 보완하고 오류를 정리하여 목판에 새겨 간행하여 오랫동안 전하게 한다면 저쪽의 군자들이 어찌 기뻐하며 즐겨 듣지 않겠으며 서산옹이 이것을 후인들에게 바란 것이 아닌지 어찌 알겠습니까? 이 또한 애초에 하늘이 정한 것이 아님

부족하지만 두보는 넉넉하여 그 잔고잉복이 후인(後人)들에게 많은 은택을 끼쳤다." 하였다.

이 없으니 그대는 어찌 가서 의논하지 않습니까?"라고 하였다. 석화(錫華)가 마침내 돌아가서 말하니, 여러 사람의 뜻이 과연 그러하여 의논이 마침내 정해졌다. 곧 권병국(權昞國)[662], 신여흠(申汝欽), 박상범(朴尙範)[663], 권태승(權泰升), 신상하(申相夏)[664] 등 여러 사람에게 부탁하여 처음부터 끝까지 담당하여 일을 주관하게 하되, 경광서원에서 보내온 인행본(印行本)을 위주로 삼고 그 사이에 유락(流落)된 산고(散稿)들을 분류하고 수록하여 정리하여 4권 2책으로 만들었다. 그러나 《가례전주(家禮傳註)》, 《거관요람(居官要覽)》 등의 책은 다시는 세상에 볼 수 없게 되었으니 애석하도다. 익호(翼浩)는 보잘것없는 사람으로 늙고 병들어 이 일에 힘 쓸 수가 없었으나 분수에 넘치게도 제군들이 교정하는 일[665]을 부탁받고 또 글을 써 일의 전말을 기록해 줄 것을 책하니, 스스로 분수에 감당할 수 있는 일이 아님을 알아서 굳이 사양하였으나 뜻대로 되지 않아, 이에 감히 참람하고 망령됨을 헤아리지 못하고 마음속에 느낀 바를 대략 서술하여 평소의 산처럼 우러렀던 정성을 부친다.

신해년(1911)[666] 5월[667] 후학 예주(禮州) 신익호(申翼浩)[668] 삼가 기록하다.

山澤齋先生權公, 鍾天挺醇儒之資, 承家傳主敬之學, 德盛而禮愈恭, 年邵而行益修, 山林宰輔之望. 好果濃熟之評, 有當時知德之論在, 而第恨其高才邃學, 旣不克大施於時. 嘉言善蹟, 又散佚無傳於世, 今且垂三百年于玆矣, 使後之人無由考尋其師友淵源

662) 권병국(權昞國, 1853~1930) : 초명은 병제(秉濟)이고 자는 덕창(德昌), 호는 수은(隨隱), 본관은 안동이다. 아버지는 석장(錫璋)으로 청송에 거주하였다. 학문으로 향리와 사림에 추중을 받았고 교관(敎官)을 지냈다.
663) 박상범(朴尙範, 1855~1913) : 자는 계순(繼舜)이며 호는 가은(稼隱), 본관은 춘천(春川)이다. 아버지는 진수(鎭壽)로 영양에 거주하였다. 1890년 別試 병과로 문과에 급제하였다. 1905년 을사조약이 체결되니, 병중에서도 소두(疏頭)로서 상소하여 반대하였다.
664) 신상하(申相夏, 생몰년 미상) : 자는 우필(禹弼), 호는 가산(可山), 본관은 영해(寧海)로 청송에 거주하였다.
665) 교정하는 일 : 원문의 정을(丁乙)은 글자의 위아래가 뒤바뀐 것을 바로잡아 교정하는 것을 말한다.
666) 신해년(1911) : 원문의 '중광(重光)'과 '대연헌(大淵獻)'은 각각 고갑자(古甲子)에서 천간(天干)의 '신(辛)'과 십이지(十二支)의 '해(亥)'를 이르는 말이다.
667) 5월 : 원문은 유빈(蕤賓)으로 음력 5월에 해당한다. 한(漢)나라 반고(班固)의 《백호통의(白虎通義)》〈오행(五行)〉편에 "5월을 유빈(蕤賓)이라고 하니 유(蕤)는 아래라는 뜻이고, 빈(賓)은 공경한다는 뜻이다. 이는 양(陽)의 기운이 위로 다하여 음(陰)의 기운이 비로소 나타나므로 그를 공경한다(五月謂之蕤賓 蕤者下也 賓者敬也 言陽氣上極 陰氣始賓 敬之也)."라는 구절이 있다.
668) 신익호(申翼浩, 1830~1916) : 호는 고산(古山), 본관은 평산으로 정재(定齋) 유치명(柳致明)과 천재(泉齋) 신필흠(申弼欽)의 문하에서 수학하면서 영남 퇴계학의 정수를 계승하였다. 유고로 《고산문집(古山文集)》이 전한다.

之懿. 造詣踐履之實, 其遺徽剩馥, 將愈遠而愈沫, 吾林之嗟嘆久矣. 庚戌秋, 有自鏡光寄示其遺集一卷者. 迺西山翁所積費搜輯, 將欲鋟行而未就而歿, 其門下金君翊模諸人, 大懼世故侵尋, 師志凘昧, 汲汲圖以續成, 亦可謂善繼其志者也. 顧其活字所印, 編帙無幾, 印訖旋毀, 終非所以爲久遠之計. 且其字句之間, 或不無未及照勘處, 斯甚可惜也. 始先生以其先業在吾州北汶海上, 山水明媚. 且近南嶽, 麗澤之觀, 自湖西投紱而歸, 卽卜居而搆齋其傍, 扁之以山澤, 頤養其中以終老焉. 鄕之人士, 多從遊而薰德久愈, 愛慕不衰. 晚悟權公載綱嘗與同志諸人, 鳩聚若干銅, 修楔遺址, 其爲先生後日慮深矣, 而旋值歲儉, 亡失殆盡. 嗣子秉周與其族兄秉憲, 安公奎魯, 收拾於蕩殘之餘, 圖所以不忘先志. 而人事不待, 世變無窮, 則又恐此事遂成烏有. 於是約中諸員齊會本堂, 謂其後孫錫華等曰, 凡世間大小大事, 雖係人謀之臧否, 而實天數然也. 夫先生咳唾之遺, 至今不現於世者天也, 金溪一本之始出於斷爛煨燼之餘者天也, 吾輩之累世苦心, 將無地於報效者亦天也. 今自吾鄕若更加十分蒐訪, 補其零星, 整其訛謬, 付諸剞劂, 壽之久遠, 則彼中僉君子寧不欣然樂聞之, 而安知不西山翁之以此有望於後人者耶. 此亦未始非天也, 子盍往議焉. 錫華遂行歸言, 僉意果然, 於是議遂定. 乃屬權昞國, 申汝欽, 朴尙範, 權泰升, 申相夏諸人, 句管終始, 以幹其事. 而一從所來印本爲主, 間以散稿之流落者, 彙類收入, 釐爲四卷凡二冊. 而惟家禮傳註, 居官要覽等篇, 不可得以復見於世, 惜哉. 翼浩以菲末衰病 無能役於玆事, 而猥承諸君丁乙之託, 且責一言識其事之顚末. 自知非分所堪, 固辭不獲 玆敢不揆僭妄, 略叙所感于中者, 以寓平日山仰之忱云爾. 重光大淵獻葵賓月, 後學禮州申翼浩謹識.

【影印】
山澤齋先生文集

여기서부터 영인본을 인쇄한 부분입니다. 맨 뒷면에서 시작됩니다.

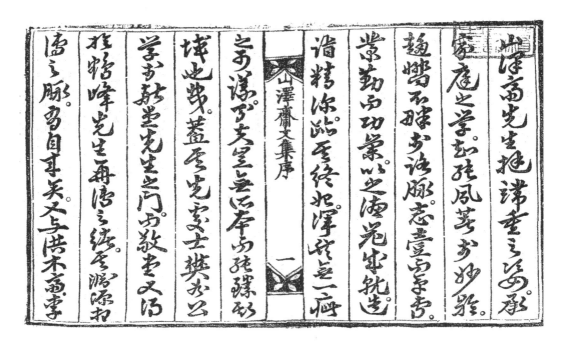

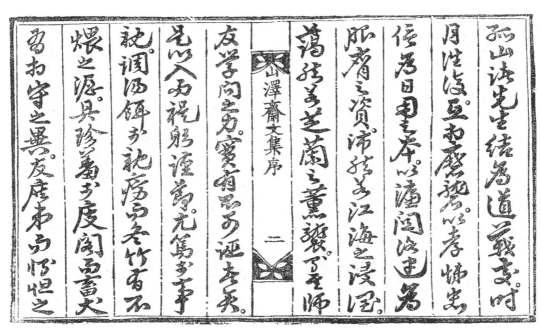

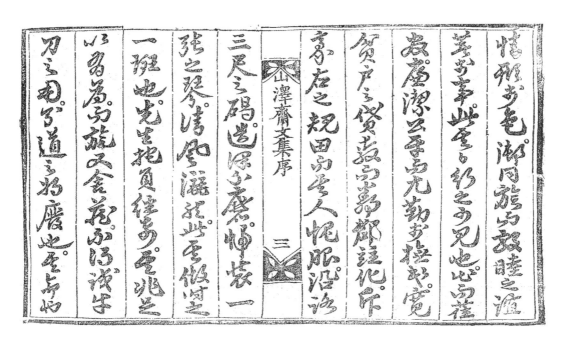

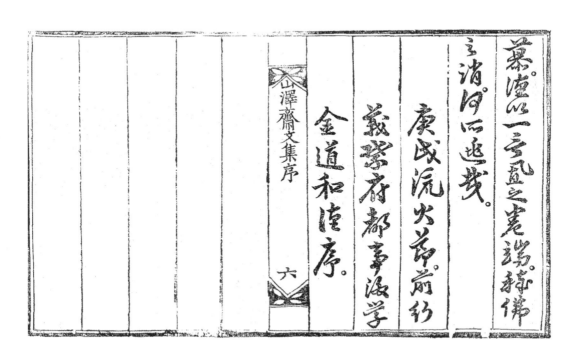

山澤齋文集序

五

山澤齋文集序

金道和謹序

六

山澤齋文集卷之一

辭

擬招辭

昔呂藍田大臨嘗作招魂賦賦擬招
辭盖以寓夫求放心復性之微意也
余嘗愛其辭旨幽邃警發懇切欲效其
體以爲晨夕銘佩之資顧以思致平凡
筆力萎弱雖不能萬一於前人亦各言
其志也故兹錄之以備警省云

羌余受中而參兮稟三五之精粹紛既有此内

山澤齋文集卷之一　一

獨居上帝於焉降監兮思使余而復初屬巫陽使
筮之兮云爲余而招之陽拜稽而祗承兮退而招
之以辭辭曰魂兮歸來胡爲乎四方
此陷千丈坑些浴哇嘈哳並來呈些爲所陷便
欲降上魂兮歸來無逐聲些黑坎
此悵悢迷途些遙嘷戛戞喪眞些魂兮視以
喪生些超之無所倚悔些不可追些魂兮歸來
自遺災些歸來無逐色些銀海浩淼潑不測
此奇珍好玩來陳些一爲所溺傻喪眞些視以
不見衮不晨些歸來恐自淵淪些魂兮歸來

詩

自警二十韻

臭不可極些揚芬播馥庶香錯些酷烈薰襲兮相
紛些惟意所欲恣懼忻些心與氣化千里奔些歸
來歸來害不可言些縱些珍羞
玉饌俊供奉些大苦醎酸甘辛窮些貪饕朶頤不可
厭中些小而凶大而凶國些歸來些禍些
飪些魂兮歸來些工祝招君迎些木信芳蓀爲基
返些魂兮歸來些百神迎些仁木信土禮爲基
整裳衣敬且誠些繽紛些修門些工祝招君些歸來
測些居兮相彼室些靜而虛些百神迎些魂兮歸來
此歸來獨行影些君昔往些荒草浚些魂兮歸來追
蕭穆絕遙邇些今其去矣荒草浚些今其去矣荒草浚些魂兮歸來追

山澤齋文集卷之二　二

其今此君昔往矣萬物備些君臣父子兄弟些
今其去矣萬物備些魂兮歸來追其謂此光風楊
返故居此亂曰人生短期兮不浦百餘年幾何兮
柳繞屋茯疎此靑月梧桐光景自如些魂兮歸來
足可惜魂兮歸來光陰倏忽義有路兮平如砥勿
有旗兮亦委蛇此魂兮歸來旣回轡爲飛返故林狐
宛必首印魂兮歸來寧君驅

於兹天地間一陰與一陽升降無停機萬類何其

昌惟人於其間受中生而貴虛靈妙不測萬化從
中起修吉悖之山聖往由於斯臺差千里繆造次
宜攷攷所以古先民善惡機必察主靜立人極萬
世開蒙學而我不好學懶廢前經鶴爺垂正脈
我失賢父兄於何考德業恨恨迷歸路中夜側然
感拊躬增悲悼翻思有生初羨舜與我同盍友求
於方策講究明物理上可至聖域下不失善流人
道止於此舍何求余言諒非耄余言不可又

黑鄉司戒辭敢告靈臺主

山澤齋文集卷之一 三

次洪聖輝 道翼 用東坡韻賦洛淵

故人洛淵至告我洛淵勝亦言快賞後心與求同
淨復有羣公詩袖裏光清瑩自言
情性吾纓不復洗怳若風泉聽念昔偶窺臨懷哉古仙廬
心不定神襟忽以曠醉夢收始醒獨立却忘
覺山日暄愁茫茫宇宙內孰主此權柄相懷歲古
散榮尋幽徑天公護我行明月來相暎瑩紆欲千
盤峻極躡百磴行行到上方有亭臨幽鏡臺仙適
避迤古情寄餉詠笑謂坐間人此行天所令相與
共盤礴緩步當車來昔賢有遺躅名實知相稱恍

軒發浩歔猿鳥鳴相應清標寧復見禪窓惟聞磬
寂寞千載下高義誰能競歸來臥陶廬生涯付塵
瓢簞瓢固可樂夙計非蹭蹬顧言寡悔尤水石思
畢命何妨媿獨只願與君併令看詩上語
發孤興待得晚慈嘗重與鄉曾歸榻
讀夢辭有感

千半扶淚謳吟有幾人

寓松川次李天行 時夏 贈韻

偶來仁里與爲隣攜手相隨喜有因開作賞山開
欲學長生看後晨晦翁何事笑靈均而今況復年

山澤齋文集卷之一 四

活盡困臨流水絕纏塵疎嘯唱和嫌吾拙肝膽傾
輸見子眞經濟從知儒者事佇看臺閣正垂紳

聖輝次洛臬亭韻請余畫畫以還之 步原韻以寄

睡覺朝暾已滿堂擡毫臨紙氣清凉情輸肝膽慼
今古興落江波較短長已喜君詩能報意還慚吾
學來知方洛臬回首春將晚攜手尋芳也未妨

滯雨定跟蹇次金用休命基韻

偶到茅堂漾小溪雷連不覺夕陽西休言時雨成
淫雨舜殿璣衡正日齊

元日示君祥

天時人事日相催送舊迎新意轉哀老去休言鬢
已疏詩非是出童孩

鏡光次李應中嵩逸韻

霧捲雲收日正明夏憐幽鳥話新晴從今認得名
堂義鏡面行看自在清

存齋李先生 徵逸 挽

蒙引後生公議世間猶不死鹿塲宮館賀初成
莫展家傳性理夏加精立言浚賀論先德善誘偏
傷心吾道日榛荊題挽今朝倍愴情天卑經綸雖

乙壇北闕

追次晚翠堂權公山立栢梁體韻

先生早賦行路難爲卜勝地開天慳南極星回太
　　恩頒優老官木箭終期透石盤一夢
清篇時和玉連環活與吞吐演渤寬消長物理心
岢許落人寰壼中天地一身閒靜對玄經與感歎
上觀大小金丹鼎裏還松風靜聽七絃彈梅月開
看零露團賞靜求結一生歡食英都念世味酸彷
彿老僧披雲半間不願鳴趑金鑾卻笑炎州刺史
韓犯顏披腹呈琅玕朝暮臥石欄白日無事
門常關小子平生質愚頑龍門猥荷相躋攀宜言

身世任清寒單瓢屢空衣不完夏說中年入呉安
攬景會同歌考盤陪樽每到月色殘受知幾許開
心肝登臨此日獨盤桓悼古傷今危鬢斑乾坤萬
豪嘗世心猶丹蒼官無語支舊山俯視世路應嘲
訕臨風惆悵意萬般哀此來來汀之蘭芳躅千年
傳不刊

挽金君世績

聞說積善家報應天可必如何滋茲德門禍
念君在世日欲道腸已裂早歲失所怙伶仃至
酷
歌激烈生世苦無悰知一日樂但祝椿壽永瓻
幾無疾依神明莫扶佑風木悲岡極泣血情文盡
吊者無不悅外除曾幾日身又興一疾猶聖愈
病瘻使歐陽哭伯道既無兒竟短折誰道隔
幽明音容如昨日瞻彼先山麓有封崇四尺舍此
凶何適萬世同一穴向我病在牀求員躬執綍存
夏何適窀俯仰常惻惻平生不識詩爲君聊一綴
題罷和淚封淒涼山月夕

挽柳子愚 世哲

未應吾道卽漂淪何事今年失此人定喜封章來
活國故煩分竹去仁民受知不愧生衰世卜等將
期忝德鄰回首悲涼便陳迹淚河東注問蒼旻

挽柳參奉 時用

提攜當日忝忘年嘗喜吾猶及此賢老去榮名長
府辟向來文彩泮宮傳邦知永訣終天後遠爾長
辭八地先曾挽卯君成一慟夏將餘淚灑衰歲

挽金錦翁 天休學培

自君之逝淚長橫非但心交若弟兄講道書成醒
醉夢收心詩柱感幽明靑鳥竟貪他年志朱雀空

挽金警甫 世鐸

垂異代名四尺封崇何處是病遠臨穴倍傷情

山澤齋文集卷之二 七

自甲午來二紀強哭君祖子孫三喪風悲雲谷靑
山古月滿秋村故宅凉至操淸標今寂寞殘生鳳
計轉凄傷德門降禍天應悔慶行看屋角郎

挽金延叟

舍我入間遽從誰地下逼鴒原悲白髮鸞鏡淚靑
年不幸顏回命無知伯道天卽今長已矣揮淚寫
哀篇

挽權正言 震翰

六十年何遽平生我獨知心淸如白玉道直似朱
絲國耳身先病天乎藥未醫同宗今日慟非但爲
吾私

鶴峯先生延 謚宴天座中韻

芝閨來自五雲邊南國衣冠擁一筵遡遠遺銘承
的緖牖來嘉惠動 宸天孔明襄號光前史元晦
尊名襲後賢只待溪頭高堂龍却攜笻去泡淸漣

登攬景臺有感

頹垣破砌沒蒿蓬滿目風烟夕照中我欲肯堂重
起廢不知何處有蘆翁盧洲公守丹卯時爲祖考

攜草屋數間丛攬景臺今遺址尚在故云爾

山澤齋文集卷之二 八

永慕堂

廢址重新一草亭老懷那復爲幽貞堂正喜追
先志望墓偏傷慕遠情草沒卯原霜露感月明松
櫃夢魂驚憑軒日展新參禮白髮孤哀血淚橫

挽李巚可

一生交契孰能加傾蓋當年幸不遐共琢我爲攻
玉石相扶君怍直蓬麻間擬見容車駟身世那
知赴窆蛇四尺崇封何處是病遠臨穴痛無涯

挽文 碩圭

小少同遊學情親孰與吾詞華鳴北學文彩擅東
隅未展圖南翼還悲過隙駒重泉猶有慰餘慶屬
諸孤。

　端谷金公 是柩挽

天兒醇儒業家傳忠孝心謀謨經國遠章奏格君
瀘竹帛功在卯原歲月侵素車今日會行路亦
霑襟。

　九月與諸友遊天燈又數日登鶴駕絕頂
　浩嘯而歸時怨余以疾不赴賦近體一首
　以求和。

（山澤齋文集卷之一　九）

下山無事卧閒齋洗滌煩習不用排重喜清詩來
几案細看瓊句照襟懷知君放步東西路顧我雷
盟水石厓絡習平生餘幾許未妨穿僑與之偕。

　上天燈次用休韻。

偶尋眞境上高樓微雨西風萬木秋莫遣塵懷煩
上口宦遊他日夢茲遊。

　又次用休二首

雪裏雲烟變態有無中一嘯湖山萬里風松桂貞心霜
男兒志葉轉頭空
縹酒纈紅萬事人間眞一夢蹤泥何處問飛鴻。

敢向清時怨不容好穿皮僑躡仙蹤飛騰正擬摩
天鵠蟠屈寧同蟄地龍翠滴草衣雲滿室白生禪
榻月窺峯蓬瀛只枉人間世莫向三千界外從。

　次聖輝

非農非士寄人間物外求閒得一閒結習已從花
兩嶽道心將擬鼎丹還澌愁更有南宗水菜與時

　登謝眺山回首塵寰何處所滿天霜月上欄干。

　戲次燈字

曾將風蹤躡天燈夏要羣仙入廣與滿堂已輸吾
輩了却教雲鎖翠千層。

（山澤齋文集卷之二　十）

　開目寺

披草來尋實界天小庵依舊對巖邊山靈珍重容
吾過却恐人間此事傳。

　天燈窟用前韻。

聞道神燈降自天吟節來倚小巖邊巖阿寂寂山
無語始識人間幻說傳。

　又賦一絕求和

雨洗澄秋昨夜風忽穿皮僑逢吾生的有尋
山分已覺天燈落手中。

　上鶴駕山

壇界不羨人間萬戶封。

山城

麗王當月謾勞功遺跡千秋木葉紅五百，宗府

歸有德願垂監戒起無窮。

次聖輝

白髮座中詞客盡青蓮濟遊已躍三千界勝事重

向來結友攬風烟夏此攜節八洞天席上臺賢俱

回六十年若使山靈容一語應傳天下有神仙。

除懷德謝　恩退口呼一絕

天［山澤齋文集卷之一　十一］

不知朝市只知山底事曹連綴兩班臚唱戲驚天

欲晴千官衣惹　御香邊

夏日在懷舊時

吏散庭空白日閒嗒然無語對青山民憂國計俱

無補誰識平生一寸丹。

挽鶴溪金丈

光岳精英鍾我公望之秋月卽春風誠浚孝慄天

翁識鑑澈玄微後學宗容接幾多陪杖屨卜鄰猶

喜老昌豐芳蘭猗竹幽貞獨綠水青山活計同準

擬百年親德範何言一夕杳仙蹤雲驟倏已歸眞

府喬木依然擁舊宮但覺烟霞隨意好復驚塵土

轉頭空聊將不盡寨芝淚灑向青楓桂樹叢。

挽金汝式

鶴老門人敬老門子之先子與先君傳家各自聞

詩禮與爾相隨若弟昆金谷昔年愁遠別梅湖他

日約平分佳城一閒無窮慟西望題詞拭淚痕。

黃君子與新構草屋於鶴頂峯下無意世

事寓興漁樵其志尚矣爾和贈聊一

笑

吾君名位豈卑微不願布衣換錦衣垂釣未旄霜

細雨爛柯還喜絆眞源定自閒中得高義元

從樂處肥飫室溪山聊爾爾不須覺宰是眞歸。

挽晩翠堂權公

壽福南州獨數公地仙會侍地仙翁。　朝廷世襲

龍驤蔚爵鄕幷人稱長者風 旬辛鰍生親有道 云錫與有道者長生。

封三尺喬木依然擁舊宮。 那知鶴馭去無蹤新阡何處

余幼而不好學長復懶廢往荐光陰已四

十有七歲矣曩昔之夢有人告余以生餘年

死固生者之常不足悲矣第以生無一事

可稱歿而與草木同腐豈不痛心矣乎哉
自今至死無非可惜之日當澄舊染新修
復固有不負我皇天付畀之重可也因成
一絕以自警云。

曾經不惑近知天半百光陰逝水前夢裏巫咸如
可信莫須循枉度餘年。

張若鑑堅生日上霽月臺有感

憶曾先子陪先師蓬矢桑弧上此臺今日把杯論
古事十分哀恨一分栽。

挽權大　爾載

山澤補文集卷之一　　十三

公是先賢袋入間五十霜溫醇推我輩孝悌見天
常夢罷教愁曉魂歸古宅凉秋山不盡淚題挽髮
沾裳。

會丁愚渾時翰李孤山　惟禕
涵鏡穆以江山風月分韻各賦。

海內人三四樓中酒一缸論文席興發明月滿前
江。

月浸清江壁川回大野彎遙知蓬島守愁殺失前
山。

鳶飛戾躍處霽月生梧桐講罷高樓上攜書立晚
山。

風
月。

江上雨初晴古臺秋草沒但聞蜀魂聲夜夜愁明
月。

家禮會講日權聖則　以時必病不來寄一
律求和。

是日雲陰晉未晴傳盃問月幾時明樓前水伯誇
豪壯席上羣賢講禮精十二溪微吾願學三千經
變子能行遙知恥獨為君子待得秋高倒屣迎。

石門亭炎聖則韻。

春風吹我上高亭脚下雲烟撲畫屛浩浩洛波添

山澤齋文集卷之二　　十四

兩白覽覽廬阜際天青盃傳玉酒傾肝膽壁看瓊
詩記典型此日偷閒寧學少不妨麗澤講羲經

炎松軒金公燈盆竹盆梅韻。

自笑詩人與悠悠引淇濤伺如一室內相對契貞
心。

至理諒斯寓天心見白英春光傳信慶意味一般
清。

拙齋柳公元之挽

存吾順事沒吾寧聞說先民揭是銘別有斯文無
限慟從教吾道日寅寅。

石溪李公 時明 挽

授受濱衣後斯文實柱茲剛方由學力純粹往天
妥已矣今難作時乎世莫知首山殷日月千古有
餘悲。

鏡光次襄文 和汝久韻

風過長郊雨山餘杜宇春端居齋沐處精爽倘相
親。

又次汝久韻

望裏羣山勢欲尖平湖春漲雨纖纖簡中自有眞
消息百草生化生不廉。

山澤齋續文集卷之一　十五

挽申子新

生芻不獨比前賢德義端能邁古先早識魯山寧
憪恨每過叔度夏雷連那知昨夜聯牀夢遽作今
朝隔世仙白髮舊交空掩泣溪河東注問蒼天。

挽黃子興

去歲文溪八月秋偶成良會却淹留離懷共說湖
西別生事都輸洛北遊鳥麓忽聞雷離封若斧馬坪長
痛失藏舟英姿高義今難見題空教淚泗流。

挽金察訪夏鈗

去歲湖西解綬時驛亭盃酒慰相離山中此日還

題挽泉裏何年夏接儀不幸數奇顏不壽無知天
老鄧無兒人間最是傷心處鶴塵昏鶴髮垂

德川途中

凍雨打征衫驅驢霹石路來登德院樓橋老江天
暮。

甲寅爲看壙石之役自晉陽來斷俗寺僧
水天虎錫設茶以慰渴夏進一小偈其意
灰雲影乃崔孤雲影堂而燼於壬辰兵燹故云爾
斷俗千年寺人從疊石來達僧問古事雲影已成
不可孤賦一絕以贈。

山澤齋續文集卷之二　十六

泛月疊石得天字歸示宅姪

踏盡平沙上小艇蘭槳桂楫義嚴前簡中自有眞
消息風蒲長洲月滿天。

贈水天忠學

儒仙遊賞地千載偶然來寂寞孤雲影院凉學士
梅遺懷詩一首挑與酒三盃幸有廬山遠相攜上
古臺。

夢覺有感

楡塞身千里堂堂月五夏承顏盡悚處不說隔幽
明。

伏次退溪先生韻贈水天。

獨倚乾坤出入門長探月窟夏天根傍人莫道閒
來徃爲報生成罔極恩。

偶吟

心緒千端夏萬端何人能得幾時安靜虛動直元
天賦莫使靈臺外物干。

挽權　在璂

八旬林下士今作九泉人奪我天何遽埋賢地不
仁仙遊嘿嘿未復文會夏無因爲是親知厚緘辭淚
蒲巾。

山澤齋文集卷之一　　十七

石門亭次景則韻。

行盡平郊上碧岑絲陰渡處喚仙禽箇中至樂無
人會朗詠空懷鑽仰心。

將移鶴麓圖數間屋戲題。

劃紙爲基筆作村經營不借大匠才居然不日成
間架行看峯頭隻鶴來。

天休記夢示余感而和之。

悼古傷今不自見詩何忍停千端先君一夜分
明訓添得源頭活水瀾。

陶庵金文　照挽

洛濱前歲叩巖扉哀死傷心淚滿衣節序屢回今
日是江山依舊昔人非幽蘭空谷雷遺韻喬木兢
村弄晚暉壽德雙精俱晦彩緘詞南望涕頻揮。

挽金芝村大諫　邦杰

漁釣江湖樂自存早辭朝市卧園東山偶副蒼
生望北闕偏蒙聖主恩一謫瘴鄉天曷故三阜
鵬舍世爭寬封崇四尺知何處回首霜雪月一痕。

挽權是精

惟公於我最情親況復邇來與接鄰自幸百年同
患亂那知今日極悲辛老君忿夜密莊舟失寒落叩

山澤齋文集卷之一　　十八

原宰樹新七十人間眞一夢哀詞題罷夏沾巾。

大李鶴山

處世非難守志難多君忍性任清寒從知大舜傳
家自不以兵遺祇以安。

山澤齋文集卷之一

山澤齋文集卷之二

詩

敬次退溪先生山居四時吟

睡覺東窻日已明忽聞幽鳥弄春鳴欲知造化無
窮意請看中庭碧草生　　春朝

山堂無事日遲遲時向江頭嗅白衣不是偸閒謀
一醉爲隨花柳却忘歸　　晝

時雨山中長蕨薇手攜筇去却忘飢微吟緩步歸
來晚夕露沾衣願不違　　暮

獨倚山窻月上東蒼烟樹浩無窮淸宵光景須

山澤齋文集卷之二　　一

閒管莫道簞瓢屢至空

霜旭明簷玉宇淸夏看山色八簾靑簡中所樂知
何事靜對遺經字字銘　　夏朝

絲樹陰濃白日明嗒然無語卧前楹黃鸝似識離
羣根時送綿四五聲　　晝

牧童橫笛下前山夏看田翁帶月還爲問主人何
所樂靑氈無語水淨潺　　暮

夜靜山空月上明軒窻蕭灑夢魂淸幽居一味無
入會卧聽村鷄報曉聲　　夜

黃葉紛紛路西風曉來淸興盈心胷幽人不是悲

秋客鏡裏頻驚白髮翁

狂歌宇宙氣雄豪嘯傲南窻一枕高榮辱世間渾
不管黃花白酒樂陶陶　　秋朝

獨坐秋堂誰與娛化工多事供新圖一聲霜鴈楓
林晚水色山光淡有無　　晝

霜風時動竹林淸山月中宵涌意明警切不須銘
座右免敎心鏡八昏寅　　夜

雪裏疊峯倚翠空幻他眞面玉叢叢從來氣像無
人識坐待朝暾照我衰　　冬朝

龜縮寒齋未有營呼兒添火衛巖形莫敎白日柴

山澤齋文集卷之二　　二

門掩祇恐幽人斷送迎　　晝

雪滿溪山日欲西無人乘興訪幽栖應知湖上扁
舟客歸趂黃昏路迷　　暮

夜溪相伴一燈光默對遺經感歎長窻裏不妨尋
所樂莫嫌頭上鬢成霜　　夜

次李天行慕賢錄韻并序

大凡人之性情蘊之爲德發而爲詩孟
子曰誦其詩讀其書不知其人可乎因
其詩可知其人則其人之德之行亦可
知也已粤在嘉靖間山之僧祖雄其名

者行則儒也手一軺索詩於周武陵武
陵虛其右題兩絶云次景浩韻益其意
不以已詩自居其右而欲先生之和其
韻以并其首也用是先生重違武陵之
志叙其事步其韻以繼而和之者。
若龍巖李先生也若蓽巖之嗣靑淵泊
梅巖公也若冲齋之嗣靑巖公也自託
靖距今百十數年矣李君天行以聲
巖之裔裒䌹諸賢詩名以慕賢而和其
詩且求諸遠近知已者續焉天行不徒
能使知已同其慕噫天行可謂善觀人
之德行而獨爲君子人者非歟其將
感發而與起知不好學長復懶廢跬伏窮
必矣泰時叙不好學長復懶廢跬伏窮
山無所短長而其慕賢之誠諏不後於
入懶不自揆幸爾拼和韻劘思懌無復
律呂惟天行知其發於秉彝而恕其狂
妄亦萬之幸也。

先賢言性我無聞感發人心不在文尤
八頊詩畱

山澤齋文集卷之三 四

與後莫將餘外謾云云
清凉當日仙遊地幾許禪窻聽杜鵑芳躅十年尋
未得洞天漫鎖舊雲烟
眞城城北有高亭一歔登臨百慮淸窻外盡圖千
嶂色枕邊琴瑟萬松聲機剩喜沙鷗遊僭畫圖何
須𦲷客醒夏許隣翁遊憒遍也知風月没人爭
敬次朱夫子卜居韻　明遇韻贈主人權希遠
我屋鶴山下忽忽歲五秋終然管道傍未愜心期
幽睿焉眞安北蒼壁臨平疇有山皆可盧有川方
可舟土曠俗頹淳舍此將何求漢尋得遺墟縳屋
寄尖頭朝耕荒野田暮釣寒江流時與道入遇或
隨樵者遊聊以恣所適此外非所憂但恐悔尤積
不得追前修况吟卜居竟流汗透重裝

食無魚
山居不必求魚鼈澤處何須要鹿麞地養天生宜
有分賜神莫患蹴疏半

偶吟
仰天心可愧俯地足如浮萬事須從愼獨
求

巳巳入月往鳳院次混世翁贈別韻

一生空谷結幽蘭詩酒江湖興已闌隨處春光好存

至樂却將身世混人間

晚生交契托金蘭對榻今朝意未闌夏待春江花

鳥語一樽相屬水雲間

九重天丁寧溫語

送李司業玄逸赴舘職

應設講經感肯教南藏庵中鶴長恐先生神手旋

三王聖甄薦嘉猷一代賢曹洋定持宣教鐘漢官

樂道林泉幾許年輪旋自下

附次韻

山澤齋文集卷之三　五

沉淪嶺海已多年身遠城南尺五天猥荷十行

溫諭眷愧非三接說書賢生平竊讀述和劄

次混世翁贈韻二首

衰晚那堪宣室悉珍重故人勤有語疎慵敢不

奉周旋

入道登門孝子門薦書誰奏　聖明君八林每喜

香聞蕢洛紙今看語帶雲我本疎慵無可容子猶

窮老不堪云何當夏對春江上橫竪玄談細細聞

文混世翁贈韻二首

共減素心長與世相疎開樽細酌總懷酒信年時

出無與矣食無魚養拙生涯偶有如菁髮已隨年

繙引睡書珍重仙翁推許過自慚方寸本空虛

附原韻

藏修進退設爲門主管如今得我君靜對層崖

看氣像閒臨止水甃天雲退遂遺詫心常誦雲

谷微言口每云料得少人知此味喚醒須使後

生聞

厚意曾傳雙鯉魚即今安否夏何如末梢時事

憂兼喜暮景生涯淡又疎樽裏未謀十日酒壁

間猶貯五車書何當山澤齋中夜飽却文談我

腹虛

山澤齋文集卷之三　六

挽權子豪挺安

托契傾心幾許年我今耳順子知天聖俞一疾嗟

辟世求叔長號痛絶絃忍聽月明猿夜哭愁看沙

晚鴈孤眠佳城一閉成陳迹題罷哀辭淚滿巾

贈石門守僧

踽盡平沙上古臺蒼顏依舊翠微堆傷心囑月經

行處幾度親陪杖屨來

五月至鳳院前日所種菊盡爲巢鳥啄盡

感吟一絶

珍叢纔斸滿庭栽要見黃花歲晚開不是幽禽啄盡

籍物時時啄葉却飛來。

次混世齋言志韻。

若士有奇操透得利與名。退哉超世心。云何混世
行常思李太白厭高愁雲月含光不求知亦足自
怡悅所以混於世名齋志所好求懷千載人誰哉
可與告嗟余骯髒委託契心不二逢塲吐肺肝不
敢供玩戲劂之可語語有時常默默春秋一部書
載腹何磊落兒復饒藻思烈熾動盈東雅唱一何
高仰期酬還自恥胡爲不余鄙容接能若是君子處
濁世固知心跡興衆盈餘力事都往入口耳忠孝

山澤齋文集卷之二　七

本無二君親寧與視方今向太平孝稜忠亦可願

子推家政無爲獨善者。

鳳院齋居偶吟

數仞墻頭百人臺偶然登眺各徘徊山從西北千
峯合水到東南一練回况有頻蘩昭我信莫敎鷗
鷺夏人猜微吟也向齋堂去可是英靈許往來。

呈葛庵休吉還鄉

恩許焚黃返故園雲物問何如菊花已盡梅
花發岳麓心期定不疎

權聖則監羅豐縣李佐郎書贈一律。

早事誠明號俊才晚將刀筆走塵埃儻知經學元

無用術術寧從握槧來。

次李應中草堂韻

爲憐松桂扶疎考卜眞城一草廬蘂滴自漁雲
蒲壑碧瀳青嶂水盈渠浚源定自傳家學妙契惟
憑抑架書貝願非能重應処太平閒做笑談餘。

又次應中　二首

鳳正舒舒今聞少海離明照莫向苔磯伴釣漁
無盡風月瀻溪夏不虛谷裏白駒猶皎皎月邊丹
茅屋重新感慨餘中夜憶先盧烟雲白鹿應

山澤齋文集卷之二　八

縛屋莊山久名齋不偶然陰陽互來往日月迭推
遷信道工何有明誠德自全惺惺虛室裏閒氣莫
干旂。

別葛庵雷疏還鄉

爲誰留滯爲誰歸進退何曾與道違自笑塵紛餘
一念響風搖首立斜暉。

挽權大亨

昨自眞庄四馬回謂君應共奠祿來如何一別經
秋斥遽爾長辭八夜臺悼古不堪衰淚落傷今無
路好懷開人間且莫憂身後猶子傳家哭盡衰

挽柳驪州 挺輝

早將才藝蹈淸班。出佩銅魚八易冠外俗
友堂仁聲洽得士民歡瘡茫夜窰藏舟失雲卽
原宰樹寒衰病未能躬執紼哀詞題罷淚滂瀾。

謹次僑嚴臺韻

翁句裏嫣螢盡心機無簡事不須方外學飛仙。
疊石天光雲影一平川從晦老吟邊爽月八陶
先生遺跡政堪憐播馥流芳幾許年虎勢龍形三

物外乾坤一草堂平泉形勝未凄凉曾經月色空
梁浦舊踪松枝繞屋長儒素祇知傳世業仙丹謾
祕壽民方衰慵亦是龍門客追次瓊章也不妨。

山澤齋文集卷之二　九　天

文贈金德初草堂韻

平生江海志寂寞一茅茨境僻人來少山高月上
遲琴書桃晚興水石婿幽姿祇恐桃花亂空教舟
子知

挽金相甫 以鈺

逝者何知後死情欲題哀挽句難戌襟懷与落人
誰並孝友純澆世共程忍見孤兒啼蒲室不堪羞
婦哭崩城從今萬事歸寘漠回首靑山滐自橫

挽金修撰 次鍵

氣稟山河粹且淸早將文藝擅蓬瀛投身關塞緣
忠悃反面庭闈識孝誠天意至仁生國士地靈胡
忍閉佳城人間最是傷心事其柰嬬孤早夜聲。

次李天輝 明甫 夏寄韻

鳩拙難謀指顧成編苐纔得庇殘形幽懷已向溪
山展老眼時憑寄贈明無語何勞酬玉屑淸颷猶
喜動簾旌花源他日重相訪莫道故人忘舊情。

挽柳上舍後庫

枕上仙遊遂不迴夢魂何處却徘徊人間求嗣傳
鴈極悲哀可憐月白河村路儻有英靈去復來。

山澤齋文集卷之三　十　天

家業地下空藏阜俗才科日叫猿堪滐滐晚沙呼

讀晦庵先生十二辰詩謹次

四壁徒立亂飢鼠害工譖兔三窟匣裏未試屠龍鵷
虎藏人皆工譖兔三窟匣裏未試屠龍鵷
把擊蛇爲從此罷追逐亭車聊自娛伏臘猿
聲何處淚逐臣回首雞山蹉失脚畫掩柴扉狗不
吠只敎豚兒修舊業

鳳院宣　額後書示諸友

曾向春江執豆邊洋洋今又奉香烟襠間玉字天

頌

額林外金波月浦川崇獎　聖心非偶爾靜
修儒行豈徒然從知鄒魯多絃誦孝子忠臣世世
傳。

挽李君則　東標

三聖庵次葛庵韻。
勝日尋眞校傳來羣賢聯席語聲喧當無端山雨添
淸硯免使靈臺著一埃。

家學淵源風沂尋淸溪孤接退溪濬銀臺玉署論
思切東郡南州惠澤渙元禮模楷推太學謫仙詞
賦擅瑰林從知壽晉雖因毀朱崔高名後世欽。

《山澤齋文集卷之三》　十一

甘菊數叢送葛庵。

洛去好藏清艷待歸來。
數叢遙寄葛庵栽應傷東籬歲晚開閒道主人京

挽鄭奉膺

於戱季鷹西歸世雪軒爲祖愚川彌英姿雅望棐
其家出入人爭稱孝悌由我者吾不我天世間榮
道由來不可恃二竪沉沉醫莫治終焉二婦相繼
悼浮雲然而惟其不有惠于後實樹成行蒲眼前天
四一月三喪曾不意嗚呼季鷹至於斯天固生之
竟何爲題哀詞和藏露天堪衰淚自漣洏。

挽鄭君錫

去歲天中節逢君迎旅聞含言分袂共說盃簪
歡只擬身長健那知夢大還哦詩當藏露悲嘆洏。

挽柳奉化

擬携同志拜床前何意今承挽紙傳孝悌家聲爲
已業淸眞世德是天全鳳城松檟知何許鶴駕風
烟政可憐眞病未成臨壙別不堪西望淚潸然。

挽李應中

《山澤齋文集卷之三》　十二

未應吾道卽漂淪何事今年失此人谷裏春回楊
柳日澤邊吟罷杜簫辰同宮且復共湛樂傾盍無
因得輔仁病滯故山孤絮酒不堪東望倍傷神。

文輔仁堂挹兄贈韻。

聞說諸親集梵宮爲修宗契振儒風規模政與聲
家別条約應追呂氏同莫道耳孫分派遠須知鼻
祖發源功自嗟病卧空山裏謾和瓊章寄會中。

偶吟

一夢南柯五載餘平生志尙摠歸虛芳洲景物猶
依舊日對沙鷗看古書。

挽朴正郎子潤　滈

一識荊州願莫成相逢何處話平生分明滄海霜

寄月魂去魂來弄鶴笙。

挽權士章 份

五十元非壽豈産豈是榮西湖埋玉處行路涙沾

陳迹悵望龍驤宰樹新。

挽金護軍安安 泰基

野老庭前玉立人學傳詩禮志君民如今萬事成

次三棄堂韻

吾兄稟賦未爲負夏有謙光邁古人自謂棄人人

挽金汝能

不棄何妨隨處樂天眞。

山澤齋文集卷之三　　十三

金溪自古老人村鶴爺之孫幾箇存用休曾同夜

臺去汝能今又歸荒原鳴乎汝能余所友一里生

長情義厚欲說平生喋不成我之有懷君知否惟

君孝弟宅于心天地鬼神猶監臨終身哀慕不遑

寧時時號慟情不任天乎何以勸人子一疾經旬

嗟不起人知不知於我何灟灟求樂黄泉裏自我

後家情轉加逢人必先問君家心懷雖敍往來日

其柰會少別離多瓊琚每向篋中龥笑語時憑夢

襄炎那知今日隔幽明求使老我徒悲悅鳴乎汝

能至於斯獨立人世將安之荒詞謾寫當蕭挽回

首廬山涙滿頤

挽金君 世燠

父夫子兮喪明婦哭夫兮崩城終焉並須厥身呼

嗟乎天道之宜宜從今善人將何報爲寫哀詞淚

自零。

挽朴 守天

松堂德業世宗師文彩風流尚荏苒蒲服詩書心

有得耀庭蓮桂慶無涯通家早結濂楊好傾盡終

孤管鮑知會哭用休公又逝夏揮餘涙寫哀詞。

山澤齋文集卷之二　　十四

挽李嵒庵

洞名庵號不徒然師仰前人志慮專北望未忘忠

武義南遷誰識晦翁賢經綸一世雖無賴道學千

秋幸有傳衡獄忽聞天柱折忍將衰涙灑寒甌。

挽柳士會

秋水精神玉雪姿端方志行世相推惜無時命名

屏山晚對樓談朱子晚對亭詩仍以蒼翠

湮沒餘慶將期皁角兒。

龍寒安焉韻賦五絶示同志。

武夷亭中額异山樓上光俯咸今古惟有月蒼
蒼。

天潤臺下流悠悠至晚對上有壁千層倒影浮蒼
翠。

高樓出重霄証敢婿幽獨良友共徘徊川迴山夏
寒。

俎豆千年地依然竹樹間蕭穆庭宇靜清颷拂面
畾。

醉與因霽月詩情焉光永懷愁不歇嗒然對春
空。

山澤齋文集卷之二　十五

挽柳諮議君晦　俊章

君是文忠後人 間六十年溫良承世德詩禮襲家
傳樂道初辭帶嘯哀卻向阡傷心起思處腸斷淚
懸泉

挽金八吾軒德休　聲久

鳳藏飛騰耀羽儀玉堂金馬摠祖宣清修苦節聲
公表密勿嘉猷　聖主知世孿已經千疊浪化翁
還齎七旬期東南俊又從今盡雲深長吟死葬詩

挽權拙窩聖則

清修苦節老而貞詩禮家傳養性情痛惜儀形泉

襄陽爲題哀挽淚河傾。

挽權望之　時望

情同兄弟又同宗幼少交遊至老翁長擬百年相
砭訂豈知今日隔音容莫開流水潺湲襄酒盡靑
山寂歷中病伏竟違臨壙別九原何處者堂封

挽李上舍徵成龜　撫松亭韻

愛君言志筆如椽托物心游未古前密葉層層陰
蒲地疎枝落洛翠浮天撫甕不湏歸去後盤桓自
枉水雲邊限長安榮章愼歎徧

次花源亭韻贈主人天輝

山澤齋文集卷之二　十六

余嘗聞魏隱孤山八於帝畫秦世花源
別有天地今吾子之謝孤山八花源意
亦有在而池亭之勝山水之樂已自得
之美庸贅焉

陽動黃鍾管裏灰誰將新興寄詩來靜修不但逃
秦世開詠方知阜俗才時接野僧門半掩常罪學
子帳高開明春消息漁舟杏許幽懷滿意裁

挽南護軍　天樹

華胄遙遙自汝南世傳忠孝聞吾南三尊忽報歸
雲溪辛樹荒凉鶴駕南

次徽士申公祉風乎亭韻
廢址重新百尺樓芳辰虛有幾經秋謀歸故事追
前哲嘗攜諸賢盡勝流夏喜光風猶自在何妨臨
水共清遊挽晚生恨未參重冠春服成時歲一囘

挽李伯昇　杲
風劍化驚龍躍花殘帳樹空何言一子少蘭玉滿
庭中。

會是大賢後承家望益隆分憂吾當政起懷遺

過月崖
慳秘千年地居然八九家推遷從物化淳朴喜人
和有約能無踐無營實有穿行看崇屋裏相對日
吟哦。

次李山陰　愚巖韻
巖以愚名立洞門人將巖號卧山村開中有句摩
清興妙處無心識化源翠滴草衣雲滿窒白生虛
室月窺軒仙家未必能如此欲叩玄談細細論。

挽權愚軒　灐
一生交道不緇磷爲弟爲兄己六旬早擅騷壇清
製富晚達才命寮居貪雲鄕仙馭歸遵促人世孤
形恨轉新尚見謝庭盈實樹題詞何必倍傷神。

山澤齋文集卷之二　十七

挽松軒金公
言中謀猷行中經南州人物數豪英傳家正喜淵
源學裕後惟知孝友程崗德已尊天降爵玉蘭方
峀地明靈題詩當挽心常慟白髮門生淚欲撗

挽金文　瑞漢奎
日月差殊降一州常將氣味好相求幾年南北違
青眼兩地湖山盡白頭祚歿今朝傷往事竹蔥當
日憶同遊善人嘉行鄕評任不必功名簡策流

三松亭感懷
憶會攜松此同遊今日重來淚自流風月不隨黃
鶴去巖松長帶白雲西寒泉㶁㶁傳鳴咽山鳥嚶
嚶五唱酬回首商顏情轉切落花芳草摠生愁。

山澤齋
結搆幽堂俯石岑軒窓蕭灑絕塵襟屏繞壺嵐
千疊玉鑑涵虛碧萬尋不向這中觀物理夏於何
慶驗天心從今認得羲經旨懲室吾將著意溪。

附次韻　懶隱李東標
高臺軒豁壓飛岑平鋪滄江襟界元知
眞樂足幽居全謝俗人尋治身律度因成性向
上工程已正心聞道　九重方　側席莫教窮巷

山澤齋文集卷之二　十八

閉門溪。

又 蒼雪權斗經

解綬歸來臥碧今小亭瀟灑滌煩襟時逢野容
江臺歌遠謝塵軍谷口尋要向這中修舊業有
從色外抛初心欲知此老工夫處不繫蕭名未
見溪。

挽李聖徵

憶曾膠漆地何意至於斯士望推前列鄉評起後
思孤松誰夏撫流水羡無期回首城南路藏歌不
勝悲

山澤齋文集卷之二 十九

挽鄭聖則二首

斬馬青春日屠龍白首年君民玳志羡漁釣臥林
泉命炙身興姦疾天全壽不忘哭見無盡淚夏灑誅
君蕃

晚卜眞城地結交鶴子眞耕雲歸谷口釣月向溪
濱半卧方塘淨三十鶴上人仙庄他日過空鎖石
門春。

夫權山籍九萬韻

養八千峯東江山處處模武夷前古與輸八却今
遊

嗟君此去幾時歸欲說平生淚滿衣分義百年三
世厚凄涼萬事一朝非至誠持已今誰似善諱規
人古亦稀違而竆宜在後二郎哀孝禮無違。

挽喪

挽金寧海聖佐

鼎坐寒齋把酒杯無人不道自南來官中閒趣琴
少小相從老大違暮雲春樹思依依功名事羡令

與通老子與其文朱子畫寒亭韻

宴漠笑向新阡淚滿衣。
中得客裏懷句裏開門外不知三尺雪地中才

山澤齋文集卷之二 二十

贈子與

動一聲電洛濱回胃歸期促荒徑行當理草萊。
雪滿湖山月滿天故鄉歸思轉凄然欲將玄鶴琴
三弄雙鬢賓如霜夜似年。

人生離合摠由天此地重逢豈偶然歸去定應閒
上等不妨分華度餘年。

挽韵隱金公懋

仁而不壽豈其天應厭塵寰置去上仙流水曲終蘿
歌發祇將衰淚灑泉壌

挽金遠宇基

去鄉同寓幾經秋恨未山陰棹雪舟此
不見屋樑殘月淚橫流

送金台老之任黃山
白玉一盃酒送君千里行平生忠孝願從此可雙
成。

挽權聖甫
自君之逝淚長橫非但心交若弟兄連婭一家曾
有義同宗百代夏關情凄涼鏡裏孤鸞影錯莫雲
邊獨鴈聲餘慶九泉猶有慰五蘭交映謝家庭。

《山澤齋文集卷之二》　　二十一

哭鄭晉侯
宛也者吾不知其爲死生也者吾不知其爲生能
盡子職兮哀毀而歿嗟乎晉侯兮宛而生。

挽權景則
曩昔相從日淸標起懦心鏡光貢講習城院共窺
臨一夜藏舟尖千秋宰樹陰哦詩當絣挽慟絕夏
沾襟。

挽李進士一直
惟公氣質粹而淸人物南州數僑英孝友端能承
世德風流猶足稱家聲曾從盤谷摩知已未識曾

山空此生況復潘楊情義焉欲題哀挽淚河傾

挽吳省吾三省
英山誰不死君死聞花山孝子碑三尺令人涕自
潛。

挽菊窩朴公涵
烏壽先躅傷東川兼有公家世好偏五載官班違
素志一區林壑任盤旋黃花露寫皇明史舊簡編
探古聖詮悵望三山仙馭促哀詩題罷淚潛然。

挽鄭其與世彥
曩昔相逢地淸標起懦襟交千秊世德儒雅使人
欽一夜藏舟尖千秋宰樹陰哀哀哭子痛何處
傷心。

《山澤齋文集卷之二》　　二二

挽金啓戍
豐豈當昔日忝念年情義由來莫我先分手幾傷雲
樹隔逢場却喜酒盃傳仙駁候已歸天上喬木依
然擁宅邊衰病未能躬執紼不堪雙淚灑哀牋。

修譜畢得四韻一律示同事諸宗
善積由來福慶綿世傳仁厚近千年含生土誰
非喬茂烈豐功摠是權末許前人傳譜謄愛將餘
事續遺編明朝校罷同歸去回首松楸意愴然

挽三秀堂趙公頴

南州人物惜元龍回首東天淚滿匣學會日
省察晚將稺七謝登庸平生姻好歡無極此日幽
明痛莫窮病滯故山違執紼九原何處若堂封

挽李次輝

憶曾稺室接芳隣鶴髮風烟閱幾春欵欵心盃朝
又暮溫溫氣味粹而真中離江渭相思苦此別幽
明永誽哭子淚牧題友挽不堪人世極悲辛

挽李學戍念日

非夫人慟吾誰慟半世光陰一笑中起懶清標何
處見九原無樹不高風。

※山澤齋集卷之三　二十三　※

次天輝韻

曾聞君子不違天往困猶亨老益堅陶令歸田墈
適適會連處世任翩翩風頹閭洛回無日俗遠軒
義去幾年古意寥寥難再覓閒愁時遣寄來篇

贈別常老

幾年幾浦客今日金溪遊臨別却無語山花亦帶
愁。

挽吳殷卿三聘

福善元常理天何降禍奇曾攓縴求誽蘭哭又相

運沚。

雲龍寺題指路歌後。

偶攜靈壴吅雲扃月色中寄滿意清夐引佛燈看
古詠瞠前歸路太分明。

書

上眘叟許先生穆

※山澤齋集卷之三　二十四　※

則無日而不勤也此日清和伏惟道體動止萬福
鄉廢錮未獲頻造門下瞻拜德儀惟是鄉往一念
泰時謹齋沐裁書拜覆于致政相國台座泰時窮

窃以寒鄉古有松巖權先生早遊溪門學有淵源
清風高節聳動百代龍其講道之所建院立祠者
蓋已七十年于玆矣有遺稿若干卷藏于家尚未
入梓而行于世也往在乙卯秋本院遺儒生至洛
下奉草本呈納案下因請弁首之文猥荷不遺還
賜容納渙感德義之厚出此尋常萬萬而百世幽潛
之德可以傳示於方來斯文大幸孰有加於此哉
伏惟靜養清燕之暇或有以念及於斯者矣而地
步褊事故多端因循至今未卒承教䆠窃愧懼
凶以爲喻方欲秋間別遣儒生更叀是計伏乞俯

採前懇垂惠一言使斯文重事卒有以成則士林
感幸尤無以本報也刊役經營日久工已斷手將
印本一件因價附呈幸賜頒納千萬懇祈餘伏祝
台候衛道益福以慰瞻詠

　　　上芹谷李相國　觀徵

伏惟新元台體起居對時增重泰時公私病故日
漸增加新年况味益覺酸苦伏悶奈何二字事非
欲巧免似聞或有徵贖之事故敢有云云矣承審
徵贖非有故例而又承勉諭至舉未夫子答廖子
晦書竊恐自不免事到章皇之應而溪苟愛人以

　山澤齋全集卷之一　二十五

德之誠心也敢不奉以周旋仰副鐫誨之萬一也
泰時以田野朴陋之質豈多才能又無學識寧有
一毫仕進之念而過蒙君相之超擢以白徒而
叨冒樂薄曾未幾朔遽當字牧之任自顧愚庸何
敢承當而不至狼狽之歸也况此士民俗獷悍大
非吾邑之比而輕侮官司公肆呵哮把持告訐無
所不至縱今抵敵得過不知終又作何收殺况今
年事雖曰稍稔而早田少無所收只以租一種谷
以爲衣食應役之資而其爲租亦爲秋雨所傷許
仆生芽終不若常年以若干所收其何能支應許

多之役哉本以道內至殘之邑戶不過二千三百
餘戶而其中士族家殆三之一各色軍額一千四
百餘名而今年番布各營所納布通前退
來木摠而計之則二千四百餘疋延田稅及大同亦
將四十餘疋延也民俗不以織組爲業必貿布以納
其升尺未必盡合於上納之制故或囚或刑難苦
收上則上司不以升麤尺短退却不受退來之際
又以頒諸各人而煩買收合再三往來之際路稅
人情之費亦不當停徵於本布俗所謂進上則掛羊
人情則擔負者今果駿矣至於還上自辛酉以後

　山澤齋全集卷之二　二十六

年年未捧之數甚多而至辛未只捧新還上又至
壬申有舊還上停捧之令生民之得保今日者莫
非我　君相憂恤之至意也至辛未年則新還上外舊
還上亦以三分之二劃定收捧
非不切至而本縣邑小民貧之中新舊應捧之數
亦至四千七百餘石而其間或逃移或死亡者不
知其幾所謂新舊應捧之數
邑里驛撓鷄狗不靈耳目所及不勝驚慘而三冬
所收僅過半數而已輸者絕火或望其分糴未收者
國法猶不停止已今雖歲換春事將迫而畏此

無財而抵死不納者是而其能準捧乎此雖目前
一縣之事而推諸他邑從可知矣　不知　廟筭亦
當念及於此也職酒者道臣以寧布難政三事論
列以啟而一未施行噫民散久矣有財而用其不
烏大盜積者耶荣夫子所謂所憂當不枉於流殍
而枉於盜賊受其害者當不止於官吏而及於邦
家者無乃敢此乎近之也耶窃不自勝溝室廢婦之憂不
計瞥等策之際以此憂慮參鎮其或不無從便善
　廟堂驚等策之際以此憂慮參鎮其或不無從便善
處之道耶不勝過慮瞽辭至此尤切皇悚之至

山澤齋續先生文集卷之二　二十七

上權相國大運

夏間謹奉尺書修致候問自端安庸宜得譴斥
之罪迺蒙台慈還賜手教伏讀三歎益仰盛德待
物之洪誠非小人之腹所能窺測也天災漸寒伏
惟燮理多暇神相台疆起居萬福泰分外超蹈
假守獘邑曷顧才能豈敢承當日夕憂皇措躬無
地矣不意今夏秋天災孔慘水旱風霜偏酷境內
今當百穀登塲之日野無所收民雖多方勉諭使
持流丐四出邑里蕭條像愁慘雖多方勉諭使
之還集而官無所儲濟接無路立視其死之外夏

無他策惟所恃者方伯分等災邑之日以本縣為
尤甚之尤甚則庶可少慰離散之餘岷而前事
機有不可知道內守令亦或有聯名封章仰籲民
隱而未及聞知亦不得隨槖陳乞其狂妄安辭
而死獨不祓　君相若保之澤耶以是矜悶追慮
不知所以為計敢以憂慮仰賣崇聽其狂妄安辭
之罪雖萬被誅戮難可自免欲乞台慈哀憐財赦
至為次等之際一邦失業之民將有所恃而不
復流離其所以利於邦家者不止一端而已也其

山澤齋續先生文集卷之二　二十八

於恥一物不得其所心感業豈不佼乎豈不休哉
前所報營狀草一通繕寫呈上及後霜災之報變
不敢煩此亦足以見其非敢矯情訴罔上以要
民矣愛乞俯賜下覽不勝大願參判令公又復遠
守西藩私竊悵歎正此霜寒窃祝益懋明德以福
斯民

與外兄南伊溪夢賚

在聞韶上書想已闕聽矣伏未審此時公餘體候
若何泰時僅免愆蟄而無一日好況憐歎奈荷宅
身高捷兩試竇海兄亦得參榜前頭所望奕恒止

此禎切欣慰前書所懇未知其成否柳重吾得
除蔚琭今方到家仍聞許着叟相公病患危劇洪
應敎已爲上去李知申出爲忠扱頗有不滿底意
而南知申自稱捕賊堂上爲一時笑談云云餘在
別錄伏祝政履順序多福

與李葛庵

[自赴] 乃久不聞動止鬱鬱懷想實非尋常八
聞去館職屢遷入銓曹伏想出八　經幄講論朝
夕發明道要仰禪　聖德以　聖德聰明睿智之
妄何難平盡精微而極高明也太平萬歲將爲執
事誦之　宗社生民之幸曷可勝喩但聞時事有
乖蔡裏如何以聲相匡救之道以光我宣仁
至化之　聖德也先生文集頃在金溪時與數三
諸友講讀數日盖其議以爲先輩文字羡以多寫
疑難者亦不外於前日承誨時欲去而未去之所自
恐不必俱收以起後人之感此誠至論而其所
雖二三篇足以傳諸後以淑諸人而集中凝難處
篇也曾見先賢遺集容易刊布不無論議紛紜不
是子雲乎而妄有所云云者固不足言而或慮其遺
珠一拜收入容有可議而明者見之至有疑難斯

山澤齋文集卷之三　二十九

文不幸爲如何哉此正五吾輩今日之鑑戒而衆首
模象歸正無期惟在高明與應中兄更加商量裁
定其去取耳果如諸友之誚則元本似未完了而
弁首之文非所意焉故姑停繕寫之役以待休告
之日未知令意以爲如何別有小稟竊惟退陶先
生之於眞城是晦庵先生之於新安也實非尋常
杖履所及之比而今八十有八年矣高末
蒙　恩不得與於祀典之列一邦與情之鬱抑非
所敢言而其於國家崇德報功右文興學之義不
亦欠闕乎欲望令兄以此大典諭于外朝或於
經席因事陳達庶幾爲一然亦不敢望也不討物
力之殘薄欲於秋間津道兩三儒生以爲暴足叫
閽之舉不知有此陳乞頒降等事而計若必
逮上達　天聽則該司亦將回陳至意以成斯文
之盛也耶近來文象不得其詳敢此煩瀆愛乞因
便回示使斯文大舉終無狼狽之歸如何如何
交比酷伏願高明自愛以副區區遠望

答權持平高夏

別紙教諭周詳指意甚懇懇無異合堂同席而親承
慕仰高風固非一日洒於春首忽承賀廈書兼賜

山澤齋文集卷之三　三十

首設也何莘何莒以事故多端尚稽奉報只令
人愧恨而已伏惟署雨支離尊體起居神相萬福
世譜不揆僭率遽爾承當自屋益歲將周矣外派
別有一帙外孫雖百代之遠俱收並錄以繼乙巳
十六冊之後而姑未成績盖以通內外譜獨難故
族派皆得收未有欠缺之患也耶混冒失序誠
如來諭而耳目之所不逮者其差奸與否有難詳
知不如姑錄以俟知者而斤正之為得也不審高

山澤齋文集卷之二　三十一

明以為如何大抵此舉子孫之散處京外者君不
各自致力則終無可成之路而自此遍告國中勢
所不及前秋之所以通告門中轉通諸道者以此
也關東則適仍優通以此意不知果能趂卽修送
否也此外所可商量非一二而遠書不能盡只俟
親扣以罄禀敎耳。

山澤齋文集卷之二

山澤齋文集卷之三

書

與權參判

輒有微懇術于崇時父母墳墓遠在眞城百
里之外山本淺岡穴道平衍他日五患有不可知
人子為後日慮當復何如欲三二小碣以表墓道
而故存齋李公微逸撰次先人行錄以備立言君
子之采擇矣前年多泰時分外蒙恩淹滯洛下
得蒙容許出入門下益以為揭阡傳示之地而顧其
庶可因此仰煩高明以為揭阡傳示之地而顧其

山澤齋文集卷之三　一

時台監以色憂方得湯藥蓋不敢煩以私泯默而
歸今因令內弟李兄允行為道一二私懇將
存齋所為文及已母壙記以附呈似伏乞台監不
以不肖為罪特許鑑納惠以一言則感極幽明未
知攸報泰時不勝大願謹此祈懇。

答李君則 東標

頌書未覆怛悵庸恨懆不知所以措躬未審此者經
優起居安重泰時微官所縻恨未能一言時事而
死矣吾輩安足相告以粗保喘息耶第聞驪陽舊
坊蕭瑟愁慘之狀吳朴諸人之事令人內咈而俱

係嘗奏示何奈何但自歸等獎廬爲者書消年之
計而進退之間一念憂惶姑無定筭并何當握唾吐
此肝膈餘冀溫理冲茂○

與陶山書院齋儒

東朝禮陟寧土衰纏夏何言夏何言○國恤內學
宮廢享乃是近古恆式而酒者乙丑春泰時援例
奉稟依示停行此莫非愼重之意也旋聞僉議講
究故實亦儀修擧擧泰時憝恨當時不及聞致今
祀典有或廢或擧之禮泰之爲未安也今當仲春享禮將
迫貴院已定之禮固知不禮而獎院修擧之初合

※山澤齋文集卷三 二 ※

有商量不知從古廢享之義何居而僉尊修擧之
意亦何據耶泰時窃嘗考宋朝滄州精舍奉安
聖乃狂於孝宗卒哭之後奉安緟儀尙此行之則
常享大禮獨可廢耶窃想僉尊之所以修擧者其
必出此抑或有經據之可議耶泰時亦欲依故事
修擧而學宮既無彼此享禮不宜異同玆敢仰質

伏願僉尊恕諒焉

與鏡光書堂僉座

伏以有學舍而無學田則多士不可以供億有學
田而無學制則人材不可以成就此所以有舍必

有田又必有其制也今我精舍剏自隆慶初年而
上下百十餘年間供億多士成就人材者不知何
限此實先輩廣置土田講定法制而後之人謹守
而密傳各盡其心力也故人之稱學舍之能盡
教養之方者必以本舍爲首而第未有姐豆袷式
之事咸以是爲欠典也酒者就西偏陳容甫兩緇
稜奉三先生位日也青襟濟濟禮容甫兩緟別
立祭享僉條以供粢盛而使本舍不得相干益處其
歸重祭享輕費本舍漸至削約無以供士也本舍

※山澤齋文集卷三 三 ※

之規模設施於是乎益重且大而後學之敬慕衿
式有不可勝言矣不幸近者連歲大侵學田所收
僅得十一而功役煩與浮費且倍加以後生爭端
不息屋宇空虛誦聲寂寂使百餘年莊修之所將
不免鞠爲茂草先輩爲後生營建作成之意至此
想僉尊於此亦淺其或應高明之見猶有一失之
意柰今日之痼獎而或應高明之見猶有一失之
患取將贊說條陳仰稟未知僉尊以爲如何愚廬
之極狂安至此悚仄悚仄一本舍齋儒自前齋粮

而午食及饌價燈油省公而供本舍凡儒因事投
宿則貧公以食此先輩之立制詳密處也愚以為
自今復循前例遠客外本舍人等間來往則或覆
或貧以省冗費如何一享祀執事自有其數不必
虛張廣請也曾見陶易兩院執事分定太簡紹修
舊院亦恆定三獻官六執事非其勢不能支供而
本廟已失當初議定之制而自初獻至學生凡十
失於忽略也本廟當初奉安之日議定三獻官六
執事者實與紹修見行之規而為之定制者也今
八位也愚以為陳設供飯章饌滌器等事僮是將

山澤齋文集卷三　四

事前一日事諸執事亦可兼察而至於奉爵奉香
兼之莫爵奉爐兼之則十一人可以分定而將事
之際少無苟簡之愚矣自今恆定十一人一依儒
案輪回分定春享執事更不分定於秋享人無不
執爨豆駿奔定以展其敬慕之誠矣未知僉尊以
為如何一祭享位条既已革去今雖不可復設而
依初定毋過十石之規視歲豐儉而略加增損使
無耗費之斃如何一歛一歛本舍所關而年來
不但為歲惡不能收拾骸既不審歛文失時只有
箇一紙上虛數而已許多經費將安所恃而酬應

哉苟不大叚矯革終亦消靡盡無復有下手處也
自今抄本奴假屬中有根着穀之多小而等
數分散及期收納則不煩催督而自無逋負之斃
矣至如買削未收依見今限三年取息之例以田
地成文捧期以同年所收遣還單納如其田土
而或有八田還自瀆波以為已之子母之數者固當可罰
齊簿其年所收者已利者事其無謂齊
會堂中以為重罰之地如何一都有司任滿當遞則士
任滿當遞則都有司不許都來齊有司
遞滿有司一年相遞者自是規例而近來儲有司

山澤齋文集卷三　五

林不許因仍苟且之際或以不怠慢不舉之斃自
今有司任滿卽遞一遵古禮如何一本舍奴婢旣
無身貢而又給私使自耕食本舍之置田土豈
為是供養奴婢而設哉自今廟直城上食毋私
外沒數收還以備公用如何一本舍田土多在五
里十里之外水田則雖遠而或可耕治然終不若
居近而力農者之為也旱田則墟近而老於農者
尚或難於糞治況在五里十里之遠而惰於農者
乎自今本奴之遠耕本舍田土者並令還入使附
近力農者耕作則所收必倍而可無荒廢矣校之

患矣如何○一本舍牛隻分養本奴而未見孳息厥
數漸縮是豈不宜孳息者也自今本奴
所養之牛頒諸醫畫之願牧者雄牛有犢者使之
輕養而免其貢雌牛而無犢可耕用者依例收之
貢以備公用如何○一舍中凡百務從簡約而修養
歉散不失其時則不出一年穀年居接事及
有別貯粮穀年年居接事而捨其本舍必就僧舍
悠悠泛泛浪過時日貢盡三十石穀而僅成三五
篇詩賦本舍所貢則多而諸生所得有何益哉此
恐非當初立舍之本意也愚則以爲抄面內業儒

天 山澤齋文集卷之三　六

年二十以上三十五以下則多不過四十人大率
以四十八分養八齋講誦經書各限一朝而遞散
五六月則農務方殷只以朔望日設場課試詩賦
而每會輪出恕題以會日各自製來考定高下則
不實三十石穀而可做得七八篇詩賦也且四十
八箇月朝夕飯自二月至八月而去其夏五六兩箇月
斗也午飯自二月至八月所供亦三十斗也
以五合計之則二十八人五箇月所供
通前朝夕米合計則共二十九石六斗零也至於饋價米
精法你正則米合計共二十九石六斗零也至於饋價米春

賤貿易則亦不過十有餘石而有餘矣如此則一
年之貢僅以四十石而作成之美將不讓於古人矣
未知僉尊以爲如何一營建學舍乃所以明人倫
也學者尊以爲業雖不可廢而既非明倫之實事則恐不可
以此專力此朱夫子所以欲添入數段於近思錄
以明科舉業其前後十箇月則講明四子六
經等書以存學舍立教之意如何右十條非敢自
以爲是而必欲排衆議優自主張爰意行之也只
是過計之憂敢效一得之慮顧倁可否之命也於

✕ 山澤齋文集卷之三　七

乎今觀本舍形勢僉尊以爲如何耶大承氣卻
下四君子湯已不是相當況袖手傍觀而莫之救
以待其自盡而日今其已矣沒奈何也者其可乎
只合隨證下藥起死回生以盡救療之方以至不
本舍外面受人之侵侮裏面被吾黨伏乖以至不
進修之不以其道也是安汲汲乎改途易轍以痼
成貌樣此實由擔閣樣轍嫩病百出無意徒成而
革其沉痼之嫩而零星湊合如前所陳則或可大
家扶持以之之方便供士而教他依本分做得成
成人有德小子有造習尚醇正禮義相先而無復

有如前數者之弊矣秦時至愚極陋無所肖似而
顧乃不自度量私窃有志於修復先輩之美意敢
以紕繆之見妄論教養之策此豈夏蟲井蛙所以孛
見笑於大方之家也夏願僉尊恕其狂僭幸甚

與權春卿斗寅

議妄告僕須毋惜一字以示顧末於來世如何
可無記而顧吾門惟尊可以記其事茲於今人寶
時憒憒依昧無足道者就石役齋樓功已告訖不
相阻至此戀懷可言不審此時尊體儀萬相否泰

答李天輝

山澤齋文集卷三
八

前月念間謹承尊本月十五日書懸溸中慰豁如
何但來書辭下而恭至有爲道等語甚不着題朋
儕際接之道豈容如是潑恐君子一言爲不智之
歸也霾炎比酷想尊儀佳勝泰時病
故多端苦度時日直住之耳柰何柰何寄示三篇
無非閔世病俗之辭自勉勉人之意溢於言表三
復以還極介入歎服至如第三篇立言命題之意
以愚淺見不能無疑爲士而談心學猶農夫之說
桑麻安敢自外而不盡所疑以資講習之益益
聞心者主宰一身而酬酢萬變者也頭容直足容

重自是心之正也其所以浪回轉枉奔蹶乃是心
之病也至於耳目鼻口莫不皆然以一身設爲
問答則不知問者誰與荅者誰固有設問答
幾於朱夫子所謂教外別有一箇身心相對而未之見耶果如是
不自是等語尤夏未安以左右高明之見於吾學
必無所差繆而庸下之見文字未透致有此疑
顧夏反覆之終有以教之也古人所謂不有益乎

山澤齋文集卷三
九

彼必有益乎此者此也不卻高明以爲如何說鈴
及史略並依教付呈前控文宗亦望因優惠付耳
衰老殘喘貫暑不敢出入秋前攀敘竢未可期尤
增悵歎

與金台甫必鉉

叨恩冒守歲惡民貧賑濟之資政猶無麵之不托
柰何麥秋後當澮然而歸可得樅容於水石之間
耶呼燭草候不具

答李膺中

前秋別懷迨尚慨然卽茲淸和兄靜履增禧暮時

晦承辱誨委曲的當可見君子爲人開示之誠心
也爲之惶感不能已竊詳答天章妾母題主之問
人子尊親之義可謂盡矣而俚俗方言不可施諸
所尊云者亦合人子之至情也第其中不能無疑
敢陳愚見幸有以終敎之也所論國法不許蓺妾
是則不敢違越國典義固然矣而所謂人子尊親之
稱氏故如今戶籍及行用文書閒省以召史書之
又云若人子爲其母題主而後嫌於僭越不敢稱
義安在此則似不然而人子尊親之道則不可

山澤齋文集卷三 十

謂之尊親也若不避僭越徑行去其生時之
所稱而書其國法之所不許則果合於尊親之義
乎所論以春秋之義推之曾是侯爵而孔子稱公
釋之者曰臣子之辭雖與此事大小非倫然其義
則或可類推也竊惟公侯皆是五等臣子之辭也
調侯稱公非所以僭遍天王則臣子尊君之辭固
宜如是至於蓺妾則國法只有一等召史之稱而
過此則與嫡母等夏無嫡庶之別恐不當以召史
之稱公擬之於蓺妾之稱氏也宋夫子有言曰與
所生封贈恩例一同不便看來嫡庶之別須略有

等降乃爲合理以恩例封贈尙不敢與嫡母一同
況以國法不許截然難犯之稱加於不當加之地
以尊其親者亦未知果合於義也家禮所謂生時
所稱是固然矣而吾東國俗旣無蓺妾
之稱而蓺妾生時所稱不過如此則或可類推而
云然也求諸又曰前朝之以召史稱生進妻者安
知其非賤稱也且前朝生進之妻雖不知其賤與
否也而今之蓺子妾不必賤於前朝生進妻也前朝
據以證今也竊謂前朝召史之稱亦不可

山澤齋文集卷三 十一

生進妻亦不必賤於今之蓺子妾也以前朝生進
生時之所稱爲今之蓺子妾死後之稱號者恐未爲
不可而況今國俗通行以爲一代之成法乎求於
又曰孫之於祖姑旣無稱氏之嫌則宜獨尊蓺母之
然而其祔也於祖姑宜無尊卑之等乎
於女君壓尊而不可爲平此則不然士族婦人禮
許稱氏法所不許則是所謂分不當得而得者以
稱氏法則孫婦之稱氏不爲嫌逼於祖姑也蓺母
踦祔於嫡祖姑卿女宜無壓尊之可言而易牲之
文何獨著之於妾母之祔乎稱氏之有嫌無嫌從

可知矣來諭又曰古今書史中稱某妻某氏某某
某氏者班班可見然則其稱氏不擇於尊卑者從
可知矣然則人子尊親之禮自當準古為法不必
固守俗例謬以時制而生疑惑其疵亦不必
中稱某之妾某氏者此不足為法外可據而今
之孽妾殆古者姓生時例以召史稱而必欲易之則古
之欲尊其親者恐不當以其神所不安者施之於
氏號與女君同則踰不當犯其神所不安者施之於
親未知如何若婢召史之賤稱而必欲易之則古

山澤齋文集卷三　十一

今書者某姓人之說宋子又曰古者姓氏太緐姓
只是女子之別故字從女男從氏如李孫氏之類
春秋可見此為可法而以姓字易氏字則可無嫌
遍而今見世俗嫡庶之間或不相能以至自相
恐不可今老兄有以引之而為言者亦所以發歎於
仇敵此嫡之所以待庶者只知嫡庶之分而不知
骨肉之恩可歎服也愚之所言無非臆說而未有
人之問而老兄良可歎也而為言者亦所以發歎於
經據不足以恩煩瀆高明而惟是取質是幸

太師廟亭時答金氏門中
前日齋中獲奉厚書續承兩諭謹悉僉尊於太師
廟執事序言有所變更夏一紙縷縷數曰諄諄
是要人明得此義理之精微而改革其儀法之疵
諛其所以見敎者不必雷同曲意循從徒為讀說而無益
於事也竊嘗聞禮之為用繼悉委曲凶吉異道不
得相干此先王之所以極盡精微處而記所謂其
數可陳而其義難知者也來諭神位既以東為上

山澤齋文集卷之三　十二

則執事序之以西為首何所據而有此規乎當
觀晦菴朱夫子答或以左右孰尊之問曰漢初右
丞相居左丞相之上史中有言曰朝庭無出其右
者則是以右為尊也後來又却以左為尊而凶
器也故以喪禮處之如此則吉事尚左矢漢初豈
有曰上將軍處右而偏將軍處左喪事尚右兵凶
而不得相干也今我太師廟爵獻雖非可論而僉
尊欲廢吉事尚左之禮前此謁廟悴然變易其僉
立以東為上曰神位既以東為上執事序之亦可

以東爲首也示諭亦莫不以是反覆開曉直欲變
易而後已僉尊之所以爲此者豈無所據而然也
禮曰席南鄉北鄉以西方爲上東鄉西鄉以南方
爲上註東鄉南鄉之席皆尚右西鄉北鄉之席皆
尚左此則以賓主相對而言也僉尊豈有見於此
而變此則執事序立之禮也人道尚右神道尚左故
位版序次立左陽也右陰也僉尊豈有見於此
亦以西爲上也此非如禮賓主之席共以一方爲
上也僉尊之所以序立亦非神道尚左而執事序立

山澤齋文集卷之三　十四

直行者之爲乎古人有言曰立而無序則亂於位
又曰無禮則鬼神失其饗矣不敢遽變古儀而因
循將事者此也又謂位次已定則序立之以東以
西小無損益於中位窃恐僉尊於是乎似未免失
言之累矣三太師之廟虔祀凡幾百年矣當初崇
報之意實出於邑民之不忘其德而增崇祀事至
今不替者亦由我權氏之裔也然崇奉之誠未嘗
或間將事之日敬愼之心勿勿乎其薦其饗也
何嘗有一毫私意而一彼一此於敬於忽於一廟
之內也夫僉尊非不知冀重祀奠之不可以偏而行

而其所云亦若是也則是以今日執事之以西爲
上者爲有益於西位也果如尊示而以東爲上則
其所損益可知也耶凡祀事不法先王而較其損
益爲之節文則內盡外順之誠將何所施而共享
一廟之義顧安在哉噫僉尊說出此損益二箇字
加於不當加之地其亦誤矣往壬戌貴門諸賢
謗毀獎門不一其端一則曰神位床卓高低有等
一則曰享禮祭物豐約不均以至上誤君父之
聽至今日又以執事序立爲有損益欲變古今通
行之禮至於三位祝文共出一紙則居中讀告禮

山澤齋文集卷之三　十五

所當然而又以此謂之專主於中位寧有是也短
今爵次既已東上香卓亦已並設廟中天小大小節目
一新歟則是吾兩家之一大善也泰時於僉尊旣荷
歸則豈非吾兩家之一大善也泰時於僉尊旣荷
反自嫌忌辜意杜撰以行其非禮之禮乎倘僉尊
虛心平氣相與熟講而徐究之以求十分是當之
相與之厚不可有隱情故信筆及之非欲較比是
非亦欲僉尊溪瑩於公私名實之間而眞得其所
調義理之精微者其不審僉尊以爲如何

與關東宗中

氏族之有譜尚矣無以知祖先之所自出
其可無也耶惟我權之氏於安東于今八百年餘
而子姓之布滿國中不知其幾千萬億也始翼平
曁四佳徐公纂成族譜若干卷至萬曆乙巳門老
權參奉極意纂輯修十六卷莊于太師廟逸往甲
午權相公堉按節本道文修既設局馳一紙書求
以故在京諸宗人有意改修既設局馳一紙書求
姓不與焉人常病其狹隘亦不無疎漏錯誤之慮
告本府生等感念至意舉爾承當曾前秋始事外

（山澤齋文集卷三　十六）

裔百世之遠亦得以俱收亞錄以係十六卷之後
又限外曾孫別成一帙期以來秋送至京城以爲
合部付剞劂之地蓋以卷帙浩穰工役甚重故也伏
願僉尊通告嶺西列邑收内外譜接送本府而刊
本則依凡例修送京城倘無後時父關之歎如何
如何

答金垍子厚千重

頃奉太恩恩迨高耿結意外辱書憑審酷寒近況
珍勝慰喜可言此間姑遣而老病日就理也奈何
親事後若牢定則倖矣妻父乃朴進士而朴

進士聘父順與李進士煒也不知彼與李爲一家
耶夏須以此言及而知其可否後倖示及如何餘

雜著

示子姪文

余甞聞古人有言秋報之德天實罔極父母之謂
也十月分其血肉三年免於懷抱以至成立則子
之所以欲報者當若何而可也甞曾子養志孟子
懂許其可而於曾元之養口體則以爲非孝曾
元非不孝也而至於孟子所云若是者何哉誠以孝者

（山澤齋文集卷之三　十七）

非徒養口體而亦所以養志也夙夜而定省焉朝
夕而視饍焉安其寢處樂其心志左右就養無所
不至以至動靜語默必先不爲父母僇矣婪祭禮
必誠必愼勿之有悔焉斯亦足以報德之萬一而
孟子所謂孝者庶或近之矣如我不肖早失怙恃
苟全頑命己十許歲孝親堂時不知做得其事不能
痛念雙親枉堂時不知願焉之言之痛心不可得是誠何
時日及是孤露之後雖欲孝於親親不往矣
心而終致凶極余前日之浪過淺慮余今日之至痛時
曹易敎余前日之浪過淺慮余今日之至痛時

刻刻提撕此心。勉乃子職而不敢惰率乃常性而
不敢忝則汝曹報德可謂竭盡無餘矣。嗚呼生之
膝下孰非人子余既不做却責汝做分謂夫子亦
未出正而遽忽之也汝曹盡心之日。即余報德之
時也。嗚呼汝曹勉之哉。

銘

身銘

去日已多來日漸少衰由不學美豈從心邃非晚
知衛懿當戒為之枉我道豈枉人其始自今日乾
夕惕澆灌義理蕩滌陰邪立我天君洞然八關萬

山澤齋文集卷三 十八

天人豈幾何分陰須愼余所否者有此銘章。

物咸備百體從令父子君臣夫婦長幼腕腕職職
固我春臺斯而以然其孰克泯吾甘由我不我非
者乎惟義之與比而今之修禊也亦嘗有親親而修

序

金溪宗禊題名帖序

古之修禊義也今之修禊也亦嘗有親親而修
我始祖太師公積德累慶子姓蕃衍芟分族雖年
代遠瀰或不知來處用是諸宗人念先世培淺本
源引迪枝條者厥有所自又懼夫傳世已久失之

敦睦而絡為路人之歸也圖所以合族修睦者而
無擇乎遠邇則勢所不及迺會同里而
同宗而書于帖摠四十人錄世代所以序昭穆也
錄表德所以為尊生年所以辨長幼也有
父兄為有子弟為有功緦者為有祖免者為又有
七八世與十餘世之遠者而其初一人身耳其有
血脈之間隔者非耶噫嗚呼晉之蘭亭以風流名宋
而相乎春秋為孟酒以樂之吉凶為慶吊以慰之
諤然情義婉若同宮於當時者然所謂惟義與
恩而不以利為耶噫嗚呼晉之蘭亭以風流名宋

山澤齋文集卷三 十九

之洛社以耆英顯今之德業之盛爵位之隆雖愧
於晉宋諸君子而同宗親睦之義自我而發散處
四方者亦各於其所居而修之世以為好紹述無
替則樹風聲歸厚德之美意其不枉茲而我太師
枉天之靈亦豈但今之朝修暮散者比哉帖既成
社而已哉亦嘗且但今之朝修暮散者比哉帖既成
諸宗人屬余序曰不則無以飭禊昧於長久余雖
不文固有不可得而辭者於是乎言。金溪堕名其
上蓋有太師墓云爾。

世好禊帖序

粤在成化戊戌建子之月我先祖參判公及同鄉
同志修契求和故事名曰友鄉益取諸孟氏語也厥
後醫守李公同我友鄉禊子孫曁姻婭而重修舊
好名曰眞率益亦同說故事期踵成一會而尚未
邦亦不够相與咨嗟世而未有存者其虞孫之居是
眞城數百里外告余而言曰續修先禊議巳病矣
凡事倡之難和之易子爲其難人孰不肯從余亦
然之卽與十數人發書告遠邇亦以建子月丁巳
會于鳳亭寺會者凡六十有三人南君中直襄君
聖龜權君斗衡各撝其所藏而至爲友鄉禊軸也
之軸也紗其資紙其皆其廣終幅其輪一尺強其
此三軸獨雷人間使我今日之會奉玩與懷而係
下列十三公姓名幷以徐四佳十六句歌詩當其
時必有分軒家藏事而吾十家所藏失於何時惟
之以媿歎也況又眞率會雖未知當時禊軸之成
與否也而十五公姓名僅載於雷守公碑陰此又
章可慨也而十五公旣定推二人主禊事指讓以相敬孟
酒以相樂也不以喧閙雜於其間宛然若陪樽俎進

退於友鄉眞率者矣所謂不敬自持樂極悲萊者
非是之謂歟酒半有一人作而言曰眞率繼友鄉
此會繼眞率有會無名益可不合可遂以世好而
名立條約修禊案而首友鄉次眞率繼以世好而
所以明天世世相好之義也今我同禊盡相熟率
孫某姓某益以見其人爲軒中某公之雲仍而亦
每人書某官某公幾世孫某官某公外幾世
務以親睦而同歸於好也或嘻古今者時也傳之
者書也異日吾子孫之讀是書其亦有掩卷太息
而興感於斯者耶旣以告坐中諸君子因書卷後
以備吾禊中異時故事云成化戊戌後二百二十
五年壬午建子月下澣謹識

春川朴氏族譜序

人無譜不知世系譜其可無耶朴氏之貫於春川
益自文懿公諱恒始而其後簪纓相繼世有偉人
求樂宣德間萬戶公諱逢而自春川移居眞安之
北坪子孫焉惟我先君子以朴氏之出筋懼
夫外氏之失系裒錄外先祖諱堅以下世系而至
於外裔雖十世之遠亦俱收並錄將以傳諸後而
徵諸遠者而未克終編藏往巾箱中不肖孤泰時

奉讀數四不覺感慕之心油然而生者矣噫於其
所不知而不錄者勢也固無如之何也至其可知
而亦皆不錄則後之人不知自出以至親而如釜
入此先人之所以眷眷於茲敢謹追先
志慕成編與以藏于家夏寫一通歸之本孫朴氏
之宗因是而世修家藏尊祖而敬宗講先而敦好
則其於篤愛備厚風俗未必無少補云爾

書冊稧帖序

維
上之二十六年歲在己卯秋七月庚辰余往
溪堂有秀才六七輩讀余序益爲其修稧事也余

☒山澤齋文集卷三 二十二☒

問稧之名義各有依主晉之蘭亭以風流也宋之
洛社以耆英也今吾諸子之稧名義何居曰吾等之
僻處山間未有所見識欲稽古而無由此吾等之
所以修稧而賀書謂爲名者也余曰諸子之稧善
則善矣古今載籍極博有儒家書又有外家書
周孔以至濂洛關閩所謂儒家書也諸子之志在
彼乎曰聖賢垂訓在經書此則不暇及也余曰
莊列申韓所謂外家書也諸子之志自釋老必至
善哉吾諸子之爲稧也余嘗聞易以顯陰陽詩以
道性情春秋示賞罰書則記政事大學學者事而

敬以爲主中庸敎者事而誠以爲本敦乎仁博乎
義者非孔氏書乎過人欲存天理者非孟氏書乎
凡聖賢得心之要帝王經世之具與夫孝弟有徵
今諸子志慮他惟經書是急將見諸子潔淨精微
得於易溫柔敦厚得於詩屬辭比事得於春秋疎
通知遠得於書其敬也誠也仁義也天理也無非
得於書而復其本然之性也誠也仁義也天理也無非
也彼江左風流固君子所不取洛陽耆英有命焉
豈吾子所可期也曰然余復曰夫書致之非難讀
之爲難讀之非難體之爲尤難蓋於稧修書賀往

☒山澤齋文集卷三 二十三☒

後或束之高閣而不之讀或讀之只爲進取之資
則是書自書人自人其非今日修稧之意也諸子
徐而言曰敢不銜訓戒朝夕不怠諸子姓名錄在
帖子共十二人其立議凡十一條云爾

記

鴨脚亭記

福之西金溪村有大樹爲其名鴨脚亭其夾大四十
圍有餘其上枝摩九天不知幾千尺其下枝傷布
交錯可庇數百人蟲蛇不能近鳥鵲不敢巢是神
鬼呵噤而守護之也世傳惰齋李先生成化中登

第閭舊宴縣鼓而樹撓知其時尚少也弘治戊午
惢軒李公命駕而至與慵齋敲碁樹下因忽被爭
而西知其時已蔭也今去戊午凡二百有一年矣
自戊午去其栽植亦不知何歲而樹在李氏祠
堂前是手植而世守之也余以溪村兒
生長樹下耳聞相傳只此懸鼓敲其數事而巳嘗
目見老少宴集於讀讀於斯進退於斯揖讓於
斯其流風遺韻有足觀者而射者其者哈風者詠
月者亦各乘興而來未嘗有一日虛無人也斯固
斯亭之勝。而名於國列於志。又載於勝覽之新增。

山澤齋文集卷之三　三八

其亦為人所愛惜而不為剪伐也豈哉余以清主
康熙之壬戌寓鶴山陽居五歲移眞安之文海文
海號多名山水日夕消遙趣味清適安無羃乎外
者而鴨腳之勝猶窟眛不釋也前年冬余自天燈
還過樹下樹之西北蕩然未有存者惟東南三兩
枝在耳余愕然駭愕慘然傷問之村人曰李氏子伐
之耳問何故曰堪輿氏惑之耳堪輿氏云何曰大
樹能洩氣以實人耳惡是何言也天地至公至大
之氣流行不息或鍾于人而人有大人焉或鍾于
物而物有大樹焉人自人物自物耳果如堪輿之

言大樹之下未嘗有大人者生然則大人之世亦
宓無大樹也此樹之生于此村凡幾百年矣而村
之有大人亦幾人哉八而為公為卿焉大夫出而
為伯為牧為守尉功垂簡策而名繼往哲師表百
世彬彬焉或潑藏而學益明道繼往哲師表百
而志益烈或為卿焉大夫出而師表百
烏伯為牧為守尉功垂簡策而
而式至于今日漸降俗漸渝非復昔日之金溪
反害于樹歟樹如彼盛時人亦如彼盛人之歟人
而樹於是時而斬伐時人亦如彼盛人之歟
而樹亦如是衰然則以人之盛衰而樹亦隨而盛

山澤齋文集卷之三　三九

衰也歟噫嘻甚矣李氏之惑也昔者龍灣道上有
大樹吾人之北朝者北使之來我國者必停車駐
節游賞而酉連府尹李某以為樹之樊於州也大
矣遂斧斨然拔之吾人多有議者而北使亦以詩刺
之其詩正盡出今日事迹乎事反乎心前後兩李
固有同而有不同者矣伐樹而去樊智也狂惑而
伐樹愚也如其智猶被北使之議刺況乎愚而能
免於吾人之議乎村人相與顧瞻嗟惜或有流涕
而不忍正視也曰自此樹下無吾之迹矣嗚呼惟
刑不可續刑餘猶可庇顧李氏不惑於堪輿氏惟

其先是思愛之敬之溉之培之思古人講讀西吾
亦講讀於斯思古人吟詠而吾亦吟詠於斯其
其行必則古先人則樹之茂而人亦從而茂矣嗚呼
其無惑也夫其無忝也夫余悲樹之遭斬伐如是
之酷作鴨脚亭記以戒李氏云爾李氏名某以慵
齋旁孫嗣守鴨脚亭者也。

寒泉堂記

山澤齋文集卷之三　二十六

感念徘徊者久之命子可徵孫善元關柯壤剪棒
没於荒草中先人游賞之地幾乎不可尋矣余乃
日寒泉菴壁擁其後曲沿環其前左有泉出山下
潛于沿右有泉出石上入于沿沿中有石如盤可
坐七八人寒泉在沿下少西南各因象以名之菴
曰寒泉則既命之堂矣無以易也噫泉也石也天作
壁泉石各自呈露於是仍舊址等堂三間名
微清泉白石

客有過余而言曰子之名堂山泉石泉非不佳也
之而必以寒泉者其亦有說乎曰然凡物有形必有
理左泉出於山下其象蒙君子以之而果行育德。

右泉出於石上艮為其象寒君子以之而反身修
德至於寒泉陽生而溫陰則寒一陽一陰升降消
長有天道焉有地道焉有人道焉故復之象曰寒
其見天地之心堀之象曰天地相遇品物咸章
泉時義豈不大矣哉此余所以取而名之也曰嚴
之為屏名不虛得而石之洗心者然也曰泉石命名
合為一沿而盤石正當沿之中左右前後清明洞
澈中含太虛萬象森然坐其上俯而臨之則昔之
昏者明濁者清由是而邪穢可滌查滓可消則非
洗濯而能如是乎石之洗心者然也曰泉石二泉

山澤齋文集卷之三　二十七

之義既得聞命矣子之堂名晦菴朱先生已揭而
扁其精舍矣子又取而名之無亦近於嫌乎曰不
然昔淵明慕葛而改其字長卿慕藺而易其名
旦不避況况子之慕朱先生者以是名堂而
學則庶不負名堂之意矣蓉唯退余乃問
曰處其中顧泉石之義而志先生之志學先生之
學之語記于壁以自警又告夫子孫之虜此堂者

跋

書權錫爾所藏重牢圖後

吾東國俗自結髮為夫婦甲子一周而設重牢讌

古人所謂凶於禮者之禮也世之偕老者少偕老
而設重牢者亦少歲壬午十月中丁宗人胤錫錫
爾甫自奠掃會投余而疴袖示重牢識圖二帖其
一其王父東嚴正郎公癸卯重牢識時處士公
及淑人黃氏春秋共一百五十有一其二其生父
愚谷處士公戊寅重牢識圖時處士公及孺人安
氏春秋亦共一百六十有一其言曰吾王父母及
生父母享有遐壽及旭朝重還而夏設合巹禮此
吾子孫之慶願吾子賜一言以示吾子孫余乃雪
手奉玩既作而言曰孝哉吾錫爾正郎公身謝蒼

山澤齋文集卷三　二十八

竊備膺五福吾錫爾一心誠孝能盡志物之養而
重設是識也一之猶難況兩世而再設之乎會也
諸君子相與咨嗟而藏錫爾之孝當時未及席者
亦皆欣然圖所以不朽盡善畫歌者歌詩與辭
序若跋莫不賀主翁而慶錫爾之慶錫爾慶其慶
而猶未足也合姻親四家之為設此識者為一帙
而與四家子孫同其慶呼廣矣哉錫爾之推
也余之不文奚用贅焉況如余者生三十而失怙
恃在薙光陰今且三十有八載矣觀於此帖尤無

以為懷略書數語而歸之

誄文

金上舍仁仲誄文

嗚呼哀哉箕山翁以厚德君子年過八十而有婦
偕老有男四人其伯仁仲陞上庠為名進士其仲
湛仲篤厚支行見其重濟流間其叔諧仲出為族父
后遠唐京府其季威仲經明行修早登文科人
以遠大期之不幸十數年前仲與季之行怡怡侃侃朝
伯也獨存盡志物之養修道義之行怡怡侃侃
夕不息稱其家兒也又不幸前年秋以疾不起嗚

山澤齋文集卷之三　二十九

呼仁仲金精玉潤之姿人孝出悌之懿不得復見
於斯世天固生之而天殺之也耶其偶自生而自
死也耶自古善人多如此天於福善之理果如何
也其藥用古禮踰月而卜君知我而我亦知君
世詎且浚厚投我以挽紙告我以襄期吾於仁仲
臨壙求詼之懷固不在人後而家患孔棘煎迫身
心既不得吊死問生文未克措一辭以挽孤負幽
明不覺泣涕而漣如也嗚呼仁仲堂上雙親失子
而腸欲裂閨中嫠婦失夫而聲徹天室孤兒相
對泣血皇皇如有求而不得人間慘目遽如許矣

地下傷心曷有其極聊將無語用代蕭挽非諛也

又非詞也只自敘懷也嗚呼仁仲其知耶不知耶

嗚呼哀哉

祭文

社稷壇祈雨文

民依於國國依於神神苟不神國何能國今茲旱
虐越月蹏時苗易而枯秧亦枯死守土無狀致此
災殃匪肖憂惶遍告東南小雨雰雰未慰霓壁協
贅發惠其在神鑑我愚悃式降陟鸞上下馳鷔
油然沛然潤澶穀祜登我百穀民其稔矣神亦有

山澤齋文集卷之三　三十

食藏山祈雨文

民惟邦本食乃民天無食無民無民無國惟神依
紀宅茲靈祓協贊化機雨暘時若登我百穀糙我
蒸民今胡降災旱魃爲虐蹏時越月酷炎焚泉
渴澤乾田晴龜坼苗則枯矣秧亦悠期三農告炎
四民何食靜思厥故匪我其誰職愆分憂忝勞政
拙民多愁苦道有流匹和氣致傷元陽烏洴罪實
在我我民何辜轉災爲祥寔在神化哀民顯號聽
我呼嗟油然沛然亟下甘澍不朝卽暮宜公及私

牲酒薦酸豈合明薦神其來格歆我中誠

世譜刊異始祖墓苦由文

顯兄我祖鐘精山河達節炳幾報雪耻功登豪
鼎慶衍後昆葉萬枝千布滿國內歷麗五百小史
無官靡謢何知幾失派系建我成化外裔有孫猶
嫠達城始修繕樨後增潤乙巳之年時屈辱嚴
未遑剞劂歲往甲午有譜頒改宗咸顧改
撰設局本廟纂輯多年始克成編十三其帙晼穆
有序支派自明工匠竭其有者
夏說工於千萬年庶其有者茲用酒果酸告厥由

山澤齋文集卷之三　三十一

太師公修廟時告由文　戊子

廟宇將起今用重修奉遷神俗敢告厥由

祭拙齋柳公文

惟靈生于鄒魯祖于厓老大賢之後氣淸而眞贄
粹而淳天賦之純明乎物理篤乎踐履爲己心至
政尚明通化洽雷封百里淸風尊堯有錄明有
說一心匡國場于　王庭俾盡厥誠庶依邦禎蘊

不施設殉身以沒天意難測人無稽疑士失明師
吾道之非顧我無似倀倀陪侍故人裸子推子視
情篤面命誠訓辭丁寧陰陽波應理氣善惡禾爽

毫髮奉十奉服膺學而未能只切戰兢今也不幸求
隔泉壤吾將安倣中夜以思撫躬增悲涕自漣洏
文雖蕪拙酒實洞酌之魂其來格

祭葛庵李公文

質美珪璋氣鍾川岳稟既純粹學有淵源栢孺是
兄敬堂為祖河南伯叔渭陽傳敬義夾持博約
兩至德全於已聲聞于天君民一心豈果恖世幡
曾延年除歲還位尊德彌進誰盡其禮退
鴻恩裕非為心朝夕承庶進誰盡其禮退
然應聘栢府
遇圖報

皂其囊

天顏粹溫酬酢如響庶展素蘊措世唐
虞道不勝時忠反獲罪半載半藏千里長沙北塞
南荒霧毒風屬行吟澤畔美人西方不病元城勝
昔涪老星霜屢換　恩賜爰蒙猶不家居待罪旅
講說如客時忠道益滂不亦樂平河冦童光前繼斯
道復明如我顓蒙少公八歲公視若弟我有嚴師
舍謝紛還靜修道益滂不亦樂平河冦童光前繼斯
憐我跉蹄庸我愚昌春風吹噓我善新粧公引
論沐芳薰德溫四非分過蒙往暮來情義益篤
大義罪俛趨謝舍近城南朝往暮來情義益篤
疏幾暇日我向湖西世變時艱狼狽穢疾公時柱讟

（山澤齋文集卷之三　二十二）

奠此菲薄

祭松軒金公文

六年乃遘風儀凜然覿德心醉謂彙前約寂濱泛
遊天不憖遺一疾捐館朝無元老士失宗師病喘
餘生未卽奔赴藁未臨处呂霽月增我首山彌高感
貫心咼達至前月始進高軒若將承顏叙懷依舊
音容莫接謦欬無間痛哭喪闕綿綿陳迹噫公平
素志葛心朱洞號庵名寓意非偶萬事陳迹噫公平
烏之不我者天又將誰处呂霽月增我首山彌高感
古傷今俯仰涕泗日月易得奄及初朞替遺豚兒

惟靈堅確之操剛毅之志稟既天授學又家傳
就賢師親炙益切因心孝悌力學文行著於鄉
德全於已若烏時用可依邦楨人莫我知不用何
病白首窮谷聊樂我員皋鶴聞天　除書屢降腰
金頂玉　聖恩隆新三尊已兼五福誰並昔我先
子與公同門不肯於公義恭翼翼冀禮將菲質我先
龍門憐我跉蹄庸我昏昧感恩銘德情義彌滂
公頤期承侍無數云胡一疾遠爾長終存順沒寧
枉公何憾鄉無長老士失依歸刲我頑愚訏謨無
所有疑誰講有過誰箴獨立迷途悢悢何適日月

（山澤齋文集卷之三　二十三）

易遵靈辰往明月日溪堂滿天星斗風儀往目警
咳尊承一聲長號有淚沾臆尊靈不昧庶幾來歆

祭錦翁金令文

嗚呼謂天嗇之則易使材且志也曰其德之則又
不年以位也竟使抱其所蘊以歿於地也時乎命
乎亦天道之難恃也嗚呼此者雖凶而不凶者存
馬庶使夫來世懦可立而追惟交情之固結兄而
從遊會幾何其日月追惟交情之固結兄而我
漆也夏攻琢磨之有道兄玉而我石也擬將畢此
生而追隨訂砭我之頑愚公胡遽先我而長終使

山澤齋文集卷三　三十四

惟靈主璋之質氷雪之精不羣之標強矯之志才
惟天授學是家庭蒈英翰垣覓眼宇宙題名鴈塔
點額龍門出宰入郎陛叙壞善前後眞數曰誤
恩時不與謀返我初服圖書一室樂道安貧淸風
故人明月知已薏故與邂逅臺烏臬天鑑孔昭
恩讚是荷二載牢繳千里長沙謫路緣窺拿行旋
發衣夏身潔龍道安閒日暮龍城乇時實主肝膽

鑑之尚有以陰輔我之志也嗚乎哀哉
我摛埴夫泥塗今予已矣其不得爲君子也惟兄

祭外兄伊溪南公文

一席話言自如公之有心夫豈或察一宵旅館萬
事悲涼校尉不論太傳何罪人生到此天道寧論
數句銘文志行明白一幅遺札後事丁寧視死如
歸後路就義古人此說公實承當公昔在家我來
承學建守咸嘗屢從遊憐我跉跰偏我愚昧感
恩銘德情義綢繆祝公頤期求以好今予已矣
我懷爲如尤慽髭膀平昔形不枯槁懽若平生言
笑莫莫公之心事我實知之我之有言公應默會
日月易邁祥期已周一聲長號俯仰弸泗尊靈不
昧庶幾歆嘗

山澤齋文集卷三　三十五

祭權恕余聖矩文

天賦斯人有萬不一公之所稟獨得其淸孝悌之
心剛方之操拔俗之槩倒峽之文豎幟騷壇濯鱗
銀漢上應列宿累典封南物奏鳥篁飄颻自
安貧信不怨不尤淸風故人明月知已自我相識
幾許從遊學舍山堂無處不共磨肌戞骨講禮論
文鶴溪前春一室同寓臥必聯枕坐必同床臨流
玩魚採山茹美一朝相別我還公園有約分山送

老泉石云何一疾遽爾輿賚我往候偵笑談後曰
所恃神佑勿藥有期何知此言遂成讖沒不飲
殯斂禮亦難久瞻彼商麓有封若堂回望月厓
住明間哭莫代人亡病之崇他年地下握手何言白
首人間益亦難久瞻彼商麓有封若堂回望月厓
數椽茅屋先人之志孝子之爲盡歸來兮萬古長
痛靈如不昧鑑我微誠

祭申子新文

惟靈強矯出天信義行世平生心迹如玉無瑕住
古鮮雙兄今愈下嗟我謏劣辱知最深逢場討論

山澤齋先生文集卷之三　卅六

肝膽自露終始算過百年爲期社會清遊無歲不
共逑至今夏我造高軒同我術流樂我尊老和我
唱我醉舞淋浪日暮青山酒盡人散相攜入室共
卧聯床謂谷昏寐再整欹枕中夜取燭呼寐喚醒
不笑不言軒翥惶勵救療多方醫扁枝
彈已矣莫及人耶鬼耶夢也非真悠悠蒼天奪我
何遽寳朋尚往主人何歸醫我同人旣襲入窆
哀辛一事痛哭歸來白首人間恨恨何適言念及此
彌切痛傷歲月不留靈辰已屆柳車將發薤露懷
悲文以叙哀敢告一二酸醨薄莫爲足稱情魂兮

歸來庶賜歆格

行狀

伊溪南公行狀

公諱夢養字仲遵姓南氏英陽人高麗密直副使
諱君甫之後也密直六世有參判諱敏生文四世
有進士諱龜壽進士生處士諱應震處士生佐郎
諱楓佐郎諱海準六世孫諱灝之子蓋忠佐通
仕郎諱安世之孫直長諱軼之女也安東權氏高
麗太師諱幸之後吏曹判書判諱敏之曾孫
判諱安世之孫直長諱諱長諱軼之女也萬曆庚申十二
月九日亥時公生于義城縣北新村里第是日通
仕公往外有異變命名若寧公生而穎悟超羣
五六歲時能屬文性嗜酒或過量丁內艱服闋出遊場
責是後終身不復醉戊寅春丁內艱服闋出遊場
屋華閭蔚然壬午春中生員三等第四入甲申始
遊太學有一名進士盛酒饌以致懃接公赴向
合曰我嶺南人生於嶺南長於嶺南亦將以死於
嶺南也其人默然而退士論多之辛卯秋登文科
丙科第一人壬辰由成均舘學諭轉學錄夏陞朝
奉行栗峯道察訪兼帶舘職癸巳秋除朝散尋遷

山澤齋文集卷之三　二十七

奉列甲午冬以通訓穢典籍乙未春拜司憲府監
察丙申秋又以秋官郎監任毎員縣是年冬
事聞罷歸鄉里方伯以爲善治守宰不可以微事
厈上書爭之特 命再赴視縣畢數也戊戌夏適
辛丑秋又以監察拜固城令兼春秋官記事官時
公爲政爲一道最以 聞 賜廐馬一匹癸卯任
歲夫侵人多餓死郎上達 天
滿當歸方伯任所修憂服考證蓋將上達地
齋柳公往安奇任所修憂服考證冬調地部郎地
以至日用諸般需應毁毁梭實袪攅寫粮成一
詳條列州郡進獻之常數開錄南北交接之經費
也檄務至煩政事本積公悉取部中文案考審周

山澤齋文集卷之三　三十八

大屛陳于廳事時李公其爲本曹長嘖嘖賞曰
不草草如是也丁未夏以春秋官尾 駕溫泉冬
舉國財賦之出入一舉目便自了然南君間曰
陞禮曹正郎未幾通仕公患風癉公晨夜馳至
則疾已病矣侍藥數日而遭大戚凡附身附棺之
物一以誠信其葬與祭亦必循古禮辛亥夏以分
兵曹正郎出守咸陽郡郡卽湖嶺之交也兩路流

丏布滿境上 一日死者常以百數公承 命馳傳
倍日至郡夜則擁衾達曉思所以賑濟之方盡必
招集飢民盡其頁受臨之誠郡中賴以至活士子春
以荒政第一有準職之 命癸丑春陞賣州牧按
事嚴明處巳廉蠢百廢俱擧聞籍甚巡撫使別
襲壞 啓以聞 賜表裏一
罷殃乙卯冬以疾免歸戊午夏大旱川枯澤渴魚鱉
貲死 上罪巳求言公以三事應 首盍 仁廟
捨正之譏不可不辨 兩廟實變之諡不可不改
朝野告 廟之請不可 不從縷縷萬言專犯忌諱

山澤齋文集卷之三　三十九

入皆爲公危之而公不少撓章再上道臣沮格不
報巳未春拜通禮院右通禮俄補善山府兼管金
烏城城舍器祇繕修一新號令明蕭豪名之時
方伯以私囑考公居殿於其歸也以月俸餘米分
賜校院及邑民之年高者有差代者與民之不
悅公者合倣成搆捏文字訴于 朝於是中外交
攝必欲中傷之時當庚申大獄方興 朝家多事
白直未易徑再 夏冬矣日與其壻相
對或從詩人唱酬嘗見同人杠囚數被重刑爲之
傷歎曰父母遺軆豈忍毀傷耶與其如此而苟生

不如就死之為安也每稱蕭望之之為異剛常賜
手足爪戚以囊書左右而藏諸梳匣中禁府長素
識公聞而憂□□戒獄吏以意解之曰非久得直每
庸慮也上於一日遞中下　教曰南其事殊涉
虛僞其令該司速　啓以處禁府卽　啓曰南某
無苽菜據實邑民口招不可以罪　賜前　上特命寬配
事在直赦而上裁如此者意有在也卽日出禁府
向與陽配所時宰挾私憾於
之罪不可徒配請嚴刑以問連三日口　啓不允
退而嘆臺諫三　啓後始收成命至配所十日而

☒山澤齋文集卷之三　四平　☒

拿命至矣公聞　命卽行至樂安沐浴更衣至南
原府伯攜酒來慰公談笑自若良久謂主倅曰夜
已深矣間望必切我亦困悴主倅乃靜菴趙先生孫渭叟
休矣相與一笑而別主倅可以去矣我直
也又戒邏卒及奴子明當曉發汝等退宿可也
遂具衣冠就寢而卒卽辛酉十一月十五日也主
倅驚惶奔赴執手痛哭只有書繫在衣帶中取而視
之乃寄子明夏書也其書曰我以白首之年夾衾為
奸人所誣中外交攻皆欲殺之至今忍而不死者
以汝一身新經毒痕未及完復故也今者嚴問之

請出於必殺之心雖欲不死不可得也況以貪之
家債此大無之年嶺外家具方在阻飢中我欲苟
延時日之命而一入圓阱汝必奔走道路未免
餓死之患矣以事言之與其父子之俱死不如我
死而汝生以理言之與其忝恥而苟生不如我
而就死之後汝當廢舉杜門勿與人交遊勿
與物相競敎子訓孫必以忠孝毋以我死而少懈
也且千里窮荒難可運去若用薄板則擔夫七八
人可以左挾持而去至於銘旌亦用白紙書以
伊溪散人之號貼於棺上勿求輓詞勿用大舉凡

☒山澤齋文集卷之三　五王　☒

事務從儉約無至苟且之域此後非我所知燈下
草此不得其一二云云見者莫不嗚咽泣下行箱中
亦有銘述其平日志行之大槩在獄中所自製
也其所素定力可知也已主倅如襄益骨凶至誠含
欲一府民士亦莫不奔走哭以致力焉十二月
返櫬路過咸陽咸卽公所經莅者也咸之民男女
老少皆悲號奔走曰我仁侯已矣喪矣或執紼或
致奠賻公之遺愛至是驗矣越明年三月二十三
日葬于金堂午向之原卽公祖若考之兆次也公
嘗卜窆室于伊溪上自號伊溪散人雜蒔花卉藥草

開退之暇挾書史吟哦其中以自娛焉文章不事
雕篆而富贍典雅有依者風木齋洪公嘗稱畏友
云其再赴雲水也縣吏備物以迎公曰
此出於民力何可私也盡載以歸輜之官庫嘗以
語家人子弟曰汝等今日資活莫非　君恩安敢
嘗私以圖日後計也未嘗以一毫自累見貪汚者
必唾鄙曰士夫行己有如是耶　大言斥之或至不
相能以二城奉養春府通仕公嘗與客語指公而
言曰此兒往官養體養志無不備至是則孝在家
陲粥益設皆非我罹是則不孝然其視居官貪汚

山澤齋文集卷之三　四十二

感及父母相去遠矣亦安知其非孝也嘗以母
夫人之祿相去遠矣終身臧語必茲然出涕以至
饔食焉所在接人以誠不設畦畛識與不識皆爲
已歸或官舍不能容抄古之嘉言善行以備遺忘
盖以淸心省事爲居官第一義也有詩文若干卷
藏于家嗚乎公有廉察自守之行而平有非命之寃不報以
讓有果剛不羣之標而卒無名之罪亦能死人也耶天之所以
報施於公者果何如也配鵝州申氏高麗孝子按
廉使佐之後之義女有婦德止一男一女男卽明

遺事

錦翁金公遺事補略

山澤齋文集卷之三　四十三

公六七歲時偶隨群兒到村舍有襄麻行客方食
爲不受公曰吾家對客人不食肉故不受且客大
慚不敢復言
嘗與公約會于江院屢月居齋公將應講而治經
不怠一日忽廢書而歎曰國家設科取士只是
壞了人材耳不深究義理而惟成誦是務惡往其
明經義也蓋歎末俗之成口耳也
歲甲午公伯氏侍先府君疾於縣村公侍仲氏疾
於秋村泰時亦以仲氏之妻弟晝夜往旁見其惘
涉奔遑來往兩間湯劑所瀼瀝不用極其出天之

孝友愛之情有足以感動神人而不華仲氏先逝
殘弱才畢又遭終天之痛附身附棺必誠必愼廬
于墓側晨夕讀禮之暇嘗讀朱子書撥取言敬處
手寫成編術讀仰思未嘗須臾去手嘗以注心腑
腹之說往復論難於先君先君以其所嘗試者而
烏之告旦歎其廣引諸說做一段治心之論者至
切而完備也

嘗曰吾東理學至我　朝大明羣賢論說廣大閎
博使初學者驟以觀之若無津涯取其關於大體
而切於日用者別爲一書而以晦齋吾心樓堂第

※山澤補文集卷之三　四四※

二書冠之篇端次第分類一依寒泉篇目則是亦
近思之意也顧子竊取朱呂纂集之意以惠後也
泰時雖辭以不敢而公之有意纂可想矣不幸有
志未就逐成千古之恨世之君子因公此意而裒
稡成書則不以公之存歿而志亦可行於世矣吁
可愾惋也已

壙記

先妣孺人南陽洪氏壙記

先妣洪氏系出南陽忠義衛諱勤之女承文正字
諱恩蕃之孫佐郎諱仁壽之曾孫益城府院君忠

貞公諱應之七世孫也妣驪與閔氏大司憲章節
公諱襄之六世孫天佑之女也先妣生于萬曆丙
申八月二十四日資稟端淑長于法家閨範夙成
歲庚申歸于先君事舅姑惟先君志是承一於至
誠姑襄夫人性嚴愼許可嘗語人曰世之孝於舅
姑豈有如我婦者乎每日晨起盥櫛省問退掃室
堂居必有常處祝席器用無不整齊教子弟以義
方一言之失輒峻呵之常學古人嘉言善行諱
譚然教之嘗語諸子曰爾翁平生行義人所敬服
汝曹勉之無替汝家聲性莊靜不喜紛華見人倐

※山澤齋文集卷之三　四五※

麤之態心惡之者免至於平覩所襄之事不許入
門先君處於外日對几案於家事泊如也家用屢
窘叔水難繼而先妣極意調度於奉祭祀接賓客
無所乏闕隣里族黨嘗恩義周洽無不得其歡心焉
嗚呼先妣之德大者如此其細可略也甲辰十月
二十七日以宿疾棄諸孤益後先君墓左一年而卒矣
用其年十二月十三日附葬先君墓左先妣有三
女二男女長適密陽朴綸生一女適張弘綬次適
閒郡金學嘉生二男世鑑世鎔一女適戴靈李之
爛次適平城金夏鳴一男錫麟二女時未字男長

泰時前聚昌原黃十一女生二女四男後聚青城
李垸女生二男女長適豐山金恆壽餘幼次泰中
聚文化柳希潛女生四女二男皆幼嗚呼人子之
懷雖人子知之百世之後尚克有徵於斯而衰而
掩之否乎嗚呼痛哉

山澤齋文集卷一 甲六

山澤齋文集卷之三

山澤齋文集卷之四
附錄
挽詞　　　　　李栽

敬堂門下士樊老最推賢嗣德元無忝承家
有傳時來擬補籲運去晦林泉考造今餘養儒
冠日索然
先友凋仍盡惟公幸獨存養閒兼□德編禮究
根源往跡今如夢殘生欲斷魂他年偶一醉耶
忍過西門
又　　　　　權斗經
眞心純行得天全師學淵源父子傳旌帤市招賢
超六品符章布化只三年鄭門通德爭顯著魯
殷靈光獨歸然犬老至忍驚鶱仙算盡儒林考問慟
無緣
又　　　　　趙德鄰
讀書林下蔚儒姿養得具淳不自欺鶴唳九臯
聲有聞牛刀百里政無疵心平詎間難言處行
勵猶勤易倦時八十五年安且順滔滔今世夏
有誰
又　　　　　權以鎭

山澤齋文集卷之四 一

常憶文山會辛尋溪上村德容看大羣風衆識

葉滿荒原。

高門惠政南翁悅仁心子姓繁古人不可見。悲

又　李楀

忠信持身法冲謙制行方學優聊去仕賦罷便

投章父仰雲天爲何堪考造此安知大嶺下。悲

涕舉因淘。

又　金昌錫

於世無營物不傷心存古學日沉潛去遺筴寛

風塵遠歸臥江湖歲月淒菁易曾牀悲小子峯

山澤齋文集卷之四　二

落祺。

推衡嶽震儒林祇今山澤溪邊月雷照先生瀍

又　姜鄧

怳然起時命相違卷以旋賢裏講明三古禮膝

養德山樊五十年高名上徹斗南懸旌招衆降

前陪有六男賢少微一夜韜光彩痛切公私涕

自漣。

又　閔鎭遠

嶺人泣相語大老今不幸後生無禄武吾南失

袖領倘能均厥施可以鎭浮競鳴乎止一州慟

惜公私俻。

又　李徵道

鶴駕驚摧第一峯山南今又失儒宗平生事白

天闇隔世太古風玄眼慵求福不回多自得狂

吾良貴勝人封千秋未見紫芝恨還愧當時老

筆鋒。

又　李浹

山澤齋文集卷之四　三

亦當隅坐耳濡目染而心識之後不俟孤露

先子起迎禮貌之曰此山領南賢長老也不俟

昔我先子烏樂院提舉也公以樂簿始剌謁

就食江南因居焉爲公同鄉生公以行輩遇

不俟不俟長不俟亦以舊聞益致敬公享八

十五甲子丈夫子四人啓手足終無營營於

身外之名負所謂安而寄安而歸得君子死

生之正也嗚乎賢哉然世俗重富貴達壽

者安正反輕之竊恐公之操履有不盡揚於

來世者。不俟惽不量述四十言記公之行吊

公之魂庶幾有乎於幽明間者耶。

莫道相知晚知公我最濺精剛金百鍊樹立壁

千尋學古爲官曰窮經致用心百年期待意慟

惜爲儒林。

又　柳敬時

杖優追陪三十春越隅童已弁毛新生平毎切
高山仰咫尺頻承丈席親鄉運還將邦壽否
星立與德星淪嗟小子今安倣只爲公私倍
愴神。

又　金侃

旬觀化爽靈迥懸弧歲月同先子白首題詞淚
天姿得謹敕都從學問求十室親民仁澤八
少日趨庭潤步開纖塵不許到靈臺嚴凝本自
滿腮。

又　金道應

道義時推重行藏綽有餘一瓢顏氏樂萬軒鄰
侯書遺愛湖西縣閉情洛北廬居然萊化盡世
事摠成虛。

又　金汝鏵

美質同金鍊氷心照玉壺卷中尋墜緒林下養
崀晛川逝先生順山頹後學孤書香猶未歇養
畔總駒驂。

此斗高名重南州第一人臨民春有脚持巳玉

天山澤齋文集卷四　四

露倍酸辛。

又　權德秀

家學淵源遠有來始基之矣又潑培空調空
函牛鼎暫試三年製錦才近裏眞工兼養德到
頭定力理勝哀從今禮樂無先進撫世中宵慟
幾回。

又　權榘

者學吾鄉有我公蔚然南國見儒宗中年尚傾邑
藐殘惠暮境卬園養靜工安是廟堂耆舊巷老歲

天山澤齋文集卷之四　五

非辰巳哲人凶忍看金谷幽居地喬木蕭蕭帶
晚風。

又　李守謙

山林自重望領士巳知歸製錦曾游刃投農字
脫鞚弧星忽晦彩溪月慘無輝小子平生意題
詞涕滿衣。

又　李山斗

拜謁雖稀景仰偏爲公儒雅自天然初分西符
治聲藉晛守東岡德望全靜裏加心有主閒
中居業禮成編山頹此日吾安倣歇息空吟殄

無塵掃妙三千禮歸眞八十旬忽驚遵執雙孤

瘁篇。

又　安鍊石

雅風耆德古人同常喜吾南有此翁萬事求
忠恕外一生長在直方中向求徵辟雙鳥屈老
去清貧五鬼窮他日忍過山澤畔庭梅無主小
堂空。

又　李祿

學有淵源行有度窮儒南嶺望鶴鳴已見
中孚應鳳棘澴非大刃遊幾荷仁言推舊諮行
依耆寄德奉猷騎箕此日收蹤跡韓上茲茲爽
氣休。

山澤齋文集卷之四　六

又　權斗紀

詩禮趨庭學有源斯文衣鉢敬堂門丘園束帛
徵招切縣邑分符化理敦九衰尚勤修六行一
鄉咸敬達三尊忍敬篤指世間蟬蛻晚輩相逢摠
涕痕。

又　李礿

先人昔日最知公小子彙綠抱下風家學淵源
元有自天成器度不煩工九皋鳴鶴聲方大百
里彈琴路忽窬者音德祇令看漸盡可堪揮淚向

蒼穹。

又　柳後千

春風座上詠緇衣嶺海門士共推道自聖經
賢傳得身隨孤爺萬翁歸東山未副蒼生望西
蜀應着石室祠垂死病中猶一息欲言平昔但
噓唏。

又　柳後陽

淵源篤學自家庭坐鎮儒林作典刑銅墨詎能
究惠澤水雲還復養精形方看德範標靈殷愍
報天文秘老星先子一生情藹密不堪臨挽淚

山澤齋文集卷之四　七

交零。

又　柳貰時

今代師儒卽我公舊家詩禮繼賢風浮華剗祛
天資實踐履雍容地望隆枳棘寧空寶鳳虎潤
松猶失棟梲哀忍驚仙馭歸無影獨有秘孤痛
不窮。

又　權輴

笑把軒裳付一毛靑雲那似白雲高微言妙契
心常靜道味醇釀樂自陶先子幾年同管榻後
生今日愴松濤山林索寞南星晦無復琴樽座

又　朴泰斗

上叭。

躬行德義化家庭薄俗猶能想典刑　翠童愚
賢終下倍皇天福善與遐齡兒孫滿座權慷慨
存歿關時順且寧孤露此生私痛切先行中表
盡凋零。

又　柳顯時

耆舊風流聲一時鮒生何辛拜狀再真淳自是
天資尊謹飭從知學力推百里絃歌雷政蹟一
園松竹托心期弧星晀枕驚淪彩鶴駕雲人
望悲。

山澤齋文集卷之四　八

又　柳憲時

林下高風動　王階汝南徵士令名齊湖鄉下
樂仙烏鳥山澤還尋舊鶴攢身慮靜閒貧亦樂
齒高老至德兼躬蹄常時景仰區區意今日那堪
諜語題。

權萬斗

蘭谷聞香臭明時起逸民位微豈滿德年卻定
徵仁文曲驚鞱彩儒林失問津兼將宗戚題
挽倍傷神。

又　權大臨

人物南州第一流端儒雅鮮其儔淵源已自
家庭得師友尚從葛光游北闕超掄從古窄西
湖遺惠至今雷天年大耋公何憫慟爲吾私淚
不忱。

祭文　李栽

嗚呼栽嘗謂世之學士大夫優於德行者或未
必達於政精於政術者亦或有歉於德惟公家
學之傳孝友之實既有以成諸身而信于友及
其名達九重起應旌招受社穆民人之寄則其

山澤齋文集卷之四　九

清愼仁愛所以惠彔良而龔黃安卓然非
今之從政者所可及乎若公者其才志行業
之全亦可謂無愧爲人之遺矣實
厭施廿載林泉竟以天年下世循始迟終柱公
何憾而鄉邦無所考德善類卛切驚悼別余通
家感念先誼當依何如懷耶遠日已迫姻好畢
至慟儀形之永隔愴孤露之靡托一盃薦誠尚
鑑哀臨。

又　青城儒生洪永錫權泰運等

癸戲天燈之陽金溪出馬鍾靈毓秀世蔚英賢

先生踵武絶類超羣美璞彩杳蘭馥薰蕤惟
樊谷寶基仁家傳孝悌世服忠勤積德之興
如合符節神資福祿天賦孔碩德器雍容姓於
孩幼篤愼踐履端拱步趍言廉凱力行不得實
鯉庭詩禮敬堂淵源規矩則何待勉旃實得
雖富處心如飢猶自謙挹莫見崖奇論其宇量
萬頃汪汪瞻望氣像喬嶽春陽檟玉雖蘊綱錦
自章葛老見推運際休明君子滿朝善類寅歌
於焉可見芝歌暫休運藥府轉職分憂有
武城百里太古民俗既藥畜物呈姿有狗且廉

山澤齋文集卷之四　十

厭感希異庶展所蘊謂將大試一驚駭機世事
浮雲爰返初服卯圜養員豐越方策益卸晚得
家貧道胝財還菁積高臥義皇陶然自樂門墻
履優巷溢輸輯觀德心醉賢愚共歡春秋在皮
善報憂戚理遺益驗定力豈弟神勞韶顏猶得
榮辱何關九耋退箕二郎先推莫後
莫聞疴文運蹇風悲忍然鄉無師表邦失儒賢
孔厄斯文運蹇風悲錦陽月吊孤山賴公烏歸
胡不慈遺顧惟青城吾黨所依時陪杖履面承
耳提追惟顧往昧倍切傷感敬奠一觴庶賜歆鑑

遺事

府君諱泰時字亨叔號山澤齋高麗太師諱幸
之後世有簪組至高祖諱觀官至資憲大夫
曹判書曾歲引退于江亭諱安世詩曰草屋
中間謁退賢者是已曾祖諱誌薦軍
資監直長考諱昌業號樊谷丙子後絶意場屋
篤學力行隱諱勤之姚南陽洪氏君諱常之
玄孫忠義衛諱之女府君以崇禎乙亥八月
二十九日生于安東府西金溪里第自兒時不

山澤齋文集卷之四　十一

好弄舉止端重八歲樊谷公授以小學予解其
義循蹈無違樊谷公每晨拜祠廟府君輒隨往
不廢入與之稍長讀論孟諸書益通爲學大方
知內外輕重之分於舉子業有不屑也益樊谷
公學於敬堂張先生張先生學於鶴峯金先生
其淵源門路甚正以居敬爲主居家律已嚴有
法度教子第一以義方見其坐或偏倚則輒呵
之曰坐不正心臟亦不正學者傳誦爲名言府
君稟賦既純美文被家庭教誨之嚴襜躬謹節
日有恒循一切世俗紛華放浪之習不設於身

至於富貴利達則不萠於心德器成就大異於
人而未嘗有崖異少行亦未嘗以學問自居務
烏鞱晦人之知者恭惟木齋洪公汝河存齋
李公兄弟孤山李公錦翁金公拙齋以
志同道合樂與之交凡有講集必與之周旋焉
早廢藥業平居簡嘿自守未嘗有疾言遽色未
明而起拜家廟及朱子畫像雖祈寒盛暑不廢
退處一室終日危坐案上置朱書要心經近
思錄等帙不以他書雜之非有賓客手不釋卷
夜以繼日研精覃思樂上唯恐食於為己務實毋

自欺愼其獨等處允致意事親奉祭務盡誠孝
事無大小身親徙之前後居憂哀備至三年
不脫經帶辨祭儀節一遵朱子家禮嘗曰孝者
百行之源君臣夫婦長幼朋友皆有當以此推之
既以自修又以是訓誨子侄家衆有過輒靜嘿
無言人自畏服圖改言必平實閒嘗縈合倫理
遇事坦然不見其有歇為規畫之跡而條緖自
就益其學有定見措諸事業者如此尋常書字
必端楷謹嚴於禮學着力尤渙彙集古今儒先
訓解及變禮節文分附于家禮傳註之下名曰

家禮傳註通解凡四卷見者優之而勸其祥府
君笑而辭使後承輩烏臨疑考證地焉光世別
業在眞城縣北文海村府君愛其山水淸漣就
臨江斸麓搆精舍取損之大象揭扁山澤左圖
右書術讀仰思其所得力有人不能窺測者待
人無親疎一以忠孚倪遠近來學之士覿德
感服聞望日著焉 明陵庚午大臣交薦以學
行直 除掌樂主簿時本判書觀徵在本院提
舉府君候剌李公禮貌之曰此嶺南賢長老也
與權相公大運備衡南臺而時人以府君言論

行誼亢尙不與時推移議遂寢。王世子册禮
行賞。賜馬一匹尋拜懷德縣監縣多大姓習
俗俍悍素稱難治府君行之以公心直道居官
一如治家待士民以禮御吏以法豪右侵撓
細民者懲之不少貸未幾一縣翕然歲適大侵
府君鈎警民隱盡心賑濟拮捧出糶計口量日
以救之前倒應捧一切蠲罷民以全活
堵如常歲春米直百錢富戶多出米貿與
貪人指秋長錢以取其嬴什之民方之食不眹
慮後爭取其米府君憫其窘困具申營司令民

倍所貸以償之管司狀　聞取
朝旨拜關筋
一道令償債者視懷德如也貧民鼓舞曰仁人
之惠博哉自近而及遠也縣北有江水因濊而
徙舊道生主有大家與府君分享者持戶部牒而
來請規取其地府君不許曰江浚新道皆是民
田令失土者何處求其代其人慚服時延陵君
李公萬元在座蹴然起敬曰公言甚義聞義而
服亦難今日覩兩美事德內畜一狗馴擾異常
庭前曝肉輒守而不去兮養鳥集則逐之小矣欲
竊去則猖然禁之隨人指意無不聽順人以爲

𝕏山澤補文集卷之四　十四　𝕏

此明府和氣所感比之董家狗云往官五年謹
糶糴平獄訟興學校自奉甚簡秋毫無犯於常
祿之外一子往家求筆府君還書曰知有向學
之意甚可嘉悅但梜薄無以應副專務周窮恤
孤家政瑣節未嘗暇及府君嘗著居官要覽其
目有八曰敬身曰廉潔守法曰處事曰教民勸農
賑恤哀錄聖賢格言恆自觀省宋宰奎濂服民心
有所云爲必曰明府聞之以爲如何畏服民心
如此府君嘗以　坤位動搖抑鬱不平累度呈
辭凌歸行中只有短琴一張而已邑人追恩鐫

碑以頌淸白自是絶意世紛頤養自適家居座
處之宴如以典籍自娛每月朔望講家禮小學
等書于鏡光學舍之定條規循循誨諭以藍田
呂氏鄉約誨進後生莊而蒞之若山斗而
接人之際和氣藹然年高德卲望實俱隆物議
以宰輔期之與諸長德約學舍山房之遊藍
興出沒於雲霞水石之間觀者以爲地上仙焉
己亥四月十日卽樊谷公諱辰也府君年已八
十有五前期致齋親視祭盛鷄鳴後氣息漸微
使子弟代將祀事伏枕悲泣俄而氣息漸微

𝕏山澤補文集卷之四　十五　𝕏

家驚救已無及矣旲天罔極嗚呼痛哉是年十
月十二日窆于鶴駕南麓貰多之原士林會者
五百餘人府君配月城李氏大憲繩直之孫塇女
有四男長可貞次可常可長可徵女金恆壽次
二男可聖可正一女趙桂可貞生一男一女男
金千重後配月城李氏大憲繩直之孫塇女
善元女盧德運可常生二男命元長
李光璉夭幼可長生一男齊元女南應周斷云
稛申翼錫可徵生二男處元應元女李以檀生
貝朴增煥李仁洞可聖生一男二女男幼女金

柢源河龍翼興參奉可正出後生一男部內外曾
玄孫六十餘人府君天資和而莊簡而嚴敬以
持心義以制行克養有盎德器宏眞坐有至性
自能言承順父母不敢少失其意嘗於冬月有
親癠當用竹瀝求得十餘簡剖之不待火煖而
自然之瀝澄盈節內取以調進得效人謂之孝
感所致每遇生朝輒與獨慕終朝涕泣家人不
敢設供具烏樂祭祀親監辨需必精潔不以豐
薄烏樂雖在稀荄之後非疾病末嘗入閨門
之內斬斬人無間言其待朋友切偲琢磨過失

山澤齋文集卷之四　十六

相規一事謙虛不以師道自任而人自敬服貧
南嶺山斗望者四十年襄世後士林將俎豆于
鶴陽烏　朝令所閣府君平日不喜著述或
意嘗出而平淡純熟一本於心性如自警詩擬
招魂詞等諸篇皆所以求放心復常性之意削
藁不出人亦罕得以見之笈仕既晚柱職次僅
五年平生所蘊抱不得展布其萬一惠澤所及
不過十室之邑時命所阨位不滿德公議惜之
不肖可徵患嘗無狀於平日微言細行皆遺失
不記謹錄其大致亦不敢溢美奉乞一言于知

德之君子冀或圖其不朽於來者爲爾男可徵
泣血謹書。

行狀

公姓權氏諱泰時字亨叔自號山澤齋高麗太
師諱幸之後高祖諱軾資憲大夫吏曹判書曾
祖諱安世宣敎郎　齊陵參奉　贈嘉善大夫
戶曹參判祖諱重賁監直長父諱昌業號樊谷
薦學力行隱居不仕母南陽洪氏唐
陽君諱常之玄孫承文院副正字諱思齊之孫
忠義衛諱勤之女也公以崇禎乙亥八月二十

山澤齋文集卷之四　十七

九日生于安東府西金溪里第自兒時不好弄
擧止端重八歲樊谷公授以小學了解其義術
習無違樊谷公每晨拜祠廟公輒隨性不廢人
異之稍長讀論孟諸書通爲學大方知內外
所不屑也益樊谷公學於敬堂張先生先生之
輕重之分雖以餘力治擧子程文而於進取有
爲主故居家律已嚴有法以敎子弟一以義方
學得之鶴峯金先生其求歷門路甚正專以敬
其坐或偏側則阿之曰心臟亦不正學
者傳誦爲名言公天稟既純美文秡家庭敎誨

之嚴褆期謹節曰有持循一切世俗紛華妓浪
之習不接於身心故德器成就有異於人而未
嘗焉當異異之行亦未嘗以學問自居務爲韜晦
故人之知者益寡惟木齋洪公存齋李公兄弟
錦翁金公拙窩權公鳩巢權公皆以道義之交未嘗
凡所講集必與之周旋終日危坐案上置朱書
有疾言遽色衣帶整飭
節要近思心經等帙不以他書雜之非有賓客
手不釋卷夜以繼日研精覃思積有年紀其所
得之有人不能窺測者爲家衆有過輒靜嗒無

[X]山澤齋文集卷之四　十八　[X]

譆莊而莅之人自畏服圖改言必平實簡當務
合倫理遇事夷然不見其有猷爲規畫之跡而
條緒自就恢恢有餘地人皆服其簡敏酒戶過人
醉後輒欽應厭夏坐威儀益莊重壽常書字必端
楷謹嚴凡所抄錄盡卷無一字朝草亦可見其
定力也　禮學着力尤邃嘗集古今儒先訓解
及變禮節文分付于家禮傳註之下名以家禮
傳註爲臨疑考證之地凡四卷見者皆便之或
勸其梓而公之則笑而辭焉先世別業在真城
縣北里曰文海公愛其山水清幽就臨江鑰麓

摄精舍其上取迂之大象扁以山澤盖將隱修
於此爲終焉之計　明陵庚午葛養子先生在
朝公以學行登剡削直出六品拜掌樂主簿
王世子問禮行賞　賜馬一匹其年冬出爲懷
德縣監縣多大姓貿倖俗悍素稱難治公至居
官一如治家待士民以禮御習心焉
心直道行之未幾一縣翕然歸心焉歲適天侵
公盡心服濟訐民口爲帳子量日以救之官耀
不足捐俸以繼前例應捄於民者一切罷之民
以全活　一境案堵如常歲其春斗米直百錢富

[X]山澤齋文集卷之四　十九　[X]

戶多出米貸與貧人拍秋長錢以取之其斂行
之民方之之食不眠慮後爭取其米公愍其重困
具申營司請令民爲倍其米以償嘗司狀聞取
朝旨　一依所報並行關一道省如懷德貧民
鼓舞縣北有江水因漲而徙蕢道生土寓公大
家有與公分厓者規取其地持戶部牒置道生
名公拒之曰江陵新道曾是民田令失主者何
廬求其代也其人慚服時延陵君李公在座蹴
然起被衣曰公言其義我聞義而服亦難矣
使事衙內畜一狗馴擾甚常庭前啖乾魚肉輒

守而不去焉烏集之婢僕欲竊去則猖然
禁之隨人意指無不聽從人以為此所感
或此之董家雞狗云枉官五年謹糶糴平獄訟
自奉甚簡聞子弟被服飲食如往家時周窮恤挨
恩義曲盡嘗者居官要賣其身廉錄平獄格
言自觀省焉宋安奎濂家居有所云為必曰
明府聞之以樂稟呈辭投綬徑歸行中只有
事一變公意以為如何其民服人心如此甲戌時
短琴一張而已自是絶意世紛頤養自適家貧

⊠ 山澤齋文集卷之四　二十 ⊠

疏糲晏如以典籍自娛接待後生和容諤然年
高德卲望實俱隆物論以望輔期之家食餘二
十年益康健無疾憊耳目不衰時與邑中長德
之間觀者爲學舍山寺之遊藍輿出沒於雲霞水石
諸老爲望若仙焉已亥四月十日卽樊谷公
諱辰也公年八十有五猶目前期致祀親視
氣息漸微舉家驚救已無及矣呼子弟代將祀事俄而
羔盛雞鳴後氣忽不平呼異哉是年
十月十二日永宅于鶴駕山南麓貟氏多之
林會者三百餘人公前配昌寧曺氏黃民別提諱千

一之女也有男四人女二人男長可貞次可當
次可長次女徵女長適主人金恒壽次適主人
金千重後配月城李氏大憲諱繩直之孫諱瑗
之女也有二男一女男可聖可正女適主人趙
柱可貞娶進士眞城李友女生一子
後娶護軍遂安金道章女生二女二男長命
元女士元女長適李先湅元次幼女長
陽朴希道女生二男三女男長舜元次幼女長
適南應周次適鄭穿相次適申翼錫可徵前娶

⊠ 山澤齋文集卷之四　二十一 ⊠

別提順興安鼎相女生一女適生員李以檀後
娶晉陽河啓圖女生三男二女男長處元次應
元次幼女長適朴增煥次可聖前娶東萊鄭
斗應女生二女長適金孝源次適河龍翼後娶
與海裴應見女生二男皆幼可正娶東萊鄭
宄女一男幼金恒壽無育繼子儋金千重有
三男一女男長舜錫次時欽女李仁親
趙柱有一女內外曾玄六十餘人公有至誠
能言承順父母不敢少失其意前後居憂臻
禮制不脫經帶哀慕如一日嘗於冬月親藏者

重當用竹瀝從人來得十餘菌剖之不待火煨
自然之瀝澄盈節內取以調進得愍敎人謂之
孝感所致每遇生朝輙與懷孺慕終朝涕泣家
人不敢設供具爲藥祭祀親監辦需必精潔不
以豐腴爲貴雖往稀著之後非疾病則未嘗不
與爲詩文手意寫出平淡純熟輙削藁不出益
過自謙虛不以文人自處也凡仕既晚在職夭
又僅五年平生所學不得展布其蘊一惠澤所
及不過十室之邑而已時命所阨位不滿德公
議惜之若其平日微言細行日遠日忘謹錄其

山澤齋文集卷之四　二十二

大致亦不敢溢美奉乞一言于知德之君子冀
或圖其不朽於來者爲爾宗後生權德秀謹狀

墓碣銘

公諱泰時字亨叔姓權氏號山澤齋安東人也
自始祖高麗太師諱幸而蟬聯至　國朝贊憲
大夫吏曹判書諱軺宣敎郎　齊陵參奉
嘉善大夫戶曹參判諱安世啓功郎軍資監直
長諱誌爲公高祖祖考諱目業號樊
谷贈德不顯姚南陽洪氏唐城君諱常玄孫忠
義諱勤女公自見時已端重八歲受小學能解

其義稍長益讀聖賢書爲志嚮學不屑爲舉子
業而樊谷公學問有師承敎子弟有法度公既
受性純美薰襲有資持心制行循循繩墨駸駸
日有成就又與木齋洪公汝河孤山李公惟樟
諸君子從遊講論有麗澤之益曰晨與拜家廟
及朱子眞像退危坐竟日取朱書節要心經近
思錄體驗研究有所實得禩古今禮家禮節參
以朱子家禮有所考據搏精舍江岸勝虛取易
捐之大象扁以山澤俯仰索有以自樂　肅
宗庚午用大臣學行薦　除掌樂院主簿李尙

山澤齋文集卷之四　二十三

書觀懲權相國大運見公莫不敬重至欲擬以
南臺尋出知懷德縣多巨族號難治公至則
戢豪橫賠寡弱一出公正值歲大無捐廩俸
富戶報秋當償者利至什公報訃方伯令民得
計口分糶其翌年春米踊斗直百錢貧眠所貸
倍其償方伯關勅他郡凡償債欲親此一道晉
悅有與公相爲者憑地部牒欲規取郡內水碓
生土處爲田公曰此皆本民田豆可使民失業
不許施其入爲謝服延陵李公萬元在座面歎
曰言而義與聞義而服皆難今日覩兩難事矣

巳廟曰無緣毫忝乎官物壹遵成法古訓焉治郡
中士民凡有所爲輒日明府聞之謂何如旣歸
民鐵碑以頌德家食空乏而常晏如每月會諸
生講學申呂氏鄉約倡導鄉里盖公從官制事
之本原學問如此公事親有至性常冬月親着
病須竹瀝剖竹不待限而瀝生滿節取以進得
夜人調孝感所致醫祭盡禮値樊谷公忌日
時年八十有五而猶爾沐將事者氣忽陷伏
枕悲泣不已恔而卒可謂終身葚孝者也庶弟有
過命答之卽下堂撫而泣曰吾不能敎汝致傷

山澤齋文集卷之四　三两

大人遺體往郡自奉甚菲薄而於窮交族周恤
如不及益公學問行義之本源孝友如此公生
仁祖乙亥八月二十九日以　顯宗巳亥四
月十日卒年十二月葬于鶴駕南麓負
亥之原士林議立社以祀因　朝禁不東公前
配昌原黃氏尙校院別提千一女後配月城李
氏大司憲繩直孫晼女男可貞可常可長可徵
女金坦壽金十重前配出可聖可正女趙祥後
配出可貞男善元女盧德運可常男亞元
女李光運可長男舜元女南應周鄭安檜申翼

錫可徵男處元女本以檀生員朴增爀李
仁洞可聖男復元女金孝源河龍翼豪奉可正
出系族叔份後男壽生員曾玄以下不錄公風
儀偉然平居寡言語臨事若無所思度而施設
有條理又本之以實學竆行使發以爲世用其
利益豈微哉而顧試一邑以終其如時不遇何
哉公曾孫訪以其狀來屬龜銘公墓石銘曰
所資千學何施不逮而枳一縣如鍾而喑非德
或歉在心則恬有劂于石無怍人瞻大夫
刑曹判書兼知　經筵義禁府春秋館事弘文

山澤齋文集卷之四　三五

館提學藝文館提學五衛都摠府都摠管□範
祖撰

附通軒集讖錄

一生見三巨人山澤翁如好果子表裏濃熟無
主澁氣味孤山若亭亭瘦鶴過出麈表及見篤
庵則如大川喬岳不可測其高淺

山澤齋文集卷之四終

右先生文集。無巾衍舊本。惟家禮傳註手本爲先
生曾孫鶴林翁莊弄。使鄉里晚出得以窺見纂輯
之意。而不幸而遭厄於火。則先生八十年持循
踐優之實殆無以諮窮焉。先師病翁先生用是慨
惋搜訪遠近凡得詩文百餘首其未及屬筆奮秉
鶴林翁後孫柱明氏。續炎收拾鳩聚若干貫使金
君翊模權君用禄本孫容鎬軒。備具曰錄校之。奈嘗
欲置一言卷首以寫景慕之忱。而未及屬稿奄
逝之感因而世故侵尋不知何許現化則遂恐此
後董柱明氏又去此世已久矣。附念今昕不勝存

山澤齋文集跋 一

事便已會一方老宿于鏡光書堂校勘遺文將圖
傳于世皆曰繡梓力不及也。遂以活印定議歷二
旬而劼苦記擂詩文雜著爲一与嗚乎何其略也。
先生承家庭主敬之學專務躬行。不以論著爲業
見於文字者。無怪寂寥若是然誠子弟而先孝悌
之方。叙宗稧而盡敦睦之義安民事之責則以廉
平爲主論庠塾之制則以明倫爲本片言隻字。無
不從日用常行上做起。而卒究於涵養本原之
工。是豈可以寂寥而少之哉。矧惟我溪村一區先
生世居之鄉也。最被誘掖之化號稱文獻之坊。而

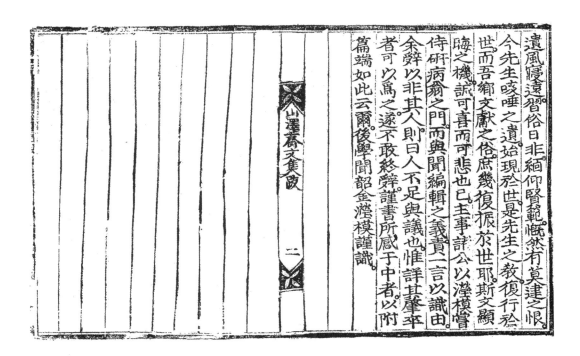

遺風寢遠習俗日非。緬仰賢範慨然有莫逮之恨
今先生咳唾之遺始現於世是先生之教復行於
世而吾鄉文獻之倡庶幾復振於世耶。斯文顯
晦之機誠可喜而可悲也已。主事許公以瀷模嘗
侍研病翁之門而與聞編輯之義責一言以識由
余辭以非其人則曰人不足與議也。惟評其肇平
者可以爲之遂不敢終辭。謹書所感于中者以附
篇端如此云爾。後學聞韶金瀷模謹識。

山澤齋文集跋 二

山澤齋文集跋 三

山澤齋先生權公鍾天挺醇儒之資承家傳圭敬
之學德盛而禮愈恭年卯而行盍修山林宰輔之
望好果濃熟之評有當時知德之論在而第恨其
高才邃學既不克大施於時嘉言善蹟又散佚無
傳於世今且垂三百年于玆矣使後之人無由考

世故愼尋師志黙昧汲汲圖以續成亦可謂善繼
欲錄其遺行而未就而沒其門下金君翊模諸人大懼
壽其師友淵源之懿造詣踐履之實其遺徵剩韻
光寄示其遺集一帙西山翁所積費搜輯而
者也噫可歎久矣庚戌秋有自鏡
其志者也顧其活字所印編帙無義印訖旋毀綞
非所以爲久遠之計且其字句之間或不無未及
照勘處其甚可惜也始先生以其業在吾州此
汶海上山水明媚且近南嶽麓澤之觀自湖西投
綏而歸卽卜居而攜孥其傍扁之以山澤頤養其
中以終老焉鄉之人士多從遊而薰德久愈愛慕
不衰晩悟權公載綱嘗與同志諸人鳩聚若干銅
修禊遺址其爲先生後日慮潑矣而旋值歲儉以
失始盡嗣子秉周與其族兄憲安公奎魯收拾
玆蕩殘之餘圖所以不忘先志而人事不待世變

山澤齋文集跋 四

無窮則文恐此事遂成身有於是約中諸員齊會
本堂謂其後孫錫華等曰凡世間大小事雖係
人謀之臧否而實天數然也夫先生嘅唾之遺至
今不現於世者天也金溪一本之始出於斷爛煨
爐之餘者天也吾輩之累世苦心將無地於報效
者亦天也今自西山翁之以此有望於
不欣然樂聞之而安知不西山翁之以此有望於
後人者耶此亦未始非天也子盍往議焉議遂
行歸言意果然於是議遂定乃屬權柄國申汶

欽朴尙範權泰升申相夐諸人句管終始以幹其
事而一從所來印本爲主間以散稿之流落者蒐
類收入釐爲四卷凡二冊而惟家傳諸居官要
覽等褊不可得以復見於世惜哉翼洪洁以貌末衰
病無能役於玆事而狠承諸君丁乙之託且責一
言識其事之顚末自知非分所堪固辭不獲玆敢
不揆僭妄略敍所感于中者以寓平日山仰之忱
云爾 重光大淵獻菊賓月後學禮州申翼洪謹識

【影印】
山澤齋先生文集

여기서부터 영인본을 인쇄한 부분입니다. 이 부분부터 보시기 바랍니다.